10
18

12, AVENUE D'ITALIE. PARIS XIIIᵉ

Sur l'auteur

Pascal Mercier est né en 1944 à Berne, en Suisse, et vit aujourd'hui à Berlin où il enseigne la philosophie. Il est l'auteur de plusieurs essais de philosophie et de trois romans. Après le succès phénoménal de *Train de nuit pour Lisbonne*, *L'Accordeur de pianos* est son second roman.

PASCAL MERCIER

L'ACCORDEUR
DE PIANOS

Traduit de l'allemand
par Nicole CASANOVA

10/18

« *Domaine étranger* »
créé par Jean-Claude Zylberstein

MAREN SELL

Titre original :
Der Klavierstimmer

© Albrecht Knaus Verlag,
un département de Verlagsgruppe Random House GmbH,
Munich, Allemagne, 1998, pour l'édition originale.
Libella - Maren Sell Éditions
© Méta-Éditions, 2008, pour la présente édition.
ISBN : 978-2-264-04970-4

Nous cherchons notre bonheur hors de nous-mêmes, et dans l'opinion des hommes, que nous connaissons flatteurs, peu sincères, sans équité, pleins d'envie, de caprices et de préventions : quelle bizarrerie !

LA BRUYÈRE

Écrire tout cela m'a rendu le présent que j'avais perdu depuis longtemps.

PATRICE

Ce que l'on a une fois saisi dans des mots, peut-on continuer à le vivre comme avant ? Ou bien le silencieux travail des mots est-il la manière la plus efficace de changer la vie – plus efficace que la plus bruyante explosion ?

PATRICIA

PATRICE

Premier cahier

Maintenant que tout est fini, nous allons écrire comment nous l'avons vécu. Nous irons seuls au-devant des souvenirs, sans être séduits par la présence de l'autre. Les récits devront être véridiques, quelle que soit la douleur ressentie à leur lecture. Nous nous le sommes promis. Ainsi seulement, as-tu dit, parviendrons-nous à briser la geôle de notre amour qui a commencé le jour où nous sommes nés ensemble, et a duré jusqu'aujourd'hui. Ainsi seulement pourrons-nous nous libérer l'un de l'autre.

Quand tu as dit cela, nous étions dans la cuisine et nous buvions les dernières gorgées de café dans les gobelets jumeaux que Maman, le soir de mon arrivée, avait extraits du fin fond du buffet. Ses mains tremblaient et il aurait été impossible de la décevoir, alors que derrière son sourire égaré elle essayait de revenir d'un bond à un passé indemne. Nous avons donc échangé un regard indécis et pris dans nos mains les deux gobelets jaune pâle, toi, celui qui était intact, moi, celui qui était fêlé ; comme autrefois. Quand nous nous retrouvions la nuit dans la cuisine parce que nous ne pouvions pas dormir, nous tenions les gobelets comme à ce moment-là, et il me semblait que chaque fois nos gestes se ressemblaient de nouveau davantage. Seulement, nous n'avons pas trinqué avec notre café, bien que chacun de nous sût que l'autre y pensait. (Ces jours-là, nous étions l'un pour l'autre comme de verre : durs et fragiles à la fois et, dans nos pensées, totalement transparents.)

Ce matin, tu as porté deux fois le gobelet vide à tes lèvres avant de le rincer. Quand, après un instant d'hésitation, tu as tendu la main vers le torchon pour essuyer ton gobelet, j'ai eu l'espoir que tu le glisserais dans ton sac de voyage tout prêt dans l'entrée. Tel un objet qui nous relierait au-delà de tous les adieux. Au lieu de cela, tu as placé le gobelet sec sur le dressoir, comme s'il devait encore continuer à sécher. Cela se fit lentement et avec une grande précaution. Puis tu as esquissé un pas en avant. Dans ton regard qui me frôla, il y avait une bravoure épuisée et la sombre lueur de la résignation car, comme toujours, c'était à toi que revenait le rôle cruel d'exécutrice de l'adieu. J'étais content que ce ne fût pas encore le dernier regard. En même temps, je tremblais devant le moment, ensuite, où nous serions devant le portail pour échanger ce dernier regard.

Tes bottes martelaient le carrelage. D'un geste rapide, tu as passé ton manteau et tu as sorti tes gants de ton sac. Tandis que tu les enfilais, tu restais tête basse devant moi. Jamais plus je ne sentirais ces mains sur moi. Je pensais aux gants de dentelle blanche et j'ouvris la porte pour chasser l'image. Alors nos regards se rencontrèrent. Les lèvres légèrement tremblantes, tu esquissas un sourire qui essayait, sinon de nier ta douleur et la mienne, du moins de les minimiser : ne nous rendons pas la vie plus difficile qu'elle ne l'est ! Pendant un épouvantable instant, je pensai que tu me tendrais la main, ce que nous n'avions jamais fait – sinon lorsque nous imitions les autres pour nous amuser, si bien que le geste n'était qu'un faux-semblant. Tu t'étais déjà penchée pour prendre ton sac de voyage, et quand tu te redressas, ton regard se perdit dans les larmes. J'ignore si moi aussi j'ai bougé, je sais seulement que tu as marché vers moi comme jamais encore ces jours-là, et que tu as posé ta tête sur mon épaule. « Nous écrirons tout, n'est-ce pas ? » as-tu chuchoté. J'acquiesçai d'un signe de tête, dans tes cheveux qui n'avaient plus la même odeur que jadis. Puis tu m'as serré dans tes bras avec la merveilleuse, l'épouvantable absence de retenue d'une dernière fois. Le temps alors a fait un saut en arrière : tu étais à la porte du jardin et tu levais la main ; c'était le même geste que lors d'innombrables occasions dans un lointain passé. Moi aussi je levai la main, je crois. Et ensuite je te vis comme autrefois, longer la rue, un sac de voyage à la main, penchée de côté pour faire contrepoids. Ce n'était plus le même sac, et maintenant, en novembre, mon regard pouvait te suivre à travers les arbres défeuillés plus longtemps qu'en ce matin d'été, lors de notre premier adieu, quand le temps m'a échappé.

Jamais je n'oublierai le jour où je fus réveillé, il y a six ans, par ta présence au bord du lit. Ce n'était pas le mouvement que tu fis pour t'asseoir qui me tira du sommeil. Ce fut ta proximité, ton regard, et cette fine odeur, à peine perceptible, de savon et de parfum. Pendant un minuscule moment, je crus que tu voulais venir à moi et je m'apprêtais à te tendre les bras. Mais alors, à la lumière blafarde de l'aube, je vis tes vêtements de voyage. Jamais auparavant je n'ai été aussi profondément épouvanté qu'à ce moment-là, et chaque autre épouvante qui m'a été infligée par la suite ne fut rien comparée à celle-là. J'espère ne plus jamais devoir supporter une lucidité aussi vive, aussi douloureuse, qu'en cet instant où j'ai compris ton intention. Tu étais assise bien droite, les mains sur les genoux. Il y avait une horrible détermination dans cette attitude, et dans ton regard une résolution qui ne tolérait pas d'être contestée. « *Adieu**[1] », m'as-tu dit. À demi redressé, je voulus demander où tu allais, alors tu as seulement secoué la tête en silence. (Parfois, ce hochement de tête me poursuit en rêve, aujourd'hui encore.) Comme abattu d'un coup de poing, je m'affaissai sur mon oreiller. Ta résolution, me sembla-t-il, vacilla un instant quand tu vis mes larmes, et tu fermas les yeux pour rassembler ta volonté. Les paupières toujours closes, tu t'es soudain inclinée vers moi et tu m'as embrassé sur le front. Puis, d'un unique et rapide mouvement, tu fus près de la porte que tu fermas derrière toi sans te retourner.

J'entendis tes pas légers dans l'escalier et dans l'entrée, et un frôlement qui devait venir de ton sac de voyage. Alors seulement je bondis sur mes pieds et courus à la galerie. Tu avais mis la clé dans la serrure, dehors, et je vis la porte se fermer sans bruit, j'entendis le léger glissement du pêne dans la gâche. Je me précipitai à la fenêtre. Penchée de côté, tu descendais la rue d'un pas inégal, avec effort. Une fois, tu as déposé le sac, pour reprendre haleine. J'espérais que tu te retournerais et que tu lèverais les yeux vers ma fenêtre. J'en oubliais de respirer. Mais tu ne fis que rester là, en te massant la main. Puis tu as soulevé le sac de l'autre main et tu as repris ta marche, vers la Mexicoplatz et hors de ma vie.

Alors se répandit un terrible silence qui devait dominer pour longtemps le plus puissant vacarme : le silence de ton absence. J'entendais le bruit de chacun de mes mouvements. J'entendais surtout celui de mes

---

1. Les mots en italique suivis d'un astérisque sont en français dans le texte. Il a été fait exception pour les mots Maman et Papa, employés dans leur forme française tout au long du livre. (Toutes les notes sont de la traductrice.)

pas. Il me semblait n'être rien d'autre que la caisse de résonance des bruits qui témoignaient si haut et si fort de ta disparition. Je quittais la maison dans l'espoir que le tumulte de la rue engloutirait les échos fantomatiques du silence. Mais ni le hurlement des moteurs, ni le fracas meurtrier des marteaux-piqueurs ne pouvaient rompre ce silence assourdissant. Je continuais à entendre chacun de mes pas sur le pavé, chaque frottement de ma manche sur ma veste, et même chaque exhalaison de mon souffle. À la maison, je sentais le battement de mon sang et j'entendais – j'en prenais conscience pour la première fois depuis des années – le tic-tac de la pendule dans l'entrée. Dès lors, le monde me sembla plein de pendules tictaquantes, je croyais même entendre le pouls de mon bracelet-montre. Rien, mieux que ce tic-tac, n'aurait pu exprimer le vide soudain du temps, son écoulement pauvre, sans vie et pourtant insistant.

L'adieu d'aujourd'hui n'était pas encore le dernier. L'adieu définitif est encore devant nous. À Paris, nous sortirons du bistrot que tu as choisi pour cette rencontre. Comment cela se passera-t-il ? Ferons-nous glisser nos cahiers l'un vers l'autre sur le plateau de marbre, comme lors d'un conciliabule entre espions ? Ou bien ne les échangerons-nous qu'une fois de nouveau dehors ? Réglerons-nous l'addition séparément, ou essaierons-nous de nous inviter réciproquement à ce dernier café – toi, l'hôtesse, moi, le visiteur ? Et que seront nos dernières paroles ? Des mots pour un tel adieu, nous n'en avons pas dans notre répertoire. Il n'était pas prévu que nous en aurions besoin un jour.

Nous resterons face à face dans la rue, chacun tenant dans ses mains les papiers de l'autre, pour ensuite aller nos chemins, chacun le sien. Comment cela sera-t-il, je n'ose pas y penser.

C'est le soir et la maison est vidée. Sauf le piano à queue, la table de travail de Père, la valise avec ses partitions et le canapé sur lequel je dormirai. J'avais dit aux déménageurs de terminer par le bureau de Père. Vers midi sont venus les transporteurs de pianos et, dans leurs bleus de travail, ils entouraient le Steinway étincelant. Alors il se passa quelque chose en moi et je les renvoyai. Puis je donnai des instructions sur ce qu'il fallait laisser là. Comme convenu, je dis au brocanteur qu'il aurait aussi les objets qui restaient ; mais pas maintenant. Je dois avoir senti dès le début que j'avais encore à faire ici. Que je devais encore quelque chose à Père.

À vrai dire, je devrais être maintenant dans l'avion de Santiago, et cela me gêne que tu m'imagines au-dessus de l'océan alors qu'en réalité je suis assis à la table de Père. Mais téléphoner serait contre notre convention.

Quand tu disparus de mon champ de vision, ce matin, je pus à peine attendre pour écrire la première phrase. Appuyer le crayon sur le papier pour te parler, cela empêcherait de se rompre, comme lors de notre premier adieu muet, l'invisible lien qui nous unit. Au moins provisoirement, cela l'empêcherait. Chaque minute qui passait sans que j'aie commencé me paraissait menaçante. Mais ensuite le camion des déménageurs s'arrêta devant la porte, et j'eus autre chose à faire.

Plus tard j'allai à la papeterie. Ce n'était pas en couvrant des feuilles volantes que je respecterais notre pacte, mais avec des cahiers. C'était plus pratique en avion. En effet, j'imaginais d'écrire sans interruption pendant les seize heures de vol. Ainsi seulement serait supportable le bruit des moteurs qui m'emportaient sans relâche loin de toi. Avec chaque phrase que j'écrirais sur nous deux, je narguerais les réacteurs et la distance extérieure qu'ils étendaient entre nous. Jamais plus je ne voulais vivre une nuit comme celle du premier vol. Aussi était-il important qu'en aucun cas je ne manque de papier. Je pris dans les rayonnages trois cahiers, puis deux autres. À peine étais-je dehors que je fis demi-tour et en achetai encore cinq. Je ne remplirais pas dix cahiers pendant le vol ; là n'était pas la question. Ce dont je voulais m'assurer, c'était que les cahiers resteraient les mêmes jusqu'à la fin de mon récit. Cette uniformité était – me semblait-il – un moyen de me protéger contre une rupture de notre dialogue. Il serait bon, aussi, d'avoir à Santiago une pile de cahiers issus de la boutique où nous avions eu tous les deux l'habitude, pendant de nombreuses années, d'acheter nos articles de papeterie. Et c'est ainsi que maintenant, il y a une pile de neuf cahiers en réserve dans le tiroir de la table de Père.

Les pas des déménageurs résonnaient encore dans la maison peu à peu vidée, quand je commençai à écrire. Les hommes, qui attendaient en vain leur bière, se moquaient de moi et me maudissaient à mi-voix, parce que je restais planté là comme si tout ce travail ne me concernait pas. Même Baranski, l'agent immobilier qui était venu pour la remise des clés, ne savait pas ce qu'il devait en penser. À peine l'avais-je fait entrer que je m'assis à la table de Père et pris en main mon crayon, attendant avec impatience le moment où je pourrais continuer à écrire. Il avait déjà deux clients intéressés, dit-il, qui cherchaient une maison pour le 1er décembre, et auparavant il faudrait faire des travaux de rénovation. Je ne pouvais pas me concentrer. « Pour l'instant, pas de visites, dis-je sèchement. – Et notre contrat ? – Pour l'instant, pas de visites », répétai-je. Qu'est-ce que cela voulait dire, « pour l'instant » ? Je ne pouvais pas le lui dire pour l'instant, telle fut ma réponse. Les pneus crissèrent quand il s'en alla. À peine le dernier déménageur eut-il passé la porte que je donnai deux tours de clé. Je me suis conduit d'une manière impossible. Cela me vaudra encore des ennuis.

*
* *

Je pense de nouveau à ton appel téléphonique qui devait faire écrouler le fragile habitacle de ma nouvelle vie. Combien c'était irréel, d'être arraché au sommeil et d'entendre ta voix dans le bruissement de la ligne transatlantique. « *Ici Patricia** » dis-tu quand je décrochai, et non comme autrefois « *C'est moi*. » Comme si je ne pouvais pas reconnaître ta voix à tout instant et dans toutes les circonstances.

Tu me fis un exposé objectif, à souffle coupé. À la différence d'autrefois, je n'aurais pu ensuite répéter tes paroles. Elles sombrèrent dans l'hébétude qui s'empara de moi dès tes premières phrases. Je ne retins que les informations brutes : Antonio di Malfitano avait été abattu d'un coup de feu pendant une représentation de *Tosca*. Père en prison. Maman avait tout vu, mais ne disait rien. Et ensuite la fin de la conversation, après un moment de silence : « Patrice ? – Oui. – Tu vas venir ? – Oui, dis-je, je viens. – *À bientôt** – *À bientôt**. » J'étais content que tu sois disposée à échanger avec moi nos habituelles paroles d'adieu. En cet instant, c'était comme autrefois. J'étais tellement impatient de te revoir. Et rien, jamais, ne m'a fait une telle peur.

Je ne pouvais pas le croire. Tu ne ferais jamais cela, Père, pensais-je, et je me le répétais cent fois les heures suivantes, à voix haute ou basse. Pas Antonio di Malfitano, l'homme dont tu as idolâtré la voix. Et certainement pas en public, sur une scène qui était pour toi un sanctuaire. Anéantir la voix que tu avais constamment à l'oreille en écrivant tes partitions : c'est inimaginable.

Alors, il me sembla tout naturel de m'adresser en pensée directement à Père. (En même temps, il m'importait de l'appeler *Père* et non *Papá*, comme tu avais l'habitude de le faire, toujours avec l'intonation française.) Au cours des heures suivantes seulement, je compris que je ne l'avais jamais encore appelé ainsi. Cela nouait, je le sentais peu à peu, une relation différente entre nous. C'était une libération d'en être arrivé là, et j'étais étonné qu'il ait fallu la nouvelle fantomatique de son acte inconcevable pour m'ouvrir cette possibilité. À présent, tandis que je te le raconte et que je note après coup les paroles que je lui adressais alors, j'ai le sentiment étrange d'être plus proche de Père qu'autrefois, quand je vivais avec lui. Je ne peux pas me l'expliquer vraiment. Peut-être était-ce son aura de solitude qui m'avait auparavant empêché de l'aborder d'une façon aussi immédiate. C'est comme si je devais d'abord oublier sa présence solitaire pour l'atteindre tout à fait en pensée. (Nous tous – me semble-t-il maintenant –, nous avons constamment parlé *de* lui et non *à* lui. Cela paraît fou, mais je voudrais ajouter ceci : c'était ainsi même quand, en apparence, nous lui adressions directement la parole.)

Tu me manques, Père. Quand, ce jour-là, je reposai le combiné, troublé et incrédule, c'était encore le creux de la nuit au Chili, tandis que pour toi ton premier jour derrière les barreaux avait déjà commencé. Toi, avec des menottes, pensais-je. Comment ont-ils pu faire cela ! Je voyais les anneaux de fer se refermer sur tes larges poignets et j'entendais leur cliquetis. Tel que je te connais, te disais-je, tu n'auras pas prononcé un mot, et sur ton visage aura paru ce sourire avec lequel tu as toujours affronté le monde hostile – ce sourire que Gygax, le directeur du foyer, ne pouvait pas supporter. *Le plus arrogant sourire d'enfant que je connaisse.* Combien de fois as-tu cité ces propos cruels. Je vois dans tes yeux, poursuivais-je, le scintillement particulier que nous avons aimé et redouté, Patty et moi. Ces yeux, qui donnent toujours l'impression que tu les clignes un peu et qui, avec ces lèvres minces toujours sur le point de se retrousser en un sourire railleur, prennent une expression de perpétuelle distance ironique. C'est comme si tu avançais un peu le visage, et ce mouvement ne vient pas du cou, n'a d'ailleurs rien de corporel, cela vient du plus profond de toi, de la même source que le scintillement de tes yeux. À tous ceux qui ne te connaissent pas, tu apparais ainsi comme un homme qui contemple le monde du haut d'un mirador intérieur.

Et pourtant rien ne pourrait être plus éloigné de la vérité. Patty et moi, nous avions l'habitude de nous dire : il ne le sait pas, mais avec cette façon d'avancer le visage, et avec son regard souvent trop vigilant, il tente à chaque instant de compenser son handicap de départ, quand il n'était qu'un orphelin. L'apparente arrogance de ce visage recèle en réalité ce message : j'étais relégué au second rang et en ce temps-là, quand j'étais enfant, on aurait dit que je n'arriverais jamais à rien. Mais j'ai regagné du terrain, et maintenant je suis ici et je sais tout sur la musique. Que quelqu'un vienne en faire autant. Vous, qui avez tiré un meilleur lot, vous ne savez rien de mes efforts et des humiliations que j'ai dû subir.

Ce fut seulement à la fin de cette conversation muette avec Père, que j'allumai la lumière. Mon logement me parut soudain étranger, même si j'y habitais depuis quatre ans déjà. Ton appel, Patty, avait fait resurgir un ancien sentiment : les choses ne perdent pour moi leur étrangeté que lorsque toi aussi tu les as vues. Si j'avais cru m'approprier ces pièces même sans toi, je fus en cet instant détrompé : il ne s'était agi que d'une simple accoutumance. Elles ne pourraient devenir une partie de moi-même que si je les partageais avec toi. En secret, j'en suis sûr, j'ai attendu que tu y pénètres un jour et que, pour ainsi dire, tu me les transmettes ainsi.

Avant d'aller dans la cuisine, après ton appel, pour faire du café, je téléphonai à l'aéroport, sachant pourtant bien qu'il était encore trop tôt. Le chauffe-liquide à la main, je pensais à la bouilloire de Père. C'était avec cet objet cabossé, Père, que tu avais l'habitude de faire chauffer l'eau de ton café, quand tu t'étais levé longtemps avant nous afin d'écrire ta musique pendant encore une heure ou deux, avant de partir pour le magasin. Je te vois debout dans la cuisine, le pauvre ustensile à la main, entouré de carreaux italiens raffinés et d'une série infinie de poêles et casseroles en cuivre étincelant.

Maman la haïssait, cette bouilloire à la poignée branlante. Quand elle te surprenait en train de l'extraire du placard au lieu d'allumer une des deux cafetières électriques, elle sortait sans dire un mot. C'était comme avec le vieux stylo qui datait également de ton temps de célibataire. Maman t'a sûrement offert au cours des années une douzaine des stylographes les plus raffinés. Mais tu as écrit toutes tes partitions avec la vieille plume dont le corps, à force d'usage, était devenu mat et grisâtre. Ou encore l'antique bourse que tu portais en secret chez le sellier, au lieu de l'échanger contre l'un des élégants portefeuilles que Maman voulait à toute force te faire accepter. C'était ainsi que tu t'affirmais en silence dans une famille où tu fus toujours un étranger.

Sais-tu, Père, ce qui m'est venu à l'esprit en premier, à Santiago, à peine eus-je reposé le combiné ? Ta voix rauque, quand tu parlais de succès. C'était alors comme si tu te dépouillais de ta voix de tous les jours pour emprunter une nouvelle intonation, lourde de sens et pleine de mystères. Par exemple quand tu parlais des succès de Verdi, Puccini ou Massenet, et en général de la percée que quelqu'un avait réussie. Elle avait beaucoup de nuances, cette voix particulière. J'ignore pourquoi, mais on savait aussitôt, dès le premier instant, si tu parlais d'un succès ou d'un échec. Le son de tes paroles disait tout, avant même que l'on en ait compris le sens. Il y avait un sombre triomphe dans ta gaieté quand il était question d'un grand personnage à qui le succès avait été longtemps refusé pour une œuvre devenue ultérieurement célèbre, comme Beethoven avec son *Fidelio*. En même temps, je ne savais jamais vraiment si ce triomphe concernait la reconnaissance tardive, ou le fait que des génies aussi devaient parfois l'attendre longtemps.

Toutefois, rien n'égalait l'accent que tu prenais quand il s'agissait de ton héros à qui le succès avait été refusé une vie durant : Cesare Cattolica. Il y avait cette phrase que je t'ai entendu dire à d'innombrables occasions : *Personne ne voulait entendre sa musique.* Et chaque fois, c'était comme si tu disais : *Personne ne veut entendre ma musique* – phrase que tu n'as jamais prononcée, tu étais trop fier pour cela. *PERSONNE ne voulait entendre sa musique.* Ainsi parlais-tu quand tu étais triste et désespéré. *PAS UNE ÂME ne voulait entendre sa musique.* Ainsi t'exprimais-tu

24

quand la colère et l'amertume t'envahissaient. C'était comme si avec les mots *PAS UNE ÂME* tu t'adressais à chacun séparément et l'accusais – comme si tu passais en revue un front sans fin d'individus, te présentant devant chacun d'eux à son tour pour lui lancer à la figure ta rauque accusation. Ton regard prenait une violence désespérée mêlée de haine, une haine anonyme qui ne s'adressait à aucun coupable précis. En de tels moments, tu ne fixais personne, mais ton regard glissait sur tous et recélait une accusation – non, en réalité pas une accusation, mais pis encore : la certitude, mêlée de mépris, qu'aucun des assistants, et même aucun compositeur hormis Cattolica et toi, Père, ne pouvait mesurer ce que cela signifiait, que personne ne veuille entendre la musique que vous aviez écrite. Les autres à qui tu parlais, ce n'était que du public, un décor pour le message désespéré dont personne ne pouvait te délivrer. Ton regard était plein d'une solitude brûlante, pour laquelle on n'aurait pu imaginer d'expression plus forte que la raucité de ta voix.

Quand, en ce temps-là, après l'appel de Patty, je me retrouvai dans la cuisine de Santiago, le gobelet de café fumant à la main, j'étais absolument sûr, Père, que si tu l'avais quand même fait – ce qui semblait impossible –, c'était cette raucité en toi qui t'avait poussé à tirer ; que c'était ta rauque solitude qui s'était déchargée avec le coup de feu. Ensuite, après un moment, je sentis qu'une métamorphose surprenante s'était faite à mon insu : mon dégoût en entendant ta voix rauque prêcher le succès avait disparu, un dégoût qui ces dernières années était devenu tout-puissant à la maison et m'avait chassé jusqu'ici. J'avais dû voyager jusque dans l'autre hémisphère, mettre un océan et un continent entier entre moi et cette raucité, pour échapper à son étouffante insistance.

Je m'étais enfui à l'autre bout du monde. Mais maintenant que je te voyais, le dos exagérément droit, assis sur le châlit d'une cellule, ta raucité avait soudain perdu tout caractère oppressant. À présent, elle n'appartenait plus qu'à toi seul ; elle n'était plus rien entre nous. D'ailleurs, elle n'avait plus de but, elle n'était plus qu'un cri devant lequel je voulais à nouveau fuir, non plus parce que ta voix rauque menaçait de me dérober l'avenir, mais parce que je sentais combien, derrière ce cri, la douleur devait être terrible.

Le succès rend intangible. J'entendais chaque fois cette phrase longtemps avant que tu la prononces réellement et j'essayais de m'en protéger en me rendant intérieurement sourd, afin qu'elle puisse retentir devant moi comme une suite de phonèmes dépourvus de sens. À présent que la porte d'une cellule s'était refermée sur toi, je devais de nouveau me protéger contre cette phrase. Mais maintenant c'était différent. Plein de honte, je songeais que je l'avais parfois imitée, dans une tentative désespérée de me défendre contre elle. D'un seul coup, l'impatience me prenait d'entendre de nouveau ta voix rauque.

Quand je te revis devant la prison, elle avait disparu, l'ancienne raucité tellement haïe autrefois. Tu étais tellement vide sans elle, Père, si faible et sans avenir. La raucité avait été aussi le registre de l'espoir et du rêve. J'aurais tout donné pour l'entendre encore une fois et pouvoir retrouver le rêveur de jadis. Tu me manques, Père. Et je voudrais que ma main ait pu se poser sur toi de manière à effacer la poigne des policiers qui t'emmenèrent, et te rendre à l'intangibilité que tu as toujours désirée.

À Santiago, l'aube pointait, lente et hésitante comme tous les jours pluvieux. J'allai sur mon minuscule balcon et je m'accoudai à la balustrade rouillée. Les premiers camions passaient dans un bruit de tonnerre.

À la fin d'octobre, le printemps avait commencé. Mon logis n'était pas le seul à paraître étranger maintenant. L'étrangeté se répandait sur toute la ville et sur les Cordillères enneigées qui l'entouraient. Jamais, Patty, ton regard n'a glissé sur ce décor, jamais tu n'as été là en personne pour le regarder avec moi, même si dans les premiers temps je m'enfouissais dans cette illusion et me mettais à parler à voix haute avec toi, jusqu'à ce qu'un jour je saisisse le regard étonné de ma voisine qui se retira épouvantée comme si elle avait vu le symptôme d'une maladie. Te rappelles-tu comme nous réussissions si bien, dans notre petite enfance, à contempler quelque chose dans un accord si parfait que nos regards n'étaient plus séparés et se fondaient l'un dans l'autre ? Et comme cela nous rendait heureux ?

J'eus peur soudain quand mes pensées prirent un tournant abrupt et que je songeai : il aurait pu le faire. Nous le savions, Père était un bon tireur, le deuxième meilleur tireur de la compagnie. Hugentobler remporta le prix, mais seulement parce qu'il avait triché. Jamais Père n'a oublié de le préciser. Te rappelles-tu l'expression rusée que prenait alors son visage, comme s'il était de nouveau dans la cour de l'école et prêt à se défendre en employant toutes les astuces, même les plus basses ? Je peux m'imaginer qu'ainsi, avec sa muette sûreté de tir, il s'est acquis un certain respect auprès de ceux qui évitaient en lui le marginal taciturne.

Oui, Père, tu l'aurais pu, pensais-je. Et *Tosca* était l'occasion parfaite : on pouvait le faire peu avant la fin, quand Mario Cavaradossi, le peintre, est fusillé par un peloton au château Saint-Ange ; l'exécution doit être un simulacre, mais Scarpia n'a pas tenu parole et les coups de feu sont réels. On pouvait tirer en même temps que les soldats, alors la détonation ne se faisait pas remarquer. Le moment exact, tu l'aurais trouvé sans peine, Père, tu connais chaque mesure de cet opéra, de même que tu connais chaque mesure de chaque opéra.

Mais tu aurais dû te lever et devant tous les yeux braquer ton arme sur la scène. C'est beaucoup trop mélodramatique, cela ne te ressemble pas. Ou peut-être si ?

Et soudain j'eus l'impression de comprendre : si Père devait l'avoir réellement fait, alors le côté théâtral de son acte ne l'aurait pas gêné. Au contraire : c'était comme une scène d'opéra. Ainsi cela avait un sens. Mais en même temps c'était inconcevable. Il aurait pu tirer sur un autre, un homme comme Gygax, le directeur du foyer. Mais pas sur Antonio di Malfitano.

J'avais froid et je rentrai pour téléphoner à l'aéroport.

*
* *

Ce fut étrange de se réveiller dans la maison vide. Je n'avais pas pensé à fermer les volets, et dans les pièces sans rideaux la clarté était aveuglante par ce matin de gel. La lumière du soleil se brisait sur les surfaces noires et étincelantes du piano, que Père aimait tellement. Le déménagement d'hier y avait déposé de la poussière que je commençai par ôter avec mon mouchoir. Père faisait de même. J'essuyai longtemps, plus longtemps que nécessaire, et encore une fois après avoir pris mon café. Ensuite je m'attardai à la fenêtre, me demandant si je devais me rendre sur la tombe. Mais il ne s'agissait pas de cela. Qu'était-ce donc, la dette que j'avais envers mon père ?

28

J'ouvris la valise de fer et j'en sortis ses partitions. L'une après l'autre, je les soupesais dans ma main. Quatorze opéras, l'œuvre de trente années. Naturellement, je savais qu'il y en avait beaucoup. Malgré cela, j'ai été bouleversé : j'en trouvais toujours encore une et encore une et encore une. Du papier d'un blanc de neige, chaque note dessinée avec un soin calligraphique. Comme nous nous sommes fermés, pourtant, à ces notes, à ces sons, toi et moi ! Nous nous sommes barricadés en nous-mêmes, jusqu'à être finalement victimes d'une surdité que nous avions voulue. Je restai longtemps assis là, à tourner les pages. J'avais l'impression d'être un analphabète devant un livre. Moi, le fils d'un compositeur.

Je songeais à la première lettre que Père m'envoya au Chili. Des nombreuses lettres qui venaient de Berlin, ce fut la seule que j'ouvris. Je la connais par cœur. Elle me poursuivait jusque dans mes rêves. Pendant des semaines, je cherchais des mots pour lui répondre et je ne les trouvais pas. *Sans vous, c'est vide ici*, écrivait-il. *Les premiers jours je ne pouvais pas composer. Maintenant cela va de nouveau. Pourquoi es-tu parti ? Je ne comprends pas. N'étiez-vous pas bien ici ? Étais-je un si mauvais père ? Cela me désole. Tu me manques (et Patricia aussi). Une mélodie me passe par la tête. Elle est pour toi. Le Chili, c'est si loin. Tu ne veux sûrement pas que je te rende visite. Sinon tu ne te serais pas enfui. J'espère que tu auras du succès là-bas. Je pense à toi. Père. P.-S. Je garde la clé de la maison pour toi.*

Je n'ai jamais répondu à cette lettre. Les mots justes ne me sont venus qu'aujourd'hui. D'abord, je les ai dits à voix basse, puis je les ai prononcés tout haut dans les pièces sonores. En même temps, je me levai et me mis à faire les cent pas. Il m'était plus facile, ainsi, de me défendre. Oui, Père, lui disais-je, c'était

29

une fuite. Si terrible que cela paraisse. Une fuite devant bien des choses, pas seulement devant toi. Mais aussi devant toi. Ou bien, en réalité, non devant toi, mais devant ton tout-puissant et aliénant rêve de succès, ton désir absurde, dévorant, d'être reconnu pour ta musique. Je n'en pouvais plus, je ne supportais tout simplement plus de vivre dans la maison où tu passais chacune de tes minutes libres avec tes partitions – les réelles et les rêvées – les yeux fixés sur la « percée », les applaudissements crépitant après la représentation de tes œuvres.

Ce que nous ressentions, Patty et moi, en te voyant écrire ta musique, ce fut longtemps un grand respect. L'énorme table de travail en acajou, la chaise belle mais malcommode, toi, assis sur le bord extrême, le dos droit comme un cierge ; il n'était pas question de s'adosser et de se reposer, ta mission était bien trop grave, tu étais là comme un moine dans sa cellule, le visage porté en avant, le regard fixé sur la partition, perdu pour tout hormis pour la musique : pour nous autres enfants, ce spectacle était le symbole de l'importance, même si nous n'avions aucune idée de ce que nous entendions par là. Parfois, il nous arrivait d'entrebâiller la porte et de t'observer dans ta concentration, entouré d'un silence qu'interrompait seulement le bruit crissant de la plume sur le papier à musique. Le contraste entre ce silence et la musique qui, nous le savions, résonnait en toi – c'était un mystère, merveilleux et un peu angoissant aussi. C'est cela, Père, l'image grâce à laquelle tu fus présent en moi pendant toutes ces années.

À cette image appartient aussi le mouvement rythmique de ta tête, un lent balancement latéral interrompu parfois par un doux tournoiement. Tu étais pris de cet étrange mouvement, inséparable pour moi de la vue de ton visage, uniquement quand tu écrivais ta musique. Il te donnait un peu l'air d'un enfant oublieux de lui-même, ou d'un somnambule qui s'écraserait au sol si on le réveillait. Un jour, Patty et moi, nous pouvions avoir huit ou neuf ans, nous te vîmes ainsi, nous venions de quitter nos jeux et nous étions encore d'humeur joyeuse. Nous nous sauvâmes en courant pour pouffer de rire sans être entendus, tellement ton balancement nous parut comique. Mais alors arriva quelque chose d'étrange : à peine avions-nous explosé que notre rire s'éteignit et nous nous regardâmes pleins de honte : ta manière d'être assis à ta table, te balançant et tournoyant dans ton monde solitaire, il n'y avait là rien dont on eût le droit de se moquer. Ce soir-là, au dîner, nous fûmes plus silencieux que d'habitude et nous rivalisions pour te tendre le sel, le pain et autres choses.

Ce qui s'est gravé dans ma mémoire avec une angoisse ineffaçable, ce sont les montagnes de papier à musique dont se remplissait l'énorme corbeille, rien que des feuilles commencées que tu jetais parce qu'une faute t'avait échappé et que tu ne pouvais pas supporter de voir ne fût-ce qu'une seule note biffée ou effacée, qui aurait dérangé l'aspect général d'une feuille de partition impeccable. Il arrivait assez souvent que le vieux stylo lançât des éclaboussures, et là aussi tu jetais la feuille. Je ne sais pas ce que je jugeais le pire lorsque, encore enfant, la porte fermée à clé, je fouillais la corbeille comme un dossier secret : la feuille presque vide, victime d'un accident dès la première note, ou une feuille pratiquement achevée portant une petite tache dans un coin tout en bas.

Mais ce n'était pas ton travail silencieux, nostalgique, monacal, avec tout son comique, qui devint insupportable. C'était l'échec et ce qu'il a fait de toi. Car les partitions expédiées revenaient, l'une après l'autre, année après année. Elles revenaient par l'habituel service des colis postaux. Comme si c'était n'importe quelle marchandise, as-tu dit un jour : pourquoi n'étaient-elles pas envoyées comme colis avec valeur déclarée, ce serait quand même la moindre des choses. Après tout, c'étaient des originaux, les pages pleines de notes manuscrites, le travail de plusieurs centaines d'heures.

Une fois, j'ai trouvé ainsi un formulaire de candidature pour l'un des nombreux concours auxquels tu as régulièrement participé. Il y avait là un paragraphe imprimé en gras, où l'on demandait, pour des raisons de sécurité, de n'envoyer en aucun cas les manuscrits originaux des partitions, mais une bonne photocopie. Malgré cela, tu as constamment expédié l'original. C'était comme si tu voulais forcer le monde à reconnaître ton œuvre en lui adressant le travail immédiat de tes mains. Afin qu'il soit le plus difficile possible aux puissants de la refuser, plus difficile que s'il arrivait une copie d'apparence anonyme, d'un noir neutre derrière lequel l'auteur disparaissait. Tu voulais être présent devant le jury de la manière la plus vivante possible, comme une personne que cela blesserait si l'on refusait son œuvre.

Aussi mettais-tu un soin sacré, religieux, pour empaqueter chaque fois la partition, que tu enveloppais dans des quantités de papier de soie. Toutes les boîtes que l'on vidait chez nous, tu les examinais d'un regard scrutateur pour voir si elles convenaient à l'envoi d'une partition. Parfois, tu les prenais en main, parfois tu les regardais seulement, avec plus d'attention que l'on n'en accorde d'habitude à un matériau d'emballage. Nous connaissions tous ce regard que tu avais, Père ; nous détournions les yeux avec angoisse, Patty et moi, et sur le visage de Maman on lisait qu'elle était excédée. « Celle-là est trop grande », dit-elle un jour, à peine avais-tu jeté un coup d'œil sur la boîte. Tu restas là comme si l'on t'avait giflé : comment pouvait-on te deviner ainsi ?

La plupart du temps, les paquets contenant les partitions refusées arrivaient quand tu étais au magasin. Maman les recevait et les posait sur ta table de travail. J'étais encore un bambin, mais je sentais que ces paquets avaient quelque chose de particulier, que c'était mauvais, voire dangereux, quand ils arrivaient. C'était comme s'il émanait d'eux une radiation qui empoisonnait l'atmosphère. Un silence oppressant pesait alors sur tout, tu n'apparaissais pas au dîner, et quand nous voulions aller te chercher, on nous en empêchait.

Plus tard, devenus capables de mieux comprendre, nous avons développé un sixième sens. Au retour de l'école, à peine étions-nous rentrés à la maison, celle de Genève et plus tard celle-ci, que déjà nous le savions : c'était arrivé une fois encore, nous n'avions même pas besoin de voir le visage de Maman. Je ne sais pas du tout à quoi cela tenait, mais nous le savions. Quand ensuite nous jetions un regard dans ton bureau, il était régulièrement là, le paquet redouté. Et toi aussi tu semblais le pressentir : ces jours-là, tu marchais vers ton bureau d'un pas plus raide et plus nerveux, ton visage était fermé, comme si tu devais rassembler toutes tes forces pour braver la nouvelle déception qui t'attendait derrière la porte. Tu restais devant cette porte plus longtemps que d'habitude, c'était un arrêt silencieux, minuscule, que seul pouvait percevoir celui qui partageait ton pressentiment.

Parfois, les paquets arrivaient pendant les vacances scolaires, quand toi aussi tu t'étais mis en congé. Tu les portais toujours sous le bras gauche, jamais autrement, jamais des deux mains. Cette manière de les porter avait quelque chose de si amer, de tellement humilié. Et le ton sur lequel tu disais « *Merci** » au facteur : avec la bonhomie à la fois soumise et rebelle que seul un Suisse allemand peut mettre dans ce mot. Cela ne regarde que moi seul, disait ton intonation. Vous, bien entendu, vous n'y pouvez rien personnellement, d'autre part vous appartenez vous aussi au monde du dehors, où l'on ne veut pas entendre ma musique… C'était épouvantable, Père. Et chaque fois un peu plus épouvantable encore.

Avec un affairement désespéré, insane, tu allais chercher les grands ciseaux sur ta table de travail. Pour d'insondables raisons, tu tendais un peu plus la ficelle, si bien qu'il y avait une sourde détonation quand elle était coupée. Puis tu tranchais le ruban adhésif, dépliais le papier et le carton – avec des gestes si routiniers, comme si tu avais déjà subi des milliers de refus. À voir ton activité et ton énergie persistante, on aurait presque pu en conclure que contre toute expérience, malgré le renvoi du paquet, tu comptais sur une réponse positive. Tu tassais l'emballage dans la corbeille à papier, par-dessus les feuilles de musique froissées. Avec une fierté farouche et contenue, tu restais devant la partition reliée et tu posais la main sur elle sans en tourner les pages. Alors seulement tu t'asseyais et ouvrais la lettre qui l'accompagnait.

Je n'oublierai jamais ton visage pétrifié tandis que ton regard glissait sur les lignes d'un texte de refus conventionnel. Il devait avoir la fermeté du roc, ce visage, pour pouvoir résister à la déception qui était si familière et qui pourtant te faisait aussi mal que la première fois. Lentement, tu repliais la lettre, tu la remettais dans l'enveloppe et – je sursautais – tu jetais le tout dans la corbeille, avec une négligence pleine d'amertume. Ensuite, tu allumais une cigarette, tu saisissais ton stylo et continuais à travailler à la partition qui était sur le métier. Tout cela, je ne l'ai observé que deux ou trois fois au cours des années. Mais je sais que tout s'est toujours passé exactement de la même manière. Tu étais ainsi.

Il était impossible de te consoler, Père. Je crois encore sentir dans tous mes membres que je voulais aller vers toi et te toucher. Je l'essayais intérieurement : où et comment je resterais près de toi ; est-ce que je passerais mon bras autour de tes épaules, ou la main dans tes cheveux ; quelles paroles on pourrait prononcer. J'aurais préféré dire : « Ne donne pas tellement d'importance au jugement des autres ; tu écris ta musique avant tout pour toi-même. » Comme constatation, cela n'était naturellement pas exact. J'aurais voulu en faire une recommandation. Mais je le sentais : cela, on ne pouvait pas te le dire. Te proposer de voir les choses ainsi – cela t'aurait paru de la dérision. Car c'était faux, et nous savions tous les deux que c'était faux. La plus minable de toutes les consolations, la consolation par le mensonge. Un mensonge comme on en dit quand on veut se débarrasser de la douleur de l'autre au lieu de la partager. Tu écrivais ta musique pour les autres. Ils devaient t'aimer pour cela. Chacune des notes que tu calligraphiais sur les lignes de portées était inspirée par cet ardent désir d'être reconnu.

Le pire, c'était que l'on ne pouvait pas le maudire, ton désir, comme on maudit d'habitude les aspirations et la volonté d'un autre parce qu'elles le détruisent. Car ton désir était si bon, si aisé à comprendre. Tu n'étais nullement assoiffé de gloire, bien que ton besoin de succès fût une sorte de monomanie. Car s'il y avait une chose que tu n'étais pas, c'était bien vaniteux et narcissique. Ce n'était pas pour que tu apparaisses grandiose à tes propres yeux que les autres devaient te juger tel. Ce que tu cherchais, c'était le sentiment d'être accepté, recueilli dans la bienveillance des autres.

Pour bien faire, j'aurais dû passer avec toi par cette déception, me l'approprier, même si elle n'était pas la mienne. Est-ce possible ? Je ne sais pas, Père, et je pense que tu n'aurais pas voulu cela non plus.

Tu voulais être seul dans ta déception. Étrangement, tu voulais la solitude en contrepartie de la reconnaissance débordante dont tu rêvais. On eût dit que les applaudissements t'auraient semblé fades et sans valeur, si ne leur avait pas correspondu en toi la solitude radicale où te plongeait un refus. C'est sans doute pour cela qu'il me semblait impossible de te toucher ou seulement de m'approcher de toi pour te montrer ma solidarité. Cela m'aurait paru présomptueux.

Non, il n'était pas possible de te consoler. C'est aussi pour cela que je me suis enfui.

*
* *

Ainsi parlais-je à Père. Puis je m'assis à la table de travail et m'imaginai que c'était moi qui écrivais cette lettre à son fils au Chili. J'avais l'impression d'étouffer dès que non seulement je me répétais les courtes phrases maladroites, mais que je les *pensais*, les pensais ici, exactement ici, à l'endroit où Père les avait pensées. Soudain, je sus pourquoi j'étais resté dans cette maison.

Je traversai un Berlin qui ne me concernait pas pour me rendre à l'université des Beaux-Arts, où je mis une annonce sur le tableau d'affichage : je cherchais quelqu'un qui pourrait me jouer au piano des partitions d'opéras inconnus.

À peine étais-je rentré que téléphonait une jeune Française dont le père travaillait à l'ambassade. Elle s'appelait Juliette Arnaud. Elle me demanda d'emblée si j'étais le fils de M. Frédéric. Cela me stupéfia, mais je sais depuis lors que Père était très connu parmi nombre d'étudiants de l'université. Il leur donnait des conseils dans la maison Steinway, quand ils achetaient un piano, et il allait avec eux quand, répondant à une annonce, ils voulaient regarder un instrument d'occasion. Il avait la réputation d'être un expert incorruptible, à qui l'on ne pouvait pas en faire accroire quand il s'agissait de pianos. Par la suite, une fois les pianos transportés dans les chambres d'étudiants, il revenait les accorder plusieurs fois, à cause de la température et de l'humidité, et gratuitement.

Puis il restait en silence dans la cuisine commune des étudiants, devant un verre de vin. C'était seulement quand ils lui demandaient de leur expliquer la fabrication d'un piano, qu'il pouvait parler. Et lorsque, enfin, grâce à l'attention générale, il se sentait admis, il leur posait de temps en temps sur leur vie une question qui impressionnait par une simplicité particulière, l'espèce de simplicité que possèdent les premières questions d'un profane quand il s'intéresse à un objet étranger. Qu'est-ce que cela faisait, voulait-il savoir, d'être élevé dans une vraie famille, avec un père, une mère, des frères et sœurs ? Ce qui l'intéressait le plus, c'étaient les repas en commun, de quoi l'on parlait, si l'on parlait tout le temps ou si l'on se taisait parfois, et si alors c'était désagréable, gênant. Et qu'est-ce qui pouvait pousser des jeunes gens comme eux à s'en aller, quand ils étaient auparavant à l'abri dans une famille ?

Au début, les étudiants ricanaient, en pensant aux promenades en famille et autres plaisirs semblables.

Mais dans la manière dont Père posait les questions, quelque chose faisait bientôt disparaître le ricanement. La solitude qu'exprimait cette curiosité envahissait la cuisine, et soudain ces experts en cynisme familial commençaient à chercher des réponses sérieuses. Quand il s'en allait, ils trouvaient que c'était dommage et l'invitaient à revenir. Il ne revenait pas. Après le départ de Père, on tournait en rond, maladroit comme jamais, on ne disait pas grand-chose, et il se trouvait soudain un nombre insolite de volontaires pour faire la vaisselle, puis chacun regagnait sa chambre en silence.

Nous n'avons jamais pu remplacer la famille qui t'avait manqué, Père. Je le savais. Personne ne l'aurait pu. Mais fallait-il que nous ayons été inaptes à briser ta solitude, pour que tu aies dû poser de telles questions à des gens totalement étrangers ! Il semble que nous n'ayons même pas pressenti les dimensions de ta solitude.

On connaissait Père d'une autre manière encore : c'était l'homme qui, au foyer de l'université, étudiait les annonces. À l'occasion, il assistait à un cours ou se rendait à un concert donné par les étudiants. Qu'il composait, il ne l'a dit à personne. Il avait toujours l'air d'un homme qui est en marge, mais voudrait bien s'intégrer.

Juliette Arnaud fait aussi partie de ceux à qui Père a donné des conseils pour l'achat d'un piano. La famille Arnaud a sans doute été étrangement touchée par les manières de Père quand il vint pour l'accorder. Il dut leur paraître timide, lent et un peu ridicule. Mme Arnaud fit remarquer qu'il lui rappelait Buster Keaton. Juliette non plus ne se doutait pas que Père composait. Elle est fascinée par l'idée de découvrir la vie secrète de cet homme farouche. Malheureusement, elle ne peut venir que vendredi. Je peux à peine attendre.

Il n'y a même pas deux semaines que tu m'as téléphoné à Santiago. Nous nous sommes hâtés pour
tout. Des obligations, avons-nous dit, des obligations
à Paris, des obligations à Santiago. Nous n'avons pas
posé de questions sur la nature de ces obligations.
N'avions-nous plus confiance l'un en l'autre ? Ou
bien évitions-nous d'interroger pour ne pas l'être
nous-mêmes ?

Elle faisait mal, cette réserve, car elle donnait à
notre conversation, puisqu'il s'agissait de fixer des
dates, un caractère formel. Et elle engendra une question que je ne prévoyais pas quand nous avons conclu
notre pacte : ma nouvelle vie à Santiago figurera-
t-elle dans mon récit ? En a-t-elle le droit ? Le doit-
elle ? Ou bien ta proposition avait-elle un autre sens :
nous écririons seulement ce qui nous est arrivé pendant les dix-neuf premières années que nous avons
vécues ensemble – jusqu'à cette nuit qui détruisit
tout ?

La manière dont nous répondrons à cette question
fera pour l'autre, le lecteur, une grande différence.
Qu'arrivera-t-il si nos réponses divergent et si nous
dévoilons beaucoup de nous-mêmes, mais de manière
dissemblable ? Et si c'est cela que nous nous dirons
lors de notre rencontre ? Que se passera-t-il alors, au
bistrot ?

Après ton irréel appel téléphonique, j'essayai en
vain, toute la matinée, d'obtenir une liaison aérienne

le jour même pour Francfort. J'étais prêt à prendre les détours les plus impossibles, mais il n'y avait rien à faire. Finalement, on m'enregistra pour le vol de midi le lendemain, via Buenos Aires. Ce furent vingt-quatre longues heures. J'ai souvent été tenté de composer le numéro de Berlin que je connaissais encore par cœur. J'avais hâte d'en apprendre davantage. Ce que tu m'avais dit n'avait simplement aucun sens ; c'était ce qui pouvait arriver de plus invraisemblable dans l'univers. Il me semblait qu'aucune espèce de scénario ne pouvait rendre l'événement compréhensible. Mais je reposais toujours le combiné sur la fourche avant que cela sonnât chez vous. J'avais peur d'entendre la voix de Maman, et je reculais aussi devant le son que ta voix avait eu auparavant.

J'allai à la banque et vidai mon compte. Six ans plus tôt, j'étais à la banque de la Mexicoplatz et liquidais mon livret d'épargne. Tu m'avais dit adieu depuis quelques heures à peine, et l'épouvante m'ôtait encore tout autre sentiment. Plus tard, à l'aéroport, indécis, je regardais la carte de crédit qui m'avait été offerte peu auparavant pour mon baccalauréat. C'eût été l'occasion de l'inaugurer. Je l'ai détruite sans l'avoir utilisée, Maman. Tu aurais reçu le relevé du compte et je ne voulais pas t'avertir du tournant que prenait ma vie. Tu ne devais même pas savoir dans quel pays je m'étais enfui.

Dans l'agence de voyages, j'avais laissé ouvert le billet pour le vol de retour. Je ne voulais pas me fixer une date, de toute façon cela ne changeait rien, pour l'argent, que je prenne mon billet ici ou à Berlin. Mais il ne s'agissait pas d'argent, je ne le savais que trop bien. C'était une question bien différente qui me tint en haleine jusqu'à l'heure où l'agence ferma. Reviendrais-je seulement ici ?

Soudain, en effet, je fus submergé par le souvenir des premiers jours et semaines passés dans cette ville, et il avait une telle force, ce souvenir, que tout ce qui était venu par la suite ne comptait plus. Cet après-midi-là, tout ce que j'avais vécu ultérieurement m'apparut comme une corvée dont je m'étais chargé à l'étranger parce que je n'avais pas la permission de revenir. Vers toi. Mais maintenant l'exil était terminé, dans moins de deux jours je serais près de toi et ensuite je n'avais plus la moindre raison de revenir ici. Maintenant encore, ici, à la table de travail de Père, je peux ressentir la violence de ces sentiments, je n'ai qu'à fermer les yeux et déjà elle m'emporte.

Peut-être comprendras-tu mieux si je te dis ceci : ton réveil de voyage, que j'avais alors emporté, je n'ai pas touché à ses aiguilles pendant ces six années ; il est encore sur ma table de nuit, et il indique l'heure de Berlin et Paris. Pendant les premières semaines, j'ai vécu en moi-même exclusivement d'après la mesure d'un temps dont je supposais que c'était le tien. Je me levais et me couchais d'après l'horaire chilien, certes. Mais à peine étais-je réveillé que mon regard se posait sur la pendulette qui tictaquait pour toi. C'était lorsque je n'avais encore aucun travail et que rien ne me reliait à la vie quotidienne du nouveau pays. Je ne sais plus ce que je faisais toute la journée. Mais souvent je me glissais, sans que ce fût intentionnel, dans ton temps, le soir tombait à ton réveil de voyage et quand je sortais, je remarquais avec un étonnement incrédule que c'était seulement le début de l'après-midi. Plus tard, quand je commençai à travailler, le temps chilien s'empara enfin de moi. Mais je jetais toujours le même regard sur ta pendulette quand je me réveillais ou rentrais chez moi, seulement tout s'enfonçait plus profondément en moi, sans perdre pour autant sa puissance.

Un jour, tandis que j'étais sorti, la pendulette s'arrêta, la pile était déchargée. C'était comme si la dernière liaison avec toi s'était rompue. En panique, je courus au magasin et j'achetai une énorme réserve de piles. Un pareil malheur ne devait plus se reproduire.

Je ne l'ai jamais abandonnée, la mesure de ton temps, pas même pour un seul instant.

Lors de mon voyage d'aller, alors, quand tout se calma dans l'avion, que les conversations se turent et que les lumières furent éteintes, si bien que dans l'obscurité on n'entendait plus que le mugissement des réacteurs, je sentis avec une épouvante silencieuse que je ne savais pas comment je m'arrangerais pour vivre dans un temps où tu ne serais plus. Le temps avait toujours été du temps avec toi, du temps partagé. Je n'en avais pas connu d'autre. Le temps avait été notre création commune, né et déployé dans ce que nous vivions ensemble. Cela paraît fou et incroyable, mais c'était ainsi : je n'avais jamais pensé qu'un jour je devrais vivre en avançant dans un avenir vide, un avenir plein de ton absence. Que quelqu'un dût se trouver seul devant un avenir infini : je trouvais cela monstrueux. Le temps devint mon ennemi cruel, insaisissable.

Il peut arriver que l'on ne sache que faire de son temps, et pourtant ce n'est pas de l'ennui. L'ennui suppose une certaine familiarité. C'est justement cette familiarité, devenue de la monotonie, qui fait paraître le temps long. Je souhaitais ardemment pouvoir m'ennuyer.

La bise coupante d'hiver, quand j'arrivai à la mi-juillet, s'est gravée ineffaçablement dans mon visage. Même pendant l'été le plus torride, je croyais la sentir sous la sueur qu'il fallait constamment essuyer. Maintenant encore, je la sens, malgré la chaleur qui rayonne de la lampe de bureau sur la table de Père.

J'avais le sentiment que ma peau était trop fine pour ce froid sec et plus encore pour le soleil. Comme si ce soleil laiteux pouvait me calciner. Je cherchais continuellement l'ombre. Puis je grelottais. Ma peau semblait totalement inapte à la survie.

Ce qui était insupportable les premiers temps : se déplacer dans la ville avec le détachement d'un touriste, mais sans la curiosité de celui-ci. La ville : un décor sans vie, rien de plus. Je commençai à attendre que se manifeste ma curiosité envers le nouveau pays – elle m'aiderait à rejoindre le présent. (Curiosité : la force de se laisser capturer par le pays étranger et être ainsi libéré du fardeau des sentiments rétrospectifs.) Pourtant, jusqu'à maintenant nous avions toujours partagé la même curiosité, et quand quelque chose avait intrigué l'un de nous en l'absence de l'autre, nous y accordions toute notre attention afin de pouvoir le raconter ensuite à l'absent. Maintenant, cette possibilité n'existait plus – de quoi devais-je être curieux ici ? Chaque rue, chaque bâtiment, chaque place était d'abord ce que tu ne voyais pas et que je ne pourrais pas te décrire.

J'achetai un appareil photographique. Je me forçai à regarder exactement. Peut-être la ville se laisserait-elle ainsi éveiller à la vie. Je n'apportais jamais les films à développer, ils commencèrent à s'empiler. Les photos étaient destinées à tes yeux, mais ces yeux étaient dans un lointain inaccessible. Et même si tu devais les regarder un jour : elles seraient pour toi tout autres que pour moi, des reproductions d'une ville inconnue, rien de plus. Tu examinerais chaque photo, longtemps, plus longtemps que l'on s'attarde d'ordinaire sur des vues étrangères. Tu mentionnerais des détails pour me montrer à quel point tu essayais d'en faire aussi tes images. De même que tu as toujours essayé de m'aider à franchir ce qui nous séparait. Cela ne servirait à rien.

Parfois, je marchais tout près des maisons et je laissais mes mains glisser le long de la pierre. Pas tellement pour m'assurer de leur réalité. C'était plutôt une tentative de surmonter cette torturante distance avec les choses et arriver enfin dans ce pays. Il y avait des gens qui me croyaient aveugle et m'offraient leur aide.

Pendant des jours entiers, il me sembla que je n'étais pas venu ici de mon propre mouvement, mais en proie au charme énigmatique émanant d'un autre, et que désormais c'était son emprise qui me retenait dans cette ville. La nuit, quand j'étais éveillé, je pensais : je n'ai pas voulu venir ici, je n'ai pas vocation à faire le tour du monde.

Je me sentais abandonné par mon âme. En rêve seulement, quand j'oubliais où j'étais et que c'était ici un lieu sans toi, je pouvais parfois jeter un coup d'œil sur elle. Mais à peine cet oubli rêvé était-il passé, que je m'étais de nouveau complètement perdu. J'étais aussi étranger à moi-même que si je souffrais d'une amnésie totale.

J'essayais de me rendre maître de ma pétrification en écrivant aussi exactement que possible ce qu'il en était de moi. Cela ne servait à rien. Je retombais toujours sur les mêmes phrases. C'était terrible de constater que tout à coup la langue ne m'aidait plus à vivre.

Je ne me suis jamais délivré de cette pétrification. Je semblais l'être, mais seulement parce que ma vie prenait un cadre extérieur grâce au travail que j'effectuais ensuite. Je m'habituais à cet état et j'y prenais plus rarement attention. Je ne savais pas jusqu'alors que des sentiments, même les plus forts, vous ennuient à la longue.

Personne ne m'avait dit que la solitude peut être une sensation physique comme la faim, la soif ou le dégoût. Personne ne m'avait dit qu'elle peut devenir un sentiment qui vous retient prisonnier même quand on le croit disparu. Un jour où elle se manifesta de nouveau, j'essayai de me rappeler comment c'était quand je ne me sentais pas solitaire. Je l'avais oublié. Cela me plongea dans une peur panique.

Je ne reviendrai pas à Santiago, pensai-je le matin d'avant mon départ, alors que ces souvenirs me submergeaient et m'emportaient. Ou juste pour résilier le bail de mon logement et vendre mes quelques affaires. J'allai à l'*Inca de Oro*, mon café habituel. J'essayai de m'attabler là comme quelqu'un qui prend congé pour toujours. J'attendis que cédât en moi cette grande pression intérieure, comme lorsqu'on a enfin surmonté un obstacle. En vain. Je sus alors que quelque chose n'allait pas.

*
* *

J'ai été de nouveau réveillé par la lumière aveuglante qui pénétrait dans la chambre de Père par les fenêtres nues. J'avais ouvert les volets dans la nuit parce que je me sentais enfermé dans cette atmosphère confinée et ténébreuse. J'ai tiré mon manteau par-dessus ma tête pour pouvoir me rendormir, mais en vain. Après quoi je suis allé acheter des draps bleus pour remplacer les rideaux. Ils pendent maintenant devant la fenêtre et diffusent dans la pièce une froide lumière crépusculaire qui fait du bien à ma tête à bout de fatigue. Quand je cessai d'écrire à minuit, je le savais : maintenant il faut que je téléphone à Paco, je ne dois pas tarder davantage.

Paco : c'était ce qui ne concordait pas avec mon idée de ne plus jamais revenir à Santiago. Je ne pouvais pas le laisser tout simplement tomber, le garçon que j'avais un peu attiré hors de lui-même, plus loin qu'un être humain n'y avait jamais réussi auparavant.

Quelqu'un l'avait exposé sur les marches de la clinique pédiatrique. Il portait au cou un morceau de carton avec le nom PACO. Ses vêtements étaient raides de crasse et son corps n'avait pas vu d'eau depuis des mois. Quand on l'eut lavé, on s'aperçut que son corps était zébré de stries qui attestaient d'innombrables coups. En maints endroits, c'était devenu des plaies suppurantes. Il ne pouvait marcher que difficilement, les mauvais traitements avaient endommagé une de ses hanches. Il boitera toujours un peu et devra porter des chaussures adaptées. Quand je fis sa connaissance, il était âgé de cinq ans et n'avait pas encore prononcé un seul mot.

La première fois, je l'ai aperçu à travers la clôture d'un jardin. C'est un grillage à grosses mailles qui protège de la rue à grande circulation un terrain de jeu pour enfants. Je restais devant la grille parce que j'aimais bien le sable jaune qui recouvrait le terrain. Je m'approchai tout près de la clôture, je posai les mains sur le grillage et regardai les enfants qui jouaient, surveillés par un groupe de femmes. Je remarquai Paco, isolé à l'écart des autres et semblant complètement absorbé en lui-même. (*Ensimismado*, dirait-on en espagnol. N'est-ce pas un mot merveilleux ?) Il était totalement silencieux au milieu du tumulte des enfants, une île de silence. Le vacarme du monde, aurait-on dit, ne parvenait pas jusqu'à lui, et cette impénétrabilité, cette intangibilité devant les bruits, se transmit à moi, le spectateur. Je me sentais aussi silencieux que tout devait l'être en lui.

46

Soudain, il leva la tête et posa sur moi un regard comme je n'en avais jamais encore croisé. Ce n'était pas la fixité habituelle d'un regard enfantin, si direct, si dépourvu de crainte qu'il peut vous mettre dans l'embarras. Dans les yeux de Paco, on lisait quelque chose de contradictoire, de divisé : ce regard était bien à l'extérieur, près de moi, et en même temps entièrement rétracté, pour ainsi dire enfermé dans cet enfant. Le soutenir était difficile. Sans détourner les yeux, le garçon fit quelques pas dans ma direction et après un moment, quelques pas encore. À présent, il n'était plus qu'à deux ou trois mètres de moi. « *¡Hola !*, dis-je, *¿cómo te llamas ?* » Pas de réponse, rien que ce regard, toujours, droit, énigmatique, où semblaient se mêler curiosité et méfiance. Une femme se leva du banc et avança vers nous à pas rapides. Elle me scruta d'un regard pénétrant, saisit sans un mot la main de Paco et l'emmena. Je me sentis pris en flagrant délit, sans savoir de quoi.

Alors seulement, en ôtant mes mains de la grille, je remarquai la peinture rouge. Quelqu'un avait récemment peint en rouge cette partie de la grille, sans que l'on puisse savoir dans quelle intention. Maintenant, la peinture collait à mes mains et en tentant de l'essuyer, je ne fis que l'imprimer plus profondément encore dans les sillons de la paume. C'était une peinture opiniâtre, collante comme du goudron, et il me fallut des jours pour m'en débarrasser. Chaque fois que je me lavais les mains, je pensais à Paco et à son regard.

Une semaine après cette première rencontre, je passai de nouveau près du terrain de jeu. C'était à la même heure et Paco était de nouveau là. Cette fois, agenouillé sur le sol, il faisait couler le sable jaune entre ses doigts, lentement, et recommençait sans cesse. Quand il m'aperçut, il s'arrêta et ses doigts se refermèrent sur le sable. Il se leva et avança vers moi à pas hésitants, le poing solidement serré sur le sable. Mais au lieu de s'approcher jusqu'à être en face de moi comme la première fois, il s'arrêta un peu à ma gauche et secoua la tête. Je ne comprenais pas et je fis dans sa direction un geste interrogateur. Il secoua de nouveau la tête, rien d'autre. Je ne comprenais toujours pas. À présent, il levait ostensiblement la tête et regardait fixement droit devant lui. Je suivis son regard et alors je compris : il désignait l'endroit rouge de la grille. Je fis quelques pas vers la gauche et je mis les mains près de la peinture, d'abord sans la toucher. Paco attendait avec impatience. Finalement, j'entourai de mes mains le fil de fer peint en rouge, sur lequel on voyait encore les traces que j'avais laissées.

En cet instant, le visage de Paco s'illumina pour la première fois. La métamorphose fut énorme, je n'avais encore jamais rien vu de comparable. Si auparavant ses yeux avaient été comme une armoire verrouillée sur son contenu – à présent ils s'ouvraient et laissaient entrer mon regard. C'était comme si nous nous rencontrions enfin réellement. « ¡Hola ! », dis-je, et je lui souris dans l'espoir qu'il me rendrait mon sourire. Mais les traits de son visage, qui trahissaient une origine indienne et semblaient parfois comme sculptés dans le bois, restèrent immobiles. Ce fut autre chose qui arriva. Il tendit vers moi son poing fermé et le tint un moment sans bouger à bout de bras, puis il desserra un peu les doigts si bien que le sable en ruissela et fut emporté par le vent. Il gardait la tête baissée. Mais de temps en temps il la relevait légèrement et me jetait d'en dessous un bref coup d'œil, comme pour s'assurer que je le regardais encore jouer avec le sable. C'était la première fois que Paco et moi, nous *partagions* quelque chose.

J'étais captivé par la scène, si bien que je remarquai la femme de la dernière fois seulement lorsqu'elle se plaça à côté de Paco et lui posa la main sur l'épaule, comme pour l'assurer de sa protection.

« Que voulez-vous à ce garçon ? » demanda-t-elle, et dans sa voix il y avait une sévérité que je redouterais toujours, plus tard aussi, même quand elle ne s'adresserait pas à moi.

« Rien, fis-je après un moment, je ne lui veux rien. Il voulait que je pose mes mains sur la peinture rouge, exactement comme la dernière fois. Et il m'a montré son jeu avec le sable. » Comme elle ne disait rien, j'ajoutai : « Cela nous relie maintenant. »

La femme n'aima pas cette dernière remarque. Je ne sais pas à quoi je m'en aperçus, mais je le vis. Elle semblait lutter contre des impulsions contradictoires. Finalement, son expression froide, presque hostile, s'effaça et fit place à l'esquisse d'un sourire.

« Maintenant, je comprends, dit-elle. Ces derniers temps, il était fou d'objets rouges. Peu importe ce que c'était. Il fallait que ce fût rouge, c'était le principal. Tout le reste ne l'intéressait pas. Parmi ses crayons de couleur, le rouge était toujours le plus court. Je n'y comprenais rien. Il doit vous voir ainsi. C'est typique pour lui, cette manière de relier les choses l'une à l'autre. Et il faut aussi que la deuxième fois soit exactement comme la première. » Elle hésita. « Je crois qu'il voudrait que vous reveniez. » Et après une autre pause : « C'est rare, chez lui. Très rare. »

Ainsi fis-je la connaissance de Paco et de Mercedes Valdivieso, son infirmière. Il a une épaisse chevelure d'un noir brillant qui lui tombe en boucles sur les épaules, comme chez une fille. Quand je le vois, je suis constamment tenté de passer la main sur ces boucles. Mercedes, qui se considère non seulement comme son infirmière, mais en secret aussi comme sa thérapeute, me l'a strictement interdit. Alors que je l'essayais quand même une fois en son absence, Paco se pétrifia au milieu de mon geste. Ce fut la plus violente réaction humaine que j'aie jamais vue – justement parce qu'elle se déclencha dans un tel silence. Après cela, je n'ai plus essayé pendant longtemps de le toucher.

Un jour, ensuite, il recommença à se mettre constamment auprès de moi, comme lors de ma première caresse. Il ne faisait cela que quand nous étions seuls. Il prenait beaucoup de temps pour s'exprimer, aussi n'ai-je compris ce qu'il désirait que plus tard. Même alors j'ai encore hésité. Quand je le fis enfin, je ne touchai sa tête que très brièvement. Paco tremblait comme si ce contact pouvait signifier son anéantissement. La peur et le désir s'équilibraient. Il ne se raidit pas et ne s'enfuit pas non plus en courant. Par la suite naquit entre nous, très lentement, une relation corporelle, les contacts durèrent peu à peu plus longtemps. Ce développement fut interrompu par des rechutes où il semblait que la confiance péniblement établie se perdait de nouveau. Ces jours-là, j'échouais en tout. La sensation de ce contact avec les cheveux de Paco est restée gravée dans mes paumes, je n'ai pas besoin de me représenter le garçon, c'est la mémoire de la main. Maintenant aussi, alors que je suis à des milliers de kilomètres, assis à la table de Père, je sens la vigueur et la souplesse soyeuse de cette chevelure. Il me semble que Paco tend la tête vers ma main. En même temps, je sais très bien que ce n'est pas vrai.

Non, pensais-je en ce temps-là à l'*Inca de Oro*, il n'est pas aussi simple de disparaître. J'eus peur soudain de mon adieu à Paco, qui devait avoir lieu le soir même. Je demandai à Juan, le propriétaire du café, à qui me liait une camaraderie laconique, ce qu'il avait ressenti quand il avait quitté Inca de Oro, l'ancienne ville de chercheurs d'or dans le désert du Nord, pour aller à Santiago. Comme si son adieu et le mien pouvaient être comparés ! Eh bien, le sable jaune lui a manqué et il lui manquait aujourd'hui encore, dit Juan.

Paco venait juste de dîner quand j'entrai dans la clinique. Comme toujours quand il me voyait, son regard s'illumina. Je connais chaque nuance de cette lumière. Il ne fit les derniers pas vers moi qu'en hésitant, les yeux fixés sur mon visage. Puis il s'assombrit, il sentait que quelque chose n'allait pas. Je lui expliquai que je devais partir en voyage. Dès les premiers mots, il détourna le regard. Je connaissais cette réaction. Cela ne veut pas dire qu'il fixe autre chose. Son regard se perd plutôt tout entier, comme attiré vers l'intérieur dans une profondeur close, inaccessible, et alors il ne reste plus que deux yeux aveugles. Le garçon paraît sombrer en lui-même, on pourrait presque dire qu'il s'y noie. C'est la plus émouvante expression de déception que je connaisse. Péniblement, avec hésitation, il s'était tourné vers quelqu'un, il lui avait donné sa confiance. Et maintenant cette personne le laissait tomber.

Je m'accroupis de manière à être à sa hauteur. Soudain, il me frappa du poing en plein visage et je basculai en arrière. Pendant une seconde, peut-être moins encore, il me frôla d'un regard abandonné, désespéré. Puis il fit demi-tour et s'en alla le long du couloir, de sa démarche anguleuse. Pendant tout ce temps, il se frappait les dents avec ses doigts repliés. C'est un geste qu'il fait toujours quand il est irrité. Quand il fut arrivé presque au bout du sombre couloir de la clinique, il s'arrêta devant sa chambre. Contre toute expérience, j'espérais qu'il tournerait la tête dans ma direction. Il ne le fit pas. Après un moment, il donna un coup de pied dans la porte entrebâillée et disparut, avec un geste de fureur.

J'allai à l'agence de voyages et je pris aussi un billet de retour.

*
* *

Je déteste ces coups de téléphone transatlantiques, lors desquels les paroles arrivent avec un décalage et on parle constamment sans s'entendre ; c'est seulement celui qui a les nerfs les plus solides qui parvient à être intelligible. Hier, avant de composer le numéro de la clinique psychiatrique de Santiago, je pensais que Paco ne ressemble plus à celui que garde mon souvenir. Déjà, quand je quittai Santiago, il portait un turban rouge sang. Peu avant de monter à bord, j'avais téléphoné à la clinique. Mercedes n'était pas là et ce fut seulement Teresa, l'autre infirmière, qui me raconta ce qu'il s'était passé. La veille au soir, Paco s'était procuré des ciseaux et, dans un accès de rage autodestructrice, il s'était coupé les cheveux jusqu'à ce qu'il n'en restât plus que quelques touffes raides. En s'efforçant de les couper aussi ras que possible, il s'était blessé en plusieurs endroits. C'était peut-être exprès, pensait Teresa. En tout cas il saignait beaucoup, et maintenant il portait un pansement en turban d'où le sang suintait constamment. Pendant les premières heures qui suivirent le décollage, je fus troublé et je ne pus rien avaler. Je voyais Paco devant moi, donnant un coup de pied furieux dans la porte, je voyais s'éteindre son regard et je sentais dans ma main la chevelure qu'il n'avait plus. L'image du turban sanglant me poursuivait. Je ne pus m'en débarrasser que lorsque l'aube pointa au-dehors et que l'avion vola dans la lumière du nouveau jour. Vers l'Europe. À l'aéroport de Francfort et ensuite encore une fois à Berlin, je faillis téléphoner à Mercedes pour m'informer de l'état de Paco. Je ne le fis pas. Le turban avait perdu un peu de sa réalité dans la lumière de l'autre continent. Cela faisait mal.

Dans la nuit qui suivit l'enterrement, alors que la maison nous paraissait si insupportablement vide et silencieuse, j'ai finalement téléphoné. Les blessures de Paco étaient guéries, me dit Mercedes, les cheveux pouvaient repousser. Il ne touchait plus des choses rouges. Elle parlait sèchement et dans sa phrase sur les choses rouges, il me sembla entendre vibrer un discret triomphe. Mais c'était peut-être seulement le bruissement de la ligne.

Pour appeler hier dans la nuit, j'attendis qu'il soit deux heures un quart. Huit heures un quart, c'était l'heure où l'on envoyait au lit les enfants de la clinique psychiatrique, à huit heures et demie on éteignait la lumière. C'était alors que je pourrais le plus facilement joindre Paco. S'il voulait me parler.

Mercedes était de service. « Tu as pris ton temps », dit-elle.

Je trouvai cela déloyal et je me tus. Au bout du compte, ce n'étaient pas des bagatelles qui s'étaient passées ici ces derniers jours. Mercedes est une infirmière fabuleuse, compétente et dévouée. Ce qui me pose parfois problème, c'est que pour elle le monde semble n'être composé que de ces enfants perturbés.

« Puis-je lui parler ? » demandai-je. Lors de mon dernier appel elle avait catégoriquement refusé.

« Attends, dit-elle, et après un moment : Je te le passe.

— Paco ? dis-je, et je sentis mon cœur battre jusque dans ma gorge. C'est moi, Patrice. »

Rien. Silence. Je répétai son nom, trois fois. Puis enfin j'entendis sa voix, dure et brève.

« *Doce días, una hora.* » Douze jours, une heure.

Je ne compris pas immédiatement et je lui demandai de répéter.

« *Doce días, una hora.* »

Je comprenais maintenant, et ma gorge se serra. Douze jours et une heure, c'était le temps qui avait passé depuis notre adieu avec le coup de poing. Il avait compté exactement, à une heure près. J'ai compté moi aussi par la suite. C'était exact.

Je parvins à prononcer avec effort : « Tu me manques, *Señorito.* »

« Il est déjà parti », dit Mercedes.

Cela ne me plaisait pas, qu'elle eût entendu le mot que j'avais imaginé pour m'adresser à l'enfant. Cela ne la regardait pas. Cela ne regarde que Paco et moi, rien que nous deux.

Comment va-t-il, avais-je voulu demander, comment va sa tête, et tout le reste ? Maintenant ce n'était plus possible.

« *Adiós* », dis-je, employant le terme formaliste au lieu de notre *ciao* habituel.

Je devrai recommencer du tout début avec Paco. Il faudra une patience infinie. Il n'oublie aucune des douleurs qu'on lui a infligées. Comme Père.

*
* *

On a sonné tout à l'heure, et Baranski attendait devant la porte avec un couple que la maison intéressait. Il faisait comme s'il n'y avait eu aucun heurt entre nous. Il était faussement aimable. Sa commission primait tout. Des gens abominablement étrangers s'étaient introduits dans notre maison, des intrus qui discutaient au sujet des pièces comme si c'étaient *n'importe quelles* pièces. Ils entrèrent dans la chambre de Père en dernier. J'avais laissé les draps accrochés devant les fenêtres, je ne pense nullement à me cacher. L'homme et la femme restèrent près de la porte, visiblement déconcertés par ces bizarreries. De temps en temps, ils me jetaient un coup d'œil rapide. Voilà donc le fils des gens qui ont Antonio di Malfitano sur la conscience : manifestement, il n'est pas tout à fait net lui non plus. « Un beau piano à queue », dit enfin courtoisement la femme. Quand pourrait-on commencer la rénovation, demandèrent-ils en conclusion. Cela voulait dire : quand quitterais-je enfin les lieux. Pour le moment, je reste, dis-je. Je répétai avec plaisir le mot critique. Eh bien, ils allaient réfléchir encore, dirent les gens ; et sans me serrer la main, ils se dirigèrent vers le portail du jardin. Le visage gras de Baranski devint rouge foncé quand je refusai carrément de lui donner une clé pour le cas où je ne serais pas là. « Impossible, siffla-t-il sur le pas de la porte, finalement, ce n'est pas une maison dépourvue de tare, ne l'oubliez pas. » Il n'aurait pas dû dire cela. Je claquai la porte. Le problème, c'est que l'on n'est pas pour autant débarrassé de Baranski. Sa répugnante lotion d'après-rasage adhère à tout. C'était déjà ainsi les dernières fois.

*
* *

Mon intuition l'avait su immédiatement, mais dans ma tête il fallut encore un moment avant que je comprenne. Les mots de Paco au téléphone étaient comme les mots de Père dans sa première lettre. Un staccato de déception et de reproche, désespéré, solitaire. J'allai chercher la deuxième lettre de Père. *Mon fils, je peux t'annoncer que j'ai remporté le célèbre concours de musique de Monaco,* Concours d'opéra contemporain*. *J'avais envoyé mon dernier opéra.* (*Il s'intitule* Michel Kohlhaas.) *Et imagine : contrairement à ce qui se passe d'habitude, ils n'ont pas renvoyé la partition. Ils l'imprimeront et représenteront mon œuvre à l'automne. À l'Opéra de Monte-Carlo (salle Garnier). C'est ce que je voulais te dire. Ton père.*

J'avais ouvert la lettre la nuit précédant mon départ de Santiago. Auparavant, j'étais resté longtemps assis dans le noir, palpant de temps en temps mon nez endolori par le coup de poing de Paco. Il m'avait semblé prendre un grand élan de l'intérieur et je me rappelle que je me cramponnais au dossier de mon fauteuil d'osier comme si je voulais m'assurer de mon présent chilien, qui devait m'empêcher d'être balayé par tout ce qui arriverait dorénavant.

Je devais décacheter les lettres. Maintenant je ne pouvais plus me dérober. Je devais enfin ouvrir le tiroir. Toutes ces années, je ne l'avais qu'entrouvert chaque fois pour y glisser les lettres. Ensuite, il avait de nouveau disparu sous le napperon au crochet posé sur la commode. Ce napperon petit-bourgeois et entre-temps sali m'a toujours offusqué. Mais il m'a aidé à ne pas penser aux lettres, et ainsi est-il resté où il était. À présent, je le repoussai et j'ouvris largement le tiroir.

Je n'avais pas pensé qu'il pouvait y avoir autant de lettres. Je les comptai et les classai selon les dates. Il y en avait soixante-dix-huit, deux de Père, le reste de Maman. J'avais décacheté la première lettre de Père quand elle était arrivée ; la seconde, envoyée la même année à la fin du mois de janvier, je n'avais plus osé la lire. À présent, je l'ouvris.

Je ne savais pas ce qui était le pire : que je n'aie pas réagi à cette lettre ou à la première. Un instant, je crus étouffer sous le poids de ma négligence.

56

Aujourd'hui, je sais à quel point Père en a été blessé, les deux fois. Plus tard, dans l'avion, je composais dans ma tête des phrases honnêtes et qui devaient quand même lui signifier à quel point j'étais désolé, après coup, d'avoir été contraint de me fermer à ce point. En me dirigeant vers la prison, je récapitulais ces phrases. Mais quand ensuite il franchit le portail et sortit en liberté, les phrases préparées s'évanouirent.

Je relisais sans cesse la lettre. *Ils* n'avaient pas renvoyé la partition et *ils* l'imprimeraient. Ce *ils* tout particulier avait toujours eu dans la bouche de Père une sonorité oppressante. Cela désignait une puissance étrangère, une Haute Cour de justice invisible, inattaquable, de la grâce de laquelle il dépendait et qui ne motiverait jamais les décisions qu'elle prenait. Combien la réalité lui a donné raison !

Je relus encore souvent la première lettre de Père cette nuit-là. *J'espère que tu auras du succès*, avait-il écrit. Il ne fallait pas se laisser tromper par la formule conventionnelle. Il ne parlait pas d'argent ni de « glamour ». Il me souhaitait d'être reconnu et aimé par les gens que je rencontrais dans le nouveau pays, reconnu pour ce que je suis. Il ne me souhaitait rien de moins que de pouvoir vivre ce qui lui avait été refusé. Et cela, bien que je me sois enfui sans un mot. Ce n'était pas simplement un vœu amical destiné à m'accompagner en chemin. Ce qu'il voulait me souhaiter et me dire, c'était simplement ce qu'il y avait de plus important au monde.

Et pourtant je haïssais cette phrase à cause de ce mot qui ne recélait en lui que du malheur : SUCCÈS. C'était le mot devant lequel je m'étais enfui et que je ne voulais plus jamais entendre. Quoi que fût ce qui avait envoyé Père en prison, l'idée de succès y avait joué un rôle, j'en étais sûr.

Les phrases laconiques de Père me nouaient la gorge. Et puis je pensai : quelle lettre leur as-tu envoyée en réponse ? Qui t'a aidé ? Je me revoyais debout près de toi, Père, un jour où tu étais venu me chercher, une lettre à la main, pour que je t'aide à la rédiger. Alors tu étais le pupille du foyer et moi le professeur d'un handicapé. Certes, je t'ai beaucoup aimé en de tels instants, mais c'était aussi terrible de te saisir dans ta gaucherie et de te voir tracer au ralenti les caractères de ton écriture demeurée enfantine. Je me rappelais ton étonnement honnête, sans envie, devant celles de mes tournures qui te semblaient particulièrement bienvenues. Moi, j'y décelais une émouvante tendance au kitsch, qui m'avertissait de chercher une autre expression, plus neutre, mais qui te décevait, si bien qu'il en résultait un combat feutré. Car tu revendiquais ensuite le droit d'émettre un jugement sur le choix des formules que je proposais, et tu avais alors autour de la bouche un pli d'orgueil ironique auquel il était difficile de résister. C'étaient des moments très intimes, Père, beaux et terribles.

Monaco, pensais-je. Toi à Monaco. À Monte-Carlo. Durant toutes ces années, tu en avais rêvé, je le sais. Mais cela ne te sied pas. Il n'est rien qui t'aille encore moins que le monde scintillant de la Côte d'Azur. Michel Kohlhaas, en revanche : aucun sujet ne te convient mieux que celui-là. Tu te seras reconnu dans le marchand de chevaux de Kohl-haasenbrück, et en traduisant dans ta musique sa lutte acharnée et vaine pour recouvrer son droit, tu as trouvé une possibilité de donner une expression à ton propre combat pour la reconnaissance de ton talent. Tes blessures et tes humiliations, ton amertume et toute la haine qui se cache derrière un sourire prétendu hautain, tu les as criées dans le monde sous la forme d'airs d'opéra. Quel triomphe indescriptible pour toi, de voir justement cet opéra couronné.

Voilà ce que je pensais lors de cette dernière nuit à Santiago. Je mis longtemps à m'endormir et, pendant le reste de la nuit, je m'efforçai en rêve de me défendre contre un nombre accablant de reproches.

Le matin, en route vers l'aéroport, je fis arrêter le taxi devant une librairie et j'achetai le roman de Kleist en espagnol. Je l'avais déjà lu, des années auparavant. Il fallait que je le relise. Tout de suite. Je commençai déjà dans la salle d'attente. Quand on appela les passagers du vol, je fourrai le livre dans mon sac avec les lettres de Maman, que je n'avais toujours pas ouvertes. Puis je montai dans l'avion.

PATRICIA

Premier cahier

J'ai déposé ma valise et fermé la porte. Encore vêtue de mon manteau, j'ai marché lentement dans les pièces froides, étrangère dans mon propre logis. Plus tard, j'ai attendu à la fenêtre le lever du jour, j'espérais qu'il m'aiderait à réintégrer le présent de cette demeure et de cette ville. Le téléphone a sonné. Je n'ai pas décroché. Ce serait trop tôt pour voir Stéphane. Et pour le moment je ne veux encore rien savoir des gens de cinéma. Je veux d'abord commencer à écrire, pour être fidèle à notre pacte.

Ton récit sera plus éloquent que le mien. Les mots te viennent plus vite qu'à moi et sont davantage de vrais mots. Il en a toujours été ainsi. Ce n'est pas un hasard. Ni non plus une question de don. Il fallait que tu termines toutes les phrases que Maman laissait inachevées. Elle attendait cela de toi. J'avais souvent l'impression qu'il existait un contrat tacite entre vous : tu prononçais jusqu'au bout les phrases qu'elle commençait ; cela te valait en revanche un amour exceptionnel. C'est la première grande tâche qui t'a été imposée. Tu l'as accomplie avec brio, chaque fois. Ainsi es-tu devenu un artiste de la langue. Il ne t'est jamais venu à l'idée que les phrases de Maman ne restaient inachevées qu'en ta présence. C'était une manière géniale de te séduire. Était-ce par calcul ou non – je ne sais pas. Chez Maman, il était difficile de le savoir, plus difficile que chez d'autres personnes.

J'aimerais mieux te présenter une série d'images où tu apparaîtras tel que je te vois, et qui nous montreront ensemble comme je crois que nous étions. Car j'ai appris grâce à toi (sinon de toi) à me méfier des paroles, même quand elles sont exactes et convaincantes et douces comme tes paroles le sont si souvent. Ce que je préférerais, c'est que tu sois livré sans défense, dans un mutisme total, à mes images intérieures telles qu'elles apparaissent sur l'écran, si bien que tu comprendrais ce qu'il en a été de toi et moi pendant ces vingt-cinq années. Comme cela n'est pas possible et que notre convention te donne un avantage, je te prie de laisser mes mots agir sur toi comme je souhaiterais que mes images le fassent. Je te prie de les recevoir en toi sans résistance et de ne pas les traiter comme des points dans un jeu où tu m'es supérieur. Puissent mes mots tomber en toi comme dans un étang calme, puissent-ils décrire des cercles et soulever des vagues ; je voudrais que tu laisses à ce phénomène toute liberté de se déployer, que pour me répondre tu attendes qu'il ait produit tous ses effets, non seulement à l'extérieur, mais aussi à l'intérieur, et que tu aies vraiment compris ce que je dis. Feras-tu cela, Patrice ? Le feras-tu pour moi ? Mettras-tu de côté une fois, une seule fois, le bouclier de ton éloquence, pour te laisser toucher et même, là où c'est inévitable, blesser ? Afin que nous puissions nous libérer l'un de l'autre ?

*
* *

En cet instant, tu es dans l'avion de Francfort, pour voler ensuite pendant toute une nuit interminable jusqu'au-delà des Andes, presque jusqu'à l'île de Pâques. La folle distance que tu as mise entre nous à cette époque m'apparaît comme une brutalité tyrannique. Je la trouve puérile, ta démesure. Je l'aime.

Au moment où je m'éloignais, quittant la Mexicoplatz, le camion de déménagement entrait dans la Limastrasse. Je l'ai suivi du regard jusqu'à ce qu'il s'arrête devant la maison. Cela ne sera pas, pensai-je. Il ne laissera pas vider la maison pour ensuite aller son chemin. La manière dont tu tenais les partitions de Papa dans tes mains en les empaquetant, avec cet air de tendre méditation qui te rend tellement irrésistible : j'étais sûre que tu entreprendrais encore quelque chose. La manière, aussi, dont tu contemplais le piano : c'était une évidence palpable qu'il te serait impossible de les regarder le démonter et l'emporter, privé de chant et de son, comme un meuble parmi d'autres meubles.

Mais naturellement tout cela est absurde. Tu auras porté à la poste la valise de métal avec les partitions. Peut-être, as-tu pensé, volera-t-elle par l'avion que tu allais prendre, pour ainsi dire sous ton siège. Pendant une demi-journée tu es allé de magasin en magasin, jusqu'à ce que tu aies trouvé une valise qui te paraisse digne de confiance. C'était ce que tu voulais. Je prendrais les livres et les autres documents, toi les partitions. Des partitions que nous n'entendrons jamais. Que personne n'entendra jamais.

Tu te seras enfui le plus loin possible dans une autre chambre quand ils sont venus chercher le piano. Je t'imagine, regardant par la fenêtre sans rien voir, les poings serrés dans tes poches, les dents mordant tes lèvres. Tant d'années ont passé et je peux toujours te deviner. Autrefois, quand tu t'en apercevais, ton visage laissait paraître un étonnement où se mêlaient joie et effroi. Cet effroi aurait pu mettre de l'espace entre nous, comme un appel à nous délimiter. Mais tu semblais ne pas remarquer ton propre effroi, ou bien tu ne voulais pas percevoir qu'il était capable de nous séparer. Et à la prochaine occasion, tu cherchais à me montrer que tu pouvais me deviner de la même manière. Non que tu n'y aies pas souvent réussi. Mais parfois, et de plus en plus souvent, ce n'était pas vraiment moi que tu devinais, mais toi en moi.

Je décelai encore autre chose quand je te trouvai debout près du piano, les partitions à la main : ta proposition tacite d'étudier ensemble la musique de Père. Cherchons quelqu'un qui fasse chanter ces notes, allais-tu dire. Après tout ce qui s'est passé, nous le devons à Père. Et cela, nous devons le faire ensemble ; finalement, c'est aussi tous les deux ensemble que nous nous sommes fermés à ces notes et à la musique en général. Ce pourrait être une chance de reconquérir enfin l'univers des sons, ou mieux : d'y pénétrer vraiment pour la première fois. Restons encore ici le temps qu'il faudra. Ce sera la dernière chose que nous ferons en commun.

Tu aurais été très persuasif, comme toujours quand tu sollicites avec des mots. Mais naturellement, ce que tu allais proposer n'aurait nullement été une dernière chose. Au contraire, une autre histoire se serait ainsi nouée entre nous. On pouvait le lire dans tes yeux. Alors je sus que je devais partir, que je devais trouver en moi la cruauté de partir aussitôt et pour toujours. Mon ancienne colère s'empara de moi, parce que tu m'imposais toujours le rôle de la cruelle qui refuse l'harmonie désirée ; parce que dans ton désir de communauté, tu es tellement incontrôlé. Tu peux être infiniment patient et maître de toi, quand tu te mets au service de ce désir et que tu poursuis un but où il s'exprime. Tu peux alors être maître de toi jusqu'à te nier toi-même, tu as un souffle d'une longueur inouïe et une imagination inépuisable. Mais quant à ce désir même, tu te laisses aller comme un petit enfant. Là, Maman a fait tout le travail.

Je pouvais sentir ton regard déçu quand ce matin j'ai rangé mon gobelet dans le dressoir au lieu de l'emporter. (Sans ce regard, je l'aurais peut-être emporté.) Et je pouvais aussi sentir que tu me regardais quand j'enfilais mes gants. Tu auras alors pensé aux gants de dentelle, auxquels cette signification particulière adhérera pour toujours. Je ne donnai libre cours à mes larmes que dans l'avion. C'étaient les larmes de la séparation, mais aussi des larmes de pitié pour l'abandonné et surtout des larmes de colère parce que tu m'avais rendu les choses si difficiles avec ton visage pétrifié de douleur.

Pendant que l'avion s'élevait au-dessus de Berlin, je revivais encore une fois notre premier adieu six ans auparavant. (Je ne serais pas étonnée si tu connaissais le nombre exact des jours qui se sont écoulés depuis lors.) Je revoyais la pâle lumière qui filtrait dans la chambre quand je m'éveillai ce matin-là. Aujourd'hui encore, je suis étonnée de la clarté intérieure que je ressentis en me levant. Je ramassai la robe dans laquelle j'avais dansé, les gants de dentelle et les souliers dont j'avais perdu l'un sur la piste de danse. Je sentais encore ta main, là-bas, tenant mon pied. Et maintenant tu étais couché là, un bras devant le visage comme pour te protéger. J'allai dans la salle de bains et préparai mon sac de voyage. Il n'y avait aucune hâte dans mes gestes, mais je ne perdais pas de temps. Je n'ai pas vraiment pris congé de ma chambre ; plus tard, dans le train, j'en ai été étonnée.

Quand j'entrai de nouveau dans ta chambre, tu avais ôté le bras de ton visage. Tes paupières bougeaient nerveusement, comme si tu rêvais avec violence. Entre-temps, il ne s'était pas même écoulé une heure. Mais cela avait suffi pour faire naître en moi un sentiment, encore inconnu, de complète séparation. Je ne savais pas ce qui était le plus cruel : te réveiller pour te dire adieu ou m'en aller sans un mot. Finalement, je m'assis sur le bord du lit et je contemplai ton visage endormi. Maintenant, c'était de nouveau le visage habituel, le visage de mon frère. Le visage dans la nuit – je ne l'ai pas oublié. Je n'ai pas non plus besoin de l'éviter dans mes pensées. Je n'y pense tout simplement pas. Non qu'il m'eût effrayée ou repoussée. Mais il était très loin dans sa proximité agitée – le visage d'un étranger.

Longtemps, j'ai pensé que c'était avant tout cette vue qui continuait à agir en moi et m'avait fait m'éveiller dans la certitude que je devais partir. Mais ce n'est qu'une partie de la vérité, et la moindre. C'est la peur qui m'a fait fuir. Peur de quoi ? Nous avions brisé un antique tabou. Cela aurait pu engendrer un sentiment de culpabilité. Mais de la peur ? J'étais étonnée, et je le suis encore, de n'être tourmentée par aucune mauvaise conscience. Non, il ne s'agissait pas de cela. L'objet de ma crainte avait été quelque chose de bien plus menaçant : la perte de moi-même. Nos corps avaient leur existence individuelle, c'était la garantie que malgré tout nous étions deux, une ultime cloison de séparation. Cette nuit-là, elle fut abattue elle aussi et, bien que je ne l'aie pas moins voulu que toi, une peur monstrueuse éclata en moi, la peur d'une abolition des frontières qui eût équivalu à un anéantissement. Peut-être l'étrangeté que je lisais dans ton visage agité était-elle un acte de légitime défense qui devait préserver mes frontières. Je ne sais pas.

Comprendras-tu tout cela ? À peine, en ce temps-là, avais-tu ouvert les yeux qu'un sourire apparut sur ton visage, où l'on pouvait lire le souvenir de la nuit.

Bonheur et timidité craintive se mêlaient dans ce sourire, et tes yeux angoissés interrogeaient mes sentiments. Chez n'importe quel autre homme, ce sourire m'aurait plu. Pourtant, ton visage me devint ainsi encore une fois étranger. (Peut-être parce que je n'y reconnaissais rien de ce qui eût correspondu à ma peur ; parce que tu me laissais seule avec cette peur ; mais cela non plus je ne le sais pas.)

Tu dois avoir lu ce sentiment sur mon visage, car tes yeux devinrent noirs d'effroi. Tu avais compris que je partirais. J'avais préparé des mots pendant que je faisais mes bagages, mais tes yeux effrayés les effacèrent, si bien que je pus seulement dire *Adieu**. Jamais encore je n'avais dit ce mot ainsi et il fallut plusieurs mois avant que la douleur s'en soit retirée et que je puisse de nouveau l'utiliser sans arrière-pensée. Répondre simplement en secouant la tête à ta question muette sur le but de mon voyage – jamais rien ne m'a coûté autant d'effort. Je ne peux pas te voir pleurer, Patrice, et ainsi exécutai-je finalement l'adieu les yeux fermés.

Toi aussi tu t'es enfui. Qu'aurions-nous pu faire d'autre ? Mais je sais : tu aurais souhaité t'évader avec moi – que dans la simultanéité de la fuite nous ayons une ultime communauté, si bien que même notre abrupte séparation en eût été encore un épisode. Si bien que nous ne nous serions pas réellement séparés.

Le quai de la gare était désert quand j'attendis la première S-Bahn. Je tournais le dos à l'escalier, dans une attitude de défense, j'avais peur de te voir surgir brusquement. Plus tard, un homme de notre âge entra dans le wagon. En pensée, je remplaçai son visage par le tien et tu commenças à me manquer, de plus en plus avec chaque martèlement des roues. Je croyais sentir autour de mon cou ton écharpe blanche scintillante, qui était devenue un lien fatal entre nous. Quand entra dans la gare de Wannsee le train qui m'emmènerait à Paris, je dus déployer toutes mes forces pour y monter et me laisser emporter.

Pendant le voyage, je revoyais toujours tes bras qui s'étaient tendus vers moi avant que tu comprennes ce que j'allais faire. Cela fait mal de t'embrasser, Patrice. Chaque fois on te déçoit et chaque fois on sent ta déception. Tu veux que l'on te tienne comme on ne peut tenir personne – même quand on serre l'autre si fort qu'on l'étouffe presque. Toi-même tu ne peux pas non plus tenir quelqu'un ainsi – même si tu le crois. On ne peut pas se perdre dans un autre. (Bien que l'on puisse en avoir peur.)

Je partais pour une ville qui fut aussi la tienne autrefois : la première ville étrangère que nous avons explorée ensemble dans notre enfance. Tandis que tu t'es enfui à l'autre bout du monde, là où je n'irai jamais, au cœur d'une langue que je ne comprends pas, moi, je suis partie pour la ville de nos anciens voyages de découvertes, afin d'en faire ma ville au-delà des souvenirs. Je ne sais quel est le pas le plus difficile.

Combien le mien serait pénible, je l'ai senti quand l'écheveau des voies, dehors, devenait de plus en plus large et indiquait la gare de l'Est. En ce moment où j'étais très vulnérable parce que je n'avais pas encore fait un seul pas indépendant ici, je devrais traverser, en plongeant sous elle, la ville qui était semée de nos souvenirs. Je pris le métro jusqu'au terminus où nous ne sommes jamais allés seuls : *Villejuif-Louis Aragon**. En même temps, je regardais le plan des lignes : comme les noms des stations avaient été importants pour toi ! Je t'entendais les prononcer : *Porte des Lilas, Alexandre Dumas, Les Gobelins**... Comme tu pouvais être déçu quand c'était gris dehors et sans l'éclat que les noms avaient promis !

Lorsqu'on me donna la clé de la chambre, dans la première pension de famille qui semblait assez bon marché, j'eus l'impression d'être un criminel qui, après son forfait, se réfugie dans un abri anonyme. Le premier soir et la première nuit sans sommeil, dans le déferlement de la Marseillaise et le vacarme habituel à la fête du 14 juillet, je les ai vécus comme un unique combat contre la tentation de te téléphoner. Quand se furent écoulées les vingt-quatre heures magiques suivant l'instant où j'avais fermé la porte de la maison – alors seulement, avec l'amortisseur d'un jour et une nuit entre toi et moi, cela devint plus facile, chaque jour un peu plus.

*
* *

Le téléphone a de nouveau sonné. J'ai aussitôt baissé le son. À cette heure-ci, cela ne peut être que Stéphane.

Je l'ai appelé de Tegel pour lui dire que j'arrivais. Quand je composai le numéro, cela me semblait tout naturel, un élément de ma vie ici. Ce fut seulement en entendant sa voix que je sentis soudain que quelque chose n'allait pas. Non avec lui. Avec moi. Non, je ne voulais pas qu'il vienne me chercher, dis-je à ma propre surprise. Il y eut un moment de silence. « Tu me téléphoneras ? demanda-t-il. – Oui, dis-je, je le ferai. » Et maintenant, de nouveau je n'ai pas décroché.

Que s'est-il passé ? Est-ce seulement pour ne pas être interrompue dans l'exploration de mes souvenirs, parce que c'est une possibilité d'être auprès de toi, une forme de ta présence qui ne m'oppresse pas ? (Si je savais que c'est toi qui appelles, je ne décrocherais pas non plus.) Ou bien cela n'a-t-il rien à voir avec toi ? Pendant ces presque deux semaines qui furent comme une éternité, m'est-il arrivé encore autre chose de tout différent ?

*
* *

Les premiers temps, j'ai lutté contre la familiarité dont Paris semblait être revêtu comme d'un voile (ou d'une couleur qui brillait à travers toutes les autres couleurs). De toutes mes forces, j'essayais de faire de la ville une ville étrangère que je pourrais – moi seule – conquérir. J'essayais de la nettoyer avant tout de Maman et GP. (Cette abréviation de *grand-père**, inventée par nous et mille fois prononcée, a l'air bizarre écrite, n'est-ce pas ?) Et de toi aussi, j'essayais de nettoyer Paris, oui, de toi aussi. (Non de Papa : bien qu'il y soit allé aussi souvent que nous autres, il semblait ne jamais être arrivé à Paris.)

J'étais souvent épuisée par cette tentative crispée, et alors mon français subissait un phénomène étrange : bien que ce fût l'une de nos langues maternelles, il m'apparaissait d'un seul coup étranger et plein de ruses grammaticales, comme si l'on ne pouvait jamais en être réellement maître, et j'étais étonnée de comprendre les messages revêtus de ces formes d'expression compliquées. Peut-être, pensais-je alors, en allait-il de même pour moi que pour Papa, quand il se mettait soudain à balbutier comme s'il venait tout juste de prendre ses premières leçons de français. Dans de tels moments, il me manquait beaucoup. Je parlais lentement, comme un enfant de paysan venu d'une lointaine vallée alpine, un lourdaud effronté qui s'entêtait à ne pas se familiariser avec les mœurs du monde policé.

Le temps passait, et par sa seule fuite il créait – que je le veuille ou non – une nouvelle réalité sans toi. J'essayais de renouer en moi avec des choses dont tu ne savais rien. D'abord, je pensai qu'elles étaient en très petit nombre et que je devrais les chercher longtemps. Pourtant, peu à peu je pris conscience avec étonnement de la quantité de pensées et de sentiments que je t'avais cachés, si bien qu'ils n'étaient jamais entrés en contact avec ta soif de communauté et d'unisson. Je ne les avais pas cachés exprès. Cela aurait signifié te tromper, ce qui était inconcevable. J'avais l'impression qu'une instance protectrice avait pris soin, sans mon intervention, de dérober une partie de mon âme à l'attraction de ta présence engloutissante.

C'est alors que je commençai à tenir un journal. Quand je l'ouvris tout à l'heure après un aussi long laps de temps, les premières phrases me surprirent. Elles te sont adressées : *Je refuse de croire que toi non plus tu n'as pas gardé bien des choses pour toi. Il n'y a donc pas la moindre raison d'avoir mauvaise conscience. Comment as-tu fait, pour que même maintenant où notre séparation est accomplie, je me sente encore coupable devant des expériences que je te dissimulais ?* Dans la note suivante, j'essayais de me justifier : *Tu m'as transmis l'interdiction de s'entourer de frontières, que Maman t'a inculquée.* Mon écriture de ce temps-là me paraît maladroite et presque encore puérile, elle ne sied pas à l'idée qu'elle fixe. (Un jour, nous devions avoir treize ou quatorze ans, tu as dit : comme ce serait beau si nos écritures ne se distinguaient pas l'une de l'autre. Tu l'as dit sur le ton de la plaisanterie et tu imaginais en même temps un jeu destiné à dérouter les professeurs. Malgré cela, j'ai eu peur.)

J'allais alors beaucoup au cinéma. Non pour me distraire, ou parce que les histoires m'attiraient. (Au contraire : au commencement, j'étais entièrement remplie de ma propre histoire, littéralement ivre.) Ce que je recherchais constamment, c'était une expérience que j'avais faite quelques mois auparavant à Berlin, quand j'allai pour la première fois au cinéma sans toi.

Ce fut une sensation forte et j'eus l'impression de commettre un crime en achetant un billet pour moi toute seule. Pendant les premières minutes, seule devant l'écran, je me sentis sans protection. Ton bras n'était pas posé sur le dossier de mon fauteuil. C'était incroyable : nous ne voyions pas les images *ensemble*. Pendant le film, cette pensée me passa des centaines de fois par la tête. Pendant l'heure et demie où je restai dans cette salle obscure, s'accomplit un phénomène extraordinaire : je commençai à me détacher de toi. Les premières minutes, je me demandais comment je te raconterais les images – les couleurs insolites, les montages réussis. La pensée qu'il était mieux de les affronter seule n'avait pas encore la force de se déployer en moi. Alors arriva dans le film le premier tournant dramatique. Les péripéties me captivèrent totalement. Mon récit anticipé, adressé à toi, fut dépassé par les images. Je vécus la scène toute seule. Jamais encore une scène ne m'avait envoûtée avec une telle puissance, jamais encore un film n'était entré aussi profondément en moi. Notre communauté, pensai-je plus tard, avait été un filtre devant tout. Ce filtre avait prêté aux images, au cinéma comme dans la réalité, cette qualité particulière de la chose partagée, qualité dont la privation peut être intolérable, mais qui ôte à ces images une partie de leur immédiateté et de leur présence. Cette présence, on ne peut la vivre que seul ; être seul est une composante de l'expérience vécue. Quand le film reprit son souffle, je me réveillai, épouvantée, de mon présent solitaire, épouvantée parce que tu ne m'avais pas manqué.

Pendant le reste du film, il y eut en moi un conflit entre la tristesse de sentir que dans ce cinéma sombre et confiné, une nouvelle manière de mesurer le temps avait commencé, et un sentiment de liberté qui germait et s'élargissait avec force. Mêlé de culpabilité et de joie, il me mit les larmes aux yeux. Avec un acharnement muet, je me défendis contre la douleur qu'exprimerait ton visage quand tu l'apprendrais, une douleur qui serait bien pire que le plus violent reproche (que tu ne me ferais jamais). À préparer cette défense fondamentale et vaste, éloquente sans paroles, je perdis le fil de l'histoire, si bien que je ne sais pas comment elle s'est terminée.

Le billet de cinéma, que nous avions l'habitude de rouler entre nos doigts pendant la projection, puis de faire tomber à la sortie, en jouant l'indifférence, dans la corbeille à papier – le billet de cinéma, je le déchirai cette fois d'un geste discret et je le jetai. Puis je pris place dans notre café et je pleurai quand notre serveuse habituelle me demanda de tes nouvelles.

Je ne te l'ai pas racontée, cette séance de cinéma par laquelle je trahissais notre alliance inconditionnelle. Tu appris l'affaire quand je la laissai échapper quelques jours plus tard. Tu ne dis rien de méchant, pas même un mot décevant, tu ne dis rien du tout. Mais tes yeux devinrent plus foncés. Tu ne m'as demandé ni le contenu du film, ni les dernières images, qui nous intéressaient particulièrement dans chaque film et au sujet desquelles nous avions une théorie. (Erronée, d'ailleurs, comme je le sais depuis que c'est mon métier.) Je n'osai pas demander si nous irions voir le nouveau Chabrol. Je savais comment tu étais. Tu interpréterais ma récente cachotterie comme si dorénavant je ne voulais plus jamais aller avec toi au cinéma, si puérilement, si terriblement tu pouvais être blessé. Beaucoup plus tard, j'appris que tu étais allé le lendemain à la première projection et que tu avais regardé le film où j'avais fait l'épreuve de notre séparation. Regarder les mêmes images que moi : c'était ta tentative désespérée pour combler la faille que tu voyais soudain béer entre nous. Que tu aies fait cela m'a longtemps préoccupée. J'étais émue, crois-moi, et je t'ai aimé pour cela aussi. Malgré cela, je commençais à me sentir poursuivie. J'allais voir les films le dernier jour de leur présentation. Pour pouvoir rester seule avec eux. Un combat muet s'engagea.

Tout cela, je l'ai vécu de nouveau ici. Aller seule au cinéma – cela devint un rituel de détachement et d'indépendance. Il y eut des périodes où j'y allais chaque jour, et même plusieurs fois par jour. Je ne pouvais pas me rassasier de cette expérience libératrice, même quand elle commença à s'user et à pâlir. (Un jour, elle se changea même en son contraire. Je fus incapable de jouir de ma liberté, tu me manquas pendant tout le film et malgré moi je m'imaginais que tu étais assis à côté de moi comme autrefois et que tu chuchotais à mon oreille. Après cela, je n'allai plus au cinéma pendant un moment.) Suivre seule le défilé des images, les scènes et le montage, cela me semblait être un moyen de grandir dans une vie qui serait entièrement la mienne. Ce n'est donc pas un hasard si je suis devenue monteuse. Mes collègues sont toujours effrayés par la violence avec laquelle je réagis quand on me dérange dans mon travail. Ils ne peuvent pas savoir qu'il s'agit là de bien plus que de ma tranquillité. Parfois, j'ai l'impression que j'apprends là-bas, dans le studio en face, un métier qui consiste à me séparer de toi.

Quand, au bout de trois mois, je donnai mon adresse à Maman, elle m'envoya ta carte avec ton adresse à Santiago. Elle n'avait rien écrit de plus. La carte était datée de la fin juillet et tu y priais de me communiquer cette adresse. *Par exprès**, avais-tu ajouté.

SANTIAGO, CHILI – quand je lus ces mots, je compris aussitôt que ce gigantesque éloignement exprimait les terribles dimensions de ta douleur. Le nom du pays lointain était un cri, et les larmes me montèrent aux yeux. Néanmoins, c'étaient aussi des larmes de colère. Colère à propos du pathétique de ton acte. Tu avais choisi un lieu à l'autre extrémité du monde. Une fois de plus – te disais-je –, tu as exagéré, avec cette tendance au mélodrame que Maman t'a transmise comme par osmose. Quelqu'un, pensais-tu, trouverait cela héroïque. Ou bien suffisait-il que tu le juges ainsi toi-même ? Tu savais que je déchiffrerais avec justesse ce qu'il y avait d'insensé dans ce choix. Tu savais que le message m'atteindrait. L'art du drame muet – je ne connais personne qui le maîtrise avec autant de virtuosité que toi, l'éloquent.

Pendant une demi-journée, j'ai erré dans les rues et je me suis défendue. J'ai besoin de temps, te disais-je, j'ai besoin de quelques semaines de temps et de silence. J'ai besoin de protection devant toi et tes paroles. Après ce qui était arrivé, j'y avais droit. Je ne te fais pas de reproche, je le voulais aussi, à ce moment-là, quand tu tenais mon pied sur la piste de danse, je sentais que je le voulais, et auparavant, quand nos regards se croisèrent dans le miroir, peut-être le voulais-je déjà, en tout cas je le voulais moi aussi, et d'ailleurs ce n'est pas une question de faute, j'ai seulement besoin de temps pendant les premières semaines. De temps et de calme devant toi. J'y avais droit.

Je voulais t'envoyer mon adresse et je ne savais pas comment. De quelles paroles devais-je l'accompagner ? Si j'écrivais, je devais expliquer pourquoi je ne le faisais que maintenant. Et les mots de justification que je murmurais pour moi-même dans la rue et au café, je ne pouvais pas les écrire, c'était bon pour une conversation, pour une querelle peut-être, ce n'étaient pas des mots pour le papier, ils auraient l'air faux et pharisaïques et blessants.

Et ainsi je ne t'écrivis pas. Je le ferais dès qu'arriverait ta première lettre. Maman t'enverrait mon adresse, pensais-je, de même qu'elle m'avait envoyé la tienne. Il y avait de l'ironie dans le fait qu'elle, justement, servait maintenant de lien entre nous, après avoir lutté jusqu'à la fin, fût-ce sans succès, contre cet attachement.

Il ne vint aucune lettre de toi. Je m'imaginais que tu avais tenu mon adresse dans tes mains pour la jeter après un moment, par rancune et douleur, parce que j'avais hésité si longtemps et qu'ensuite je n'avais pas écrit moi-même. (En fait, l'enveloppe fermée resta des années dans ton tiroir.) Cette idée a peut-être été la raison de mon geste. Je laissai là ta carte pendant deux mois torturants. Puis, peu avant Noël, je l'ai détruite. Ce fut cruel. C'est ce que j'ai jamais fait de plus cruel. Bien plus cruel encore que de te réveiller pour simplement te dire adieu.

J'avais besoin de ce qui m'était inconnu dans ta vie pour me libérer. J'avais besoin du constant, du quotidien accroissement des souvenirs que nous ne partagerions jamais. J'avais besoin de cette pensée, j'en avais sans cesse à nouveau besoin. Elle devenait une composante de ma nouvelle vie dans cette ville. Elle était une partie de la Cité Vaneau, dans le VIIe arrondissement, où je logeais chez Mme Auteuil ; elle faisait partie de mon emploi à l'agence de voyages où je travaillais au commencement, et plus tard de la salle de montage et du café où je déjeunais à midi d'un sandwich. Toutes ces choses prenaient leur réalité et leur présence quand je pensais à cette accumulation de souvenirs dont tu ne savais rien.

*
* * *

La première lueur de l'aube paraît au-dessus des toits. Mes yeux me brûlent. Comme c'est cruel, ce que j'écris ! J'hésite longtemps, avant d'écrire des mots aussi durs que ceux-là. Puis je prends ma tête entre mes mains et je pense à notre convention, selon laquelle la vérité doit être dite, peu importe l'intensité de la douleur.

Auparavant, une pensée soudaine : avec cette franchise, pour devenir indépendante, je livre tout ce que je taisais et qui était tellement important pour moi. Comment pouvais-je croire que cette franchise nous libérerait l'un de l'autre ? Ne crée-t-elle pas plutôt une nouvelle intimité qui nous liera plus fortement encore qu'auparavant ? Je n'y comprends plus rien.

*
* * *

J'ai rêvé de notre projet de rencontre au bistrot. Nos cahiers étaient posés sur la table, si bien qu'il restait à peine assez de place pour les tasses. Nous ne les avions pas encore échangés. Nous parlions de notre pacte, la promesse de tout raconter. Quoi qu'il en fût, c'était un *pacte*, disais-tu. (Le mot résonna dans tout le rêve comme un écho sans fin.) Et si ensuite nous échangions les cahiers, ce serait comme échanger des anneaux. J'eus peur et je protestai

violemment, ma voix ne m'obéissait pas vraiment.
Ce n'est pas ainsi que nous l'avions entendu, disais-
je. Cela devait être une libération, non un nouveau
lien. Ton visage s'assombrit et perdit ses contours.
Alors c'est un dernier adieu, dis-tu. Je voulais t'expliquer que cela ne devait pas forcément être ainsi,
qu'après la lecture libératrice nous pourrions nous
revoir, libérés, justement. Tu me regardais comme si
je parlais une langue totalement étrangère. C'était
terrible.

*
* *

À peine m'étais-je levée qu'arriva le service des
expéditions avec les caisses de livres de Berlin. Alors
seulement, tandis qu'elles s'empilent ici et qu'elles
sèment le désordre dans un tiers de l'appartement, je
prends conscience de leur nombre. Il y avait un grand
nombre de rayonnages dans le bureau de Papa. Malgré cela, je n'ai jamais pensé à lui comme à un
homme possédant quantité de livres. Beaucoup de
partitions : oui, beaucoup de livres : non. Il n'était
pas un *homme de lettres**. Il l'était si peu que cela
paraît littéralement comique de seulement mentionner
cette dénomination en relation avec lui. Le nombre
de caisses qui se trouvent maintenant ici est d'autant
plus stupéfiant. L'une ou l'autre sera sans doute
pleine aussi des livres de Maman.

Est-ce que cela allait avec Maman, des livres ?
C'est fou. Je ne sais pas. Et tandis que j'écris ces
mots, un sentiment se fait de nouveau jour en moi, tel
que je l'ai éprouvé quand son cercueil s'enfonça dans
la terre : que n'ai-je pas ignoré d'elle ! Comme il a
été grand, mon refus, et petit, mon effort pour lui rendre justice !

Trois caisses contiennent mes livres, trois autres les tiens. (Si c'est cela le terme juste pour dire que les uns étaient dans ta chambre, les autres dans la mienne.) Non, tu ne voulais pas embarquer tes livres pour le Chili, tu as dit cela avec une grande résolution, presque avec violence, puis tu restas embarrassé. Comme si après toutes ces années tu n'étais làbas que provisoirement – ce que personne, bien sûr, pas même moi, ne devait savoir. Est-ce que cela me dérangerait de prendre tes livres en garde ? Comme cette expression semblait compassée, entre nous ! Comme si ce n'étaient pas des livres que j'avais lus moi aussi ! J'en ai tourné moi aussi chaque page. Toi, le grand orateur, les mots justes te manquaient souvent à Berlin. J'en étais heureuse, je me sentais alors proche de toi – d'une manière, certes, qui ne t'est pas habituelle et que tu n'auras pas reconnue. « Non, disje, cela ne me dérangera pas de veiller sur tes livres. » Tu as souri, c'était déjà mieux dire.

Et maintenant ils sont ici, tes livres. Ici, dans ce logement qui était comme un rempart contre le passé. Elles, tes trois caisses, font l'effet d'être des intruses ; elles m'oppressent un peu. Ce n'était pas prémédité de ta part, comme un coup habile aux échecs. Non que tu n'en sois pas capable. (Dans ton désir de communauté tu étais constamment aussi rusé stratège qu'un général.) Mais quand se posa la question des livres, tu n'étais pas préparé, j'aurais pu le jurer. Non, ce n'était pas un calcul. Pas sciemment.

*
*   *

C'est le début de l'après-midi, une lumière gris clair, neutre, repose sur Paris. C'est le bon moment pour t'en parler. En réalité, je voulais le faire à Berlin, *face à face**. Le soir qui suivit l'enterrement, par exemple. À présent, il ne restait plus que nous, cela aurait convenu. Mais je redoutais ton effroi après coup et ce que cela provoquerait sur ton visage. Je ne voulais pas emporter ce souvenir. Il aurait encore tout empiré.

En ce temps-là, mes règles devaient venir à la fin de juillet. Elles ne vinrent pas. Il peut se produire des irrégularités, j'en avais déjà connu de temps en temps. C'est pourquoi je n'ai pas fait aussitôt le test. Avant tout, je voulais me préparer à mon épouvante si cela se vérifiait. C'est peut-être étrange, mais j'avais besoin pour cela d'un lieu fixe, où je pourrais me rendre chaque jour. Je choisis le jardin des Tuileries. C'est l'endroit où j'allai le matin du 15 juillet, le premier matin de ma nouvelle vie.

C'était une matinée d'été sans nuage, on sentait que la journée serait chaude. Je m'assis au bord de l'eau. J'avais le sentiment de devoir entièrement réinventer la vie pour moi, chaque mouvement, chaque attente, chaque sensation. Et j'avais besoin de nouvelles habitudes, une foule de nouvelles habitudes. Je me souviens que, du fond de ma solitude, je ressentais différemment le rire des enfants et le rire en général. Pour la première fois, je vivais cette forme de solitude qui plus tard me devint aimable et chère. Elle est pleine d'adieu et de tristesse, mais en même temps pleine d'avenir et de curiosité. Elle a d'ailleurs beaucoup à voir avec le temps, cette – comment dirais-je – solitude créatrice. Jusqu'à présent, je n'avais connu de temps que comblé de ta présence. Soudain, il n'était plus que mon temps, rien que le mien. Je pouvais aller m'y promener à mon gré, au sens littéral ou figuré. Je marchais, dans le jardin, sur le gravier, une fois à droite, une fois à gauche, une fois lentement, une fois en sautillant, puis en traînant de nouveau le pas – tout exactement selon mon gré. Avec chacune de ces minuscules décisions insignifiantes, je me créais mon temps, j'avais l'impression que je le dévidais comme un fil qui naissait dans mes mains sans qu'il y eût là auparavant une quelconque substance, comme si un espace vide devenait par quelque mystère du temps entre mes doigts. C'était étrange, et plus tard, chaque fois que j'allais mal, je me rendais toujours aux Tuileries et je m'absorbais dans le fil du temps, énigmatique et semblable à un rêve.

Depuis lors, je ne suis plus venue ici avec personne. Ni non plus avec Stéphane, qui aime cet endroit. J'ai toujours éludé quand il le proposait. Un jour, ce fut impossible autrement, nous dûmes traverser le Jardin, tout autre chemin eût été un détour absurde. Mon pas hâtif et le refus de m'arrêter l'ont surpris, un peu blessé aussi. Il n'a pas posé de question et n'a rien dit. Tel est Stéphane.

J'allai donc en ce lieu pour me préparer à l'épouvante. Baladin de rêve, pensai-je là sur le banc, pourquoi n'as-tu pas fait attention. Je me coupai la parole : c'est stupide. Tous les deux ensemble, nous nous sommes laissé emporter par cet élan qui, avec une logique si merveilleuse, irrésistible, scellait tout ce qui s'était passé auparavant. Ni toi ni moi n'avons opposé de résistance quand la familiarité s'est changée en désir.

Nous n'en avons jamais parlé, mais nous savions tous les deux qu'il y avait eu un signe avant-coureur. C'était un soir de janvier, quand nous sommes allés voir *Oncle Vania*. J'étais devant le haut miroir de l'entrée et je pensais justement que le col de mon nouveau manteau était beaucoup trop grand. Alors je te vis descendre, de cette démarche balancée dont tu sembles ne rien savoir, bien que l'on en ait parfois murmuré à l'école. Tu portais ta veste noire sur un T-shirt blanc, et autour du cou tu avais noué ton écharpe blanche et scintillante qui pendait jusqu'à tes hanches. Ton pas s'arrêta quand nos yeux se rencontrèrent dans le miroir, ce fut un arrêt comme lorsqu'on surprend un spectacle embarrassant. Puis ton regard a pris un nouvel élan, étonné, et un sourire est apparu aux coins de ta bouche, comme jamais encore je n'en avais vu sur ton visage. (C'est peut-être à cause du miroir, pensai-je, en réalité sans y croire.) Je rabattis le col trop haut que j'avais remonté pour protéger mes cheveux contre la neige et le vent. (Pourquoi je faisais cela, je n'en ai aucune idée, ni même le plus petit soupçon.) Ton pas était hésitant quand tu approchas derrière moi, appuyas doucement le col sur mes épaules, relevas mes cheveux et effleuras ma nuque de tes lèvres, fugitivement, furtivement, nos regards se croisèrent, maintenant nous devions retrouver l'ancien regard et nous le fîmes très vite, tu ris, effaçant, niant et conservant pourtant avec ce rire ce qui était dangereux dans cet épisode. Jamais je ne l'oublierai, ce rire avec lequel tu nous as fait passer sains et saufs ce moment délicat.

Je ne sais pas si j'ai ri moi aussi, c'est comme une courte déchirure dans le film, je relevai de nouveau le stupide col et ensuite nous fûmes dehors dans la tempête de neige. Tu as regardé ta montre et tu m'as dit de me presser, comme chaque matin, pendant des années, quand nous nous hâtions de gagner la S-Bahn. Cette habitude de nos années d'école nous aida (devant nous-mêmes aussi) à faire comme si la scène du miroir n'avait pas eu lieu : nous étions assis dans la S-Bahn comme des centaines de fois auparavant, comme si ce n'était pas vrai qu'entre nous tout était soudain différent.

Je n'ai jamais plus porté ce manteau. Afin de ne plus sentir tes lèvres sur ma nuque. Il resta un moment pendu dans l'armoire, puis j'ai donné à la Croix-Rouge l'objet porté une seule fois. Tu m'as vue avec le sac et tu n'as pas dit un mot.

Pourquoi avons-nous fait en même temps ce dangereux pas intérieur ! Rien qu'une seconde, je n'étais en avance que d'une minuscule seconde (comme presque toujours dans ce genre de circonstance). Car s'il n'y avait pas eu déjà quelque chose dans mon regard quand tu es descendu – un scintillement, une disponibilité, je ne sais pas – tu m'aurais rejointe comme d'habitude, peut-être aurais-tu fait une remarque moqueuse sur mes barrettes (que tu trouvais *toc*** et *chiqué***), rien de plus, tu n'aurais pas permis à ton regard de s'embraser devant le mien, j'étais pour toi trop... je ne sais pas, en tout cas tu n'aurais jamais permis cela, non, nous serions sortis comme d'habitude.

La pièce de Tchekhov ne fut pas ce soir-là « comme d'habitude ». En nous deux, je pense, tournoyait (comme la lumière d'un phare intérieur) la question de savoir si, troublés par des désirs tacites, nous avions mal interprété nos regards réciproques. Moi, en tout cas, je fermais constamment les yeux pendant la représentation et j'essayais de toutes mes forces de faire resurgir l'exacte image de toi que je croyais avoir vue. Chaque fois que je l'avais devant moi, j'étais plus encore que la dernière fois partagée entre différentes interprétations. Ainsi restais-je assise près de toi, évitant tout contact, même le plus inoffensif et le plus fortuit, et entre nous rôdait la pensée de la plus grande des proximités, une pensée qui nous emportait loin l'un de l'autre comme rien encore ne l'avait fait auparavant, car elle était inconcevable.

Un nouveau temps avait commencé sans que nous puissions nous l'avouer. Nous avions toujours su nous taire, surtout pendant les entractes, nous n'avions que mépris pour les bavardages des bourgeois cultivés qui commentaient la pièce. Nous nous sommes tus ce soir-là aussi. Mais il me semblait que ce n'était pas notre mutisme ordinaire. Nous faisions exactement comme d'habitude ; mais à l'intérieur c'était un autre silence. Dans nos regards aussi c'était différent. Il y avait en eux une nouvelle timidité et une nouvelle réserve. Aucun de nous ne voulait oser cette tendresse anodine du regard, qui remontait loin dans notre enfance. Nous ne voulions pas la risquer, par crainte que nous trahisse une expression où il y eût aussi du désir.

À partir de ce soir-là, régnèrent pendant une demi-année une attente angoissée, une joie anticipée et niée. Nous savions que cela ne devait pas arriver et arriverait pourtant. Même pendant les mois où, sans déclivité sensible, tout glissait vers l'interdit et où nous nous abordions avec la familiarité habituelle – même en ces moments-là il se passait quelque chose. C'était comme si le temps bouillait. Tout ce qui arrivait était empreint de la perception étonnée que la tentation ait pu se laisser refouler aussi loin.

Et alors, au bal du baccalauréat, je perdis mon soulier. Sans quitter le rythme, tu t'es penché pour me le remettre ; ce fut un chef-d'œuvre d'équilibre. Je l'admirai d'autant plus que tu l'accomplis aux yeux de tous, car entre-temps on faisait cercle autour de la piste de danse et l'on regardait les jumeaux qui dansaient ensemble en public pour la première fois. Tu ramenas mon pied dans le soulier. De l'extérieur, le mouvement aura paru discret et opportun. Et pourtant il changea le monde. La chaleur de ta main, la douce fermeté de la prise – elles me resteront à jamais inoubliables. Nos regards se noyèrent l'un dans l'autre quand tu te fus relevé. Non, cette fois cela ne pouvait pas être un malentendu ; en janvier non plus cela n'en avait pas été un, nous le sûmes en ces secondes-là, et quand ensuite au milieu d'une salve d'applaudissements nous nous inclinâmes main dans la main, mes paumes étaient mouillées de sueur dans les gants blancs.

Aujourd'hui encore je suis étonnée par ce paradoxe : que ce fut sous le regard des autres que nous scellâmes notre nouvelle intimité interdite.

Quelqu'un doit nous avoir raccompagnés en voiture à la maison, j'avais déjà oublié tout le reste quand nous allâmes l'un vers l'autre dans l'entrée obscure. À la lueur de la lumière qui passait par l'imposte au-dessus de la porte, je vis tes cheveux mouillés de sueur sur ton front. Et l'écharpe blanche. Dans des occasions comme celle-là, tu la portais toujours, été comme hiver, elle passait pour ton emblème. Tu l'enroulas autour de moi. « *Fanfaron** », dis-je, avant que nos lèvres froides et tremblantes se confondent. Ce fut le mot le plus beau qui me passa par la tête en cet instant.

*
* *

J'attendais un enfant de toi. Le jour même où je reçus le résultat du test, Mme Auteuil, ma logeuse, téléphona à un vieil ami, un gynécologue, qui m'envoya à un collègue plus jeune. Le lendemain, j'étais chez lui. L'entretien fut court, laconique de mon côté, mais mes renseignements lui suffirent. Le jour suivant eut lieu l'intervention. Je restai là une nuit et dormis mal. Au déjeuner, j'étais de nouveau dans mon café de la Cité Vaneau. Personne n'a su la vérité.

Pendant des jours, je m'étais préparée à l'épouvante. Elle ne vint pas. Peut-être avait-elle été absorbée par la préparation. Il me fut désagréable de savoir les mains et les instruments dans mon corps, et cela me gênait qu'un homme le fît. Mais c'était le moyen le plus simple, aussi avais-je accepté. Une séquelle m'en resta cependant plus longtemps que je ne le pensais : je ne m'intéressais plus aux hommes. Je ne m'enfuyais pas devant eux et ne ressentais pas d'hostilité. Ce ne serait pas non plus exact si je disais qu'ils m'étaient aussi indifférents que des meubles. C'était plutôt que je les trouvais tous semblables, gris, affectés et un peu ridicules avec leur barbe, leur bedaine et leurs jeans déchirés. Cela dura trois ans, et parmi mes collègues, j'en suis sûre, des bruits couraient.

Un jour, j'ai rêvé que Papa le savait. Il ne parlait pas à moi, mais à une tierce personne qui avait porté plainte contre nous. « S'ils étaient attirés l'un par l'autre ! » disait-il, indigné. Naturellement, c'était ce que je souhaitais l'entendre dire. Mais il aurait pu s'exprimer de même dans la réalité. Il était ainsi. J'ai écrit le rêve et l'ai arrangé pour en faire une petite histoire. Cela m'a fait du bien.

La nuit du 14 juillet, je pense régulièrement à cela. Ce n'est pas toujours pareil. Parfois, cela m'attire dans le Jardin, parfois au cinéma. J'ai dit à Stéphane que je n'aimais pas la cohue et que je voulais rester seule. Mais la cohue ne commence que demain, a-t-il objecté.

Non, ce ne fut pas épouvantable. Mais ma vie serait un peu différente si ces choses n'avaient pas eu lieu.

*

* * *

Il y a cet appartement, quatre pièces, plafonds hauts avec des moulures en stuc. Cheminée avec un miroir encastré au-dessus (encadré comme une peinture), parquet à points de Hongrie, poignées de porte dorées, élégance à l'ancienne dans la salle de bains, cuisine parfaitement équipée. Un appartement de rêve dans une rue latérale du boulevard des Italiens. Il m'a été offert par Mme Bekkouche, algérienne de naissance, à qui appartient le studio où je travaille. (Elle est rarement là et n'entend rien au montage, mais c'est son argent et elle décide qui travaillera sur quel film.) Le loyer était ridiculement modeste, c'est donc une offre personnelle.

Bien qu'elle me connaisse à peine, elle s'est engouée de moi. Deux films lui sont arrivés dans les mains, j'en ai fait le montage, elle a été enthousiasmée par le résultat et cela m'a valu ici quelque chose comme un nom. (À ma surprise, car pour moi c'était – du moins au début – un jeu, et en outre je suis sûre que d'autres ont déjà eu la même idée, c'est évident, quand on a une fois compris comment le temps est défini au cinéma.) Elle avait aussi des noms tout prêts pour les deux styles. Elle appelle l'un (naturellement) *à bout de souffle**. Au fond ce sont simplement des images prospectives. J'insère à intervalles de plus en plus courts des vues de ce qui n'est pas encore, mais sera prochainement, si bien que le fleuve du film est lancé vers un point précis de l'avenir, il s'en rapproche de plus en plus, jusqu'à ce que les images auparavant semées çà et là, et que l'on n'apercevait que brièvement, se déroulent finalement comme un présent calme et continu. Cela donne une certaine impression de souffle coupé. L'autre style, Mme Bekkouche l'appelle *l'écho visuel**. Cela aussi est très simple : je répète des images déjà montrées et je fais ainsi comprendre la signification qu'elles avaient pour un personnage. L'astuce, là-dedans, c'est qu'elles ne seraient pas importantes pour un spectateur moyen, mais leur choix est typique de ce personnage particulier. Cela pose des limites entre lui et le spectateur, et cet écho visuel dessine autour de lui ses contours intérieurs. (Naturellement, l'idée de l'écho vient de la musique.)

Ces deux techniques impressionnèrent tellement Mme Bekkouche qu'elle voulut faire de moi une monteuse célèbre (*Vous aurez un succès extraordinaire, mademoiselle Patricia, les réussites sont inévitables**). D'où l'appartement : il sied au succès d'être élégamment logé. « D'abord le succès, puis l'appartement », dis-je. Mais Florence Bekkouche voit cela autrement : on n'obtient le succès que si l'on s'en donne les apparences, *voilà le truc**.

Je ne veux pas de l'appartement, dès le début je n'en voulais pas, je veux rester dans ma mansarde avec toutes les poutres obliques et la vue sur les toits. J'avais espéré que l'affaire serait réglée pendant mon absence. Mais ce matin Mme Bekkouche a téléphoné, un peu mécontente de mon silence, mais toujours exubérante, *c'est une chance unique, mademoiselle Delacroix**. J'ai refusé. Elle était vexée et elle s'est tournée vers le reste de l'équipe : qu'est-ce qui me prenait ? Je ne reprendrai le travail que lundi, dis-je au collègue qui m'avait raconté ces potins. Puis je débranchai le téléphone et j'ouvris la caisse de livres de Papa.

*
* *

Tout le monde prendrait cela pour un conte, mais c'était vrai : Papa a développé un système de succès et d'échecs, une véritable théorie scolastique, qui ne

90

comporte pas moins de vingt-huit catégories différentes. Il m'a fallu des heures pour m'y reconnaître, et je discerne encore à peine les contours de ce monde de pensée où tout semble se dérouler avec les détours et les subtilités de la kabbale.

Je m'aperçus d'abord que parmi les livres, en grande partie des biographies de musiciens, il n'y en avait pratiquement pas un sans passages soulignés de traits de couleur. Après un moment, je commençai à m'étonner que Papa, au cours du temps, ait utilisé une foule de crayons différents quand un détail lui paraissait important, et même des crayons de couleurs inhabituelles : violet pâle presque blanc, ou vert olive foncé presque noir, ou un ocre rougeâtre. Je mis du temps à deviner que cela pourrait cacher un système. Les marques de couleur s'appliquaient en effet aux passages qui évoquaient les succès ou les échecs rencontrés par un compositeur ou une œuvre. Le bruyant succès d'une première, je le sais déjà, est couleur lie-de-vin (typique de Papa !). Cela s'applique au *Nabucco* de Verdi ou à *Salomé* de Richard Strauss. Je pris un cercle chromatique et je cherchai la nuance verte complémentaire. J'avais deviné juste. Papa a souligné avec ce crayon les occasions où la première d'un opéra était sifflée, par exemple *Ermione* de Rossini ou *Pelléas et Mélisande* de Debussy. À partir de là, tout se complique. Il jugeait naturellement important de signaler si une œuvre, même refusée de prime abord, était ensuite reconnue (*Traviata*), ou si elle disparaissait pour toujours (*Ondine* de Tchaïkovski). Cela se traduit par des teintes bleues, me semble-t-il. Le jaune signifie qu'un compositeur a connu le succès dans sa jeunesse, le jaune le plus lumineux est dédié à *Tancredi* de Rossini. Il existe d'autres classifications où je me perds encore : succès d'applaudissements du public, déclarations d'amour de chanteurs célèbres à une œuvre, louanges décernées par la plume des critiques, succès mesuré au nombre des représentations, succès mesuré à l'argent, succès à l'intérieur et à l'extérieur de son propre pays, ou bien quand les mélodies deviennent populaires. Les échecs recevaient un traitement correspondant, et l'on trouvait alors des nuances de couleur pour toutes les combinaisons de ces valeurs. Je n'ai pas encore avancé plus loin. Soudain, je me suis sentie épuisée et quand je voulus manger quelque chose, je m'aperçus que j'avais mal au cœur.

Je m'étendis sur mon lit et pensai au temps où, petite fille, je me faufilais dans le bureau de Papa et où il me racontait les histoires qu'il mettait en musique pour qu'elles soient chantées. Quand j'eus acquis une certaine expérience en la matière (à mon avis), je lui faisais de temps en temps moi-même une proposition pour la suite de l'histoire. Comme j'étais fière, Papa, quand tu reprenais une de mes idées (ou faisais semblant) ! Pourquoi cela ne t'a-t-il pas suffi ? Pourquoi était-il si important que le monde célébrât tes œuvres ? Pourquoi mon amour et mon admiration ne te comblaient-ils pas ? Pourquoi fallait-il que d'autres t'applaudissent – de parfaits étrangers qui ne pouvaient rien signifier pour toi ?

Papa savait merveilleusement raconter. Personne d'autre que moi n'était de cet avis. Toi non plus. Non qu'il fût soudain devenu, quand nous étions seuls, un conteur au riche vocabulaire. Ses récits étaient pauvres, avec beaucoup de pauses et peu de mots. On devait s'habituer au lent tempo de son imagination encline au silence. Dans son extrême lenteur, c'était un tempo qui changeait le monde. Tout ce que l'univers extérieur avait d'agité et de criard perdait de sa réalité quand Papa, avec circonspection, ajustait un mot à un autre et prêtait de la vie à ses personnages.

Il ne nous a jamais lu de contes. Il n'avait pas besoin de cela. D'un regard qui ne blâmait qu'en apparence, mais trahissait en réalité une complicité, il m'observait par-dessus le bord de ses demi-lunettes quand, après être allée officiellement me coucher, je me glissais dans la pièce aux tapisseries rougeâtres qui était son bureau à Genève. Au commencement, je m'asseyais sur ses genoux quand il racontait, mais bientôt je préférai m'asseoir par terre, adossée à la tapisserie rouge. Je caressai avec les paumes de mes mains le tissu doux au toucher comme du velours, et cette sensation veloutée s'intégra aux récits de Papa, qui évoquaient des destins d'opéras. Je ne comprenais pas grand-chose, car il ne se donnait aucune peine pour adapter les péripéties tragiques à l'entendement d'une petite fille. Mais cela ne comptait pas. Plus important que le contenu était l'enthousiasme perceptible dans ses paroles, un enthousiasme à voix basse, parfois seulement chuchoté, plein de mystère, car personne ne devait être au courant de nos excursions nocturnes au pays de l'imaginaire. Les cigarettes de tabac égyptien qu'il fumait alors, plates et ovales, avaient une autre odeur que d'habitude pendant ces heures-là. Je ne pouvais pas me l'expliquer, mais j'en étais tout à fait sûre. Et c'était seulement dans cette pièce, enveloppé de cette fumée particulière, que Papa formait et même modelait ses mots surprenants que l'on ne pouvait entendre nulle part ailleurs (ni les lire, pour moi c'était hors de doute), des mots d'une harmonie enivrante et d'une précision magique. J'en ai oublié la plupart, bien qu'ils me fussent tellement précieux. Quand Papa m'avait renvoyée avec un baiser sur le front et que j'étais couchée dans mon lit, ces mots particuliers s'étaient dissous dans le néant, c'était comme s'ils n'avaient existé qu'un instant féerique, en une configuration où se mêlaient velours, parfum oriental et inspiration ailée. Un jour, je serrai fortement les paupières (j'avais entendu dire quelque part que c'était un signe de concentration, et je me demandais en secret ce que cela pouvait être), et alors je réussis, à force de me les répéter sans cesse en moi-même, à sortir en fraude de la chambre de Papa quelques-uns de ces mots et à les retenir pour toujours : une voix *souple comme une peau de chamois*, une mélodie *douce comme l'automne*, un désespoir *noir comme la nuit*.

Que n'aurais-je pas donné pour continuer ces séances nocturnes à Berlin ! Dans la nouvelle pièce où travaillait Papa manquaient les tapisseries de velours, l'éclairage n'avait plus rien de féerique et le chemin de ma chambre à la sienne était beaucoup trop long pour que je puisse passer inaperçue. Mais le vrai et insoluble problème, c'était que je grandissais. « Maintenant, tu es une lycéenne ! » me dit Papa quand, le soir de mon premier jour d'école à Berlin, j'entrai chez lui. Le mot avait un son excitant, il promettait beaucoup, mais contenait aussi une invitation impossible à ne pas entendre. J'aurais dû être fière. Au lieu de cela, je fus saisie d'une tristesse nouvelle, inconnue jusqu'alors. C'était la première fois que l'irrévocabilité du passé parvenait pleinement à ma conscience. « On s'y habitue », dit Papa, avec un sourire moqueur et pourtant doux.

Deux ans, trois ans passèrent, sans que rien vienne remplacer notre ancienne et mystérieuse intimité. Certes, Papa posait parfois sur moi, maintenant encore, son regard complice, et je n'oubliais jamais de lui demander à quel opéra il travaillait. Mais ce n'était plus la même chose. Il me manquait notre ancien mystère. Aussi fus-je comme électrisée lorsqu'un soir, au dîner, Papa mentionna le nom de Cesare Cattolica.

Je sus dès le premier instant que ce compositeur n'avait jamais existé. Je l'ai remarqué à la voix de Papa, qui me rappela notre ancienne conjuration, la fumée orientale et la sensation veloutée sur les paumes de mes mains. Cela te plaisait, que quelqu'un se fût appelé comme la station balnéaire de l'Adriatique, et Maman dit quelque chose sur l'élégance du prénom. Mais moi je savais qu'il l'avait inventé, comme un personnage d'opéra. Il lui faisait passer son enfance à Eufemia, un village calabrais. J'aurais juré qu'il avait inventé aussi ce lieu. Mais quand par la suite je regardai la carte, je vis qu'il était bien là. Chez Papa, le mélange de réalité et d'imagination était impossible à évaluer.

Cesare Cattolica – c'était ton idole, Papa. Un héros de l'échec. Tu avais besoin de lui, c'était ton fidèle compagnon sur le chemin infini des déceptions. À lui, qui ne venait pas par hasard de la plus pauvre région d'Italie, tu as prêté une énergie et une fermeté de la volonté qui surpassaient encore les tiennes, si bien que tu pouvais sans cesse en tirer un nouvel exemple. Il connaissait, j'en suis sûre, toutes les quatorze catégories d'échecs et quelques-unes encore en plus. Ses voyages à Milan duraient des mois parce qu'il devait en chemin s'engager au service de quelqu'un pour payer la suite du trajet. Il voulait remettre personnellement à la Scala ses partitions, qu'il portait sur lui – il n'aimait pas les confier à la poste. On riait de lui quand il dormait sur les marches de la Scala jusqu'à ce qu'il soit reçu par un chef d'orchestre. Les scènes de refus dédaigneux, tu savais les décrire, toujours en très peu de mots, d'une manière si oppressante que la tablée devenait silencieuse et que l'on n'entendait plus que le cliquetis des couverts.

Par la suite, je me suis constamment rappelé cette rencontre entre toi et le professeur de l'université des

Beaux-Arts, à laquelle j'ai assisté un jour où je te rendais visite à la maison Steinway. Tu étais plus raide que tu ne l'es d'habitude avec des clients, mais tu as répondu avec patience à ses questions, même oiseuses. « Ah, au reste, dit le professeur en sortant, je suis enfin arrivé à jeter un coup d'œil sur la partition que vous m'avez envoyée. Cela n'a malheureusement pas suffi pour davantage qu'un examen cursif, le semestre, vous comprenez ? Cela fait penser aux Italiens, vous serez d'accord avec moi. Mais c'est très convenable. Et quelle calligraphie ! L'impression s'impose d'elle-même ! » Il était depuis longtemps dehors que tu restais là, debout, penché en avant, comme si tu l'écoutais encore.

Cesare Cattolica revint chez lui, où il entassa les partitions dans un coffre au coin le plus sombre du grenier, car il avait peur que l'encre ne pâlisse. Il atteignit l'âge de quarante-neuf ans et écrivit dix-neuf opéras. Les dix-neuf voyages à Milan, qui se déroulèrent de façon très différente, firent de lui un connaisseur du paysage italien ; il nota ses impressions et les exposa, fascicule après fascicule, dans l'église du village, où les autres pouvaient les lire. Ce n'est pas grâce à ses opéras, mais à son guide de voyage qu'il devint célèbre dans la région. Quand il revint bredouille de son dix-neuvième voyage (pas avant ! soulignas-tu, pas avant !), il se mit à boire. Les volets de sa petite maison restaient fermés jour et nuit. Une seule fois, on le vit aller à la poste, où il expédia un paquet. Il était adressé à Vincenzo Bellini, en Catane. Ensuite il vécut de nouveau des semaines entières dans l'obscurité. Une nuit, la maison prit feu, la montagne de partitions accumulées au grenier disparut dans les flammes. Cesare Cattolica ne survécut pas à l'incendie. Quelques semaines après sa mort une lettre arriva pour lui. L'expéditeur était Bellini. Comme il n'y avait pas de parents, la lettre fut finalement ouverte par le maire.

Bellini était enthousiasmé par l'opéra contenu dans le paquet. Il allait s'entremettre pour que l'œuvre soit représentée, écrivait-il. La lettre fut fixée au tableau d'affichage de l'église. On la sut bientôt par cœur. Peu après, Bellini mourut. L'opéra ne fut jamais représenté. La partition demeura introuvable.

Que tout cela fût pure invention, ce fut le nouveau secret que je partageai avec Papa. Quand nous étions seuls, je lui demandais d'autres détails sur la vie de Cattolica. Parce que cela coûtait moins cher, appris-je, il distillait lui-même son eau-de-vie dans la cave. Il le faisait sans prendre de précautions et il devint aveugle. Quand on s'approchait suffisamment et que l'on appuyait l'oreille contre les volets fermés, on l'entendait jouer sur son vieux piano désaccordé. Il commençait à oublier ses propres mélodies et il le savait. De temps en temps, il montait au grenier, s'agenouillait devant le coffre et palpait les feuilles de musique. Puis il eut peur d'avoir effacé les notes avec la sueur de ses mains, et désormais il porta des gants. Mais alors, il avait le sentiment de ne pas être assez près des mélodies oubliées.

Et ainsi de suite. Naturellement, c'est de toi que tu parlais, Papa – d'un homme que tu aurais pu être. Nous le savions tous les deux, et c'était là le sérieux amer de ce jeu dont nous ne nous lassions jamais, surtout quand je te signalais des contradictions et que tu exécutais ensuite de périlleuses manœuvres narratives pour raccorder l'ensemble. Jamais je n'ai été plus proche de toi que dans les moments où tu déroulais sans cesse l'histoire de Cesare Cattolica et que nous nous en enveloppions.

*
* *

Le premier cahier sera bientôt rempli. Quand j'ai acheté une pile de ces objets typiquement français, la vendeuse a dit : « *Ah, des cahiers d'écolier**. » À son regard, je voyais qu'elle me prenait pour la mère d'un élève de cours préparatoire, qui cherchait à assurer le succès de son enfant en veillant à ce qu'il ait une réserve de cahiers. Peut-être était-ce pour cela qu'en ouvrant celui-ci, j'eus l'impression d'être une écolière tout juste débutante. Je trouvais ce sentiment charmant. Cela me surprenait.

Au commencement, il me parut étrange d'écrire sur ce que nous avions vécu ensemble. Qu'y avait-il encore à dire, là où tu en savais exactement autant que moi ? Ma proposition de tout nous raconter réciproquement n'était-elle pas absurde ? Un inutile redoublement verbal de notre passé commun ? Mais depuis lors, je comprends mieux mon idée. Saisir dans des mots des expériences qui sont là, immuables, c'est s'exercer à marquer des frontières. Cela signifie briser notre communauté muette, une communauté que nous considérions si parfaite qu'elle semblait se passer de paroles ; elle était comme un sanctuaire auquel on ne devait pas toucher, pas même en le nommant. C'était un sanctuaire dangereux, parce qu'il incluait l'interdiction de vérifier si les horloges internes de nos expériences étaient réellement synchrones, ou bien si en nous-mêmes nous vivions depuis longtemps selon des rythmes différents.

Il est plus difficile que je le croyais de respecter notre convention. Je l'ai senti dès les toutes premières lignes. Quelque chose entrave ma main. Non que les mots me manquent. Toutefois, ce ne sont pas mes mots, mais les tiens. Que j'écrive en français ou en allemand – j'ai toujours le sentiment que cette langue est la tienne, bien que nous l'ayons apprise ensemble.

C'est ton rythme, ton souffle, pas les miens, qui vivent dans les mots. (Même Dupont – le professeur de français – et Neuhaus – le professeur d'allemand – ont remarqué à quel point la langue de nos devoirs se ressemblait. Qui des deux a vraiment rédigé le texte ? Un silence gênant dans la classe, quelqu'un ricanait. Nous n'avons jamais parlé de cet épisode, ni en ce temps-là, ni plus tard.) S'il s'agissait d'écrire des bagatelles, cela n'aurait pas d'importance. J'ai toujours aimé me laisser porter par tes paroles, leur mélodie et leur tempo particulier. Toutefois, maintenant qu'il s'agit de faire irrévocablement de notre vie commune deux vies séparées, je dois me détacher de toi en trouvant moi aussi ma propre langue. Je dois essayer d'établir une distance intérieure avec toi, en retrouvant dans mon souvenir le vécu tel qu'il était avant d'être dit avec des mots à toi. (En expurgeant de toi, pour ainsi dire, le vécu, et en le reconnaissant comme mon bien, tout entier à moi seule.) Et les mots aussi doivent devenir les miens. Car ce n'est pas une solution de fuir devant la langue en me réfugiant dans les images, comme j'ai essayé de le faire ici les premières années. Cela revient à s'imposer à soi-même un mutisme où se reflète un manque de liberté.

Mais comment parvenir à trouver sa propre langue en s'opposant à la suprématie verbale d'un autre ? Si l'autre est un ennemi ou quelqu'un que l'on méprise, cela n'est peut-être pas aussi difficile : on évitera ce que son vocabulaire a de plus frappant et on marquera une différence dans la construction des phrases. Avec toi, c'est beaucoup plus complexe. Tes paroles, ton accent – ce sont des choses qui ont traversé ma vie jusqu'ici, et que j'aime. Je ne veux pas les bannir ni les renier. Je veux pouvoir continuer à utiliser ces mots, car ils ne m'ont pas été imposés par un dictateur comme une langue étrangère. Mais qu'est-ce que

cela signifie alors, d'exposer ce que je ressens clairement en opposant au mien ton mode d'expression ?

Hier, j'ai vu dans le métro deux enfants qui se
tenaient par la main. Leurs doigts restèrent enlacés
durant tout le trajet, même quand ils désignaient tous
les deux de l'autre main le plan des lignes et discutaient de la station où ils devaient descendre. Alors
j'ai pensé à nous deux autrefois. Pendant longtemps,
nous nous sommes pris par la main dès que nous
franchissions la porte de la maison pour aller à
l'école. C'était comme une alliance contre le monde.
Je crois que ce fut le premier jour de la troisième
classe primaire que tu m'as retiré ta main quand le
bâtiment de l'école fut en vue. Tu étais à présent un
élève de troisième[1], presque un homme déjà, et
devant les autres tu ne voulais pas avoir l'air plus
longtemps de ne pas pouvoir lâcher la main de ta
sœur. Le lendemain matin, j'hésitai, et j'attendis
jusqu'à ce que tu prennes ma main. La tienne était
comme toujours chaude et sèche, et pourtant ce
n'était plus la même main que la veille. C'était tout à
coup une main indépendante qui ne se joignait pas
à la mienne comme si cela allait de soi. Après cela,
nous avons continué à nous rendre à l'école main
dans la main. Mais quelque chose avait changé.

Quelques jours plus tard, il arriva que ma main se
détacha de la tienne. Je l'exprime exprès en ces termes, car ce mouvement me sembla aussi involontaire
que voulu. Tu pris cela pour une maladresse et tu
t'emparas de nouveau de ma main. Alors, exactement
en cet instant, je sus que j'avais réellement voulu me
détacher. Certes, je laissai ma main dans la tienne,
mais à ce moment précis c'étaient deux mains indé-
pendantes qui se tenaient, et non plus deux mains qui
se sentaient incomplètes l'une sans l'autre. Quelque

1. C'est-à-dire âgé d'environ neuf ans.

chose était venu les séparer et tout à coup, à chacun de nos pas, la question de savoir si nous devions ou non nous détacher l'un de l'autre restait ouverte.

Nous avions peur, tous les deux, de cette question. C'est ainsi que je m'explique que dès lors nos mains furent de plus en plus souvent humides. Cette peur humide était désagréable, et ainsi arriva-t-il qu'un matin tu gardas les mains dans tes poches et que je croisai les miennes dans mon dos. Pendant un long moment angoissé, nos yeux fixèrent le sol avant que nos regards se rencontrent. « Viens ! » dis-je enfin et j'avançai la première. Ce qui nous aida à franchir cette falaise, ce fut que nous avions tous les deux choisi le même matin pour libérer nos mains. Notre communauté allait donc encore aussi loin ! Et mieux encore : on pouvait interpréter cette séparation concordante comme un épisode de notre union, comme preuve que nous appartenions l'un à l'autre.

Peu à peu, ensuite, l'affaire des mains tomba dans l'oubli. Les symboles d'intimité changèrent. Ce qui resta, ce fut le désir d'une communauté qui n'avait pas besoin de paroles. Il était si fort, ce désir, que pendant toutes ces années nous avons bien dû considérer que sa persistance équivalait à sa réalisation. Il ne fallait pas que ce fût autrement. Il ne le fallait pas.

C'était pour cette raison, je pense, que nous tenions à tout prix notre communauté à distance des paroles. Car elles, les paroles, auraient pu mettre cette intimité en question. Ce que nous ne remarquions pas, c'était que passés maîtres dans l'art d'éviter les paroles, nous étions devenus esclaves de ce mutisme. Y mettre fin, c'est ce que nous faisons maintenant, chacun à son pupitre. Afin de pouvoir réussir aussi avec nos âmes ce que nous avions réussi avec nos mains.

PATRICE

Deuxième cahier

Je suis arrivé par le vieil aéroport de Santiago, et reparti par le nouveau. Quand le taxi entra dans le bâtiment neuf, je fus effrayé : j'étais donc ici depuis si longtemps déjà. À peine avais-je pris place dans l'avion que des images de mon premier voyage et du jour de ma fuite surgirent devant mes yeux.

L'avion qui m'emporterait à l'autre extrémité de la terre arriva à Francfort avec du retard. Il ruisselait, luisant de pluie. J'avais peur comme un enfant de l'orage d'où il semblait sortir. À Tegel, je m'étais acheté un livre pour la longue durée du vol. Ce serait le premier livre que je lisais dans ma nouvelle vie séparée de toi. Je ne l'ai pas lu ; je ne l'ai même pas tiré de mon sac. Plus tard non plus, je ne l'ai jamais lu. C'était *Cent ans de solitude*, de Gabriel García Márquez. C'est le livre préféré de Mercedes et elle ne comprend pas pourquoi je l'évite, alors que d'habitude je lis tout.

J'ai quitté la maison de Berlin comme un homme qui a commis une faute. Ton adieu sans un mot, le refus de dire où tu allais, et plus tard ton adresse tenue secrète pendant des mois – cela faisait de moi le coupable. C'est ce que j'ai ressenti pendant toutes ces années. En ce temps-là, quand tu eus disparu de mon champ de vision, j'ai enfoui ma tête dans l'oreiller et j'ai revécu encore une fois tout ce qui avait fait qu'une heure auparavant, tu étais couchée à côté de moi.

Nous n'en avons jamais parlé, mais tu le sais. Cela a commencé quand nos regards se rencontrèrent dans le haut miroir de l'entrée, avant que nous partions pour voir *Oncle Vania*. (Ce fut un moment particulier, quand les déménageurs emportèrent ce miroir. Je fixais la surface miroitante comme si je pouvais retrouver ainsi la place où nos regards s'étaient croisés. Comme si quelque chose d'aussi énigmatique qu'un regard – qui est bien plus réel que beaucoup d'autres choses, même si on ne le trouve pas dans le monde matériel – pouvait laisser des traces sur une surface, des traces d'incendie, pour ainsi dire. Je passai ma manche sur le tiers supérieur du verre, comme si je voulais effacer quelque chose ; en même temps – je le sais très exactement – le geste avait pour but de découvrir ces traces imaginaires. « On va l'envelopper dans une couverture », dit un des hommes, dans une tentative hésitante et perplexe pour tirer un sens quelconque de la situation.)

Tu te tenais devant ce miroir quand je suis descendu, le col haut de ton manteau contenait tes cheveux comme un vase. Tu serrais les lèvres pour achever d'étaler le fard rouge. Je guettais le reflet de ton regard, dans l'attente d'une moquerie fraternelle, en camarade, surtout à cause de l'écharpe blanche. Mais à peine avais-tu levé les yeux que ton regard changea : il devint étrangement sombre et farouche, tu baissas un moment les paupières, mais ensuite il fut de nouveau là, mal assuré et pourtant résolu, avec un air de défi. Je n'en croyais pas mes yeux, je ne croyais plus en ma faculté de déchiffrer ton visage, que depuis toujours je savais lire à la perfection, mieux que n'importe qui d'autre. Il y avait un nouveau langage dans ton visage, un langage que je connaissais, que tout le monde connaît ; mais il ne pouvait pas être sur ton visage, quand même pas sur ton visage, ou bien il ne s'adressait pas à moi. Il fallait que je te touche, et il fallait que ce fût autrement que d'habitude pour correspondre à ce regard, aussi ai-je relevé tes cheveux et je t'ai embrassée sur la nuque. Je savais que cela n'aurait pas dû être, que j'étais en train de changer les règles du jeu bien plus fortement encore que toi avec tes yeux. Oui, je le savais, au milieu de ma douce hébétude, je le savais avec une clarté parfaite. Ce fut le plus bel instant, plus beau encore que ce qui arriva plus tard. Par-dessus ton épaule, je te jetai un regard qui te réinventa pour moi, de même que celui que tu me renvoyas m'aura réinventé pour toi.

Et alors arriva quelque chose que tu n'as pas vu, tu étais déjà dehors dans les tourbillons de neige. Ce fut à la fois silencieux et assez dramatique. Avant de fermer la porte en la tirant par son heurtoir doré, je me retournai encore une fois, sans aucun motif. Maman était en haut de l'escalier, sans chaussures, les pieds nus dans ses bas, appuyée à la balustrade de la galerie comme si elle était restée là longtemps, et les ailes de son nez tremblantes d'irritation lui donnaient un visage amer et laid. Nos regards se rencontrèrent un moment, s'emmêlèrent l'un dans l'autre ; je sentis qu'en moi-même tout devenait comme cette glace sèche à laquelle on se brûle, puis je tirai la porte. Mon cœur battait follement, il fallait que je bouge, et alors je me réfugiai dans notre rituel qui consistait à te presser pour gagner la S-Bahn.

Jamais – pensais-je en marchant à côté de toi – je ne te dirai que Maman nous avait observés à l'instant de l'intimité interdite, tandis que nous brisions en pensée un antique tabou. Je te le raconterai aussi peu que l'incident qui avait éclaté, bien longtemps auparavant, dans le boudoir, entre Maman et moi, et qui avait été présent avec une densité foudroyante dans le regard que je venais d'échanger avec elle. C'était l'unique, la seule chose que je ne souhaitais pas partager avec toi. Jusqu'à aujourd'hui, où notre contrat de véracité l'exige de moi.

Cela avait commencé de manière anodine. Maman m'appelait pour l'aider à se coiffer, parfois aussi seulement pour ramasser ou tenir quelque chose. Au début, il me parut sans importance qu'elle me priât de fermer la porte à clé. L'intimité qui en naquit, je la ressentis seulement comme un signe d'affection maternelle. Ce fut quand elle chercha sans se dissimuler la proximité de mon corps, que le verrouillage de la porte prit le goût de l'interdit. Ce sentiment fut définitivement confirmé quand, un jour, je surpris Maman devant le miroir, essayant, dans son vieux tutu jauni de ballerine, le visage grimaçant de douleur, de faire des pirouettes. Son visage blême se couvrit de taches rouges quand elle m'aperçut. Avec des mouvements fiévreux, nerveux, elle me fit entrer et ferma la porte à clé. En larmes, elle me serra dans ses bras et pressa ma tête contre ses hanches douloureuses. Je respirai l'odeur de l'antimite et de la sueur, et je sentis contre ma joue le tissu des collants. Puis je dus lui soutenir les jambes tandis qu'elle essayait de se tenir sur les pointes. Étourdi par son odeur et angoissé par une foule de sensations inconnues et déroutantes, je la quittai finalement. Désormais, quand j'entrais dans le boudoir, c'était avec un excitant mélange de curiosité et de peur, et le désir hésitant de sentir, plus encore que la dernière fois, la chaleur de Maman. Ainsi naquit peu à peu entre nous un pacte de souhaits interdits, de secret et de portes verrouillées sans bruit.

Maman inventa un jeu qui nous aida à nous cacher, l'un à l'autre et à nous-mêmes, le sentiment de l'interdit : elle me tenait sur ses genoux, commençait des phrases et je devais les achever. Ainsi créâmes-nous l'illusion que nous ne faisions rien de plus, en réalité, que jouer à un jeu innocent. Au début, nous appelions ce jeu *compléter**, plus tard cela devint *penser pensées**. J'aimais le jeu. Je l'aimais encore quand les choses qu'il devait excuser, recouvrir et nier me devinrent de plus en plus inquiétantes. Au lieu de m'asseoir sur les genoux de Maman, j'approchais parfois une seconde chaise et je la regardais, attendant. Elle évitait mon regard, baissait les yeux vers ses mains croisées sur ses genoux et gardait un silence éloquent. Les coins de sa bouche descendaient, ce qui lui donnait l'expression de quelqu'un sûr de son pouvoir et qui guette le moment où l'autre abandonne de lui-même toute résistance. Le jeu des phrases et des pensées ne reprit qu'au moment où je m'assis de nouveau sur ses genoux et sentis sur moi ses mains et ses lèvres. Pour me dédommager de mon attente, les débuts de phrases venaient alors en une suite dense et haletante.

Entre-temps, j'étais devenu un virtuose dans ce jeu et j'avais le sentiment de toucher les pensées de Maman avec mes lèvres quand je l'embrassais sur le front. De plus en plus souvent, j'essayais de freiner sa violence en la soumettant à la pression du temps dans notre jeu et en adoptant une raide attitude néga-tive, jusqu'à ce que le prochain début de phrase lui vînt à l'esprit. Il se déroulait entre nous des combats muets que je gagnais de plus en plus souvent. Maman savait toutefois empêcher que cette victoire ne devienne une libération. Peu avant la défaite, elle prit l'habitude d'interrompre le jeu et d'enfouir ma tête sous elle, et ses mouvements avaient quelque chose d'émouvant et de désespéré, si bien que je ne trouvais plus la force de me dérober. Soudain, alors, Maman était prise d'une agitation affairée et faisait comme si nous avions été tous les deux occupés à une tâche pratique. Je devais lui apporter ceci ou cela, tandis qu'elle remettait en ordre son peignoir de satin. (D'un geste violent, presque coléreux, de la main gauche, elle le fermait si étroitement sous son menton, que cela devait l'étrangler. De la main droite, elle arrangeait ses cheveux. C'étaient toujours exactement les mêmes gestes.) Puis elle remerciait d'un railleur *Merci, mon petit**, et me congédiait. (Le *merci** valait pour les tâches pratiques et elles seules. J'ignore comment je le savais, mais je le savais.)

Plus tard, quand je retrouvais Maman à table, j'étais étonné et même choqué de voir à quel point elle pouvait être soudain impersonnelle et comme sa voix était froide, et âpre l'expression de son visage qui répondait à mes regards interrogateurs et déconcertés. Plus aucune trace de l'ancienne chaleur sur ses traits, du rythme balancé du corps et de son insolite chuchotement rauque qui m'attirait et me repoussait à la fois. Tout cela s'était évanoui comme un spectre et tandis que je restais sans appétit devant mon assiette pleine, les sentiments les plus contradictoires se déchaînaient en moi. J'étais soulagé que ce fût de nouveau passé et que la sobre réalité du repas eût de nouveau refoulé l'épisode fantomatique du boudoir, et en même temps je me sentais trompé, comme si l'on m'avait permis un bref coup d'œil sur la vraie réalité rien que pour me la retirer immédiatement. Je n'osais pas te regarder, même s'il me semblait sentir ton regard posé sur moi. C'était comme si Maman et moi nous avions découpé dans cette pièce fermée un morceau de temps qui te manquait maintenant, et c'était moi le voleur.

Et Père ? Comme toujours, il était assis là en silence, et il mâchait lentement. Qu'est-ce que les rauques chuchotements et halètements de Maman avaient à voir avec lui ? Lui dérobait-elle ainsi quelque chose à lui aussi ? La question était trop grande pour moi et j'étais reconnaissant que Père parût n'en rien savoir. En de tels jours, le dîner me semblait interminable, et je me languissais du moment où je pouvais fermer la porte de ma chambre, m'étendre sur le lit et ouvrir un livre qui parlait de choses que je comprenais. Ces soirs-là, tu ne venais jamais chez moi, pas une seule fois. En m'endormant, je pensais que les heures nocturnes effaceraient ce qui s'était immiscé entre nous. Il en avait toujours été ainsi jusqu'à présent, il en serait encore ainsi cette fois. Et pourtant, jusque dans mon sommeil m'accompagnait la peur que ce soit désormais différent et que tu ne veuilles plus jamais entrer dans ma chambre.

Les jours où j'allais chez Maman, tu n'étais pas envers moi comme d'habitude, et même déjà des heures auparavant. Je commençai à éviter les appels de Maman. C'était facile, moi aussi, j'avais développé un sens infaillible des moments où elle désirait ma présence. Je quittais la maison, ou je faisais semblant de dormir. Les visites au boudoir se firent plus rares. Dans la voix de Maman se glissait une irritation que plus tard seulement je sus interpréter comme de la panique. Elle sentait que je lui échappais. Quand j'entrais, et parfois aussi quand je sortais, elle avait l'air de se demander à quel point j'étais un complice dangereux.

Et alors vint cet après-midi qui mit fin à tout. C'était l'hiver, et le long de la Promenade du Bastion les réverbères étaient déjà allumés. Maman avait pris de la morphine, je le vis dès que j'eus franchi le seuil. Ses yeux avaient cet éclat particulier, impersonnel, et son sourire était d'un rien trop égaré, il semblait avoir perdu son point d'appui dans l'âme et se fondre dans l'espace. Je voulus faire demi-tour et m'enfuir, très loin d'elle, de préférence au bord du lac. Mais je n'en eus pas la cruauté. Il y avait beaucoup de pitié dans ma complaisance à me laisser serrer dans ses bras. Ce dernier embrassement fut plus violent que d'habitude, brutal et fougueux. Avec une force surprenante, convulsive, Maman prit ma tête entre ses mains, l'attira à elle et pressa fermement ses lèvres ouvertes contre les miennes, comme si elle voulait m'avaler. Je sentis la molle chaleur de sa bouche qui se mêlait au goût savonneux du rouge à lèvres. Aujourd'hui encore, je ne peux donner un nom à la sensation qui me fit exploser. Ce serait trop faible de l'appeler du dégoût. (Ce ne serait pas non plus exact. Certes cette sensation était très proche du dégoût, mais cette petite distance était importante, sans que je puisse dire si cela améliorait la chose ou la rendait encore pire.) Tout ce que je vivais se condensa alors en la volonté de me défendre contre l'agression de Maman comme contre une menace mortelle. Pendant un court moment encore, elle réussit à me maintenir. Puis je libérai mes bras et je la frappai en plein visage, ce fut un martèlement des poings, sans relâche, aveugle, qui jaillissait d'une fureur incandescente comme je n'en avais encore jamais ressenti ; en ce moment je n'étais rien d'autre qu'une source de colère débordante, démesurée, qui ne voulait pas tarir mais semblait encore s'intensifier à chaque coup. Je ne revins à la raison qu'en voyant le sang qui coulait du nez de Maman. À ma colère se mêla de la confusion, je fermai les yeux et courus vers la porte de l'appartement, je dévalai les cinq étages et sortis dans la rue où je perdis une pantoufle en trébuchant affolé dans la circulation, et dans l'obscurité protectrice du parc je me jetai sur le sol gelé, pour laisser libre cours à mes larmes.

Maman était très blanche quand je la vis le lendemain matin. Blanche, dégrisée et fermée. C'était comme si elle s'était enfuie pour se verrouiller en elle-même. Nous n'avons jamais plus prononcé un seul mot sur ce qui s'était passé. Et nous ne nous sommes plus jamais touchés, pas même pour un serrement de mains. Quand j'étais malade, Maman me confiait aux soins de Jeannette, et quand elle venait de temps en temps me voir, elle ne franchissait pas le seuil. Les premiers temps, les paroles que nous échangions étaient exprès neutres et aseptisées. Tu as pu l'observer : il nous fallut des années avant de trouver un ton qui ne soit pas uniquement le reflet de notre embarras.

Quand nous sommes partis pour Berlin, un an plus tard, j'eus l'impression de pouvoir secouer de moi un rêve accablant. Nous habiterions désormais dans des pièces où rien ne s'était passé. Le jour du déménagement, l'un des hommes me demanda de pousser un carton dans le futur boudoir. Ensuite je ne suis plus jamais entré dans cette chambre.

C'était à cela que je pensais quand j'étais assis à côté de toi au théâtre et que je revoyais le visage de Maman dans la galerie. Qu'elle soit restée là, sans chaussures, pieds nus dans ses bas – cela me rendait furieux, je ne peux pas dire pourquoi. Ou peut-être si : les pieds presque nus doivent avoir évoqué en moi le boudoir, et en faisant cela, Maman exigeait que mon baiser sur ta nuque lui appartienne en réalité. À ce moment-là, nous étions dressés face à face comme deux ennemis irréconciliables, moi sur le pas de la porte, elle dans la galerie.

Avant l'instant où mon regard croisa le tien dans le miroir, le temps était simplement une durée qui nous était commune, le médium où nous partagions – comme les autres – tout ce qui nous portait vers l'avenir. Et même si nos espoirs et nos buts nous projetaient dans l'avenir, et que cet avenir ouvert et incertain nous tenait en haleine, ce champ de tension n'avait toutefois rien à voir avec nos sentiments mutuels. Avant que nos regards se rencontrent dans le miroir, il n'y avait entre nous aucune relation qui aurait permis au simple écoulement du temps vers l'avenir de nous mettre au bord d'un danger. Ou plutôt non, ce n'est pas tout à fait exact. L'écoulement quotidien du temps était déjà menaçant auparavant, dès le début de la dernière année scolaire. À partir du jour où nous avons pu compter : quand cette année scolaire sera passée, nos chemins se sépareront, ou en tout cas l'harmonie ne sera plus aussi parfaite que maintenant. J'avais peur, Patty, peur aussi que tu puisses avoir moins peur que moi. Malgré cela : c'est seulement après *Oncle Vania* que s'immisça dans l'écoulement du temps un danger qui resta pendant des mois à l'arrière-plan et semblait parfois entièrement pâlir, mais qui en réalité devenait de plus en plus grand. J'avais parfois le sentiment de le sentir battre légèrement en moi, et j'en jouissais. Un jour, tu as emporté le manteau avec le col haut, je ne sais où, mais je t'ai vue avec le sac et j'ai compris. Cela ne servit à rien. Nous savions que cela arriverait. Rien n'aurait pu nous retenir.

*
* *

J'ai dû aller faire des courses. À l'exception d'une pizza chez l'Italien d'en face, je n'avais rien mangé de consistant depuis des jours. Remettre le réfrigérateur en marche : quand le compresseur démarra et que la lumière s'alluma, ce fut comme si je m'enclenchais dans le temps et la réalité de Berlin. Désormais, j'habite de nouveau ici, voilà ce que je ressentais. Pour faire un essai, j'arrêtai l'appareil. Trop tard, c'était fait. En totale contradiction avec ce qui précède, Baranski m'a écrit une lettre dans les formes, où il m'annonce pour samedi matin sa visite en compagnie de plusieurs clients intéressés, et me rappelle encore une fois le contrat de vente qui me lie à lui et lui laisse l'exclusivité. Je ne sais pas ce qu'il veut : c'est toujours la maison de Père, la maison où se fera entendre sa musique quand Juliette Arnaud viendra vendredi.

*
* *

Je suis encore sorti pour acheter une lampe. Juliette doit y voir clair au piano. Quand je quittai le magasin, Katharina Mommsen croisa mon chemin (tu te rappelles : le tourbillon du cours renforcé d'allemand). Elle a achevé sa licence de droit en un temps record et travaille dans une étude. Nous n'avons pas mentionné Père, dès que nous nous sommes dit bonjour elle a parlé sur un ton qui excluait adroitement le sujet. Le Chili, elle trouvait que c'était fou. Avec ton métier de monteuse, elle eut plus de difficulté. « Quel dommage que vous n'ayez pas fait d'études, répétait-elle sans cesse, vous y seriez pourtant arrivés facilement ! » Et pourquoi étions-nous partis brusquement, comme engloutis par un tremblement de terre ? Nous avions dansé si fabuleusement au bal du baccalauréat – pendant des semaines, cela avait été le sujet de conversation à la table des anciens. Si nous n'avions pas été frère et sœur, on aurait pu nous prendre pour un couple d'amants !

Oui, nous étions les stars ce soir-là. Les jumeaux !
Au début, nous étions embarrassés et nous nous
tenions fermement l'un à l'autre ; jamais encore nous
n'avions été exposés de cette façon. Quant à notre
relation, on nous jugeait généralement réservés, parfois les autres devaient croire qu'au fond nous
vivions en étrangers. Mais maintenant tous les yeux
étaient braqués sur nous ; la piste de danse se vida,
nous étions un couple. Bientôt nous prenions de
l'assurance en découvrant que nous pouvions harmoniser le rythme de nos corps non seulement à la maison, où nous dansions assez souvent, mais aussi en
public. Au commencement, nous en fûmes seulement
étonnés, l'unisson des corps n'avait encore aucun
autre sens. C'était amusant, nous devenions plus hardis, essayions des pirouettes ; les applaudissements
enflaient, on entendit des sifflets enthousiastes. La
danse nous entraînait dans une véritable ivresse ; s'y
ajoutaient des figures que nous ne connaissions pas,
nous les inventions tout simplement, et malgré cela
chaque seconde était harmonie complète du mouvement. Plus tard, malgré nos pieds endoloris, il ne fallait pas songer à s'arrêter, nous nous lancions des
regards d'encouragement et nous n'étions toujours
rien que frère et sœur. Soudain, tu fis un faux pas et
tu perdis un soulier. Je te retins, puis je me penchai et
te chaussai de nouveau du soulier à haut talon. Jamais
je n'avais tenu ainsi ton pied, aujourd'hui encore je
sens la chaleur dans le bas de soie. Je ne sais pas s'il
en fut ainsi, mais j'ai l'impression de l'avoir tenu un
peu plus longtemps que nécessaire. Je me redressai,
la danse continua. J'étais hors d'haleine de m'être

penché si rapidement et il me fallut quelques mesures pour entrer de nouveau dans le rythme et te tenir aussi sûrement qu'auparavant. Je te regardai, et alors je vis dans tes yeux un éclat humide différent du signe avant-coureur des larmes, que je connaissais. Jamais encore je ne t'avais vu une expression comme celle-là, pas même l'autre fois dans le miroir. Je confirme : ce qu'elle signifiait était clair. Ce n'était pas, je l'ai dit, totalement une surprise. Malgré cela, je fus frappé comme d'un coup de tonnerre, je te marchai sur les pieds, on nous vit trébucher et tomber dans les bras l'un de l'autre ; je sentais le parfum de tes cheveux, mon visage brûlait, déferlement d'applaudissements et de sifflets. Je cherchai de nouveau ton regard, il était immuable dans son message ; je te lançai dans une pirouette, je te rattrapai, je te regardai et te fis encore une fois tourner en t'éloignant de moi. Tout l'avenir du monde et tout l'interdit du monde tenaient dans cette minute, nos regards n'exprimaient que défi devant les conséquences que nous envisagions ensemble ; finalement nous nous arrêtâmes et nous inclinâmes main dans la main ; je pouvais sentir à travers les gants de dentelle que ta main était humide.

Pour le reste de la fête, je fus comme hébété ; de temps en temps nous nous frôlions du regard, je ne sais pas comment cela se passa ensuite, soudain nous étions dans la voiture de quelqu'un d'autre, puis devant notre maison et je cherchais la clé avec des mains tremblantes. La porte se referma. Aucun de nous deux n'alluma la lumière. Tu étais là dans ta simple robe noire qui faisait ressortir la peau claire du cou et des bras. Lentement, nous allâmes l'un vers l'autre, ce furent les pas les plus précieux de ma vie. L'écharpe blanche – tu as souri quand je t'en ai entourée, cette fois c'était un sourire sans raillerie, un

sourire d'entente. « *Fanfaron** », as-tu dit doucement. C'est le mot le plus beau que j'aie jamais
entendu. C'était comme si nous l'écrasions avec nos
lèvres.

Cette nuit-là, tu prononças mon nom en italien,
sans cesse. C'était comme si j'étais ainsi recréé.
Ton visage comme je ne l'avais encore jamais vu.
Le regard se brisa, et pendant un long instant je
sombrai dans l'illusion qu'enfin plus rien ne nous
séparait.

*
* *

Tout cela défila devant mes yeux quand l'avion
décolla à Santiago. Quand je sentis que le train
d'atterrissage avait perdu tout contact avec la piste,
Berlin fut d'un seul coup plus réel que le Chili. J'eus
l'impression d'abandonner le temps de Paco et Mercedes. Certes, il continuait à s'écouler, ce temps,
mais il passait à l'arrière-plan comme une voix domi-
née par celle d'un interprète. Je calculai le nombre de
jours où je ne t'avais pas vue.

Dans la salle de transit vitrée de Buenos Aires, la
même voix qu'autrefois, féminine et endormie, sortit
des haut-parleurs. Avec toujours la même mélodieuse
indifférence, elle débitait ses messages. Je pensais
que lors du voyage d'aller, j'avais demandé en
anglais à un employé à quelle heure le soleil se levait
ici. Stupeur d'abord, puis un sourire censé m'apporter
une consolation. Vous n'avez plus besoin d'attendre
longtemps, c'est pour bientôt. Je n'avais pas demandé
cela par impatience, mais par peur : tant que la nuit
durait, j'étais encore lié à toi. Si le jour se levait,
alors ce serait définitif, ma vie continuerait désormais
sur un autre continent.

118

Le gros titre sous la photo de Père menotté, je l'ai vu dans cette salle d'attente. Quelqu'un lisait la dernière page d'un journal froissé, et quand l'homme changea de position, je lus sur la une : MEURTRE À L'OPÉRA. Père en smoking et nœud papillon, la moustache en désordre, le regard fixe comme celui d'un fou. J'attendis d'avoir maîtrisé la première émotion, puis je m'approchai du lecteur et je lui demandai avec un calme oppressé si je pouvais avoir le journal quand il aurait terminé. Oui, naturellement, dit l'homme, il venait de le pêcher dans une poubelle, c'était le journal d'hier, quelqu'un devait l'avoir rapporté d'Allemagne dans un avion et jeté ici. Il désigna la manchette. N'était-ce pas incroyable ?

Je m'assis à l'écart. Je n'arrivais pas à lire le texte. Non seulement parce que tout se brouillait dans mes larmes. Je me sentis mal, je courus aux toilettes et vomis. Avant de monter à bord, je déchirai en morceaux la première page.

Le fauteuil à côté de moi était libre, et je lus toute la nuit. Ce fut une lecture pénible, car je devais constamment me défendre contre la photo fantomatique de Père et contre l'image de Paco avec son turban ensanglanté. J'essayai de continuer *Michel Kohlhaas*, mais je ne réussis pas à fixer mon esprit sur le texte. À présent que j'étais dans les airs et volais vers une rencontre avec Maman, ses lettres que je n'avais pas lues m'obsédaient de plus en plus à chaque minute.

Finalement, je cédai, je les sortis de mon sac et les plaçai sur le siège vide, il y en avait soixante-seize en tout.

D'abord, je les regardai un moment de l'extérieur. Toujours la même enveloppe de luxe avec l'expéditeur imprimé en lettres obliques et ornementées : *CHANTAL DELACROIX DE PERRIN*. Le trait d'union manquait, la graphie de son double nom était impossible ainsi – que de fois nous le lui avons dit ! Mais comme toujours quand le monde idéal de Maman entrait en conflit avec le monde réel : le monde réel était vaincu. Les lettres de Père étaient arrivées dans des enveloppes ordinaires pour poste aérienne, l'adresse en caractères raides, trop grands, calligraphiés. Le contraste avec l'écriture de Maman n'aurait pu être plus grand. Ses caractères à elle, minces comme un souffle. La même encre bleu pâle, comme toujours. GP avait pris soin qu'elle eût une écriture élégante. En cela aussi elle était sa créature.

La veille au soir, déjà, j'avais longuement regardé ces enveloppes. Je n'avais pas voulu savoir ce qui était écrit sur le papier à lettres beige clair. En même temps, j'avais trouvé insupportable de rester tout simplement assis là et d'attendre, avec la fantomatique nouvelle de Berlin dans la tête. Peut-être les lettres contenaient-elles un indice, une préhistoire, quelque chose qui ferait paraître l'acte moins absurde. L'acte que Père ne pouvait absolument pas avoir commis. Pour retarder la lecture, j'avais commencé à faire mes bagages. Deux fois, je les défis et les recommençai. Quand je n'eus plus aucun prétexte pour continuer à m'affairer sur mon sac de voyage, je me mis à nettoyer l'appartement. Après cela, jamais il n'avait été aussi propre. Une dernière fois, je songeai à remettre les lettres non décachetées dans le tiroir. Pendant un instant où les anciens sentiments fusèrent comme un jet de flamme, je fus même tenté de porter toute la pile en bas dans la poubelle. Mais naturellement c'était impossible. Finalement, j'avais décidé de les lire dans l'avion. Je les ouvris donc maintenant et commençai à lire.

*
* *

Pendant des années, elle avait écrit contre mon silence. Et parce qu'elle ne recevait pas de réponse, elle en avait inventé. Oui, littéralement inventé. Je m'étais attendu à des reproches et à de l'amertume, j'avais compté aussi qu'elle me supplierait de revenir. Mais rien de tel. Elle avait réagi à ma fuite (et c'était aussi une fuite devant elle, elle doit l'avoir senti exactement) par un moyen auquel je n'avais pas pensé : la totale négation de la réalité. Depuis la première lettre, elle écrivait comme si rien d'extraordinaire ne s'était passé et que nous avions depuis toujours l'habitude de correspondre régulièrement. Elle s'était installée dans cette conversation imaginaire par-dessus les continents et les mers, plus solidement qu'elle n'avait jamais pris pied dans la réalité.

Cela peut paraître étrange, mais quand la première fureur et le premier effroi eurent faibli, je ressentis une sorte d'admiration pour la manière dont elle avait défié le réel, en employant toute la force de son imagination. « La morphine et Chantal – cela ne fait qu'un », m'avait dit Père un jour. C'était une phrase grandiose, trouvai-je. Lui, le rêveur, comprenait Maman. Je n'oublierai jamais le sourire qui accompagnait ces paroles. On y lisait une profonde, une merveilleuse disposition à prendre Maman telle qu'elle était. Peut-être faut-il être aussi absorbé en soi-même que l'était Père pour en être capable. Je ne sais pas s'il avait connaissance des lettres irréelles qu'elle m'écrivait. Mais je suis sûr qu'il en aurait dit la même chose.

Comme elle comprenait bien que je veuille voir le monde ! écrivait-elle. En particulier parce que ses douleurs lui rendaient depuis longtemps les voyages lointains impossibles. Et l'Amérique latine ! Dès le début, les noms de rues sud-américains dans notre quartier berlinois m'avaient impressionnée, disait-elle.

Au commencement, je restais en arrêt devant le panneau LIMASTRASSE, et ensuite je m'étais tapi dans ma chambre avec l'atlas. (Que toi et moi, nous avions ensemble appris par cœur l'Amérique du Sud, elle l'omit.) Dans les deux premières lettres, pleines de ce genre de remarques, il n'y avait pas un mot sur toi. Dans la troisième seulement : *Tu écris que tu voulais te détacher de Patricia. C'est bien, vous êtes deux adultes maintenant.* (En même temps elle m'appelait constamment *mon garçon**.) Et ensuite elle se mit à m'inventer un métier (journaliste) et un logement (fenêtre à panorama, jardin sur le toit). Peu après, j'eus tout à coup une amie. Cela me surprit, c'était la dernière chose que j'aurais attendue. Avait-elle enfin accompli le pas qui me libérait ? Je ne pouvais pas y croire, et la lettre suivante me donna raison. L'amie (Juanita) avait rompu avec moi. La lettre débordait de consolation et compréhension. Quand, dans une colère aveugle, je la déchirai, on protesta devant et derrière moi, et l'hôtesse de l'air qui passait mit un doigt sur ses lèvres en signe d'avertissement.

La carte avec ton adresse parisienne était dans la sixième ou septième lettre, j'étais depuis trois bons mois à Santiago. Quelques jours après mon arrivée là-bas, j'avais envoyé à Maman (contre ma première intention) une carte avec mon adresse, et je l'avais priée de te la faire suivre dès qu'elle saurait où tu étais. Avant même que la carte puisse être arrivée à Berlin, je commençai à attendre. Il fallut presque une année pour que j'y renonce complètement. Et maintenant je devais découvrir que Maman avait retenu ton message douze ou treize grandes semaines ! Je bouillais de colère et j'allai aux toilettes, où je m'envoyai au visage de grandes paumées d'eau froide.

Je devais être frappé de cécité, car il me fallut sûrement une demi-heure, pendant laquelle j'injuriai Maman en silence, avant de voir la date sur ta carte : mi-octobre. Maman n'avait rien retardé du tout. C'était toi-même qui étais restée muette pendant trois mois. Comme il devait être grand, ton besoin de te cacher de moi ! Une fois encore, je luttai contre les sensations qui m'avaient envahi tous les matins quand je revenais de la boîte aux lettres les mains vides. Je ne comprenais pas. Je ne comprenais tout simplement pas. Mon sentiment de culpabilité n'en finissait pas de grandir, car un seul motif – la pensée de t'avoir cette nuit-là infligé quelque chose de terrible – pouvait m'expliquer, faute de mieux, que je n'aie plus aucune nouvelle de toi, exactement comme si tu étais morte.

Ta carte devant moi, avec l'écriture qui m'avait longtemps manqué, j'eus pour la seconde fois dans l'avion l'impression d'être aveugle, du moins en pensée : car je commençais peu à peu à entrevoir que seul mon refus, des années durant, d'ouvrir les lettres de Maman, était cause que toi et moi, de tout ce temps jusqu'à hier, nous n'avions plus échangé un seul mot. Bon, quand tu te décidas enfin à livrer ton adresse, tu ne m'as pas écrit directement. Mais ensuite j'aurais pu t'écrire spontanément moi-même – si la carte qui devait t'avoir tellement coûté n'était pas restée non lue pendant des années dans le tiroir, sous le napperon au crochet. Quand l'hôtesse de l'air me demanda si tout allait bien – j'étais le seul auprès de qui la lumière restait allumée – je fis signe que oui, confus, et pour quelques minutes j'éteignis la lumière.

De l'autre côté de l'allée centrale, où des fauteuils étaient encore libres, une femme était étendue, la tête sur les genoux de son mari. Toi aussi, tu as dormi la tête sur mes genoux, autrefois, pendant un voyage scolaire à Rome. Quand tu t'es allongée, déjà à moitié endormie, j'ai eu peur et j'ai senti mes joues brûler. Mais les autres dans le compartiment ne trouvèrent rien à redire. Nous, les jumeaux admirés, nous inspirions le respect, mieux encore : nous étions intouchables. Je crois qu'il en était ainsi même derrière notre dos. Pendant des heures, je n'osai plus bouger et je fis semblant de dormir moi aussi. Quand le jour se leva lentement, tu t'assis et tu dis : « *Bonjour**. » Tu as passé mon peigne dans tes cheveux.

Dans les lettres suivantes, il était arrivé quelque chose à l'écriture de Maman, elle devenait nerveuse et hautaine. Tu as donc repris de cette chose, Maman, lui dis-je. Pour ensuite revêtir tes blancs oripeaux et essayer encore une fois devant le miroir, dans les larmes. Ce n'était pas loyal de lui dire cela. Mais mes paroles silencieuses étaient comme un sursaut contre lequel on ne peut rien. Serai-je jamais délivré des images et des odeurs de ce temps-là ?

À partir de ce moment, je ne lus pas vraiment les lettres, mais je les parcourus à la recherche de ce qui concernait Père. Dans une lettre qui datait de trois ans, j'ai trouvé. L'écriture était normale, mais le ton avait tout à coup changé, comme si entre-temps Maman était revenue à la raison. Père travaille à un nouvel opéra, écrivait-elle, une adaptation musicale du *Michel Kohlhaas* de Kleist. Ce nouveau projet le transformait. Jusqu'à peu de temps encore, il avait été d'humeur amère, à cause d'une série particulièrement dense de déceptions, et il parlait encore moins que d'habitude. À présent, il était plus calme, il semblait parfois presque détendu. Et le plus beau, écrivait-elle, c'était qu'il lui parlait du nouvel opéra, il la faisait participer à son travail. Elle avait alors lu le roman de Kleist et maintenant elle suivait le devenir des personnages dans les mains de Père. Est-ce que je connaissais le roman ? Devait-elle m'envoyer le texte ? Elle achèterait un autre exemplaire, ajoutait-elle, car le petit volume de ta bibliothèque, avec lequel Père a travaillé, était parsemé de notes.

Dans les lettres suivantes aussi, il était beaucoup question du nouvel opéra de Père. Maman s'inquiétait de plus en plus de la manière très personnelle dont Père procédait avec les personnages de Kleist et l'histoire dans son ensemble. Elle craignait que le jury qui avait à expertiser l'œuvre un jour ne pût s'en offusquer. D'autre part, il y avait dans l'une des lettres une phrase qui me fit venir les larmes aux yeux. *Imagine : la femme de Kohlhaas (elle s'appelle Lisbeth) joue chez Père un rôle particulièrement important.* Comme elle pèse lourd, cette phrase, rétroactivement ! Et je me rappelle encore ceci : *Frédéric dit souvent maintenant : « Ce sera mon grand coup. »* Te rappelles-tu encore comme nous le détestions, ce discours sur le *grand coup* ? Car le grand coup, c'était l'œuvre avec laquelle, parce qu'il ne l'écrirait jamais, Père s'abusait lui-même sur sa vie.

Il n'y avait quasiment plus une lettre où Maman ne mentionnait pas le nouvel opéra. Elle ne parlait jamais de « notre » opéra ; mais le ton était tel que cela ne m'aurait pas surpris. Il était arrivé quelque chose entre Père et elle, pensai-je alors, quelque chose qui liait de nouveau ces deux êtres. À présent que je sais comment les événements se sont enchaînés, je pense que c'est ce nouveau lien entre eux qui, avec une logique impitoyable, a conduit au drame mortel.

J'y trouve confirmation dans une lettre qu'elle a écrite il y a environ un an. Père a envoyé hier le nouvel opéra, disait-elle. Il y a travaillé deux ans et ils avaient même renoncé aux voyages projetés pour leurs vacances. Il était épuisé, mais heureux. Et ensuite : *Ils ne renverront pas la partition ; pas cette fois. Ils n'ont pas le droit. Ce serait une catastrophe.* Je me rappelle que ces phrases m'ont laissé une impression paradoxale : il me sembla que c'était exactement cette catastrophe, celle dont parlait Maman, qui était arrivée. Car seul un événement de cette sorte avait pu faire prendre une arme à Père. Mais en même temps, il y avait dans le sac sous mon siège la lettre de Père qui me disait le contraire. Et qu'est-ce qu'Antonio di Malfitano pouvait avoir à faire avec tout cela ?

J'ouvris la lettre suivante. Maman disait que Père était tombé dans un trou après avoir terminé l'opéra ; il se plaignait d'une sensation de vide ; elle parlait du désespoir de Père en face d'un refus qu'il anticipait en pensée. Puis venait une phrase que je ne comprenais pas : *Je saurai empêcher que Frédéric soit cette fois aussi oublié.* Je décidai que cela ne pouvait exprimer davantage qu'un souhait violent et pathétique, loin du réel. C'était une erreur. Mais c'était dans le style de Maman.

J'avais peur des autres lettres – peur qu'elles expliquent l'acte impossible de Père et me forcent ainsi d'y croire.

Père avait pleuré, écrivait Maman dans sa lettre suivante, envoyée peu après celle où Père m'annonçait le succès tant désiré. C'était la toute première fois qu'elle voyait des larmes dans ses yeux. Il avait pris samedi matin la lettre de Monaco dans la boîte aux lettres, alors qu'elle était allée faire des courses. À son retour, il vint à sa rencontre, la feuille à la main, et il lui tendit le texte sans un mot. Jamais encore elle ne lui avait vu un visage comme en ce moment, écrivait-elle. Les mots lui manquaient pour décrire l'expression de Père. Elle pouvait seulement dire qu'elle n'avait pas cru possible que Père fût un jour tellement expansif. Toute la journée, il relisait la lettre en faisant les cent pas dans son bureau. Pendant les repas, il l'apportait à table comme un objet de valeur qu'il fallait surveiller. Il ne se passait pas un jour où il ne relût plusieurs fois la lettre. Parfois, il suivait de l'index les caractères de l'en-tête estampés dans le luxueux papier. Tout en haut était imprimé le blason des Grimaldi. N'est-ce pas merveilleusement beau, demandait-il à Maman. Puis il mettait la lettre de côté et contemplait l'enveloppe avec le timbre où figurait le prince Rainier III. « Ce timbre à côté de mon nom », disait-il.

Nous y sommes arrivés, avait écrit Maman en me racontant ce succès longtemps désiré. Je lus la phrase comme si elle disait : *J'y suis arrivée*. Je ne sais pas pourquoi. Peut-être parce qu'elle ne disait pas, comme je m'y attendais : *Maintenant il y est arrivé*. Bon, depuis le dernier opéra il y avait cette nouvelle communauté entre eux. Et pourtant quelque chose me gênait dans ce « nous ». Le mot avait un son funeste. Mais je passai là-dessus et je lus ensuite les lettres qui parlaient du voyage à Monaco, de la joie anticipée à propos du grand événement et des premiers légers doutes qui s'annonçaient, pour être aussitôt impérieusement réduits au silence.

L'année précédente, la télévision avait retransmis de la salle Garnier à Monte-Carlo la représentation d'un opéra couronné d'un prix. Père avait enregistré l'émission et ce samedi matin, quand la lettre de Monaco était arrivée, il s'assit devant le poste de télévision et fit passer la cassette. Maman s'attendait à une déclaration, une ouverture et le lever du rideau. Au lieu de cela, on voyait d'abord *tomber* le rideau, après qu'apparemment la dernière note avait retenti. *Imagine-toi*, écrivait-elle, *il n'avait enroulé la bande en arrière que jusqu'à ce passage ; il doit avoir regardé des douzaines de fois la fin de la manifestation, rien que la conclusion.* Les chanteurs se présentaient les uns après les autres devant le rideau, suivis du chef d'orchestre. Père avait glissé jusqu'à l'extrême bord du fauteuil, avançant la tête au maximum. À présent apparaissait le compositeur. Les chanteurs le prirent au milieu d'eux et il salua en s'inclinant. Le public debout lui décerna une ovation qui dura plusieurs minutes. Des fleurs pleuvaient des balcons. On montra un gros plan de la loge princière. Le prince Rainier III et la princesse Caroline s'étaient levés, et quand le compositeur s'inclina dans leur direction, ils répondirent avec réserve à son salut. Le fauteuil vide, expliqua Père d'une voix rauque, avait été occupé par le compositeur. Deux fois encore, l'homme apparut seul devant le rideau. C'était un Suédois âgé de trente ans, disait le commentateur, et c'était son deuxième opéra ; pour le premier aussi il avait obtenu un prix.

Père gardait à la main la lettre de Monaco. De temps en temps, il y jetait un coup d'œil comme pour se persuader qu'il la tenait encore. Quand commença le générique final, il arrêta la bande et la fit revenir à sa position de départ, qu'il avait marquée sur le compteur. Pendant longtemps, il ne prononça pas un mot. Son silence, écrivait Maman, était plus éloquent que toutes les paroles.

Selon la tradition, était-il dit dans la lettre de Monaco, la représentation de l'opéra de Père aurait lieu dans la dernière semaine d'octobre. À cause des décisions et des préparatifs nécessaires, on se mettrait en relation avec lui au bon moment. En ce qui concernait la cérémonie, quelques détails étaient à discuter. La lettre portait la signature d'une femme avec un nom à vous casser les dents ; ils pensèrent que c'était d'origine basque. Comme adresse, on indiquait une boîte postale à Monte-Carlo et un numéro de téléphone.

Alors commença l'attente. Les deux premières semaines furent comme enivrées, écrivait Maman. Tout semblait léger et un peu irréel. Ils s'étaient longtemps demandé si dans un tel cas il était convenable d'écrire une lettre de remerciements ou au moins d'accuser réception du message. Qu'est-ce que j'en pensais ? (Cinq ans et demi avaient passé, pendant lesquels elle m'avait envoyé lettre sur lettre sans recevoir de moi le moindre signe de vie, et elle persistait à me poser de telles questions ? N'est-ce pas incroyable ? Simplement incroyable ?) Quant à la lettre de remerciements à Monaco, ils se décidèrent finalement contre, écrivait Maman. Elle pensait que cela pourrait paraître servile ou petit-bourgeois. Quand je pense à la lettre que Père écrivit ensuite quand même en secret, et que tu as trouvée dans sa table de travail. Quel mélange extravagant de reconnaissance émouvante et d'arrogance maladroite !

Maman décida qu'il fallait s'occuper de la garde-robe adéquate. Non seulement pour la représentation elle-même, mais aussi pour le temps des répétitions. Ils logeraient sûrement au vieil et noble *Hôtel de Paris**. Frac ou smoking ? Ils regardèrent encore une fois la bande-vidéo : le lauréat suédois avait porté un smoking.

Toi, en smoking ! dis-je à Père dans mon avion. S'il y a quelqu'un à qui cela ne va pas, c'est toi. Toi en tenue de soirée, avec des revers de soie. Comme c'était absurde ! Ce n'était tout de même pas *cela* que tu voulais.

Il l'a porté une seule fois, ce smoking. Pour finalement être arrêté dedans. Je l'imagine ce soir-là, debout dans l'entrée de la maison, attendant Maman.

Il se place devant le miroir. C'est ainsi, pense-t-il, que j'aurais paru dans la loge princière et sur la scène. Je peux aussi imaginer que la phrase méprisante de GP lui passe par l'esprit : *Même dans les vêtements les plus coûteux il a encore l'air d'un ouvrier.* Père a entendu ces propos par hasard. Il nous l'a raconté quand nous sommes revenus à Berlin en avion, le soir après l'enterrement de GP, tandis que Maman restait à Genève pour régler quelques détails. Tu as demandé si Maman n'avait pas pris sa défense. Tu te rappelles ? Il a tourné la tête et regardé dehors par le hublot. « Nous descendons », ce fut tout ce qu'il dit.

Pendant le stade suivant de leur attente, écrivait Maman, ils parlaient souvent de la formule *au bon moment*, qui se trouvait dans la lettre de Monaco. Quand serait-ce *le bon moment**? Sur quel laps de temps devait-on compter ? Ils firent une liste des tâches qui incombaient à la direction du concours : la partition devait être imprimée, y compris les parties des chanteurs et de chaque instrument, il fallait faire les maquettes des décors et les réaliser. Il fallait engager des chanteurs et leur faire travailler leur rôle, chacun avec accompagnement de piano. Puis les répétitions avec tout l'orchestre. La direction serait assurée, pensaient-ils, par Eliahu Inbal, le chef attitré de l'orchestre de Monte-Carlo. Combien de temps tout cela prendrait-il ? Père et Maman oscillaient entre des extrêmes. Un jour, ils calculaient que l'on devrait les appeler en réalité le jour même pour les faire participer aux préparations ; puis ils se disaient de nouveau que des gens exercés n'avaient pas besoin de plus de deux mois pour le tout, un trimestre au maximum, si bien qu'il ne fallait pas espérer un appel avant le soixantième anniversaire de Père en juin. Souvent, Père sortait la lettre et fixait longuement la formule *au bon moment*,* comme s'il pouvait ainsi en extraire plus de précision. De temps en temps, il se levait au milieu de la nuit et complétait la liste des choses dont les gens de Monte-Carlo devaient s'occuper.

Vinrent des semaines où la joie anticipée fut peu à peu érodée par l'attente sans fin et les spéculations anxieuses. Il était content, disait Père, de n'avoir encore rien dit à la maison Steinway. Plusieurs fois, il en avait été bien près, mais sa méfiance naturelle, comme il l'appelait, l'en avait retenu au dernier instant. Il ne voulait pas avoir encore une fois l'air aussi stupide que lorsque l'affaire de Zurich s'écroula au dernier moment et que la jalousie des autres se défoula pendant des semaines en joie maligne non dissimulée, disait-il. La tricherie de Hugentobler au tir lui passait de nouveau assez souvent par la tête, il ne savait pas pourquoi. Il l'aurait dit de préférence à Liebermann, qui travaillait à l'atelier, mais celui-ci ne savait pas tenir sa langue. Quand il parle ainsi, écrivait Maman, il est de nouveau tout à fait l'orphelin du foyer. Sa manière de s'exprimer est alors terriblement fruste et il reprend l'accent lourd et maugréant des Suisses allemands. À l'entendre, on aurait cru qu'il ne savait pas un mot de français. Dans de tels moments, il était impossible de l'imaginer à côté du prince monégasque et de la princesse Caroline dans leur loge.

Au lieu de lui envoyer cette lettre assez froide, ils auraient pu aussi téléphoner, dit un jour Père avant de s'endormir. Et une autre fois : sur quel bureau reposait aujourd'hui sa partition ? Il essayait de se représenter la pièce. C'était, je crois, dans cette même lettre que Maman songeait à quel point Père et elle en savaient peu, dans les détails, sur le monde des représentations d'opéra. Certes, Père n'ignorait rien du lieu et de la date des créations, et naturellement des succès et échecs. Là, il était ferré comme personne. Mais quand il s'agissait de tout ce qui devait être fait avant que le rideau pût se lever sur la création d'une œuvre, ils s'apercevaient maintenant à quel point leurs idées manquaient de précision. Ils se sentaient littéralement perdus. Père ne l'avouerait jamais. Mais quand elle le voyait, à sa table de travail, se creuser la tête sur sa liste, ou qu'elle sentait qu'à côté d'elle il restait éveillé heure après heure, alors elle savait qu'il pensait à cela lui aussi. Dans de tels moments (mais cela, elle ne le disait qu'à moi seul et tout à fait en confidence), elle avait parfois la pensée paradoxale, littéralement absurde, qu'en ces jours où la représentation de l'opéra n'était encore qu'un simple beau rêve, Père se sentait peut-être plus heureux qu'il ne le serait plus tard, quand le rêve entrerait en contact avec la réalité. L'écriture de cette lettre était depuis longtemps redevenue nerveuse et mal assurée, je voyais la main tremblante de Maman. Mais combien la morphine l'avait rendue clairvoyante !

Sur le moniteur, dans l'avion, on pouvait voir que l'équateur était survolé depuis longtemps. Je fermai mes yeux brûlants. Oui, dis-je à Père, sur l'histoire de l'opéra, tu sais tout ; là personne ne t'en remontre, tu es, dans ce domaine, un dictionnaire ambulant et infaillible. Quand il y avait le grand quiz à la télévision, tu étais, à la maison, devant le poste, meilleur que tous les candidats réunis dans le studio. Presque toujours, tes réponses venaient plus vite que les leurs. Alors, tu souriais. Un jour, l'un des experts fit une erreur, le candidat perdit un point. Tu dis que c'était une faute et tu donnas la bonne réponse. Nous doutions. Les amis que nous avions invités doutaient aussi. Après tout, les experts étaient des professeurs de musique. Pendant l'émission, la faute fut corrigée. Tu avais eu raison. Tu souriais, sans un mot de commentaire. Après cela, j'étais trempé de sueur, Père. Et je ne savais pas ce qui m'avait le plus angoissé : que tu aies raison et en sois heureux, ou que de temps en temps il y ait quelque chose que tu ne saches pas, afin que ton fanatisme ne reçoive pas encore plus de pâture. Pourquoi n'as-tu pas remarqué que par ce fanatisme, tu nous chassais hors du monde de la musique. Pourquoi ?

Dans sa lettre suivante, Maman disait que Père attendait d'autres nouvelles de Monaco comme si sa vie en dépendait. Le samedi, quand il ne devait pas aller au magasin, il attendait le facteur à la fenêtre, et les autres jours il téléphonait à midi à la maison. Autrefois, le courrier était distribué deux fois par jour, avait-il dit récemment. Quand il passait près du téléphone dans l'entrée, il soulevait avec précaution le combiné et s'assurait à plusieurs reprises qu'il était bien reposé sur la fourche. C'était de nouveau une attente qui déterminait la vie de Père. Mais maintenant, pensé-je, ce n'était plus la même qu'auparavant. L'attente, jusqu'à présent, après les nombreuses déceptions, avait pris quelque chose de vain et parfois de désespérément comique, qui pouvait vous émouvoir aux larmes. Père devait non seulement encaisser chaque refus. Il avait à lutter contre l'incrédulité croissante que nous ne pouvions plus dissimuler. Nous l'avions abandonné, et il le savait. La nouvelle attente a sans doute été pour lui entièrement différente – naturelle, ciblée, pratique, et avant tout elle avait cessé d'être attaquée par nos doutes, dans le miroir desquels il devait se juger ridicule.

Pourtant, quand le mois de mars s'acheva, Père sembla soudain perdre courage. Peut-être tout cela n'était-il qu'une mauvaise plaisanterie, aurait-il déclaré. Pourquoi hésita-t-il si longtemps avant d'oser un premier appel téléphonique – je ne sais pas. Peut-être avait-il réellement peur de faire, de sa propre initiative, un pas dans la réalité. Téléphoner – c'était encore autre chose que de prendre la lettre dans la boîte. Il a dû sentir que s'achevait ainsi le temps où il avait été seul avec son rêve. Peut-être était-il content aussi de chaque jour qui passait sans nouvelles de Monaco – sentiment caché par la déception quotidienne, si bien qu'il n'en savait rien. En tout cas, je suis sûr que la petite carte sur laquelle il avait noté le numéro de téléphone et que nous avons retrouvée dans le tiroir de sa table de travail, y était déjà restée longtemps avant qu'il saisisse enfin le combiné.

Pour cet appel, il avait pris une matinée de congé au magasin. Une femme répondit, dont le nom sonnait tout autrement que le nom de la lettre. Ce premier choc, écrivait Maman, l'avait déconcerté. Son français était devenu épouvantablement mauvais. La femme ne connaissait pas le nom de Frédéric Delacroix, il dut le répéter deux fois. Réprimer son irritation lui coûtait un grand effort et il était hors d'haleine. « Je suis le lauréat du concours de cette année », dit-il d'une voix rauque.

Je peux t'entendre, Père, je t'entends comme si j'étais dans l'entrée près de toi.

« Ce n'est pas encore décidé, dit la femme, les recherches sont en plein cours. » Père se pétrifia et resta là un moment immobile, le combiné fortement appuyé contre l'oreille. Toute vie semblait l'avoir quitté. Finalement, il tira la lettre de sa poche. En essayant de la déplier d'une main, il la laissa glisser à terre et Maman dut la ramasser. Pouvait-il parler à Madame Etxebeste, put enfin articuler Père, après que la voix lui eut manqué dans un premier essai. Non, pas Excelleste, mais Etxebeste, Nerea Etxebeste. Père s'embrouillait en prononçant le nom. Le nom n'est pas courant, dit la femme. Et maintenant qu'il veuille bien l'excuser, elle avait besoin de la ligne. Il pouvait appeler de nouveau dans quelques semaines. « Un moment encore, dit Père, pourquoi seulement dans… ? – Tout simplement, l'interrompit la femme, parce que c'est le temps que cela prendra. On ne peut rien y faire. *Au revoir**. »

Il fallut des jours, non, des semaines, écrivait Maman, avant que Père ait recouvré ses esprits. Il était chaviré et ne dormait presque plus. L'après-midi qui suivit son coup de téléphone, il vendit pour la seconde fois un piano déjà vendu. Il n'avait jamais encore commis ce genre de bévue en quinze ans d'emploi dans la maison Steinway. De toute façon, il était distrait au magasin, il faisait erreur sur erreur, et Maman commença à redouter de lui voir perdre sa place.

Il ne passait pas un jour sans qu'il eût parlé avec elle de cette phrase énigmatique. *Rien n'est encore décidé, les recherches sont en plein cours.* Ce qui était torturant, c'était que le sens de ces mots restait aussi totalement incompréhensible. *Qu'est-ce* qui n'était pas encore décidé ? Dans ses moments d'humeur sombre, Père pensait que c'était le prix lui-même au sujet duquel aucune décision n'avait encore été prise. Puis Maman dépliait pour la énième fois la lettre qui entre-temps était toute froissée. Oui, cela ne peut pas venir de là, admettait Père, soulagé. Quelqu'un qui se serait seulement permis une plaisanterie aurait difficilement eu accès au papier à lettres portant le blason des Grimaldi. Mais alors, quoi d'autre ? S'agissait-il de la date de la représentation ? Mais d'après la lettre elle était amplement fixée, et pour la détermination du jour précis des recherches de plusieurs semaines n'étaient pas nécessaires. Qu'est-ce que la femme avait voulu dire avec ces *recherches** ? Désignait-elle ainsi l'ensemble

135

des préparatifs de la représentation – donc ce que Père avait consigné sur sa liste ? Alors la durée suggérée était certes exacte, mais le compositeur devait quand même bien participer à cette sorte de recherches. Maman fut vexée quand Père prit le grand Larousse et y chercha le mot. Si on laissait de côté la signification scientifique, outre le mot *Nachforschung*, recherche, on trouvait encore *Ermittlung*, enquête, investigation. *Die Ermittlungen sind ja in vollem Gang* – les enquêtes sont en plein cours – non, c'était impossible, on ne le disait que pour un crime. À quel point ils s'approchaient ainsi de la véritable affaire, ils ne s'en doutaient pas.

Pourquoi la femme du téléphone ne connaissait pas Mme Etxebeste, c'était inexplicable. L'une des deux femmes n'était peut-être qu'une auxiliaire ? Ou bien Père avait-il, avec sa prononciation, déformé le nom jusqu'à le rendre méconnaissable ? Maman proposa à Père de téléphoner encore une fois. Ce fut bouleversant, écrivait-elle, de voir à quel point il avait peur d'un nouvel appel téléphonique. Quand il s'essuya le front avec son mouchoir, sa main tremblait. Imagine, Patty : Père, qui au foyer et à l'armée passait pour quelqu'un de pas commode, tremblait devant une conversation téléphonique !

Si seulement j'avais lu les lettres quand elles étaient arrivées ! Alors je serais allé t'assister, Père.

Avec Monaco, plus aucune liaison téléphonique n'aboutit. Père serrait les dents et laissait sonner longtemps. Elle avait été fière de lui, écrivait Maman. Il essaya même encore deux autres fois. Puis ce fut Maman qui s'en chargea. Pendant trois semaines, elle essaya, toujours quand Père était au magasin. La lettre où elle en parlait était écrite d'une main ferme et – pour ainsi dire – aussi d'une voix ferme. J'avais l'impression qu'à ce moment-là elle s'en tirait sans morphine. C'était comme si elle avait soudain une tâche qui lui prêtait énergie et confiance en soi. Le pacte de l'attente commune auquel les contraignait le silence de Monaco, les a soudés tous les deux plus encore que l'opéra lui-même, pensais-je cette nuit-là dans l'avion, tandis que – avec une tension toujours plus forte – j'ouvrais lettre après lettre.

*
* *

Depuis, j'ai parlé avec Ralf Liebermann, qui est devenu le successeur de Père. Te rappelles-tu la répulsion qu'il nous inspirait parce qu'il semblait t'avaler avec ses yeux aqueux et fuyants, quand nous allions chercher Père ? J'ai dû prendre sur moi pour lui rendre visite ; mais je voulais savoir ce qu'un autre avait perçu de Père pendant cette période. Ce fut un entretien très agréable, entre-temps ses cheveux sont devenus gris et il n'est plus aussi émoustillé et excité qu'autrefois. Il se rappelait très bien le piano vendu deux fois. Ce matin-là et pendant les semaines suivantes, dit-il, c'était comme si le corps seul de Père était présent, tandis que son âme séjournait ailleurs. Quand on lui en parlait, on se faisait rabrouer. Un apprenti fut d'avis qu'il avait l'air d'un joueur qui vient de perdre toute sa fortune. On commençait à se faire du souci pour lui. Un jour, au beau milieu de son travail, Père prit Liebermann à l'écart et lui demanda combien de temps, à son avis, duraient les préparatifs nécessaires pour la représentation d'un nouvel opéra. Quand Liebermann voulut savoir pourquoi il posait cette question, Père lui répondit rudement que cela ne le regardait pas. Auparavant aussi, il y avait des jours où Père pouvait être très bourru au magasin, littéralement grossier. Comme un écolier de mauvaise humeur, dit Liebermann. Il pouvait alors lui arriver – véritable sacrilège – de traverser la salle d'exposition avec une cigarette allumée pour achever de la fumer dehors. Je suis sûr que c'étaient les jours où une partition était de nouveau revenue. Mais on n'en voulait pas à Père de sa grossièreté. On sentait que quelque chose le rongeait et que ce ton acerbe trahissait seulement sa vulnérabilité.

Liebermann parlait de tout cela avec sensibilité. Je crois que nous l'avons sous-estimé. À la fin de notre entretien, je fus tenté de lui dire la vérité sur les coups de feu. Mais Père ne l'aurait pas voulu, et j'y renonçai. C'est une terrible tragédie, dit Liebermann quand je le quittai. Il n'y aura pas de sitôt un accordeur de pianos comme Père. Il lui manquait.

*
* *

D'après la lettre suivante de Maman, Père prit précipitamment un congé à la fin d'avril. Ils partirent ensemble pour Monaco. Ils doivent avoir eu le sentiment irrésistible, aveugle, qu'il fallait être physiquement présents sur le lieu de la décision. Les autres en bas ne s'en tireraient pas avec un simple silence, répétait Père ; maintenant il allait leur *demander des comptes*. « À eux » – les puissants invisibles qui décidaient par pur arbitraire de lui et de son opéra. Il allait les dépister et leur demander raison. Quel sens avait ce voyage, me disais-je en lisant. Hormis une boîte postale et un numéro de téléphone, vous n'aviez rien en main pour vous faire entendre. Mais cela ne pouvait pas retenir Père. Qu'il n'eût rien à faire à Monte-Carlo – il n'y pensait pas ou ne voulait pas y penser.

138

La première chose que fit Père à l'aéroport de Nice, ce fut de chercher dans l'annuaire téléphonique de Monaco le nom de la femme qui avait signé la lettre. Il n'y figurait pas. Les femmes des renseignements téléphoniques de Berlin avaient donc raison. Il les avait consultées trois fois avant de s'avouer vaincu. L'idée d'appeler chez elle la femme au nom impossible était venue de Maman. À présent, elle proposa de passer au peigne fin les localités voisines, en remontant jusqu'à Menton et en descendant à Antibes et Cannes. Rien ; sur l'ensemble de la Côte d'Azur, n'habitait aucune Nerea Etxebeste. Et l'on ne trouvait même aucun nom à la sonorité approchante, qui aurait pu faire penser à une faute de frappe.

Ils restèrent trois jours. Cela dut être un cauchemar pour tous les deux. Les renseignements téléphoniques refusèrent de donner l'adresse qui correspondait au numéro de téléphone. Il ne servit à rien que Maman emprunte le ton utilisé par GP dans de telles circonstances. Père eut alors l'idée d'attendre devant les boîtes postales de Monte-Carlo la personne qui viendrait chercher le courrier. Il attendit, deux jours entiers. Personne ne vint.

Je te vois là, debout, Père, droit et silencieux. Tu scrutes chaque femme qui arrive : est-elle Nerea Etxebeste ? Ou l'autre dont tu as oublié aussitôt le nom, dans ton émotion ? Le soir, écrivait Maman, tu es resté jusqu'au creux de la nuit devant le palais princier de Monaco-Ville. L'orphelin qui lève les yeux vers les puissants, et rêve de leur demander des comptes, Père. Ce n'étaient pourtant pas le prince et sa fille qui décidaient. C'était un jury.

Avant de quitter Monaco, ils voulurent voir l'Opéra de l'intérieur, pour au moins, après toutes ces démarches inutiles, pouvoir emporter cette impression. (On peut en déduire qu'ils croyaient encore malgré tout à une représentation de *Michel Kohl-haas*.) Cela se révéla impossible. Les employés en livrée du casino les traitèrent comme deux vagabonds aux intentions douteuses et leur barrèrent le chemin de l'escalier qui montait à la salle Garnier. Quand Père leur montra la lettre, soigneusement enveloppée, avec l'emblème princier, ils refusèrent d'y jeter même un coup d'œil. Au lieu de cela, ils échangèrent des regards significatifs, comme s'ils avaient affaire à un fou. Il s'en est fallu de peu, écrivait Maman, que Père ne se livre à des voies de fait.

Il respirait difficilement, quand ensuite ils se trouvè-rent sur la place où se dressait le monument à la mémoire de Jules Massenet. La lettre encore à la main, Père parla des deux opéras du Français, qui avaient été montés pour la première fois à Monte-Carlo. (L'un était *Don Quichotte*, avec Fedor Chaliapine dans le rôle-titre, elle avait oublié l'autre, écrivait Maman.) Soudain, au milieu d'une phrase, il s'arrêta et regarda fixement une porte noire sur le côté du casino. Cela devait être la porte par laquelle le prince entrait à l'Opéra, dit-il, il l'avait lu quelque part. Lentement, il se dirigea vers cette porte. Maman ne pouvait pas expliquer pourquoi, écrivait-elle, mais la lenteur des mouvements de Père lui avait paru dangereuse, comme le prélude d'une explosion de violence. Et l'explosion vint en effet. D'abord, Père se contenta de secouer la porte fermée. Il la secoua en prenant plusieurs fois son élan, ses deux mains agrippaient de plus en plus soli-dement la poignée étincelante. Finalement, ses mouve-ments se paralysèrent, il sembla avoir abandonné et tourna le dos à la porte. Maman respira et alla vers lui. Alors Père se retourna en un éclair, comme quelqu'un qui a trompé un adversaire et l'attaque à présent par surprise. Des deux poings, il frappa contre la porte avec un bruit de tonnerre et cogna dessus comme s'il voulait se venger de son voyage sans succès et de tout le silence humiliant de Monaco. Les gens s'arrêtèrent et regardèrent, étonnés, le spectacle. En cet instant, s'est produit en elle quelque chose qui l'a surprise, écrivait Maman. Au lieu d'avoir honte pour Père, elle avait ressenti un étrange orgueil, et quand Père s'arrêta et regarda ses phalanges saignantes, elle fut presque déçue. Comme il allait la rejoindre, un jeune policier qui avait voulu intervenir lui barra le chemin. Père le regarda en plein visage et marcha vers lui d'un pas ferme comme pour lui passer au travers. Ce fut le policier qui finalement céda. Père avait complètement oublié la lettre dans sa main. Elle était froissée et tachée de sang. À la maison, Maman fit ce qu'elle pouvait avec le fer à repasser.

Quand l'avion s'éleva au-dessus de la Côte d'Azur, Père aurait dit qu'il voudrait passer sur toute la Côte un gigantesque râteau pour trouver les responsables. Et plus tard : et si Monaco avait justement écrit pendant ces trois jours ? Pour arriver à la maison, il demanda au chauffeur de taxi de conduire plus vite, et il se précipita le premier sur la boîte aux lettres. Cette fois non plus, il n'y avait pas de lettre de Monaco dans le courrier.

Le jour même, Père téléphona à Monte-Carlo. Le voyage l'avait changé, écrivait Maman. Maintenant, il n'avait plus peur d'appeler. La peur avait cédé la place à une fureur silencieuse et Père, pendant tout le reste de son congé, allait d'un pas ferme au téléphone toutes les demi-heures, toujours en vain.

À la mi-mai, ils décidèrent d'écrire une lettre. Maman fit différents brouillons : aimables, où résonnait encore un écho de la joie originelle ; froids, dont le ton précis revendiquait déjà un droit ; orageux, où la colère n'était plus dissimulée ; et finalement même menaçants, où Père se réservait la possibilité de retirer son opéra. Pendant des heures, Père fit les cent pas dans son bureau en lisant le texte à voix haute. Il hésitait et ne pouvait pas se décider. Finalement, il jeta tout.

Durant la période qui suivit ces congés, dit Liebermann, Père avait été au magasin d'une amabilité étrange, pour ainsi dire pétrifiée. Plus que correct en tout. C'était une amabilité sans vie, sans une trace de sourire. Il fit modifier la salle d'exposition des pianos, et quand il n'y eut plus rien à faire, il examina les documents d'anciennes opérations commerciales. Jamais encore auparavant les dossiers n'avaient figuré avec tant d'ordre sur les rayonnages. Même les jours fériés, il arrivait à Père de se rendre au magasin. Une fois, il nettoya l'atelier tout entier pendant la fin de la semaine.

Les lettres s'arrêtaient là. Leur lecture était devenue de plus en plus haletante. J'éteignis la veilleuse au-dessus de moi. À l'horizon pointait la première lumière de l'aurore. Je ne savais toujours pas comment Père avait pu s'emparer d'une arme. Mais je commençais à le croire. Je devinais les contours intérieurs de son acte. Je revis devant moi la photo du journal. Je savais du moins maintenant pourquoi Père possédait un smoking. Soudain, je fus envahi par le désir de le serrer dans mes bras et dans cette étreinte qui ne devait jamais s'arrêter, d'effacer tout ce voyage fou à Monaco et tout ce qui avait été avant et après. Il devait de nouveau s'asseoir, droit et silencieux, à sa table, et écrire des notes de musique ; je souhaitais ardemment entendre le grattement de la vieille plume sur le papier. Je me tournai de côté et laissai libre cours à mes larmes.

*
* *

Quand je fus réveillé par la voix du pilote dans les haut-parleurs, il faisait grand jour. Nous nous trouvions au-dessus du Portugal. Comme ils sonnaient autrement, les mêmes mots espagnols, dans la bouche des mêmes personnes, à présent que nous étions au-dessus de l'Europe ! Il était impossible qu'il s'agît de la même langue. (Et quel son merveilleux avait soudain ce mot *Europe* – c'était comme si je l'entendais pour la toute première fois.) Que les langues puissent être aussi différentes selon leur environnement ! Toute expérience vécue dépend-elle à ce point d'une perspective ? Sans point d'ancrage fixe ? Vie et expérience vécue sont-elles quelque chose d'aussi agité, d'aussi versatile ? Est-ce pour cela que les gens tenaient aussi fortement à leur lieu habituel ? Pour garder l'illusion d'un noyau fixe ?

Au Chili, mon exil volontaire, je me suis immergé dans l'espagnol, au bout de quelques semaines déjà je possédais l'accent chilien. J'essayai de me réinventer dans cette nouvelle sonorité, de rompre avec le passé, de l'effacer. Chaque mot d'une autre langue, surtout l'allemand ou le français, était une menace pour cette réinvention convulsive et menaçait de la détruire par la base. Dans les premiers temps, il y eut des situations devant lesquelles je me bouchais littéralement les oreilles. À présent, à deux heures seulement de Francfort, c'était comme si se dénouait une crampe verbale de plusieurs années. L'espagnol semblait tout à coup ne plus m'appartenir. Le texte de Kleist, que j'avais repris après le petit déjeuner, produisait soudain un effet comique, littéralement grotesque, dans sa version espagnole. Même si je comprenais cette langue sans peine, elle était sur le point de m'échapper. Je fermai les yeux. Elle faisait mal, cette expérience. L'espagnol était la langue de Paco.

Dans l'avion, je n'avais lu que les premières pages du roman. *Sur les rives de la Havel vivait, vers le milieu du XVIᵉ siècle, un marchand de chevaux appelé Michel Kohlhaas, fils d'un maître d'école et l'un des hommes les plus honnêtes et en même temps les plus effroyables de son époque. [...] Le monde aurait dû bénir sa mémoire s'il n'avait pas poussé une vertu à l'excès. Mais voilà : le sens de la justice fit de lui un bandit et un meurtrier*[1]. Dès l'aéroport de Santiago, j'avais dû me forcer pour continuer. Que Père eût choisi ce sujet – cela lui allait si bien, si épouvantablement bien. Et tu avais dit au téléphone qu'il était lui-même devenu maintenant un assassin. À présent que j'avais lu les lettres de Maman, les mots de Kleist pesaient encore plus lourd. Je lus comment le maquignon, à qui l'on demandait indûment un passeport, fut contraint de laisser deux de ses chevaux en gage dans un château saxon. Comment il y découvrit que l'histoire du passeport était un conte, et comme malgré tout *n'ayant au cœur aucune amertume, sauf à la pensée des misères du pauvre monde,* il revint au château pour reprendre ses chevaux. Comment il retrouva ses deux moreaux auparavant bien nourris, à l'état de haridelles sèches et maigres. Et comment l'intendant du château se railla de lui et de son indignation puis le menaça de lancer ses chiens sur lui. Kohlhaas révolté se contenait encore, car rien ne lui était plus important que d'être juste. *Une force le poussait à rouler dans la boue la grosse panse du chenapan et à mettre le pied sur sa face cuivrée. Pourtant, son sens de l'équité, telle une balance pour*

1. Kleist, Heinrich von, *Michel Kohlhaas*, traduction de G. La Flize, Flammarion, 1992. Toutes les citations de *Michel Kohlhaas* sont extraites de cette traduction. Les phrases modifiées ou insérées par Frédéric Delacroix seront signalées à l'endroit voulu.

pièces d'or, hésitait encore. Il n'était pas encore certain, devant le tribunal de sa conscience, qu'une faute pût peser sur son adversaire. À un moment, toutefois, c'était clair, la digue se romprait et alors les flots de la vengeance emporteraient tout avec eux.

Ces phrases me tournaient dans la tête quand j'entrai dans l'aéroport de Francfort. En passant devant le stand des journaux, ta photo me sauta aux yeux. Tu te penchais à la fenêtre de la Limastrasse et tu crachais dehors. LA FILLE FURIEUSE DE L'ASSASSIN DE L'OPÉRA, disait la légende. Pour la première fois de ma vie, j'achetai ce journal. Je n'ai pas lu le texte, j'ai juste détaché la photo et jeté le reste. (Il n'est pas seulement écœurant à lire, il est encore plus écœurant à *prendre en main*.) Je voulais, en volant vers Berlin, regarder ton visage d'aujourd'hui, devant lequel je me trouverais dans quelques heures. Avant même d'arriver au nouveau couloir d'embarquement, j'avais déjà jeté la photo. Ce visage à gros grains, grimaçant, figé dans son mouvement de crachat, ne pouvait pas t'appartenir. Et qu'est-ce que le photographe avait fait de tes cheveux !

Il me fallut tout le trajet jusqu'à Berlin pour restaurer en moi ton visage. Au commencement, au Chili, j'ai régulièrement entrepris un effort semblable. J'essayais alors de te voir avec mes yeux d'autrefois, les yeux chastes du frère. J'ai rappelé à ma mémoire d'anciennes photographies, des images de l'écolière, images sur lesquelles je pouvais exercer de nouveau l'ancien regard. Afin de revenir en deçà de ce regard dans le miroir, où j'inventai un nouvel amour pour nous. Ce regard à cause duquel je t'avais perdue.

En chemin vers Zehlendorf, je sursautai : ce que je m'étais péniblement représenté pendant le vol n'était certainement plus ton visage d'aujourd'hui. Je n'avais aucune idée de ce qu'était maintenant ton vrai visage. De toute façon je n'avais aucune idée de ce que tu étais maintenant. Je crois que je l'ai déjà écrit quelque part : jamais de ma vie je n'ai eu aussi peur qu'avant notre rencontre.

*
* *

C'était déjà mon troisième jour dans les pièces vides. Je ne pourrai pas m'endormir avant trois heures du matin. Alors, je sais que Paco dort. Et qu'il ne téléphone plus. En même temps je sais très bien qu'il ne téléphonera pas. Et même s'il en exprimait le souhait, Mercedes ne le permettrait guère. Cet éternel combat contre elle. Mais Paco n'exprimera pas ce souhait. Il n'y a plus maintenant douze jours, mais quinze que je l'ai laissé tomber. Hier, dans la nuit, j'avais déjà le combiné à la main. Mais que lui dirais-je ? Malgré cela : je ne pourrai pas m'endormir avant. Autrefois, c'était ton temps que je ne pouvais pas quitter, maintenant c'est le sien. Pourquoi, depuis que je t'ai perdue, ne puis-je jamais plus vivre là où je suis ?

PATRICIA

Deuxième cahier

Il y a aujourd'hui trois jours que je suis revenue. J'ai dû faire quelques courses et alors j'ai vu de loin le musée d'Orsay. Paris est de nouveau plein de souvenirs de toi. Ce sont souvent des souvenirs de souvenirs, pour ainsi dire des souvenirs de la seconde génération. Je me rappelle qu'à mon arrivée ici, après ma fuite, tant de choses m'évoquaient les expériences que nous avions faites ensemble. Par exemple la visite de ce musée. Je m'étais promis de n'y entrer que lorsque j'aurais un logement, un lieu où j'habiterais désormais et où je pourrais commencer à vivre une vie sans toi. Afin que je puisse mieux résister au souvenir de *La Pie** de Claude Monet, ou plutôt : au souvenir de l'année précédente, quand nous étions tous les deux restés ensorcelés devant cette image de neige. Afin d'être mieux à la hauteur de cette tâche : la regarder seule et ainsi l'intégrer à ma nouvelle vie. Le plus difficile serait de penser aux sept pas dont nous avions enfin décidé que c'était la distance exacte à partir de laquelle le jeu des couleurs donnait l'impression d'une neige réelle. Il s'agissait de lutter pour que ce souvenir puisse subsister sans devoir être dévalué, ni être étouffé dans des larmes invisibles. Je ne suis pas restée très fidèle à ma résolution. Toutefois, j'ai attendu d'avoir trouvé la chambre de la Cité

149

Vaneau, dans la dernière maison de l'impasse fermée par un haut mur. Mme Auteuil m'assura, par une ferme pression de sa main ridée, que l'accord était conclu, et une heure plus tard à peine j'étais au musée. J'avais perdu la bataille contre le souvenir, avant même d'entrer dans la salle et de voir la pie perchée sur la barrière. Supporter qu'un objet découvert dans la communauté d'un regard ne soit plus là maintenant que pour vos propres yeux : comment y parvient-on ? Comment ? « *It's out of this world* », dit une voix à côté de moi. Je ne sais pas à quoi ressemblait l'homme qui avait parlé, je me suis enfuie les yeux fermés.

*
* *

Contre mon intention, je me suis relevée dans la nuit et j'ai continué à m'acharner sur la folle scolastique de succès et d'échec qu'a inventée Papa. Car soudain je voulais savoir si jamais avait figuré dans son univers mental cette catégorie de succès : le bonheur que vous procure votre œuvre parce que vous y exprimez un peu de vous-même avec une clarté particulière, ou que le travail qu'elle vous a coûté vous a gratifié d'une perception intensifiée du présent. Je n'ai pas encore trouvé de couleur correspondant à de telles idées. Mais cela vient peut-être aussi de toutes ces biographies et autobiographies, empoisonnées par la pensée de la reconnaissance ou du mépris publics.

Après cette escapade nocturne, j'ai rêvé que Papa s'embrouillait dans une mêlée de crayons de couleur, pour se dresser soudain sur la scène de la Berliner Philharmonie et saluer en s'inclinant. C'était terrible de voir à quel point cette dernière image grimaçait jusqu'au grotesque. La réalité à laquelle je n'avais plus pensé pendant des années et que je rappelais à mon souvenir à la lumière de l'aube, avait été bien plus douce et, malgré son triste comique, plus digne.

Te rappelles-tu quand il nous a emmenés pour la première fois à la Philharmonie, un matin pendant les vacances scolaires, alors qu'il devait accorder un piano de concert ? Quelle sonorité mystérieuse, ensorcelante, avaient les mots *Entrée des artistes* ! Nous étions assis au premier rang dans la salle vide, et nous regardions Papa s'absorber entièrement dans son travail et, semblait-il, en lui-même. Les collègues, disait Maman, se moquaient de lui parce qu'il portait toujours son meilleur costume pour accorder. Mais il en avait toujours été ainsi et les moqueries ne pouvaient plus l'atteindre, car bien loin à la ronde il n'y avait pas de meilleur accordeur de pianos que Frédéric Delacroix, tout le monde le savait, et les pianistes se l'arrachaient. La clé d'accord posée sur la cheville, il gardait la tête un peu penchée à droite, les yeux la plupart du temps fermés. Papa avait l'oreille absolue. « Ceci, c'est un sol dièse, un fa dièse, un ré bémol... » – combien de fois avons-nous vu les gens fascinés par son infaillibilité tonale ! (Alors il souriait. Chaque fois qu'il était mis à l'épreuve, qu'il s'agît d'identifier les notes ou d'histoire de l'opéra, il souriait. C'était toujours le même sourire qui – en tout cas à nos yeux – émettait ce message tacite : tout cela n'est rien ; ce dont je suis vraiment capable, vous n'en avez aucune idée.) Ce que l'on appelait l'oreille absolue, enseignait-il, était encore quelque chose d'autre : la faculté de pouvoir dire, sans la référence du diapason, que le *la* normal oscille entre 440 et 438 hertz, ou quoi que ce soit d'autre. « Cela, personne ne le peut, avait-il l'habitude de dire, personne. » Je ne peux pas l'expliquer, mais bien que je ne le lui aie pas entendu dire une seule fois, j'avais toujours l'impression qu'il ajoutait intérieurement : « sauf moi ».

Il nous apprit de bonne heure la différence entre accorder, régler et harmoniser un piano. À l'école, nous crânions en jouant de ces concepts dans tous les détails et très aisément et en ajoutant par exemple : « Quand le pique-marteau ne suffit pas, il peut arriver que l'on ponce les marteaux et dans certaines circonstances que l'on doive même les vernir. Naturellement, lorsque le pianiste souhaite un son particulièrement cristallin. » Nous avions aussi d'autres occasions de nous faire passer pour des connaisseurs du métier, quand nous mentionnions d'un air blasé (là, tu étais insurpassable) que le mécanisme d'un piano comprend cinq mille pièces ; qu'aucune des quartes et des quintes n'est accordée avec exactitude, mais qu'il s'agit de les *tempérer*, pour que la quinte soit *légèrement en dessous*, c'est-à-dire d'un rien plus petite que ne l'est la quinte juste. (« C'est clair : afin que tous les intervalles à l'intérieur du cycle des quintes trouvent leur place ») ; que les tierces et les sixtes doivent être accordées *grand* et les octaves *large,* et ainsi de suite. En classe de sixième ou cinquième, nous écrivions l'inévitable rédaction sur le métier du père. Nous n'avions aucune possibilité de nous souffler les mots précis, comme toujours nous étions placés aux coins opposés de la salle. (Ce qui rendait d'autant plus sensible à quel point nous étions proches.) Malgré cela, nous avons retranscrit tous les deux comme d'une seule plume les tirades haineuses de Papa contre le stroboscope, l'accordeur électronique. J'ai oublié les arguments en détail, mais ce qu'il affirmait avec véhémence, c'était que seule l'ouïe expérimentée pouvait décider si une corde était accordée de manière à *tenir l'accord,* peu importait la violence avec laquelle elle était frappée. (« À la différence de la harpe, ajoutait alors Papa, où la tension de la corde a une bien plus grande tolérance. Dans le piano, ce sont vingt tonnes qui pèsent sur la corde ! »)

Ce que nous décrivions aussi : la relation mystérieuse, littéralement mystique, de Papa avec le bois. Naturellement, il *voyait* ce qu'il avait devant lui ; mais il pouvait aussi *sentir* de quel bois il s'agissait. Et nous apprenions grâce à lui à connaître un sujet qui semble bizarre au commun des mortels, mais qui préoccupe constamment le facteur de pianos : la question de savoir si un bois est *réellement sec*. Nous posions la main dessus et nous disions : oui. Papa le caressait tendrement et disait : « Il y faut encore au moins un an. » Il paraissait avoir un organe particulier pour l'humidité. Et quant à la colle qui avait été utilisée, il semblait posséder des facultés extralucides. Les vendeurs des magasins d'ameublement commençaient à transpirer quand il les questionnait et corrigeait leurs erreurs. Combien de fois lui avons-nous entendu parler de tous les bois dont on a besoin pour un seul piano à queue : érable du Canada pour les parties mécaniques, épicéa de Sitka clair, aux fibres denses, pour la table d'harmonie, pin à sucre riche en résine pour les barres de la table d'harmonie, érable sycomore pour le cadre et les chevalets, merisier, bois de noisetier noir et acajou pour la caisse de résonance, bouleau jaune canadien pour les pieds et tulipier pour le couvercle, le dessus des touches et le pupitre.

Nous étions fiers de Papa, le légendaire accordeur de la Suisse romande que Steinway avait fait venir à Berlin. Et nous étions malheureux que son excellente réputation ne pût lui donner au plus profond de lui-même que si peu de satisfaction.

Nous, les enfants de l'accordeur en chef, on nous connut bientôt derrière la scène de la Philharmonie. Nous n'avons jamais rien payé pour les boissons au comptoir. Entre le respect que l'on portait à Papa et la vénération dont on entourait musiciens et chefs d'orchestre, il n'y avait à notre sentiment aucune différence. Un jour, nous vîmes Karajan sortir d'une pièce. Il passa si près de nous que nous aurions pu le toucher. Nous fûmes tous les deux effrayés par ses traits grossiers et impérieux. « Herrberrt, disais-tu ensuite, ça lui va parfaitement. »

Un jour, je devais rejoindre Papa à la Philharmonie. Il est déjà là, me dit-on. Je me faufilai en silence à l'intérieur et m'assis tout au bord, invisible, si bien que Papa continuait à se croire seul dans la gigantesque salle. Quand il eut fini d'accorder, il rangea ses instruments et je pensais qu'il allait partir. Mais ensuite il s'assit de nouveau et se mit à jouer, des mélodies que je n'avais jamais entendues que dans son bureau. Il faisait faute sur faute. Et malgré cela : les sons semblaient libérés, comme s'ils voyaient pour la première fois la lumière du monde.

Et alors l'incroyable arriva : lentement, il marcha vers la rampe, ne sachant pas trop où se placer pour affronter les applaudissements. Quelques pas en avant, quelques pas de côté. Puis il se mit à s'incliner, à la manière, pensai-je, d'un maître d'hôtel. En même temps, on voyait qu'il entendait les applaudissements, il les entendait déferler. Il essayait différents sourires : un timide, un familier, un jovial. *Danke*, disait-il avec les lèvres, *Thank you*, et finalement *Merci**. Puis, comme un soliste ou un chef d'orchestre, il descendit la rampe oblique, ses pas étaient d'une élasticité sans naturel, Papa ne marchait jamais ainsi. Et soudain il m'aperçut. Il tressaillit violemment, effrayé que quelqu'un l'ait vu en cet instant. (Il

154

n'a, je crois, tout simplement pas pensé au moniteur dehors.)

« Est-ce que tu… ? » demanda-t-il pendant le retour. « Non, dis-je. – À Patrice non plus ? – Non », dis-je, et je lui caressai la main. « *Merci** », dit-il, et après quelques minutes encore une fois : « *Merci**. »

*
* *

Il est onze heures et demie du soir. Une heure terrible. Chaque fois que je dois la vivre en pleine conscience, je souhaiterais passer par-dessus, ou mieux encore la découper et l'enlever une fois pour toutes au continuum du temps, comme je le fais avec les images des films dans la salle de montage. Deux choses horribles, que je ne pourrai jamais oublier, s'étaient passées en effet à onze heures et demie.

La première, c'étaient les appels téléphoniques de Michel Payot. Oui, en choisissant Paris, je choisissais aussi la ville où Michel Payot était assis dans son fauteuil roulant et attendait la fin. (Mais je ne suis pas venue ici à cause de lui, comme tu le supposeras peut-être.) À Berlin, tu ne m'as pas posé une seule question au sujet de Michel. J'aurais pu te dire : il est mort. La troisième année de mon arrivée ici, il s'est jeté par la fenêtre du foyer où il ruminait tout seul ses idées noires. Avant cela, j'étais restée assez longtemps sans le voir et je ne lui avais pas parlé non plus pendant plusieurs jours, cela arriva dans la période fébrile où je faisais mon premier film, je ne dormais chaque nuit que quelques heures, sur le canapé de la salle de montage. Personne au foyer ne connaissait mon adresse et je ne reçus même pas un faire-part de sa mort. Je l'appris seulement quand je voulus lui rendre visite des semaines plus tard.

Il était exactement onze heures et demie, à la seconde près, quand il me téléphonait. Dans cette ponctualité, il y avait beaucoup de cruauté. Certes, c'était moi qui conduisais la voiture qui lui avait fracassé les jambes. Je n'étais pas responsable, je le sais. Comme il est facile de dire cela et comme il est difficile de le vivre ! Dans un fauteuil roulant, on ne peut pas tenir de violoncelle. Après lui avoir rendu visite ici, la première fois, je revivais constamment en rêve ma volonté impuissante d'empêcher la collision, une volonté que j'ai toujours connue, avant et après, plus forte (et plus physique) que toute autre. Les impressions refoulées me submergeaient : la moto fraîchement nettoyée, étincelante, qui gisait souillée de sang sur Michel ; ses cris terribles et le halètement pire encore qui sortait de son casque comme d'une crypte ; le regard plein de haine et en même temps chaviré qui m'atteignit quand je lui eus ôté son casque (la sueur de ses cheveux collés sur son front lui coulait dans les yeux, ce qui le rendait fou, mais je n'osais pas l'essuyer et je remis mon mouchoir dans ma poche) ; son bras libre avec lequel il essayait de me frapper ; les terribles injures et malédictions qu'il me lançait quand on le glissa dans l'ambulance ; et finalement la courtoisie presque charmante avec laquelle les policiers cherchèrent à m'apaiser en me montrant le panneau de circulation que Michel n'avait pas respecté. *Ce n'était pas votre faute, mademoiselle, je vous assure**.

Pendant ses appels téléphoniques nocturnes, il ne m'accusait jamais directement. Il connaissait les faits juridiques. Ses attaques – sans doute peut-on parler de représailles – étaient plus subtiles. De préférence, il me racontait qu'il n'était qu'à deux semaines de son diplôme de concertiste et qu'il avait eu devant lui une grande carrière de violoncelliste solo. Pour Jacqueline Du Pré, la faute en avait été à la maladie, ajoutait-il ensuite comme un refrain, c'était quelque chose d'autre. « Je sais, je sais, disais-je. – Ne dis pas toujours "je sais, je sais" », criait-il dans le combiné. Mais le pire, c'étaient ses pensées suicidaires et le fait – il n'y eut jamais aucun doute – qu'elles étaient parfaitement sérieuses. Que réplique-t-on en de tels moments ? « Le balcon est merveilleusement haut, disait-il avec son ironie d'acier, et en bas il y a du béton ravissant. » Parfois, je reposais le combiné sur la table et j'allais dans la cuisine. Mais alors j'entendais ses hurlements dans l'appareil, c'était presque encore pire. Deux ou trois fois, je n'en pouvais plus et je raccrochai. Il ne rappela pas, il savait que je le ferais moi-même quelques minutes plus tard. Quand je lui rendais visite, c'était différent. Ma présence semblait lui faire du bien, et quand j'avais rangé sa chambre meublée à peu de frais et malpropre, il prenait ma main pour un court moment. En sortant de la maison, je voyais d'en bas, au balcon, sa tête frisée. Il avait assez de force dans les bras pour se hisser sur la balustrade, je le savais.

Si seulement je n'avais pas fait ce voyage à Genève ! Ce furent ma majorité tout juste atteinte et mon permis de conduire flambant neuf qui me séduisirent. Et quelqu'un devait voir les dégâts des eaux que les locataires fous avaient causés dans la villa de GP. (Si seulement la villa avait été tout de suite vendue ! – Il va encore falloir que nous nous en occupions.) Papa ne pouvait pas s'absenter et Maman était de nouveau dans une phase où elle prenait régulièrement de la morphine. Je t'ai proposé d'y aller ensemble. Je n'avais jamais encore entendu de ta part un « Non ! » aussi tranchant, et dans l'avion je cherchais à en deviner le sens. Bon, il y avait longtemps que nous n'aimions plus le vieux et riche hâbleur, avec sa tête d'œuf et sa pipe en écume de mer, qui nous traitait toujours comme les gentils jumeaux adorés. Mais il était mort depuis un an. D'où venait alors ta violence ? Je me posais encore une fois la même question au cimetière où je cherchais sa tombe. Ton visage était resté impassible lors de l'enterrement, le regard fixe comme du marbre. Il devait y avoir là quelque chose que je ne savais pas et mon intuition me disait que c'était en rapport avec Maman. Pourrai-je le lire dans tes cahiers ?

Fièrement, je louai une voiture à l'aéroport et je roulai vers Cologny. Ce fut au retour que cela arriva. Un brouillard de novembre planait sur le lac. Je conduisais lentement, on ne pouvait pas utiliser les feux de route, aussitôt un éblouissant mur de brouillard se dressait devant vous. J'étais sur la route principale et je ne l'ai pas vu descendre de la montagne. Je n'ai pas non plus entendu la moto. C'était comme s'il sortait du néant.

Tu ne voulus rien entendre de tout cela. Rien non plus des trois jours où j'attendis que Michel puisse être transporté à Paris. Pendant tout ce temps, le lac fut plongé dans le brouillard, je restais à la fenêtre de ma chambre d'hôtel et à la fenêtre du restaurant, les regards constamment plongés dans ce maudit brouillard, pendant trois jours. Entre-temps, chambre d'hôpital, tuyaux et le hochement de tête désolé des médecins. Au téléphone, tu étais laconique, et quand tu disais quelque chose, cela me rendait furieuse. Je n'appelai plus.

Je n'ai commencé à comprendre que très lentement, et cela ne m'est devenu tout à fait clair que lorsque je fus revenue à Berlin. On ne peut pas partager l'expérience de la culpabilité (qu'elle ait un motif ou non ne joue aucun rôle). Bien moins encore que la douleur. On peut compatir à la douleur, et la compassion peut l'adoucir. La tentative d'un autre de prendre part à votre propre faute vous rend furieux et encore plus solitaire. Il n'en allait pas autrement avec toi. En même temps, je ne pouvais pas m'empêcher de penser que ta compassion hésitante, péniblement éveillée, correspondait en fait à ton désir de laisser mes sentiments pâlir peu à peu et s'effacer. Car tu l'as très bien compris : cela nous séparait, ne se laissait pas fondre en quelque chose de commun. Et tu étais jaloux de Michel, l'infirme solitaire à qui me liait maintenant l'intimité de la faute.

L'affaire ne parvint pas vraiment à la conscience de Maman. Le seul qui comprit et auprès de qui j'aimais bien en parler, c'était Papa. Cela, tu ne le savais pas. Il ne pouvait pas me laisser dans le désarroi où j'étais. Il ne me pressait pas lorsque je libérais mes sentiments où pullulaient les contradictions. Il posait sa plume, et ensuite j'étais à l'abri dans son écoute. Tu me manques, Papa.

*

*   *

Le second événement qui eut lieu à onze heures et demie, ce fut l'appel de Maman. Pourrai-je jamais entendre sonner le téléphone à cette heure-là sans sursauter d'effroi ? J'avais travaillé avec l'équipe du film et je m'étais irritée contre un cameraman qui n'aimait pas ma façon de monter. Je décrochai et dis sèchement : « *Oui* ?* »

« *Patricia ?* » demanda Maman. Il me semblait que je n'avais plus entendu sa voix depuis un temps infini.

« *Oui, Maman** », dis-je et dans ma voix vibrait encore la colère de tout à l'heure. La ligne resta

159

silencieuse. « *Maman* ?* » dis-je, et encore une fois :
« *Maman* ?* » Elle a repris de cette chose, pensai-je.

« *Frédéric, il est**... » commença-t-elle, puis elle
s'interrompit avec un bruit comme si elle suffoquait.

D'un seul coup, j'avais oublié ma colère. Je pressai
l'écouteur contre mon oreille. Je m'attendais à ce
qu'elle me dise que Papa était malade ou mort.

« *Il est... il est... en prison**. » Elle avait prononcé
le dernier mot à voix très basse, à peine un souffle.
Malgré cela, j'avais exactement compris. Dans le
silence, je m'entendais avaler péniblement ma salive.
Je ne voulais pas répéter le mot, pas en relation avec
Papa. Enfin, en un effort gigantesque, je demandai :

« *En... prison** ?

— *Oui** », dit Maman, et cette fois ce fut à peine
compréhensible.

« *Pourquoi** ? » demandai-je. Je répétai plusieurs
fois ma question, chaque fois de plus en plus fort. À
la fin, je criais.

« *Il est en prison** », dit Maman. À présent elle le
disait sans hésiter, d'une voix absente, tournée vers
l'intérieur. Ce n'était plus l'annonce d'une nouvelle,
ni un appel désespéré. La phrase exprimait simplement la pensée qui avait effacé toutes les autres pensées en elle.

« *J'arrive** », dis-je, et je raccrochai. Je grelottais
quand je demandai aux renseignements ton numéro à
Santiago. Le temps s'étirait jusqu'à ce que cela sonnât enfin chez toi. Je laissai sûrement sonner au
moins vingt fois avant de raccrocher. Une demi-heure
plus tard, j'étais dans le train de nuit pour Berlin.

Je n'ai même pas approché la vérité pendant ce trajet en train. Ce que je pouvais m'imaginer : Papa
avait écrasé quelqu'un avec sa voiture et était responsable. Quand il était en colère, il conduisait comme
un débutant, maladroitement et sans maîtrise. Peut-

160

être y avait-il aussi un problème d'alcool. S'était-il mis à boire depuis que nous l'avions laissé tomber ? Je revivais le moment où Michel Payot avait roulé devant le radiateur de ma voiture. Ces derniers temps, j'avais enfin réussi à ne plus y penser. Maintenant, alors que dans le compartiment obscur un flot d'images angoissantes me submergeait, je voyais encore une fois l'essuie-glace, la lumière des phares, les reflets déconcertants sur la route mouillée, et je sentais le choc contre un obstacle qui offrait bien trop peu de résistance. *Ce n'était pas votre faute, mademoiselle, je vous assure**. Jamais encore, Papa, je n'avais rien espéré avec autant de ferveur que ceci : qu'il te soit épargné d'être dans une cellule et de voir devant toi des images de cette sorte.

J'imaginais encore une autre explication, Papa : tu t'étais querellé avec quelqu'un et tu l'avais frappé, entraînant on ne savait quelles conséquences. Quelque chose de ce genre t'était arrivé quand tu étais dans ton foyer – tu t'en es toujours tenu à des allusions. Il passait alors une expression rusée, pis encore, méchante, sur ton visage – la seule expression de toi que je n'aimais pas. À l'armée aussi, il a dû y avoir un incident. Une seule fois, il t'a échappé un mot à ce sujet, et tu l'as regretté aussitôt. Ton regard était devenu impitoyablement dur, mais il ne me repoussait pas, on devinait derrière lui la blessure. Quand, à table, on en venait à parler de ce genre de sujets, je regardais tes grandes mains qui pouvaient sembler maladroites et étaient pourtant si habiles dès qu'elles avaient à faire avec un clavier. Pendant ce trajet en train aussi, je voyais tes mains et je pensais aux paroles que tu avais dites à Maman quand tu portas pour la première fois au doigt l'anneau du mariage : *Il restera là. Pour toujours.* Maman était émue quand elle nous en parlait, et elle le faisait souvent. Ta fidélité et ta violence, Papa, elles allaient ensemble. Et aujourd'hui où je connais toute l'histoire, je suis encline – même si cela peut paraître étrange – à dire : elles étaient une seule et même chose.

Quand, dehors, sous un ciel lourd de pluie, le crépuscule commença à tomber, je m'endormis et je ne me réveillai que lorsque le train s'arrêta à Magdeburg. Le compartiment se remplit. Les gens avaient acheté le journal du matin ; ils allaient tout de suite le déployer. Je me cachai de nouveau sous mon manteau. Je ne voulais pas voir les gros titres ; ce matin-là, le monde ne m'intéressait absolument pas. « Tu as lu ça ? » demanda quelqu'un avec de l'épouvante dans la voix. « Oui, c'est incroyable, fut la réponse, ce doit être un fou ; pour moi c'était le meilleur. » Les journaux crissaient. Encore une heure jusqu'à Berlin.

*Il est en prison**. Je palpais la poche de mon manteau : la clé de la Limastrasse était là. Voir Maman ; rendre visite à Papa en prison ; te téléphoner et te revoir pour la première fois après six ans. Ma vie à Paris semblait pâlir et perdre sa réalité. Pourtant, il ne s'était pas même écoulé douze heures depuis l'appel fantomatique de Maman. L'une après l'autre, très méthodiquement, je rappelai à mon souvenir les choses qui avaient déterminé ma vie ces dernières années : l'agence de voyages, Stéphane, les films auxquels j'avais travaillé. Je ne devais pas arriver comme si tout cela n'avait pas existé. Pour surmonter ce qui m'attendait maintenant, je devais pouvoir opposer à l'attraction du passé le poids et la solidité d'une vie bien à moi. Je repoussai de côté mon manteau et m'assis bien droite, résolue à faire front à ce qui venait.

L'ASSASSIN DE L'OPÉRA DE BERLIN. Au premier instant, il me sembla que les lettres gigantesques des gros titres qui, en face de moi, me sautaient aux yeux, ne me concernaient pas. Certes, le mot *Opéra* éveillait comme toujours en moi un écho particulier. Je souhaiterais pouvoir de nouveau entendre ce mot en toute ingénuité, as-tu dit il y a longtemps, et je m'effrayais alors de la fureur contenue dans ta voix. Dès le commencement, Papa, ce fut pour nous un mot spécial, dont le son était indissolublement lié avec ton bureau, avec l'éclat du piano à queue et le doux grattement de ta plume sur le papier à musique. « Qu'est-ce que c'est ? » demandions-nous, alors que nous devions encore nous mettre sur la pointe des pieds pour pouvoir désigner du doigt les feuilles blanches avec les lignes de portée. « Un opéra », disais-tu. Pendant un certain temps, un opéra fut pour nous un bout de papier. Cela nous déconcerta quand Maman nous dit un soir que vous alliez à l'Opéra. Et c'était déconcertant, aussi, de vous entendre dire devant le Grand Théâtre de Genève : *C'est l'Opéra**. Un opéra, c'était quelque chose de grand et d'important, de presque sacré, nous l'entendions au son de votre voix. Peu à peu, ensuite – nous avions acquis entre-temps un entendement approximatif – nous devinâmes que les opéras avaient aussi en eux un élément funeste, car ils exerçaient une grande puissance sur vous et dictaient d'incompréhensible manière l'humeur de la maison. Et ainsi le mot *opéra* devint-il pour nous un mot maléfique, qui parlait d'espoir déçu et de manque de liberté.

L'ASSASSIN DE L'OPÉRA. Je regardais dehors le paysage brandebourgeois, quand la terreur me traversa comme une décharge électrique. Elle n'eut pas immédiatement un contenu clair, cette terreur, elle fut plutôt comme un mauvais pressentiment soudain. Je jetai un coup d'œil devant moi, et alors je vis la photo de Papa menotté, tenu aux deux bras par des policiers. Je ne trouve pas de mots pour décrire ce que je ressentis. Je dus m'être penchée en avant d'une secousse, en tout cas de manière évidente, car à présent mon voisin me tendait le même journal et demandait : « Voudriez-vous le lire vous aussi ? » L'HOMME QUI A ABATTU ANTONIO DI MALFITANO, lisait-on sous la photo, et dans la première ligne du texte le mot *Tosca* me sauta aux yeux. Je me précipitai hors du compartiment et je me retins à la barre d'appui devant la fenêtre du couloir. Deux personnes passèrent, un journal sous le bras. Je m'enfuis en courant sur la moitié du wagon et m'enfermai dans les toilettes. J'y restai jusqu'à ce que l'on annonçât Berlin-Wannsee. Je ne sais pas combien de temps cela dura, je n'en ai presque aucun souvenir, tout semblait s'écrouler et s'arrêter, je m'étranglais et titubais, c'est tout ce que je peux dire. Les gens du compartiment me tendirent mon sac et mon manteau quand ils virent mon visage. Sur le quai de la gare, je réussis au bout d'un moment à respirer lentement et profondément. Puis j'allai vers la station de taxis.

Je ne pouvais pas penser : sinon je n'aurais pas été surprise à la vue des reporters. Le taxi me déposa sur la Mexicoplatz. Je voulais être seule pour le reste du chemin. Le chauffeur me désigna la Limastrasse. « C'est là qu'il habitait, dit-il, c'est dans le journal. » Sans comprendre grand-chose, je laissai mon regard glisser sur la place familière, puis j'obliquai dans notre rue. *C'est là qu'il habitait.* J'ignorais combien un verbe au passé pouvait être cruel. Trois hommes étaient postés devant la maison, deux d'entre eux avaient des appareils photographiques. Je leur fus reconnaissante de la fureur qui me saisit ; elle m'aida à penser de nouveau. Au premier instant, je fus tentée de faire demi-tour. Mais cela m'aurait trahie. Je changeai de trottoir et passai par la Klopstockstrasse et la

Schillerstrasse, puis je revins jusqu'au terrain des Sommerfeld. Notre chemin dérobé d'autrefois était depuis longtemps envahi de végétation, je marchais péniblement à travers buissons et herbes hautes. Te souviens-tu : la clé de la cave pour le cas où ? Elle était recouverte d'une épaisse couche de rouille et n'entra dans la serrure que lorsque je l'eus frottée.

Ce fut un moment dense, et terrible aussi, quand je montai l'escalier de la cave et arrivai dans l'entrée. Elle est beaucoup trop grande, pensai-je, et semble vide, ou plutôt : muséale. Sans parler du fait que l'on y gèle toujours. Malgré cela, les invités s'étonnaient : l'ameublement symétrique ; les quatre fauteuils Louis XV ; le carrelage de ce rouge provençal particulier ; le grand gong avec lequel, les premières années, Jeannette nous appelait à table ; le haut miroir dans son cadre doré. Il était donc toujours là, le miroir. Et la pendule de GP tictaquait aussi fort que jamais. Sinon, tout était silencieux dans la maison, silencieux à un point angoissant, un silence de mort. Je n'eus pas la force d'appeler Maman comme nous le faisions dans notre enfance. Je déposai mon sac de voyage et longeai le couloir. La porte du bureau de Papa était fermée. Je m'arrêtai devant elle. Elle avait toujours été quelque chose de singulier, cette porte. Derrière, c'était ton royaume, Papa, le royaume de ta musique et de tes rêves. C'est là que tu as empaqueté tes partitions pour les envoyer dans le monde, et c'est là aussi que tu défaisais les paquets parce que le monde ne voulait rien savoir de ta musique.

Pour Maman, c'était *la salle de musique**. Elle ne comprenait pas que tu regrettes parfois la minuscule chambre que tu avais à Genève pendant ton apprentissage de facteur de pianos, et le petit appartement où tu vivais alors que tu étais déjà un accordeur connu. N'étais-tu pas beaucoup mieux dans la pièce

165

que GP t'avait fait aménager, avec trop d'argent naturellement ? Rayonnages sur mesure pour les livres, jusqu'au plafond, avec éclairage sur la corniche supérieure comme dans une bibliothèque anglaise ; globe terrestre ancien ; tapis persans ; deux fauteuils de lecture avec lampadaire adapté ; la table à écrire en acajou. Et naturellement le Steinway qui vous a réunis, toi et Chantal de Perrin. Un jour, quand tu rentras à la maison – c'était encore dans notre logement de Genève – il était là, noir, étincelant, immaculé. Et sur le couvercle, la photo de Clara que tu avais déjà vue sur le piano dans la maison Perrin. « Papa l'a souhaité ainsi », dit Maman lorsque, ton visage exprimant la surprise, tu regardas le portrait. « Cela ne te gêne pas, non ? C'est que tu t'intéresses tellement à Maman. Cela lui a fait un immense plaisir. »

J'étais toujours devant la porte du bureau de Papa. Je pensais au matin où l'on apporta la porte capitonnée, et je baissai involontairement la tête. Si seulement, nous autres enfants, nous n'avions jamais exprimé ce vœu cruel ! Si Maman avait rassemblé toute sa volonté – pour cette unique fois – et s'était mise de ton côté ! Nous ne voulions tout simplement plus rien savoir de ta musique et de la musique en général, de toute cette tranche du monde, car c'était de là que venait ton malheur. Nous souhaitions que le monde revînt en arrière, jusqu'au silence d'avant la musique. Et pourtant ce fut épouvantable quand on apporta la nouvelle porte avec l'épais rembourrage. Quand on la monta, tu étais là, les mains dans les poches de ton pantalon, le visage tendu en avant. Quand ce fut fini, tu caressas le capitonnage rouge foncé fixé avec des clous dorés. (Tu avais au moins pu choisir la couleur. Grand Dieu !) « Faisons un essai ! » dis-tu avec ta terrible bravoure et cette amertume insouciante qui pouvait vous ôter la parole. Puis tu es entré dans ton bureau et tu as fermé la porte. La différence était énorme, les sons étaient étouffés et semblaient venir de très loin. « Eh bien ? demandas-tu en sortant, ma musique est-elle assez silencieuse maintenant ? »

Nous restions tous là, les regards fixés au sol, je vis du coin de l'œil que Patrice luttait contre les larmes. Finalement, l'un des ouvriers dit : « Oui, ça fait une grande différence. » Tu signas le bon de livraison et tu reconduisis les hommes à la porte. Aucun de nous n'avait bougé de sa place – presque comme si nous avions commis un crime. Tu entras dans ton bureau par la nouvelle porte, tu glissas une cigarette entre tes lèvres et dis, la main déjà sur la poignée : « Maintenant je peux travailler sans être dérangé. »

Dans mon souvenir, j'ai l'impression que la porte s'est fermée au ralenti. Ton sourire et tes yeux gris, dont le scintillement pouvait signifier le défi comme les larmes, restèrent infiniment visibles avant que la lourde porte se ferme avec un bruit nouveau. Si seulement tout cela n'était pas arrivé ! Jamais, peut-être, une porte de cellule ne se serait refermée derrière toi.

J'avançai et jetai un regard dans le salon, dans le boudoir de Maman, dans la salle à manger et dans la chambre où nos parents, deux nuits auparavant, étaient restés couchés l'un à côté de l'autre avec leurs intentions meurtrières. Aucune trace de Maman. La cuisine et la salle de bains aussi étaient vides. Elle repose en haut dans la chambre de Patrice, sur son lit, pensai-je soudain. Cela lui aurait ressemblé. Mais elle n'était pas là non plus. Mon regard resta fixé sur le lit. Quelle violence, quelle précision avait le souvenir en cet instant !

Que Maman soit dans ma chambre, c'était impossible, elle n'y était jamais entrée de son propre mouvement ; malgré cela, je regardai. Depuis ma dernière visite rapide deux ans auparavant, rien n'avait changé. Il manquait toujours la grande photo que Papa avait prise dans le jardin : toi et moi, un bras passé sur l'épaule de l'autre, nous dansions sur la musique de *Zorba le Grec*. Là où la photo avait été accrochée il restait un rectangle clair. Ta jalousie, Maman. Ta jalousie extralucide. Comme tu détestais que Patrice danse avec moi ! Alors que la danse avait été tout de même ton domaine.

À présent, j'appelais Maman. J'avais voulu appeler amicalement, et même avec amour. Cela devint un appel oppressé, plein d'irritation et de colère. Dans la maison, tout restait silencieux. Elle ne pouvait pas être sortie, la porte d'entrée n'était pas fermée à clé. Le bureau de Papa. Jamais elle ne s'y était tenue seule. Mais maintenant que je sais tout, cela me semble l'endroit logique. J'hésitai et repris plusieurs fois mon souffle avant d'ouvrir la lourde porte.

La vue qui s'offrit à moi était bouleversante. Les rideaux étaient tirés. Maman était recroquevillée, effondrée dans l'un des fauteuils. Sa tête et ses épaules étaient cachées sous une large étole de velours noir, les bras croisés sur la poitrine, elle avait replié les jambes comme pour se faire aussi petite que possible. Un instant, je crus qu'elle était morte. Puis je vis que sa poitrine se soulevait et s'abaissait lentement. « Maman », dis-je, et plus fort : « Maman. » Cette fois, ma voix m'obéit. Maman fit un minuscule mouvement et resta de nouveau immobile. Il y avait une éternité que je ne l'avais touchée autrement qu'en lui serrant la main. Je ne sais plus quand j'ai refusé pour la première fois son baiser. J'étais encore petite, et cela avait quelque rapport avec ton air tout à coup tellement étrange quand tu sortais de son boudoir. À présent, je touchai ses épaules et libérai la tête de l'étole qu'elle avait posée sur son visage comme

168

une capuche noire et qui me faisait penser à un jugement et une exécution. Ses cheveux avaient l'éclat artificiel de la laque. Elle avait voulu être belle quand Antonio di Malfitano entrerait en scène. Maintenant son visage était défait et gris. Elle ouvrit les yeux. Lentement, comme de très loin, son regard vint vers moi. « Patricia », dit-elle. « Maman », dis-je. « *Où est Patrice* ?* » Jusqu'à ce que tu arrives, j'ai entendu cette question des douzaines de fois. « Quand arrive-t-il ? Pourquoi n'est-il pas encore ici ? » Elle questionnait d'un ton plaintif, un peu comme quelqu'un qui prie.

Je saisis sa main. Au toucher, elle semblait terriblement fanée et ce fut ce sentiment de vieillesse et de déclin qui me fit oublier la rancune que j'avais emportée avec moi toutes ces années. Je la regardais dans les yeux et j'espérais qu'elle pourrait déceler dans les miens le soulagement de la rancune disparue. Mais maintenant c'était son regard à elle qui commençait à vaciller, il m'évitait et errait dans le vague sur mes vêtements. Alors je devinai que quelque chose n'allait pas. Certes, la morphine avait toujours donné à son expression un certain manque d'assurance, et entre-temps des années avaient passé pendant lesquelles le poison avait pu approfondir ses funestes effets. Pourtant, son incapacité actuelle à soutenir mon regard qui voulait pourtant s'ouvrir à elle, était d'un autre ordre. (Les regards sont des êtres étrangement fugitifs. Ils n'existent que lorsque quelqu'un les lit, mais alors ils sont plus éloquents et plus précis que toutes les paroles.)

Il n'y avait rien à tirer d'elle. Elle avait manifestement passé la nuit dans ce fauteuil, car elle portait encore sa robe du soir. (Une robe de taffetas rouge foncé, le décolleté trop profond, l'ourlet du même velours noir que l'étole. J'en suis sûre : Papa avait choisi cette robe. C'était ainsi, exactement ainsi qu'il la voyait.) Elle revenait sans cesse à ce fauteuil, comme si elle voulait se cacher près de Papa. Elle ne me permit pas de vider le cendrier avec les mégots de Papa. Elle ne voulut rien manger. Elle ne m'a pas posé une seule question sur mon voyage ou sur Paris. Je n'avais pas l'impression qu'elle faisait exprès de se taire à ce sujet. Elle semblait ne vivre encore que dans l'instant, sans avoir conscience de ce qui avait précédé. Par moments, elle me parlait avec une amabilité absente, presque impersonnelle, mais cela ne concernait que des bagatelles. Cette amabilité éthérée qui lui donnait l'aura d'une folle rendait impossible de parler avec elle de ce qui était arrivé. Comment expliquerai-je cela ? Plus d'une fois, je fus bien près de l'apostropher et de la secouer pour la ramener enfin à la réalité. Mais au dernier instant je me maîtrisais, par crainte de faire écrouler en elle, irrévocablement, quelque chose d'insaisissable et d'incompréhensible qu'elle maintenait en équilibre sans le vouloir vraiment. Au lieu de cela, je lui parlais exprès avec calme et objectivité, même si je devais souvent répéter trois ou quatre fois mes questions.

Quand j'avais essayé de te téléphoner de Paris dans la nuit, ce n'était pas le temps de la timidité et de la peur. Maintenant que j'étais entrée dans la maison et que j'étais revenue dans le passé, je retardais le moment où j'entendrais ta voix. J'appelai Stéphane à l'atelier. Je ne réussis pas à prononcer le mot *prison**. Finalement c'est lui qui le fit, et je dis seulement : oui. Il avait entendu le récit du drame aux informations du matin. À aucun moment il n'avait supposé que le nom de Frédéric Delacroix pouvait désigner mon père. L'objectivité de ses paroles, qui aurait pu être apaisante, me blessa. « Es-tu parvenue à joindre Patrice ? » demanda-t-il à la fin. Il ne saura jamais ce

170

qui s'est passé entre nous. J'ai rarement parlé de toi, et les renseignements que je lui donnais étaient flous. Il l'a respecté, et nous en resterons là.

Je ne voulais pas entendre ta voix immédiatement après la sienne, et j'appelai le studio pour régler le travail pendant mon absence. Tandis que je parlais, j'entendis, pour la première fois depuis longtemps, le bruit sourd de la canne de Maman sur le parquet. Je perdis le fil et me tus, si bien que le vieux Jean crut que nous avions été interrompus. D'un seul coup tout me redevint présent : l'histoire de l'accident (la fausse histoire), le visage de Maman quand il était question de ballet, notre oscillation entre pitié et satiété quand nous entendions la canne, et aussi notre fureur quand Maman exagérait pour nous rappeler ses douleurs.

Je venais juste de raccrocher quand elle apparut à la porte de la chambre de Papa, sa canne à une main et dans l'autre une partition qu'elle me tendit. C'était *Michel Kohlhaas*, une photocopie. « C'est pour cela qu'il a obtenu le premier prix, dit-elle, ils vont le représenter, à Monte-Carlo, nous y sommes allés, l'Opéra s'appelle la salle Garnier, Antonio chantera le rôle-titre, Frédéric montera sur la scène. »

J'ai saisi au passage qu'elle appelait di Malfitano par son prénom, je n'en pensai rien sur l'instant. J'étais trop absorbée par les autres paroles qu'elle alignait en un staccato haletant. On eût dit que la rapide détermination avec laquelle elle parlait devait recouvrir le caractère irréel de ce qu'elle disait. Quand je pris la partition, elle ne leva pas les yeux, qui restaient fixés sur la reliure. Qu'un regard puisse être *perdu* – maintenant je saisissais ce que cela voulait dire. C'était un peu l'expression d'une aveugle, et le sourire sans but trahissait aussi une perte de la réalité et un retournement vers l'intérieur. Maman semblait bouleversante et pathétique, dans sa robe du soir froissée, le décolleté déplacé, la coiffure en désordre, les pieds nus dans ses bas, ce qui la faisait paraître petite et massive. Comme je restais immobile sans rien dire, elle me frôla d'un regard égaré et anxieux. J'aurais dû la prendre dans mes bras, je le sentais. Cela n'aurait pas été forcément une mère embrassée par sa fille : j'aurais pu la soutenir comme l'aurait fait une infirmière. Mais je demeurais immobile, les yeux baissés sur le titre de la partition, que Papa (même pour la copie) avait calligraphié sur la couverture. Finalement, Maman revint au fauteuil où je l'avais trouvée. C'étaient maintenant son attitude et sa démarche qui avaient quelque chose de perdu, d'épouvantablement perdu.

Tu devais dormir profondément, il fallut du temps avant que tu décroches le téléphone. « ¿Sí ? » dis-tu. Ce fut une conversation irréelle, en partie à cause du retard avec lequel les paroles s'échangeaient. Nous nous sommes coupé deux fois la parole, involontairement, ensuite tu ne fis plus qu'écouter. C'était fantomatique, de prononcer mes sombres messages dans le bruissement de la ligne transatlantique qui soulignait encore ton silence. Quand nous eûmes raccroché, il me sembla un moment que j'avais commis une erreur en téléphonant, je ne sais pas pourquoi. Mais, le soir, je montai le téléphone à l'étage et quand tu m'eus annoncé au milieu de la nuit que tu arriverais samedi, je commençai à compter les heures.

*

* *

De nouveau j'ai écrit jusqu'au matin. Mais ce n'est pas seulement mon sommeil qui a perdu tout rythme. De manière générale, je ne réussis pas à réintégrer l'ordre d'ici. Cela ne concerne pas seulement Stéphane. Cela concerne aussi le studio. Entre-temps, le vieux Jean a téléphoné pour s'assurer que je viendrais réellement lundi ; Mme Bekkouche lui avait confié le montage d'un film beau mais difficile, et il avait besoin de mon aide. Il ne peut plus travailler qu'avec moi, dit-il. C'est un fossile, il date du temps des films nitrate inflammables, près desquels on défendait très sévèrement de fumer. Il s'est adapté en renâclant aux innovations techniques. Jusqu'au moment où le montage fut fait à l'ordinateur, c'est-à-dire avec la souris. Je maîtrise la nouvelle technique, mais j'appartiens aussi à ceux qui regrettent le vieux couper-coller et les gants blancs que l'on mettait pour ce faire (afin d'éviter les empreintes de doigts et autres salissures). Ainsi Jean voit-il en moi une alliée. Oui, dis-je, je serai là lundi. Mais pour l'instant je ne peux pas l'imaginer et j'ai le vague soupçon qu'il y a là plus que le besoin de continuer à écrire et de faire diminuer pièce par pièce la pile des cahiers vides.

*
* *

Ne pas trouver de réponse à la question de savoir si des livres cadraient avec Maman doit m'avoir préoccupée, car après m'être levée je commençai à chercher les caisses qui les contenaient. J'ai eu une grande surprise. En effet, il n'y a pas moins de trois caisses pleines de livres qui appartenaient à notre grand-mère Clara. Sur la première page de chaque volume son nom est inscrit en entier, d'abord en lettres cyrilliques et au-dessous une seconde fois en caractères latins : *Clara Désirée Fontana-Aslanischwili.* Ce sont tous des livres datant d'avant son mariage avec GP. Je me rappelle maintenant que sa mère était

173

originaire de Géorgie, mais je trouve un peu surprenant qu'elle accole toujours le nom de sa mère à celui de son père tessinois. Naturellement, elle savait le russe, et pourtant les caractères cyrilliques m'ont stupéfiée. Nous n'avons pas connu Clara, elle est morte juste quand Maman quittait l'école.

Le portrait de Clara, qui est resté jusqu'à la fin sur le piano de Papa, je l'ai accroché au mur près de la table de travail. Je ne veux pas le voir constamment, mais je n'ai qu'à tourner la tête pour pouvoir le contempler. Telle qu'elle est, assise à côté du piano, le visage éclairé sur un arrière-plan sombre, avec ses longs cheveux noirs dont une mèche lui frôle l'œil, et ce sourire incroyablement absorbé, heureux, non dépourvu de moquerie, moquerie envers le monde dans la mesure où il n'est pas musique : on peut tomber amoureux de ce visage.

*
* *

Ce que l'on ne comprend pas : comment une femme avec un tel visage a pu épouser GP, l'antiquaire de la Grand-Rue, avec ses gestes bruyants et sa prédilection pour les meubles voyants et l'élégance grossière. Le fou d'armes à feu avec son armoire pleine de pistolets. Je me le représente dans son salon gigantesque aux rideaux de brocart noir, saisissant son antique téléphone et discutant politique locale ou banque avec ses amis des milieux militaires. J'avais le sentiment que dans cette pièce les objets étaient deux fois plus lourds qu'ailleurs, ils pesaient avec une double force de gravité sur le sombre parquet et les épais tapis persans. « Continuez*! » avait-il l'habitude de dire à ses interlocuteurs quand il était prêt, après les avoir interrompus, à les laisser parler.

Qui étaient ces partenaires, c'était sans importance, il aurait dit « *Continuez* !* » même à la reine d'Angleterre.

Il nous a acheté la villa style 1900 de la Limasstrasse. Le *Jugendstil*, la quintessence des prix haut de gamme. La générosité de GP anéantissait ceux vers qui elle était dirigée. Comme une inondation. Cela existe : une générosité qui anéantit parce qu'elle ignore le respect.

Il entourait de son bras les épaules de Papa, le pauvre hère, pour montrer qu'il l'acceptait comme mari pour sa fille. « Vous ne devez manquer de rien », a-t-il sans doute déclaré. « J'ai fait un effort sur moi-même, m'a dit Papa, Dieu, quel effort j'ai dû faire sur moi-même ! » Pour lui, GP n'était pas un « homme qui a du succès ». Papa avait un flair infaillible pour l'authentique et l'inauthentique, et il méprisait l'inauthentique. Je crois qu'il considérait GP, en tant que personnalité, comme un chevalier d'industrie. Maman le savait, et c'était une source de conflit compliquée pour elle, car ce qui l'avait attirée vers l'accordeur de pianos rude et mal dégrossi, c'était justement son authenticité, auprès de laquelle les manières de GP paraissaient creuses et kitsch. Elle sentait que le jugement de Papa sur GP n'était pas tellement faux. Mais elle ne pouvait pas l'avouer, pas même après la mort de GP.

GP, homme de culture modeste qui lut pendant des décennies *The Reader's Digest* (en déblayant la villa tu en as jeté par quintaux dans la poubelle, derrière le dos de Maman) et qui avait laissé sur les étagères sans la lire l'*Histoire de la culture* de Will Durant, épousa Clara, en qui il voyait la femme fine et artiste, et il la vénéra comme une Madone. Qu'il l'opprimait en même temps, il n'en avait vraisemblablement pas conscience. Elle apportait en mariage la musique, l'art en général, pour lui tout cela était au fond étranger. Cela servait à parader dans un bon restaurant, lors d'un déjeuner d'affaires. Pas plus. Car il n'achetait même pas ses antiquités parce qu'elles lui plaisaient.

Ou bien lui fais-je tort ? Après la mort de Clara et le mariage de Maman, il a dû être solitaire dans la grande maison. Je songe à son attitude quand nous le quittions et qu'il restait seul devant la porte, au Chemin du Pré-Langard : il avançait de quelques pas, dehors, sur l'allée de gravier d'une clarté éblouissante, comme s'il avait préféré venir avec nous. Sa façon d'appeler Maman toujours de même : *ma petite**. Ses signes de la main. Et la fiasque secrète, en or, avec laquelle tu l'as pris sur le fait. Je me suis toujours demandé ce qu'il pouvait faire après notre départ, quand la lourde et brillante porte de chêne avec les applications en fer forgé s'était refermée derrière lui. J'ai commis une fois l'erreur de penser cela à voix haute quand nous franchissions le haut portail de fer. « *Papa ne s'ennuie jamais*, dit Maman avec violence, *tu comprends : jamais**. » En même temps elle savait fort bien que je n'avais pas parlé d'ennui, mais de solitude.

L'argent de l'horlogerie genevoise que GP avait hérité, ce ne pouvait être cela qui avait attiré Clara. Ou si ? Lui donnait-il, à elle dont la santé était toujours chancelante, une sécurité sous la protection de laquelle elle pouvait suivre ses penchants artistiques ? En tout cas ce fut Clara qui initia Maman au ballet, je le sais maintenant. Les trois caisses de livres, en effet, étaient pleines d'ouvrages sur l'histoire de la danse. Nous devons avoir de nombreuses fois frôlé du regard les dos de ces livres sans soupçonner quel monde se cachait derrière eux. Maman a-t-elle lu tous ces livres, si importants pour sa mère qu'elle y avait inscrit deux fois son nom ? Et qu'avaient-ils signifié pour elle ? Comme je sais peu de chose sur toi, Maman !

*
* *

En continuant à écrire tout à l'heure, je ne voulais pas en réalité parler de GP. Ce que je voulais, c'était noter ce que Papa avait dit de Clara lors de son dernier soir. Mais alors les lettres fondirent dans mes larmes et j'arrachai (pour la première fois) une page. Puis j'allai au café du coin et, en silence, je nouai relation avec les étrangers qui s'y trouvaient. Il faut qu'ils me tiennent fermement, ces gens, à présent que Papa devient vivant et marche vers le portrait de Clara afin de dire l'importance qu'elle avait pour lui, importance dont personne ne se doutait, personne.

« Je l'aime », dit-il. Je dois l'avoir regardé consternée. Non seulement parce qu'il n'a même pas connu Clara. Mais bien plus encore parce que je n'avais jamais entendu ces mots dans la bouche de Papa, appliqués ni à Maman, ni à quelqu'un d'autre. C'étaient des mots dont je ne l'aurais pas cru capable. Je ne l'aurais pas cru capable non plus de les prononcer ainsi à découvert. Il les exprima avec un naturel impressionnant. C'était comme s'il avait tout simplement dit son nom à lui : je suis Frédéric Delacroix – sur le ton que l'on prend quand on veut s'affirmer quelque peu, avec une ironique distanciation.

Il rit en voyant mon visage interloqué. Ce fut la dernière fois que je l'ai vu rire. C'était un vrai rire, non le sourire omniscient qu'il avait lorsqu'il parlait de succès avec sa voix rauque ou qu'il stupéfiait les gens avec son oreille absolue. C'était un vrai rire, libéré. Comme s'il savait qu'il allait sur sa fin, si bien que je pouvais tranquillement découvrir son secret. Pas n'importe qui. Moi.

« La première fois, je l'ai vue lorsque j'ai rencontré Chantal dans la maison Perrin. » (*Dans la maison Perrin*. Tu te rappelles ? Il employait toujours cette formule, toujours exactement la même, quand il parlait de sa légendaire première rencontre avec Maman. Et comme les mots qui sortaient de sa bouche étaient denses : sa distanciation ironique envers GP et envers l'attachement de Maman pour son père, et au-delà – comme une couleur brillant en transparence – son admiration pour la sonorité du nom aristocratique et l'élégance qu'il représentait.) « Sa photo était sur le piano que je devais accorder. Pour soulever le couvercle, je dus ôter le portrait ; je l'ai posé sur la table à thé. » Il prit la photographie dans son cadre d'argent. « Elle m'a aussitôt plu à un point inouï et tandis que j'accordais, je jetais de temps en temps un coup d'œil sur son visage. Plus tard, jamais je n'ai pu entrer dans le salon, au Chemin du Pré-Langard, sans trouver un prétexte pour m'esquiver un instant et être seul avec elle. Et puis vous êtes venus, avec vos visages aux traits méridionaux. Je retrouvais Clara en eux, car sa mère était originaire de Géorgie et son père de Lugano. L'hérédité, je n'y connaissais pas grand-chose, mais j'avais entendu dire que des influences héréditaires restent cachées pendant des générations, pour réapparaître ensuite. Et comme le père de Clara était brun ! Il avait l'air d'un Sicilien, et vos nez aigus ressemblaient au sien en tous points. Il s'appelait Ferdinando Fontana. *Ferdinando Fontana !* Tu peux t'imaginer combien j'ai été excité en entendant ce nom. C'était ainsi que s'appelait l'écrivain qui décida du sort de Puccini. »

Alors il arriva quelque chose au visage de Papa. Les jours d'incarcération, la mort de Maman – tout cela s'effaça de ses traits et je vis revenir en lui cet enthousiasme que nous lui connaissions autrefois, quand il parlait du succès obtenu par un compositeur dans ses jeunes années (la *percée*, comme il disait inévitablement). « Le jeune Puccini, qui après ses études au conservatoire de Milan avait certes le droit d'être appelé *Maestro*, mais sinon n'était encore personne, lut le 1er avril 1883, dans la revue *Teatro illustrato*, qu'était créé un prix qui plus tard s'appela *Concorso Sonzogno*, parce que l'éditeur Edoardo Sonzogno en était le fondateur. Il fallait envoyer un opéra en un acte. Puccini vit là sa chance. Les idées musicales, il les avait. Ce qui manquait, c'était un livret. Alors son ancien professeur, le célèbre Amilcare Ponchielli, lui fit faire la connaissance de Ferdinando Fontana, qui écrivait justement un livret et le remit à Puccini. Le jour fixé, le 31 décembre, Puccini envoya sa partition. Le titre de l'opéra était *Le Willis*, qui devint plus tard *Le Villi*. L'opéra n'obtint aucun prix. Alors Fontana vint une seconde fois à la rescousse en introduisant Puccini dans une riche maison milanaise, où il put faire entendre son opéra dans une réduction pour piano. Était présent aussi Arrigo Boito, d'après un texte duquel Verdi avait composé son *Otello*. Il fut enthousiasmé et recommanda l'œuvre à la maison d'édition Ricordi, qui l'imprima gratuitement. Le 31 mai 1884 eut lieu la création, au *Teatro dal Verme* de Milan. Il y eut dix-huit rappels et le premier finale dut être bissé trois fois. Le 24 janvier 1885, l'œuvre atteignit la Scala de Milan. Mascagni lui a volé des mélodies pour *Cavalleria rusticana*. »

Parmi les livres de Papa, il y a plusieurs biographies de Puccini. J'ai vérifié : l'histoire est exacte mot pour mot. Je viens d'ajouter les dates, mais j'en suis sûre, elles étaient exactes quand il les cita, au jour près.

Dans ce domaine, il ne se trompait jamais. Ces dates-là, c'étaient des étoiles fixes dans son univers. La première milanaise de *Le Villi* est soulignée en rouge lie-de-vin, ce fut un succès enivrant, et Papa a aussi employé du jaune vif, car le succès était venu de bonne heure. L'échec au concours pour le prix est vert, d'une nuance plus claire que je ne l'aurais attendue. La représentation de la Scala, d'ailleurs, n'est pas d'un rouge très foncé. J'ai découvert une nouvelle sorte de succès : avant la Scala, *Le Villi* fut donné à Turin, de nouveau beaucoup d'applaudissements, mais Puccini n'était pas satisfait de la mise en scène : violet, ni très clair ni très foncé. Le bleu – contrairement à ce que je pensais – est donc la couleur de la distance critique de l'artiste envers les applaudissements ? Je serais contente s'il en était ainsi.

Papa semblait disposé à parler encore pendant des heures. À m'emmener en un dernier voyage dans le monde de ses pensées. Il avait toujours le portrait de Clara à la main, ce fut peut-être ce qui le ramena à elle. « J'ai commencé à imaginer que le Fontana père de Clara était le Fontana de Puccini, et que cette femme merveilleuse était sa femme. Puccini tomba amoureux d'elle quand il présenta le livret dans la maison Fontana. Elle l'inspira pour tous ses autres opéras et elle était avec lui sur la scène pour recueillir les applaudissements. Cette fée du succès était si près de moi aussi : elle était devant moi sur le piano. Et vous étiez ses petits-enfants. »

Plus tard, Papa monta dans ma chambre, où j'étais assise sur mon lit dans le noir. Il s'assit à côté de moi. « Fais bien attention à lui », me dit-il, et il me donna le portrait de Clara. Puis il me serra dans ses bras et je sentis l'âcre odeur d'antimite et de prison qui s'était infiltrée dans sa vieille veste. C'était la dernière fois que je le voyais en vie.

Voici de nouveau le soir. Tu me manques, Patrice.
J'aimerais bien parler avec toi des livres de Clara.
Nous pourrions les déballer tous les deux, volume
après volume, et ensuite nous les feuilletterions lentement. Comme lorsque nous étions enfants, nous tien-
drions ensemble les pages, et le besoin de les tourner
viendrait exactement au même moment. Mais entre-
temps tu as de nouveau disparu derrière les Andes.
Dans une langue que je ne comprends pas. Dans une
vie avec des gens que je ne connais pas.

Tout à l'heure, je me suis mise à la fenêtre.
Comme à Berlin, quand j'attendais ton arrivée. Alors,
je n'ai pas pensé à notre enfant ni aux lampes dans le
bloc opératoire. C'était plutôt un voyage dans le
temps, un retour aux années d'avant tout cela. Des
années heureuses. Parfois, quand c'est difficile d'être
un individu tout seul, je voudrais revenir en arrière.

Tu ne voulais pas que je vienne à Tegel. À l'heure
où l'avion devait atterrir, j'allai à la fenêtre de ta
chambre, pour te voir arriver. Je voulais pouvoir te
regarder pendant quelques instants, toi, ta silhouette,
tes mouvements, sans déjà te rencontrer. Je n'ai pas
allumé la lumière, la lueur des réverbères suffisait.
(Elle me paraissait plus vive qu'autrefois, plus indis-
crète.) Plus le temps s'allongeait, plus je m'agitais.
D'abord, je pensais que c'était seulement la peur que
notre revoir se passe mal. Peu à peu seulement, je
m'avouais qu'un autre sentiment encore, négligeant
toutes les contradictions, s'était glissé dans ma joie
anticipée : je souhaitais que tu ne viennes pas. (Nos
récits doivent être véridiques, je suis toujours obligée
de me le redire.)

Blouson d'aviateur, pensai-je quand finalement tu apparus dans le cône de lumière du réverbère. Tu portes donc toujours des blousons d'aviateur. À Genève déjà, tu n'avais pas encore dix ans, GP t'en a offert un, c'était le plus petit que l'on puisse trouver, et malgré cela ta tête disparaissait dans le col doublé de blanc qui naturellement devait être relevé, même par très beau temps. Maintenant encore le col était relevé et enfermait tes cheveux que le vent soulevait sur ton front. Soudain, tu t'es arrêté et tu as passé la main sur ton visage comme quelqu'un qui voudrait retenir une pensée fugitive. Ce mouvement et l'arrêt qui suivit – rien n'aurait pu me rappeler avec plus d'insistance que tu venais d'une autre vie dans un autre monde où je n'avais pas eu de part. Je l'avais voulu ainsi. Pourtant : maintenant que j'étais à nouveau dans cette maison, et en plus dans ta chambre, cela faisait mal de te voir t'arrêter, en bas, occupé par quelque chose à quoi je n'avais pas participé. Finalement, tu as pris ton sac de voyage (pas le même qu'autrefois) de l'autre main et tu t'es dirigé vers le portail du jardin.

Au même instant, je vis un flash illuminer l'obscurité de l'autre côté de la rue. Toute une salve de flashes explosa. Une demi-heure plus tôt environ, une auto était passée à grande vitesse et s'était arrêtée un peu plus loin en faisait crisser ses freins. À présent je savais pourquoi. Ils sont au courant de tout, les photographes, ils achètent même le droit de consulter les listes des passagers des transports aériens. Pendant tout le jeudi et le vendredi ils avaient assiégé la maison, si bien que je fermai les volets ; même nos lourds rideaux ne me semblaient pas offrir une protection suffisante. Quand finalement je vis deux d'entre eux en planque dans le jardin, j'ouvris ostensiblement la fenêtre et je crachai dehors. J'espère qu'ils publieront la photo, pensai-je.

Toi aussi tu as craché sur le photographe, je ne l'ai pas vu, mais tu me l'as raconté par la suite. J'ai aperçu seulement que tu as laissé tomber ton sac et que tu t'es rué sur l'homme. Je ne t'avais encore jamais vu rosser ainsi quelqu'un dans les règles. Tu lui as arraché l'appareil qu'il portait autour du cou et tu l'as jeté, décrivant un grand arc, dans la rue, j'ai entendu l'impact à travers la fenêtre fermée. L'homme se défendit à peine, j'avais l'impression qu'il était paralysé par ton explosion de violence qui tournait à la fureur aveugle. Finalement, tu lui enfonças ton genou dans le ventre, si bien qu'il s'enfuit plié en deux, avec son appareil cassé. Tu t'appuyas au pilier du portail pour souffler, écartas tes cheveux de ton visage et massas tes phalanges. La dureté inhabituelle de ton attitude faiblit peu à peu. Il te fallut encore plusieurs minutes avant de prendre ton sac et de franchir le portail. À présent, il se dépouille de l'épisode violent, pensais-je pendant ce temps ; il sera à la hauteur de l'instant où il rencontrera Maman sur le pas de la porte.

Sans bruit, comme si l'on pouvait me prendre en flagrant délit de quelque méfait, je revins dans ma chambre où j'attendis derrière la porte entrebâillée le bruit de ta clé. Ce bruit, me semblait-il, serait comme un premier contact. Alors retentit le timbre clair de notre sonnette. Oui, pensai-je aussitôt, cela lui ressemble : il a même laissé sa clé ici. Pour les sorties discrètement mélodramatiques, il est insurpassable. Il l'a sans doute posée sur la table de l'entrée, juste au milieu, avant de tirer la porte derrière lui aux heures de la nuit.

Quand je perçus le pas feutré de Maman, je fermai la porte et j'allai attendre à la fenêtre. Je ne voulais pas savoir comment ils se salueraient. J'entendis ta voix assourdie et peu après des pas dans l'escalier. Je retins mon souffle et je fus déçue que tu ne viennes pas tout de suite vers moi, mais d'abord dans ta chambre. À présent tu verrais aussi le lit. De longues minutes s'écoulèrent avant que je t'entende enfin venir, et le temps sembla encore s'étirer jusqu'à se déchirer avant que tu frappes à la porte.

Ce fut un heurt étranger, d'abord trop doux, puis trop fort. Comment avais-tu pu oublier ton ancienne manière de frapper ! pensai-je. Pour la première fois avant bien d'autres, je me révoltai contre la pensée que toi aussi tu pouvais avoir changé pendant les années de notre séparation. Peu à peu seulement, je pris conscience que je n'avais pu concevoir d'entrer dans une vie individuelle et indépendante, qu'à condition de partir et de changer, tandis que tu resterais sans te métamorphoser le moins du monde. Que toi aussi tu étais parti – je le savais, mais je ne pouvais pas l'imaginer. Je voulais t'emporter en moi inchangé, afin de pouvoir revenir à tout instant dans notre ancienne communauté. Tu devais, dans ta forme d'autrefois, me servir d'ancre pour le cas où ma nouvelle vie échouerait.

Tu fus effrayé en me voyant. Les cheveux courts – je savais exactement quel effet ils te feraient. Les boucles d'oreilles. Après une longue hésitation, je les avais mises quand même. Tu n'avais pas besoin de savoir qu'elles sont un cadeau de Stéphane, qui les a forgées lui-même. Mais tu devais les voir.

Tu m'as tenue comme une pièce de porcelaine précieuse et tu tremblais de tout ton corps. « Patty », as-tu dit. Tu l'as répété quatre ou cinq fois, et chacune était comme la première. À une seule occasion, pendant toutes ces années, j'ai entendu cette tendre forme de mon nom. C'était quand je fis la connaissance de Stéphane. Il fut effrayé par la fermeté avec laquelle je lui interdis de m'appeler ainsi. Il ne m'a jamais demandé pourquoi. Tel est Stéphane.

184

Tes mains – tu les dirigeais avec tant de maîtrise et d'hésitation, comme si c'étaient des êtres qui pouvaient soudain devenir indépendants.

À la lueur des réverbères, ton visage semblait si pâle que j'en fus épouvantée. Quand j'allumai la lumière, je remarquai tout d'abord combien tu avais l'air fatigué. La fatigue ne me semblait pas venir du long voyage. Ton visage était marqué par une autre sorte d'effort.

Et alors je te racontai le peu que je savais. Nous étions assis l'un à côté de l'autre sur mon lit, tu avais appuyé les coudes sur tes genoux, la tête dans tes mains. Tu écoutais autrement que d'habitude. Pas moins concentré, mais moins réceptif. Autrefois, ton écoute était habitée par une attention qui avalait, absorbait tout ce que l'on disait, et semblait y disparaître immédiatement sans laisser de reste, à peine l'avait-on prononcé que tu en faisais une partie de toi. On était épuisé quand on était tombé sous l'envoûtement de cette attention. Non que l'épuisement se fasse aussitôt remarquer. Au contraire, cette sorte d'écoute vous donnait des ailes, on rencontrait ici un intérêt personnel dont on n'aurait pas osé rêver. Après seulement, quand tu étais parti, on se sentait tout à coup fatigué, éreinté, c'était un peu comme si tu nous avais ôté les mots par ton écoute dévorante, comme si tu les avais dérobés devant nos yeux, si bien que l'on restait privé de langage. Et il y a une chose qui m'effrayait toujours à nouveau, parce que je l'écartais de moi à peine l'avais-je remarquée : à quel point tu exigeais impérieusement l'attention des autres, pour toi et pour ton attention.

Quelqu'un qui ne te connaît pas n'aurait jamais l'idée que puisse exister une telle virtuosité artistique de l'écoute. Cette capacité cachait en soi un danger dont tu ne semblais rien savoir : parce que les autres s'épanouissaient à ton écoute, tu croyais qu'ils devaient aussi te dire la vérité. Que ton écoute pût les amener à se réinventer pour tes oreilles – cela ne te venait pas à l'esprit. C'était aussi une forme de ton impardonnable, facile et parfois pénible naïveté, que j'aimais.

Mais ce jour-là tu écoutais autrement. Autrefois, il me semblait que c'était moi qui venais d'abord, puis rien pendant longtemps, et enfin seulement le sujet dont je parlais. Maintenant c'était l'inverse. Tu fus aussitôt au cœur du sujet, on le voyait à tes acquiescements et à tes questions. Tu tournais la tête vers moi et tu souriais pour me signifier que tu reconnaissais ce que je te disais de mes sentiments. Autrefois, tu m'aurais en même temps touchée et tu aurais essayé d'intervenir, après coup, pour ou contre ces sentiments, afin qu'ils deviennent un peu les tiens. À présent, tu laissais entièrement en moi ce que j'avais vécu. Pas une seule fois tu n'as fait la tentative absurde et merveilleuse de jadis pour me l'enlever. Il y avait du respect dans cette attitude : c'était ta sœur adulte qui était là, qui avait vécu pendant six ans sa propre vie et avait fait on ne savait quelles expériences. J'avais aussi pensé de même en attendant ton arrivée : six ans, c'est une durée pendant laquelle quelqu'un peut devenir médecin ou avocat. Il était bienfaisant, ton respect, je n'avais pas besoin d'être sur mes gardes devant ta proximité. Pendant la nuit, j'en ai pleuré, parce qu'il était si grand, ce respect. Parce que tu étais devenu tellement adulte.

*
* *

Si seulement je n'avais pas succombé à la tentation ! *Le numéro que vous avez demandé n'est pas attribué.* Quand je composai le numéro berlinois, je n'ai pas cru réellement que tu décrocherais. Ce n'était qu'un jeu avec cette illusion, rien de plus. J'avais moi-même demandé l'interruption de la ligne, je m'en souvins seulement par la suite. Le téléphone serait coupé mercredi, m'avait dit l'agence, et c'est aujourd'hui jeudi. *Le numéro que vous avez demandé n'est pas attribué.* Maintenant c'est pire qu'avant. Car je le sais définitivement. Tu es parti.

PATRICE

Troisième cahier

Pendant la nuit, j'ai lu *Michel Kohlhaas*. Quand j'eus terminé vers trois heures du matin, je n'y tins plus et je pris le combiné pour appeler Paco. La ligne était morte. J'avais complètement oublié que nous avions fait couper le téléphone. Sur la Mexicoplatz, je pris un taxi et me fis conduire au guichet de nuit de la poste. J'étais heureux que Teresa, et non Mercedes, soit de service à la clinique. Entre-temps Paco avait une sorte de coupe en brosse, dit-elle en riant. Il avait un petit air militaire.

« Paco, dis-je, c'est moi, Patrice. Tu m'entends, *Señorito* ?

— *Sí.* »

Je repris mon souffle.

« Comment vas-tu ? »

Comme c'était bête ! J'avais roulé jusqu'ici en voiture au milieu de la nuit et je lui posais la plus conventionnelle de toutes les questions.

Silence.

« Paco ?

— *Sí.*

— Voudrais-tu que je revienne ? »

Bruissement dans la ligne, bruissement régulier. Je pensais qu'il était parti, et soudain :

« *El dibujo.* » Le dessin.

« M'as-tu envoyé un dessin, *Señorito* ? »

Oui, j'entendis la voix de Teresa, il avait fait un dessin, on me l'avait envoyé. « Il y a beaucoup de rouge dessus », dit-elle.

Je donnai au chauffeur de taxi un pourboire bien trop élevé et j'ouvris la boîte aux lettres avec des doigts tremblants. Rien.

Tandis que j'étais dans mon lit sans dormir, je me maudissais à cause de mes questions niaises au téléphone. Jusqu'à ce que je m'aperçoive que maintenant aussi il ne m'en venait pas de meilleures à l'esprit.

Le matin, je commençai par appeler les Télécoms. Il faut que je fasse officiellement la demande de rétablissement de la ligne, me dit-on. Je me maîtrisai péniblement, me précipitai à l'agence, attendis dans la file et formulai enfin ma demande. Sans doute pas avant mardi, me dit-on, en aucun cas avant lundi. Et si Paco essaye de m'appeler avant ? Ou toi ? Mais non, pour toi je suis à Santiago, et en outre c'est toi-même qui as réglé cette histoire de téléphone.

*

* *

Ce soir vient Juliette Arnaud. Je suis très impatient d'entendre la musique de Père.

J'ai devant moi l'exemplaire du roman de Kleist avec lequel Père a travaillé. Sur la première page, notre marque : P & P. Les livres, nous les achetions avec notre argent commun et ils nous appartenaient à tous les deux. Personne ne sait ce que cela veut dire : partager quelque chose avec quelqu'un d'une manière aussi incontestée, aussi naturelle que le souffle. Nous aurions étouffé s'il avait fallu procéder à une répartition. « Combien avons-nous encore ? » Jamais nous n'avons parlé d'argent en d'autres termes. Entre nous, il n'y avait pas de place pour les concepts d'emprunt et de prêt. Quand nous les rencontrions chez d'autres, frères et sœurs ou amants, nous trouvions cela ridicule et incompréhensible. Quand il s'agissait d'argent, nous ignorions le mot *merci**, pas une seule fois nous ne l'avons utilisé, nous aurions eu l'impression de quitter le cercle enchanté de notre intimité pour entrer dans le monde amer de ceux qui sont séparés et ont donc besoin de ces truchements.

Le texte était difficile à lire, car c'était un vrai champ de bataille de mots soulignés, biffés, ajoutés ou commentés. Il en est sorti un livret pour un opéra en trois actes, pas moins soigneusement écrit que la partition, entièrement dans l'émouvante calligraphie de Père à laquelle même Gygax ne trouvait rien à reprocher. J'ai honte de le dire : je n'aurais pas cru Père capable d'une telle inventivité. Que croyais-je donc qu'il faisait de tout ce temps ? Je n'en ai aucune idée. Pendant toutes ces années, je n'ai rien deviné de son travail.

Par exemple cette innovation : il y a sur toute la longueur de l'opéra un chœur qui a beaucoup de ressemblance avec le chœur d'une tragédie grecque. C'est la voix de Kleist, parfois aussi celle de Père lui-même. Le chœur a différentes missions. Tantôt il s'agit de donner plus de volume aux sentiments de Kohlhaas, en laissant le chœur parler au-dessus de lui avec des mots comme seul l'écrivain en emploie : *Un sentiment d'équité qui ne lui laissait pas d'illusions sur la boiteuse organisation du monde*[1], chante le chœur, a conduit Kohlhaas, avant de commencer par se défendre, à écouter d'abord le valet Herse qui lui rapporte les reproches élevés contre lui au château. *Mais un sentiment opposé et d'aussi haute valeur*

1. *Cf.* note 1, p. 144.

parlait en lui, prenant des racines de plus en plus profondes, et lui disait qu'il était *voué au devoir d'employer ses forces, et toutes ses forces, à la réparation d'une telle offense*. Le chœur mentionne *son âme affinée par le commerce du monde* et décrit aux auditeurs ce qui se passe en Kohlhaas quand il se sent confirmé dans son soupçon d'injustice : *Du fond de sa douleur de voir le monde dans un si monstrueux désordre, surgissait la satisfaction secrète de sentir l'ordre régner désormais dans son cœur*. Et pour faire savoir que Kohlhaas est *refoulé dans l'enfer de sa vengeance inassouvie*, le chœur élève la voix.

Le chœur déclame quelques manifestes destinés au public, par exemple les différentes *Ordonnances de Kohlhaas*, mais aussi l'affiche placardée par Luther avec ces mots durs : *Toi, qui n'es qu'injustice de la tête aux pieds*. Le chœur est aussi une instance critique, par exemple quand il chante que Kohlhaas agit *pour la simple satisfaction de son entêtement insensé*. Et ensuite il y a des passages où l'action de Kohlhaas est résumée dans des phrases qui sont comme des peintures : Kohlhaas s'agenouilla une dernière fois devant la tombe des enfants *puis se mit à son œuvre de vengeance*. Ou encore après qu'il eut attaqué le Tronkenburg : *Il enfourcha son cheval brun, se plaça sous le portail et [...] il attendit le jour en silence*. J'avais l'impression de sentir Père en lisant cela.

Maman parlait dans ses lettres de la manière très personnelle dont Père traite le texte de Kleist. C'est un euphémisme. Il a gardé les lignes principales de l'action, les personnages sont toutefois en un certain sens recréés. Lisbeth, qui meurt au début de l'histoire chez Kleist, suit maintenant Kohlhaas en fidèle compagne jusqu'à l'échafaud. C'est la mort des deux enfants qui nourrit chez Père le besoin de vengeance de son héros. Oui : au lieu des nombreux enfants laissés dans le vague par Kleist, Kohlhaas a un fils et une fille, Anton et Antonina. Non, ce ne sont pas des jumeaux. Elle a trois ans de plus que lui et Kohlhaas trouve qu'elle est *encore bien plus mûre dans son âme*[1]. Antonina est pour Kohlhaas plus importante que son fils. Sur les relations des enfants avec la mère, on n'apprend rien. C'est Antonina qui tente de détourner son père de vendre maison et champs pour se consacrer entièrement à sa guerre de vengeance. C'est elle qui finalement part pour Berlin avec la supplique, accompagnée par son frère qui ne prend la parole que pour promettre de ramener sa sœur saine et sauve. Les deux enfants reviennent mortellement blessés. Père prête à Antonina mourante le geste de Lisbeth chez Kleist : elle montre à Kohlhaas le verset : *Pardonne à tes ennemis ; fais le bien, même à ceux qui te haïssent.* Cela ne ressemble guère à Antonina, et je crois que Père a arrangé le livret ainsi uniquement pour que Kohlhaas ait ensuite son grand air : *Puisse Dieu ne me jamais pardonner comme je pardonne au Junker*[2] ! J'ai regardé fixement les notes pour deviner la mélodie, mais je n'entends rien, il faut que j'attende Juliette. *Quand le jour de l'enterrement fut venu, le corps, d'une blancheur de neige, fut exposé dans une salle qu'il avait fait tendre de drap noir,* écrit Kleist au sujet de l'enterrement de Lisbeth. C'est exactement cette indication de mise en scène que donne Père pour l'enterrement des enfants. Et ensuite il fait chanter à Kohlhaas : *Pourquoi m'avez-vous abandonné*[3] ? J'ai peur de ces sons.

Encore une variante : chez Kleist, Herse est simplement un valet, certes dévoué à Kohlhaas, mais il n'est rien de plus personnel. Père a fait de lui un ami

1. Ici, texte de Frédéric Delacroix.
2. *Id.*
3. Citation de l'Évangile par Frédéric Delacroix.

fidèle, avec lequel Kohlhaas discute chaque démarche. (Un ami comme lui-même n'en a jamais eu. Il aurait été difficile d'être l'ami de Père.) Herse est sa conscience, plus que Lisbeth qui lui est fidèle parce qu'elle a peur pour lui et ne veut pas le perdre. Il y a même un passage où Kohlhaas se plaint d'elle auprès de Herse : au fond, dit-il, elle ne comprend rien à cette histoire de justice et de représailles. Il pense aussi la même chose d'Antonina, me semble-t-il, mais on ne décèle cela que dans une minuscule allusion, quand dans son grand air de la vengeance, il chante : *Pas de pardon par faiblesse ! Pas même dans la mort !*

*
* *

Juliette est partie. « Vous avez une lettre exprès », furent les premiers mots qu'elle me dit quand je lui ouvris la porte. Elle désignait l'autocollant sur la boîte aux lettres. Le facteur doit être venu quand je suis allé acheter des sandwiches et des pâtisseries pour ce soir. C'était le dessin de Paco. J'hésitai à ouvrir l'enveloppe en la présence de Juliette. C'était comme si je lui donnais accès au plus intime de moi-même avant que nous ayons échangé un mot. Elle vit mon hésitation, détourna le regard et alla se promener dans les pièces vides. Je sortis la feuille et je vis : un mur gigantesque, divisé en petites cases, et devant, en traits minuscules, des fleurs. Sur une autre partie : des rectangles libres, avec dessus des croix obliques, comme l'était la croix sur les épaules du Christ. Dans les cimetières chiliens, les croix sont souvent ainsi. Sur tout cela, Paco avait peint deux grosses lignes sinueuses, qui commençaient dans les coins supérieurs et se rencontraient au milieu, où leurs épaisses terminaisons se fondaient ensemble. Nos mains enlacées, quand nous étions allés tous les deux au cimetière.

Je me mouchais quand Juliette revint. « Non, non, vous ne me dérangez pas, dis-je en l'aidant à ôter son manteau.

— Vous habitez donc ici, dit-elle. Ou bien ne peut-on pas dire que vous habitez encore ici ? »

Je dis que je ne savais pas.

Elle connaissait du meurtre ce qui en était dans les journaux. (Maintenant, je l'ai quand même écrit, le mot MEURTRE. En réalité, je voulais l'éviter, je voulais faire comme si le mot n'existait pas. J'ai le cœur qui saute quand je regarde les sept lettres, réaction totalement irrationnelle, ce n'est quand même qu'un mot. Quand je pense en même temps à Père et à Maman, je n'ai qu'un réflexe : non, non, non. Je ne sais trop ce que cela veut dire, mais je crois que je peux l'interpréter ainsi : c'était un meurtre, oui, mais il est quand même faux de donner ce nom à ce qui s'est passé, c'est faux et déloyal, cela n'est pas, même de très loin, le mot adéquat. Il est même impropre à un point positivement grotesque, car Père et Maman, ce n'étaient pas des gens qui pouvaient commettre réellement un meurtre, ils n'en étaient pas capables, c'est pure absurdité de prétendre le contraire ; si quelqu'un le fait, cela montre seulement qu'il n'a aucune idée de ce qu'étaient nos parents.) D'abord, je trouvai fastidieux de tout expliquer à Juliette, mais sa manière concentrée d'écouter faisait du bien, et soudain je remarquai que cela m'aidait, de pouvoir raconter l'histoire à quelqu'un d'étranger, c'était la première fois.

Nous avons allumé les deux lampes et Juliette commença à jouer. Ou en réalité, pas tout de suite. Elle avait déjà les deux mains sur le clavier, quand je dis : « Un moment encore. » J'allai à la fenêtre pour rassembler mes esprits. Je voulais vivre la musique de Père en état de parfait éveil, dès la première note. Quand je regardai de nouveau Juliette, elle souriait : elle avait compris.

Son regard quand elle joue : comme celui d'un joueur d'échecs en simultané, qui doit toutes les secondes saisir l'ensemble des autres jeux et y déceler les importantes lignes de force. De temps en temps, elle dit d'une voix sans souffle quel instrument je dois imaginer. Au bout d'environ dix minutes, elle a besoin de faire une pause. Déchiffrer des partitions d'orchestre, dit-elle, c'est ce qu'elle connaît de plus fatigant.

C'est une musique incroyable, Patty. En particulier à cause de sa violence. Tu as beau connaître un homme aussi bien que nous connaissions Père, il peut quand même totalement te surprendre quand tu entends la musique qui résonnait en lui. Tu as l'impression que tu n'as rien compris jusqu'alors, rien. Alto, clarinette et basson, c'étaient les instruments préférés de Père. (« Le basson, disait-il, a un son *lointain* – où que l'on soit. ») De temps en temps, à des endroits tout à fait inattendus, une harpe. Alors on pense à des jeux d'eau. La plupart en mineur. On trouve souvent précisé *tempo rubato* là où cela ne donne aucun sens. « Votre Père était vraiment amoureux de cette désignation », dit Juliette en riant aux éclats devant les passages absurdes où apparaît cette indication.

On sent un besoin élémentaire de sortir de soi et de balayer de l'intérieur ses propres limites. Il y a des élans d'un romantisme enivré, à la limite du kitsch. (Juliette sourit alors et son visage exprime qu'elle comprend tout à coup.) Puis de nouveau de lentes et graves mélodies qui pourraient être la traduction

198

musicale des sombres paysages des maîtres hollandais. Je ne peux pas juger ce que vaut la musique du point de vue artistique. Si elle a été refusée à tort ou à raison. Ce n'est pas ainsi que je l'entends. J'écoute Père, j'ai son visage devant les yeux, son sourire plein d'une ironie courageuse, sa solitude. La porte capitonnée est grande ouverte, pour que les sons puissent pénétrer jusque dans les coins les plus reculés de la maison. Si seulement tu étais restée, pour que nous ayons pu vivre cela ensemble. C'est tout de même la musique de Père. Le centre invisible, inaudible, autour duquel tout a tourné dans notre famille. Les millions de notes inaudibles devant lesquelles nous avons fui. Nous aurions pu les écouter et les faire entrer après coup dans notre passé commun.

Il y a presque vingt ans, Père, j'étais près de toi – et pourtant je connaissais à peine ta musique. Certes, tu as essayé les mélodies au piano, et quand j'étais enfant j'y assistais parfois. Mais en ce temps-là je n'avais pas un vrai pouvoir de discernement. En outre, tu jouais mal, d'une manière hachée, tu t'interrompais toujours pour tracer des notes sur le papier, si bien que cela ne pouvait pas donner l'impression d'une forme musicale plus aboutie. Je n'ai jamais entendu tes œuvres en arrangements pour piano de quelque longueur. Plus tard, quand le poison de ton insuccès commença à s'infiltrer dans ma vie consciente, et sans que cela fût intentionnel de ma part, je me suis fermé à ta musique et à toute musique en général. La musique devint pour moi le lieu funeste de l'échec, de la déception et de l'amertume silencieuse.

Patty et moi, nous n'avons jamais réellement décidé de n'apprendre à jouer d'aucun instrument. Mais quelques jours avant notre huitième anniversaire, lors de ce dîner où Maman annonça votre (ou la sienne en tout cas) intention de nous offrir des instruments de musique pour notre fête, nous avons refusé d'une seule voix. Ce que nous avons dit, je ne sais plus. Mais aujourd'hui encore, Père, je crois revoir ton visage : ton sourire, avec lequel tu enregistrais toutes les déceptions. C'était bien pire que la déception éprouvée par Maman en voyant son projet, dont comme d'habitude elle avait discuté avec GP, se heurter à de la résistance. (C'était la première fois que nous lui résistions avec autant de fermeté.) Chez elle, cela passerait ; chez toi, au contraire, nous en étions sûrs, il en resterait pour toujours une blessure. Des années plus tard seulement, nous avons compris à quel point la blessure était grande. Tu n'as pas saisi notre rejet uniquement comme un refus d'entrer en général dans le monde de la musique. C'était bien pire : tu vis là un refus d'entrer en contact avec ta musique en particulier ; car nous aurions pu la jouer sur nos instruments.

« Ma musique est-elle assez silencieuse maintenant ? » demandas-tu quand les ouvriers eurent placé la nouvelle porte capitonnée de ton bureau et que tu sortis de la pièce après avoir fait un essai. Je ne me pardonnerai jamais la cruauté que recélait notre proposition d'isolation sonore. « Reprenez cette porte, aurais-je dû dire, on n'entend plus rien de la musique ! » J'aurais dû le dire à voix haute et avec une grande résolution. Tout compte fait, j'avais déjà treize ou quatorze ans. Je ne l'ai pas dit. En rêve seulement je me suis révolté de te voir enfermé, et c'était dans une cellule caoutchoutée.

Nous tous, nous avons laissé faire, Maman, Patty et moi. À l'instant décisif, nous avons fait comme si la maudite porte arrivait à l'instar d'un événement naturel, comme si nous n'en étions pas les auteurs. Et ainsi entendions-nous de moins en moins ta musique.

Parfois, je te regardais à la dérobée et j'essayais de deviner comment elle chantait en toi. J'avais l'idée abstruse que je pouvais la lire sur les traits de ton visage. Chaque fois, j'étais effrayé en constatant à quel point je parvenais peu à l'imaginer, à quel point j'étais peu informé sur l'axe le plus important de ta vie. Un certain temps encore, nous t'avons posé des questions sur les sujets de tes opéras. Puis cela aussi cessa, et nous t'avons laissé tout seul dans le monde de ta musique que nous avions réduite au silence.

À l'âge où l'on commence à ressentir ces choses, Patty et moi nous imaginions que derrière la porte capitonnée, seul avec ta musique, tu étais concentré sur toi-même autant que l'on peut le souhaiter. Nous commencions à ressentir secrètement de la jalousie. À la jalousie était mêlée une rancune confuse. Non seulement ton échec et ton amertume nous avaient dérobé la possibilité de nous retrouver, nous aussi, dans la musique, mais on finissait par croire que toute manière de se concentrer sur soi-même conduisait, dans le monde, à l'échec. Il nous semblait (bien que nous n'ayons pu l'exprimer ainsi) que cette concentration et le succès n'allaient pas bien ensemble. Et ainsi en sommes-nous venus à éviter ce qui aurait pu nous entraîner, fût-ce à la plus grande distance possible, dans le cercle magique du succès et des applaudissements. Nous ne voulions pas le succès, parce qu'il aliénait et que sa recherche était destructrice, on le voyait bien chez toi. Nous briguions l'échec. Nous voulions faire mieux que toi : au lieu de souffrir de l'échec, nous voulions l'utiliser pour nous trouver nous-mêmes.

Mais alors vint la découverte : on ne peut pas programmer l'échec, l'amener intentionnellement. Il n'a pas l'âpreté de l'échec authentique quand il est planifié. En réalité, on ne peut rien entreprendre si l'on n'a pas l'intention de le faire bien, aussi bien que l'on peut, de manière que les autres aussi l'approuvent ; ce sera donc un succès. À l'école, on ne pouvait pas nier très longtemps que l'on savait quelque chose, qu'on le savait bien. Comment ferait-on alors pour n'être pas, dans la vie, déterminé par le désir du succès, comme toi, Père ?

C'étaient – je le disais – des pensées confuses ; mais elles avaient du pouvoir sur nous et elles marquèrent jusqu'à aujourd'hui notre vie.

*
* *

Juliette déchiffra l'ouverture et le premier acte. L'ouverture commence par des sons presque idylliques pour être ensuite déchirée par de dures dissonances qui s'intensifient en longueur et en force. Au milieu, l'orchestre reprend son souffle dans des passages doux et harmonieux. On peut y reconnaître la construction de l'histoire : offense et besoin de revanche deviennent de plus en plus forts, même s'il semble parfois entre-temps que tout pourrait encore être réglé pacifiquement. Père introduit tôt le motif du grand air de la vengeance après la mort d'Antonina : au début, les cordes évoquent la tristesse, puis celle-ci se colore de haine avec l'entrée des instruments à vent ; la musique peut alors être comprise comme une oscillation entre les deux, puis la haine l'emporte quand les bois cèdent la place aux cuivres. À cet endroit s'annonce la ligne qui détermine musicalement le premier acte : un ensemble de mélodies entrelacées qui témoignent d'une haine dure comme pierre, presque religieuse ; dans de vastes passages, pensait Juliette, on peut littéralement parler d'une messe de la haine. « Que la haine puisse sonner avec une telle dureté et en même temps un tel lyrisme, je ne l'aurais pas imaginé », dit-elle.

J'étais fier que Père ait réussi à se créer un registre particulier, original. En même temps, la pensée qu'à part moi quelqu'un d'autre encore entendait le cri de Père m'inquiétait.

L'autre grande ligne de cet acte, ce sont les dialogues de Kohlhaas avec sa femme et sa fille. Lisbeth est un mezzo-soprano lyrique, Antonina un alto. Par le livret, je savais que Lisbeth commence régulièrement en priant Kohlhaas, pour l'amour d'elle et des enfants, de renoncer à la vengeance. À quoi Kohlhaas répond : *Il peut y avoir des buts en comparaison desquels diriger son foyer en bon père de famille est secondaire et indigne.* À la fin, Lisbeth cède toujours et proclame sa fidélité. Puis Père fait régulièrement chanter par le chœur ce qui n'apparaît chez Kleist qu'au commencement, où tout est encore dans son cadre et où Lisbeth exprime simplement son sentiment naturel de la justice : *Il eut la joie de voir qu'elle appuyait ce projet de toute son âme [...] ; ce serait une œuvre pie d'en finir avec de pareils désordres.*

Les airs de Lisbeth sont inspirés de l'opéra italien, un peu trop pleins d'âme. Antonina devait s'en distinguer, et ses mélodies apaisantes me semblaient plutôt de style français. Alors Juliette, tout en jouant, dit avec un sourire : « Debussy. *Pelléas et Mélisande.* » Quand elle vit mon visage effrayé et sans doute aussi blessé, elle ajouta : « Inconsciemment, bien sûr. » Antonina semble d'abord plus naïve que Lisbeth, mais elle oppose plus de résistance à l'aveuglement de Kohlhaas. Père n'avait pas pu se lasser du contraste entre les douces mélodies des femmes et les arguments captieux de Kohlhaas, de plus vaste ampleur musicale, et qui à l'oreille de Juliette avaient une résonance teutonne. Quand, plus tard, nous parlions des deux personnages féminins, Juliette fit une grimace un peu aigre de la bouche. « Oui, bon », dit-elle seulement.

La fin du premier acte est le sommet ; une suite continue d'arias. D'abord la prière d'Antonina mourante, qui désigne le passage de la Bible. Une mélodie complaisante, pas plus. Suit le grand air de la vengeance : *Puisse Dieu ne me jamais pardonner comme je pardonne au Junker*. Dans ce passage, qui d'ailleurs n'en finit pas, Père a tout fait entrer. La pièce devient glaciale quand ces notes retentissent. Anton et Antonina meurent. Kohlhaas et Lisbeth chantent un duo de tristesse et de colère. Juliette dit prudemment que cela lui rappelle Tchaïkovski. Je souris.

Pour finir, ensuite, *Pourquoi m'avez-vous abandonné ?* Je retins mon souffle quand Juliette joua le thème. L'air est complètement raté, même moi je l'entendis. Juliette a raison : c'est une mélodie naïve sans réelle mise en forme. On a en conséquence l'impression que le sentiment n'a pas de vrais contours. Est-ce simplement tristesse, déception pleine de reproches ou accusation ? Si l'air avait plus de forme et de force expressive, il me toucherait davantage, je le sais. Malgré cela, je suis malheureux que Père n'ait rien réussi de mieux en cet endroit. Est-ce parce qu'une incompréhension, contre laquelle il luttait en vain, le paralysait, si bien que la faiblesse de l'expression devenait l'expression réelle du terrible ? Quand je vois les choses ainsi, cela me touche plus qu'une accusation fulminante.

*
* *

Avec Juliette, c'était la première fois depuis ton départ qu'il y avait à la maison une personne en relation avec ma vie privée. Après sa visite, être ici est différent. Je ne sais pas si j'aime ce changement. Si ce n'était pas plus beau d'écrire en solitaire dans les pièces vides qui résonnent de ton absence.

Pour la première fois depuis la mort de Père il y a de la fumée dans les pièces. Juliette éteint soigneusement ses cigarettes et écrase jusqu'au dernier reste de braise. Autrefois, Maman laissait partout des cigarettes allumées. Notre peur constante d'un accident. Petites chenilles de cendre, traces de brûlures sur des meubles anciens. La sûreté somnambulique avec laquelle Père détectait les mégots brasillants. En général : Père en maître d'hôtel. Lors de nos réceptions, hôte plus que correct, un peu raide – en homme qui a appris dans un livre. Les règles qu'il appliquait pour les verres et les couverts et pour aider les dames à ôter leur manteau : personne ne les connaît plus. Quand il se plaçait derrière les dames et approchait leur chaise de la table : à la plupart d'entre elles, cela n'était encore jamais arrivé. Et quand elles avaient compris après une seconde d'effroi, elles remerciaient avec un étonnement heureux, comme si pour un moment on leur avait fait voir un monde englouti où elles auraient encore valu quelque chose. C'était comme l'italien d'opéra que parlait Papa : tout cela datait d'un autre temps. Son baisemain : une antique rengaine. Même nous, nous trouvions qu'à côté de ce charme étrange, un peu gênant, il y avait là de la dignité. La dignité du maître de maison ou du maître d'hôtel ? Discrètement, il effaçait les traces de la distraction que Maman devait à la morphine. Non seulement les cigarettes allumées, mais aussi les feuilles de bloc-notes, les stylos ouverts et les livres laissés n'importe où. C'était lui qui, lorsque les invités s'en allaient, tenait prêtes et enveloppées, à la porte, des choses promises au cours de la conversation à table. Maître d'hôtel ? Non, au second regard décidément non. Sollicitude, muette expression d'amour. Et les gens le remarquaient, surtout les femmes. Le lendemain, elles téléphonaient et remerciaient pour la soirée. Elles lui transmettaient leurs amitiés, à lui spécialement. Il était aimé, notre Père. Cela n'a rien signifié pour lui. Pas réellement.

Après toute cette musique mélancolique et coléreuse, nous avions besoin de rire. Le mot clé fut l'*engraissement* des chevaux de Kohlhaas. Juliette se plia en deux quand je lui lus encore une phrase et encore une autre où revenait ce mot. Avec cela, de la pâtisserie.

Je commençai à lui parler du Chili, de Paco et des cimetières. Je les ai tous connus, les cimetières de Santiago. Je les parcourais, rangée après rangée, tombe après tombe. Ce fut mon occupation quotidienne les premiers temps. Toujours, je te voyais devant moi, longeant la rue avec ton sac de voyage, le matin de notre premier adieu, penchée de côté pour faire contrepoids. C'était comme un arrêt sur image à la fin d'un film, et je n'avais pas le pouvoir de faire durer la projection. Devant les tombes de Santiago, je luttais contre la pétrification où cette image m'avait laissé. *Cementerio Central* : les gigantesques murs de tombes qui apparaissent dans le dessin de Paco ; *Cementerio Católico* : les mausolées, tombeaux des riches ; *Parque del Recuerdo* : une immense surface de gazon, sur laquelle on ne voit de loin qu'une multitude de bouquets de fleurs, jusqu'à ce que l'on approche et que l'on aperçoive les pierres tombales incluses dans le gazon. Il y a sous la terre jusqu'à sept cercueils, empilés les uns sur les autres.

Pourquoi donc, bon Dieu, demanda Juliette, cette triste occupation ? Je cherchais la tombe d'Henri, dis-je, l'homme qui a laissé tomber la mère de Père et est parti tenter sa chance au Chili. (*Grand-père* Henri, cela sonne bizarrement, et Père n'a jamais non plus prononcé le mot de *père*, bien que ce fût le sien.) Nous n'avons jamais tout à fait cru à cette histoire, toi et moi. Mais cela suffisait comme prétexte pour aller tous les jours dans les cimetières. Quand je franchis le portail du dernier et me retrouvai dans la rue, tout à coup sans rien à faire, avec du temps dangereusement vide devant moi, je décidai de recommencer du début. (Henri pourrait avoir donné à son nom une forme espagnole. Peut-être avait-il changé *Hofer* en *Cortés* ? On pouvait en croire capable l'homme riche que nous connaissions d'après la photo.) Ainsi rencontrai-je des douzaines d'endeuillés, pour la plupart des femmes, mais aussi quelques hommes. Et j'appris à connaître les noms typiquement chiliens et les lignées qui avaient joué un rôle particulier dans l'histoire de Santiago. C'était comme une drogue, ces haltes de plusieurs heures au cimetière, elles m'étourdissaient et m'épargnaient de faire face à mon nouveau présent.

Ainsi ai-je passé les premiers mois et semaines : j'apprenais par cœur les cimetières de Santiago et j'apprenais par cœur mon vocabulaire espagnol.

Quand, des années plus tard, je fis la connaissance de Paco, je l'emmenai se promener avec moi dans les cimetières. À ce moment-là, il n'avait pas encore prononcé un mot. Ces sorties ne plaisaient pas à Mercedes, mais Paco était après cela bien plus paisible et accessible que d'habitude, et elle les autorisa. Ce qu'elle ne savait pas : que nous deux, Paco et moi, nous cherchions un patronyme pour lui. Il devait regarder les noms sur les pierres tombales et choisir le plus beau, lui avais-je expliqué. En silence, il s'arrêtait devant une tombe quand le nom lui plaisait. Ce qui le fascinait, c'étaient les noms avec un « *U* » et deux « *r* » : Urra, Urrutia… Plus tard, quand son mutisme fut rompu, il prononça souvent de tels noms pour lui tout seul, comme une comptine, en roulant les « *r* » pendant plusieurs secondes.

Mais il fallut du temps pour en arriver là. D'abord, il resta mon compagnon muet. Quand je l'avais vu alors sur le terrain de jeu avec le sable jaune, absorbé en lui-même et inaccessible au bruit du monde, j'avais senti, pour la première fois depuis que j'étais à Santiago, un besoin de musique. Les premiers jours après mon arrivée, je m'étais soudain trouvé devant le *Teatro Municipal,* l'Opéra. Même si cela peut paraître fou : je fus surpris qu'il y eût ici un Opéra. Qu'il y eût ici de la musique. C'était pourtant devant cela que je m'étais enfui. J'en voulus à Pavarotti d'arriver jusqu'ici. Puis, à la vue de Paco, j'eus soudain le sentiment que la musique pourrait aussi ne pas être soumise au diktat des déceptions de Père. Je pensai qu'il s'agissait de quelque chose de tout différent, à peine reconnaissable. *La musique qui nous prépare au silence.* Pour la première fois, je comprenais la phrase, mille fois citée, d'Antonio di Malfitano, sa réponse quand on voulut savoir quelle musique était pour lui la plus importante. Quelques semaines plus tard, quand je connus un peu mieux Paco, je m'éveillai en me demandant ce que cela donnerait si j'écoutais de la musique avec lui. Si je lui ouvrais le monde de la musique, à lui et à moi en même temps.

J'achetai un baladeur que je fis relier à deux paires d'écouteurs. Nous marchions côte à côte dans les cimetières et nous écoutions la même musique, nos mains s'enlaçaient en portant l'appareil. Avant d'appuyer sur la touche de démarrage (son pouce sur le mien, afin qu'il puisse décider), nous faisions un compte à rebours avec des signes de la main, ce qui représentait un important rituel d'harmonie. Il était capital aussi de partager le même rythme en marchant. Paco s'arrêtait quand le rythme était brisé. Il a continuellement les mains collantes à force de grignoter des friandises, il est fou de sucreries. Je n'ai qu'à penser à lui pour sentir le sucre coller à mes mains.

Parfois, nous marchions aussi sans musique, main dans la main à travers les cimetières. C'est alors que j'ai commencé à lui parler de toi, la sœur perdue. De nos noms jumeaux, des vareuses de matelots et bonnets de ski indifférenciés que nous portions dans notre enfance, et des gobelets jaunes jumeaux. Je lui disais à quel point tu me manquais. Paco a entendu toute l'histoire de notre jeunesse, épisode après épisode, sentiment après sentiment. Cela dura plusieurs semaines et jamais il ne dit un mot. Le soir, je le ramenais à la clinique. « *Hasta luego, Señorito.* » Toujours en ces termes, jamais autrement. Devant la clinique, il ne voulait pas qu'on le touche. Il devenait alors aussi farouche que si nous ne nous étions pas tenus par la main pendant des heures. À son regard seul on pouvait lire qu'il s'était alors passé quelque chose.

Un jour, il arriva ceci : Paco prononça les premiers mots de sa vie. Le ciel hivernal était devenu d'un noir menaçant, si bien que par mesure de précaution nous avions glissé le baladeur dans nos poches. C'était le 31 juillet et je lui avais raconté le 1er août en Suisse. Ce furent des images de feu d'artifice sur le lac de Genève que je lui décrivis, des images comme je n'en avais plus vu depuis de nombreuses années. Je lui racontai combien nous aimions les fusées, toi et moi.

Comme cela te fascinait qu'à l'extrémité d'un rayon de lumière, en quelque sorte hors du néant, puissent se déployer après un instant d'hésitation un bouquet d'étoiles et encore un et encore un autre, alors qu'on était déjà sûr d'avoir vu le dernier. Comment, la tête renversée en arrière, tu te tenais au bastingage du bateau d'où nous regardions le feu d'artifice. Et combien je t'aimais pour ton regard démesurément étonné, pour la concentration totale avec laquelle tu étais dehors parmi les lumières.

« Pourquoi tu ne vas pas la voir ? » Paco posa cette question alors que nous étions au *Cementerio Católico*, devant la tombe de Sofia Izquierdo de Arellano, j'ai retenu le nom, tellement ce qui venait de se produire me paraissait important. Il avait parlé tout bas, quelque chose dans le son de sa voix trahissait à quel point parler lui était inhabituel, mais les mots étaient clairs et venaient sans erreur. Je restai pétrifié, d'abord de joie, et parce que je ne savais pas que répondre. Ce jour-là, il fut impossible d'amener Paco à prononcer d'autres mots. Cette fois, j'allai avec lui jusqu'à la clinique. Je racontai à Mercedes ce qui était arrivé. Le sang lui monta au visage. « Je ne peux pas le croire », dit-elle sèchement. Faire parler Paco – cela avait été son but depuis des années.

Dans la nuit, je cherchai des mots pour répondre à la question de Paco. Je remarquai alors qu'à côté de la joie d'avoir gagné le combat contre le mutisme, il y avait aussi une frayeur en moi. C'était le mutisme de Paco qui m'avait amené à parler, à parler de toi. Parce que je n'avais à redouter de lui aucun jugement sur mes sentiments. Qu'en serait-il à présent ?

Ce fut très différent de ce que j'attendais. Après un mois environ, il y eut déjà entre nous un échange de paroles qu'avec un peu de bonne volonté on pouvait appeler de la conversation. Ton nom, qu'il prononçait avec le *c* espagnol, l'avait fasciné, il l'employait bien plus fréquemment que nécessaire. « *¿Patricia, qué… ?* », « *¿Patricia, dónde… ?* », « *¿Patricia, por qué… ?* » – c'était la forme que prenaient la plupart de ses courtes phrases à ton sujet. Il s'y exprimait un intérêt particulier, d'un genre inconnu de moi jusque-là. Paco parlait de ma nostalgie avec sobriété, comme s'il s'agissait d'un problème technique, par exemple de creuser un tunnel dans une roche particulièrement dure. Il voulait explorer mes sentiments comme un territoire nouveau, ils avaient été jusqu'à présent une tache aveugle sur la carte de ses expériences. Et il ressentait une sorte de respect devant cet inconnu.

Ainsi nos promenades main dans la main à travers les cimetières eurent-elles deux effets : je renouais connaissance avec ma nostalgie, et en même temps j'en découvrais davantage sur Paco. Ces conversations exploratrices, laconiques, avec un enfant que l'on avait classé comme autiste, m'aidaient peu à peu à considérer mes sentiments d'un autre point de vue. Et j'apprenais à me poser, même en l'absence de Paco, des questions comme celles qu'il m'adresserait. Mes sentiments étaient bien gardés chez lui. Il ne serait jamais tenté de s'en servir pour trop s'approcher de moi. C'était justement cela qu'il m'enseignait : comment on peut parler des sentiments des autres sans les mettre en danger.

« *Se pierde* », dit-il quand je lui demandai pourquoi il était resté si longtemps sans parler. La réponse vint si tard que je ne sus pas tout d'abord si elle se rapportait encore à ma question. Ils pouvaient signifier bien des choses, ces mots : que l'on se dissipe, par exemple, ou que l'on va à sa perte, que l'on s'égare. Peut-être avait-il commencé à parler très normalement à deux ou trois ans, puis il avait été réduit au silence à force de coups. L'interprétation qui m'attirait le plus, c'était : *on se perd* quand on parle. Cette nuit-là, je restai longtemps éveillé et puis je rêvai à *penser pensées**.

Pendant quelques jours, j'interrompis nos promenades. Peut-être Mercedes avait-elle raison. Mon idée avait été dès le début celle-ci : Paco ne trouvera pas le chemin de l'extérieur, on doit l'aider en l'attirant hors de lui. Sa théorie, à elle, s'y opposait avec véhémence, voire avec fureur. C'est exactement le contraire, il s'est retiré en lui-même parce qu'à l'extérieur il menaçait de se disperser ; son problème est son manque de délimitation. Mais alors, pourquoi essayer de le faire parler ? Si le diagnostic était exact, n'était-ce pas une grossière erreur thérapeutique ? Quand je lui exposai cela, elle me regarda avec une fureur muette. C'était la fureur de quelqu'un que l'on a pris sur le fait. Elle aurait aimé être la première séductrice de Paco. Il faudra faire attention ; Paco ne doit pas devenir une pomme de discorde.

Il parle avec lenteur, parfois c'est à désespérer. Au commencement, j'achevais les phrases à sa place. Il trépignait de colère et serrait les poings. Alors je devinai que ma facilité de parole pourrait être un obstacle dans ma relation avec mes semblables.

Certes, Paco tolérait que je le libère du mutisme. Dans le choix des mots, toutefois, il ne se laissait pas déterminer par moi. Si je lui avais appris un mot de manière qu'il se sente mis en tutelle, il ne l'employait jamais plus. Aux lacunes dans son vocabulaire actif, je pouvais déceler mes manquements. Quand il s'agissait d'un mot que l'on ne peut pas éviter, il en inventait aussitôt un nouveau et ainsi naissaient des fragments d'une langue privée, qui lui était particulière. Au commencement, j'utilisais aussi ces mots, c'était beau, ils nous liaient, nous seuls. Après un moment, je devinai que cela aussi était un manquement, parce que je ne comprenais ni ne respectais son besoin de limitation.

Parfois, je pense que si j'ai eu dès le début un bon instinct envers Paco, c'est parce que je porte Père en moi.

*
*   *

J'ai raconté tout cela à Juliette. Je n'aurais pas dû le faire. Pas avant de te l'avoir dit.

*
*   *

Nous avons décidé d'écrire pour nous détacher l'un de l'autre. Cela signifie-t-il que nous raconterons aussi le présent contemporain de notre récit ? Ou est-ce inversement en nous taisant sur ce nouveau présent que nous rendrons la libération possible ? À quoi as-tu pensé quand tu as prononcé cette phrase cruelle sur la geôle de notre amour ?

*
*   *

Hier soir déjà, j'ai senti qu'il ne me suffit pas que l'on me joue les mélodies de Père, si je ne peux pas les retenir. Aussi ai-je acheté ce matin un magnétophone, deux gigantesques haut-parleurs et deux microphones qui pendent du plafond comme à la Philharmonie. Il m'a fallu deux heures pour fixer les crochets au plafond, j'ai dû emprunter l'échelle chez les Sommerfeld. (Ils sont intimidés quand ils me voient, mais c'est une timidité triste et non fouineuse.) Le magnétophone est un énorme appareil, j'ai

213

étudié pendant des heures le mode d'emploi avant de maîtriser chaque régulateur. C'est, dit le vendeur, la plus grande installation qu'il ait jamais livrée chez un particulier. Dans le bureau de Père, on se croirait maintenant dans un studio : rien que des fils et des câbles, l'enregistreur posé sur quatre caisses de boissons qui se trouvaient dans la cave, tout le reste est nu. L'odeur de poussière dans l'air et les traces des anciens tableaux et meubles vont bien avec cela. La lumière, quand elle filtre le matin dans la pièce, semble maintenant n'être plus la même que pendant toutes les années précédentes, c'est une lumière neutre, sans éclat, même quand elle vient d'un jour rayonnant.

Quand je revins du magasin, je trouvai une feuille de papier dans la fente de la porte : *Je porterai plainte. Baranski.* J'avais complètement oublié sa lettre, il était resté avec ses clients devant la porte fermée.

*

* *

Juliette a apporté une petite table pour les repas et deux fauteuils de metteur en scène, avec en outre une casserole, deux assiettes, des tasses et un minimum de couverts. Avant que nous attaquions la musique, elle fit chauffer un minestrone. « Comment t'es-tu nourri à Santiago ? » demanda-t-elle, quand la casserole fumante fut sur la table.

Elle déchiffra tout le deuxième et le troisième acte de l'opéra de Père. J'étais assis à côté et je contrôlais l'appareil enregistreur, changeais les cassettes et y notais leur contenu. Dans les passages forts, il fallait surveiller l'aiguille pour qu'elle restât dans le champ voulu. Père employait beaucoup de fortissimo et d'abruptes transitions du fortissimo au pianissimo. Juliette avait une patience d'ange avec moi et jouait certains passages cinq ou six fois, jusqu'à ce que j'aie l'impression de connaître les sons de l'intérieur. C'est une vraie monomanie : j'aurais voulu capter même la plus petite, la plus imperceptible nuance qui aura traversé l'esprit de Père.

Le sommet du deuxième acte est la rencontre entre Kohlhaas et Luther. Auparavant, Kohlhaas attaque le Tronkenburg, épargne au dernier moment le cloître d'Erlabrunn où il soupçonne que se trouve le Junker, et part ensuite pour incendier Wittenberg. Le peuple, par la voix du chœur, demande que le Junker soit conduit hors de la ville. Dans cette phase, Kleist représente Kohlhaas comme un homme qui succombe à la folie des grandeurs, ce qui se voit à son cortège : *Une longue épée de chérubin était portée devant lui sur un coussin de cuir rouge orné de glands d'or et douze valets, avec des torches allumées, le suivaient.* Père a biffé cela et écrit dans la marge : *kitsch !* Quand Kohlhaas lit l'affiche où Luther l'accuse d'injustice, chez Père il est seul, il relit sans cesse le texte et le chœur chante : *Qui décrira ce qui se passe en son âme !*

Luther est une basse. *Ton souffle est la peste !* lance-t-il à Kohlhaas quand celui-ci entre dans la pièce. Père n'aimait pas Luther. Il lui met dans la bouche des mélodies emphatiques d'un pharisaïsme pesant, qui font de l'homme qui chante une caricature. « Brillant », dit Juliette, et d'elle-même elle joua l'air une seconde fois. *Oui, tant qu'il existe des États, quand donc s'est produit le cas où un être, quel qu'il soit, en aurait été rejeté ?* demande Luther à Kohlhaas. « *Mais ça alors* !* » gronda Juliette, indignée. Dans cette scène, Kohlhaas reste musicalement effacé jusqu'au dialogue sur Dieu et le pardon. Kohlhaas demande le saint sacrement. *Mais le Seigneur dont tu désires recevoir le corps a pardonné à son ennemi. Veux-tu pardonner également au Junker ?* chante Luther. *Le Seigneur non plus n'a pas pardonné à tous ses ennemis*, réplique Kohlhaas chez Kleist. *Le Dieu qui exige cela n'est pas le mien !* chante-t-il chez Père. C'est un air grandiose en la bémol majeur, conduit par la clarinette avec en fond sonore l'alto et le basson. *Et s'il n'y a pas de Dieu : qui veillera à maintenir la justice ?* fait chanter Père à Kohlhaas avant qu'il sorte. « *C'est ça* !* » s'écria Juliette en faisant tonner la question sur les touches. Il a su s'exprimer, notre Père, quand il remplissait son papier à musique derrière sa porte capitonnée.

Père n'a pas aimé que la volonté de Kohlhaas, selon Kleist, soit brisée après l'incident sur la place du marché à Dresde, alors que ses chevaux amaigris étaient devenus des objets de raillerie. Le chœur se tait là-dessus, et l'intention de Kohlhaas de s'enfuir vers un pays lointain est passée sous silence. *L'engraissement de ses chevaux noirs n'était plus le souci de son âme courbée sous le poids du chagrin.* Ce détail donné par Kleist, Père ne pouvait pas le respecter. Le troisième et dernier acte est consacré au thème : la justice avant la vie. Kohlhaas a reçu d'une bohémienne un étui de plomb contenant la feuille où est prédit le destin du Prince Électeur de Saxe. Cet étui est le moyen de pression grâce auquel il pourrait se procurer vie et liberté. Père fait s'écrier le chœur : *Un minuscule étui en échange de la vie et de la liberté !* Ainsi est préparé un air long et aigu de Kohlhaas, il voit enfin la chance de se venger du Prince Électeur qui lui a refusé justice : *Tu peux me faire monter sur l'échafaud, mais moi, je peux te faire du mal et je le veux !*

Juliette cessa de jouer et fut secouée de rire en lisant l'indication de Père au chanteur : *La voix doit se briser.* Père ne s'en est jamais tenu aux règles quand il s'agissait d'une notation importante.

Sans cesse, Lisbeth prie Kohlhaas de saisir la chance que recèle l'étui. Elle chante : *Tu dois apprendre à oublier !* C'est un air doux, en un clair mode majeur, et on souhaiterait qu'elle n'arrête jamais. Cette idée et cette tonalité aussi, tu les portais en toi, Père.

Lorsque quelqu'un m'a manqué une fois de parole, je n'en échange plus aucune avec lui ! réplique Kohlhaas et il force Lisbeth (oui, on doit l'exprimer ainsi) à la loyauté. Elle chante : *Tu t'y connais mieux que moi en justice !* Juliette frissonnait et frappait constamment à côté des touches.

Vient le jour de l'exécution. Là, Père a lutté avec Kleist, les dernières scènes du texte sont parsemées de mots biffés. La grande scène, selon Père, c'est le moment où Kohlhaas, sur le lieu de l'exécution, fait un pas vers le Prince Électeur, ouvre devant ses yeux l'étui, lit le billet qu'il contient et l'avale. *Tu ne le sauras jamais !* chante-t-il, et : *Ton destin te rattrapera dans la nuit !* Les sons donnent l'impression que Kohlhaas lance les mots à coups de poing au visage du Prince Électeur.

Ce que Père, en revanche, trouvait insupportable, c'est la complaisance, pis encore, la servilité avec laquelle Kohlhaas se courbe devant le bourreau. *Kohlhaas retira son chapeau et le jeta à terre, disant qu'il était prêt !* Père a barré cela avec une telle fureur qu'il y a une déchirure dans le papier. Dans le livret, tout se passe autrement. Kohlhaas feint un geste d'humilité, puis il se retourne en un éclair et ôte la hache des mains du bourreau. *Juste à ce moment, le rideau tombe,* a noté Père. La musique s'arrête au milieu d'un roulement de tambour qui accompagne le début d'une fanfare. Comme si une bande magnétique se cassait.

« C'est une idée », dit Juliette. Je trouve que sa louange aurait pu être un peu plus vive.

Au dessert, que Juliette tira par magie de son sac, elle en vint à parler d'Anton et Antonina. Avant tout d'Anton, qui comparé à sa sœur est un personnage pâle, insignifiant.

« Cela ne veut rien dire sur ses sentiments pour toi, dit-elle.

— Non, naturellement pas », répliquai-je, irrité.

Je m'étais juré de ne pas chercher à savoir ce qu'elle pensait de la musique de Père. Finalement, Père a péri par besoin d'être reconnu. Pourtant, je n'ai pas pu m'en empêcher et je lui ai demandé comment elle trouvait cette musique, du point de vue du travail d'exécution.

« Veux-tu mon avis sincère ?

— Oui.

— C'était un dilettante exercé. »

Cela me blessa quand même. Elle le vit à mon visage.

« Un homme avec une force d'imagination inhabituelle. »

Quand elle s'aperçut que je m'enfonçais dans le silence, elle alla au piano et improvisa sur les mélodies de Père.

Avant de s'en aller, elle me transmit une invitation de ses parents. Manifestement, les Arnaud sont curieux de connaître le fils du farouche accordeur de pianos. J'ai refusé, mais je n'ai compris pourquoi qu'après coup : je me déplace dans la maison vide, dans la musique de Père et dans notre passé, je vais et je viens et tourne en rond, et cela n'a pas la moindre chose à voir avec Berlin, avec ce monde extérieur précis et ses gens. Je ne veux rien savoir de tout cela, je fais les courses au supermarché les yeux fermés, j'achète des montagnes de choses qui se gardent longtemps, pour pouvoir ensuite me barricader de nouveau.

D'abord, Juliette resta interdite et elle garda un moment le silence, les yeux baissés. Quand elle leva la tête, il y avait un sourire sur son visage. « C'est non, naturellement », dit-elle.

*
* *

Il faut que je fasse attention. Si j'échange avec Juliette des paroles fausses, c'est l'écriture qui menace de tarir. Quand j'ai remarqué cela, j'ai été pris de panique et j'ai composé ton numéro. J'ai été soulagé que la ligne soit toujours morte.

Pourquoi, en réalité, sommes-nous convenus de ne pas téléphoner ? Ce que nous voulons, ce sont des mots solidement ajustés, qui durent. Non des conversations fugitives et vite effacées. Ni la séduction d'une proximité vocale.

*
* *

Tu me manques, Patty, et je pense à l'après-midi où je t'ai revue après six longues années.

Je t'avais priée de ne pas venir me chercher à l'aéroport. Malgré cela, j'ai regardé autour de moi et j'ai été déçu que tu ne sois pas là. De même que je fus surpris et troublé, déjà à Francfort, que tout le monde ici parle allemand. Pourquoi, je n'en savais rien. Je pensais à la mélopée ensommeillée de la voix qui sortait des haut-parleurs à Buenos Aires. Cette voix me manquait maintenant, et je me demandais quand je l'entendrais de nouveau. Avec une hâte incompréhensible, comme si je m'enfuyais, je me dirigeai vers la sortie.

Je fis arrêter mon taxi sur la Mexicoplatz. Soudain, je n'étais plus pressé. Au contraire, tout allait trop vite. J'avais besoin de beaucoup plus de temps – me semblait-il – pour me préparer à vous rencontrer, toi et Maman. Je bus un café chez l'Italien. Je n'aurais pas cru cela possible : qu'après toutes ces années de souffle retenu et de solitude, j'hésiterais pendant une heure avant de m'engager dans la Limastrasse. Le café portait maintenant un autre nom, les serveurs aussi n'étaient plus les mêmes. Sinon, guère de changement. La place dans son ensemble était restée telle quelle. Cela m'effraya : c'était comme si mes années passées au Chili s'étaient contractées en un instant (l'instant où j'avais remarqué que rien n'avait changé) et que ma vie, dans ce brusque glissement du temps, était anéantie, réduite à un souvenir inventé. À présent, je regrettais de ne pas avoir sur moi de photos de Paco et peut-être de Mercedes. Je revoyais les deux portraits que j'avais glissés dans mon portefeuille, rien que pour les en sortir de nouveau cinq minutes plus tard.

Peut-être me suis-je arrêté aussi longtemps parce que, contre ma résistance, un autre sentiment troublant cherchait à se faire jour : la crainte de ne plus être aujourd'hui le même que celui qui s'était enfui jadis. Cela paraît étrange, littéralement ridicule, quand on le lit ainsi : naturellement on n'est plus le même, voudrait-on dire, naturellement six années vous changent. Mais pour moi il en avait été autrement : jusqu'en cet instant, je m'étais vu et senti comme quelqu'un qui, pétrifié et immobile, attend le moment lointain, le moment imaginaire où il continuerait à vivre en harmonie retrouvée avec toi et pourrait se développer. Toutes les modifications flagrantes que je subissais à Santiago ne valaient rien, elles ne concernaient que des bagatelles et laissaient l'essentiel intact. Je m'étais habitué à ce sentiment, il avait été comme le fond sonore permanent de ces années, si constant que j'avais cessé de l'entendre et que je le percevais enfin maintenant, après coup, alors qu'il semblait s'arrêter. Mais tandis que mon regard errait sur la Mexicoplatz où la nuit commençait à tomber, je n'étais plus sûr de rien. Il est peut-être impossible, pensais-je, de traverser autant d'années dans l'attente tout en demeurant au fin fond de soi-même inchangé. Qu'à quelques pas de là je te trouverais identique à celle que tu étais – cela me parut à ce moment une illusion désespérée à laquelle je m'étais accroché quand j'étais à l'étranger et qui maintenant, peu avant de se réaliser, s'effondrait.

La pensée de ne plus pouvoir te retrouver la même qu'autrefois ne fut d'abord qu'une menace, la crainte d'une désagrégation, d'une trahison envers la loyauté que je te dois. Mais cette pensée avait aussi une autre face : si Santiago devait m'avoir changé, j'avais quand même vécu pendant ce temps, et cela non seulement au sens extérieur du mot. Là-bas, je n'osais pas respirer à cette idée. Maintenant enfin, alors que je sais que toi aussi tu as continué à vivre pendant ces années, que tu t'en es octroyé le droit (avec effort ou bien tout naturellement, je ne l'apprendrai qu'en lisant tes cahiers) – alors seulement je peux m'avouer à quel point cette pensée était libératrice. Mon amour pour toi – je l'avais involontairement compris (et sans jamais en venir à une autre idée) comme l'interdiction de continuer à vivre, dans le sens que je viens de dire. Une interdiction que je m'étais imposée à moi-même, sans percer à jour cette origine. Que tu l'aies prononcé, fût-ce d'une manière inaudible pour moi, je ne l'ai jamais supposé. J'espérais bien davantage que c'était une interdiction qui allait de soi pour nous deux, et à laquelle tu te soumettrais aussi

aveuglément que moi. Que ce fût une terrible interdiction qui, refusant la vie, ordonnait la mort – cette
pensée ne m'a tout simplement jamais effleuré.

Je payai et sortis dans le crépuscule, grelottant de
fatigue. Ce fut un sentiment paradoxal qui m'envahit
tandis que je marchais lentement vers notre maison et
constatais qu'aucune lumière n'était allumée dans ma
chambre ; j'avais peur de t'apparaître comme un
homme changé et je me forçais à espérer que la vie à
Santiago avait été sans effet et donc irréelle. En
même temps, je craignais, avec mon arrivée à Berlin,
de perdre la vie que j'avais eue là-bas, et je sentais le
désir de la garder comme une réalité. Elle devait
avoir été à la fois réelle et irréelle, cette vie.

Les flashes du photographe : ce furent comme de
petites explosions en moi-même. Je ne savais pas que
la fureur peut être une sensation aussi complètement
physique. La salve de flashes était une sorte d'inondation intérieure. Jamais encore je n'avais craché
sur un homme. Comment dire : je fus sur le moment
littéralement heureux que l'on puisse cracher sur
quelqu'un. Quand je le frappai ensuite, ce fut comme
si j'étais en une seule personne Père dans la cour de
l'école et Paco. La force et la rapidité dont je disposais soudain, je ne m'en serais pas cru capable.
Quand l'appareil photographique éclata sur le pavé,
je ressentis une joie furibonde.

Je franchis le portail du jardin et me dirigeai vers
la porte de la maison. Comme si à ce moment (et non
plus tard seulement) j'avais fait une terrible découverte, je fixais un regard incrédule sur les nombreux
endroits où le vernis noir avait sauté et s'était exfolié.
De même, le heurtoir doré qui étincelait autrefois au
soleil quand nous autres enfants nous l'avions poli,
était à présent mat et taché de noir. À cette vue,
l'impression précédente, que depuis lors le temps

s'était arrêté, fut corrigée et inversée en son contraire, sans avoir pu me rendre la réalité de ma vie à Santiago : ici semblait avoir vécu toute une génération. Il fallait au moins cela pour que la maison où habitait Chantal de Perrin ait pu présenter de tels signes avant-coureurs de déclin. Sur la plaque portant le nom au-dessus de la sonnette restait encore quelque chose du pollen collant de l'été passé. C'était étrange de devoir sonner : ce n'était plus du tout comme autrefois, quand j'avais oublié la clé. Tandis que j'appuyais sur la sonnette, me passa par l'esprit la phrase que Père avait ajoutée à sa première lettre : *Je garde pour toi la clé de la maison.*

Je n'entendis pas venir Maman, je n'entendis pas non plus le bruit des portes qui s'ouvraient, ou bien le souvenir en a été effacé par le visage apparu dans l'entrebâillement. Le moment où nos regards se rencontrèrent après six années fut enveloppé d'un silence paralysant. Quand je pense avec quel élan exagéré et gracieux malgré la canne, elle ouvrait autrefois la porte quand on avait sonné ! C'est à cela que je m'attendais, et je lui avais pardonné d'avance ce qu'il y avait là d'exalté. Au lieu de cela, elle épia par une fente à peine assez large pour laisser voir tout son visage, avec des yeux qui me parurent craintifs comme ceux d'une vieille femme devenue étrangère au monde. (Aujourd'hui, je sais que son regard ne trahissait pas la peur, mais un retrait hors du temps qui continuait son cours au-dehors.) Ce n'était pas le visage de la femme qui m'avait parlé dans ses lettres toute une nuit durant. La vue de ses traits défaits ne pouvait pas coïncider avec la voix des lettres, tellement sûre de soi.

« Maman », dis-je, le souffle coupé, absorbé par la terreur que son visage absent avait éveillée en moi. Un temps infini sembla s'écouler avant qu'elle me reconnaisse et que la porte s'ouvre davantage, avec lenteur, jusqu'à ce que je la voie tout entière devant moi, plus petite que je le pensais et très vulnérable. J'attendais toujours le premier mot qui me permettrait de franchir le seuil. « *Patrice, c'est toi* ?* » demandat-elle finalement, sur le ton d'une aveugle habituée à deviner et qui n'a plus besoin que d'une dernière confirmation. « *Oui, Maman, oui** », dis-je ; j'entrai dans le hall et déposai mon sac.

À présent seulement je remarquai que la canne manquait et qu'elle se tenait de biais, une hanche plus basse que l'autre. Une partie de moi-même avait envie de la prendre dans mes bras, elle qui paraissait si fragile, pis encore, brisée. Ce serait très différent d'autrefois dans le boudoir : entre les deux embrassements, il y aurait des mondes. Mais l'autre partie de moi-même se pétrifia au souvenir de ce dernier embrassement, contre lequel je m'étais défendu avec une explosion de violence aveugle et archaïque qui brisait l'un des plus puissants tabous qu'il y ait pour un fils.

Timide et avec un sourire égaré, Maman marcha vers moi, tendant les bras avec hésitation, le regard vacillant. Il y avait quelque chose de suppliant dans ses mouvements, c'étaient les gestes d'un être écrasé par une faute accablante et qui espère malgré cela n'être pas totalement repoussé. Ce fut le tremblement anxieux de ses bras qui dénoua ma raideur. Quand je l'attirai à moi, je sentis ses épaules osseuses. Et à présent je voyais que sa peau, qui d'abord m'avait paru seulement trop blanche, était devenue sans vie et sèche comme du parchemin à cause de l'excès de morphine. Quand je touchai son front de mes lèvres, ce fut comme si j'embrassais un masque.

« *Il est en prison** », dit-elle à voix basse. Aujourd'hui, je sais pourquoi elle regardait à terre en mur-

murant ces mots, comme si elle était coupable de ce fait terrible. En cet instant, je fus ému qu'elle parle d'abord de Père et non, comme je m'y attendais, d'elle-même ou de nos retrouvailles. Et quand je vis des larmes se former dans ses yeux étrangement lointains et vides, je la serrai plus fort dans mes bras, de même que l'on accorde protection à quelqu'un qui vient d'échapper à un violent orage.

Quand je sentis qu'elle se laissait tomber contre moi, comme si elle voulait rester pour toujours dans mes bras, je la saisis par les épaules et l'éloignai doucement. Son regard était toujours triste et perdu quand elle leva les yeux sur moi ; mais quelque chose y avait changé, quelque chose que je ne sus pas tout d'abord interpréter. Ce fut seulement quand elle leva la main et caressa de ses doigts tremblants mes joues non rasées, que je reconnus dans ce doux sourire une ombre du regard qu'elle s'était permis, en ce temps-là, dans le monde retiré et irréel du boudoir.

Une brusque colère jaillit en moi et il s'en fallut de peu que je ne l'aie violemment repoussée. Mais au dernier instant je m'aperçus que ce tendre regard venait d'un lointain infini. Ce n'était pas un regard fixé sur un but concret, qui cherchait à atteindre quelque chose. Plus qu'un regard réel, présent, c'était le souvenir, juste la citation d'un regard. Et je mis fin à notre embrassement, lentement mais avec résolution, et sans lui répondre des yeux. Ce que quelques instants auparavant encore, quand son visage absent était apparu dans la porte, j'avais tenu pour impossible, je le savais maintenant : le monde du boudoir, même enfoui sous des années de morphine, n'avait pas perdu son pouvoir en elle. Je devais être sur mes gardes.

« *Le silence** », dit-elle à l'improviste. J'attendis. « Pendant toutes ces années sans toi, c'était tellement… » Je ne disais rien. « Mes lettres. Tu n'as jamais… » Un instant, je fus tenté de terminer la phrase à sa place. Mais alors je revis Paco, trépignant et serrant les poings quand j'avais placé des mots dans sa bouche. La présence de Paco et la présence de Maman se superposèrent et un moment je fus pris de vertige. Je fis lentement quelques pas vers mon sac de voyage. « Tu me raconteras plus tard ce qui s'est passé, dis-je avec la sobriété d'un avocat. Tout. Et très exactement. »

Elle n'aima pas ce ton objectif. Le regard qui n'était pas encore entièrement revenu du passé, commença à vaciller sous la menace du présent. Elle saisit une mèche de ses cheveux et disparut du monde, comme elle l'avait toujours fait quand cela devenait difficile. (Son geste était semblable à celui d'autrefois, mais il paraissait rouillé, comme si Maman avait eu ces derniers temps peu d'occasions d'exercer en présence d'autres personnes son insolite manière de fuir.) Je sus alors que quelque chose n'allait pas. Mais de moi-même, je ne l'aurais jamais soupçonné.

Tu m'attendais en haut. De tout ce temps, j'avais espéré que tu agirais ainsi, et j'étais heureux de voir que l'harmonie de nos sentiments allait encore jusque-là. Quand je me penchai vers mon sac de voyage, j'aperçus le miroir, notre miroir. C'était tellement notre miroir que je crus me voir avec tes yeux et que je fus malheureux de ne pas pouvoir t'offrir un meilleur spectacle que mes paupières clignant de surmenage et mes traits tirés par le manque de sommeil. À l'instant même où cette pensée me préoccupait, je remarquai Maman qui se glissait derrière moi et cherchait mon regard dans la surface miroitante. S'examinant avec coquetterie, elle fourragea des deux mains dans ses cheveux. Il n'y avait pas de calcul dans ce geste, qui correspondait au souhait émouvant de cacher devant moi les signes évidents du déclin. Je n'attendis pas que nos yeux se rencontrent de nouveau, je pris mon sac avec un élan exagéré et marchai vite vers l'escalier.

Le parfum que je sentis en entrant dans ma chambre était le tien. Dans l'obscurité, tu t'étais mise à la fenêtre, tu avais regardé dans la rue et attendu que j'apparaisse. J'allumai la lumière et vis le lit. Toi aussi, tu l'auras vu. Rien n'avait changé dans la chambre. C'était là, au bord du lit, que tu t'étais assise quand ta présence immobile me réveilla. *Adieu** – maintenant encore je t'entendais le dire. *Adieu**.

Ma bouche était sèche et je grelottais en me dirigeant vers ma table à écrire. Son pendant était chez toi. Pour des écoliers, c'étaient des meubles bien trop luxueux. Quand Maman nous en fit cadeau, ce fut comme si une vague de la générosité débordante de GP déferlait sur nous à travers elle. Je regardai les madrures du plateau en bois de rose. Quand il fallut décider, en ce temps-là, qui de nous prendrait quel bureau, tu as vu une grimace dans cette madrure, aussi as-tu voulu l'autre. J'aurais bien aimé la voir moi aussi, cette grimace, mais je n'y réussis pas. Maintenant non plus.

Dans l'entrée, en bas, j'entendais les pas irréguliers de Maman. Pour me recevoir, elle avait chaussé des escarpins, ce qui était un poison pour sa hanche. Je la vis devant le miroir, avec ses chaussons de ballerine, en équilibre sur les pointes, le visage grimaçant de douleur et les poings fermés, en un défi de toute sa volonté.

Il me fallut encore un moment avant de pouvoir aller chez toi. Je pris dans ma main crayon, stylo à bille et règle qui dataient de notre temps d'écoliers. Ils étaient restés là comme si je les avais utilisés la veille encore pour faire mes devoirs. Maman avait essayé de nier ma fuite en arrêtant le temps dans cette chambre. Les livres sur les rayonnages étaient eux aussi les mêmes qu'autrefois. Camus, notre héros. Non, mon héros, que tu as lu par amour pour moi. Baudelaire, *Petits poèmes en prose**, tu connaissais par cœur la moitié du volume. Chateaubriand, *Mémoires d'outre-tombe**, ce qu'il écrit de son enfance à Combourg et de ses sentiments pour Lucile, sa sœur – nous l'avons lu et relu et nous n'en avons jamais dit un mot. *Die Rote* (*La Femme rousse*), d'Andersch, qu'au début tu me cachais, je n'ai jamais compris pourquoi. *The Long Goodbye* de Chandler[1] ; à la différence des heures arides passées avec notre professeur Buchin, l'anglais m'était enfin apparu ici comme une langue vivante et j'étais tombé amoureux du *slang* américain. (Toi, non, cela n'était pas à partager.) *Le Rouge et le Noir**, que tu trouvais un livre expressément stupide. Et des quantités de Simenon.

Je ne savais pas du tout si je pourrais supporter de passer ne fût-ce qu'une seule nuit dans cette pièce.

Comment je suis arrivé dans ta chambre en passant par la galerie, je ne sais plus. Je me souviens seulement avec netteté que ma main froide tremblait quand je frappai à la porte. Te rappelles-tu qu'en emménageant dans cette maison, nous avions décidé de frapper à nos portes à l'avenir ? Ou plutôt, en vérité, ce ne fut pas une décision commune. Ce fut toi qui le souhaitas. C'était un premier adieu à cette communauté sans condition, qu'aucune crainte ne troublait, et qui nous avait liés à Genève dans nos deux chambres mitoyennes. La nuit, la porte de communication demeurait toujours entrebâillée. Je ne te l'ai jamais dit : la première nuit à Berlin, je me suis

1. Titre français : *Sur un air de Navaja*.

228

levé et j'ai entrouvert ma porte déjà fermée. Tu étais de l'autre côté de la galerie, et c'était si loin de moi. Vers le matin, j'ai fermé la porte. À la fin du deuxième jour, quand on eut fini de déplacer les meubles, de ranger et que les portes se fermèrent vraiment pour la première fois, c'est toi qui as frappé chez moi ; et quand, étonné, j'ai ouvert, tu as décrété la nouvelle règle.

J'étais énervé quand j'ai frappé pour la première fois chez toi. Un nouveau temps avait commencé. Mais ce qui m'aida à surmonter cet adieu, ce fut le sentiment que nous étions maintenant des adultes, et que frapper à une porte avait quelque chose de distingué. Nous n'avions pas de signal particulier. Pourtant, je savais toujours que c'était toi quand j'entendais les deux coups légers qui se fondaient presque l'un dans l'autre. Il était de toute façon impossible de les confondre avec les coups bruyants, tapageurs, de Père. Mais même la manière douce et hésitante de Maman, je n'aurais jamais cru qu'elle venait de ta main. Et je suis absolument sûr que cela vaut pour mille autres façons de frapper à une porte.

Ma main savait encore frapper chez toi comme d'habitude. Mais mon intention convulsive de le faire comme autrefois gâcha tout. Je commençai bien trop doucement, et puis la peur que tu ne puisses pas entendre me fit continuer bien trop fort et trop longtemps. « *Oui** », dis-tu en même temps que le dernier geste de ma main. Ta voix me parut plus chaude et plus familière qu'avant-hier au téléphone. Mais elle était toujours loin de ressembler à la voix de ma sœur, autrefois, qui me recevait d'un ton tendre, ensommeillé. Quand je suis entré, j'étais dans un état d'extrême vigilance, où, il est vrai, chaque mouvement et chaque impression furent aussitôt étouffés sous la violence de l'attente, si bien qu'après coup cet état m'apparaît comme une sorte d'inconscience. Et ensuite je te vis – la première fois depuis plus de six ans.

Tu étais plongée dans le crépuscule, le dos tourné à la fenêtre, le visage dans l'ombre, si bien que mon regard ne trouva pas immédiatement le tien. Ce que je saisis tout d'abord, ce fut le contour de ta tête au-dessus de tes bras croisés. Entre-temps, bien des jours ont passé, pendant lesquels j'ai pu m'habituer à ta nouvelle coiffure. Malgré cela, je ressens encore ma première épouvante quand je vis la coupe courte et sévère de tes cheveux, qui te donnait l'air d'une dame. (Le coupable n'était pas le photographe du journal, mais toi-même.) À cela s'ajoutaient les boucles d'oreilles en or qui scintillaient dans la dernière lumière. Il ne restait plus rien de la crinière sauvage qui autrefois te tombait sur les épaules et que tu devais constamment écarter. Plus rien pour y enfouir les mains et le visage.

« *Salut** », dis-tu à voix basse en quittant le banc de la fenêtre. Alors seulement nos regards se rencontrèrent et s'abîmèrent l'un dans l'autre. Un instant, je ne fus plus là. Toi seule étais encore présente. J'enfonçai les mains dans mes poches. Jusqu'à ce que tu fasses un autre pas et poses tes mains sur mes épaules. Quand nos joues se touchèrent et que je sentis le parfum inhabituel, tu prononças mon nom. Tu le prononças à la française, mais je ne pus m'empêcher de vouloir l'entendre avec la sonorité italienne. « Patty », dis-je. Je dois l'avoir dit une douzaine de fois. Et maintenant j'osai enfin te toucher aussi avec mes mains.

Quand j'y songe, il me semble que tu aurais aimé prolonger notre fragile embrassement, mais je l'interrompis bientôt par crainte d'un faux mouvement. Nous nous regardions, luttant tous les deux contre les larmes. « Je peux à peine te voir », as-tu dit, le mouchoir à la main, « il nous faut de la lumière. » *Lumière**, avais-tu dit, mais ensuite, après être allée jusqu'à l'interrupteur, tu as répété le mot dans notre langue secrète, le provençal : *lume. Lumiero*, dis-je, et : *lus*. Comme autrefois. Le sourire avec lequel tu prononças le mot tant discuté suggérait de quelle manière nous pourrions désormais nous rencontrer : sans timidité devant le souvenir, mais avec la ferme volonté de résister à l'attraction du passé.

Un sourire avec ce message, je ne l'avais encore jamais vu sur ton visage. Cela me mit hors de moi, que sur ces traits qui m'étaient plus familiers que tous autres, il pût y avoir un signe aussi nouveau. Pis encore, ce nouveau sourire s'intégrait sans rupture au visage tout entier, qui prenait ainsi dans son ensemble un caractère étranger. Pendant cette période où le présent ressembla à un rêve, pas un seul matin ne s'est levé sans que j'attende ton visage d'autrefois et sans que je m'effraye à la vue du nouveau. En même temps (c'est ce que je m'imagine), chaque jour où nous revenions ensemble au passé, il se produisait dans tes traits une parcelle de métamorphose qui te ramenait en arrière. La stricte élégance de ta nouvelle coiffure se désordonnait, la raie s'effaçait ; et un matin, alors que tes cheveux étaient déjà devenus un peu plus longs, quand tu apparus avec le ruban rouge sur le front, je réussis de moi-même à annuler en imagination tout changement. Les traces du sommeil autour de tes yeux m'y aidèrent aussi. Ce fut étrange au cimetière. Là, je vis scintiller les anciens traits de la jeune fille à travers le visage impeccablement poudré, et quand nos regards se croisèrent au-dessus de la tombe, on eût dit que les jumeaux d'autrefois se tenaient par la main. Ce fut seulement dans l'avion qui te ramena à Paris, j'imagine, que tes traits

231

reconstituèrent le nouveau visage qui s'était formé dans cette ville.

La nuit qui suivit notre premier revoir, je sortis la photo de toi que je portais constamment sur moi. Tu ne sais rien de ce portrait. Katharina Mommsen l'avait pris avec un Polaroïd pendant le bal du baccalauréat et me l'avait donné à un moment où tu étais dehors. Il te montre à table, le visage appuyé sur les mains. Les mains avec les gants de dentelle. C'est le portrait instantané le plus merveilleux du monde, et je l'ai admiré si souvent, pendant toutes ces années, qu'il devrait être tout usé par mes regards. Quand je sortis la photo, cette nuit-là, je fus envahi par la tristesse et une fureur enfantine contre le temps et sa fuite impitoyable. Tu n'étais plus ainsi ; le portrait était dépassé. Que devais-je en faire ? Le contempler comme je l'avais fait jusqu'à présent, cela n'était plus possible, ce serait un mensonge grossier, désespéré. Mais comment devais-je me séparer du regard habituel ? Quelle autre sorte de regard était possible en face de ce portrait ?

Cette photo, qui est tombée hors de tout temps et de toute réalité, me poursuit depuis lors. Récemment, pendant la nuit, j'étais assis à la table de Père et j'essayais d'éveiller la photo à une nouvelle vie afin qu'elle puisse encore m'accompagner. J'y serais presque arrivé, quand j'entendis dans le silence le bruit lointain de la S-Bahn qui t'avait emportée après notre adieu. La conjuration du passé s'effondra sur elle-même et, plein de honte, je fis glisser le portrait dans le tiroir vide de la table. Il y est toujours.

PATRICIA

Troisième cahier

J'ai déjà mentionné Stéphane dans ces pages. Je n'ai jamais réussi à parler vraiment de lui. Qu'est-ce que cela signifiera – pour lui et pour moi – si pour la première fois je le revêts ici de mots ? Que font les mots d'une intimité ? Que se passera-t-il si je lui ouvre la porte alors que je viens justement d'écrire à son sujet ? Exprimer de telles choses, n'est-ce pas aussi une forme de trahison ? La nouvelle proximité que je crée entre toi et moi en écrivant, ne va-t-elle pas se superposer à celle que je veux justement décrire, et la décolorer ? Plus mon récit devient long, plus je vois clairement à quel point mon projet était douteux, lui qui au début semblait tellement simple : nous raconter notre vie afin de nous libérer l'un de l'autre.

*
* *

Pour retrouver le début (et retarder de l'écrire), je suis allée à l'hôtel Plaza Athénée, avenue Montaigne, où j'ai vu Stéphane pour la première fois. C'était il y a juste deux ans, quand j'étais encore employée à mi-temps à l'agence de voyages parce que je venais juste de commencer à travailler pour le cinéma. Je passais

235

par hasard et je me suis arrêtée devant l'hôtel : oui, c'était là que nous avions logé avec les parents et GP. Je vis GP bourrer sa pipe blanche devant le portail : il n'aurait pas pu souligner plus clairement à quel point il se sentait bien à la vue des voitures de luxe en stationnement.

Stéphane surgit dans l'image de ce souvenir. Il portait (il le fait toujours) un costume bleu et une discrète cravate monochrome. Sur les marches de l'entrée, il plongea une main dans la poche de sa veste. Il semblait mal assuré et nerveux. Quand il choisit finalement de se diriger vers la gauche au lieu de la droite, la décision sembla le fait du hasard. Au premier coin de rue, il s'arrêta devant une corbeille à papier. D'un geste brusque, presque furieux, il sortit la main de sa poche et baissa les yeux sur l'enveloppe de couleur qu'il tenait. Comme s'il avait quelque chose à cacher, il s'approcha d'un mur avant d'ouvrir l'enveloppe. Il en retira ce qui semblait être des photographies et il les regarda, immobile. Des minutes s'écoulèrent, je ne sais pas ce qui retenait mon attention sur cet homme. Soudain, il remit la pile de photos dans l'enveloppe et jeta le tout dans la corbeille. À pas pressés, il tourna au coin de la rue.

Je traversai et repêchai l'enveloppe de couleur dans la corbeille grillagée. Elle contenait environ deux douzaines de photos d'un seul et même enfant : une fillette de neuf ou dix ans, le nez plat, les yeux noirs et des boucles dorées. Sur chaque photo, le lieu était différent : devant une vitrine, descendant l'escalier du métro, dans un parc. Une femme y figurait toujours, reconnaissable au bras et à la main ornés de bijoux qui se fondaient avec l'arrière-plan dans le flou. Que n'ai-je remis les photos dans la corbeille !

Deux jours plus tard, l'homme en costume bleu entra dans l'agence de voyages. Il voulait un billet pour Albertville et se fit désigner différentes liaisons. Son regard était absent, et parfois il semblait avoir oublié son projet. Deux heures plus tard, il était de nouveau devant moi et rendait son billet. La situation avait un peu changé, dit-il seulement.

Un mois environ s'écoula, puis je le revis. Il entra dans une bijouterie qui se présentait comme vendant son propre artisanat, et il n'en sortit plus. L'homme ne me quittait pas l'esprit. Quelques jours plus tard j'entrai dans la boutique et demandai ce que cela coûterait pour modifier une de mes bagues. Alors Stéphane sortit de l'atelier, toujours avec sa cravate, il avait seulement échangé sa veste contre une blouse de travail. « Ah, c'est vous », dit-il.

Il a fallu plus d'un an pour que j'apprenne l'histoire des photos et du voyage à Albertville. Tel est Stéphane. Il faut lui laisser le temps. De même qu'il vous laisse le temps.

L'enfant sur les photos était la fille d'une cliente pour laquelle il avait créé un bijou. Le jour où il lui rendit visite pour la première fois à l'hôtel, il vit la fillette et en perdit pour quelque temps, comme il dit, la raison. L'enfant ressemblait à s'y tromper à la petite sœur de Stéphane au moment où elle était morte. Pendant plusieurs années, il avait réussi à bannir de son souvenir l'événement qui avait conduit à cette mort. À présent les images revenaient et elles possédaient une telle force, que, pendant quelques jours, Stéphane perdit la tête et ne se rendit plus dans sa boutique, restant introuvable pour tous ceux qui s'inquiétaient de lui.

Ce fut sans doute par un jour de lumière gris clair et de tempête de neige que cela arriva. *Gris clair**, c'est important, ce sont toujours ces mêmes mots qui reviennent quand il prend un nouvel élan pour raconter l'accident. Une fois, il ajouta qu'il avait trouvé étrange de regarder ce ciel et de voir les flocons de neige se détacher du gris clair, comme s'ils poussaient dans cette couleur. D'ailleurs, dit-il, jusqu'à ce jour-là il regardait très souvent le ciel ; les autres se moquaient de lui, les professeurs aussi, quand il se tordait le cou pour entrevoir le ciel par la fenêtre de la salle de classe. Ensuite, quand ce fut arrivé, il n'avait jamais plus regardé là-haut, pas une seule fois. Et c'est exact : quand je lui fais remarquer un aspect des nuages, il invente aussitôt quelque chose d'autre pour détourner notre attention. Quand il essaie de parler de ce jour-là, il s'attarde longtemps sur tel ou tel détail, surtout sur les couleurs : il me semble qu'il espère pouvoir ainsi arrêter le temps passé, pour qu'il n'atteigne jamais le moment terrible.

Colette, la petite sœur, était en haut de la pente, sur une luge. (Une pente *abrupte*, dit-il ; il semble que d'habitude elle jouait sur une autre pente, plus douce.) Comme lui, elle portait un bonnet avec des oreillettes contre le froid. La mère avait orné de broderies les oreillettes de Colette, pas celles de Stéphane. (Quelques jours après m'avoir raconté cela, il dit soudain dans le silence : *Elle s'est même donné la peine de choisir des motifs différents pour les deux oreillettes.*) La sœur était un charmant petit être de vif-argent, qui savait ensorceler les adultes ; une comédienne aux boucles d'or, une petite reine. Elle devait offrir un grand contraste avec Stéphane, le silencieux, le discret. Broder pour lui des oreillettes, dit-il, cela ne valait pas la peine. Ce jour-là, sa mère, une enseignante, avait congé. Elle était assise sur un banc et fumait. Colette regardait avec curiosité la pente abrupte que descendaient en glissant les autres enfants plus âgés. Son envie de les imiter était grande, on le voyait à la manière dont elle s'approchait de plus en plus du bord, le corps penché loin en avant.

Ce qu'il arriva alors, Stéphane ne m'en a pas donné le détail, je crois qu'il ne le dira jamais à personne. Au milieu de la pente, Colette bascula et resta par terre, morte. *Meurtrier**, dit la mère. Il n'eut pas le droit d'assister à l'enterrement et dut se faufiler en secret au cimetière le lendemain. La mère (il dit seulement *elle**) refusa de le garder auprès d'elle et voulut le mettre dans un foyer à Annecy (non à Albertville, où ils habitaient ; il ne devait même plus se trouver dans la même ville). Le grand-père, un orfèvre, s'y opposa et vint l'emmener à Paris, où Stéphane termina ses études et fit un apprentissage d'orfèvre. Aujourd'hui encore, il habite dans l'appartement que le vieil homme lui a légué.

Ces souvenirs péniblement bannis s'abattirent sur Stéphane quand, dans la chambre d'hôtel de sa cliente, il se trouva en face de la petite fille. Le chèque que la femme lui donna en paiement d'avance pour le bijou, il oublia de l'emporter. Il passa des jours à suivre pas à pas la fillette et sa mère, en secret et de loin. Il acheta un téléobjectif et prit des photos de la sautillante petite tête bouclée, il les fit développer et les porta sur lui constamment. Il ne dormait plus. Au bout d'une semaine, il réapparut dans son magasin, se mit à son établi sans donner d'explication et acheva en deux jours et deux nuits de travail les bijoux commandés.

Quand je le vis sortir de l'hôtel, il venait de livrer les bijoux. Devant la corbeille à papier, il se contraignit de toutes ses forces à mettre fin au cauchemar en jetant les photos. Malgré cela, il ne dormit pas davantage. Quand il vint à l'agence de voyages, il avait décidé de se rendre à Albertville et de se défendre contre son fardeau écrasant en visitant les lieux de l'accident et en imaginant qu'il n'y avait rien de réel dans les imputations de sa mère. C'était une idée absurde, jugea-t-il quand il se retrouva dans un café, aussi rapporta-t-il le billet.

Stéphane me parla de cette mort en s'arrêtant et avec des pauses si longues que je doutais chaque fois que quelque chose viendrait encore. Quand il eut terminé, et tandis qu'il regardait par la fenêtre, je commis une grande faute. (Je ne m'en aperçus que lentement, pendant les semaines suivantes, lors desquelles je ne l'ai pas revu.) Je lui parlai de Michel Payot. En racontant cela à Stéphane, je voulais seulement – c'est ce que je pensais sur le moment – lui faire comprendre que je savais ce que c'était d'avoir causé un accident et une mort. C'est pourquoi je lui ai raconté aussi la fin de Michel. Mais Stéphane doit avoir aussitôt senti que je voulais bien davantage : une communauté de coupables, qui pourrait aider à adoucir le sentiment de la faute. Ce que j'avais senti en moi (contre toute raison) tandis qu'il parlait, c'était la nostalgie de cette communauté que tu avais refusée. Tu haïssais cette communion dans la culpabilité qui me reliait à Michel. Mais Stéphane savait par vingt ans d'expérience qu'il ne peut pas exister, hormis dans le mensonge, de communauté de cette espèce, capable de soulager ou de libérer. Il se retourna et me lança un regard triste, peut-être aussi déçu. Puis il sortit sans un mot.

J'avais mis les photos du sosie de Colette dans le tiroir de mon bureau. Quelques semaines après que Stéphane m'eut raconté l'histoire, je cherchais désespérément un document, et comme il était partout introuvable je vidai entièrement le tiroir. Quand Stéphane arriva à l'improviste et entra dans la pièce jonchée de papiers, son regard tomba sur l'une des photos qui avait glissé de l'enveloppe. Il ne servit à rien que je lui raconte l'histoire en lui montrant que je m'étais intéressée à lui en premier. Après cela, il n'est plus jamais venu me rendre visite sans prévenir, et depuis il s'immisce dans ma vie moins encore qu'auparavant.

C'est cela qui fait de Stéphane un être particulier. Il ne s'immisce nulle part. Ce n'est pas chez lui un principe ou une intention, ni une philosophie de la vie. Il est simplement ainsi, ou il l'est devenu. Sa manière de questionner et en général de parler laisse tout tel quel. Comme s'il avait pour toujours perdu le droit de changer quelque chose dans la vie d'un autre. Sa tendresse, qui ne s'ingère pas ; la main qui est prête, au premier signe – voire au premier soupçon d'effarouchement – à se retirer immédiatement et pour toujours. (J'ai parfois pensé : la main qui a poussé Colette sur le bord de la pente.) Il se rase deux fois par jour. Sinon il serait insupportable à tout le monde, dit-il une fois.

Stéphane ne fait partie de rien. Il est correct, il est courtois à l'ancienne mode (un peu comme Papa : à table, il tient ma chaise jusqu'à ce que je sois assise), et il est bien vu partout, parce qu'il s'entend à diriger les conversations de manière que les autres prennent aisément la parole, mieux qu'ils n'en ont l'habitude. Mais il reste toujours à l'arrière-plan, même quand c'est lui qui parle. Tout le monde le sait : il est orfèvre, un homme qui a des idées, un nom que beaucoup se passent en secret. Personne n'en sait davantage : il ne donne pas d'invitations, presque personne ne connaît son logis, et parfois on ne peut pas le joindre au téléphone pendant des jours. C'est l'homme le plus silencieux que je connaisse. Même dans le pire vacarme du trafic, il marche doucement. Personne ne peut fermer les portes avec aussi peu de bruit, souvent je ne sais pas s'il est encore dedans ou déjà dehors. Quand on le rencontre pour la première fois, on a l'impression qu'il louche ou qu'il a quelque chose de bizarre dans les yeux. En réalité, c'est seulement que son regard est réservé à un point insolite, il semble constamment venir d'ailleurs et ne pouvoir se fixer qu'avec peine sur le monde extérieur. Son attention n'est jamais importune. Quand je lui rends visite dans son atelier, où il a souvent une loupe vissée à l'œil, je pense toujours : c'est là, parmi les pièces d'orfèvrerie en or, que son regard est le plus heureux. Tout le reste n'a pas d'importance pour lui. À quelqu'un qui lui demandait ce qu'il préférait dans son métier, il a répondu : on n'a pas besoin de parler en même temps.

Je ne savais pas qu'un homme pouvait être ainsi. Que l'affection pouvait être ainsi. Ce n'est pas fatigant de vivre avec lui. C'est libérateur, de n'être pas investie. C'est cela qui m'a attirée.

Ce qui m'a posé problème quand j'ai fait sa connaissance : la nécessité de tout expliquer. Comment peut-on – pensais-je souvent – créer une intimité avec quelqu'un qui ne vous a pas vue grandir ? Notre intimité – cela prenait soudain un tout autre sens – il était possible de la diriger, car je choisissais ce que Stéphane devait savoir de mon passé. Cela faisait d'elle quelque chose de disponible, de soumis à la volonté ou à l'arbitraire. Et je pouvais me retirer d'elle et regagner mon passé secret. De l'intimité telle qu'elle avait existé entre toi et moi, on ne pouvait pas se retirer. Derrière, il n'y avait plus de terrain inconnu. Elle était absolue. Nous étions totalement abrités en elle. Et totalement livrés à elle.

Un jour (il a fallu beaucoup de temps avant d'en arriver là), j'ai rudoyé Stéphane. Il fallait qu'il abandonne sa damnée réserve. Son visage se pétrifia, le regard se retira très loin. Pendant une semaine, il fut impossible à joindre.

Parfois, je reste éveillée dans mon lit et je me demande : cela ne vient-il que de lui ? Est-ce qu'en réalité je lui donne suffisamment de moi ? Ou bien ne fais-je que me reposer de toi auprès de lui ?

Souvent déjà, j'ai souhaité qu'il puisse entrer en concurrence avec toi, accepter le combat contre toi. Un combat qui pourrait me libérer de toi. Alors sa discrétion me rend folle. Après quoi je suis furieuse contre moi : parce que j'attends la libération d'un autre au lieu de l'accomplir moi-même. Ensuite je pense de nouveau : j'ai cherché quelqu'un de si différent de toi que cela ne peut aboutir à aucune concurrence.

Combien de délimitation supporte l'amour ? Pour que ce soit encore de l'amour ?

*
* *

Stéphane s'est immiscé pour la première fois dans ma vie. Pourtant, cela n'en avait pas du tout l'air au début. Le sol de mon logis était jonché des livres de Papa et de Clara quand il entra. Il se pétrifia, et il me fallut un moment pour comprendre : c'était au milieu d'un pareil spectacle qu'il avait découvert le portrait du sosie de Colette. « Imagine un peu, dis-je vite, Papa a inventé un système avec vingt-huit sortes de succès et d'échecs, tout en couleurs, c'est aussi compliqué que dans la kabbale. » Je n'avais pas voulu le dire. D'ailleurs je n'avais pas voulu parler de Papa, ou de Maman, ou de toi. (J'avais même songé à faire disparaître les livres, mais c'était une question d'affirmation de soi.) Maintenant je ne pouvais plus revenir en arrière. Et j'eus une grande surprise : au bout de deux heures, Stéphane se dirigeait mieux que moi dans la scolastique de Papa.

Une fois encore, je m'étonnai de sa mémoire phénoménale. S'il le veut, il retient simplement tout. Mais ce n'est pas, comme chez Papa, une malédiction, car cela ne consiste pas en souvenirs ineffaçables du tort subi. D'ailleurs il ne s'agit pas de détails qui le concernent. Ce sont des monarques français et des châteaux sur lesquels il sait tout. Et Napoléon. Il a une façon étrangement sèche d'en parler. Pas une trace d'identification. C'est un monde de contes secs. Il y a là une faculté de rêve qui est grande et authentique, sans surchauffe. Le rôle que joue le souvenir chez Stéphane est si différent de chez Papa, que je pense parfois : il s'agit de facultés totalement dissemblables.

Pendant le dîner, il dit tout à coup : « Ne peux-tu pas voir les choses ainsi : ton père voulait simplement savoir ce qui peut arriver quand quelqu'un se présente en public avec une création de son imagination. Et il voulait le savoir très exactement. Comme un scientifique. » C'était une tentative pour me délivrer de la fureur acharnée avec laquelle j'avais critiqué l'insanité des marques en couleurs de Papa. À quoi aurait servi de dire : tu ne le connaissais pas !

J'aurais préféré garder secrets tous les livres de Clara. Mais tandis que je faisais la cuisine, Stéphane avait déjà commencé à les feuilleter. Jusqu'aux premières heures du matin, nous sommes restés sur les traces de Clara et de ses parents.

Le plus important se trouvait tout au-dessous, dans un carton : trois épais manuscrits dans lesquels quatre êtres humains avaient lutté avec des mots contre leur destin. L'un vient de la mère de Clara, Elena Fontana-Aslanischwili. C'est une histoire du ballet, grosse de presque cinq cents pages. Toi et moi, nous ne soupçonnions nullement que cette femme était une célébrité. Seuls, les nombreux documents que Maman a classés et annotés avec la plus grande minutie dévoilent sa tragique histoire.

Elena Aslanischwili grandit à Tiflis, où elle devint une ballerine connue qui reçut à vingt et un ans une offre de Saint-Pétersbourg. Il y a des photos d'Elena dansant à l'école de Tiflis, à l'école de danse de Tiflis, à l'Opéra de Tiflis. En outre, le diplôme décerné à Elena par l'école de danse de Tiflis ; son contrat avec le ballet de Saint-Pétersbourg ; des séries de distinctions ; un album épais contenant des critiques dithyrambiques parues dans les journaux de Tiflis, et un autre album avec des coupures de presse extraites de journaux pétersbourgeois. (Sur une page, chaque fois, le texte russe, sur la page opposée la traduction française par Clara.) Elena Aslanischwili fut appelée « Désirée », la divine Désirée. Ce fut Stéphane qui tomba sur l'explication : peu après son arrivée à Saint-Pétersbourg, Elena fut comparée à la grande cantatrice Désirée Artôt, l'ancienne fiancée de Tchaïkovski. Dans un journal, on l'appelle *l'incarnation dansante de l'incomparable Désirée Artôt*. Ce nom d'artiste, que les balcons criaient vers elle dans un déferlement d'applaudissements, elle devait plus tard le transmettre à sa fille comme deuxième prénom.

Quand elle eut vingt-cinq ans, les rhumatismes se déclarèrent. De cela aussi, les journaux parlèrent, afin d'expliquer pourquoi la reine des ballets pétersbourgeois faiblit et de temps en temps plie même et tombe. Elena part pour Lugano, dans la célèbre clinique de rhumatologie de Ferdinando Fontana. Avant ses trente ans, elle épouse le médecin ; un an plus tard Clara vient au monde. La thérapie éprouvée de Fontana, efficace les premières années, ne peut plus rien contre l'intensification de la souffrance. Elena est atteinte de douleurs chroniques. Fontana lui administre de la morphine, de plus en plus. À quarante ans, Elena se donne la mort. Clara est tout juste âgée de dix ans. Sur une feuille à part, Maman a collé une coupure de presse concernant Ferdinando Fontana : peu après la mort d'Elena, il a abandonné la clinique de Lugano. La photo montre un visage marqué par une profonde dépression.

Elena a commencé le manuscrit sur l'histoire de la danse peu après la naissance de Clara, et elle y a travaillé jusqu'à ce qu'elle succombe dans son combat contre les douleurs. Dix années de recherches, l'université de Zurich lui a procuré des centaines d'ouvrages par le service de prêt entre bibliothèques, les fiches le prouvent. Les corrections des textes tapés à la machine sont faites de deux écritures entièrement différentes, ce qui d'abord nous étonna. L'une des écritures est celle d'Elena elle-même, il y a des documents sur lesquels on la retrouve. Elle est présente jusqu'à la page 400 environ, puis l'autre écriture, qui donne l'impression d'être maladroite, prend la suite. C'est sans doute celle de Fontana, car dans l'un des cartons il y avait une grammaire russe avec son cachet et des exercices qu'il doit avoir effectués. Le ciel sait pourquoi il croyait disposer d'assez de connaissances linguistiques et techniques pour pouvoir achever l'ouvrage après la mort d'Elena ! Ses notes anguleuses font l'effet d'une tentative désespérée de maintenir une liaison avec la morte. Il y a là aussi une sorte de pénitence, dit Stéphane.

Et il avait raison : le texte suivant est un livre commencé par Fontana sur les phénomènes psychiques accompagnant les rhumatismes et sur la morphinomanie. Là, il se justifie d'avoir traité Elena avec de la morphine. Quelques-unes des phrases que Stéphane me traduisit de l'italien sont bouleversantes, comme si elles avaient été écrites pour le Tribunal suprême.

Il y a une note de Clara où elle assure que Fontana lui-même n'a jamais pris de morphine. Les trois dernières années de sa vie, il semble ne plus avoir émergé d'une morne apathie. Clara, qui va au lycée, s'occupe de lui. Il meurt à soixante-sept ans, Clara décrit cela comme une extinction. Elle a dix-neuf ans et vient de passer le baccalauréat.

Clara idolâtre sa mère. Elle n'oublie jamais en signant d'ajouter au nom tessinois du père le nom géorgien de la mère. Mais elle n'a pas le droit de faire de la danse ; Fontana, le père et médecin, l'interdit ; il ne veut pas qu'elle revive le destin de sa femme. En revanche, elle peut apprendre le piano. Elle entre au conservatoire de Zurich. La troisième année de ses études, le rhumatisme lui attaque les mains. Cela ne vient que lentement et doucement, si bien qu'il lui reste un espoir vacillant. Malgré cela, la carrière de concertiste est exclue. Clara pense à devenir professeur de piano. Mais cela aussi se révèle impossible. À vingt-quatre ans, elle abandonne le conservatoire et change de cap : elle devient infirmière et s'en va à Genève, par amour. Quand l'état de ses articulations empire encore une fois, on lui offre la direction de l'école d'infirmières, elle ne travaille plus qu'à mi-temps à la clinique. Elle est toujours joyeuse, le rhumatisme reste provisoirement à un état stationnaire, dans son métier tout va bien pendant quelques années. Dans un album de Maman, il y a une photo qui représente Clara au piano, entourée de collègues en blouse blanche. À sa trentième année, les rhumatismes font une violente poussée. C'est alors qu'elle rencontre GP, qui se faisait soigner dans la clinique de Clara. Tout à la fin de l'album, au milieu d'une page vide, il y a cette phrase, de l'écriture de Maman : *Maman n'a jamais touché la morphine*. L'écriture est tremblante, les lignes ont bougé.

Elle doit avoir écrit cela à un moment où elle avait un besoin urgent de la substance. Les mots donnent l'impression, dit Stéphane, que Maman les a écrits pour se retenir à eux. Pour résister à l'attraction de la toxicomanie.

Pour finir, un troisième manuscrit : la traduction en français par Clara des textes d'Elena. Les caractères de son écriture sont comme ciselés. On dirait qu'elle pouvait tenir un crayon, mais non frapper sur les touches d'une machine à écrire. Correction sur correction, comme si elle voulait s'assurer des pensées de la mère aimée et vénérée en un processus d'approche infini, sans conclusion possible. Et maintenant la surprise : Maman a retravaillé ce manuscrit, phrase après phrase, page après page ! D'abord elle en a simplement amélioré la langue, car Clara, qui avait grandi entre le russe de la mère et l'italien du père, faisait des fautes quand il s'agissait de la langue de l'art. (Ce n'était pas de GP qu'elle pouvait réellement apprendre le français cultivé !) Mais cela ne suffisait pas encore : Maman essayait de porter le livre à la plus récente actualité ! Comme ses notes le montrent, elle ne voulait rien de moins qu'y ajouter quatre grands chapitres : sur Serge Lifar, Margot Fonteyn, Rudolf Noureïev et Maurice Béjart. Il y a des montagnes de fiches de prêt de la bibliothèque universitaire de Genève, et elle a emprunté aussi à la Bibliothèque nationale de Berlin, bien que plus rarement. Cartes de bibliothèques, une nouvelle tous les deux ans avec une photo plus récente. Si l'on met les photos les unes à côté des autres : l'histoire d'un déclin.

Maman, on peut reconstituer le processus presque jour par jour, a commencé ce travail aussitôt après l'accident, alors qu'elle était encore à la clinique, semble-t-il, car il y a des notes pâlies écrites au verso des aide-mémoire de l'Inselspital de Berne. Elle avait alors vingt-neuf ans. Pendant vingt-deux ans, le manuscrit d'Elena l'a donc accompagnée. Si l'on examine le texte comme un archéologue, strate après strate, ici aussi apparaît une histoire de déclin. Le remaniement devient de plus en plus mauvais, l'écriture incontrôlée et avant tout : la mémoire se fait lacunaire, Maman oublie des corrections et des ajouts antérieurs, s'en souvient et biffe, oublie de nouveau, s'embrouille, et ainsi de suite. Il y a de plus en plus de taches d'encre et d'autres qui doivent venir de cendre de cigarette étalée en frottant. Çà et là, des traces de vernis à ongles, je m'imagine qu'elle vient de se vernir les ongles, elle oublie qu'ils ne sont pas encore secs et s'empare du texte. Il en va différemment pour les notes destinées aux nouveaux chapitres projetés. Elle y a travaillé à sa bonne époque, avec une écriture nette et des indications claires qu'elle prenait dans des livres et écrivait proprement les unes au-dessous des autres. Mais justement : elle n'a jamais dépassé le stade des notes.

Le soir tombait déjà quand nous avons fait une dernière découverte surprenante. La biographie de Tchaïkovski par Modeste, son frère, se trouvait parmi les livres de Papa. Quand Stéphane l'ouvrit pour y chercher Désirée Artôt, il s'aperçut que Maman avait suivi dans tous les détails la correspondance de Tchaïkovski et Nadejda von Meck, les mots soulignés en bleu pâle le prouvent. Comme signet, elle a utilisé la fiche de prêt de la bibliothèque de Zurich, à laquelle Elena avait emprunté l'édition russe complète des lettres, en trois volumes. « Je parie qu'elle a acheté l'édition – même si elle ne savait pas le russe », dit Stéphane. « Non », dis-je violemment, je ne sais pas pourquoi. Mais Stéphane avait raison : parmi les livres de Clara, on trouva cette édition, non utilisée, les pages encore collées ensemble. Elle est présentée dans un coffret, et sur un coin du carton on voit l'étiquette de la librairie de Genève où Maman s'est procuré les livres : *Librairie A. Jullien*.* Notre librairie !

Elena Aslanischwili, la ballerine anéantie par les rhumatismes, devint pour Maman une figure en qui elle pouvait se retrouver. Mais le chemin qui y menait fut une tragédie. Clara avait intéressé sa fille à la danse en lui parlant de l'éclatante carrière de la grande Désirée. Que sa fille revive le succès de sa mère, c'est sans doute cela qu'elle souhaitait. Quand Clara mourut d'une lésion cardiaque à quarante-huit ans, Maman avait seize ans. Clara avait pu encore assister aux progrès de sa fille, un premier prix lors d'un concours de jeunes danseurs. Il y a, de la main de Clara, un album de photos de Maman sur les pointes, les bras gracieusement levés, même les doigts sont déjà expressifs. Pour la danse, Maman renonça au lycée. Elle voulait devenir comme la célèbre Désirée, sa grand-mère. Puis nous sommes arrivés. Elle avait vingt-six ans et pensait continuer après notre naissance pour réaliser jusqu'au bout la vie de Désirée. (Quand je regarde l'âge des danseuses qui apparaissent à côté d'Elena : c'était une illusion. Mais quand même.) Trois ans plus tard, ce fut l'accident qui détruisit ce rêve pour toujours. Elle se fit apporter par Papa le texte d'Elena à la clinique. La fusion devint totale.

« Si elle prenait de la morphine », dit Stéphane alors que nous étions attablés pour le petit déjeuner, silencieux et en manque de sommeil, « elle la prenait aussi contre les rhumatismes de Désirée. » (Et cela était dit par l'homme qui prônait la délimitation absolue ! Je ne comprends plus rien. Rien à rien.)

*
* *

Nous n'avons rien remarqué. Pendant dix-neuf ans, nous avons habité avec Maman et nous n'avons pas eu le moindre soupçon de sa vie secrète. Retirons les neuf premières années, lors desquelles ce genre de chose dépasse de toute façon l'entendement des enfants. Il reste dix grandes années pendant lesquelles elle travailla à un livre sans que nous en ayons remarqué le moindre signe. Je m'imagine ceci : elle se rendait dans les bibliothèques pendant que nous étions à l'école. Les livres qu'elle rapportait disparaissaient dans le boudoir où ils doivent s'être empilés. Puis elle s'asseyait devant l'abattant de son secrétaire, matelassait sa hanche avec des coussins et parcourait les cinq cents pages du livre d'Elena, mot pour mot.

Quand je me réveillai à la fin de l'après-midi, j'éprouvai le besoin de regarder plus exactement. Elle n'a pas laissé passer à Clara la moindre faute. Et elle a corrigé non seulement les fautes : elle a aussi remarqué et aplani les inégalités stylistiques. Savions-nous que Maman maîtrisait aussi souverainement sa langue ? Le savais-je, *moi* ? Toutes les heures qu'elle passait seule à la maison : que pensions-nous qu'elle faisait pendant ce temps ? Que pensais-je, *moi* ?

Papa était au courant, il lui a apporté le livre d'Elena à l'hôpital. Pourquoi ai-je considéré que ces deux êtres ne dissimulaient rien devant nous ? Cette communauté de conjurés entre toi et moi, elle n'était pas sans arrogance.

J'ai feuilleté aussi la correspondance de Tchaïkovski et de Mme von Meck. Tchaïkovski lui a écrit 1 204 lettres sans avoir jamais échangé un mot de vive voix avec elle ! Quand arriva ce qu'il redoutait et qu'elle vint à sa rencontre lors d'une promenade en voiture, Tchaïkovski souleva son chapeau – et passa son chemin. Ce qui captivait Elena là-dedans, nous ne pouvons pas le savoir. Que signifiait pour Maman cette sorte de proximité qui ne supportait pas la présence physique ? Peut-on entrevoir ici une lueur de ses sentiments envers Papa ? Ou cela ne l'intéressait-il qu'à cause d'Elena ?

*
* *

Quand Stéphane fut parti ce matin-là, j'eus l'impression de me déchirer en deux : j'étais heureuse de cette nuit où se mêlèrent ingérence et communauté, et j'étais malheureuse de m'être défaite de Papa et Maman.

Stéphane a-t-il pu s'immiscer parce que, en écrivant, je suis devenue une autre ? Parce qu'il sent que je supporte maintenant une ingérence ? N'a-t-il pas évité jusqu'à présent de le faire parce que j'étais si totalement impliquée dans mon passé avec toi ? Ne le suis-je donc plus ?

Il ne peut pas être exact que le violet soit attribué au *Guntram* de Richard Strauss parce que le rouge vif d'un simple succès d'estime se mêle au bleu qui, selon Papa, signale que l'opéra ne fut plus jamais représenté. Cet opéra a en effet été joué encore une fois après une pause de quarante-six ans. Quand j'eus découvert cela et encore d'autres erreurs commises par Stéphane, je retrouvai peu à peu le sentiment que le système insensé de Papa était de nouveau avec moi et non plus avec lui. Il fallait que je le récupère. Comme je suis heureuse que Cesare Cattolica n'apparaisse dans aucun livre !

*
* *

Il s'est produit un changement dans mon souvenir. Si maintenant je reviens en pensée à Berlin et que je me trouve devant Maman, ce n'est plus comme hier encore. Maintenant, Maman est la femme qui vivait avec Désirée Aslanischwili et essayait d'achever le livre de celle-ci. Une femme qui méditait sur les nuances stylistiques. Une femme qui allait et venait dans les bibliothèques universitaires et étudiait, au prix d'un gros travail, l'histoire du ballet après 1923 – l'année où s'arrête le manuscrit d'Elena. Une femme qui se barricadait dans sa chambre avec ces livres, devant son secrétaire, et se défendait contre les enfants, qui la punissaient en l'abandonnant parce qu'elle avait voulu être proche d'eux. Si j'avais su, quand je l'ai vue ce jeudi-là, il y a deux semaines et demie, comme j'aurais tout vécu autrement !

*

* *

Maman ne savait pas où ils avaient emmené Papa. « *Il est en prison** », c'était tout ce qu'elle disait, peu importait l'insistance de ma question. (Au téléphone, cette phrase l'avait presque étouffée, maintenant ce n'était plus qu'une formule vide. C'était comme si elle avait dû retrancher d'elle-même cette phrase pour ne pas devoir chaque fois revivre l'épouvante qui entourait ces mots.) Imagine : demander à votre mère dans quelle prison se trouve votre propre père ! Aujourd'hui encore, je m'entends poser cette question. Que Maman ne le sache pas, qu'elle ne s'en soit pas souciée – il était presque impossible de ne pas la haïr pour cela.

Il fallut du temps pour que j'en vienne à téléphoner à Ralf Liebermann. (Tu sais pourquoi.) Auparavant, j'avais demandé à Maman si elle avait pris un avocat.

« *Un avocat* ?* » avait-elle dit, distraite et sans comprendre. Et après quelques minutes : « *Il faut demander à papa*.* » Je n'ai compris qu'après un moment qu'elle parlait de GP, mort depuis huit ans. « *Oui, Maman, oui** », dis-je, et j'allai lui chercher une couverture, car à présent elle tremblait.

J'entrai dans le boudoir et ouvris le tiroir de la table à maquillage. Il était là, l'épais carnet d'adresses avec des indications sur tout le réseau des relations d'affaires que GP avait entretenues. Te rappelles-tu combien nous admirions, quand nous étions enfants, le livre à la reliure de cuir noir avec les initiales de GP en or ? Il était beau et terriblement important, un symbole du monde des adultes. Plus tard, quand les affaires de GP nous parurent douteuses, il prit un caractère louche et dangereux. GP doit avoir remarqué le changement ; tout à coup, le livre ne reposa plus sur son bureau quand nous venions et, lors d'une de nos dernières visites, nous vîmes qu'il le fit hâtivement glisser dans son tiroir. À présent, je le feuilletais à la recherche d'un avocat berlinois. Tout ce que je pus trouver dans le chaos d'abréviations, chiffres et flèches, ce fut le numéro du notaire qui avait réglé l'achat de la maison, et il n'était plus de ce monde. Je reposai le livre, et après un moment je pensai à Liebermann.

« C'est un des meilleurs avocats pénalistes de Berlin », dit Liebermann en me recommandant Daniel Dupré. Sa secrétaire voulait m'éconduire, mais l'avocat était manifestement à côté d'elle quand elle répéta mon nom, et il prit lui-même le combiné. Malgré toute sa précision professionnelle, sa voix rayonnait de chaleur. « Tranquillisez-vous », dit-il en entendant mes paroles entrecoupées par les larmes, « je ferai tout mon possible. Je connais votre père, il est venu plusieurs fois accorder chez nous. Nous l'aimions bien. Et sans plus ample informé, je ne crois rien de tout cela. » Ensuite tomba ce mot : MOABIT[1]. Jamais je n'aurais pensé qu'un nom puisse m'épouvanter à ce point. J'avais pourtant habité neuf ans à Berlin. Mais maintenant, ce n'était plus l'ancien mot que j'avais parfois entendu et prononcé en passant et sans penser à rien. C'était un mot totalement nouveau, le nom du lieu où l'on avait enfermé Papa derrière les barreaux d'une cellule. Je ne connaissais pas l'histoire du nom, il ne parlait pas par lui-même et c'est justement pour cela que sa seule sonorité rassemblait en elle toute la terreur reliée à la situation de Papa.

JUSTIZVOLLZUGANSTALT, établissement pénitentiaire. Quand je lus ce mot à côté de l'entrée, je fus prise de vertige et de nausée, je m'enfuis dans le parc d'en face et je vomis. Ce n'était pas le premier mot qui produisait sur moi cet effet ce jour-là. Dupré m'avait donné l'adresse : Alt-Moabit 12 A. En montant dans le taxi, j'étais contente de pouvoir donner cette adresse au lieu de dire : à la prison. Le chauffeur eut un moment de surprise, me regarda dans le rétroviseur et demanda : « *Die Haftanstalt ?* » – « La maison d'arrêt ? » *Arrêt, établissement, détention*. Je ne veux jamais plus entendre, lire ni penser ces mots. Je n'étais pas préparée à les affronter un jour comme celui-là, et aussi s'enfoncèrent-ils en moi à une terrible profondeur.

Quand j'eus repris mes esprits dans le parc, je m'aperçus que j'avais vomi juste devant la plaque posée en mémoire de Carl Ossietzky[2]. Comme s'il n'y avait rien d'autre sur la plaque, mon regard tomba sur ces quatre lettres : *Haft*, détention. Le reste

1. La principale prison de Berlin.
2. Carl von Ossietzky (1889-1938), écrivain allemand, journaliste et militant pacifiste de gauche. En 1931, il fut condamné

du texte, c'est ainsi que je ressentis cela tant j'étais sans défense, n'avait aucune signification et se fondait dans l'imprécis. Un moment, ma faculté de distinguer entre l'une et l'autre détention disparut complètement, mes sentiments envers la prison et le camp de concentration fusionnèrent.

Les jours suivants, je crus entendre en écho tous ces vocables redoutés et haïs chaque fois que tombait un mot allemand avec beaucoup de « *a* ». Tu sais que j'ai toujours préféré le français à l'allemand. Mais ces jours-là, je commençai à littéralement haïr la langue allemande, parce qu'elle était la langue qui recélait ces mots abominables. Je décidai de ne plus jamais aller à l'avenir dans les endroits où l'on parlait allemand et où l'on courait le risque d'entendre ces mots. Et surtout pas à Berlin, dans la ville où l'on avait incarcéré Papa.

Attendre Dupré devint un supplice. Il avait décidé de se rendre à la prison à quatre heures. Le temps des visites aux prisonniers était terminé à cinq heures moins le quart, disait le tableau d'affichage. Ensuite venaient trois jours sans visites. À ton arrivée, je devrais te dire que tu ne pourrais pas voir Papa avant lundi. Je pouvais être contente qu'aujourd'hui soit un jeudi et non déjà le vendredi. Mais avant tout, que Dupré se soit chargé du cas.

Le cas. Comme ce fut terrible de l'entendre dire ce mot ! « *Et sans plus ample informé, je ne crois rien de tout cela.* » Je me cramponnais à ces paroles tandis que je regardais les visiteurs qui sortaient, pour la plupart des femmes. Leurs visages étaient

---

à 18 mois de prison pour « haute trahison ». Il fut ensuite interné dans différents camps de concentration. Gravement malade, il en sortit en 1936 et reçut cette même année le prix Nobel de la paix. Les nazis lui interdirent de se rendre à Oslo et lui volèrent le montant du prix. Il mourut à l'hôpital le 4 mai 1938.

pétrifiés, sur quelques-uns on pouvait distinguer des traces de larmes. Elles avaient hâte de se mêler aux passants, le langage de leur corps parlait de honte. En face de moi une autre femme attendait encore la dernière heure de visite, elle devait avoir près de trente ans, elle s'était mise en frais, avec des souliers à talons, des bijoux et beaucoup de fard. (Était-ce indiqué ? me passa-t-il par la tête. Pouvait-on vouloir plaire à un prisonnier de cette façon ? Je ne savais pas la réponse ; ici, tout perdait sa signification habituelle.) Elle s'appuyait au mur et avait fermé les yeux. Quand elle les ouvrit un moment, nos regards muets se croisèrent.

Il était déjà plus de quatre heures quand Dupré arriva. Sa voix chaude et sûre au téléphone m'avait fait espérer un homme que j'aimerais bien à première vue. Mais il en alla de moi comme de toi plus tard : d'abord, il ne me fut pas sympathique. Les vêtements trop coûteux, les lunettes trop chic, la crinière grise trop soigneusement peignée. La jovialité de routine, aussi, qui effaçait la première impression donnée par sa voix, me gênait. Seuls les yeux bruns avec leur regard qui attendait, pensif, me plaisaient, et plus tard nous avons vu qu'il est comme ses yeux et non comme le reste.

Il s'était hâté, et il essuyait parfois la sueur de son front. Il était allé au commissariat, il avait vu le procès-verbal de l'interrogatoire et au tribunal, à côté, il avait parlé au procureur et au juge d'instruction. Tout semblait clair comme de l'eau de roche : Papa avait avoué les faits sans détour. Oui, il avait tiré avec préméditation. Non, il n'avait pas besoin d'avocat. Connaissait-il Antonio di Malfitano ? Qui ne le connaît pas, dit Papa. Sur son mobile, certes, il refusa de livrer toute indication. Ils n'avaient jamais entendu d'aveux aussi laconiques, avaient dit les fonctionnaires de police. Et qu'un homme reste aussi calme après un forfait aussi spectaculaire – ils ne l'auraient pas cru possible. Avec une lenteur littéralement recueillie, il avait apposé sa signature sous ses aveux dactylographiés.

Tout l'ensemble était pour lui une parfaite énigme, dit Dupré, et il posa sur moi un regard interrogateur. Pour moi aussi, dis-je, je ne pouvais tout simplement pas y croire. « Il a pris l'incarcération et l'interrogatoire avec une telle impassibilité, avait dit le commissaire, que l'on pouvait croire qu'il y était habitué. » De nouveau, Dupré me regarda d'un air interrogateur. Je fis un signe d'assentiment. Oui, dis-je en songeant à Papa, oui, pour un enfant élevé dans un foyer, ces choses peuvent ne pas être trop surprenantes ; avant tout, quand on a été exposé à la haine de Gygax.

L'autorisation de visite était un mauvais chiffon de papier. De nouveau, des mots me sautèrent aux yeux : *registre du parloir* et *planton du parloir*. On m'avait accordé une visite d'une demi-heure. Un surveillant serait présent tout le temps, et il était interdit de parler de quoi que ce soit en relation avec les faits, dit Dupré avant que nous entrions. « Vous risquez l'interruption de la visite et une interdiction pour tout l'avenir, si vous ne vous y tenez pas. »

La procédure de l'entrée – j'ai essayé de toutes mes forces de me fermer aux impressions et d'en être pour ainsi dire absente. Le plus difficile fut la fouille. Ce fut seulement quand je me trouvai dans le parloir, avec des barreaux aux fenêtres, que j'ouvris de nouveau vraiment les yeux. Cette étouffante ladrerie ! La peinture vert foncé, d'aspect sale, à hauteur d'épaule, blanchie au-dessus, mais avec des traînées brunes qui me firent penser à des excréments. Le sol de linoléum marqué d'innombrables empreintes de tables et de chaises. L'odeur de fumée froide. La misérable table de bois blanc mal vernis ; les chaises dures ; les cendriers de plastique avec des traces noires de brûlures. L'éclairage à la fois crépusculaire et criard, je ne pensais pas qu'il pouvait exister une lumière aussi paradoxale.

Jamais je n'oublierait l'instant où Papa fut introduit. Il portait les vêtements de la veille au soir : une chemise blanche à petits plis, un pantalon noir avec une bande brillante aux coutures, des souliers noirs étincelants. (Je le sais aujourd'hui : c'étaient les vêtements qu'il avait achetés pour la création de son opéra à Monte-Carlo et qu'il ne put jamais porter ensuite. Ils avaient envoyé la veste de smoking au laboratoire, m'expliqua plus tard Dupré, pour y chercher des traces de fumée. « Des aveux peuvent être rétractés », dit-il quand je lui demandai pourquoi cette recherche était encore nécessaire. Je l'aimais pour l'espoir que ses mots me donnaient, et je le haïssais pour l'objectivité de sa voix, qui me semblait dégrader Papa au niveau d'un cas parmi beaucoup d'autres.) Chemise et pantalon étaient froissés par la nuit dans la cellule. Papa avait ôté son nœud papillon, le col de la chemise restait ouvert. La tête à la chevelure devenue blanc de neige pesait sur le cou plissé, seul le menton était encore relevé et tirait vers le haut les rides non rasées et blêmes, elles semblaient tendues à se rompre. Il avait retroussé ses manches. Il grelottait, mais rien ne semblait lui être sensible. Il ne voulait pas – Dupré me l'apprit plus tard – que je le voie dans la veste de prisonnier qu'on lui avait donnée.

Muets, nous avons marché l'un vers l'autre. Je sentis mon visage se défaire et le dernier pas, avant que je me jette à son cou, fut presque un bond. À peine mes joues avaient-elles touché sa barbe mal rasée et rude que la main du surveillant se referma comme un anneau de fer sur mon bras et me tira en arrière. Avec cette même poigne, il avait tenu Papa en le conduisant ici. C'est peut-être une illusion, mais l'homme sembla s'effrayer et faire un pas en arrière quand je le regardai folle de colère. « Vous avez le droit de lui donner la main », dit-il en me lâchant. Papa prit ma main dans la sienne, qui était toujours un peu rugueuse comme la main d'un artisan. Brusquement, alors, si bien que le surveillant n'eut aucune chance d'intervenir, il tendit aussi l'autre main et la passa dans mes cheveux. « *Mon oiseau** », dit-il.

Depuis combien de temps ne m'avait-il pas appelée ainsi ! Personne ne connaissait ce nom qu'il me donnait et pour lequel sa voix prenait un accent d'une tendresse inconnue. Toi non plus, tu n'en savais rien. Un soir, alors que j'étais une petite fille et que l'on venait de fêter l'anniversaire de Papa, je m'étais faufilée dans son bureau et je lui avais apporté un oiseau imaginaire aux vives couleurs, que j'avais peint plus soigneusement que jamais. Quand je le quittai, il me donna un baiser et me chuchota à l'oreille : *mon oiseau**. Et ainsi avions-nous notre secret, dont j'étais très fière.

J'avais supposé que le surveillant se tiendrait à l'écart pendant que nous serions assis face à face à la table. Mais quand il prit place près de nous, j'eus un moment la sensation d'étouffer. Imagine : chaque regard, chaque mot que nous échangions, Papa et moi, devait passer devant son visage gras aux yeux sans couleur ! Durant tout ce temps, je fus obsédée par l'idée que son regard coupait les nôtres à mi-chemin, si bien qu'ils ne pouvaient pas se rencontrer. Avant cet instant, je ne savais pas ce qu'est la haine, la haine réelle. Et il y avait une autre chose encore que j'ignorais : que l'anéantissement de

260

l'intimité, tel qu'il avait lieu dans cette pièce minable, était une des sources principales de la haine. De temps en temps, l'homme reniflait sa morve avec tant de bruit qu'il ne pouvait que le faire exprès, et ensuite ses lèvres boursouflées grimaçaient un ricanement méprisant. Dehors, je m'étais dressé une longue liste des choses que je voulais dire à Papa. À présent, je n'émettais plus un mot et je ne pouvais qu'avaler ma salive avec peine. Les contours de Papa devenaient flous devant mes yeux. « Comment va Chantal ? » demanda-t-il. Il se tut quand je lui racontai d'une voix hésitante que je n'avais pas osé lui parler de ma visite, et moins encore lui demander si elle voulait venir avec moi. « Elle a besoin de calme maintenant, dit-il finalement. Est-ce que le Dr Rubin est venu la voir ? » Le médecin viendrait dans la soirée, dis-je. « Et Patrice ? »

Papa alluma une cigarette et jeta l'allumette enflammée sur le sol. Quand le surveillant voulut protester, il lui coupa la parole. Après la première bouffée, il toussa longuement, ce fut une véritable crise. Le souffle haletant était accompagné d'un sifflement. Il porta la main à son cœur. « La pompe », dit-il, et il toussa de nouveau. Une métamorphose s'était produite chez Papa. Tel qu'il était assis là en face de moi, ce n'était plus M. Frédéric, mais l'enfant du foyer devenu grand, à qui la langue verte était plus familière que le beau style, et qui pouvait sans peine réduire au silence un grossier gardien de prison. Je ne sais pas comment cela se fit, mais soudain ce fut Papa qui eut autorité dans la pièce. J'étais fière de lui, même s'il me paraissait un peu étranger.

Tu ne l'as pas vraiment fait, Papa, n'est-ce pas ? Le cœur battant, je regardais les mains de Papa et j'essayais de refouler la question interdite. Elle montait en moi, et à chaque seconde la pression grandissait. Finalement, je remportai la victoire ; peut-être aussi parce que j'avais peur d'une réponse angoissante. Papa lisait mon combat sur mon visage. Un moment, le silence régna, Papa fumait et secouait la cendre de sa cigarette. Puis il dit à l'improviste : « *Tu dois comprendre : c'est mieux comme ça**. » Il parlait en se détournant et en regardant le sol, et il ne leva les yeux vers moi que lorsqu'il eut terminé sa phrase. Le surveillant se sentit berné et ouvrit la bouche pour crier. Alors Papa secoua sa cigarette dans la direction de l'homme, croisa les jambes comme s'il était assis dans un fauteuil et demanda ce que je lui avais apporté dans ce sac. Je l'admirais et l'aimais pour sa force et sa présence d'esprit, même si je trouvais énigmatique le message caché derrière la phrase française. Je sortis du sac le papier à musique, son vieux stylo et une nouvelle biographie de Puccini. Le surveillant tendit la main pour s'en emparer, mais les mots français avaient créé un pacte de force entre Papa et moi, je me levai et lui apportai les objets.

« Puccini, dit-il, l'homme à succès. Personne n'écrira jamais sur Cesare Cattolica. » Il prit le papier à musique et le stylo. « Merci, dit-il, j'essaierai. Est-ce que ça ira ici, toutefois... Mais maintenant ce n'est plus important. »

Soudain, toute sa force l'avait quitté, il ferma les yeux pour lutter contre les larmes et il dut quand même ensuite s'essuyer le visage avec la manche de sa chemise.

« Michel Kohlhaas, dis-je. Maman m'a montré la partition.

— Oui, dit-il doucement, oui. »

La porte s'ouvrit et Dupré apparut ; derrière lui, dans le couloir, je pus apercevoir l'uniforme d'un autre surveillant. Je me levai et tendis à Papa le sac où il y avait encore les vêtements que j'avais apportés. Il acquiesça d'un signe de tête. Le surveillant le lui arracha des mains. « Je ne me laisserai pas rouler par vous, Delacroix », siffla-t-il. *Deelakroi.* Jamais encore je n'avais entendu une aussi laide prononciation de notre nom. Le surveillant commença à fouiller dans les affaires. Alors nous sommes tombés dans les bras l'un de l'autre. Je ne pouvais plus retenir mes larmes. Papa me pressa fort contre lui, comme il ne l'avait encore jamais fait.

« Tout cela ici n'est pas aussi grave que tu le penses, me chuchota-t-il à l'oreille. Veille bien sur Chantal. »

Comment je suis arrivée dehors, je ne sais plus. Aveuglée par les larmes, j'ai traversé la rue et je suis entrée dans le parc. J'étais contente de ne pas avoir dû sortir de là par un jour ensoleillé. La pluie me trempait jusqu'aux os, mais j'en étais reconnaissante et je m'y sentais à l'abri. Je ne levai de nouveau le regard que lorsque je fus sûre de ne plus voir la prison. Je sentais la chaleur rugueuse des mains de Papa et j'entendais sa voix dans mes cheveux. Je marchai ainsi droit devant moi pendant une heure ou plus avant de prendre un taxi.

*
* *

Nous savons aujourd'hui ce qui rendait Papa si fort, si incroyablement fort. Ce soir-là, je restai couchée jusqu'au matin sans dormir, revivant sans cesse chaque seconde passée avec lui, chaque mot, chaque geste, chaque regard. « *Tu dois comprendre : c'est mieux comme ça*.* » Je luttai avec cette phrase comme avec un code que l'on ne parvient pas à déchiffrer. « *Veille bien sur Chantal.* » La pendule de GP sonnait les heures. Chaque fois, je descendais et allais voir Maman. Quand j'étais au bord de son lit, j'entendais les mots du Dr Rubin : *Impossible. Pas dans l'état où elle est. Regardez-la, c'est une épave.*

Il lui avait fait une piqûre et ensuite nous l'avions mise au lit. Il ne connaissait Maman que depuis six mois. Il ne savait rien de la morphine ; mais il avait soupçonné quelque chose. Son visage se pétrifia quand je lui parlai du Dr Fayard qui avait soigné Maman à Genève et lui envoyait les ordonnances à Berlin depuis quinze ans. « C'est un cri... », commença-t-il, et il avala le reste. Quand il se lava les mains dans la salle de bains, je le vis chercher dans l'armoire derrière le miroir. Il connaissait mal Maman : aucun de nous n'avait jamais vu la substance.

Juste au moment où il partait, Dupré arriva. Rubin, qui ne connaissait que les gros titres des journaux, resta quand l'avocat fit son rapport. Papa n'avait pas été inamical, mais fermé comme quelqu'un qui ne veut aucune sorte d'aide. Quant à son motif, il était impossible d'en parler avec lui. Certes, il donna finalement mandat à son avocat, mais il ajouta qu'il ne savait pas ce qu'il y avait à défendre là. « Tout est clair comme de l'eau de roche, et il y a des masses de témoins », avait-il dit en arborant son sourire railleur. Il doit alors en avoir trop fait, car à cet instant précis, me dit plus tard Dupré, l'avocat fut soudain absolument certain que Papa mentait. Il demanda si je pouvais lui faire un café. Quand je revins de la cuisine, j'entendis que Rubin lui disait ces mots : *Impossible. Pas dans l'état où elle est. Regardez-la, c'est une épave.*

Toutes les heures, Maman, je me tenais près de ton lit et baissais les yeux vers toi. Tu étais couchée sur le ventre, les bras étendus devant toi, le visage tourné vers moi. Une mèche de cheveux bougeait au rythme de ton souffle. Il allait avec une lenteur angoissante, ton souffle. Parfois, tu ne reprenais ta respiration qu'au moment où la peur bloquait la mienne. Tu n'avais même pas eu la force, ou la volonté, de te laver le visage. Le rouge à joues et à lèvres, le mascara – tout ce que tu avais fait pour être belle dans l'obscurité de la loge, n'était plus qu'un barbouillage. Tu avais l'air d'une naufragée, échouée sur la plage. Les yeux étaient terriblement enfoncés dans les orbites et semblaient fermés pour toujours.

En pensée, je me suis mise à te parler, Maman. Tu n'as pas prononcé un mot quand je suis revenue, disais-je, pour me demander des nouvelles de Papa. Et tu savais que j'étais allée le voir, naturellement tu le savais, même si je ne l'avais pas dit. Tu n'as pas eu un seul mot pour lui. Comme toujours quand les choses devenaient difficiles, tu t'es réfugiée dans tes souvenirs ou dans des rêves de morphine. Il y avait GP ou Papa, et plus tard Patrice, et c'est d'eux que tu attendais les solutions. (Jamais de moi.) Ta carrière de ballerine, détruite, je sais, je sais. Et tes douleurs. Mais c'était loin de te donner le droit de vivre exclusivement dans le passé et de haïr, ou de mépriser le présent pour n'être malheureusement plus le passé.

Une fois, alors que je te lançais mes mots muets et furieux, tu as bougé et gémi doucement. Je fus effrayée par la violence de la rancune qui m'avait envahie. Je remontai ta couverture et écartai la mèche de ton visage mouillé de sueur. Je t'ai fait tort, Maman. Mais comment aurais-je dû connaître l'existence de Désirée Aslanischwili et ta tentative de rejoindre le présent en travaillant au livre qu'elle avait laissé, travail qui pourrait te réconcilier avec tes douleurs et même avec ta toxicomanie ? Il y a aussi quelque chose d'autre que je ne pouvais pas savoir : avec quel sang-froid et quel esprit de sacrifice tu t'es tenue auprès de Papa dans son combat désespéré contre le silence de Monaco. Quelle part tu as prise à son dernier opéra, le plus important. À quel point tu dois l'avoir aimé en ce temps-là. Et naturellement je ne connaissais pas les vraies dimensions de ton malheur.

Impossible. Pas dans l'état où elle est. Regardez-la, c'est une épave. Ces paroles du Dr Rubin ne me lâchèrent pas de toute la nuit. De quoi s'agissait-il ? D'une visite à la prison ? Ou bien Dupré avait-il voulu dire que Maman serait interrogée comme témoin par la police ? Était-ce encore nécessaire après l'aveu de Papa ? Le soir du meurtre, le médecin du théâtre, une femme, avait déclaré Maman inapte à être interrogée. Comme il l'a dit à Dupré, le commissaire s'était querellé à ce sujet avec l'énergique doctoresse. Quand ils emmenèrent Papa, Maman était simplement restée assise, jouant avec une mèche de cheveux, le regard vide et fixe. Le commissaire lui avait plusieurs fois adressé la parole, sans succès. Indifférente à qui se trouvait devant elle, elle jouait avec sa mèche et son regard restait totalement vide. Alors le commissaire lui avait posé une main sur l'épaule et l'avait doucement secouée. À ce moment, la doctoresse intervint, furieuse, le saisit par le bras et le rappela à l'ordre sur un ton tranchant. Elle s'accroupit devant Maman, lui prit le pouls et examina son visage. « État de choc, dit-elle brièvement. Inapte à subir un interrogatoire. »

Elle accompagna Maman quand une voiture de patrouille la ramena à la maison. Maman demanda une fois : « Que fait-on de lui maintenant ? » Le chauffeur et la femme médecin échangèrent un regard. Ils ne savaient pas si elle parlait de Papa ou de l'Italien et ils n'osèrent pas le lui demander. « On fera ce qu'il faut », dit la doctoresse. Rien de mieux que cette locution stupide ne lui était venu à l'esprit, dit-elle quand elle téléphona le lendemain. Elle s'était sentie mal à l'aise d'avoir finalement laissé Maman seule dans la maison déserte. Mais Maman l'en avait priée avec insistance. À peine étaient-elles entrées que Maman avait subi un étrange changement. Elle s'éveilla de son apathie, alluma partout la lumière et demanda à la femme si elle pouvait lui offrir quelque chose. La doctoresse cherchait ses mots pour me décrire l'effet produit par Maman. Finalement, elle dit : « Elle s'était pour ainsi dire réveillée *à l'intérieur* du choc. »

Après avoir posé cette question, Maman avait déjà oublié son rôle d'hôtesse. Elle alla dans le bureau de Papa, où elle alluma toutes les lampes. La doctoresse l'a sans doute observée sur le pas de la porte. Maman caressa les bords de la table de travail et fit glisser le dos de sa main sur une feuille blanche de papier à musique. (J'ai vu cette feuille, elle était là, parfaitement disposée à côté du vieux stylo de Papa. L'ensemble m'émut comme un symbole de son vain travail, c'est probablement ce qu'il a pensé quand il laissa derrière lui ses affaires en sachant qu'il ne pourrait jamais plus entrer dans cette pièce après l'exécution de son projet meurtrier. Vint un moment où je ne supportai plus cette vue et je fis disparaître ces objets.) Puis Maman s'assit au piano, ouvrit le couvercle du clavier et regarda, étonnée, les touches, comme si elle les voyait pour la première fois. Au lieu de jouer, elle se leva soudain et dit d'un ton froid, presque hostile : « Merci pour cette belle soirée. Laissez-moi seule, maintenant, je vous prie. » La doctoresse s'effraya. Elle sentit que Maman marchait sur une glace très mince et qu'il serait peut-être nécessaire de lui résister. Mais elle ne trouva pas ses mots et entre-temps Maman était arrivée à la porte de la maison. « Bonne nuit », dit-elle en ouvrant la porte. Son sourire était amical et absent à la fois, dit la doctoresse, si c'est une chose possible.

Vendredi et samedi furent les jours où j'attendis ton arrivée. C'était une attente désespérée, pleine de vaines tentatives pour ne pas penser au bâtiment de briques rouges avec ses barreaux aux fenêtres. Avant l'arrivée de Dupré, jeudi, un visage était apparu derrière l'une des grilles. Je ne pouvais pas apercevoir les détails, c'était simplement le visage d'un homme et on aurait dit qu'il se tenait complètement immobile et regardait dehors. Que des gens supportent cela, pensais-je. C'était avant tout cette image que je devais éloigner de moi, car chaque fois qu'elle s'imposait à ma conscience, elle devenait l'image du visage de Papa derrière les barreaux si terriblement, si inutilement serrés les uns à côté des autres.

Il y eut de nombreux appels téléphoniques de personnes qui exprimaient leur consternation, tous des gens que Papa avait conseillés. Ils ne pouvaient pas croire les informations données par les journaux et restaient perplexes devant les manchettes criardes qui vous sautaient aux yeux dans chaque kiosque. André Duval, pianiste en tournée à Berlin, téléphona. Il n'en croyait pas un mot. Pas M. Frédéric, l'homme modeste, gauche, qui pouvait accorder un piano avec tant de soin et même de dévouement. Philipp de Wolff, pour qui seul Papa pouvait rendre assez souple le mécanisme d'un piano, appela de Rome. Pendant la nuit de vendredi, on téléphona même de New York, d'abord Sarah Silberstein, qui voulait avoir Papa auprès d'elle pendant tout le temps des répétitions, puis, peu après, Alan Seymoor, qui avait cessé de fumer et fumait autrefois les cigarettes de Papa par paquets entiers. Personne ne comprenait. Moi non plus, disais-je toujours, avant de débrancher finalement le téléphone.

Une fois, je n'y tins plus et me mis en chemin vers Moabit. Alors je pris le métro, je n'aurais pas supporté le commentaire d'un chauffeur de taxi. Je descendis à la Turmstrasse. Quand le tribunal fut en vue, mes pas ralentirent. Des images de couloirs sombres le long desquels on conduirait Papa de la prison au tribunal se formèrent en moi. Arrivée devant le bâtiment gris, je fus incapable d'avancer et je rentrai à la maison. La nuit, je rêvai que j'étais dans la rue et que je voulais faire des signes à Papa. Je ne savais pas s'il me voyait. Mais le pire, c'était que mon bras devenait lourd comme du plomb et que j'avais le sentiment de faire ce que personne au monde ne pouvait supporter. Faire des signes à son propre père enfermé derrière les barreaux : supporterait-on cela ? Pourquoi cela paraît-il plus terrible que de le savoir en cellule ?

Le vendredi, Maman ne se réveilla que vers midi. Chaque fois que je pensais aux accusations que j'avais lancées à son visage endormi, je me donnais une peine particulière pour elle. Ses pas étaient mal assurés, la piqûre de calmant semblait faire encore effet. Elle refusait toujours de manger.

Quand je revins de Moabit, elle était métamorphosée. Elle s'était lavée et coiffée et elle rangeait son boudoir. Ses mouvements étaient aisés et avaient quelque chose de la lucidité fragile d'une somnambule. À la porte de l'armoire pendait la robe bleue qu'elle mettrait demain pour te recevoir. Elle avait préparé les souliers assortis. Une fois encore, je dus lui expliquer pourquoi tu ne pouvais absolument pas être ici aujourd'hui. « *Ah, oui** », disait-elle seulement, et j'avais l'impression qu'elle oubliait aussitôt l'explication. Puis elle abaissa l'abattant de son secrétaire et prépara du papier. « Maintenant, je voudrais être seule, dit-elle, il faut que je mette mes affaires en ordre. » À la différence d'aujourd'hui, ces mots n'éveillèrent alors en moi aucun écho particulier. Pour la première fois depuis qu'elle m'avait téléphoné à Paris, Maman semblait être capable d'autre chose que de tituber, elle avait retrouvé une volonté.

J'allai dans ma chambre et je m'étendis sur mon lit dans l'obscurité. À ces mêmes minutes, ton avion décollait de Santiago. « Ne viens pas me chercher, avais-tu dit, je ne voudrais pas que cela devienne des retrouvailles d'aéroport. » En bas, j'entendais le martèlement de la canne de Maman. *Impossible. Pas dans l'état où elle est. Regardez-la, c'est une épave.* Toujours les paroles du Dr Rubin. Et celles de Papa : *Tu dois comprendre, c'est mieux comme ça*.* Je n'ai pas compris. La vérité m'aurait paru trop extravagante pour que je gaspille ne serait-ce qu'une seconde à l'imaginer.

*

* *

Demain, c'est lundi. Sortir du souvenir pour entrer dans le monde. Cela me fait peur.

Il n'y a pas d'abonné au numéro que vous avez demandé. Je m'imagine les peintres dans les pièces de la Limastrasse. Bientôt y habiteront des gens totalement inconnus. Tu as disparu derrière les Andes. Là-bas, c'est le printemps maintenant. Les Cordillères t'ont déçu, m'as-tu dit avec le sentiment de supériorité railleuse des Suisses.

Comment me sentirai-je, quand j'entrerai dans le studio et que je saluerai mes collègues ? Après tout ce qui m'est arrivé dans l'intervalle ? Dans la miobscurité devant l'écran : jusqu'à présent c'était un travail que j'effectuais en toute indépendance, mais aussi contre quelqu'un, contre les parents, contre toi. C'était une indépendance rebelle, et ma rébellion me tenait chaud. Demain matin, il faudra qu'elle devienne totalement autonome. Une indépendance qui sera non plus contre toi, mais sans toi. Comment la trouverai-je ?

PATRICE

Quatrième cahier

Ils ont renvoyé la partition de Père. L'homme des colis postaux me l'a remise : un paquet fatigué, trempé par endroits, expédié de Monte-Carlo. Père avait fait bien relier la partition et le livret, plus joliment encore que les autres partitions. Les couvertures sont dures comme des couvertures de livres et les dos aussi ressemblent à ceux des livres. Tout en rouge lie-de-vin, naturellement. La page de titre : on peut encore voir que Père avait d'abord dessiné au crayon les lettres ornées avant de les colorer avec de l'encre. *Opéra tragique*, est-il écrit sous le titre. *Par Frédéric Delacroix*. Au plat de la reliure, trois coins du carton sont cassés, le papier rouge collé dessus ondule. L'eau a pénétré jusqu'aux feuilles et a dissous l'encre par endroits, si bien que l'on ne peut plus distinguer les notes. Aucune lettre jointe. Le cachet : 20 octobre. Nous sommes aujourd'hui le 16 novembre. Père, je peux t'entendre dire : « Cela a duré vingt-sept jours, et pas un de moins. » Deux cent soixante-trois feuilles de musique qui ont entraîné dans la mort Père et Maman. Que vais-je en faire ?

*
* *

Hier matin, j'ai téléphoné à Juliette. Dans la voix de Mme Arnaud, on pouvait entendre que cet appel matinal un dimanche l'étonnait. C'est une terrible tragédie, dit-elle. Juliette lui a tout raconté. Cela semblait sincère, trouvai-je ; manifestement les Arnaud ne m'en veulent pas d'avoir refusé leur invitation. Vais-je rester à Berlin, ou retourner au Chili ? demande-t-elle. Je ne sais pas encore, dis-je. Je n'en ai réellement aucune idée.

Il ne me suffit plus d'entendre les airs de Père sous la forme de mélodies pour piano, expliquai-je à Juliette ensommeillée. Pourrait-elle dénicher deux étudiants en chant, un ténor et une mezzo-soprano, capables de chanter les rôles de Kohlhaas et Lisbeth ? « Et ça, un dimanche matin », dit-elle. Elle allait téléphoner à la ronde. « *Tu es fou**. »

Ils arrivèrent à quatre, Juliette avait encore amené un alto pour Antonina. « C'est ce que tu voulais, n'est-ce pas ? »

Les voix résonnaient dans les pièces vides et prenaient ainsi un caractère étrangement dramatique, je frissonnais souvent. Le ténor, un homme bâti comme une armoire, avait un timbre un peu étouffé, et cela convenait à la fureur contenue dans tout ce que dit Kohlhaas. La voix de Lisbeth est belle, mais un peu mince, si bien que le personnage apparaît plus faible qu'il ne l'est selon le livret. Antonina est un alto très sombre, je m'étais représenté quelque chose de tout différent, mais la femme, qui doit bientôt passer son diplôme, est souveraine, et à la troisième reprise elle a si merveilleusement chanté le passage troublant où Antonina montre à Kohlhaas le verset de la Bible sur les ennemis et le pardon, que l'on pouvait oublier le texte.

Mes pas aussi résonnent quand je vais et viens dans le bureau de Père. Juliette dit que le parquet nu et l'absence de meubles durcissent les sons. C'est bien ainsi. Surtout dans les airs furieux de Kohlhaas, les sons doivent être pénétrants et aigus. J'augmente alors le volume à tel point que la voix du ténor se casse presque. En de tels instants, je m'imagine que je jette un bref regard dans l'âme de Père. J'ai alors l'impression que dans ces passages il a déjà anticipé la déception et l'amertume qu'il ressentit en apprenant que la lettre de Monaco était nulle et non avenue et qu'il n'entrerait jamais à l'Opéra de Monte-Carlo, ni ne vivrait l'accomplissement de son rêve.

Tant que quelqu'un est là, je ne montre pas les sentiments qui me submergent quand j'écoute attentivement la musique que Père entendait en lui et dont personne (et jamais) ne voulut rien savoir. C'est seulement quand je suis seul que je rembobine les bandes et les fais de nouveau défiler dans le silence de la nuit, jusqu'à ce que le jour se lève. C'est une sorte de veillée funèbre.

En même temps, Père, je pense sans cesse à la question que tu as toujours gardée en toi depuis ta première visite à l'Opéra : où restent, dans la vie quotidienne, les sentiments qui à l'Opéra *déferlent vers la musique* (comme tu t'exprimais). Tu voulais parler des sentiments qui remplissent la salle pendant une aria et imposent un silence parfait ; les sentiments qui explosent en fureur quand quelqu'un froisse un papier ou tousse. Tu disais qu'ensuite tu regardais les gens tandis qu'ils attendaient leur manteau au vestiaire ; ou pendant l'entracte, alors qu'ils affichaient des manières prétentieuses et discutaient de broutilles. Selon toi, lorsque l'on a entendu une telle merveille, on ne peut pas revenir à l'ordre du jour de la vie banale. Tu ne voulais pas dire : le soir même, mais : jamais plus. La beauté de la musique, c'était quand même une révolution, quelque chose qui devait tout changer fondamentalement, pour l'amour de quoi on devrait tout laisser derrière soi. Le mieux alors était d'émigrer hors de l'habituel. Mais les gens montaient dans leurs autos et pestaient quand quelqu'un leur barrait la route – quelques minutes seulement après que les notes merveilleuses s'étaient tues au milieu d'un silence à souffle coupé. Ou bien ils se disputaient avec la dame du vestiaire et s'irritaient quand l'époux se montrait maladroit en mettant son manteau. Tout cela était sans importance et ne méritait aucune attention, pensais-tu. S'ils se comportaient ainsi maintenant, alors ce n'était pas sérieusement qu'ils étaient restés assis en silence, comme empoignés par la musique. Tu ne prenais pas en compte les arguments pratiques : car tout devrait justement être organisé de façon différente, pour ainsi dire autour de la musique, c'était le monde à l'envers si la musique n'avait le droit de flamber que brièvement le soir après le travail. Ce que tu disais, Père, signifierait une révolution culturelle comme le monde n'en a encore jamais connue.

*
* *

Il ne me suffit pas d'entendre seulement les arrangements pour piano des partitions. Je veux connaître plus exactement les images sonores qui étaient la vie de Père. Aussi me suis-je acheté un tourne-disque et les partitions de quelques morceaux que je connais bien. Je les lis en écoutant le disque correspondant. Quand Juliette viendra, je lui ferai jouer les arrangements pour piano. J'entendrai la multiple image sonore se rétrécir en une mélodie pour piano. Puis, je m'imagine, je parcourrai le processus inverse avec les œuvres de Père : j'écouterai la version pour piano et je la déploierai en moi jusqu'à une image sonore complète, telle qu'il doit l'avoir entendue en lui.

La nuit dernière j'ai répété en un rêve apparemment sans fin les clefs de portée dont Juliette m'avait donné la signification. À un moment, j'étais à côté de Père et je lui expliquais ces clefs et comment il devait continuer son morceau.

C'était un peu, Père, comme pendant ces terribles instants où tu me montrais les lettres jointes à tes partitions refusées. Tu me les montrais, à moi, rien qu'à moi. Sans doute parce que nous avions écrit ensemble les lettres de candidature. Ou parce que tu jugeais en général qu'en matière de maniement du langage j'étais ton professeur et ton avocat. Pourtant on n'avait besoin d'aucune habileté linguistique particulière, d'aucune faculté exceptionnelle d'interprétation pour déchiffrer les lettres sèches, rédigées en une sorte de jargon administratif qu'une politesse forcée rendait encore plus rigide. C'étaient des lettres conventionnelles, qui dissimulaient péniblement leur vraie nature derrière quelques formules d'apparence personnelle.

Le pire, Père, c'était que bientôt je fus littéralement incapable de savoir ce que je devais en dire. Les mots de consolation des premières fois étaient usés, il m'était impossible de les répéter, et en même temps je découvrais aussi que le vocabulaire de la consolation est petit et pauvre à faire peur. Tu restais toujours assis derrière ta table et à moi qui étais debout, tu tendais la lettre. Au commencement, je m'asseyais, c'était un mouvement naturel pour te montrer que je comprenais : ce devait être une rencontre entre toi et moi, une conversation destinée à adoucir la déception. Mais bientôt je renonçai à m'asseoir : je ne savais pas quand et comment je pourrais me lever de nouveau, il me semblait qu'en me levant je marquerais

279

la fin abrupte de ma participation, j'avais l'impression de te rejeter dans la solitude et la déception. Car, à mon sentiment, tu n'aurais jamais mis fin de toi-même à ces tête-à-tête, tu étais si petit et si effondré dans ta courageuse et fière volonté de continuer, ces jours-là tu n'avais pas assez de force pour autre chose que cette fierté muette. Aussi, par la suite, je suis resté debout et j'ai lu les lettres dans cette position. Je saisissais de plus en plus fréquemment d'un seul regard le message contenu dans la lettre, et je devais me contraindre pour feindre de lire chaque mot exactement, comme tu l'avais fait auparavant, en signe que j'honorais ce message, ce message toujours le même, renouvelé chaque fois dans toute sa signification, et pour te montrer que je ne méprisais pas ta douleur en lui accordant un fugitif regard de routine qui l'aurait encore aggravée.

Tu m'as lu toi-même les premières lettres, lentement et en hésitant comme quelqu'un qui vient juste d'apprendre à lire. Les mots qui exprimaient un jugement de valeur, tu les prononçais plusieurs fois, sans relâche, comme s'il s'agissait, derrière les lettres, de sonder l'équité du verdict. À la manière dont ton regard et même tout ton visage crispé par l'effort adhéraient aux mots, on pouvait déceler la tentative de lire, derrière les paroles d'hommage conventionnel et contre ta conviction intime, une louange plus grande, authentique. Sur ton visage, on voyait la lutte entre le respect devant l'instance qui jugeait et une haine désespérée qui se brisait contre toujours le même front de refus. Ton visage était comparable à celui d'un accusé à qui l'on a donné l'ordre de se lever, par respect envers le tribunal, pour entendre son jugement, un jugement dont le prononcé lui resterait pour toujours incompréhensible et qu'il fallait simplement accepter en totale impuissance. Les lettres étaient courtes. Mais le temps, Père, s'étirait tandis que tu lisais ; d'autant plus que j'avais le sentiment de devoir retenir mon souffle pour ne pas te déranger dans le drame intérieur qui menaçait de te déchirer en lambeaux, et pour ne pas dévaloriser par un mouvement, fût-ce même le mouvement sans bruit des poumons, ta gravité sacrée.

Même la formule conventionnelle *Avec l'assurance de notre considération distinguée et tous nos meilleurs vœux pour la suite de votre œuvre*, tu me la lisais lentement, consciencieusement, comme si c'était encore une partie à valeur entière de la lettre et comme si le jugement négatif pouvait encore être modifié ou adouci par ces mots vides.

Ensuite, avec l'émouvante et pourtant terrible monotonie de ton comportement, tu me jetais un regard bref et timide, comme celui d'un homme qui vient de faire un aveu humiliant. Je l'aurais volontiers soutenu, ce regard, pour pouvoir peut-être le changer en t'apportant quelque consolation. Mais bien que tu aies besoin de ma présence pour ne pas devoir rester seul avec le message de refus, tu détournais aussitôt la tête comme si tu n'avais jamais cru qu'un échange de regards pouvait agir contre la douleur et le cours du monde. Tu repliais la lettre avec soin et une terrible lenteur, et tu la remettais dans l'enveloppe. Tu n'as jamais oublié d'y inscrire la date avant de la ranger dans le tiroir avec les autres lettres de refus.

*
* *

J'ai commencé à modifier le livret de Père. Les enfants, pensais-je, pourraient abandonner Kohlhaas d'une tout autre manière que par leur mort : ils fuient devant lui, parce qu'ils ne peuvent plus supporter la haine et le besoin de vengeance. *La vengeance, c'est ta malédiction !* pourrait chanter Anton. Il devrait devenir un personnage en lutte contre le père, au nom d'une juste compréhension de la loyauté et de l'amour. Ce dont il souffre le plus, je crois, c'est de ne pas savoir quel degré de loyauté il doit à son père et où commence la trahison. Pour Antonina aussi, j'ai écrit un texte : *Laisse les autres être autres !* supplie-t-elle son père, qui ne comprend pas que son sentiment de l'équité n'est pas le même chez tout le monde et n'a pas pour tous la même signification.

Ensuite j'ai pris une feuille de papier à musique, et avec le vieux stylo de père j'ai écrit la première note de ma vie. C'était une note pour une flûte. Je ne sais pas du tout pourquoi. Je n'étais pas sûr d'avoir choisi la bonne hauteur de ton, mais je la laissai comme cela. Le problème était qu'il fallait un entourage. J'ajoutai quelques notes pour alto. Après m'être décidé pour une mesure, je fus incapable de continuer. Au lieu d'une mélodie, venait toujours l'attente d'une mélodie. Alors je commençai à entrevoir la distance qui avait existé entre Père et nous autres. Il savait ce que cela voulait dire, créer quelque chose de nouveau ; nous, non.

Je me rappelai que lors d'une promenade autour du Schlachtensee (je pouvais avoir onze ou douze ans), il m'avait parlé de la composition musicale. Tu sais ce qu'est une mélodie, dit-il. C'est ce qu'il y a de plus petit dans l'affaire. La deuxième grandeur, ensuite, c'est un thème que l'on peut développer de différentes façons. C'est une partie d'un ensemble plus grand encore : une atmosphère, un monde vaste à quoi manquent encore la structure et la construction. Ce qu'il y a de plus grand, enfin, c'est une œuvre, un tout, ce qui distingue une composition de toutes les autres.

*
* *

C'est lundi matin. Depuis une semaine, j'écris. Le temps, ici, dans la maison vide est semblable à un rêve, un temps au-delà du temps. La musique de Père et mes cahiers fusionnent en une sorte étrange, planante, de présent. En me transférant dans le passé, je partage la musique de Père avec lui, et en me projetant dans l'avenir de ta vie, je partage mes pensées avec toi. Un présent, donc, qui est partout, mais non dans le présent. Avec chaque jour qui passe ainsi, une couche extrêmement mince de cet étrange présent paradoxal se pose sur le passé de la famille Delacroix. Entre-temps, cette stratification de présent a déjà tellement prospéré qu'il ne serait même plus concevable d'aller rechercher les meubles.

Que se passera-t-il quand la dernière note de la musique de Père aura retenti et que le dernier de mes mots aura été lu par toi ?

*
* *

Notre revoir : si terribles que soient les choses dont nous devions parler – nous étions heureux (me semblait-il) d'avoir un sujet qui ne nous force pas à mettre en mots nos sentiments. Nous étions assis sur ton lit, et soudain me passa par la tête la pensée que c'était bon de pouvoir être assis ensemble tout naïvement sur un lit. Jamais, auparavant, je ne t'ai vue pleurer aussi violemment que lorsque tu m'as raconté ta visite à la prison. Tu t'arrachais scène après scène, image après image, sans ordre, interrompue par des crises de larmes qui déformaient tes paroles, si bien que je ne comprenais que lentement. La pièce avec les barreaux et les traînées brunes aux murs. Père dans ses vêtements de la veille qui faisaient l'effet d'une mascarade de mauvais goût. Et avant tout le surveillant, sans relâche le surveillant. Quand tu parlais de lui, c'étaient des cris d'une telle haine que ta voix se cassait. L'embrassement qu'il interdisait. La manière dont il était assis à la table, guettant chaque échange de regards et de paroles. *Il coupait nos regards avec les siens comme avec un couteau.* Sans cesse, tu t'arrachais cette phrase, on aurait dit que tu crachais quelque chose et que tu devais constamment le cracher de nouveau pour pouvoir continuer à respirer.

Une seule fois, tu as parlé plus calmement : quand tu as raconté comment Père a dit à l'improviste : *Tu dois comprendre : c'est mieux comme ça**. Au moment où tu as décrit le petit ricanement rusé de Père quand le surveillant, qui se sentait berné par la phrase française, protesta, tu pris toi aussi une expression rusée. Rien n'aurait pu mieux exprimer ta fierté devant la ruse de Père que le sourire hypocrite qui passa sur ton visage. Aujourd'hui, où nous savons toute la finesse cachée dans les mots si simples de Père, je suis aussi très fier de lui.

Impossible. Pas dans l'état où elle est. Regardez-la, c'est une épave. Pouvais-je trouver un sens à ces mots, me demandais-tu sans cesse. Je n'aurais pas pu dire : oui. Il n'y avait pas, là non plus, de souvenir à saisir. C'était seulement le soupçon d'un souvenir possible. Et je le sentais : ce souvenir devrait prendre un chemin que je n'avais plus jamais voulu prendre. Une épouvante silencieuse s'empara de moi et je ne prononçai plus un mot. Cela a dû te blesser, que je me lève soudain en silence et aille dans ma chambre. S'approchant de plus en plus et venant de très loin, je sentais l'attraction croissante du souvenir. Quand je fus étendu sur mon lit, frissonnant de fatigue, je renonçai finalement à lui résister.

Il a fait un grand détour, le souvenir. Comme s'il savait qu'il ne pourrait pas exiger de moi de recevoir directement les images qui m'expliqueraient les paroles du Dr Rubin. C'était un détour subtil, car il commença tout près du but pour me conduire ensuite quelque temps parmi des scènes qui devaient me mettre devant les yeux (on pourrait dire cela ainsi) Maman dans sa maladie et sa fragilité, si bien que je verrais les images, quand enfin elles viendraient, dans leur véritable environnement intérieur.

Les paroles du médecin avaient quelque chose à voir avec *penser pensées**, je l'avais aussitôt senti. Ou en tout cas avec la pièce où nous avions l'habitude de jouer à ce jeu. L'enfant de ce temps-là ne pouvait pas savoir que la bienheureuse expérience de pouvoir lire les pensées de la mère avant même qu'elle les ait prononcées, marquerait sa représentation de l'intimité pour tout l'avenir. Rien, dans le futur, ne devrait être pris au sérieux, si cela ne soutenait pas la comparaison avec cette expérience. Ce critère survécut même à mon explosion de fureur contre Maman, dont j'ai parlé auparavant, ma légitime défense à coups de poing dans une colère brûlante. Je n'ai remarqué cela, il est vrai, que des années plus tard, quand nous habitions depuis longtemps à Berlin.

C'était le temps où Maman, après une phase de sobriété, reprenait de la morphine. Alors – tu t'en souviendras sûrement – la drogue provoquait encore plus de dégâts qu'auparavant. Maman commençait des choses et oubliait presque aussitôt ce qu'elle avait voulu faire. Partout, des tricots, repas, cigarettes commencés. Je l'ai vue une fois se mettre à composer un numéro de téléphone, puis ses gestes devinrent hésitants et s'arrêtèrent finalement avant le dernier chiffre. Le combiné à la main, elle restait debout, s'appuyait sur sa canne et regardait dans le vide. Il en allait de même avec les phrases et les pensées. Ses paroles trouvaient de plus en plus rarement leur conclusion et restaient suspendues en l'air. Les mauvais jours, elle n'arrivait pas au bout d'une seule phrase. Maman nommait le mot clé de ce dont elle voulait parler (*le coiffeur –, la Philharmonie –, les Sommerfeld –*), il émergeait dans sa conscience, et alors seulement (avait-on l'impression) elle décidait de ce qu'elle allait faire de lui. De plus en plus souvent, nous nous demandions avec anxiété si même une décision viendrait. Car parfois Maman semblait tout étonnée du sujet abordé, elle n'avait rien à en dire, et le mot clé s'éteignait. C'était particulièrement grave quand elle marchait : elle énonçait son sujet, s'arrêtait, et ne continuait que lorsqu'elle avait trouvé la jonction. Plus tard, quand elle eut de plus en plus de mal à donner une suite aux pensées commencées, elle reprenait quand même sa marche, absorbée en elle-même, courbée par la déception et la honte de son oubli.

Chercher la suite d'un commencement : *penser pensées** avait été cela. Ce jeu était devenu d'un sérieux cruel.

Un jour, ensuite, il y eut l'invitation chez André Duval, le pianiste, qui voulait remercier Père de s'être occupé de lui pendant son séjour à Berlin. Tu dois avoir eu un pressentiment, car tu inventas une excuse extravagante. Dès le début de l'après-midi, Maman commença à changer de vêtements. Elle doit avoir essayé toute sa garde-robe du soir. Elle ne cessait pas d'apparaître avec une autre robe et se plaçait devant le grand miroir de l'entrée, comme si elle ne faisait pas confiance aux *nombreux miroirs plus petits de son boudoir. Elle* voulait tellement bien faire ce soir-là. Chaque fois que j'entendais ses pas, je sortais sur la galerie et je la regardais en cachette. Ce qui arriva plus tard lors du dîner, dans la suite de l'hôtel où logeait Duval, doit s'être préparé en moi pendant ces heures de l'après-midi.

Maman, je te vois dans ta robe de velours noir pour laquelle tu t'étais enfin décidée, assise à table à côté de Duval, en face de Père et moi. Tu n'avais rien pris auparavant, tu ne voulais pas que nous ayons honte à cause de toi. Ta main tremblait légèrement quand Duval te donna du feu et sur ton front, juste à la racine des cheveux, s'étaient formées de petites perles de sueur. Duval parlait de ses premières expériences de chef d'orchestre et la conversation en vint à une musique de ballet où deux thèmes sont développés à la fois. Tes yeux se mirent à briller, tu semblas rajeunie de plusieurs années. « Oui, dis-tu en interrompant Duval, je connais cette musique et j'ai dansé sur elle autrefois. Les deux thèmes courent parallèlement et ensuite, tout à coup… » Maladroitement, tu as glissé une main dans l'autre, celle qui tenait la cigarette. La phrase commencée restait suspendue dans l'air, tout le monde attendait, on entendit le grésillement que fit la flamme vacillante d'une bougie en touchant la cire liquide. L'éclat de tes yeux avait cédé la place à la panique et à la détresse. Un moment encore j'hésitai : « … et alors tout à coup un des thèmes s'empêtre dans l'autre », dis-je. Jamais plus je n'avais voulu achever une de tes phrases. Jamais plus. Et surtout pas celle-là, car elle était proche d'une des dernières phrases de *penser pensées**, une des phrases qui précédèrent de peu la fin. Mais il m'était impossible, Maman, de te laisser seule avec ta distraction, que tu devais ressentir de l'intérieur comme un vide qui t'aspirait.

Ce fut incroyable (et déchiffrable pour moi seul) à quel point ton visage fut bouleversé quand tu m'entendis terminer la phrase en disant *s'empêtrer**, un mot que tu aimais et que tu m'avais appris au cours de notre jeu. Tandis que Duval, dont le regard alla une ou deux fois de toi à moi, continuait son récit, ton visage se couvrait d'une rougeur flamboyante qui alternait très vite avec le jaune pâle dont ta peau avait été marquée dans les temps où la toxicomanie faisait de toi une esclave. Perdue dans tes pensées, tu jouais avec la cuiller à dessert, tout en cherchant à comprendre ce que cela signifiait, que j'aie terminé ta phrase à ta place. Tu ne me regardais pas, tes yeux fixaient la mousse artistiquement présentée. Moi aussi, je regardais mon assiette et je risquais seulement de temps en temps un bref coup d'œil à la dérobée dans ta direction. Quelque chose de nouveau semblait avoir commencé, sans que nous puissions dire quoi. Je vis bientôt que tu avais les larmes aux yeux, et peu après tu t'es levée et tu as disparu dans la salle de bains. Quand tu es revenue à la table, maquillée de frais, tu m'as regardé longuement. C'était l'expression de quelqu'un qui espère qu'on lui a pardonné, mais qui ne peut pas encore le croire tout à fait. Quand le taxi s'arrêta devant notre maison, je descendis et te tins la porte. « *Merci** », dis-tu à voix basse.

À partir de ce jour, je t'aidai de temps en temps quand tu t'embrouillais dans tes phrases. Le jeu éhonté, dangereux, devint une aide discrète pour la toxicomane à l'esprit égaré. En de telles occasions, c'était comme si nous marchions ensemble sur un pont étroit et chancelant, qui nous conduisait hors du passé périlleux vers un présent dont nous n'avions

288

plus rien à craindre. Il n'était plus nécessaire que nous quittions ce chemin. Un jour, nous réussîmes même à rire ensemble, rire que nous interrompîmes, il est vrai, avant sa fin naturelle, parce que nous ne savions pas s'il nous convenait. Avec de la patience et du soin – ai-je souvent pensé – les choses auraient pu se développer de telle manière que je n'aurais pas été obligé, plus tard, de ne pas ouvrir toutes tes lettres. Pourquoi, Maman, devais-tu détruire notre nouvelle et fragile confiance en essayant, de toute ta force et de toute ton imagination, de nous séparer, Patty et moi ?

À présent, le moment était venu. Une fois encore, je devrais entrer, comme le petit garçon que j'étais, dans la chambre de Maman. Je voulais que revînt le souvenir, et j'espérais qu'il resterait enfoui. J'essayai de me détourner du passé, de céder à ma fatigue et de m'endormir. Je n'y réussis pas, l'horloge intérieure fonctionnait encore selon les lois du temps chilien, et à Santiago il n'était que midi. Je m'assis dans mon lit. Si les images surgissaient de l'obscurité du passé, je ne voulais pas leur être livré couché.

Impossible. Pas dans l'état où elle est. Regarde-la, c'est une épave. Je frottai mes yeux fatigués et brûlants. Quand je les ouvris tout grands, comme pour une gymnastique faciale, mon regard tomba sur un livre, sur le rayonnage, d'où émergeait un large signet. Parfois, on pourrait croire que nous savons tout avant de le savoir. En hâte, comme si j'avais soudain trouvé mon but, je pris le livre et ôtai le signet. C'était cette photographie qui nous montrait tous les deux, enfants, en costume marin, les bérets bien enfoncés sur le visage pour apparaître au spectateur comme des jumeaux impossibles à distinguer. Jamais encore je n'avais regardé une photo comme maintenant. Mon regard doit avoir été complètement vide, car ce n'était pas, je le sentais, la scène fixée qui m'aiderait dans ma recherche du souvenir manquant. Le cliché n'était signifiant que parce qu'il était une photographie. Je passais la main sur l'image brillante et essuyais la poussière, comme si la magie du toucher pouvait rappeler les images intérieures perdues. Je recommençais sans cesse à essuyer la photo. Et alors, comme si quelqu'un avait écarté sans bruit un rideau, je revis la table à maquillage de Maman et le tiroir ouvert.

C'était sans doute un mercredi après-midi, car pendant nos années de Genève, Maman sortait régulièrement ce jour-là pour rejoindre GP dans le magasin de la Grand-Rue. L'après-midi où je l'avais frappée au visage remontait à des semaines. La porte du boudoir n'était que poussée quand je passai devant. Pourquoi suis-je entré, je ne peux pas l'expliquer. La pièce me sembla étrangère. C'était peut-être seulement parce que au lieu des appliques murales j'avais allumé le lustre, avec sa lumière froide que Maman n'aimait pas. Mais peut-être l'étrangeté n'était-elle rien d'autre que l'absence de Maman. Quand elle était là, la chambre aux murs jaune pâle et aux nombreux petits miroirs se transformait en une partie d'elle-même, c'était comme si Maman possédait le pouvoir magique de détacher du monde l'espace extérieur et d'en faire une facette de son monde intérieur. Maintenant qu'elle n'était pas là, la pièce semblait sans âme, comme si elle avait été rejetée et livrée à la réalité désolée et ennuyeuse – un peu comme une scène de théâtre où l'on entre à la lumière neutre du matin. Peu à peu, j'ouvris tous les tiroirs de la table à maquillage, les poignées étaient lisses au toucher et élégantes. Je tombai sur l'enveloppe dans le tiroir du milieu, elle était tout au fond et avait l'air d'être enfouie dans un compartiment secret, dérobée à tous les regards. Mon visage brûlait, je savais que je faisais quelque chose de défendu quand je sortis les photos.

Sur les premières images, on ne voyait que Maman, photographiée sous les angles les plus différents. Elle avait un pistolet à la main et visait. Deux photos la montraient de dos, on voyait son épaule et le bras tendu, jusqu'à la main qui tenait la crosse. Un petit morceau de la crosse n'était pas caché et brillait d'un éclat blanc comme de la nacre. À l'arrière-plan, on distinguait dans le flou une cible. Puis venaient des instantanés qui montraient GP apprenant à Maman à tirer. Il était derrière elle, l'entourait des deux bras et lui soutenait le bras qui tenait le pistolet. Ils regardaient tous les deux directement dans l'appareil et riaient d'un rire exagéré, un peu artificiel. J'étais étonné que Maman ait été un jour aussi jeune. Avec sa queue-de-cheval et son bonnet, elle avait l'air d'une écolière. Sur la dernière photo, ils posaient comme un père et sa fille, il l'entourait d'un bras et l'attirait à lui. Je n'aimais pas cette image et je la glissai sous la pile.

Si seulement les photos s'étaient laissé remettre sans résistance dans l'enveloppe ! Mais il y avait au fond quelque chose qui faisait obstacle, et quand je forçai, l'enveloppe se déchira. Je sortis de nouveau les photos et secouai l'enveloppe. Des parcelles d'une photo déchirée tombèrent sur la table à maquiller. C'étaient une multitude de tout petits morceaux, et au premier regard on ne distinguait rien de la scène qu'ils représentaient. Il n'y avait personne à la maison, et Maman ne serait pas ici de longtemps. Malgré cela, je remis les photos dans l'enveloppe, la poussai dans le coin le plus reculé du tiroir et allai dans ma chambre. C'était la première fois que je fermais ma porte à clef. Puis je m'assis à mon bureau, sortis les fragments de la poche de mon pantalon et m'attaquai au puzzle.

Cela fait plus de quinze ans, mais maintenant que je me glisse encore une fois dans le petit garçon que j'étais, je sens de nouveau la tension anxieuse avec laquelle je reconstituais l'image. Je commençai par les morceaux qui appartenaient au bord et je travaillai en avançant vers l'intérieur. C'était encore un instantané de GP, il était debout derrière Maman, ce fut vite clair. Mais plus j'avançais vers le centre, plus les morceaux devenaient petits. Là, au milieu de l'image, il devait y avoir quelque chose qui avait poussé Maman à déchirer et déchirer encore. Le cadre était maintenant complet, et on voyait entièrement le pantalon jaune safran de Maman, qu'elle portait avec des bottines noires. Les têtes étaient plusieurs fois déchirées, et plus bas, à hauteur de la poitrine, là où devait être le pistolet, c'était encore pire, les morceaux étaient minuscules. Comme la colère et la répulsion de Maman devaient avoir été grandes !

J'allai dans la salle de bains et pris les petites pinces dans l'armoire à pharmacie. Puis je m'enfermai de nouveau à clé et je commençai à coller les minuscules parcelles sur une feuille de papier. Il me passa un moment par la tête qu'ainsi je ne pourrais plus les remettre dans l'enveloppe. Mais dans mon excitation, j'écartai cette pensée. Avec le soin d'un chirurgien, j'essayais d'abord avec les fragments secs de trouver leur bon emplacement, puis je les enduisais de colle et joignais chaque particule bord à bord, si bien que l'on ne voyait presque plus rien des déchirures blanches.

Quand j'eus assemblé les lèvres de GP et complété l'environnement, je vis qu'il embrassait Maman dans le cou. Voir cela me répugnait, mais je n'étais pas sûr que ce fût assez répréhensible et grave pour expliquer l'orgie de déchiquetage à laquelle s'était livrée Maman. J'étais seulement certain que Père n'aurait jamais fait quelque chose comme cela avec toi. Mais GP était différent de Père en tant de points... Je continuai. Je m'attendais à voir ici aussi les bras de GP tendus pour soutenir le bras de Maman. Mais à ma stupéfaction, je découvris que Maman soutenait son bras droit tendu avec son propre bras gauche. Je complétai son visage. Les yeux étaient demeurés intacts, l'œil gauche était cligné pour viser, le droit prêtait au visage, grâce à son expression concentrée, une grande détermination qui seyait à la position indépendante du tir. Elle était, semblait-il, une championne sûre de toucher dans le mille. Maman me plaisait. Elle était campée sur des jambes solides, la photo devait dater d'avant l'accident. Elle semblait pleine d'avenir et de confiance en soi. Il n'y avait plus assez de petits morceaux sur la table pour compléter la tête de GP et la partie de la poitrine. Je retournai la poche de mon pantalon et en trouvai encore quelques-uns. Les yeux de GP avaient reçu une déchirure et je ne pus pas déceler si, sans cela, son regard aurait été aussi étrange. Le reste était facile, je n'eus qu'à m'orienter d'après ses mains. Elles étaient fermement posées sur les seins de Maman.

Ce soir-là, je prétextai un manque d'appétit et je restai dans ma chambre. De temps en temps, je sortais la photo de mon tiroir. Maman savait tirer. Et GP l'avait alors touchée d'une manière dont, avec mes neuf ans, je n'avais jamais encore entendu parler. Beaucoup de questions me poursuivirent jusqu'au creux de la nuit et ne me laissèrent pas en repos les jours suivants non plus. La plupart étaient trop grandes pour moi, je le sentais, et cette chose-là, je ne pouvais pas en parler avec toi comme d'habitude. Ce que GP avait fait était répréhensible, c'était clair, d'où la photo détruite. Était-ce pour cela que Maman ne nous avait jamais, pas même d'un seul mot, parlé de ses exercices de tir ? Mais si elle voulait oublier tout l'ensemble de ce qui s'était passé en ce temps-là – pourquoi avait-elle gardé les photos, et en particulier les morceaux ? Et si c'était si grave – pourquoi était-ce arrivé devant un appareil photo ? Cela ne pouvait donc pas être si terrible, puisqu'on le faisait même photographier.

Le problème du photographe qui devait avoir tout vu me préoccupa longtemps. Finalement, j'allai dans un magasin de photos et je demandai si l'on pouvait faire que l'appareil marche tout seul, sans photographe ? Le vendeur était d'humeur protectrice, comme ils le sont souvent avec les enfants. Toujours est-il qu'il me montra comment fonctionnait un appareil avec déclencheur automatique. Après quoi je fus certain de savoir ce qui s'était passé avec cette photo. Cela ne résolvait pas le problème de comprendre pourquoi GP avait voulu avoir une photo d'un acte interdit. Et pourquoi Maman, alors qu'elle avait déchiré la photo avec une fureur acharnée, continuait à se rendre chaque mercredi chez GP, c'était complètement incompréhensible.

Ce que les mains de GP avaient fait à Maman, était-ce en rapport avec ce que les mains de Maman m'avaient fait – naturellement je ne me posais pas encore cette question en ce temps-là. Tout était déjà assez déconcertant. Pendant quelque temps, je traînai partout ces questions avec moi comme un grand fardeau. Puis nous partîmes pour Berlin, tout était nouveau et Genève avec GP très loin. Les images et les questions s'effacèrent.

Le souvenir (comme s'il voulait se venger du long oubli) était revenu avec une telle violence et une telle vivacité qu'il avait annihilé le présent dans ma tête surmenée. Lentement, je revins à moi-même et compris pourquoi j'étais assis sur mon lit dans l'obscurité. *Impossible. Pas dans l'état où elle est. Regardez-la, c'est une épave.* GP avait appris à tirer à Maman. Cela voulait dire qu'elle tirait bien. GP avait pris soin qu'elle sache bien ce qu'elle savait faire. En toutes choses, elle devait être son élève modèle. Soudain tout était limpide : ce que Dupré avait envisagé et le Dr Rubin exclu, ce n'était pas une visite à la prison ou un interrogatoire comme tu l'avais soupçonné (certes sans réelle conviction, mais sans pressentir la vérité). Il s'agissait de savoir si en réalité c'était Maman qui avait tiré le coup mortel. L'avocat et le médecin avaient très prosaïquement envisagé cela comme une hypothèse. L'un l'avait jugée possible, parce qu'il considérait les aveux de Père comme faux. L'autre n'avait pu concevoir qu'une morphinomane aux mains tremblantes puisse viser juste à une telle distance. Il ne connaissait pas la fermeté dont Maman était capable jusqu'au bout quand l'enjeu en valait la peine, une fermeté qui, lorsqu'elle se réveillait, faisait fi de toute déchéance corporelle.

Il était impossible, Patty, de te dévoiler mon soupçon, pis encore, en réalité ma certitude. Tu aurais voulu savoir comment j'avais découvert que Maman savait tirer, et tu n'aurais pas compris que je ne t'aie pas déjà parlé de cette photo au temps où nous ne vivions ensemble qu'une seule vie, où il ne devait pas y avoir même l'ombre d'une faille qui nous aurait désunis. J'aurais dû te parler de la photo déchirée et de tout ce qu'elle révélait. J'allais et venais dans l'obscurité de ma chambre et j'essayais de savoir si cela serait possible. Cela me parut inconcevable et je suis heureux de pouvoir maintenant le confier au papier et de ne pas sentir sur moi ton regard.

Si j'avais raison, Père était innocent et enfermé dans une cellule parce qu'il voulait épargner la prison à Maman. Je ne sais pas quel nom je dois donner aux sentiments qui me terrassèrent à cette pensée. Je me rappelai ses deux lettres, et une vague de honte me submergea. Cela, je ne pouvais plus le réparer, Père. Mais maintenant je voulais être proche de toi, même si cela ne pouvait avoir qu'un sens : me tenir au milieu de la nuit devant les murs noirs d'une prison.

Avant de quitter la maison, je descendis et suivis à pas hésitants le couloir jusqu'à la chambre de Maman. Par la porte entrebâillée, je la vis assise devant l'abattant de son secrétaire. Perdue dans ses pensées, elle revissait le capuchon du stylo, pour le dévisser de nouveau l'instant suivant, les mêmes gestes sans but se répétaient constamment. La longue cendre de la cigarette allait tomber sur la feuille blanche. *Il est en prison**. Maintenant, je comprenais le ton de culpabilité sur lequel elle avait prononcé ces mots en m'accueillant. *Comment peux-tu rester ici tranquillement dans ta robe coupée sur mesure,* voulais-je crier, *pendant que Père est couché sur un châlit, les yeux fixés sur la lourde et laide porte et le verrou, gardant toujours à l'oreille l'écho du cliquetis des grosses clés !* La cendre tomba sur le papier. Maman parut ne pas le remarquer. J'allais justement me détourner, quand elle tendit lentement le bras, comme en transe, pour ouvrir l'un des petits tiroirs aux poignées de nacre. Sans aucune transition (comme si les deux images étaient le commencement et la fin d'une absence épileptique) je revis devant moi son bras tendu qui tenait le pistolet. GP n'avait rien à faire dans cette image, je l'avais effacé. D'un seul coup, colère et reproche disparurent comme s'ils n'avaient jamais existé ; au lieu de cela, je ressentais une sorte de fierté étrange, conspiratrice, pour Maman et son acte exécuté de sang-froid. Elle éternua. La morphine : après toutes ces années, les muqueuses du nez étaient complètement desséchées. Elle avait sorti du tiroir deux billets roses qu'elle regardait maintenant. Au bout d'un moment, je me souvins : c'étaient les billets d'entrée à la Scala de Milan, pour cette légendaire représentation de *Tosca* où elle s'était rendue avec Père. À présent je voyais aussi la déchirure pratiquée dans les billets par le contrôle. C'était pathétique, la manière dont Maman passait la main sur les billets, comme si elle voulait tantôt supprimer les déchirures, tantôt les caresser. Mais peut-être était-ce seulement mon regard inquisiteur qui rendait ces gestes pathétiques. Je quittai rapidement la maison.

*
* *

Quand j'approchai de la prison, mon regard saisit en premier les trois fenêtres derrière lesquelles brûlait encore de la lumière. Les yeux douloureux, j'essayai de déchiffrer les ombres derrière les barreaux. Pas un instant, Père, je n'ai douté que l'une des fenêtres éclairées fût la tienne. Les ombres ne bougeaient que rarement, et plus longtemps je regardais, moins je savais ce qu'il y avait là d'imaginaire. J'aurais tout donné pour que ce soit toi, et en même temps j'espérais ne pas être forcé de voir ton visage coupé par les barreaux. Je me réfugiais dans l'idée que tu étais assis à une table, dans l'espace restreint, et que tu avais devant toi le papier à musique que Patty t'avait apporté. Dans le vieux costume marron de ton temps de célibataire – tu avais demandé qu'on te l'apporte –, tu étais assis comme toujours, le dos bien droit, sur le bord extrême de la chaise, les jambes placées comme celles d'un pianiste. Tu avais commencé un nouvel opéra. J'entendais le grattement de la plume sur le papier. Rien ne pouvait te faire du mal.

En cet instant, la lumière s'éteignit d'un seul coup derrière les trois fenêtres. Comme elle était cruelle, cette simultanéité commandée, qui dans sa précision mécanique avait quelque chose d'une exécution ! Dix heures sonnèrent à une église. Je me surpris à penser absurdement qu'ils auraient pu avant d'éteindre attendre au moins que le dernier coup ait retenti. Pendant un moment, je me figurai que tu bravais l'obscurité décrétée. Comme un joueur d'échecs aveugle dicte ses coups dans l'espace sans lumière, tu ordonnais à tes mains d'écrire les notes d'une ouverture dont la légèreté enivrante raillait tous les murs de prison de ce monde. Je savais, Père, que tu pouvais faire cela, cela et bien plus encore, tu étais là-dedans comme un homme de granit, avec une volonté inflexible et une intelligence supérieure, on pouvait bien alors verrouiller encore autant de portes et éteindre autant de lumières. Mais ensuite l'obscurité silencieuse de la terrible forteresse prenait possession de toi, le sombre silence pénétrait aussi irrésistiblement dans ta cellule et te broyait.

Je ne savais pas que cela existait : que l'on puisse sentir dans son propre corps le poids d'un bâtiment. Avec une double, une triple force de gravité, les murs épais pesaient sur le sol, ils étaient construits pour l'éternité et survivraient à toutes les églises de la ville, même s'ils étaient faits de la même brique. Le bâtiment, avec sa silhouette extrêmement précise de barbelés et pointes de fer, pesait sur moi si lourdement que pendant longtemps je ne pus bouger de la place. Des autos et des passants, qui en ce samedi soir, auront circulé sans y prêter attention devant les murs de la prison, je ne vis rien. Sur tout ce quartier de la ville s'étendait, comme fait de plomb d'un gris étouffant, froid et liquide, un silence qui nivelait tout ; et le nom de MOABIT dominait les murs et les grilles comme une malédiction de l'Ancien Testament.

Le volet roulant sur lequel mon regard tombait maintenant était tout à fait ordinaire et n'aurait guère pu être plus discret. Et pourtant je pouvais à peine croire ce que je voyais. À l'endroit où la large surface du volet roulant s'insérait sans dénivellation dans la muraille, ce devait être l'entrée de la prison. Mais le mur de cannelures métalliques uniment jointes les unes aux autres en était comme une négation cynique. Le domaine sans nom qui s'étendait au-delà, le domaine des miradors, des grilles et des menottes, n'avait pas d'entrée ! Il n'y avait d'ailleurs aucune relation avec le monde extérieur. Le bâtiment où Père, qui n'allait jamais se coucher avant une heure du matin, était assis sur son châlit dans l'obscurité, était un secteur mort, fait d'interrupteurs centraux et de clés cliquetantes, un monde hors du monde, où personne n'avait accès.

Puis d'un seul coup mon regard bascula dans la direction opposée, ouvrit une nouvelle perspective et dès lors l'entrée avalée par le volet roulant signifiait quelque chose d'autre : le monde, le monde habituel, était parti en voyage pour un temps indéterminé et avait abandonné les réprouvés aux agissements non surveillés des possesseurs de clés. Le rideau de fer aidait à l'oubli, il effaçait le souvenir d'une entrée et d'une sortie. Serait-il un jour de nouveau relevé, cela restait incertain, et le destin de notre père innocent ne valait pas que l'on gaspille pour lui ne fût-ce qu'une seule pensée.

Comment mon regard et celui du surveillant dans le mirador s'accrochèrent-ils l'un à l'autre, tels les regards d'ennemis à vie, je le comprends mieux après coup qu'en cette nuit où toutes les choses, extérieures ou intérieures, me paraissaient totalement impénétrables. Silhouette nocturne, le surveillant était un homme maigre avec un visage étroit surmonté d'une casquette d'uniforme bien trop grande et haute. De temps en temps, un faible rayon de lumière venu de n'importe où faisait étinceler ses lunettes. Alors on eût dit qu'il lançait un impitoyable regard d'acier. C'était le seul être humain visible que je pouvais rendre responsable de la terreur exhalée par la sombre forteresse. Il n'était guère plus qu'une silhouette noire aux contours grotesques, et cela faisait de lui une cible idéale pour ma haine et mon mépris quand je levais les yeux vers la cabine du mirador. Au commencement, je ne pus supporter plus de quelques instants la vue de la tour (et l'écho plein de haine qu'éveillait en moi le mot *mirador*). Ce fut peut-être pour cette raison que je m'éloignai et longeai la rue, jusqu'à ce qu'à l'extrémité du mur de la prison je découvre cette sculpture qui fit monter le sang à mon visage glacé.

Tout en haut, une main gigantesque sort du mur et tient sur le fléau d'une balance deux cellules. L'une d'elles, quittée par une silhouette qui s'en va, est plus basse que l'autre – la liberté pèse lourd, bien plus que la cellule où le personnage enfermé dans une attitude de honte se tourne vers le mur. Mais que dis-je : ce ne sont pas des cellules, Patty, que montre la sculpture, mais des *cages*, qui ne se distinguent en rien des cages pour animaux, en rien. La cruauté du symbole m'a presque étouffé. Père dans une cage. Une cage. Une cage oubliée sans entrée ni sortie.

C'était ridicule, mais je revins au pas de course vers le mirador, plein du désir aveugle, étourdissant, de demander des comptes à quelqu'un. À présent, je n'évitais plus le spectacle qui se fondait dans le souvenir du Mur et du « corridor de la mort ». Les lunettes dans la cabine jetèrent un éclair. Je vrillai mon regard exactement au centre des verres. Ils s'éloignèrent et revinrent. Ils restèrent plus longtemps qu'avant. La tête s'inclina vers la vitre de la cabine. Je plantai mes pieds sur l'asphalte et regardai fixement. La tête et les épaules de l'homme se détournèrent, et quand les verres revinrent, ils étaient plus grands et appartenaient à des jumelles. Je tremblais de froid et de haine. Il verrait très exactement ce que je faisais. Ma main toucha dans ma veste le carnet et le crayon que j'avais emportés quand j'étais allé avec Paco dans les cimetières de Santiago afin de chercher un nom pour lui. Je m'appuyai au mur d'une maison, inspectai la prison avec des mouvements de tête exagérément marqués et feignis de prendre des notes. Les jumelles étaient toujours là. Je les regardai directement en face, je fis le geste d'écrire et levai de nouveau les yeux. Il n'y avait plus que mes yeux et les grosses lentilles. La silhouette noire prit son téléphone sans me quitter du regard. Mon cœur se mit à battre violemment et je me rétrécis de froid. Plus tard, en rêve, mes mains étaient de glace quand j'essayais d'étrangler l'homme.

*

* *

J'ai de nouveau écouté ton troisième acte, Père. Depuis le temps, je connais assez bien la musique pour qu'aucune note ne me surprenne plus. La justice avant la vie. Si tu avais fait ce que tu voulais faire, c'eût été avec cette pensée que tu te serais assis sur ton châlit de Moabit. *Un minuscule étui contre la vie et la liberté !* s'exclame le chœur. *Tu peux me faire monter sur l'échafaud, mais moi, je peux te faire du mal et je le veux*[1] *!* Quand à la fin il se retourne en un éclair et ôte la hache des mains du bourreau : Patty doit avoir ressenti quelque chose de tel quand elle a vu que tu bernais le surveillant.

En réalité, tu n'étais pas derrière les barreaux comme Kohlhaas. La raison pour laquelle tu t'étais laissé conduire sans résistance dans la sombre forteresse muette, était tout autre : devant Patty, tu l'as exprimée en des mots qui n'auraient pu être plus brefs : *en prison, il n'y a pas de morphine.*

*
* *

Ce soir-là, en revenant de Moabit, j'éprouvai le besoin de me remémorer ta première rencontre avec la musique, qui portait en elle le germe de tout ce qui allait venir par la suite. Nous avions souvent entendu l'histoire, Patty et moi, et nous avions été contents quand elle disparut finalement avec ta musique derrière la porte capitonnée. À présent, j'allais la rechercher, reconnaissant pour chaque mot que je me rappelais. Et tandis que je lui prêtais l'oreille, je te voyais assis sur ton châlit, droit et calme, ferme dans la certitude que tu n'aurais absolument pas pu agir autrement.

« Dans la salle de séjour du foyer où l'on m'avait placé, il y avait un piano. Il nous était interdit de soulever le couvercle du clavier. En effet, le directeur du foyer, un dénommé Gygax – Urs Gygax – considérait le piano comme sa propriété. Ce qu'il n'était pas, je l'avais découvert dès les premiers jours quand on m'envoya à la cuisine, où l'on n'aimait pas Gygax.

1. *Cf.* note 1, p. 144.

Le piano restait donc la plupart du temps inutilisé dans son coin. C'était seulement pendant les rares leçons de musique et le samedi soir, chaque samedi soir, que l'on en jouait, et Gygax s'en chargeait – Urs Gygax – le directeur du foyer, qui tenait énormément à être appelé *Monsieur le Directeur*. Ce que je n'ai jamais fait, pas une seule fois. Je ne lui ai d'ailleurs jamais adressé la parole.

« Lors de mon premier samedi soir au foyer, Gygax joua comme toujours ses airs régionaux kitsch. J'ai aussitôt entendu que le piano était désaccordé. Je ne connaissais pas encore le mot *désaccordé*, alors j'ai dit : "Les notes sont fausses." Gygax, qui ne m'aimait pas dès le début, moi, l'enfant buté, prit cela comme une critique de son jeu et fut très profondément offensé. Nicole, l'éducatrice, essaya d'arranger les choses en m'enseignant le mot exact : *désaccordé**. "Le piano est désaccordé", disais-je à présent à chaque occasion. Jusqu'à ce que je remarque que tous les autres attendaient cela, parce qu'ils voulaient assister de nouveau à ce combat entre moi et Gygax. Aussi, par bravade, je ne le dis plus. Tous se tournaient vers moi et attendaient. Mais je me bornais à me taire et à sourire. Ce sourire, Gygax le haïssait de toute son âme. C'était le plus arrogant sourire d'enfant qu'il connaisse, dit-il devant l'équipe rassemblée.

« Il y eut un autre samedi soir. Nicole avait amené son cousin Pierre, un accordeur aveugle. À peine Gygax avait-il frappé quelques notes que Pierre s'écria : *"Mon Dieu*, comme ce piano est désaccordé !"* Je ne peux décrire le sentiment de triomphe qui m'envahit alors, il n'y a pas de mots pour le dire. Tous se retournèrent et me regardèrent. Je m'avançai, me plaçai à côté du piano et regardai Gygax. Imperturbable, je le fixai dans les yeux jusqu'à ce qu'il

303

quitte la pièce, rouge de fureur. L'histoire fit le tour du foyer. Soudain, j'étais quelqu'un pour les autres. Vous comprenez : j'étais quelqu'un. D'un seul coup, ils ne riaient plus de ma lenteur pendant les cours. Gygax regardait à terre quand il me croisait dans l'escalier. Il ne me chicanait plus que derrière mon dos, et non aux yeux de tous.

« Quelques jours plus tard, Pierre vint accorder le piano. C'était une matinée d'automne ensoleillée, des faisceaux de rayons traversaient la poussière. Ils m'éblouissaient, j'étais forcé de les éviter. Pierre, sur le visage de qui ils tombaient, ne réagissait pas. Les rayons ne pouvaient rien lui faire. C'était comme s'ils ricochaient tout simplement sur lui. J'eus soudain l'impression de comprendre ce que c'est d'être aveugle. Être enfermé. Protégé et enfermé à la fois. Pierre était le premier aveugle que je rencontrais. Je lui ai demandé comment c'était devant ses yeux : si c'était tout noir. Il y avait quelque chose de très doux dans sa voix quand il me parlait de sa cécité. Il me racontait combien le monde des sons devenait important quand on ne voyait plus. Et que ce monde avait tout à coup une sonorité nouvelle. Et aussi que le visage devenait un organe sensoriel, réagissait à la chaleur et au courant d'air et en général à la présence de quelque chose. "Qu'il y a là un objet, tu le sens avec le visage", disait-il.

« De temps en temps, en parlant, Pierre souriait. Plus tard, j'ai vu une photo du temps où il possédait encore la vue. Il avait un rire merveilleux, ouvert, décontracté. D'après Sophie, sa femme, il pouvait ainsi faire sur-le-champ la conquête de toutes les femmes. Ce rire s'entremêlait au rire des autres. Plus tard, en revanche, le sourire : Pierre ne comptait plus recevoir sur un autre visage une réponse visible. C'était un sourire solitaire, orienté vers l'intérieur.

« Pierre tournait les chevilles avec la clé, frappait des accords, corrigeait encore une fois. En même temps, il fermait les yeux comme un voyant qui se concentre sur les sons. J'étais captivé en constatant qu'il n'était satisfait d'un son, entièrement satisfait, que lorsque je l'étais moi aussi. Quand moi aussi je cessais de m'inquiéter pour ce son. Un jour, quand la note fut juste, je dis : "Maintenant !" Pierre tourna légèrement la tête vers moi et sourit de cet étrange sourire solitaire. "C'est exact, dit-il, voyons si tu tombes juste encore une fois." J'y parvins, et de nouveau une tension se dénoua quand la note fut enfin juste.

« Cela devint un jeu. Ou plutôt non, ce fut ce que j'avais vécu de plus sérieux jusque-là. Je tremblais d'excitation. Pour la première fois, j'avais l'impression de savoir faire quelque chose, de le savoir réellement. De posséder une faculté que n'importe qui ne possédait pas, et avec laquelle on pouvait plonger quelqu'un dans l'étonnement. Et voilà ce qu'il y avait de fou là-dedans : je n'avais rien à faire pour cela, je le pouvais tout simplement, c'était en moi, une partie de moi. Cette facilité formait un merveilleux contraste avec l'effort que me coûtaient les paroles en ce temps-là.

« Je demandai si je pourrais moi aussi tourner une fois la clé d'accord sur les chevilles. Alors il prit ma main dans la sienne et la guida dans les gestes nécessaires. C'était une main incroyablement chaude et sèche, il me semble que je peux la sentir encore aujourd'hui. Pierre avait des mains très minces, blanches, douces, à la peau lisse, presque comme une femme. Je désirais pouvoir toujours laisser ma main dans les siennes, ne jamais cesser d'accorder des pianos. Mais ensuite il me lâcha et alla chercher une montre de poche sur laquelle il lut l'heure avec le bout des doigts. Il était pressé, dit-il, aussi devait-il faire le reste lui-même. Comme s'il pouvait lire la déception sur mon visage, il m'attira à lui et me caressa les cheveux pour me consoler.

« Alors je sentis pour la première fois sa merveilleuse odeur. C'était sans doute un parfum qu'il utilisait toujours, ou une crème. Après sa mort, j'ai recherché cette odeur pendant des années. Puis j'ai perdu peu à peu la certitude de savoir ce qu'elle était, j'en essayais intérieurement plusieurs et je ne savais plus. En même temps, j'avais le sentiment de perdre aussi Pierre lui-même. Si je voulais, dit Pierre en s'en allant, je pouvais lui rendre visite chez lui, là il m'en dirait davantage sur l'art d'accorder les pianos.

« Cela vous paraîtra incroyable, mais c'était la première fois que quelqu'un m'invitait chez lui. Avant, j'étais constamment à la maison chez ma mère, puis je n'avais pas quitté le foyer. Je ne sus d'abord que dire, si bien que Pierre me demanda si je ne voulais pas. Ce fut seulement quand je bégayai quelque chose, ensuite, qu'il s'aperçut que je me taisais à force de surprise et de joie. Quand je le racontai plus tard à Nicole, elle sourit et elle aussi me caressa les cheveux. "Tu as un visage tout brûlant", dit-elle.

« L'appartement de Pierre était meublé dans des teintes très claires, avec beaucoup de blanc et seulement çà et là une tache de couleur. C'était ce que Pierre avait demandé quand ils emménagèrent dans ce logement fonctionnel peu après son accident. À part Sophie, sa femme, personne ne comprenait. "Si un jour j'ouvre les yeux et que je puisse voir de nouveau, avait dit Pierre, je voudrais que mes regards plongent dans un espace très clair." Pourtant, il savait fort bien qu'il ne verrait jamais plus, jamais. Malgré cela, il ne pouvait pas vivre sans ce mirage. "C'est une manière de se faire illusion à soi-même, me dit un jour Sophie, il s'y enveloppe comme dans un drap protecteur qui calme la douleur."

« Je n'avais encore jamais rien vu de semblable à cet appartement, je pénétrais dans un monde totalement nouveau. Jusqu'alors, je n'avais connu que la ferme des parents d'Odile, puis les deux pièces au bord de la voie ferrée, où je vivais avec ma mère, des meubles d'occasion, bon marché et hétéroclites, et finalement les objets d'ameublement insignifiants du foyer, tellement insignifiants que malgré les quatre ans que j'y passai, je ne pourrais plus dire de quoi ils avaient l'air, surtout pas les couleurs, le foyer tout entier me semble avoir été incolore.

« Dans l'appartement de Pierre, je compris pour la première fois ce que voulait dire *élégant** – un mot que j'avais toujours beaucoup aimé à cause de sa claire sonorité et de sa mélodie. J'y associais aussi un sentiment, une attente, mais je n'avais jamais encore rien vu qui lui corresponde. Jusqu'à ce que j'entre dans la maison de Pierre. Ce fut comme un réveil. Tout était en harmonie. Et il y avait étonnamment peu de meubles, d'abord pour que Pierre ait à lutter contre le moins d'obstacles possible, mais à Sophie aussi cela plaisait. C'était, comme je l'ai dit, un monde nouveau, et ce monde se reliait désormais avec tout ce qui avait à faire avec la musique : la musique était une composante de la maison de Pierre, quelque chose d'élégant, chaque mélodie était comme l'une des formes élégantes qui peuplaient cette maison. Dans la salle de séjour, si on peut l'appeler ainsi, il y avait un gigantesque piano à queue, d'un noir profond et étincelant.

Sinon, rien d'autre qu'un seul grand fauteuil pour un auditeur. Et un mur couvert de livres, tous consacrés à la musique. Jamais encore je n'avais vu quelque chose d'aussi parfait. Et tant d'espace vide autour du piano. Une pièce rien que pour ce piano. Tout cet espace, c'était cela, la vraie richesse. J'étais comme sidéré.

« Quand Pierre, à pas incroyablement sûrs, traversa la pièce pour se diriger vers le piano, je remarquai pour la première fois qu'il boitait un peu depuis son accident. Lentement, solennellement, comme si c'était la préparation à une prière, il s'assit sur la banquette devant le clavier et frotta le bout de ses doigts les uns contre les autres, comme pour s'assurer de leur sensibilité. Puis il se mit à jouer. Plus tard, quand j'eus des points de comparaison, j'ai su qu'il ne jouait pas particulièrement bien. Il y mettait trop de sentiment, il y exprimait trop sa nostalgie de la lumière et la souffrance que lui causaient ces ténèbres sans fin. Ainsi, le sens de la rigueur de la forme artistique lui échappait. Il étirait le rythme à son gré. Comme si l'on pouvait jouer partout *tempo rubato*. C'était à la limite du kitsch et parfois même au-delà. L'agilité de ses doigts avait aussi ses limites. C'était un autodidacte, issu lui-même d'un milieu modeste, et ce n'était pas la dernière raison de son affection pour moi. Mais il aimait l'instrument par-dessus tout, à présent qu'il ne pouvait plus voir c'était tout son univers. Et dans cet univers, il était lié à Sophie, sa femme, un professeur de piano.

« Quand je revins au foyer, le soir, après ma première visite, dans la salle à manger désolée et ma misérable chambre, je restai toute la nuit éveillé sur mon lit, je ne pus même pas me déshabiller. Je rêvais du monde blanc et élégant de Pierre et je sentais grandir en moi la volonté, dure comme du roc, de m'ouvrir un accès à ce monde ; il en coûterait ce qu'il en coûterait.

« À partir du lendemain je me mis à travailler en classe comme un fou, je devais à tout prix passer l'examen d'admission à l'école secondaire si je voulais devenir facteur de pianos. Les professeurs n'en revenaient pas : je n'étais plus rétif, je ne me rebellais plus, mais j'étais plein de bonne volonté et studieux à faire peur, comme Nicole le dit un jour. Le vent tourna en ma faveur et soudain ils eurent tous l'ambition de me voir réussir l'examen. Ils m'appelaient *notre petit Steinway* et le concierge, par ignorance ou par plaisanterie, alla jusqu'à *notre petit Stradivari*, en prononçant le *S* comme un *Sch,* ce qui rendait le tout encore plus ridicule.

« Pierre et Sophie m'ont initié à la musique de façon très différente. Sophie, à sa manière sobre, de tendance artisanale. Elle tenait à ce que j'apprenne les choses depuis le début. Des douzaines de fois, je l'ai entendue dire que l'on ne peut pas danser avant de savoir marcher. Sophie, c'étaient les études. Pierre, en revanche, c'était la musique. Comme je l'ai dit, il n'était pas un bon pianiste, et même à vrai dire assez mauvais. Mais quand il était assis là, ses yeux aveugles fermés, enclos dans l'obscurité, tendant l'oreille à une mélodie – cela avait quelque chose d'incroyablement pénétrant. À ce moment-là, il s'agissait de l'âme et de rien d'autre. C'était un peu comme dans un sanctuaire. Dans de tels moments, je l'ai beaucoup aimé, plus que personne avant ou après lui. Et dans cet amour entraient la douleur de le savoir condamné à la nuit et la reconnaissance d'avoir découvert ce nouveau monde. Pour lui, j'aurais marché dans le feu.

« Sophie me montra quelque chose de tout nouveau : les notes. Elles semblaient chargées de sens comme une écriture secrète. Sous ma couverture, avec une lampe de poche, j'apprenais toutes les clefs par cœur, pendant des nuits entières. En même temps, je m'imaginais qu'à part Pierre et Sophie, moi seul je pouvais lire cette écriture.

« Sophie avait l'habitude d'emporter les partitions au concert, des partitions de poche, d'épais petits cahiers jaune foncé. Un jour, elle m'emmena à un opéra. C'était *Un bal masqué*. Je ne compris pratiquement rien de l'action, la représentation avait lieu en italien. Mais je n'avais jamais rien vécu d'aussi beau auparavant, rien qui s'enfonçât aussi profondément en moi. La scène, qui pouvait être transformée derrière le rideau en un temps incroyablement court ; l'orchestre dans la fosse ; les gestes du chef d'orchestre ; les costumes ; le fait que les dialogues aussi étaient chantés. Mais le plus incroyable, c'était quand l'orchestre prenait son élan et édifiait une scène musicale sur laquelle les arias s'élevaient. Bien plus tard seulement, j'ai eu conscience de percevoir avec la plus grande excitation le silence particulier, plein d'attente, du public quand une telle montée conduisait de nouveau à un air connu. Et puis les applaudissements frénétiques quand l'un de ces airs était terminé. Je ne m'étais pas attendu à cela et je ne l'aurais pas cru possible : que des gens puissent être aussi enthousiasmés. Le visage brûlant, j'étais assis dans la pénombre, en proie à une pensée que je n'osai pas formuler pendant des années encore : moi aussi je composerais quelque chose comme cela, et à la fin je serais moi aussi debout sur le devant de la scène, au milieu des applaudissements qui déferleraient des balcons. Je suis sorti de la représentation dans une véritable fièvre, muet d'excitation, si bien que Sophie me scrutait avec curiosité. Je ne me suis jamais plus remis de cette fièvre.

« Pierre et Sophie Delacroix m'adoptèrent. J'avais onze ans. Quand j'habitais encore au foyer et que je n'étais chez eux qu'en visite, je m'étais constamment senti comme le pauvre pupille dont on tâchait de s'occuper. Le jour où j'entrai chez eux avec armes et bagages, tout changea. Désormais, j'étais leur fils. Au début, ce fut merveilleux. J'apprenais à jouer sur leur piano. Je m'adaptais sans peine à leur vie. Ou en tout cas je le croyais, je voulais le croire. Mais bientôt, quand la curiosité et la joie de la nouveauté faiblirent, il y eut les premiers signes annonçant que Pierre et Sophie se sentaient dérangés dans leur vie calme et peu bavarde de couple bien habitué l'un à l'autre. Les premières irritations sont venues, alors qu'il n'y en avait jamais eu auparavant. Je n'osais m'approcher du piano que lorsqu'ils n'étaient pas là tous les deux. Et d'un seul coup, il devint difficile pour Sophie d'obtenir des billets de concert. Qui sait comment cela aurait tourné s'ils n'avaient pas été tous les deux victimes d'un accident. »

Cela, Père, c'était l'histoire telle que tu nous l'as sûrement racontée une douzaine de fois, avec peu de variantes. L'histoire de ta rencontre avec la musique. L'histoire qui t'a finalement conduit derrière les barreaux.

*
* *

Juliette était là, et nous avons fait l'essai que j'avais imaginé : j'écoute comment une œuvre orchestrale se rétrécit au piano, et ensuite j'essaie le chemin inverse avec la musique de Père. C'est plus difficile que je ne le pensais, beaucoup plus difficile. Avant tout, parce que je ne suis pas habitué à entendre vraiment les notes des nombreux instruments. Sans parler de leur harmonie d'ensemble.

Mais ce ne fut pas cela qui troubla la soirée. Au milieu de la musique, le téléphone sonna. Elle essayait en vain de me joindre depuis des jours, dit Mercedes. Paco avait attaqué avec l'extincteur un enfant nouvellement arrivé. La tête avait été entièrement recouverte de mousse, on avait dû appeler l'ophtalmologue. Jamais encore il ne s'était montré violent avec un autre enfant, il l'était uniquement envers lui-même.

« Tu as compris ?

— Oui », dis-je, j'avais compris. Puis il y eut un long silence sur la ligne.

« Comment s'appelle le nouveau ? demandai-je enfin.

— Undurraga. »

C'était le nom que Paco s'était choisi au cimetière.

« Pourquoi demandes-tu cela ?

— Comme ça.

— Tu vois maintenant combien j'avais raison ? »

Cela voulait dire : tu as abattu le rempart de délimitation péniblement érigé par Paco, et maintenant les vagues de ses affects le submergent. C'est ta faute.

Je ne disais rien. L'autre enfant avait pris à Paco son nom. Ainsi nos promenades avaient été profanées. C'était contre cela qu'il s'était défendu.

« Puis-je lui parler ?

— Non. » C'était plus que précis : tranchant.

Je sentis la chaleur m'envahir. J'éloignai le combiné de mon oreille et respirai lentement.

« Quand reviens-tu ? » demanda Mercedes dans une autre plage de silence.

Je ne savais pas, dis-je.

« Quand le sauras-tu ? » Le grésillement sur la ligne rendait impossible de déceler le degré d'ironie de la phrase.

Je ne savais pas, dis-je.

*
* *

« C'est un enfant psychiquement perturbé, dit Juliette. Ne te laisse pas persuader que tu es responsable. Et comment cette Mercedes, ou quel que soit son nom, en vient-elle à des commentaires aussi pharisaïques ?

— Je suis allé me promener avec lui pendant trois ans, dis-je. Nous avons écouté de la musique, exactement la même musique, exactement en même temps. C'était ridicule et kitsch aussi, mais j'ai commencé par l'opéra. Il n'aimait pas cela, il enlevait simplement les écouteurs. La même chose avec Brahms, Schubert, Mendelssohn. Avec les symphonies de Beethoven, il ne participa guère plus longtemps. C'est peut-être trop pour lui, pensais-je, quand plusieurs instruments jouent ensemble, et j'ai mis des sonates pour piano. Il garda ses écouteurs. Naturellement, j'ai aussi essayé de la musique latino-américaine, mais il a pris alors un visage assez absent. Après la première cassette qui contenait des sonates pour piano de Mozart, il me fit de la main le geste de tourner : encore une fois ! Il en est resté à Mozart, et parfois il voulait écouter Bach. Avec le temps, je pouvais distinguer son visage-Mozart de son visage-Bach, et je mettais la cassette qu'il fallait. Ce fut ainsi pendant trois ans, et même un peu plus. Et c'est avec moi qu'il prononça ses premiers mots.

« — Tu ne peux pas être un père pour lui pendant toute une vie, dit Juliette. Ni un thérapeute. Et tu ne peux pas passer ta vie au Chili à cause de lui. »

Les paroles de Juliette me firent du bien, elles remettaient les choses à leur place. Mais quand elle fut partie, les mots perdirent heure après heure leur force de persuasion. Le dessin de Paco est devant moi. Je le trahis, lui, le vivant, pour écouter ici, bien trop tard, la musique d'un mort.

PATRICIA

Quatrième cahier

Tu es un joueur, Patrice. Non à la roulette ou à la table de poker. Tu joues avec les êtres humains. Non pour les exploiter ou parce que tu manquerais de respect envers eux. Ni non plus par amour du pouvoir. Ta manie consiste à vouloir absolument sonder les limites d'une relation en les franchissant et en provoquant ainsi une catastrophe.

C'était cela que je pensais après avoir raccroché le combiné. Ce que tu m'as raconté sur toi et Paco avait une résonance funestement familière. Et du fait que tu as téléphoné, malgré notre convention, pour me demander conseil, j'ai cru vivre un épisode de cette même histoire. Je suis la dernière à pouvoir te conseiller en cette affaire, et non seulement parce que je ne connais pas le garçon et son infirmière. « Excuse-moi d'avoir téléphoné », as-tu dit. « *De rien* », ai-je répondu.

Pendant les heures qui ont suivi ton appel, je fus incapable d'écrire, et le lendemain soir les mots ne vinrent pas non plus. Tu te faisais jouer la musique de Papa, avais-tu dit. Donc, je t'ai bien deviné, pensais-je. Je le pensais sans joie ni triomphe. Car il m'était difficile de m'adapter à la nouvelle situation. Tu écoutais la musique de Papa que je n'avais jamais entendue et tu l'écoutais avec quelqu'un qui n'était pas moi. En outre, cela avait lieu dans une proximité inattendue, si je la comparais avec l'éloignement des Andes auquel je m'étais habituée dans mon dialogue silencieux avec toi. Deux autres jours ont encore passé avant que je retrouve des mots.

*
* *

Les soirs pendant lesquels je restais devant le cahier vide et attendais en vain le retour des mots, je te revoyais souvent, petit garçon : tu m'apportais tout ce que tu avais fait, chaque dessin, chaque figurine d'argile, tout. Tu me le remettais d'une manière qui, en ce temps-là déjà, alors que je ne savais pas encore l'interpréter, me touchait très profondément. Je n'ai compris ton désir qu'au cours du temps : tu ne voulais pas être complimenté pour ton œuvre. Tu ne voulais pas non plus de remerciement. Tu ne me la dédiais pas comme on fait un cadeau. Ce que tu voulais, c'est que je la déclare notre bien commun et que je la reconnaisse aussi comme mienne. Sinon, cela ne comptait pour rien. J'ai cru déceler un lointain écho de ce désir dans ta voix quand tu me parlais de Paco au téléphone.

Je peux sentir la pluie sur ta peau, as-tu dit un jour, tandis qu'avec la main tu touchais les gouttes sur ton propre bras.

La langue du corps de ceux que tu as admirés et aimés, tu te l'appropriais avec un naturel à couper le souffle. Tu as vu un jour un chef d'orchestre descendre du podium et se diriger d'un pas élastique vers la porte que le garçon de salle tenait ouverte. Quand les applaudissements tarirent, tu es allé vers le foyer avec exactement la même démarche, étrangère à la tienne. Tu étais tellement absorbé à te perdre dans l'attitude de l'autre : tu ne t'es même pas aperçu que tu me faussais compagnie. Un jour, nous avons vu dans un café un homme dont la main, quand il expliquait quelque chose, explosait comme si ses doigts devaient s'envoler en étoile loin dans l'espace. Le lendemain, quand tu donnas une explication, tu fis exactement le même mouvement. Qu'il s'agisse du style verbal de quelqu'un, de ses gestes, de sa mimique, de son attitude corporelle, de son rire : tu imitais tout sans peine. Aujourd'hui, je pense que cette virtuosité d'empathie est aussi une monomanie : l'obsession de ne pas vouloir devenir toi-même.

Unisson : c'était le mot magique avec lequel tu as bâti notre prison invisible. Une fois encore tu fus infaillible dans le choix du mot : il est beau et poétique. Pour cette raison on peut à peine se défendre contre lui, et parce que l'on ne peut pas refuser le mot, il est difficile de se défendre contre l'idée. Tu as toujours été expert en ce domaine ; tout gamin déjà tu as attrapé au passage les tournures les plus folles et tu les as employées à moitié convenablement, longtemps avant d'avoir pu savoir leur sens exact. Et tu as tenu des discours pour les anniversaires et les mariages, les gens beuglaient de plaisir et d'admiration ; tu étais un mélange de jeune prêtre blanc-bec et de Don Juan charlatan. Tu pouvais faire rire les gens et aussi les faire pleurer. Tu as le don de pénétrer dans le cœur des gens par ta parole, de les soutenir et les consoler, mais aussi de les blesser au plus profond d'eux-mêmes. C'est de cette façon que tu m'as envoûtée moi aussi, et d'abord avec le mot *unisson*. Tu l'as célébré de telle manière, ce mot, que je n'osais pas penser que la chose pourrait être irréalisable, voire destructrice – un piège harmonieux.

En même temps, ce n'était pas le mot qui t'importait, mais la chose. Cela ne devint jamais plus évident que dans ton refus de jouer à un jeu où nous aurions été adversaires. Jouer l'un contre l'autre – c'était impossible. Tu sabotais toutes les tentatives en me laissant gagner exprès. Et un jour, alors que nous regardions un match de tennis, tu as dit : « Imagine un peu que l'un des deux perde une balle de match et dise ensuite : "Je ne pouvais pas le voir perdre, je l'aime beaucoup trop." Est-ce que ça ne serait pas merveilleux ? »

Tu étais un maître dans l'art des secrets partagés. Chacun de ces secrets était comme une attaque par surprise, et ils étaient si adroitement choisis qu'il m'aurait semblé terrible de les trahir. Ces secrets aussi : des pierres dans le mur de notre geôle. La seule défense efficace aurait été de dire : « Je ne veux plus partager de secrets avec toi. » Mais cela aurait signifié : « Je ne t'aime plus. » Dire cela était inconcevable.

Les lieux que nous avions découverts ensemble étaient comme revêtus d'une couleur, la couleur de l'exclusivité : là, nous ne devions pas aller avec d'autres, tout au plus seuls.

Ce que tu ne supportais pas de moi : l'ironie. La distanciation ludique qu'elle recèle était déjà de trop. En ce qui concernait notre amour, tu étais totalement dépourvu d'humour (tout comme Maman quand il s'agissait de toi). En même temps, tu savais merveilleusement te moquer de toi-même, tu étais célèbre pour cela, les professeurs admiraient la maturité qu'ils y voyaient. Je ne pouvais pas rire quand j'étais présente, parce que je savais que j'étais celle qui devait rester hors du jeu ; je devais être ton ancre.

Répandre des contes. Cette enivrante idée naquit elle aussi, je crois, de ton insatiable nostalgie d'unisson. Tu voulais provoquer l'étonnement des autres, de préférence les décontenancer complètement par une générosité qu'ils croyaient inconcevable, car elle faisait éclater tout cadre et toute raison. Ainsi, ce soir-là, devant le théâtre, quand nous sommes descendus du taxi, pleins de joie anticipée et le visage riant encore d'une plaisanterie. Une fille timide dans un manteau râpé et avec de gros souliers usés, le visage à demi recouvert par des mèches de cheveux, tenait gauchement un morceau de carton devant sa poitrine plate : *cherche deux billets*. Tu arrivais, manteau ouvert et écharpe flottante, pour me tenir la porte (tu n'y manquais jamais et je le tolérais, même si je haïssais ces secondes d'inactivité forcée et le regard particulier du chauffeur dans le rétroviseur), ton bras était déjà tendu vers la poignée, quand tu as vu la fille avec la pancarte, tu as hésité un moment en un équilibre chancelant et tu as sorti ton portefeuille de ta veste. Mon regard était tombé en même temps que le tien sur la fille, et à peine avais-je lu les trois mots à travers la vitre embuée, que je savais ce qui allait arriver, ou plutôt : je ne le savais pas, mais j'avais de nouveau ce sentiment qui m'annonçait une de tes démesures, une de tes absurdes générosités impossibles à distinguer d'une brutalité à couper le souffle.

Tu as sorti les billets, d'une valeur de 160 marks, et tu les as tendus à la fille qui les tint devant ses yeux myopes. « Je ne peux malheureusement pas me le permettre », dit-elle en s'abritant les yeux d'un coup de vent glacé. C'était l'un de ces moments qui avaient pour toi plus de valeur que toute une fortune. « Nous vous les offrons », as-tu dit, et tu m'entraînas plus loin. *Nous* vous les offrons !

Ce n'est pas la vanité, ce qui te domine dans de tels moments, ni même la vanité propre au prince de conte de fées. Tu n'attendis pas la réaction de la fille, il ne s'agit pas pour toi de savourer l'effet de surprise. Le genre de tes contes de fées veut que tu disparaisses comme un esprit. Pendant un instant, tu as bouleversé le monde, savoir cela te suffit. Tu as pénétré, penses-tu, au plus intime d'une autre personne que tu ne connais pas ; par un coup de surprise, tu as enfoncé tous les murs de la sécurité et de la défense, afin – si fou que cela puisse paraître – de te fondre avec elle et de prouver ainsi que contre toute expérience, quelque chose de tel est quand même possible. Même si cela n'a pas été possible avec moi. En cet unique instant, l'espoir a triomphé de l'expérience.

Tu es une créature qui en réalité ne peut pas exister : un soliste de l'intimité et de l'unisson. Maman t'a fait pour cela. Et de cette manière elle a quand même réussi à nous éloigner l'un de l'autre.

*
* *

Il faut aussi que nous parlions de l'oubli.

C'était par un matin pluvieux, la quatrième année après notre adieu. J'étais sortie sans mon parapluie et j'avais pris, les cheveux mouillés, l'ascenseur qui monte au studio. Par la porte qui se fermait, se glissa au dernier moment un homme de ton âge. Ses cheveux aussi dégoulinaient et des mèches mouillées se collaient sur son front. L'ascenseur venait de se mettre en mouvement quand l'homme se passa la main comme un peigne dans les cheveux, d'abord la main droite, puis la main gauche. Aussitôt, je te revis, toi aussi tu te passais la main dans les cheveux. La plupart du temps, tu faisais cela sans motif particulier. Il y avait un soupçon de narcissisme dans ce geste, mais au fond, avais-je toujours pensé, ce n'était qu'une façon de t'assurer de ton corps. Pendant toute l'ascension je restai avec cette image intérieure, je m'y cramponnais, car, comme si souvent, la nostalgie m'avait saisie dans un moment particulièrement neutre, comme celui-ci. Il s'en fallut d'un rien pour que je manque mon étage. J'étais depuis si longtemps devant l'écran que je te voyais encore près de moi, toi et tes cheveux qui glissaient entre tes doigts.

Brusquement, j'eus peur. Je ne savais plus avec quelle main tu avais l'habitude de faire ce geste. Ce n'était toujours qu'une seule main et toujours la même, de cela j'étais sûre. Nous sommes des gauchers, me dis-je. Mais ne faisais-tu pas exprès de rompre l'habitude justement par ce geste ? N'en avions-nous pas parlé ? Crispée, j'auscultais le passé, j'hésitais entre deux hypothèses et je m'acharnais tellement sur cette question que mon travail prit du retard et que je dus faire des heures supplémentaires.

En revenant chez moi, j'étais malheureuse comme je ne l'avais plus été depuis longtemps. Je ne savais toujours pas quelle main c'était, et à présent j'étais sûre de ne pas pouvoir décider à l'aide du seul souvenir. Cela signifiait que j'avais oublié quelque chose qui te concernait, véritablement oublié. Que cela pût arriver – je ne l'aurais pas cru possible. Le temps qui s'écoulait sans toi créait, que je le veuille ou non, une nouvelle réalité, oui. Cela, j'avais appris à l'accepter, et de plus en plus souvent je pouvais l'assumer au lieu de seulement le tolérer. Mais jusqu'à aujourd'hui j'avais considéré comme irrévocable que jamais – jamais – je n'oublierais ne fût-ce que la plus petite bagatelle de notre passé commun. À tout instant de ma vie future, j'aurais accès sans peine à chaque événement passé, chaque scène isolée, si insignifiante soit-elle. Je n'avais pas pu imaginer autrement notre séparation, elle n'avait été supportable que dans la mesure où j'avais cru à la totale disponibilité du passé partagé. Et maintenant, sur cet unique détail de ta main, ma vision du passé s'était troublée. Je maudis la pluie de ce jour-là, car sans elle l'étranger n'aurait pas passé la main dans ses cheveux, et l'idée m'aurait été épargnée (provisoirement) que des souvenirs, même les plus importants, perdaient avec le temps en clarté et en netteté.

Quand je passai devant un cinéma, ma première impulsion fut d'y entrer et d'enfouir mon bouleversement sous des images de film. Lorsque, ensuite, je sortirais dans la rue, ce serait comme si l'homme de l'ascenseur n'avait jamais existé. J'avais déjà le billet d'entrée à la main lorsque quelque chose m'avertit : le cinéma symbolisait notre séparation, et l'effacement de ce souvenir avait déjà été une séparation plus que suffisante. Je rentrai à la maison.

Stéphane fut déconcerté de me voir silencieuse toute la soirée. En réalité, il n'était pas tout à fait déconcerté. « Il y a en toi, dit-il soudain, ce silence tout particulier, sur quoi on ne peut se méprendre, quand tu penses à Patrice ; alors je n'existe pas. Cela ne fait rien », ajouta-t-il comme je le regardais en m'excusant.

L'épisode de la main ne fut pas le dernier bouleversement de cette sorte. Je fus atteinte bien plus profondément encore lorsque je constatai que tes contours internes commençaient aussi à m'échapper. J'étais avec des collègues au bistrot en face du studio. Il était question des élections en Algérie et une querelle naquit au sujet d'éventuelles manipulations destinées à tenir éloignés du pouvoir les fondamentalistes, qui à cette époque exerçaient une vraie terreur. À de telles questions, tu avais en général des réponses très claires que tu défendais passionnément. Sans le remarquer, je dois t'avoir demandé en silence ton opinion, car tout à coup je m'effrayai : je ne savais pas ce que tu aurais dit. Il en alla de même un peu plus tard lors d'une vive discussion sur le clonage d'êtres humains. Non que je n'aie eu ma propre opinion. Mais je m'étais sentie abritée dans la communauté de nos points de vue et de nos sentiments. Soudain se dressait devant moi, d'une grandeur menaçante, la tâche de développer un jugement et un sentiment auxquels manquait cette communauté.

Plus tard, quand je me fus habituée à cette tâche et que je commençai à sentir la liberté qu'elle me donnait, il se produisit un phénomène paradoxal : d'un seul coup, mes souvenirs furent de nouveau parfaitement clairs et fiables. Naturellement, c'était la main gauche que tu passais dans tes cheveux (nous n'avions pas parlé de cela précisément, mais de ton habitude, surprenante pour un gaucher, d'attraper au vol des ballons, et eux seuls, avec la main droite), et naturellement tu n'aurais pas jugé la fraude électorale défendable. C'était comme si le pouvoir de se souvenir s'était mis exprès en grève pour m'extorquer la douloureuse conquête de l'indépendance.

*
* *

La première semaine de travail depuis mon retour est passée. Quand je suis entrée au studio le lundi matin, une instruction écrite de Mme Bekkouche m'attendait : elle m'interdisait de travailler avec le vieux Jean au film dont il m'avait parlé. J'étais sûre que cela avait quelque chose à voir avec mon refus de l'agréable appartement, et je le dis à Jean. « Mais elle vient tout juste d'y emménager elle-même, dit-il en entendant l'adresse. On dirait qu'elle te porte un intérêt assez personnel. »

Ce que je devais faire à la place de ce film paraissait d'abord ennuyeux : le montage d'un reportage télévisuel sur un pianiste, une sorte de portrait. Je ne prêtai pas une attention particulière au nom de l'homme. Jusqu'à ce qu'au cours de la matinée un déclic se produisît : Israel Nestjev, de Tel-Aviv, c'était l'homme qui avait cloué Papa au pilori pour ne pas se trouver lui-même dans une situation délicate.

« Il y a beaucoup de pianistes qui redoutent d'être couverts par l'orchestre, disait Papa, mais chez aucun cela n'est aussi marqué que chez Nestjev. Notre rencontre ne fut pas placée sous une bonne étoile, car il regrettait mon prédécesseur et me considéra dès le début avec méfiance.

« "Comme vous le savez peut-être, la tonalité d'un orchestre s'élève un peu au cours d'un concert, dit-il. Et je voudrais être sûr que l'on m'entendra malgré cela. Accordez donc le piano vers le haut, disons à 441 hertz."

« C'est ce que je fis. Après la répétition, lors de laquelle il ne parla pas de cela, il dit :

« "Pour ce soir, je veux 444 hertz.

« — Cela pourrait poser problème avec l'orchestre, objectai-je.

« — Vous avez entendu ce que j'ai dit : 444 hertz."

« Je suis habitué aux grands airs, mais personne ne m'avait encore traité ainsi. Je savais que cela ne pouvait pas bien tourner. Avec tout autre, j'aurais fait un signe d'assentiment et je serais allé jusqu'à 442 hertz. Avec Nestjev, cela m'était égal, l'idée d'un tel ridicule m'amusait même. J'accordai à 444 hertz.

« Les musiciens arrivèrent et s'assirent, le konzertmeister alla au piano et donna le *la*.

« "Impossible !" Le premier hautbois avait bondi et gesticulait violemment. "Totalement exclu ! Nous ne pouvons pas jouer aussi haut !"

« Le konzertmeister frappa la touche plusieurs fois encore, se concentra, les yeux fermés, et dit : "En effet." Puis il passa derrière la scène, parla avec le chef d'orchestre et Nestjev qui attendait, et finalement ils vinrent me chercher.

« "Comment cela a-t-il pu se faire ? me lança le chef d'orchestre, furieux.

« — Ce n'est pas à moi qu'il faut le demander, dis-je en regardant Nestjev droit dans les yeux, mais à ce monsieur-là. Il m'a ordonné après la répétition d'accorder à 444 hertz. Afin que l'on entende réellement chacune de ses merveilleuses notes.

« — C'est un mensonge", dit Nestjev. Il ne put soutenir mon regard.

« "Vous avez une demi-heure pour rectifier cela", me dit le chef d'orchestre, puis le konzertmeister sortit et expliqua au public qu'à cause d'une variation inattendue de la température, un bref accordage du piano était nécessaire.

« Cela dura trois quarts d'heure, et à la fin j'étais trempé de sueur. Accorder un piano dans la pleine lumière des projecteurs et devant tous les yeux, c'était une torture. Certes, il y eut à la fin quelques applaudissements isolés, mais j'avais l'impression d'être un écolier mis au piquet parce qu'il n'a pas fait ses devoirs. Et naturellement je devais lutter contre ma colère.

« Le chef d'orchestre et Nestjev entrèrent en scène. Le chef d'orchestre prononça quelques mots d'excuse et attendit que Nestjev fût satisfait de la hauteur de sa banquette, c'est aussi une de ses manies. La baguette était déjà levée quand Nestjev se tourna vers le public et dit : "Moi aussi, je voudrais présenter mes excuses. Les accordeurs de Steinway ne sont plus ce qu'ils étaient.

« — Ne vous énervez pas, dit l'homme qui surveillait le moniteur de la salle. Restez calme. C'est un fat vaniteux, tout le monde le sait, et maintenant nous savons que c'est aussi un lâche."

« Un journal écrivit que j'avais eu l'air *accablé par le malheur* devant le piano. Mes collègues de Steinway me crurent ; et le chef d'orchestre me fit parvenir un message dans le même sens. Israel Nestjev ne revint jamais plus à Berlin. »

On a donc fait un reportage sur cet homme, cinq heures de documents que je dois réduire à quarante minutes. Jamais encore je n'ai vu de physionomie aussi arrogante que celle-ci. Une expression continuellement offensée sur le visage étroit, caséeux, qui, avec ses joues creuses et son nez pointu, fait penser à un oiseau. En sus, un lorgnon sans bords, je ne savais pas que cela existait encore. Dans le film que mes collègues ont tourné dans la salle de concert, on voit souvent, au lieu des yeux clairs, presque incolores, étinceler les verres à la lumière des projecteurs.

« Il faut naturellement supprimer le tic » me dit le cameraman au téléphone. Il voulait parler du tic qui une ou deux fois par minute balaie le visage comme un orage. Si l'on arrête l'image à ce moment-là, on croirait voir le masque stylisé d'un idiot. En fait, il est difficile de ne pas plaindre un homme ainsi handicapé. Mais avec ce visage, j'y réussis sans peine. Le tic n'était pas toujours là, les instantanés pris dans sa jeunesse n'en montrent rien, et chez l'étudiant aussi on ne le voit que rarement.

Il est venu de Russie en Israël avec ses parents, qui étaient apparemment d'ardents sionistes. On sent le sionisme aussi dans ses déclarations politiques, qui sont remarquablement stupides. D'ailleurs, il semble être un homme qui certes joue brillamment du piano, mais sinon n'a pas grand-chose dans la tête. En montant adroitement les documents, on peut lui donner l'air d'un crétin pourvu d'un seul et unique don. Cela me coûterait mon job. Mais la tentation est grande.

*
* *

Ce n'est pas seulement la tentation de venger Papa. Ou aussi de jouer un tour à Florence Bekkouche. Je suis tentée d'arrêter mon travail de monteuse. Cela me surprend. Quelques jours encore avant l'appel de Maman, je disais à Stéphane que j'avais le sentiment d'avoir vraiment choisi cette activité. Et quand je me remémore comment j'en suis venue là, cela en a bien l'air.

Six mois après mon arrivée à Paris, je trouvai du travail dans une agence de voyages et je quittai Mme Auteuil pour emménager dans une chambre de bonne. C'est une mêlée de poutres de soutien qui prennent appui dans les coins les plus impossibles. Je les ai toutes peintes en blanc et j'ai fait de même avec le plancher. C'est toujours un peu sombre les jours gris, mais entre-temps j'ai ajouté tant de lampes que chaque coin peut être illuminé. Il n'y a que peu de meubles – que je me suis achetés –, et habiter là consista pendant presque un an à contempler le grand espace et à suivre, par beau temps, le motif de la lumière solaire qui tombe par la lucarne ainsi que ses variations sur le plancher. Il me semblait toujours que je devais m'inventer la vie du tout au tout.

Un jour d'hiver où les flocons de neige fondaient sur la vitre de la lucarne, j'ai lu dans un journal un article sur une photographe hollandaise. Les photos publiées étaient remarquables par le fait que leurs sujets étaient d'une stupéfiante insignifiance : la courbe d'une rue sous la pluie, une marche d'escalier verglacée, une boîte de Coca-Cola écrasée, un panneau indicateur rouillé. Je fus étrangement excitée en voyant ces photos, je sus aussitôt qu'elles allaient être importantes pour moi sans que je puisse l'expliquer. Je lus avidement l'article, où il était question d'une mauvaise élève qui, à cause de sa paresse et de son caractère rebelle, bâcla son apprentissage chez un photographe, devint délinquante et travaillait à présent comme serveuse dans un fast-food. L'auteur de l'article, un journaliste, découvrit ces photos quand un ami l'emmena à une fête que donnait la Hollandaise. Les murs de son logement étaient tapissés de ces images de peu d'apparence, à la fin de l'article on en publiait une photo. Elle-même y figurait : un visage mince, insolitement plat, avec des yeux clairs et une bouche trop grande, les cheveux courts hérissés et en désordre, comme si elle les avait simplement taillés avec des ciseaux, sans miroir. Mais ce dont je me souviens le mieux, c'était son sourire railleur, libre de toute amertume. Sous son portrait était une réflexion émise par elle-même au sujet de ses photos : *Personne ne s'intéresse à ce qui m'intéresse.*

Tu comprendras pourquoi ces mots m'ont électrisée : ils rappelaient cette phrase de Papa, qui semblait coulée dans le plomb et pesa sur nous pendant tant d'années : *Personne ne veut entendre ma musique.* Mais leur ressemblance – je m'en aperçus bientôt – n'était qu'apparente. Je découpai la photo et la punaisai à une poutre. Et ensuite je me mis à comparer l'ironie de ce visage avec l'expression railleuse dont Papa avait fait un rempart autour de sa déception et de sa vulnérabilité. La comparaison m'occupa jusque dans mes rêves, où j'essayais de t'expliquer à toi aussi cette différence. C'était cela, te disais-je : la femme sur la photo avait été elle aussi étonnée, un jour, que les autres trouvent ses images insignifiantes et ennuyeuses. Au commencement, cela peut aussi l'avoir blessée. Mais ensuite, disait son sourire, elle avait trouvé bon et libérateur d'être toute seule à voir le monde à sa manière. Elle était fière de posséder quelque chose de bien à elle, grâce à quoi elle pouvait être seule sans rancœur. Jamais elle n'enverrait ses photos à un concours, et que l'on en parle maintenant dans le journal, cela l'amusait tout au plus, sans laisser en elle de traces dévastatrices qui pourraient l'amener dans l'avenir à photographier pour un public.

Pendant quelque temps, elle fut pour moi l'héroïne que j'essayais d'égaler. Je m'achetai un appareil photographique et bientôt tout le blanc des poutres disparut sous des photos imitées de celles qu'avait prises la Hollandaise. Son portrait y resta aussi fixé. Rentrer chez moi après le travail était maintenant tout différent. J'allais vers quelque chose de bien à moi, qui semblait pouvoir être le commencement d'une nouvelle vie.

Cela dura plusieurs semaines – la chambre s'était entre-temps entièrement tapissée de photos –, jusqu'à ce que je m'avoue que tout cela n'allait pas, que je m'étais raconté des histoires. Il n'y avait là que de l'imitation, et en outre c'était m'illusionner grossièrement de croire qu'en imitant la modestie ou même la singularité des sujets photographiés, j'accéderais – comme par magie – à l'indépendance intérieure de mon modèle. J'ai un peu honte d'avoir mis si longtemps pour arriver à cette simple constatation. Cela peut s'expliquer ainsi : lire qu'à l'ombre d'une phrase qui ressemblait tellement à celle de Papa, on avait réussi à vivre le contraire de ce qu'il vivait lui-même, c'était tellement impressionnant que je voulus y parvenir sur-le-champ, pour ensuite me libérer d'un seul coup des partitions de Papa. Ne pas être dépendante du succès et des applaudissements ! Se moquer d'être reconnue ! Ce désir qui, chaque après-midi et chaque jour férié, me jetait sur les chemins avec mon appareil photographique, jusqu'à ce que la dernière lumière hivernale ait disparu, était si puissant que je me trompai et pris pour une recette générale la solution particulière que la Hollandaise avait trouvée pour elle. Et naturellement, je manquai justement ainsi ce que je cherchais.

Les poutres de ma chambre étaient de nouveau blanches. Je me sentais dégrisée et complètement vide. Ce fut un hasard insignifiant qui me ramena à la photo et finalement au film. Un dimanche, je prenais mon petit déjeuner dans un bistrot, à la terrasse, quand un homme mal habillé, penché en avant, passa rapidement. En semaine, j'aurais attribué sa hâte au travail et à son métier et je l'aurais aussitôt oublié. Toutefois, en ce silencieux dimanche matin, on avait l'impression qu'il devait être en proie à des soucis privés, aussi l'homme m'occupat-il un moment encore. En particulier, le sac qu'il tenait de ses mains tellement crispées que ses phalanges en étaient blanches, ne me sortait pas de l'esprit. Deux heures plus tard, je le vis à nouveau, cette fois dans un petit parc où il était assis sur un banc et allumait une cigarette à la braise de la précédente. Le sac était à côté de lui sur le banc et un bouquet de fleurs était posé dessus. Il fumait nerveusement et touchait le sac toutes les deux secondes comme pour s'assurer qu'il était encore là. Pour la troisième fois de la journée, je le revis, dans le métro. Il n'avait plus le sac ni le bouquet de fleurs. Il semblait un peu plus calme, mais à présent je fus stupéfaite de lui voir une écharpe jaune citron qui ne voulait nullement s'adapter à toute sa personne. Je descendis en même temps que lui et je le suivis jusqu'à ce qu'il disparaisse dans une maison de pauvre apparence.

Ce fut tout, et je ne compris pas pourquoi ce hasard d'une triple rencontre m'occupa jusqu'au creux de la soirée. Ce fut seulement le lendemain, pendant la pause à l'agence de voyages, que je trouvai l'explication : à partir de cette circonstance était née l'idée de raconter une histoire au sujet d'un homme, grâce à des images transposées dans le temps. Les trois rencontres avaient été comme des instantanés d'après lesquels on pouvait inventer une intrigue. Qu'était-il arrivé au sac et aux fleurs, et d'où lui était venue soudain cette écharpe jaune incongrue ?

Je commençai à suivre des gens et à les photographier en différents endroits de leur chemin. Au début, je restais dehors quand ils entraient dans un bâtiment, plus tard j'appris à les photographier discrètement aussi à l'intérieur. Quand les photos étaient développées, je les mélangeais comme un jeu de cartes et j'essayais des histoires pour les différentes séquences. Les poutres blanches disparurent de nouveau sous les images, et cette fois elles étaient vraiment les miennes.

Il fallut encore presque deux ans pour que cela devienne un métier. Et une fois encore les choses se développèrent avec une sorte de contingence ensommeillée. Une jeune femme me demanda de lui réserver un vol pour Marseille et j'appris en même temps qu'elle se rendait à un colloque sur le montage des films. L'ordinateur se bloqua une fois de plus et, pendant que nous attendions, elle me parla de son activité de monteuse. Quand elle fut partie, je retins pour mon jour de congé un vol vers Marseille : départ le matin, retour le soir. Pendant les séances du colloque, je restai assise tout au fond, en resquilleuse. Je revins tout excitée à Paris et quand la semaine suivante je rendis visite à Mme Auteuil, qui même après la période du début était comme une mère pour moi, je lui parlai de Marseille. Veuve d'un journaliste, elle connaît aujourd'hui encore le monde entier. Grâce à elle, je pus faire un stage au studio de Mme Bekkouche.

Que s'est-il passé, pour que tout cela m'apparaisse d'un seul coup comme une impasse ? Les nombreuses caisses de livres, avec tout le poids du passé, font paraître sans vie, sur les murs, les photos de films que j'ai plusieurs fois changées au cours des années. Comme si, de toute façon, les histoires auxquelles elles appartiennent ne devaient pas être prises au sérieux. Mes années parisiennes ont depuis ces derniers jours un goût de provisoire, elles me donnent l'impression de les avoir vécues « sur appel », en retenant mon souffle, attendant l'instant où je pourrais commencer vraiment. Est-ce que ce sont les cahiers qui ont provoqué cela ? L'exploration du passé a-t-elle tant de pouvoir sur le présent ?

*
* *

La traduction, améliorée par Maman, du manuscrit d'Elena Aslanischwili, me captive maintenant, à cause aussi de son sujet. Je ne savais pas du tout à quel point le monde de la danse était riche et complexe. Le chapitre le plus long est consacré à la période romantique des débuts, au commencement du XIXe siècle, marquée par les grandes ballerines. Elena aimait ces figures légendaires, leur éclat, leur vanité et leurs rivalités. L'une des plus grandes était Marie Taglioni, une femme pâle, éthérée, dont la seule apparence incarnait à la perfection l'atmosphère irréelle des rôles romantiques. Son père Filippo, un chorégraphe célèbre, qui ne vivait que pour faire de sa fille la plus grande danseuse d'Europe, créa pour elle le ballet *La Sylphide,* qui fonda sa gloire. Elena en a tant dit sur la relation de Filippo et Marie que l'on aimerait en savoir davantage sur le père d'Elena. Je cherchai dans les caisses et tombai sur quelques pages de la main de Maman, qui certes se rapportaient à un bref passage du manuscrit d'Elena, mais n'étaient pas une traduction.

Ce que Maman décrit, c'est la mort tragique d'Emma Livry, l'élève préférée de Marie Taglioni qui voyait en elle une nouvelle fée. Emma Livry fut brûlée vive en pleine scène à l'âge de vingt ans, quand son tutu de ballerine s'enflamma aux lampes à gaz de la rampe. Les documents qui accompagnaient les textes d'Elena manquaient pour celui de Maman. Et après la troisième lecture j'en suis persuadée : elle a rédigé un texte d'imagination, en partant des faits évoqués par Elena. Ce ne sont que quelques pages, mais elles englobent ce que doit avoir été l'expérience vécue par la jeune Chantal de Perrin : peur et tension, chaleur torride et poussière sur la scène, et toujours le regard plongeant dans l'obscurité de la salle d'où monte un silence plein d'attente. Emma Livry, écrit Maman, dansait au-devant de ce silence, toujours plus près, jusqu'à la rampe. Et alors le malheur arriva. C'est un petit mélodrame, émouvant et pathétique, comme Maman l'était parfois. Peu importe ce que je ferai de tout le reste : ces pages-là, je les garderai.

Combien plus prosaïque fut son propre accident ! Même si je dois ajouter, maintenant que je connais la véritable histoire, que c'était aussi un drame intérieur. Pendant plus de vingt ans, nous avons cru que Maman s'était jetée sous le taxi, à Berne, parce qu'elle avait vu Natalie Lefèvre disparaître dans la gare et qu'elle voulait la rattraper. Quand Natalie nous apprit qu'elle n'était nullement à la gare ce jour-là, Maman dit simplement : mais je l'ai cru. Ce n'était de toute façon qu'un événement fantomatique, nous n'avions alors que trois ans. Ce qui comptait, c'était l'impression que nous laissa Maman, une hanche dans le plâtre, et planant à demi dans son lit d'hôpital. Nous n'avions aucune raison de mettre en doute le déroulement des faits. Et ainsi, le vendredi soir, avant ton arrivée, je dus opérer une sorte de renversement intérieur avant de comprendre que j'entendais maintenant une autre histoire, la vraie, au sujet de cet épisode.

J'étais assise dans la cuisine quand Maman sortit de son boudoir. D'une main, elle s'appuyait sur sa canne, de l'autre elle tenait une cigarette. Au pouce et à l'index, elle avait des traces de l'encre bleu clair avec laquelle elle avait l'habitude d'écrire. Quand elle me vit, elle entra à pas lents. Ses mouvements semblaient ensommeillés, comme chez quelqu'un qui est ailleurs en pensée. Elle resta debout derrière une chaise. Son visage était jaune pâle à la lumière de la lampe, de minuscules perles de sueur couvraient son front. Elle ne me regardait pas, et d'ailleurs ses yeux ne cherchaient apparemment rien d'autre. Je sentis qu'elle voulait dire quelque chose d'important et qu'elle n'y réussirait que si n'était pas dérangé l'équilibre intérieur qu'elle avait trouvé dans son boudoir en écrivant. Avec précaution, je posai de côté couteau et fourchette. La longue cendre de la cigarette tomba au sol sans que Maman s'en aperçoive. Tout était silencieux dans la cuisine. On n'entendait que le tic-tac de la pendule dans l'entrée.

« Il était descendu au Schweizerhof », commença-t-elle, puis elle fit une pause. Le visage affaissé sembla devenir plus jeune et plus vivant. « Il descend toujours au Schweizerhof. C'est là qu'il a logé lors de son premier engagement, et depuis lors il en raffole. Ce n'est pas loin du casino, où il donnait une soirée de Lieder. » À présent, la vie refluait de nouveau de son visage. « Je voulais le voir. Je ne voulais pas le rencontrer, seulement le voir, le contempler d'une certaine distance. Et je ne voulais pas le voir à la lumière de la rampe, mais à la froide lumière du jour et dans ses vêtements habituels. Je voulais m'assurer qu'il existait encore, en tant qu'être humain réel et non seulement comme produit de haut luxe pour journaux illustrés. »

Qui n'a pas grandi à côté de Maman aurait pu s'étonner de l'entendre parler ainsi de quelqu'un sans aucune introduction et sans donner de nom. Mais nous connaissions cela : elle est souvent ainsi, comme si les autres devaient être à chaque instant au courant du monde de ses pensées. Ce n'était pas de la présomption. Elle semblait ne pas comprendre que les autres n'étaient pas des habitants de son univers intérieur. Que l'on est seul dans le monde de ses propres représentations et qu'il faut un certain effort pour en ouvrir l'accès aux autres.

Tandis qu'elle parlait, je pensais qu'elle avait dit la veille qu'Antonio chanterait le rôle-titre dans l'opéra de Papa. C'était forcément de l'Italien qu'elle parlait ainsi au présent, niant du même coup la mort du ténor.

Le reste de la cendre de la cigarette tomba aussi par terre. Maman n'avait pas fumé une seule bouffée. Elle paraissait souffrir et reporta son poids sur l'autre jambe. Un moment, je crus qu'elle voulait s'asseoir. Mais ensuite elle s'arrêta comme si elle avait de nouveau oublié cette intention et elle continua de parler debout.

« Je n'osais pas téléphoner à l'hôtel et demander la durée de son séjour. » Elle fronça les sourcils, l'air irrité. « Et comment cela ? De toute façon il est… mais c'est égal, j'y suis allée le lendemain du concert, au hasard. À Berne, il pleuvait en tempête. Je me rappelle les bruits de la pluie et du vent quand je fus dans l'ambulance. Je me suis postée derrière une colonne des arcades, près de l'entrée de l'hôtel, et j'ai attendu. Des heures passèrent. »

À ce moment-là Maman s'assit et demanda un verre d'eau. Elle but et resta assise, les yeux fermés. Elle paraissait épuisée et très vieille. Je m'assis exactement comme avant, afin que tout ait l'air inchangé quand elle ouvrirait les yeux. Jamais encore je n'avais attendu avec une telle impatience la suite d'un récit. Tout me semblait dépendre de ce qui viendrait maintenant. Je n'aurais pas pu l'expliquer, mais même l'incarcération de Papa me semblait en dépendre. Une question, je le sentais, aurait pu tout détruire. J'attendais. La pendule tictaquait plus fort que d'habitude. C'était la première fois que Maman me parlait ainsi et faisait de moi sa confidente. Cela changerait pour toujours mes sentiments envers elle. D'un seul coup, ma vieille rancune me parut absurde. La femme épuisée, marquée par les douleurs et la morphine, qui était assise devant moi comme une naufragée, était ma mère. Rien en cette minute n'était plus important que les révélations que m'apporterait son récit.

« Il est sorti de l'hôtel, avec à côté de lui une plantureuse beauté au visage méridional. *Une putain**. Je ne le reconnus pas aussitôt, car il portait un chapeau, ce qu'il n'avait jamais fait auparavant. Il avait l'air idiot. J'avais pensé qu'il irait en direction de la Spitalgasse. Mais il prit l'autre direction et marcha vers moi, regardant la femme qui l'attirait vers la vitrine

338

d'une bijouterie. J'étais comme paralysée quand ils s'arrêtèrent tous les deux à quelques pas de moi et contemplèrent la devanture. Je tremblais à la pensée d'être vue, et pourtant je le voulais aussi. Tandis que la femme restait absorbée par les bijoux, il fit demi-tour et leva les yeux, à travers les arcades, vers les nuages noirs. Quand il se tourna de nouveau vers la femme, il m'effleura d'un regard fugitif sans me reconnaître. »

Le bruit du verre cassé déchira le silence. Maman avait écrasé le verre dans sa main et s'était coupée. Du sang coulait sur sa jupe. « Si seulement il ne s'était pas arrêté ! Tout cela ne serait pas arrivé », dit-elle en empoignant de sa main saignante la canne qu'elle tenait devant elle comme une pièce à conviction. « Tandis que la femme continuait son chemin, il ralentit le pas tout à coup et baissa la tête comme un homme rattrapé par un souvenir important. C'était pour moi comme une scène d'un film muet, aucun bruit, rien que du mouvement et la tension de l'attente. Je ne me souviens pas non plus d'aucun sentiment net. Mais la peur qu'il m'ait reconnue quand même avec du retard et vienne vers moi doit m'avoir submergée. Je fis quelques pas en arrière pour disparaître de son champ de vision, je ne vis pas une marche, trébuchai et tombai sur la chaussée. Et là, je fus entraînée par l'aile d'un taxi qui voulait quitter l'hôtel et s'engager dans la circulation. » Elle frappa le sol de sa canne et sa main ensanglantée glissa. « Je sais que tu n'y peux rien », cria-t-elle, et sa voix se brisa, « et pourtant, pendant toutes ces années, je t'en ai rendu responsable. Cela allait si bien avec tout le reste ! »

Avant de s'en aller, la veille, le Dr Rubin m'avait donné un flacon de calmant. « Ne vous en séparez pas ! » avait-il dit. Après lui avoir bandé la main, j'allai chercher un autre verre d'eau et fis boire le remède à Maman. J'avais craint que cela n'agisse comme un somnifère, si bien que je n'apprendrais plus rien. La suite fut tout autre : après un instant, Maman se mit à parler comme si elle s'éloignait, glissant sans peine sur ses souvenirs, non avec indifférence, mais sans l'implication qui avait conduit à l'éclat de tout à l'heure.

« C'était au début de septembre et il faisait encore chaud. Nous roulions avec le toit ouvert. Ce n'était pas la première fois que j'entrais au casino. Papa m'y avait emmenée pour mon dix-huitième anniversaire. Le contrôleur en livrée sourit quand il vit ma date de naissance sur mon passeport. En ce temps-là, j'avais le droit de jouer 1 000 francs. Ce qui m'impressionna le plus, ce furent les gens aux tables, qui notaient tout et calculaient avant de miser. Ils avaient l'air absorbés dans une extase que je n'avais encore jamais vue chez des êtres humains. Une femme avec face-à-main, le visage blanc sous un fard épais, les yeux brûlants, commença avec une montagne de jetons et perdit tout. Pendant des semaines, cette femme hanta mes rêves. »

Lentement, comme si elle craignait de perdre le fil en bougeant, Maman prit son étui d'argent dans la poche de sa veste et en tira une cigarette. Sa main tremblait quand elle approcha la flamme du tabac. Elle parlait sans doute du casino d'Évian.

« Je lui ai raconté tout cela pendant le trajet. En riant, il changea lui aussi 1 000 francs et me mit les jetons dans la main. "Que tu sois mon ange porte-bonheur !" dit-il en m'embrassant sur les cheveux. » Elle avala sa salive. « Il a cette manière irrésistible de m'embrasser sur les cheveux. » Elle reprit. « J'entendais encore la voix de papa quand je misai avec mes jetons, prudemment, comme il me l'avait appris :

rouge, noir, manque, passe, pair, impair*, de temps en temps *carré** ou *à cheval**. Cela allait et venait, et chaque fois que la bille s'arrêtait enfin, Antonio m'entourait les épaules de son bras, joyeux ou consolant. Pendant ma dernière mise, il disparut un moment et juste quand le croupier repêchait mes jetons avec une froide habileté, il fut de nouveau près de moi, tenant à la main un seul jeton de 1 000 francs. "Sur un seul numéro !" dit-il en me le tendant. J'eus peur, car le ton et l'expression du visage étaient tout à coup très différents. Jusqu'à maintenant, cela avait été un jeu ; à présent c'était sérieux, d'un sérieux oppressant, derrière lequel se cachait quelque chose de fanatique qui ne pouvait être dompté qu'avec peine. Son corps était tendu comme avant une compétition, je pouvais le sentir sans le regarder. Il y avait de la solitude dans cette tension, c'était un peu comme si, tandis que la bille roulait, j'avais près de moi un homme en cellule d'isolement.

« Je n'oublierai jamais le moment où la bille sembla hésiter entre deux numéros, avant de rouler sur le 33 – le chiffre sur lequel j'avais misé. Tandis que mes yeux, dans leur effort pour exclure toute illusion, commençaient à me faire mal, j'attendis en vain que son bras m'entoure maintenant encore. Quand je me tournai vers lui, il était là, silencieux, absent et intouchable, les yeux fixés sur la pile de jetons que le croupier, le visage sans expression, poussait dans ma direction. 36 000 francs ! Les secondes s'écoulaient et il était toujours à côté de moi, immobile. Je n'osais pas lui adresser la parole, c'était, pensai-je plus tard, une crainte comme celle que l'on éprouve devant un somnambule.

« *Faites vos jeux** ! La voix du croupier était aussi inexpressive que son visage. À présent je voyais la sueur sur le visage d'Antonio. Machinalement, il tira son mouchoir et s'essuya. C'était comme si je n'étais plus là pour lui. Quand il tendit le bras vers les jetons, je m'écartai involontairement ; si cela avait été jusqu'à présent un peu aussi mon argent – maintenant ce n'était plus que le sien. Lentement, mais sans hésiter, il poussa tous les jetons sur un seul champ et s'assura qu'ils ne touchaient aucune ligne. Peu d'autres joueurs misèrent, la plupart regardaient fascinés la forte mise et l'homme qui était debout tout près de la table, les mains dans les poches, sautillant imperceptiblement sur la pointe des pieds et les yeux mi-clos. Il n'aurait pas pu être plus loin de moi qu'en cet instant.

« *Rien ne va plus** ! La bille roula. Quand elle ralentit et commença à se diriger vers le centre, il cessa de sautiller. Au glissement et bourdonnement régulier de la bille succéda un cliquètement irrégulier quand elle entra en contact avec la roue portant les numéros, qui tournait en sens contraire, et qu'elle sauta brièvement dans la case pour aussitôt en rejaillir. Alors seulement je remarquai que pendant tout ce temps j'avais crispé mes doigts sur mon sac à main. La trépidation de la bille ralentit et s'adoucit. Elle s'arrêta sur le 18. Les jetons d'Antonio étaient sur le 17. On entendit le soupir et le souffle des spectateurs. Le croupier lui lança un bref regard. Les coins de sa bouche tressaillirent quand il attira à lui les jetons.

« Alors seulement j'osai regarder Antonio. Il avait fermé les yeux ; il respirait lentement et profondément. Ses lèvres tremblaient légèrement, il fallait être à côté de lui pour s'en apercevoir. Puis ses traits se détendirent, ses lèvres se calmèrent et il ouvrit les yeux comme après une longue perte de connaissance – hésitant, incertain, et avec de l'étonnement dans le regard. Un moment, il me fixa comme s'il devait réfléchir pour savoir où il avait déjà vu cette personne. *Faites vos jeux* !* criait le croupier. À présent, il arborait le sourire qui m'avait ensorcelée lors de notre première rencontre. Il me sembla que son visage s'était refermé sur un abîme. *"Amusant, n'est-ce pas* ?"* dit-il en m'emmenant. »

Maman n'allait plus mentionner une seule fois le nom de l'Italien. *Il* – c'était suffisant. Elle s'était retranchée derrière ses paupières tressaillantes, dans une arène intérieure où elle était seule avec lui. Je restais au bord de cette arène et je retenais mon souffle. Mes pensées semblaient s'approcher si près des siennes qu'elles se touchaient presque.

À présent, quelque chose se passait en elle ; quand j'y songe il me semble que c'était une sorte de bref glissement de terrain. Elle se cramponnait à la canne et au verre et se recroquevillait de côté sur la chaise, comme elle l'avait fait dans le fauteuil de Papa.

Quand elle continua, sa voix était tour à tour larmoyante et furieuse, en alternant très vite, et parfois les deux en même temps.

« Au retour, tu n'as pas dit un mot au sujet de la roulette, mais tu bavardais sur une chose et l'autre. Tu étais gêné de t'être montré à moi dans ton vice, je pouvais le sentir derrière toutes tes plaisanteries. Je m'imaginais comment cela aurait continué au casino si je n'avais pas été là. En même temps, je regardais tes mains avec leurs bagues célèbres. – Je peux encore les sentir sur moi aujourd'hui. – Jusqu'à, ce soir-là, elles avaient été d'un or magnifiquement frais. Maintenant, elles n'étaient plus que de métal froid. »

Le glissement de terrain était passé, et Maman reprit la distance intérieure de son récit. Au cours de ce qui vint alors, je fus souvent tentée de me lever et de la serrer dans mes bras. Je restai assise. Elle parlait en ma présence, oui. Mais à la différence du commencement, je n'étais plus sûre qu'elle me parlait vraiment. C'était peut-être seulement un hasard si ses souvenirs, sa colère et sa douleur se déchargeaient devant moi. (Et non devant toi, me passa-t-il par la tête.)

« Ce soir-là, je n'allai pas avec lui à l'hôtel. Lors des répétitions des jours suivants, il se dépensa comme si c'était déjà la première. Il était fantastique. Ensuite, il venait me chercher au vestiaire et quémandait des louanges. Il voulait faire oublier Évian. Il y réussit, parce que moi aussi je voulais l'oublier. La première s'acheva avec vingt et un rappels et des déferlements d'applaudissements pour lui, la star. On n'avait encore jamais entendu un tel *Bal masqué* à Genève, écrivirent les journaux. Je fus pétrifiée de jalousie quand Amalia le serra dans ses bras devant tout le monde et, par jeu, lui plaqua un baiser sur les lèvres. Après la fête de la première, nous allâmes à l'hôtel, où il se moqua de moi et de ma jalousie. »

Maman posa le verre sur la table et essuya des deux mains ses larmes. Un instant, un sourire parut sur son visage, et elle ouvrit les yeux. Son regard était dirigé vers moi, mais il ne me touchait pas. Il était fixé sur la scène du souvenir, pas sur moi.

« Ce furent des semaines d'ivresse. Papa, qui avait refusé de se rendre à une représentation, devint maussade et se mit à boire. Le mois de septembre touchait à sa fin. Il passait la moitié de la semaine à Milan, où il se rendait en avion pour préparer *Tosca*. *Tosca* avait été son premier disque et lui avait valu cet engagement. C'étaient ses débuts à la Scala et, en pensée, il était bien plus là-bas qu'à Genève. Aux deux dernières représentations de Verdi, sa voix fut terne et plate, le cœur n'y était plus. Au fond, il n'était plus depuis longtemps avec moi. Quand je l'obligeais à parler d'un avenir commun, ses paroles semblaient de pénibles aveux du bout des lèvres. J'avais le sentiment de perdre le sol sous mes pieds. »

Le visage de Maman sembla geler ; le front, le nez et les yeux fermés avaient maintenant l'air d'être de pierre dure et grise.

« Le matin de ton départ définitif pour Milan, tu m'as fait faux bond ; tu étais déjà parti quand j'arrivai à l'hôtel. À la réception, on me remit une feuille de papier à en-tête de l'hôtel, où il y avait quelques mots hâtivement jetés. Pendant des années, ces mots ont tournoyé dans ma tête comme une mélodie obsédante dont on ne peut pas se débarrasser : *Adieu. C'était beau. Ne sois pas triste que ce soit fini. La vie continue.* Les lettres de la signature étaient trois fois plus hautes que le reste. Aujourd'hui encore, je ne sais pas ce qui m'a rendue le plus furieuse : que tu aies employé des mots éculés dignes d'un soap-opera, ou que tu aies signé de ton nom entier. »

Le téléphone sonna. Ce devait être Dupré ou Rubin. Je fermai la porte de la cuisine. Ils attendraient. Ce que j'avais appris au cours de la dernière heure changeait tout. Voilà ce que je pensais : *cela change tout.* Sans savoir en réalité ce que cela voulait dire. Je n'ai pas eu d'idée claire, pas pendant tout ce temps. Je n'avais que ce sentiment diffus : les choses étaient différentes de ce que j'avais cru jusqu'alors. Cela incluait aussi – d'une certaine manière – notre passé, je le sentais. Et naturellement, j'avais cette question sur les lèvres : Papa savait-il tout cela ? Savait-il que la voix qui chantait à son oreille tous ses rôles de ténors avait appartenu à l'ancien amoureux de Maman ? Savait-il qui il avait abattu d'un coup de feu ?

« C'est un joueur et un lâche », poursuivait à présent Maman. « Je me le suis dit heure après heure, jour après jour. Cela ne servait à rien. Papa triomphait en secret, ce qui empirait tout. Dix jours plus tard, j'appris que j'étais enceinte. Suivirent des semaines pendant lesquelles régna dans mes sentiments une confusion comme je n'en avais jamais connu. J'aurais voulu devenir comme Désirée Aslanischwili, la divine Désirée. J'avais commencé tard à apprendre la danse, plus tard que d'autres enfants, parce que maman voulait bien que je devienne ballerine, mais elle avait peur, aussi, de me faire ainsi violence. "Il y a là de terribles exemples", disait-elle. »

(Aujourd'hui je sais : l'un de ces exemples, que Clara connaissait par le texte d'Elena, était Marie Taglioni.)

« Malgré cela : j'étais bonne, dans la troupe de Genève je passais pour le numéro un, et cet automne-là j'aurais pu aller pour une saison à Paris. Devais-je abandonner tout cela pour un enfant dont le père m'avait laissée tomber de cette manière aussi impudente et ridicule ?

« Plusieurs fois, je suis allée à l'aéroport et à la gare, résolue à partir pour Milan. Était-ce le respect de moi-même qui me retenait, ou la certitude que cela de toute façon ne servirait à rien – je ne sais pas. Il fallait que je le dise à quelqu'un, et finalement je le dis à papa. Quand je descendis le lendemain matin après une nuit sans sommeil, il avait déjà dressé une liste d'adresses pour un avortement, toutes à l'étranger. »

Un sourire, qui était plutôt le simple souvenir d'un sourire, glissa sur le visage affaissé et atone de Maman.

« Ce fut une semaine plus tard que Frédéric vint pour accorder le piano. Il peut en dire beaucoup plus que moi à ce sujet. J'étais encore dans le cocon de mes sentiments troublés. Tous les jours, je passais le

346

disque de *Tosca*. Des douzaines de fois à la suite, j'écoutais *Recondita armonia di bellezze diverse !* Et j'attendais constamment l'affirmation solennelle de Cavaradossi : *Il mio sol pensier sei tu !* Il les a chantés pour moi dans la chambre d'hôtel, ces mots. Pour moi toute seule. Et ensuite il a fait surgir de ses manches, littéralement par magie, deux billets pour la première de Milan. "Pour toi et ton père, a-t-il dit en souriant, peut-être après cela aura-t-il moins de griefs contre moi."

« Que Frédéric reconnaisse aussitôt sa voix, cela fit de lui d'un seul coup mon confident, même si nous ne savions rien l'un de l'autre et si je ne pensais pas même en rêve l'initier à tout cela un jour. Quand ensuite il cita la phrase sur la musique qui vous prépare au silence, je fus tout à fait sûre que je ne voulais pas le laisser partir. J'avais besoin de lui comme d'un compagnon qui m'aiderait à supporter mon amour blessé – auprès de qui je pourrais me décharger de ces sentiments sans me dévoiler et qui les garderait, pour qu'ils ne se perdent pas quand les autres sentiments de colère et d'humiliation me submergeraient. Supporter les deux en même temps – c'était trop, j'avais besoin de quelqu'un qui porterait le fardeau de mon conflit intérieur sans le savoir et sans s'y immiscer.

« Frédéric : il me semblait si fort, si ferme (elle employa le mot *solide**) et digne de confiance avec ses grandes mains anguleuses – comme s'il était créé pour m'ôter une partie de mon fardeau. Tandis qu'il frappait ses accords et tournait les chevilles avec la clé d'accord, la tête légèrement penchée en signe de concentration, je regardais ses mains et je les comparais avec les mains fines, élégantes qui avaient poussé les piles de jetons au milieu de la table de jeu. J'étais contente que cet homme-là n'ait pas des mains élégantes parées de chevalières, mais des mains grossières qui ne paraissaient maladroites que si l'on ne les voyait pas travailler. Je remarquai qu'il levait fréquemment les yeux vers le couvercle relevé du piano. Ce fut seulement après son départ, en m'asseyant sur la banquette, que je compris pourquoi : le couvercle était un miroir. Je fus très impressionnée, et cela me plut beaucoup que Frédéric ait ainsi exprimé son admiration en silence, en levant les yeux vers le miroir de vernis noir. L'un aurait recours à de grands mots, chanterait toujours des arias quand il s'agirait d'exprimer ses sentiments ; et l'autre lèverait les yeux sans rien dire.

« Frédéric serait mon compagnon, celui qui m'aiderait à surmonter saine et sauve le voyage à Milan. Le matin de ce jour, j'avais enfin jeté les deux billets dans la corbeille à papier. Toutefois, je ne les avais pas déchirés, contre mon habitude. Mon désir de m'y rendre n'était pas encore réellement vaincu, et maintenant il y avait devant moi cet homme modeste, aux allures paysannes, qui avait parlé d'opéras avec un enthousiasme tranquille tout en travaillant à accorder le piano. "Je... oui... naturellement j'aimerais bien", balbutiait-il. En sortant, il s'embarrassa dans la porte avec sa sacoche à outils. Tellement mon offre lui avait fait perdre contenance. »

*
* *

Quand je descendis la rejoindre, le samedi vers midi, Maman s'était déjà habillée et était prête pour te recevoir. Qu'a-t-il pu se passer en elle tandis qu'elle allait avec agitation d'une pièce à l'autre ! Pendant six ans, elle t'avait écrit lettre sur lettre sans recevoir de réponse, si bien qu'à la fin elle s'en inventait elle-même. Maintenant, tu entrerais par la porte, en personne réelle, parce que Papa était enfermé dans une cellule. Et elle ne pourrait pas se taire plus longtemps, elle le savait. C'était trop d'un seul coup pour un être humain.

Maintenant, alors que tout est fini et que les sentiments ont eu le temps de prendre des contours nets, je sens que la solution que Maman a trouvée pour elle (la solution qui s'est emparée d'elle) me remplit de fierté. À un moment de cette nuit, elle est allée dans la cave pour scier sa canne. Quand j'ai vu tous les petits morceaux qui gisaient éparpillés dans la pièce, j'ai cru sentir dans mon propre corps la force des sentiments qui s'étaient alors libérés. La scie en main, elle avait réglé ses comptes avec les autres et elle-même. Elle voulait faire le reste du chemin sans béquille, si grandes que soient les douleurs. Désormais, elle voulait répondre d'elle-même toute seule. Même avec GP, elle avait réglé ses comptes. Je trouvai le pommeau d'argent de la canne dans le coin le plus reculé de la cave. Il était cabossé d'avoir été cogné contre le mur et les initiales de Maman, que GP avait fait graver, étaient déformées.

Si seulement cette libération avait eu lieu plus tôt, Maman ! Il aurait été plus facile de t'aimer.

PATRICE

Cinquième cahier

Je ne suis pas revenu directement de la prison de Moabit à la maison. Quand j'eus enfin détaché mon regard de la forme sombre dans le mirador, un taxi s'arrêtait à quelques mètres de moi. Le rire des gens qui en descendaient me ramena à la réalité d'une rue ordinaire de Berlin. Je montai dans le taxi. Le chauffeur attendait. Je m'entendis dire « Plötzensee, à la prison pour femmes. » Le chauffeur se retourna et me regarda. Sans doute restait-il dans mon regard quelque chose de ma récente pétrification haineuse. Cela l'empêcha de dire ce qu'il avait voulu dire. Il démarra.

Je ne savais pas que je le ferais. Maman doit avoir été tout le temps dans mes pensées sans que je m'en aperçoive. Imagine-toi : aller d'une prison à l'autre en se demandant laquelle de ces deux visions insupportables il faudrait supporter : son propre père ou sa propre mère derrière les barreaux ! Je revoyais Maman caressant les déchirures des billets d'opéra et éternuant. (Le commencement et la fin d'une vie brisée unis en un seul moment.) Ils ne viendraient pas la chercher. – Père ne sortirait que s'ils venaient la chercher. – Père ne retirerait jamais de lui-même un mot de ce qu'il avait dit, jamais. – Il ne fallait pas qu'ils viennent la chercher. – Père ne pouvait

353

pas rester jusqu'à la fin de sa vie dans la noire forteresse où l'on coupait arbitrairement la lumière.
Après le jugement, il devrait porter des vêtements
de prisonnier : le costume marron de son temps de
célibataire qu'il avait demandé, ils nous le ren-
draient pour que nous l'accrochions de nouveau
dans l'armoire à la maison ; pour toujours – Maman
aussi devrait porter des vêtements de prisonnière.

« Je voudrais… » dis-je. Le chauffeur appuya sur
le frein.

« Rien », dis-je.

« Laissez donc ces idioties, j'entendis la voix de
Père, ma femme n'a jamais tenu une arme à la main,
elle n'en a même jamais vu une. Moi, au contraire,
j'étais le meilleur tireur de la compagnie ; c'est
Hugentobler qui a triché, tout le monde le sait.

— Mais elle a tout avoué, disaient-ils.

— Elle doit avoir perdu la raison, disait Père, ce
chiffon de papier ne vaut pas un radis, ramenez-moi
dans ma cellule. »

Il ne reprendrait pas un seul de ses mots, jamais.
– Ils ne viendraient pas chercher Maman. – Savais-
tu qu'elle s'exerçait à tirer ? demandais-je à Père en
pensée. Je ne peux pas tolérer qu'on te condamne
pour un meurtre que tu n'as pas commis. Et je ne
peux pas davantage tolérer qu'ils viennent chercher
Maman. Dis-moi ce que je dois faire, lui disais-je.

En même temps, Père n'accordait pas grand crédit
aux conseils. *Chacun doit savoir lui-même ce qu'il
fait, et ensuite il doit l'assumer.* Si seulement tu
n'étais pas toujours aussi droit, Père, si inflexible-
ment brave. Cela t'a rendu inaccessible et terriblement dur.

« C'est ici, dit le chauffeur, faut-il que j'attende ? »

Je ne voulais pas sentir son regard sur moi pendant que j'approcherais de cette seconde prison, et

je le renvoyai. Avant de démarrer, il abaissa sa vitre et demanda :

« Vous êtes bien sûr ? »

Je fis signe que oui. Je n'oublierai jamais l'accent de sa question, avec sa prononciation berlinoise. Il y avait là une douceur et une sollicitude paternelle dont je n'aurais pas cru capable ce visage grossier à la barbe grise.

Je ne sais pas combien de temps j'ai fait les cent pas devant les murs de la prison. Et je n'ai aucune idée de ce que je venais chercher ici. De l'autre côté de la rue morte, il y a la prison pour les adolescents, un bâtiment gigantesque, devant lequel on se demande s'il peut y avoir autant d'adolescents délinquants. Hors des murs de la prison pour femmes, il y a un immeuble d'habitation, le seul à la ronde. Les fenêtres étaient éclairées. Je trouvais incroyable que quelqu'un veuille habiter ici (même si c'était le personnel de la prison, ou lui moins encore). Il n'y avait personne dans les miradors. À l'entrée réservée aux voitures, il y a un feu de signalisation. Il était rouge. Il resterait rouge toute la nuit. Jamais encore un feu n'avait été aussi rouge. Le sombre silence désolé de la rue rendait ce rouge dur et dangereux. C'était un rouge qui réunissait en lui tout ce dont on pouvait avoir peur et tout ce que l'on pouvait haïr. S'ils amenaient Maman, le feu passerait au vert. Je ne pouvais pas m'en aller avant d'avoir bravé le rouge. J'oubliais de respirer en traversant la ligne blanche sur la chaussée. Plus tard, en rêve, un objet quelconque tomba, j'ai oublié ce que c'était, je me rappelle seulement que c'était rouge. Dans la réalité, il n'arriva rien. Je m'arrêtai devant l'entrée des visiteurs. S'ils venaient chercher Maman, je passerais par cette porte. Je passerais sans arrêt par elle. Je ne pourrais plus quitter Berlin. M'asseoir près du hublot d'un avion et regarder de haut la ville où Maman était derrière les barreaux : c'était inconcevable. Totalement exclu. Et avec Père c'était la même chose. Moi aussi, j'étais désormais un prisonnier.

Un homme à bicyclette tourna au coin de la rue. Je fis quelques pas rapides pour regagner le trottoir.

« Qu'est-ce que vous faites là ? demanda-t-il en mettant pied à terre.

— ¡Vete a los diablos ! », dis-je. « Va-t'en aux diables ! » C'était la formule qu'aurait employée Paco. Plus on lui disait que le pluriel n'était pas à sa place ici, plus il parlait obstinément des diables, parfois même de beaucoup de diables. Comme Paco, j'enfouis mes mains dans mes poches. L'homme, qui portait sous son manteau l'uniforme du personnel de la prison, hésita encore un moment et continua son chemin. Avant de disparaître dans l'entrée de la prison pour adolescents, il jeta un regard pardessus son épaule. Ce soir-là, ils étaient tous mes ennemis. Je ne bougeai que lorsque la porte se fut refermée derrière lui.

*
* *

L'entrée n'était pas éclairée quand j'arrivai à la maison. Le mince rayon de lumière qui filtrait par la porte entrebâillée du boudoir traçait un trait lumineux. Maman devait m'avoir attendu depuis des heures ; elle m'appela, à peine eus-je franchi le seuil de la maison. Je fus étonné de la fermeté de sa voix. Elle ne convenait ni à la femme brisée qui m'avait ouvert la porte l'après-midi, ni à la silhouette qui, quelques heures plus tôt, perdue dans ses pensées, lissait de la main les billets d'opéra. Je longeai lentement le couloir. Je sentais battre mon cœur. Ce serait la première fois que j'entrais dans cette chambre.

La pièce n'avait plus la moindre ressemblance avec le boudoir de Genève. Tout était nouveau : la table à maquillage, les miroirs, le canapé, les fauteuils et les tapis, les rideaux. Rien ne rappelait plus le goût de GP pour les fioritures et les parfums. L'éclairage aussi était différent ; la lumière assourdie qui se mêlait dans mon souvenir au sentiment de l'interdit, avait cédé la place à une lumière claire, presque blanche, qui créait une atmosphère dépouillée. Seul le secrétaire était le même.

J'étais déconcerté. Mes sentiments qui émergeaient de l'ombre du passé ne pouvaient se diriger vers rien et ne ricochaient sur rien : ils heurtaient le vide. Il m'est difficile de l'avouer, mais je me sentais trompé – comme si quelqu'un avait changé en secret décor et accessoires, si bien que sans m'en apercevoir, je jouais depuis longtemps une mauvaise pièce, avec des sentiments et des pensées depuis longtemps dépassés. Je n'avais pénétré que de quelques pas dans la chambre quand une pensée me vint : cela avait été inutile, une cruauté inutile, de ne pas ouvrir les lettres de Maman. Ma rancune et mon refus s'étaient adressés les dernières années à une femme qui n'existait plus. En changeant complètement la pièce où, dans toute la maison, elle était le plus chez elle, Maman avait établi une distance avec le passé. J'avais sur le bout de la langue une question : à quand remontait ce changement ? Mais cette question aurait créé une proximité dangereuse qu'il fallait éviter à tout prix.

Sur l'abattant du secrétaire, il y avait deux enveloppes fermées. Sur l'une, la plus épaisse, était écrit le nom de Père. L'autre ne portait pas d'adresse. Le papier beige clair, l'encre bleu pâle, l'écriture fine : tout était exactement comme les soixante-seize lettres qui avaient disparu dans ma commode, sous le napperon au crochet. Je sus aussitôt ce qu'il devait y avoir dans les deux enveloppes. Mais à peine cette certitude s'était-elle formée que je la repoussai de toutes mes forces. Je n'étais pas encore prêt pour cela.

« Voudrais-tu une tasse de thé ? demanda Maman. Et quelques biscuits ? »

De sa main bandée, elle prit la théière sur le réchaud et commença à remplir la tasse toute prête.

« Tu le prends toujours avec beaucoup de lait et du sucre, *à l'anglaise** ? » demanda-t-elle ensuite, le pot à lait dans une main, le sucre candi dans l'autre. Elle ne me regardait pas, et ainsi la question n'avait pas l'air d'être posée en réalité dans le présent, mais semblait un écho du passé. J'aurais préféré ne rien répondre.

« Oui, s'il te plaît », dis-je enfin.

Quatre ou cinq sortes de biscuits remplissaient la coupe. Maman les désigna toutes par leur nom et décrivit leurs avantages. Je n'écoutais plus. Dehors, il pleuvait à torrents. La pendule de l'entrée sonna deux heures.

« Tu ne bois pas », dit Maman à voix basse.

Je pensais au feu rouge de Plötzensee. C'était fantomatique.

Maman s'affaissa dans son fauteuil et ferma les yeux. L'heure nocturne du thé était terminée. Une dernière fois, elle avait tout mis en œuvre pour conserver les apparences – comme on le lui avait appris. Peut-être avait-elle voulu aussi me montrer qu'elle savait comment on se comporte envers un fils adulte. C'était maintenant passé. Désormais, il ne s'agirait plus que de la vérité. Sans ouvrir les yeux, elle lissa sa robe bleue et chercha la position qui rendrait sa hanche moins douloureuse. La pendule tictaquait avec une force insistante. Le visage grimaçant de douleur, une main sur la hanche, Maman se leva soudain, sortit en claudiquant et arrêta le tic-tac. C'était comme si elle avait ainsi créé un temps spécial pour nous deux, un temps du souvenir et de la confidence, que l'on ne pouvait mesurer avec aucune pendule. Puis elle s'assit exactement comme auparavant, si bien qu'on eût dit qu'elle n'était pas sortie. Lentement, elle joignit les mains sur ses genoux. Ses traits se détendirent et laissèrent paraître son épuisement. Les yeux toujours fermés, elle parla.

Elle raconta encore une fois le voyage à la Scala de Milan. Je fus d'abord surpris que cet événement passé soit remis sur le tapis. Mais je compris bientôt pourquoi elle remontait aussi loin. Elle voulait m'expliquer (et peut-être aussi à elle-même) comment on avait pu en arriver à l'acte sanglant de l'Opéra. Ce ne fut pas l'histoire habituelle que nous ne pouvions plus entendre, autrefois, parce qu'à force d'être répétée elle s'était figée, dégradée en une icône narrative, une icône familiale d'où la vérité de la vie s'était enfuie depuis longtemps. Elle préféra raconter le petit déjeuner qu'ils avaient pris, Père et elle, le lendemain matin, dans la célèbre Galleria.

« Là, il me parla pour la première fois de son désir secret de devenir un grand compositeur d'opéras. Et comme pour prouver qu'il en avait la capacité, il adressa la parole au maître d'hôtel dans l'italien antique et baroque de l'opéra. Je me suis aperçue bien plus tard que c'est le seul italien qu'il connaissait », dit-elle.

Des larmes se formèrent entre ses cils, et ce n'étaient pas les larmes de la morphine.

« Il raconta sa première soirée d'Opéra, au grand Théâtre de Genève. Il était dans l'obscurité, le visage brûlant, il entendait les applaudissements qui n'en finissaient pas, et il pensait : moi aussi je composerai quelque chose et, à la fin, moi aussi je serai sur la scène et on m'applaudira. Il oubliait que nous étions dans un café et il parlait beaucoup trop fort, si bien que les gens se retournaient vers nous. Je le laissai parler : il aurait été trop cruel de le déranger dans l'enthousiasme qu'il revivait. Et, à ma stupéfaction, les regards curieux et indignés ne me gênaient pas le moins du monde. » Après une pause, Maman ajouta : « Je crois que ce fut le moment où je sentis pour la première fois que, non seulement j'avais besoin de lui, mais aussi que je l'aimais. »

(Te rappelles-tu, dans notre enfance, le jour où nous étions avec Père devant le Grand Théâtre, et où il nous a dit qu'il s'était trouvé autrefois *le visage brûlant* dans l'obscurité de la salle ? En racontant cela, Maman employa exactement les mêmes termes. Cela aussi, c'était Père : l'évocation du souvenir avançait le long de formules comme estampées, immuables, dont il avait décidé une fois pour toutes qu'elles étaient adéquates.)

« De tout ce qu'il a dit alors, poursuivit Maman, c'est en me parlant des sentiments des auditeurs qu'il m'a le plus impressionnée. Tous ces gens sont assis là, silencieux, disait-il, et on avait l'impression qu'en eux aussi le silence s'était fait. Pour la durée d'une représentation, ils laissaient de l'espace aux grands sentiments qui sinon ne prenaient jamais forme dans des mots. Sans rien savoir les uns des autres, ils étaient assis côte à côte, sans bouger, entièrement voués à la musique. Dans la fureur avec laquelle ils agressaient celui qui osait faire du bruit, on voyait à quel point était grand leur désir de pouvoir s'oublier au moins pour ce court laps de temps – avant de devoir revenir dans le monde des déceptions, revenir à la bravoure nécessaire pour surmonter les petites misères de la vie. Toujours, quand nous étions ensemble à l'Opéra, je pensais à ce qu'il m'avait dit alors. Et aussi mercredi soir », ajouta-t-elle à voix basse.

À présent, dans son rôle de narratrice, je reconnaissais en Maman celle qui m'avait parlé dans ses lettres. Elle s'exprimait avec cohérence et aisance. La morphine lui avait prêté ce calme fragile, trompeur, qui nous semblait toujours si inquiétant parce qu'il ne venait pas d'elle-même, mais était artificiel. De temps en temps seulement, elle oubliait des mots ; et vers le matin, quand l'effet de la morphine diminua, elle fut reprise par cette forme intense de distraction pendant laquelle ses phrases demeuraient inachevées. Une seule fois, elle s'interrompit, avec cet air d'attendre, voire d'épier, qu'elle prenait quand nous jouions à *penser pensées**, et je ne crois pas que c'était intentionnel ; c'était plutôt comme lorsqu'une ancienne habitude nous enlève la maîtrise de nos actes à un moment incongru. Pendant les pauses, je faisais attention à moi-même et j'étais soulagé – malgré le malheur dont j'étais témoin – de sentir que ma manie de penser et prononcer à sa place la fin des phrases avait beaucoup perdu de son pouvoir sur moi. Je ne la sentais plus que comme un faible écho d'un lointain passé. Si j'aidais de temps en temps Maman à conclure une remarque commencée, cela n'arrivait plus par contrainte, mais partait d'un sentiment de sollicitude. Ma rancune envers elle s'apaisa pendant ces heures nocturnes. La douceur avec laquelle elle parlait de Père ôtait leur acuité aux souvenirs qui s'insinuaient entre nous de temps en temps.

Pendant quelques instants, j'eus l'impression (mais peut-être seulement parce que je l'attendais) qu'elle allait raconter le soir du meurtre. Mais elle n'en était pas encore là, et de loin.

« Quand nous nous sommes retrouvés à Genève, poursuivit-elle, dans le petit appartement de Frédéric, il osa finalement me parler de sa participation à un concours d'opéras. Il dut – littéralement – se secouer, je vois encore aujourd'hui ce mouvement. Embarrassé, il alla chercher sa partition et me montra une page après l'autre. Avant de tourner la page, il attendait longtemps, comme si j'étais une lectrice de partitions assez exercée pour entendre le son des notes écrites. Si l'opéra devait être imprimé, dit-il, il me le dédierait.

« Est-ce que je me rappelais qu'il avait voulu me dédier son premier opéra, me demanda-t-il le jour où arriva la lettre de Monaco. "Cela fait vingt-six ans, plus d'un quart de siècle, me dit-il, maintenant enfin je peux te dédier un opéra." »

Dans sa lutte contre les larmes, le visage de Maman grimaça. Finalement, elle ouvrit les yeux, m'effleura d'un regard timide qui semblait me demander d'avoir de la patience, et prit une cigarette. Pendant quelques minutes ses traits subirent une merveilleuse métamorphose. Le visage épuisé, mouillé de larmes, fut envahi par une expression détendue, heureuse. Non que l'épuisement et le désespoir soient devenus invisibles. Ce que le souvenir répandait par magie sur ses traits, c'était une mince, une transparente expression de bonheur, qui semblait ne pas reposer réellement sur le visage mais planer devant lui, séparée par une distance infinitésimale. De temps en temps, pendant qu'elle parlait d'une voix douce, pleine d'amour, j'étais repris par la pensée de la lumière rouge à Plötzensee. Alors je souhaitais pouvoir arrêter le temps pour elle, geler ce moment de souvenir heureux. Afin que ne vienne jamais l'instant où elle me révélerait la terrible vérité.

Elle parlait de l'époque où Père travaillait à son nouvel opéra, l'adaptation musicale de *Michel Kohlhaas*. Ce furent sans doute les deux années les plus heureuses de leur vie commune. J'en savais déjà quelque chose d'après les lettres. Mais combien plus vivants et pénétrants étaient les épisodes qu'elle racontait à présent ! Ses mains, qui jusque-là reposaient immobiles sur ses genoux, participaient au récit. Parfois, elle gardait en équilibre au bord des larmes ses paroles où bonheur passé et douleur présente se mêleraient.

« L'idée de cet opéra vint à Frédéric dans le métro, m'a-t-il dit. Il était allé accorder chez une étudiante de l'université des Beaux-Arts, qu'il avait conseillée pour l'achat d'un piano. Elle venait de lire le roman de Kleist et elle lui en parla. Frédéric revint tard à la maison, il avait désiré en savoir davantage. Un homme qui voulait à tout prix rentrer dans ses droits – c'était un sujet où il se reconnut aussitôt. Jusque tard dans la nuit, il me rapporta à sa manière cahoteuse tout ce que l'étudiante lui avait dit. Il était si excité qu'il devait essuyer la sueur de son front. Son enthousiasme, c'était un peu comme autrefois à Genève, quand il m'avait parlé du concours d'opéras. Chez l'étudiante, il n'avait pas encore pensé à une adaptation musicale. Il avait été simplement fasciné que l'on ait écrit un livre au sujet d'un homme qui était comme lui.

« "Sais-tu à quoi j'ai pensé en premier ?" me demanda-t-il. "À ma mère, qui à cause de sa cicatrice au visage n'avait le droit de servir au buffet de la gare qu'en seconde classe, où l'air était toujours enfumé, où cela sentait la bière et où les hommes au gros ventre promenaient leurs mains sur elle. Elle pouvait se laver les cheveux aussi souvent qu'elle le voulait, la maudite odeur restait."

« Dans le métro, ensuite (il se rappelait même la station), il s'était dit tout à coup : je ferai de cette histoire un opéra. *Mon* opéra. La nuit même, il alla prendre le texte dans la chambre de Patricia, et il commença à le lire. Auparavant, il avait consulté le guide des opéras et constaté en triomphant que personne n'avait encore tiré de ce sujet une adaptation musicale.

« Quelques mois plus tard, quand le premier acte fut achevé, sortit un nouveau dictionnaire de l'opéra, plus complet que tous les précédents. Frédéric le feuilleta dans le magasin et constata qu'il y avait quand même déjà deux versions musicales de *Michel Kohlhaas*, l'une par un Danois, l'autre par un Autrichien. Pendant des jours, il demeura atterré et sans courage. Puis il me demanda de l'accompagner à Linz, où l'opéra de Karl Kögler, l'Autrichien, avait été créé. Là-bas, dans la salle de lecture de la bibliothèque, nous nous sommes mis à la recherche d'une critique dans les grands journaux de 1989. À la fin du deuxième jour, nous avons trouvé. Il y avait deux critiques, toutes les deux modérément positives. Frédéric fit des photocopies, puis nous avons rôdé dans la ville et pris place dans un café.

« "Michel Kohlhaas n'est pas une basse, dit-il, ni non plus un baryton comme chez le Danois. Mais le comble, c'est d'avoir fait de Lisbeth un rôle muet. Il n'y comprend vraiment rien. Je ferai d'elle un mezzo-soprano lyrique."

« Plus tard, à l'hôtel, il entra dans la salle de bains ; nos regards se rencontrèrent dans le miroir, alors son visage ébaucha un sourire comme je n'en avais pas vu chez lui depuis longtemps.

« "C'était absurde, ce voyage", dit-il. Je me tournai vers lui, et nous sommes tombés dans les bras l'un de l'autre avec un rire libérateur. "Nous n'irons pas à Copenhague", ajouta-t-il alors que nous étions couchés. C'était fou : je fus vraiment déçue, tellement ce voyage absurde me plaisait.

« Nous sommes restés encore un jour à Linz. Après le petit déjeuner, dehors, par un jour rayonnant, Frédéric sortit de sa veste les copies des critiques, leur jeta un long regard et les laissa tomber dans une poubelle. Je n'ai jamais oublié cette image. Il y avait tant d'espoir dedans : l'espoir qu'il se libérerait de son rêve asservissant de succès, qu'il pourrait un jour le secouer aussi facilement que ces papiers. Ce furent des heures de vacances sous un ciel sans nuages. Je ressentais à peine mes douleurs, et parfois je prenais ma canne sous le bras, par bravade. Il nous arrivait de marcher main dans la main.

« "Comment peut-on seulement s'appeler Paul August", dit-il le lendemain dans le train, faisant allusion au prénom du compositeur danois von Klenau. Il y avait dans sa voix un reste de l'humour d'hier, mais l'ancienne âpreté s'y faisait déjà entendre. Arrivé à la maison, il se mit à sa table de travail avec une hâte oppressante et saisit son stylo. "Le mien sera meilleur, dit-il, bien meilleur." La courte libération et mon audacieux espoir avaient pris fin. »

Maman fit une longue pause et essaya une nouvelle position dans son fauteuil. À présent, comme elle croisait autrement les mains, je voyais à quel point la morphine avait rendu ses ongles friables : le vernis à ongles, foncé, étalé en couche épaisse, n'y pouvait plus rien.

« Malgré cela, ce fut du bon temps, poursuivit-elle finalement. Le travail à cet opéra changea Frédéric, et il le changea si vite que parfois une seule semaine semblait déjà faire en lui une grande différence. Il devenait plus sûr, plus fermé et plus tendre en même temps – c'était comme s'il grandissait vers l'intérieur, vers lui-même. Quand je voyais cela, je l'enviais. De temps en temps, il parlait du foyer, des injustices et des humiliations – toutes choses qu'il n'avait jamais dites auparavant. À présent seulement, alors que la musique fluidifiait son âme, il pouvait en parler. Il n'était pas rare qu'il travaillât jusqu'au milieu de la nuit, ses yeux étincelaient ; alors je descendais et je l'écoutais me jouer un nouveau thème.

« Nous parlions souvent aussi des personnages et du livret. Au commencement, nous entrions parfois en conflit, car il me semblait qu'il prenait bien trop de libertés avec l'histoire de Kleist : ce qu'elle devenait dans ses mains me paraissait aventureux. Plus d'une fois, je lui proposai de partir en voiture et de visiter les lieux et les paysages de Saxe et du Brandebourg, où se déroulait le récit. Je m'étais procuré depuis longtemps des livres décrivant l'arrière-plan historique. Avec une impatience dont il s'excusa, embarrassé, il refusa. Peu à peu, je comprenais qu'il ne s'agissait pas de cela. Dans son opéra, l'histoire ne se déroulait qu'en apparence au-dehors, dans le monde. En réalité c'était un drame qui se jouait en lui-même, et mon devoir était de l'aider à développer ce drame. Si j'avais compris cela plus tôt, pour tous les autres opéras ! »

Maman passa le dos de sa main sur son front, comme si elle voulait effacer ce manquement, cette négligence découverte bien trop tard.

« Il y avait un seul personnage pour lequel je ne devais pas intervenir : Lisbeth, la femme de Kohlhaas. Lui, et lui seul, savait ce qu'elle était, disait-il, et cela avait l'air d'une découverte et non d'une invention. Quand l'opéra fut pratiquement achevé, alors seulement il me fit entendre et lire les airs qui se rapportaient à Lisbeth. Frédéric regardait par la fenêtre en me tournant le dos pendant que je lisais le texte. C'était une déclaration d'amour, et elle m'était adressée, il ne pouvait pas y avoir de doute. Je n'avais jamais entendu de tels mots dans sa bouche. Il avait eu besoin de ce cadre pour les exprimer.

« "C'est notre opéra à nous deux", dit-il ensuite, alors que nous étions ensemble à la fenêtre, "le tien tout autant que le mien."

« Et cela après vingt-six ans ! Mais il est ainsi ; exactement ainsi. » Maman avala sa salive et s'étrangla plusieurs fois avant d'ajouter : « Et maintenant il est en prison. » Elle ouvrit les yeux et me regarda : « Mais plus pour longtemps. »

Tout ce qu'elle fit plus tard était annoncé dans cet unique regard. Tout. Une dernière fois, je pensai à la lumière rouge de Plötzensee. Non, elle ne serait pas emmenée dans une voiture de police qui s'arrêterait là-bas.

*
* *

Je viens d'écouter encore une fois les airs dans lesquels Kohlhaas et Lisbeth s'adressent l'un à l'autre. *Toi, ma fidèle compagne !* chante Kohlhaas. Maman doit avoir pensé à ces mots et à d'autres semblables quand elle me parla d'une déclaration d'amour. Car du côté de Kohlhaas, en effet, il n'y a rien dans ses paroles qui aille au-delà. En quelques endroits, la musique conviendrait à une déclaration d'amour. Mais, dans l'ensemble, Père doit avoir senti que le personnage de Kohlhaas se briserait si ses sentiments envers Lisbeth devenaient trop forts. Cela aussi serait une possibilité de transformer l'opéra. L'amour l'emporte sur le désir de vengeance.

*
* *

Avant de poursuivre son récit, Maman porta à ses lèvres la tasse de thé froid, sur laquelle s'était formé un film opaque, mais elle oublia son intention au milieu du geste, parce que la vague suivante des souvenirs la submergeait et l'emportait. C'étaient des souvenirs d'une autre couleur, plus sombre, on le devinait à ses mains qu'elle nouait l'une à l'autre convulsivement, comme si elle cherchait dans cette pression alternative des doigts un soutien contre l'assaut des sentiments.

« Il y a à peu près un an que Frédéric terminait l'opéra, le 19 octobre, un dimanche.

« "Je viens d'écrire la dernière note", dit-il quand j'entrai dans son bureau. Il posa de côté son stylo. "C'est toujours un moment particulier quand on regarde sécher l'encre des derniers traits. Cela rend aussi un peu triste." Je suis restée près de lui, nous regardions l'encre brillante devenir mate. "Nous retiendrons la date d'aujourd'hui", dit-il en prenant ma main.

« Le lendemain il alla bien trop tôt à la boutique de photocopie, il dut attendre presque une heure. L'empaquetage et l'envoi de la partition furent différents des autres. Cette fois, c'était moi qui avais cherché longtemps à l'avance un carton adéquat. Je m'étais même procuré du papier de soie et un nouveau rouleau de ruban adhésif. J'étais là quand Frédéric glissa avec précaution la partition dans le carton et bourra les vides avec le papier de soie. Il refit deux fois le paquet et tassa le papier plus solidement encore. "Pour qu'il ne reste pas d'espace où ça bougerait. Les bords pourraient être abîmés. Qui sait avec quelle brutalité ils traitent ce genre de choses, à la poste." Pour finir, il me pria d'écrire l'adresse. "Toi, avec ton écriture élégante", dit-il, en levant les yeux vers moi d'une manière qui me rappela ses regards admiratifs d'autrefois, à Milan.

« Nous avons apporté ensemble le paquet à la poste, et ensuite nous avons fait une longue promenade, sans beaucoup parler. Ce n'était pas nécessaire. Je n'avais pas influencé une seule note de l'opéra. Malgré cela il avait raison : c'était aussi mon opéra. Ce que nous venions d'apporter à la poste, c'était un morceau de notre vie. Il ne fallait pas que ce soit renvoyé. Il fallait que ce soit un succès. Il le fallait, tout simplement. Pendant notre promenade, nous y avons cru dur comme fer. Le jury de Monaco reconnaîtrait à quel point l'histoire et la musique étaient authentiques. Cette fois, il le reconnaîtrait. Il le reconnaîtrait.

« Cette certitude ne dura pas longtemps. Cela semble paradoxal, mais les premiers doutes commencèrent exactement le jour où arriva de Monaco l'accusé de réception de la partition : une carte sous enveloppe, portant deux ou trois phrases conventionnelles et une signature illisible. C'est sans doute la vive discordance entre ce que nous avions ressenti pendant la promenade et le ton impersonnel de cette carte qui nous embrouilla les idées. Mieux valait ne pas penser au nombre de ces cartes qui avaient déjà été envoyées, dit Frédéric. Pourtant, ce n'était réellement pas la première fois, nous aurions pu remplir toute une boîte avec des attestations de ce genre. Mais pour celle-ci, c'était différent. Frédéric avait tout mis dans cet opéra, et d'abord les amères expériences du foyer et les nombreuses humiliations subies dans sa recherche de reconnaissance. Le travail de cette partition avait été une tentative de surmonter ces expériences et se libérer de leur étranglement. Mais cela ne pouvait réussir que s'il remportait enfin la victoire. L'histoire des échecs devait aboutir à un succès.

« Les jours suivants, nous nous sommes répété des arguments raisonnables, avant tout que cette carte ne prédisait absolument rien sur les perspectives de succès. Mais cela ne servait pas à grand-chose. Le seul fait que la partition de Frédéric n'en était qu'une parmi un grand nombre, nous le ressentions comme une menace, presque l'équivalent d'un refus. »

Maman dénoua ses mains devenues blanches sous la pression et prit une cigarette. Tandis qu'elle fumait, le silence régna. Une fatigue de plomb s'empara de moi. Je me demandais depuis combien de temps je n'avais pas vraiment dormi, mais j'avais perdu le sens de la succession des jours. Maman se pencha résolument en avant et écrasa d'une main ferme la cigarette, au lieu comme d'habitude de la laisser se consumer au bord du cendrier. Comme autrefois, c'était signe qu'elle était parvenue à une décision.

« Ce que je vais te raconter maintenant… Tu dois me promettre de ne jamais le trahir », commença-t-elle.

Je fis un signe d'assentiment.

« *Jamais* », répéta-t-elle en me regardant comme si elle voulait ainsi me sceller les lèvres pour toujours. « C'est une chose qu'il ne doit jamais savoir. *Jamais**.

— Tu peux me faire confiance », dis-je.

Pendant quelques instants, elle plissa les paupières comme si elle examinait la valeur de ma promesse. Puis elle s'adossa à son fauteuil, ferma les yeux et poursuivit son récit.

« C'était à la fin de novembre. Plusieurs semaines s'étaient écoulées depuis que nous avions porté la partition à la poste. Nous ne parlions plus souvent de Monaco et du concours ; tout était dit depuis longtemps. Mais il ne passait pas un jour sans que nous y pensions. Frédéric ne commençait aucune autre composition. Quand il était assis à sa table de travail, il feuilletait la partition de *Kohlhaas*. Les rares fois où j'entendais le piano, c'étaient des mélodies tirées de cet opéra. On aurait dit qu'il vérifiait si elles étaient assez bonnes – assez bonnes pour forcer le monde à le reconnaître. Avant que le jury ait prononcé le jugement, il ne pouvait penser à rien de nouveau. Il vivait le souffle contenu, et moi aussi. Souvent, je restais éveillée parce qu'il se retournait dans le lit sans trouver le repos. À la fin de ces nuits, je me levais avec lui et je l'accompagnais à la S-Bahn.

« Ce fut par un de ces matins que tout se déclencha. Au courrier, il y avait le dernier numéro de *Paris Match*. J'avais toujours un peu honte de lire ce magazine. Mais depuis que vous étiez partis, c'était tellement silencieux à la maison, si terriblement silencieux quand Frédéric travaillait. J'avais besoin de quelque chose pour étourdir mes pensées. Pas les douleurs, les pensées. Et les souvenirs. J'avais à peine commencé à feuilleter le magazine que je suis tombée sur des potins concernant Antonio… Antonio di Malfitano. »

Maman avait déjà pris sa respiration pour la phrase suivante, mais là, elle s'arrêta. Il me sembla qu'elle se demandait ce que je pourrais avoir entendu dire sur elle et l'Italien. D'un geste distrait de la main, elle parut finalement mettre la question de côté.

« Le texte était disposé autour d'une grande photo qui le montrait en compagnie d'une pâle beauté d'albâtre. » Les lèvres de Maman tremblaient. « On rapportait qu'il était fiancé avec cette femme, une aristocrate vénitienne. Le mariage devait être célébré à la mi-février, au milieu du carnaval de Venise. Elle était issue d'une famille richissime et profondément catholique, disait-on, et le journaliste laissait entrevoir que ces gens étaient des bigots. On sous-entendait aussi que le passé d'Antonio, avec toutes ses femmes, ne seyait pas à cette bigoterie. Il en allait de même avec sa passion bien connue pour la roulette. Elle saurait l'apprivoiser, avait dit la fiancée, pour ajouter ensuite : elle serait un don particulier pour lui, la première femme avec qui il aurait des enfants et une vraie famille. » Maman se mordit les lèvres. « Et Antonio était censé avoir dit que sa vie prenait ainsi un nouveau tournant. Il tombait toujours dans les clichés et le kitsch.

« À la fin du reportage, on apprenait qu'Antonio était depuis l'année dernière président du jury musical de Monaco. Il était aussi le mandataire de la fondation qui créait les concours musicaux et soutenait les jeunes chanteurs. Je dois avoir fait un mouvement violent, car la tasse de thé se renversa et le thé fut absorbé par la nappe. Je n'ai pas eu tout de suite l'idée d'un plan. Mais j'étais comme électrisée et je relisais sans cesse l'article. Ce fut seulement au cours de la journée que je commençai à me figurer ce que cela donnerait si j'allais lui rendre visite et si j'exerçais une pression sur lui. *Elle serait un don particulier pour lui, la première femme avec qui il aurait des enfants.* Dans mon imagination, la blême aristocrate prononçait ces mots d'une voix criarde frôlant l'hystérie. Chaque fois que j'entendais cette voix en moi, il me semblait que ce que j'avais à dire plongerait Antonio en pleine panique. Puis de nouveau je pensais qu'il me rirait au nez et me montrerait la porte. »

Ce que j'avais à dire. Mon corps réagissait plus vite que mon entendement. Tout à coup, je sentais que j'avais aussi un estomac. D'autres parties du corps se manifestaient d'une manière particulière et insistante. Je n'eus dans l'esprit tout d'abord qu'un vide total qui refoulait toute pensée. Tu m'avais parlé de l'avortement projeté, et un moment je me cramponnai à l'idée que c'était ce moyen-là de pression que Maman avait voulu employer. Mais l'intonation de sa voix me disait qu'il s'était agi de quelque chose d'autre, quelque chose qui pesait beaucoup plus lourd : l'aristocrate vénitienne ne *pouvait* pas être la première femme avec qui l'Italien aurait des enfants. Il *avait* déjà des enfants, et ce, avec Maman : nous.

À peine cette pensée avait-elle brisé ma défense que mon attention subit un phénomène étrange : elle bondissait, sans que je puisse l'en empêcher, elle allait et venait à de brefs intervalles entre la suite du récit de Maman, la question de savoir si Père connaissait ce mystère, et mon effort pour saisir le sens de ce que j'entendais – le sens que cela pouvait avoir pour moi, pour nous.

« Deux jours plus tard, j'ai pris l'avion pour Paris, poursuivit Maman. D'après le reportage, Antonio y séjournait pour des répétitions. Cela me faisait mal de tromper Frédéric sur le but de ce voyage. À présent surtout, cela me faisait mal. Je devais me répéter sans cesse que je le faisais pour lui. Antonio logeait au Ritz ; il ne lui en fallait pas moins, à ce poseur. J'ai sûrement fait une douzaine de fois le tour de la place Vendôme avant d'entrer finalement dans le hall. Mes mains étaient froides et humides de sueur. »

Maman frotta les paumes de ses mains l'une contre l'autre, elle semblait sentir encore la sueur froide.

« Le Maestro n'est pas là, me dit-on à la réception. Si je voulais attendre… J'attendis, des heures, jusque tard dans la soirée. Le maître d'hôtel qui m'apportait des boissons commençait à avoir pitié de moi. Et alors, tout à coup, Antonio entra et marcha vers la réception pour se faire donner sa clé. Son pas était plus lourd que jadis et quand il s'appuya d'un coude au comptoir – exactement comme autrefois – pour se débarrasser de son manteau avec l'autre main, je vis qu'il était devenu gros. Son cinquante-cinquième anniversaire était tombé quelques jours auparavant. Il fit un ou deux pas de côté, et à présent son visage était sous le cône de lumière d'un plafonnier. Le visage aussi était délabré. Cela ne m'avait pas frappée sur la photo récente. Là, vus sous cet angle, les joues et le menton me semblaient gonflés, et le nez spectaculairement mince et aigu que j'avais tant aimé ne s'accordait plus avec l'ensemble. Quand il eut pris sa clé et une pile de courrier, les bagues à ses doigts étincelèrent. Je… *comment dire**… j'étais excitée de le voir, mais pas comme je m'y attendais, c'était une excitation beaucoup plus froide, sans la timidité paralysante que j'avais redoutée. Soudain j'ai su que j'étais à sa hauteur. Certes, j'étais contente qu'entre-temps le personnel ait été remplacé au comptoir de la réception et qu'il ne puisse pas lui parler de moi et de mon attente. Mais je me serais sentie assez forte pour l'aborder ici aussi, parmi les fauteuils de peluche, devant tous les yeux. C'était un sentiment merveilleux qui n'était troublé que par une seule pensée : si seulement j'avais accompli beaucoup plus tôt la libération que je réussissais maintenant ! »

Maman était entièrement absorbée dans ce moment passé – aussi complètement qu'elle seule le pouvait. Pendant de longues minutes, lors desquelles elle resta là immobile, on eût dit qu'elle avait oublié le but de ce voyage, l'objet de tout le récit et même ma présence. À intervalles irréguliers, le vent et la pluie cinglaient la fenêtre. Avec un grand effort, je réprimai une crise de toux. C'était comme avec une somnambule : pour rien au monde il ne fallait la déranger. Je n'osai vraiment respirer que lorsqu'elle recommença à parler, d'une voix qui (c'était étrange) semblait aussi dure et sans pitié qu'embrumée par le rêve.

« Je lui laissai le temps. Mon apparition devait le surprendre à un moment où il serait détendu et sans défense, comme lorsqu'on rentre seul à la maison après une longue journée et qu'on laisse tomber les masques. Il ne fallait pas qu'il puisse se barricader derrière le moindre rempart. Avec une habileté diplomatique, le chef de la réception, l'après-midi, avait évité de me communiquer le numéro de sa chambre. Mais c'était facile : la clef qu'on lui donna était accrochée tout à l'extérieur, dans le coin gauche supérieur. Je montai à l'étage où se trouvaient les suites. »

Maman fit une pause et prit une cigarette. Elle avait prononcé la dernière phrase sur un ton hésitant, presque craintif, il y avait là encore un reste de l'angoisse contre laquelle elle avait quand même dû lutter en longeant le couloir qui menait à la chambre de l'Italien.

« Ce que j'ai fait quand je me trouvai devant sa porte, je ne l'avais pas prévu, cela m'a totalement surprise. D'abord, je sentis que toucher sa porte avec mes mains nues me répugnait, j'aurais eu l'impression de toucher son corps devenu gras. Je levai ma canne jusqu'à ce que la pointe fût à la hauteur de sa tête que j'imaginais derrière la porte. » Le souffle de Maman s'accéléra. « En cet instant, un groupe de gens sortit de l'ascenseur et s'avança vers moi. Effrayée, j'abaissai ma canne. Plus tard seulement, alors que j'avais depuis longtemps quitté l'hôtel, je compris que j'avais été moins effrayée par les nouveaux venus que par la cruauté de mon geste. Quand ces gens furent hors de vue, je me rapprochai de la porte et cognai avec le pommeau de la canne, trois fois sur le bois ; cela fit un bruit rude, impérieux. Le visage d'Antonio était furieux quand il ouvrit brusquement pour dire sa façon de penser à l'auteur de ces coups éhontés. Avant qu'il ait vraiment compris ce qui arrivait, j'étais déjà dans la chambre. Comme frappé de la foudre, il restait là, une main sur la poignée de la porte ouverte.

« "Chantal… comment…, balbutia-t-il.

« — Ferme la porte !" dis-je en espérant que cela sonnerait comme un ordre cinglant. Indécis, et avec l'air de ne plus rien comprendre non seulement à la situation, mais aussi à lui-même, il imprimait à la porte un mouvement de va-et-vient.

« "La porte !" dis-je encore une fois, et alors il la ferma. Puis il se tourna vers moi, et à présent la colère que lui inspirait mon ton de commandement lui rendit son assurance habituelle.

« "Qu'est-ce que tu te figures…

« — Tu me dois quelque chose", m'entendis-je dire. Ce fut ainsi pendant toute cette terrible rencontre. Je m'entendais lancer d'une voix froide et dure des mots qui semblaient venir de tout à fait ailleurs, mais pas de moi. Ou peut-être devrais-je dire : dont je ne me serais pas crue capable. L'étrangeté de mes paroles était épouvantable, et plus l'épouvante grandissait, plus je m'obstinais à garder ce ton impérieux.

« "Je ne sais pas de quoi tu parles", dit Antonio qui s'était entièrement repris et était maintenant assis sur l'accoudoir d'un fauteuil, les mains dans les poches de sa robe de chambre. Il faisait chaud dans la pièce, la chaleur me montait au visage et je commençai à ôter mon manteau. Pendant un instant qui me parut découpé hors du temps, surgit à la place du présent le souvenir des nombreuses occasions où Antonio m'avait aidée à ôter mon manteau. Il ne manquait jamais, ensuite, de remettre mes cheveux en ordre sur ma nuque. Ce geste, qui avait toujours quelque chose de la lenteur et de la douceur d'une image au ralenti – je l'aimais tellement que je ne bougeais pas avant de l'avoir senti. Il pouvait m'arriver de m'arrêter au milieu d'un restaurant et de barrer le chemin aux serveurs pendant qu'Antonio allait vers le vestiaire éloigné. Il souriait en voyant cela, et ensuite il arrangeait mes cheveux avec autant de soin qu'un coiffeur. C'était là l'homme – un seul et même homme – qui à présent me regardait avec froideur m'agiter gauchement dans mon émotion. Je m'embrouillais dans mon vêtement, la canne me gênait, et alors une couture craqua quelque part, le bruit humiliant remplit jusque dans ses derniers recoins la vaste suite pleine de meubles Empire. Je me fis l'effet d'une infirme maladroite. Pendant tout ce temps, Antonio ne bougea pas, il avait croisé les bras et me fixait avec un sourire plein de suffisance. Il avait décidé de répondre par le silence et de laisser la suite des événements ricocher contre ce sourire méprisant.

« "Si tu tiens à mettre la main sur ton aristocrate exsangue et son argent, tu feras ce que je vais te dire", lançai-je en jetant mon manteau sur un fauteuil.

« Antonio leva les sourcils, son visage ne fut plus qu'une grimace ironique. Pourtant, son regard était un rien moins assuré qu'auparavant ; tout au fond des yeux vacillait de la peur. Je l'observais imperturbablement, mon regard fixe devait pénétrer jusqu'à cette peur et l'attiser.

« *Je serai un don particulier pour lui, la première femme avec qui il aura des enfants,* ai-je cité en donnant aux mots un accent affecté et minaudier. "Tu te souviens ?"

« Le sourire arrogant demeurait sur son visage, mais semblait… *comment dire**… abandonné, comme si Antonio l'avait oublié sur ses traits. Comme dans les moments critiques à la roulette, il faisait sans cesse tourner ses bagues, l'esprit absent. J'attendais, j'avais tout le temps du monde. Avec les mots que j'allais dire, je ferais de lui mon prisonnier.

« "Et alors ? demanda-t-il enfin avec une indifférence forcée.

« — Cela, madame peut en faire son deuil, dis-je, en faire radicalement son deuil." Cela me plaisait, de le faire attendre entre mes phrases – lui, qui avait l'habitude de tirer la conversation à lui dès qu'il entrait dans une pièce.

« "Ce rôle-là est déjà pris", ajoutai-je.

« J'avais essayé ces mots en moi-même tandis que je l'attendais dans le hall. À présent, je l'observais comme un animal de laboratoire. *Comme un insecte**. »

378

Maman prononça ce dernier mot en étirant et faisant siffler le « s », si bien que la haine devenait audible, littéralement audible.

« Il clignait des yeux comme un homme soudainement aveuglé. Un dernier reste de son sourire condescendant demeurait encore. Ce n'était plus que l'ombre d'un sourire, il fallait, pour le déceler, avoir vu l'expression précédente. J'attendais et pendant ce temps je cherchais mes cigarettes dans la poche de ma veste. Je jouissais d'être maîtresse de la situation. J'ai savouré peu de choses avec autant de plaisir, avec autant de liberté et des sentiments aussi clairs.

« "Je ne comprends pas un mot de ce que tu me racontes", dit-il, lui qui pouvait ensorceler le monde avec sa voix, sa gorge n'émettait plus que des sons désespérément rauques. Rauques, je l'imaginais, comme les premiers mots prononcés par quelqu'un après des mois de silence. Je le regardais bien en face, pas aussi fixement qu'auparavant, mais tout droit, sans détour ni manières. C'était un regard comme j'en avais vu chez Frédéric, mais cette fois je le vivais de l'intérieur. J'avais un peu l'impression de transmettre ce regard à Antonio, comme si j'étais devant lui l'envoyée de Frédéric, une ambassadrice des regards. »

Je ne reconnaissais pas Maman. Non seulement elle parlait des minutes entières sans buter sur les mots, et ce avec une maîtrise si supérieure, si aisée, de ses phrases, que la pensée qu'elle ait pu avoir autrefois besoin d'aide paraissait grotesque. Ce qui me frappait encore, c'était la richesse de son vocabulaire et la sûreté de son imagination verbale. (J'espère que cela ne paraît pas présomptueux. C'est ici, me semble-t-il, le garçon d'autrefois qui parle, qui certes au jeu de *penser pensées** était l'inférieur parce que les exercices lui étaient imposés, mais à qui incombait aussi en même temps le rôle du supérieur, parce que le sérieux du jeu voulait que ce soit lui qui trouve les mots manquants.)

« Lentement, sans quitter Antonio du regard, je sortis les cigarettes de ma poche, poursuivit Maman. "On ne fume pas ici !" dit-il en essayant en vain de donner à ses mots l'accent d'un ordre que personne n'enfreindrait. Avec un calme parfait – un calme dangereux, si cela existe – j'ouvris l'étui, pris une cigarette et tins la flamme devant le tabac pendant un temps exaspérant, jusqu'à ce que j'aspire la première bouffée. Les mains d'Antonio se crispaient sur la peluche du fauteuil. Ainsi seulement il pouvait se retenir de m'empêcher par la force de fumer, et il y avait eu trop de menace dans mes dernières paroles pour qu'il l'osât. Au bout de quelques instants, il dut lutter contre sa suffocante allergie à la fumée, maladie qui autrefois, il y avait vingt-six ans, m'avait contrainte à renoncer au tabac. »

Pour la durée de quelques phrases, la voix de Maman changea du tout au tout, elle prit une tonalité beaucoup plus douce, qui offrait un contraste étrange avec la cruauté de la scène qu'elle racontait.

« Son allergie était si forte qu'il fit un jour annuler le tableau du début de *Carmen*, où les cigarières entraient en scène par douzaines avec des cigarettes allumées. Dans les salles de jeu seulement, quelque chose s'emparait de lui et annihilait sa défense panique, peu importait la densité de la vapeur bleue en suspens au-dessus des tables de la roulette. »

Tout était devenu silencieux dans la pièce, très silencieux. J'entendais l'absence du tic-tac de la pendule. Pendant quelques instants, je craignis de voir Maman s'écrouler et sombrer dans des souvenirs muets d'où elle ne reviendrait plus. Mais alors elle passa sa langue sur ses lèvres desséchées et fendillées, le corps terriblement fragile se raidit et quand elle se remit à parler, ce fut de nouveau de ce ton tendu, aux aguets, qui évoquait l'atmosphère dans la suite du Ritz mieux que les mots eux-mêmes.

« Appuyant d'une main sur son cou pour le protéger, il gagna à pas rapides l'autre extrémité de la pièce, où il ouvrit en grand la fenêtre et aspira profondément.

« "Bien, dis-je, alors tu ne comprends rien à ce que je raconte. Je vais te l'expliquer. Le rôle de la femme qui a des enfants de toi, comme je te l'ai dit, est déjà pris. Par moi."

« Bien qu'il fût devant la fenêtre ouverte, Antonio porta de nouveau la main à son cou. Du temps passa, de plus en plus de temps, sans qu'il bouge. Je ne saurai jamais ce qui se passait alors en lui. Lentement, il avança de quelques pas dans la pièce, la tête baissée, les mains dans les poches de sa robe de chambre de soie qui lui donnait, avec sa couleur douceâtre, l'air d'un personnage d'opérette à l'eau de rose.

« "Tu veux donc m'annoncer que tu as un enfant de moi", dit-il avec un calme oppressé, le regard fixé sur le tapis. Puis il leva brusquement la tête et nos regards se rencontrèrent par-dessus toute la longueur de la pièce. "Quelle formidable idiotie !

« — Pas un enfant, dis-je – et c'était merveilleux de le dire – mais deux."

« Antonio explosa de soulagement, l'allergie était oubliée et il fit de grands gestes de ses bras étendus.

« "Pourquoi pas trois, quatre… une douzaine !"

« Il doit soudain avoir été sûr d'avoir devant lui une folle qui délirait, une femme infirme qui n'avait pu se remettre d'avoir été abandonnée. Maintenant, un quart de siècle plus tard, elle tentait d'exercer un chantage sur lui avec un plan extravagant qu'elle avait retourné dans son âme blessée depuis qui savait combien de temps. Son rire ironique dévoila deux rangées de dents d'un blanc immaculé. Autrefois déjà, il avait parlé de se faire mettre des couronnes : le reflet jaunâtre de ses dents d'origine l'avait toujours gêné. Mais elles étaient trop blanches, les nouvelles dents, c'était un blanc menteur, trop clair et trop régulier, et tout ce qui sortait de cette bouche blanche comme un produit pour lessive sonnait faux. J'étais sur le point de lui demander : es-tu sûr d'avoir toujours ton ancienne voix ?

« "Et c'est ce conte que madame – ou faut-il dire mademoiselle ? – veut colporter, si je ne fais pas ce qu'il lui plaît de m'ordonner ? *Dio mio !* Pauvre petite chose, tête folle avec ses velléités de chantage !"

« J'aurais pu me livrer à bien des démonstrations sans le surprendre : crier de fureur, bondir sur lui en brandissant ma canne, pleurer… Il n'y avait qu'une chose à laquelle il ne s'attendait pas : que je m'asseye maintenant à mon tour sur l'accoudoir d'un fauteuil, tenant ma canne en équilibre de toute sa longueur sur mon index tendu et le regardant avec ironie, savourant ostensiblement la situation. Le visage de quelqu'un qui ne trouve devant lui que le vide, parce que l'adversaire lui échappe totalement et ne lui oppose plus qu'un regard qui le jauge – un tel visage a toujours l'air assez niais, fuyant et quelque peu grimaçant, parce que son possesseur ignore au-devant de quel avenir il doit préparer ses forces. Le visage d'Antonio, pendant ce temps, paraissait particulièrement stupide et même idiot, quand il regardait, la bouche entrouverte et les yeux ronds, la canne oscillante que je laissais presque tomber, avec un plaisir diabolique, avant de la remettre en équilibre rien qu'en tournant le doigt. Je ne serais pas étonnée d'avoir eu, à ce moment-là, l'air vraiment réjoui. Et de nouveau j'avais le temps, beaucoup de temps. Être celle qui a le temps de son côté me semblait en ce moment le plus grand des luxes. Je le savais : bientôt, il n'y tiendrait plus et recommencerait à parler. Ce serait exactement l'instant où j'attaquerais.

« "Maintenant ça suffit... commença-t-il, et son visage exprimait clairement la colère.

« — Ce sont des jumeaux, dis-je, un garçon et une fille." Je ne sais pas pourquoi, mais en disant cela, j'étais fière de vous.

« Je dois avoir prononcé ces mots avec un tel calme, une telle sûreté, qu'ils s'imposèrent aussitôt dans la pièce comme un fait incontestable. Antonio ne savait plus que faire de ses mains et tournait ses bagues. Deux ou trois fois, il me lança un coup d'œil, et si auparavant ses regards étaient railleurs, méprisants et dans le meilleur des cas compatissants, ils étaient maintenant embarrassés et pleins d'une timidité apeurée.

« "Et ce sont mes enfants ?" La question fut prononcée à voix basse et rauque.

« "Je ne dirais pas cela ainsi, non. Mais tu les as engendrés.

« — Et pourquoi devrais-je le croire ?" L'attaque ébauchée s'effondra avant même la fin de la phrase.

« "Ce serait facile à prouver.

« — Et pourquoi ne me le dis-tu que maintenant ?" On percevait dans sa voix, à part égale, crainte et désir de se défendre.

« J'hésitai. Pendant quelques instants, où je revis papa me tendant une liste de cliniques pour avortements, je fus tentée de lui dire la vérité. De lui raconter qu'autrefois, l'épuisement de nuits d'insomnie s'acheva par un long sommeil, d'où je m'éveillai avec la décision de garder l'enfant. Et qu'il entrait là aussi du défi. Défi et colère contre lui. Mais pas seulement : le désir aussi – même s'il n'était pas vraiment avoué – de rester liée à lui, sans devoir implorer sa présence. Et finalement : que lui en dissimuler la connaissance m'apparut comme une forme de pouvoir sur lui, un pouvoir qu'il ne sentirait jamais et qui était d'autant plus cruel, car il me permettait de me jouer de lui en pensée et de le rendre, dans son ignorance, petit et ridicule sans qu'il puisse s'en défendre.

« J'aurais pu lui dire tout cela. Quand ensuite, dans un café quelconque sur un quelconque boulevard bruyant, je me demandai pourquoi je ne l'avais pas fait, je ne vis, au lieu de trouver un motif, que son visage engraissé d'où avaient disparu les traits marquants d'autrefois et qui me semblait bien plus flou dans son ensemble. Ou peut-être était-ce autre chose, peut-être la raison en était-elle exactement ceci : je ne pouvais pas dire à ce visage des vérités qui m'auraient trop dévoilée. Aussi me décidai-je à employer des mots qui devaient le frapper comme un coup de poing.

« "Parce que mes enfants ne devaient savoir à aucun prix quel… gommeux les a engendrés", dis-je. »

Maman buta sur le mot insultant (*gommeux**) comme si elle regrettait de l'avoir alors employé. Son hésitation et la déglutition convulsive qui l'accompagna semblaient émouvantes et fantomatiques en même temps, à la lumière de ce qu'elle allait faire plus tard, qui ravalait au niveau d'une plaisanterie débonnaire toutes les injures ravageuses dans toutes les langues du monde. Mais cela aussi allait avec sa façon téméraire de se souvenir : un fait passé était pour elle avant tout un présent passé, elle oubliait qu'entre-temps était né un nouveau présent capable de projeter une autre lumière sur ce qui avait été.

« Il n'avait pas attendu des mots d'un tel mépris et il ferma les yeux comme quelqu'un qui titube. Je souhaitais qu'il sorte bientôt de son hébétude car elle menaçait de faire tourner à son avantage le rapport de force moral. Ce fut seulement quand il bougea et marcha de nouveau vers la fenêtre ouverte, que j'osai allumer la nouvelle cigarette. Je l'avais presque fumée jusqu'au bout quand il ferma la fenêtre d'un geste sûr, plongea droit dans la fumée et dit avec une sobriété humiliante :

« "J'écoute.

« — La décision en suspens pour le concours d'opéra – quand tombe-t-elle ?

« — Comment... Tu veux parler de Monaco ?"

« Je fis signe que oui.

« "À la mi-janvier.

« — Il y a là un opéra de Frédéric Delacroix, mon mari. Le titre est *Michel Kohlhaas*. Tu feras en sorte que cet opéra obtienne le prix et qu'il soit représenté." J'espérais que j'étais la seule à remarquer le tremblement de ma voix.

« "Comment t'imagines-tu...

« — Tu feras ce qu'il faut, tu es le président du jury.

« — Il y a sept...

« — Tu feras ce qu'il faut."

« Il ferma de nouveau les yeux. Cette fois ce n'était pas le visage d'un homme qui titube, mais qui est très éveillé et calcule.

« "Sinon ?

« — Entre la mi-janvier et le carnaval, il y a un mois. Bien des choses peuvent se passer."

« Il hocha imperceptiblement la tête et essuya des deux mains son visage gris de cendre, comme s'il pouvait chasser l'incroyable. "C'est une tentative de chantage…

« — Il peut se passer bien des choses en un mois. Bien des choses. Une chance que *Paris Match* existe."

« Plus tard, au café, je pensai que j'aurais dû m'en aller après ces mots. Prendre mon manteau et sortir, sans me retourner. Mais menacer m'avait épuisée, je ne savais pas à quel point des menaces pouvaient être fatigantes, je n'avais aucune expérience dans ce domaine. Je crois que j'ai paru soudain fatiguée et mal assurée, peut-être voyait-on aussi mes douleurs sur mon visage. Était-ce pour cela qu'Antonio m'aida à passer mon manteau ? Ou était-ce parce qu'il voulait gagner ma bienveillance, à moi, l'imprévisible adversaire ? Je ne sais pas. »

Maman s'arrêta. Ses paupières, sur lesquelles je découvris de fines veines bleues, tressaillaient nerveusement par saccades. Elle ne se reposait pas, elle luttait avec ses souvenirs, les mains convulsivement nouées.

« Puis il y eut encore l'incident de la canne que j'ai laissée tomber. Ce ne fut pas prémédité, une partie d'un calcul. Et pourtant, je ne sais comment, mais je l'avais fait exprès. Je m'en aperçus quand Antonio se pencha pour la ramasser. Lui, qui ne m'avait pas aidée à ôter mon manteau à mon arrivée, il se baissait même vers ma canne, maintenant qu'il savait que mes cartes étaient bonnes. Mais au lieu de satisfaction, je ressentis de la honte, et alors je sus que laisser tomber ma canne avait été une piètre manœuvre. En tant que souveraine régnant sur un sujet, je ne vaux rien. Je suis meilleure comme meur... »

Elle déglutit, il me sembla n'avoir jamais entendu de déglutition plus bruyante.

« Quand il me tendit ma canne, nos regards se croisèrent, et je crois que je souriais un peu – en guise d'excuse. Il ne pouvait rien y comprendre et ne répondit pas à mon sourire. Mais ce qui arriva ensuite a peut-être été provoqué par le changement d'atmosphère dû à mon sourire.

« "Un accident ?" demanda-t-il en désignant ma jambe. Il trouva le ton juste, exactement le ton juste. Soudain, il était de nouveau en pleine possession de ses forces, et naturellement il était un maître du son, non seulement quand il chantait, mais aussi dans la modulation de sa voix habituelle avec laquelle il pouvait à volonté exprimer les plus fines nuances d'une atmosphère. Il ne commit pas la faute d'introduire de la pitié dans sa voix. Pas un soupçon. Il choisit le ton professionnel du médecin, cette objectivité inimitable qui vise à établir une proximité, laquelle ne viendra pas du questionneur mais du questionné, vite prêt à livrer les détails douloureux de sa biographie pour pouvoir un instant se reposer sur la compétence médicale.

« Et je donnai dans le panneau. "C'était... oui, tu... devant l'hôtel..." Tandis que je luttais avec les mots, ou plutôt contre eux, car ils menaçaient de me trahir, je fus emportée par un tourbillon d'images, images des arcades à Berne, de la femme blonde qui l'avait accompagné alors, mais images aussi d'étreintes dans un lointain passé, images oubliées que j'avais crues disparues pour toujours. En même temps, je fus terrassée par le besoin de retirer le mépris et les menaces dont tout à coup je n'étais plus sûre, pis encore, de les rendre non avenus, j'en avais assez de cette insensibilité inhabituelle, maladroite, mais qu'est-ce que je faisais là dans cette suite d'hôtel snob et couverte de peluche, j'étais tordue par mes douleurs violentes, j'avais besoin de morphine, j'avais l'impression d'être comme une coque sans noyau, un plan absurde m'avait poussée jusqu'ici, une idée née de ma profonde solidarité avec Frédéric mais qui en réalité nous séparait, car elle devait rester pour toujours un secret, elle blessait à son insu sa dignité, qu'avais-je fait, une mauvaise conscience commença à m'étrangler, je pouvais de moins en moins me défendre contre les images déferlantes, je ne voyais plus Antonio ni la pièce, je ne sentais plus rien nettement sauf le pommeau de la canne, je lui étais reconnaissante de sa froide solidité, et alors je sortis en boitant, mes pas étaient plus longs que je ne pouvais me le permettre, l'effet dut être grotesque, mais je voulais sortir, sortir de cette chambre et de l'hôtel, la place Vendôme était vide et irréelle, quelque chose d'élégamment mort adhérait à elle, Antonio avait dû ouvrir en grand toutes les fenêtres pour dissiper la fumée et moi avec, moi, le curieux et confus fantôme du passé, mais je ne regardai pas en arrière et je ne me calmai que lorsque les nombreux passants du boulevard animé me forcèrent à faire des pas plus petits. »

Maman avait le souffle de plus en plus court et de la sueur s'était formée sur son visage, comme si elle venait réellement de courir. Elle saisit la tasse et but à gorgées hâtives. De noirs lambeaux du film qui recouvrait le thé restèrent collés à sa lèvre supérieure, ils me faisaient penser à des algues et donnaient au visage un air perdu, voire négligé. Je voulais prendre Maman dans mes bras, lui laver le visage et la tenir fermement jusqu'à ce que son souffle s'apaise. Jamais encore, pas une seule fois de toute ma vie, elle ne m'avait inspiré un tel élan. C'était une grande libération, et pendant que j'en prenais conscience, je sentais que je ne comptais plus y parvenir – je ne savais même pas que je l'attendais en vain.

Et pourtant c'était aussi une terrible expérience. Car ce qui avait mené à cette libération (mené à ce que je sois ici et que Maman me parle comme elle l'avait fait), c'était en même temps ce qui dans quelques heures, dans un jour peut-être, me forcerait à lui dire adieu pour toujours.

Alors j'entendis tes pas dans le couloir. Tu t'arrêtas devant notre porte. Je retins mon souffle en espérant que tu ne frapperais pas. Si seulement Maman continuait à parler ; cela te retiendrait de frapper. Je sentais, et cela faisait mal, que je voulais écouter *seul* son histoire. Et je ne voulais pas que tu pénètres dans notre nouvelle intimité qu'avait créée son récit. Comment aurais-tu pu savoir que cette nouvelle intimité n'avait plus rien à voir avec l'ancien boudoir et *penser pensées**!

Tu n'as pas frappé à la porte, même si tout reste silencieux chez nous. Tu savais encore me deviner, même à travers des portes fermées. Cela me passa par l'esprit quand tes pas s'éloignèrent, et je fus si heureux de cette pensée que j'aurais préféré te courir après pour te faire entrer. *Quelle folie**!

Depuis que Maman parlait, je regardai pour la première fois ma montre : quatre heures et demie. L'obscurité durerait encore deux ou trois heures. En aucun cas, le jour ne devait se lever trop tôt. Maman n'en avait pas encore fini, et de longtemps, c'était clair ; le récit pouvait tarir si l'obscurité protectrice, dehors, cédait la place à la lumière importune d'un nouveau jour. Et ce n'était pas pour cette seule raison que je voulais retenir le temps et arrêter le mouvement de la terre. Le nouveau jour pourrait être le dernier pour Maman. À la fin de la journée, elle aurait fait un aveu non seulement à moi, non seulement à nous, mais aussi au monde qui retenait Père en prison. Afin – comme elle le dirait plus tard – qu'il puisse s'asseoir comme toujours à sa table devant une feuille de papier à musique.

Pendant quelques instants, Maman disparut de mon champ de vision et je vis à sa place, derrière les barreaux de Moabit, l'ombre que l'extinction de la lumière avait anéantie. Moi aussi, je ne désirais rien plus ardemment que revoir Père dans son bureau, tenant à la main le vieux stylo avec la plume qui gratte. Mais je ne voulais pas que Maman paie cela de sa vie. Surtout pas maintenant, où il me semblait savoir pour la première fois ce que cela signifierait de mettre fin, sans que je sois emporté dans le tourbillon d'anciennes sensations, à cette absence de contact aussi bien voulue que subie entre nous, absence qui avait prévalu par-delà des continents et avait même inclus des lettres ; ce que cela pourrait être d'aimer Maman, non seulement d'une manière banale, mais d'un amour fondé sur la compréhension. La fuite, pensais-je. Mais qu'elle s'enfuît seule, il ne fallait pas y penser. J'irais avec elle. Pour nous protéger de la pluie, j'étendrais mon manteau au-dessus de nous, je ne sais pas d'où vint soudain cette image, c'était comme le dernier plan d'un film, je nous voyais tous les deux de l'extérieur et la route se rétrécissait de plus en plus vers l'horizon.

« *Il a tenu parole* – ce fut la première idée qui me vint à l'esprit quand je lus la lettre de Monaco, que Frédéric me tendit sans un mot et avec des larmes dans les yeux », dit Maman, au milieu de mes folles pensées de fuite. Elle se tut un moment, songeant à ce qu'elle venait de dire. « Comme si Antonio m'avait promis quelque chose. Et non seulement cela : comme s'il m'avait fait une promesse de son plein gré, à titre de réparation. Non, mieux encore : parce qu'il voulait, grâce à sa compétence supérieure, aider Frédéric à obtenir enfin la reconnaissance qu'il méritait. Je voulais voir les choses ainsi. Ainsi seulement je pouvais les voir. Ainsi seulement je pouvais oublier... le maître chanteur que je n'avais jamais voulu être. Mais cela ne réussissait que pour de brefs moments, ensuite la vérité me rattrapait.

« Depuis la mi-janvier, je m'étais mise chaque matin à la fenêtre en attendant le facteur. À chaque jour qui passait, j'y croyais de moins en moins et j'étais de plus en plus désemparée. Le numéro de téléphone de *Paris Match* était dans mon secrétaire. Mais pendant tout ce temps, je savais que je ne le composerais pas. À cause de Frédéric, à cause de vous – et aussi à cause de moi. Et maintenant, Antonio l'avait réellement fait. Frédéric me serra longtemps dans ses bras, aujourd'hui encore je peux sentir ses larmes sur mon cou. *Il a tenu parole*, me disais-je, et je m'efforçais de donner une interprétation innocente au geste d'Antonio.

« Mais juste à cet instant le mensonge cessa de fonctionner. J'étais allée à Paris pour qu'un moment comme celui-ci devienne réalité. Et maintenant il ne valait rien. L'opéra de Frédéric n'avait pas eu la chance de gagner parce qu'il était le meilleur. Je me sentais lourde et maladroite, pleine de honte quand Frédéric me souleva, fou d'enthousiasme, et me fit tournoyer en l'air.

« *Paris Match* publia une double page sur le mariage d'Antonio. *Palazzi*, lustres, gondoles, costumes de carnaval. Le blanc artificiel de ses dents. Pour la fête, il avait naturellement chanté. Pendant toute une matinée, je regardai les photos. Je songeais qu'il s'était penché vers ma canne. J'entendais sa question à propos de l'accident. Comme sa peur doit avoir été grande ! pensais-je. Je le pensais sans aucun sentiment de triomphe. Finalement, j'empaquetai le magazine et le jetai dans une poubelle loin de moi. »

Avec des gestes lents et faibles, Maman prit une cigarette.

« *Et puis on attendait... on attendait... toujours**. Je te l'ai écrit. Si souvent. Tu... tu n'as jamais répondu. »

De longs moments passèrent avant qu'elle me regardât enfin. C'était un regard plein d'amertume qui nous rejetait tous les deux en arrière, la nouvelle intimité des dernières heures sembla soudain n'avoir jamais été. J'aurais voulu soutenir tranquillement ce regard. Au lieu de cela, je me raidis dans mon ancienne défensive et mon mutisme. Je regardais devant moi et pensais à la commode de Santiago et à la nappe au crochet sous laquelle les lettres de Maman avaient disparu. Je fus heureux que sa voix retrouve son ton habituel quand elle reprit finalement son récit et, avec une résignation furieuse, cita les termes employés par Monaco et que je connaissais par ses lettres.

« *Le bon moment. Pour des raisons imprévues**. Ces formules qui ne disaient rien, la première au commencement, la seconde à la fin de l'espoir. Entre-temps, le terrible voyage à Monaco. »

Sans relâche, Maman croisait, décroisait et recroisait les mains, sans doute traversait-elle encore une fois les torturantes stations de ce voyage comme les épisodes d'un cauchemar.

« Je n'ose pas penser au nombre d'heures que Frédéric a passées à attendre, le jour près des boîtes postales, la nuit devant la résidence princière. Pendant ce temps-là, je restais devant un immeuble avec dais, concierge et une entrée de marbre. C'était l'adresse d'Antonio, elle figurait dans l'annuaire du téléphone. Son nom n'était pas indiqué, mais au-dessus de la sonnette supérieure il y avait une place vide, et toutes les jalousies du penthouse étaient baissées. Étais-je une nouvelle amie du Maestro, osa me demander la concierge. *La vieille garce* !* Elle me scruta de haut en bas comme du bétail. "Ou plutôt une ancienne !" ajouta-t-elle en ricanant. Je n'avais pas besoin d'en être fière, dit-elle, il en a autant qu'il y a de sable au bord de la mer. *Putain* !* »

Maman étouffait presque en se rappelant cette humiliation. Ses traits grimacèrent de haine. Je ne savais pas que son visage pouvait avoir l'air aussi brutal et laid. Tu m'as ri au nez quand j'ai été effrayé d'entendre un mot vulgaire dans la bouche de Maman. Comment crois-tu que l'on parle dans une école de danse, en particulier sous la douche ! C'est exact, je ne voulais pas le voir, ce côté d'elle. Pas même maintenant.

« On ne sait jamais quand le Maestro revient, ça peut être dans une heure ou dans un mois, dit la concierge d'un ton important, comme si cette incertitude lui conférait un pouvoir personnel. J'attendis d'abord dans la rue, plus tard dans un café en face et finalement sur le perron devant le penthouse. La concierge ne voulait pas me laisser monter. Mais mon regard la réduisit au silence. J'aurais roué la vieille salope de coups de canne, et elle le savait. »

Sur le visage de Maman, la fureur céda la place à la douleur, et quand elle recommença à parler, les mots vinrent à voix basse.

« La nuit, nous restions couchés l'un à côté de l'autre, à l'hôtel, sans dormir jusqu'aux premières heures du matin. La lettre avec les armes des Grimaldi, me dit un jour Frédéric, il aurait aimé la montrer à Georges. C'était toujours *Georges* pour lui, murmura-t-elle comme à elle-même, il n'a jamais dit papa ou *grand-père**, ou *GP*, il n'aime pas cette abréviation que vous avez inventée. Une autre fois, cette même nuit, il dit qu'il proposerait Antonio à la direction de l'Opéra, pour le rôle de Michel Kohlhaas. En composant il avait tout le temps eu sa voix à l'oreille. J'ai tressailli, et pendant un terrible instant j'ai cru qu'il savait la vérité. Cette sorte d'humour périlleux est typique de lui. »

En général, c'est exact, mais je ne crois pas que dans ce cas Père ait été capable d'une quelconque sorte d'humour. S'il avait connu la tentative de chantage, il aurait retiré l'opéra. Ou il serait tombé dans l'autre extrême et il aurait voulu entendre l'Italien réellement dans le rôle de son Kohlhaas. Non par humour, mais par une colère d'une violence primitive, pour ainsi dire venue de l'Ancien Testament, que nous redoutions tellement parce que nous ne la comprenions pas dans sa démesure. (Ce doit être sous l'impulsion d'une telle colère qu'au foyer il écrasa dans la poussière du terrain de sport le visage du garçon qui avait tourmenté un plus faible. Tu te rappelles les taches rouges qui apparaissaient sur son visage, comme semées par la main d'un esprit, quand il nous le racontait ?)

« La seconde lettre qui marqua la fin de tout espoir arriva en juin, deux jours avant le soixantième anniversaire de Frédéric. Frédéric était au magasin, si bien que ce fut moi qui pris l'enveloppe dans la boîte aux lettres. Je pouvais sentir qu'il n'y avait dedans qu'une minuscule feuille de papier.

Je déchirai l'enveloppe et lus les quelques lignes. Aucun prix ne serait décerné cette année et il n'y aurait pas de représentation – *pour des raisons imprévues**. On le regrettait. *Veuillez accepter, Monsieur, nos sentiments très distingués**. La signature était différente de la dernière fois. S'agissait-il de la femme du téléphone, nous ne le savions pas : Frédéric avait oublié son nom.

« La première chose à laquelle je pensai en ce moment, ce fut à l'index de Frédéric, qui avait suivi sur la première missive les initiales estampées en tête de la lettre princière. Comme si Frédéric était près de moi, j'entendais sa remarque sur la beauté du blason. Il s'écoula plus d'une heure avant que j'aie la force de lui téléphoner. Pendant ce temps, je composais toutes les deux minutes le numéro d'Antonio à Monte-Carlo. Personne ne décrocha. Je me demandais si je n'allais pas attendre jusqu'au retour de Frédéric le soir. Mais il n'aurait pas compris cela.

« Une lettre est arrivée de Monaco, dis-je quand il répondit au téléphone. Pendant une éternité, il ne dit rien et il me semblait entendre son souffle saccadé.

« "Et alors ?" demanda-t-il d'une voix sans timbre.

« Le mieux était qu'il revienne à la maison pour la lire lui-même, dis-je. Cette fois, je l'entendis exactement reprendre sa respiration.

« "Il n'y aura pas de représentation", dit-il.

« C'était une constatation, sans la moindre trace d'un ton interrogateur. C'était cela le pire : que Frédéric, avant même de connaître le texte, n'admettait que cette possibilité. Rien, mieux que l'objectivité tendue de sa voix, n'aurait pu exprimer la grandeur de sa déception, mais aussi le fardeau de son pressentiment. Je ne sais pas du tout ce que je lui ai dit en détail, je ne sais même pas si j'ai parlé peu ou beaucoup. Il m'est seulement resté en mémoire le désir désespéré de dire à Frédéric, dans la ligne du téléphone, quelque chose qui pourrait empêcher que tout s'écroule en lui.

« "Je viens", dit-il d'une voix rauque, et il raccrocha.

« Liebermann, je l'appris entre-temps, était près de lui quand vint mon appel. Après avoir raccroché, Père était resté debout, complètement silencieux. Sur son visage s'était produit quelque chose que Liebermann n'avait jamais vu sur personne : très lentement, comme au ralenti, les traits s'étaient relâchés et ensuite littéralement décomposés, pour finalement se reconstituer avec une expression qui lui fit penser à de la pierre froide. D'abord, Liebermann pensa que quelqu'un était mort. Mais la haine qui transparaissait à travers le visage pétrifié ne convenait pas à un tel événement. Sans un mot, comme s'il avait été seul de tout ce temps, Père sortit.

« J'avais pensé qu'il prendrait un taxi, dit Maman. Quand au bout d'une heure il n'était toujours pas là, je redoutai le pire. Finalement, je l'aperçus. Il marchait lentement vers la maison, les mains croisées dans le dos, le col de la chemise ouvert, la cravate dénouée et déplacée. Devant le portail du jardin, il s'arrêta et fuma une cigarette. Il n'avait jamais encore fait cela quand il rentrait à la maison. Jamais. Je n'osais pas sortir. À la fin, il écrasa le mégot par terre, avec des mouvements tournants du pied, si longuement qu'il ne devait plus rester que de la poussière.

« J'avais posé la lettre sur sa table. Je le savais. C'est là qu'il voudrait faire face aux phrases qui anéantissaient tout son espoir. Il lut la lettre debout. Il la lut plusieurs fois. Chaque fois que son regard était arrivé au bas de la lettre, il levait la tête et recommençait du début. Son regard était plein d'une incrédulité bouleversante. Je m'approchai de lui, mais je n'osais pas le toucher. Il était tellement tendu que l'on avait l'impression qu'il exploserait au plus léger contact. Finalement, il désigna la dernière phrase, la formule baroque de politesse française. "Un tel mensonge", dit-il à voix basse. »

Père. Tu as toujours tout pris au sens littéral ; mot pour mot. Et quand les autres n'étaient pas fidèles à leur parole point par point, tu te sentais trompé et tu passais des jours à leur demander des comptes en un dialogue intérieur.

« *Pour des raisons imprévues** – beaucoup de jours et de nuits passèrent pendant lesquels nous réfléchissions sans cesse à ces mots. En réalité, trouvions-nous, c'était une impudence de se débarrasser de nous avec une information aussi dépourvue de sens. Nous décidâmes de cesser de l'interpréter – pour continuer à la prochaine occasion. Frédéric se fit porter malade et n'alla plus au magasin. Cela ne lui était encore jamais arrivé. »

En fait, Liebermann, qui pensait au visage décomposé de Père lors de cet appel téléphonique, se faisait des idées. Père et la maladie, cela n'existait tout simplement pas, pensait-il.

« Un matin, Frédéric s'installa avec une cafetière à côté du téléphone et composa toutes les cinq minutes le numéro de Monte-Carlo. Je lui renouvelais son café, et je plaçais son repas sur la table du téléphone. Jusque tard dans la nuit, il appuya sans cesse sur la touche de rappel, et après quelques heures de sommeil, continua le jour suivant. Il ne se rasait plus. Il ne se raserait de nouveau, disait-il, que lorsqu'il aurait obtenu une liaison avec Monte-Carlo.

397

« Quand Frédéric avait enfin trouvé le sommeil, c'était moi qui allais au téléphone. Nuit après nuit, je composais le numéro d'Antonio. Les heures passaient, et moi aussi je me heurtais à un mur de silence. Je comprenais que cela n'avait pas besoin d'avoir une signification. Un homme comme Antonio faisait le tour du globe, et en outre, je le savais par la presse, il n'avait pas que cette seule demeure. Et pourtant j'étais alors persuadée qu'il avait quelque chose à voir avec l'affaire. Je fus renforcée dans mon soupçon quand, une nuit, je composai de nouveau son numéro et obtins de la bande magnétique la froide réponse mécanique : *Le numéro que vous demandez n'est pas attribué**.

« Cela devint une certitude grâce aux articles du *Monde* et de *Paris Match* qui parurent dans les premiers jours de juillet : pour la première fois depuis l'existence du concours monégasque d'opéra, il n'y aurait pas de remise de prix et pas de représentation. Apparemment, l'argent de la fondation avait été détourné. De source bien informée, on avait appris que le célèbre ténor Antonio di Malfitano serait compromis. Le ténor n'était pas joignable. Ce n'était plus un secret que di Malfitano aimait jouer, il était connu dans différents casinos. Son téléphone à Monte-Carlo était coupé, ce qui indiquait qu'il s'était enfui de Monaco. La maison princière ne faisait aucun commentaire. »

Les lèvres de Maman grimacèrent un sourire qui exprimait mieux son amertume que n'aurait pu le faire une mine pincée.

« *Le Monde* n'en disait pas davantage, c'était plutôt une courte information. *Paris Match* y accordait naturellement plus d'importance. En diagonale sur la page courait une série de six photos, insérées de telle manière qu'elles semblaient extraites de la bande d'un film. Deux photos d'Antonio devant le casino de Monte-Carlo, sur deux autres avec les filles Grimaldi – toujours au coude-à-coude – et pour finir deux instantanés des noces pendant le carnaval, sur lesquels la Signora, malgré ses nombreux fards, avait l'air d'une vomissure. Sous les images, une suite de mots en style télégraphique : *gloire – noblesse – richesse – fraude**. L'histoire débordait d'allusions et de spéculations hasardeuses, avant tout au sujet de la prétendue relation particulière d'Antonio avec les filles Grimaldi. Le fait que la maison princière gardait le silence sur ce développement inattendu ajoutait un suffisant grain de sel à l'affaire.

« À la première et même à la seconde lecture, je crus que l'article s'arrêtait là. La page était terminée et la dernière phrase sonnait comme une conclusion bien enlevée. Hébétée, je restais assise. Cela jetait une lumière tout à fait nouvelle sur le mariage avec la riche aristocrate. Ses millions auraient dû aider à masquer le détournement. En secret, naturellement, la famille vénitienne ne voudrait pas recevoir parmi les siens un fraudeur. Ou cela passait-il pour une peccadille ? La faute sur laquelle on n'aurait en aucun cas fermé les yeux, c'étaient les enfants illégitimes. La bigoterie était plus forte que le respect de la loi. Je revoyais Antonio, passant les mains sur son visage gris de cendre, comme s'il pouvait ainsi conjurer le spectre de ma menace. Si je la réalisais, il ne perdrait pas seulement de la richesse. Il devrait compter que sa malhonnêteté viendrait en pleine lumière et qu'il serait traîné devant les tribunaux. C'était pour cela, rien que pour cela, qu'il s'était penché sur ma canne.

« Pourtant, quelque chose n'avait pas marché. Et c'est nous qui étions les dupes. Bon, il ne nous avait pas trompés intentionnellement. Il avait cru que la caisse de la fondation, pillée par lui, serait bientôt renflouée et que la première de l'opéra primé aurait lieu comme chaque année. Malgré cela, c'était son méfait, son détournement, qui nous privait du prix et de la représentation. Les misérables mots d'adieu, autrefois, puis l'accident, et maintenant cela. C'était assez, plus qu'assez.

« Et pourtant ce n'était pas encore tout. Quand je me levai pour prendre le téléphone, le magazine glissa de mes genoux et quand je revins, il était ouvert à la page suivante. J'allais la tourner quand mon regard tomba sur un texte court encadré – la véritable fin de l'article de la page précédente. Simon Carpentier, le lauréat du concours de cette année, disait-on, était déçu et furieux de la tournure qu'avaient prise les choses. "Je ne peux tout simplement pas le croire", a dit le musicien de vingt-sept ans, un grand talent plein d'avenir.

« Je ne comprenais pas. Pendant des minutes entières, je ne compris tout simplement pas. Je lus ces lignes encore et encore. J'allai dans la chambre de Frédéric et je dépliai la première lettre de Monaco, qui depuis ce jour était à portée de main sur le bureau, maintenant encore où elle était dépassée et dévaluée. Lentement s'ouvrait ce qui avait été une barrière d'incrédulité. Il n'était pas vrai qu'Antonio ne nous avait pas trompés intentionnellement. Au contraire, il m'avait roulée de la manière la plus effrontée, la plus froide. Le jury avait voté pour l'opéra de Carpentier, Antonio avait donné l'ordre d'écrire à Frédéric une lettre de pur mensonge, le mensonge durerait jusqu'à ce que le mariage fût conclu. C'était aussi simple que cela. Et voilà pourquoi la femme à qui Frédéric avait téléphoné ne savait rien de Nerea Etxebeste. Elle devait être la secrétaire privée d'Antonio. Et sûrement pas rien que cela.

« Il fallut du temps avant que je sois prise de panique. Cela existe : tu sais que tu vas être prise de panique dès que tu te seras livrée à une certaine réflexion, tu sais que tout est à ta disposition pour que cela se fasse, et maintenant, sans le vouloir vraiment, tu fais la bête et la sourde dans l'espoir que tout va se dissiper, tu ne sais pas comment, tu n'y crois pas non plus réellement, mais tu fais comme si. Je préparai du thé, je le laissai devenir beaucoup trop fort et le versai dans l'évier. Je feignis de m'occuper des fleurs. Ce fut seulement quand je pris le téléphone et composai le numéro de mon coiffeur, que c'en fut trop, je raccrochai et fis face à la peur.

« En aucun cas, Frédéric ne devait lire l'histoire de Carpentier. La raison pour laquelle on s'était donné la peine de lui envoyer cette lettre mensongère demeurerait alors pour lui une énigme. Et il ne connaîtrait pas de repos avant de l'avoir résolue. Tu sais comme il est : il n'abandonne jamais. Et surtout pas dans cette affaire. Il voudrait en parler avec moi, sans relâche. Je devrais mentir, mentir et encore mentir. Et cela, juste maintenant où nous étions plus proches que jamais l'un de l'autre. C'était inconcevable. Et qui sait, peut-être dans sa quête sans répit tomberait-il à un moment, n'importe comment, sur la vérité. Et alors tout s'écroulerait. Ce que j'avais fait lui apparaîtrait comme une trahison. Jamais il ne me le pardonnerait. Il aurait l'impression que notre proximité n'avait été qu'un unique mensonge, mis en scène par moi. »

Maman me regarda, la peur vacillait dans ses yeux.

401

« Tu me promets de le garder pour toi ? Rien que pour toi ? Pour toujours ? Quoi qu'il arrive ? »

Je fis un signe d'assentiment.

« Tu ne dois pas le dire non plus à Patricia. Elle et Frédéric… Peut-être…

— Je ne crois pas, dis-je, mais tu peux te fier à moi. »

Elle ne se débarrasserait pas de cette peur, jusqu'à la fin. À présent, elle fermait de nouveau les yeux.

« Lui montrer seulement la notice du *Monde* était impossible. Il demanderait aussitôt ce qu'il y avait à ce sujet dans *Paris Match*. Et ne rien dire du tout – je ne l'aurais pas supporté. Il lisait rarement les journaux français. Mais qu'arriverait-il s'il le faisait par hasard justement ce jour-là ? Je pris un large stylo-feutre et marquai le commencement et la fin du texte, la fin, naturellement, là où je voulais qu'elle soit, dans le coin au bas de la page à droite. Les traits épais que j'y traçais devaient empêcher le réflexe de tourner la page pour chercher la suite. Pour que les marques aient l'air moins inhabituelles, je fis de même avec *Le Monde*. On aurait dit – je l'espérais – que ces signes étaient là pour souligner l'importance du contenu. J'espérais aussi un peu que Frédéric serait tellement indigné par le texte qu'il oublierait de tourner les pages.

« Il lut l'article. Il le relisait sans cesse, pendant des jours entiers. Les journaux restaient tout le temps sur sa table. J'entrais dans son bureau plus souvent que d'habitude et je regardais s'il avait tourné la page du magazine. Il semblait que non. Un jour, j'arrivai au moment où il découpait les textes et les collait sur une feuille de papier à musique. J'eus le souffle coupé quand il retourna la page dangereuse et tendit la main vers la colle. Pour distraire son attention, je lui demandai n'importe quoi d'insignifiant, puis je m'approchai de lui et lui pris l'article des mains. "Tiens plutôt la feuille qui est dessous", lui dis-je ; je posai moi-même la page et la lissai pour effacer les bulles. Le danger était passé. Puis nous avons collé le texte du *Monde* au-dessous. "*Merci**", dit-il en me prenant la main. Je n'ai pas pu prononcer un mot.

« Sur une autre feuille, il colla une des photos d'Antonio. À ma grande surprise, c'était la plus sympathique de toutes : Antonio sortait du casino, il était ébloui par la vive lumière du jour et son visage semblait ainsi très vulnérable, nullement aussi sûr de soi que d'habitude.

« Au bout d'une semaine, Frédéric froissa la feuille avec les articles, la jeta dans la corbeille à papier et vida la corbeille dans la poubelle. Il découpa la photo de l'autre feuille et l'appuya contre la lampe de sa table. Un soir, il alla chercher les ciseaux à ongles et découpa dans la photo la silhouette d'Antonio. Il la colla sur une fiche et prit une autre fiche pour support. Si l'on regardait attentivement, les contours de la figure étaient ondulés ; la courbure des lames de ciseaux avait été plus forte que celle des lignes de l'image. Pendant des heures, Frédéric restait assis à sa table vide et contemplait la photo. C'était là l'homme pour la voix duquel il avait écrit des montagnes de notes. L'homme qu'il avait toujours eu devant les yeux quand il écrivait les longues arias où Michel Kohlhaas se meurtrissait contre l'injustice. L'homme dont les disques nous avaient réunis. Et maintenant l'homme qui lui dérobait la reconnaissance qu'il avait attendue toute une vie.

« C'est la photo que Frédéric détruisit en dernier. Auparavant, il avait fait disparaître les deux lettres

portant l'emblème princier. *Renvoyez-moi la partition par retour du courrier !* écrivit-il à Monaco. Pas de formule d'introduction ni de courtoisie, rien que cette phrase et la signature. Puis il déchira la lettre aux *raisons imprévues* et jeta les morceaux dans les toilettes. Deux jours plus tard, il brûla la première lettre. Tu comprends : il la *brûla* ! Il rassembla avec un soin exagéré les restes carbonisés autour du cendrier. Il me semblait que cette minutie pouvait à chaque instant se changer en fureur destructrice. À la fin, il prit le coupe-papier et avec le manche il réduisit en poussière les résidus. »

Je peux voir sur la table les traces de brûlure qu'ont laissées les débris en se consumant. Deux taches noires, une plus grande que l'autre. Je n'ai qu'à étendre le bras, et je peux les toucher, Père. La lettre devait devenir poussière. Spécialement cette lettre, que tu as attendue une vie durant. Poussière. Pour qu'elle disparaisse complètement du monde. Comme si elle n'avait jamais existé.

« Il fallut trois autres jours avant que la photo d'Antonio subisse le même sort. Frédéric était à la fenêtre quand j'entrai dans le bureau. Son poing droit était serré, on ne voyait dépasser qu'un petit morceau de la fiche. Quand je m'approchai de lui, il essaya son sourire de bravade. Il n'y réussit pas, le visage demeura de pierre. Voir que son visage ne lui obéissait plus : c'était pire que toutes ses autres expressions précédentes de déception et de colère. Jusqu'au soir, il garda dans son poing la photo froissée. Puis il la jeta dehors dans la poubelle et l'enfouit dans les détritus qu'il avait emportés de la cuisine. Je le revois là, debout, silhouette immobile dans le crépuscule qui tombait, les bras pendaient, les mains ne faisaient rien, c'était comme s'il venait d'accomplir la dernière action de sa vie.

« Après cela, il se mit à sa table avec une nouvelle pile de papier à musique. Comme si rien n'était arrivé. Soir après soir, fin de semaine après fin de semaine, il s'asseyait devant les mêmes feuilles vides. Il restait souvent plus longtemps que nécessaire au magasin. Il fumait plus que d'habitude. De temps en temps, il se plaignait d'une sensation de resserrement dans la région du cœur. "Cela ne servirait à rien d'incendier le palais princier", dit-il une nuit alors qu'il était étendu près de moi sans dormir. Sinon, il ne parlait plus de Monaco. À la maison, tout devint encore plus silencieux.

« Sans doute les choses en seraient-elles restées là ; à un moment la colère et la déception se seraient peu à peu éteintes et auraient cédé la place à une amère résignation, si n'avait pas surgi un jour, au début du mois d'août, cette affiche. Une affiche rouge avec une inscription en lettres blanches. Quand j'approchai de la fenêtre, un homme était en train de la plaquer sur la colonne Morris avec une brosse au long manche d'où dégouttait la colle blanchâtre. De l'angle où j'étais, je ne pouvais pas voir le texte. Je ne sais pourquoi je voulais absolument le lire. Je n'en avais vraiment aucune idée. Mais je sortis et la première chose qui me sauta aux yeux fut le nom d'Antonio. Il s'agissait d'un spectacle donné en tournée par la Scala de Milan, et il chanterait pendant trois soirées, en octobre, le rôle de Cavaradossi dans *Tosca*.

« Depuis, j'ai si souvent rêvé de ce moment que je ne distingue encore que difficilement le rêve du souvenir. En rêve, qui se déroule toujours de la même façon, je passe l'index le long des lettres qui forment le nom d'Antonio, tout est glissant et collant au toucher, et devant mon doigt anormalement grand et laid, la colle s'amasse comme une vague d'étrave. Puis il y a régulièrement une déchirure, et ensuite mes dix doigts s'enfouissent dans le papier humide et tentent sans succès de l'arracher. Je me réveille quand je tombe de l'échelle.

« L'histoire de l'échelle est exacte. Je crois me rappeler que tout est devenu entièrement vide en moi quand j'eus compris ce qu'il y avait sur l'affiche. Vide, à l'exception d'une seule pensée. En aucun cas, Frédéric ne devait voir l'affiche. Bien plus tard seulement, il me vint à l'esprit que l'affiche était placardée dans d'innombrables autres endroits de la ville. J'allai chercher la grande échelle et je grimpai tout en haut, jusqu'à pouvoir saisir le bord supérieur de l'affiche. Le papier céda, mais il était encore tellement humide de colle qu'il se déchira aussitôt. Je n'ôtais toujours que de petits morceaux, l'insuccès me rendit furieuse, mes mouvements devinrent de plus en plus nerveux et quand j'arrachai un lambeau d'un geste particulièrement violent, je perdis l'équilibre et tombai de l'échelle, juste sur ma hanche abîmée. Cela me fit si mal que je dus perdre connaissance un instant, car soudain je vis des visages de passants au-dessus de moi et je les entendis demander s'il fallait appeler une ambulance. Je refusai et me ressaisis péniblement. Ils me soutinrent et quelqu'un rapporta dans la cave l'échelle tombée. Avant de fermer la porte de la maison, je jetai un regard vers la colonne. Le groupe des passants ne se dispersait que lentement. Comme s'ils se demandaient ce que diable j'étais allée faire sur cette échelle.

« Quand Frédéric revint à la maison le soir, j'étais à la fenêtre et j'espérais qu'il passerait comme d'habitude devant la colonne Morris sans y prêter attention et la tête baissée. Si seulement l'affiche n'avait pas été rouge foncé ! Il ne peut pas résister aux choses rouge foncé et il les voit à travers le plus épais brouillard, surtout quand c'est ce rouge qu'il appelle *bordeaux*. Et l'affiche était de cette couleur. Comme si elle exerçait une force d'attraction magique, il leva un instant la tête, j'oubliai de respirer et je fus soulagée quand il poursuivit son chemin sans ralentir le rythme de ses pas. Il avait déjà ouvert le portail du jardin quand il s'arrêta brusquement, son visage eut un étrange tressaillement, puis il revint sur ses pas et s'arrêta devant l'affiche rouge. Il resta là, immobile, pendant plusieurs minutes, ses pouces frottaient machinalement les poignées du sac qu'il tenait des deux mains devant lui. C'est l'incident de trop, pensai-je, cela n'aurait pas dû s'ajouter au reste. C'était comme si je sentais à travers la fenêtre que Frédéric franchissait une frontière à l'intérieur de lui-même. Plus tard seulement, je compris qu'une transgression semblable avait déjà eu lieu en moi ; elle fut pour ainsi dire scellée par le regard incrédule et désemparé que Frédéric fixait sur l'affiche.

« Ce soir-là, j'appris que Frédéric savait. Pour Antonio et vous, je veux dire. J'avais cru que c'était le secret le mieux gardé de ma vie, et il le savait depuis tout ce temps. J'en perdis la parole. Imagine : pendant toutes ces années, il a su qu'il n'était pas votre vrai père ! Et il n'en a pas dit un mot ! Cela ne lui avait rien fait, dit-il à sa manière sèche. Plus l'affaire est importante, moins elle demande de mots – c'est son principe. Parfois je l'aime pour cela, puis de nouveau je voudrais le secouer.

« Au cours de la soirée, je lui racontai tout au sujet d'Antonio et moi. Il écoutait en silence. Il comprenait la signification de ce qu'il entendait, je le remarquais parce qu'il m'attirait encore plus fermement à lui à chaque nouvelle déception dont je parlais. À la fin, nous nous tenions étroitement enlacés. "Alors il n'a pas trompé que moi seul, mais nous deux", dit-il.

« En un certain sens, nous n'avons jamais plus dénoué cette étreinte. Si au commencement elle était avant tout l'expression d'une douleur partagée, elle devint de plus en plus avec le temps l'expression d'un projet commun. Nous n'en avons jamais parlé, de ce projet. Pas d'un seul mot. Cela ne le rendait pas plus faible, au contraire. Nous nous envelopppions de jour en jour davantage dans notre plan tacite, il se développait comme un cocon de silence éloquent qui donnait aux événements du monde extérieur l'aspect d'un simple décor.

« Au milieu de la nuit, Frédéric se leva, et comme il ne revenait pas je descendis et l'appelai. La porte entrebâillée de la cave me donna finalement l'idée de regarder dehors. En pyjama et les pieds nus, il était tout en haut de l'échelle, il tenait des deux mains le manche du grand couteau de boucher et enfonçait la lame dans l'affiche rouge. Jamais encore je n'avais vu quelqu'un travailler avec une telle fureur contenue. Lambeaux après lambeaux volaient vers le sol, les couleurs claires des affiches du dessous devenaient de plus en plus nettement visibles et la partie que je voyais avait déjà l'air tellement dévastée, que l'on pensait involontairement à du vandalisme. Je faisais semblant de dormir quand Frédéric revint. Au petit déjeuner, je vis à ses yeux rougis qu'il avait à peine dormi. Contre toutes ses habitudes, il ne but que du café. Il passa devant la colonne Morris sans jeter un regard sur la surface déchiquetée. »

Je crois que c'est à cet endroit de son récit que Maman sortit. Elle avait changé de position de plus

en plus souvent quand une violente douleur la faisait tressaillir. Quand elle revint, elle lissait les
manches de sa robe bleue. Ce geste me rappela une
lourde journée d'été, c'était encore à Genève, je
devais avoir sept ou huit ans. Tout le monde était
légèrement vêtu, on ne gardait plus que les vêtements absolument nécessaires. Alors Maman arriva
dans le parc où je jouais. Comme toujours, elle portait une robe à manches longues. Elle s'assit sur un
banc, à côté de femmes aux bras nus. J'étais fier
qu'elle paraisse beaucoup plus élégante que ces
femmes. Mais en même temps je trouvai bizarre et
un peu angoissant qu'avec un temps pareil, elle
porte des manches longues. Cela lui donnait l'air
étranger et intouchable. Plus tard, dans l'ascenseur,
je lui demandai pourquoi elle ne portait jamais de
manches courtes. Dans le miroir de l'ascenseur, je
la vis tressaillir et chercher à reprendre contenance,
les yeux fermés. « Tu sais bien que j'ai eu cet accident », dit-elle et elle posa un baiser sur mes cheveux.

« Les dernières semaines, nous avons… *comment
dire** … vécu très doucement, poursuivait à présent
Maman. Je ne sais pas si c'était réellement ainsi,
mais j'avais l'impression que nous parlions ensemble à voix plus basse que d'habitude. Nous ne
disions pas grand-chose. Non parce que nous
n'aurions rien eu à nous dire. Au contraire. Nous
étions aussi proches l'un de l'autre que jamais, plus
proches encore qu'au temps où nous attendions des
nouvelles de Monaco. Un soir, au dîner, Frédéric
était encore plus silencieux que d'habitude et il
regardait devant lui d'un air si absent, qu'il ne
remarquait sûrement pas ce qu'il mangeait. Soudain
il s'arrêta et posa de côté couteau et fourchette. Il le
fit aussi lentement, avec autant de précaution que si

c'étaient des objets fragiles. Sa main tremblait quand il la plongea dans sa veste, là où était son portefeuille. Au dernier moment, il hésita, retira sa main, la tint un moment en suspens pour finalement tirer quand même le portefeuille. Il ne me regardait pas quand il posa sur la nappe, côte à côte, les six billets pour l'Opéra. »

La voix de Maman se brisa. « Il voulait qu'ils soient exactement alignés, pour ces choses-là il est terriblement pointilleux. Mais ses mains tremblaient si fort qu'en touchant les billets, il les mettait encore plus en désordre. Il entra dans une telle colère devant sa maladresse qu'il se frappa d'une main sur l'autre. Ce fut seulement quand je posai ma main sur la sienne et de l'autre arrangeai les billets, qu'il se calma. Il m'effleura d'un coup d'œil reconnaissant, puis détourna de nouveau les yeux.

« "L'avant-scène de gauche, dit-il. Nous serons seuls." »

« Et après une pause pendant laquelle il remit les billets dans son portefeuille :

« "Il nous a trompés, toi et moi. Oui, il nous a trompés", dit-il. Il dut s'y reprendre à trois fois avant de réussir à prononcer ces simples mots. Dans la nuit, quand je vis son visage endormi à côté de moi, je pensai : à l'entendre, on eût dit que c'étaient les tout derniers mots qu'il prononçait de sa vie.

« La chute du haut de l'échelle avait rendu mes douleurs plus fortes. Parfois, elles étaient insupportables. Il y avait eu des périodes où j'avais presque oublié que mes douleurs avaient quelque chose à voir avec Antonio. Maintenant, il y était de nouveau entièrement présent, et quand cela me transperçait comme des couteaux, j'étais submergée par des vagues de haine. Je rêvais à nouveau de l'accident, mais pas comme avant. Les arcades sous lesquelles j'attendais Antonio bordaient maintenant la place Vendôme, et au moment de l'accident la place était plongée dans une clarté d'incandescence qui provoquait en moi la peur paradoxale de perdre la vue. Bien que Frédéric m'en pressât, je n'allai pas chez le médecin. Il y avait en moi un sentiment qui me disait : ce n'est plus la peine. Et comme tu vois, j'avais raison », ajouta Maman à voix basse.

On entendit le bruit de la première S-Bahn, et peu après le moteur d'une auto démarra. Dans moins d'une heure, il ferait jour. J'avais le sentiment de n'avoir pas dormi depuis un an. Pourvu que les bruits de la ville réveillée ne tarissent pas le fleuve du récit, pensais-je. Et, ce nouveau jour, ce dimanche, sera le dernier jour de Maman. Je ne veux pas qu'il commence.

Sur un ton très sobre, objectif, Maman dit après une pause : « Nous ne vous avons jamais parlé du pistolet. Il avait fait partie de la collection de papa, c'était l'arme avec laquelle il m'avait appris à tirer. »

Elle hésita et sembla se demander si elle devait raconter aussi ce qui venait de lui passer par l'esprit.

« Était-ce moi qui avais voulu apprendre ? Ou était-ce seulement la volonté de papa ? Natalie y était opposée. Elle se mettait dans une colère terrible quand on en parlait. "Pervers, disait-elle, c'est pervers." Je ne sais pas, peut-être disait-elle cela par jalousie. En tout cas, papa… *comment dire**… me mit le pistolet dans la main quand nous sommes arrivés ici. "Pour que tu ne m'oublies pas", dit-il. Je n'ai pas raconté cela à Natalie. Elle aurait été horrifiée. C'était… je… je ne voulais pas cette arme, mais je ne voulais pas non plus offenser papa. Je l'ai placée tout en dessous dans un carton du déménagement, mais j'oubliai dans lequel et c'est ainsi

411

que Frédéric le trouva en déballant. Quand il me le montra sans un mot, son visage était blême et figé dans une colère contenue, cela me rappela son visage d'autrefois au stand de tir.

« C'était quelques semaines après notre voyage à la Scala, avant l'emménagement dans notre demeure commune. Il avait voulu me faire la surprise d'une visite et il apprit par la domestique que j'étais allée tirer au club avec papa. *"Au quoi ?"* aurait-il demandé et ce d'un ton tellement tranchant qu'Annette balbutiait en le répétant plus tard. Papa et moi, nous étions l'un à côté de l'autre quand il entra en trombe dans le stand de tir et arracha l'arme de la main de papa. Les deux hommes, qui ne s'aimaient pas depuis le début, se faisaient face, c'était un peu comme un duel. "Êtes-vous devenu fou ?" dit Frédéric, si haut que c'était presque un cri. "Une femme enceinte !" Je crois que ce qui décontenança le plus papa, ce fut qu'en l'apostrophant Frédéric annula le tutoiement dont ils étaient convenus quelques jours plus tôt. Frédéric le fixait d'un de ses regards terriblement droits, irréconciliables. Puis il marcha soudain jusqu'au pas de tir, leva l'arme et tira jusqu'à vider le magasin. Les balles touchèrent toutes sans exception dans le mille. Il posa le pistolet sur le râtelier, entoura mes épaules de son bras et m'emmena. Papa ne lui a jamais pardonné cette sortie. »

Maman se tut si longtemps que j'eus peur une fois de plus qu'elle se perde dans le passé lointain, alors je n'apprendrais jamais ce qui était réellement arrivé le soir du meurtre. Puis de nouveau je souhaitai l'inverse, qu'elle réussisse à faire de ses lointains souvenirs, entièrement et pour toujours, un présent imaginaire, afin de ne plus devoir vivre désormais le présent réel.

412

« Le pistolet que Père trouva dans le carton du déménagement – c'était celui avec la crosse en nacre ? » demandai-je finalement pour ramener ses pensées au temps d'avant l'acte. À l'instant où je posais la question, je me suis rappelé que j'étais censé ne rien savoir de ce pistolet. À peine Maman avait-elle commencé à en parler que j'avais revu les photos interdites, l'image du bras tendu de Maman et dans sa main la lueur blanche de la crosse ; les instantanés de GP qui derrière elle lui soutenait le bras qui portait l'arme ; la photo reconstituée à grand-peine, les mains de GP sur les seins de Maman.

Maman me regarda, d'abord avec surprise, puis d'un air où se mêlaient terreur et colère. « Comment sais-tu…

— Père m'en a parlé, mentis-je. C'était il y a longtemps, à un stand de tir à la foire de Genève. Ils avaient aussi un pistolet avec une crosse de nacre. Père tira si bien que nous aurions pu vider les étagères de trophées.

— Qu'a-t-il… ? demanda Maman, comme si elle réprimait péniblement une panique qui flambait en elle.

— Rien. Seulement que GP possédait un pistolet comme celui-là et qu'il était fou d'armes à feu.

— Rien des leçons de tir ? Ni qu'il m'avait appris à tirer avec ce pistolet ?

— Non. Je ne savais rien de tout cela. »

Maman s'enfonça de nouveau dans le silence.

« Oui, dit-elle enfin, c'est ce pistolet que Frédéric trouva en déballant. Il voulait le renvoyer immédiatement à Genève. Nous sommes convenus de le mettre dans un carton, caché dans le coin le plus reculé du grenier. Tard dans la nuit, Frédéric y monta et poussa devant le carton sa vieille commode, dont il n'avait pas voulu se séparer. "À cause des enfants", dit-il.

« Les pieds de marbre du vilain objet raclèrent alors avec tant de bruit le sol carrelé du grenier, que j'eus peur que le vacarme vous ait réveillés. Et maintenant, il y a quelques jours, j'entendis de nouveau le même bruit, je le reconnus aussitôt. C'était au milieu de la nuit. Frédéric alla ensuite dans la cuisine et ferma la porte, tout doucement pour ne pas me réveiller. Au bout d'un moment, je n'y tins plus et j'allai le rejoindre. Il était assis à la table de la cuisine et nettoyait le pistolet. Avec ses cheveux en désordre et sa barbe grise naissante, il avait l'air d'un voyou, un vagabond vieillissant. Nos regards se croisèrent.

« "Il nous a volé notre avenir, dit-il. L'opéra, c'était l'avenir. Notre avenir." Et après une pause : "Ce n'est pas juste qu'il ait un avenir, et pas nous. Ce n'est pas juste."

« Tout en parlant, il ôta le cran d'arrêt de l'arme pour faire un essai, le bruit dur déchiqueta les mots. C'était comme si j'entendais ce bruit pour la première fois. L'écho en moi ne voulait pas finir, ne faiblissait même pas ; au contraire, le son métallique, violent, enflait jusqu'à l'insupportable, la nuit surtout, quand je ne dormais pas et que la pendule sonnait l'irrésistible rétrécissement du laps de temps qui nous séparait encore de l'acte projeté. Puis je regardais les mains de Frédéric sur la couverture et je me demandais ce qui se passait en lui.

« Plus le temps qui restait devenait court, plus je revoyais souvent ces mains laissant tomber dans la poubelle, à Linz, les critiques de l'opéra. Si nous pouvions nous débarrasser aussi facilement de notre projet meurtrier ! pensais-je. Car je sentais de plus en plus nettement que nous étions devenus prison-

414

niers de notre plan tacite. Le bruit impitoyable du pistolet avait fait du cocon protecteur une geôle. La panique me saisit quand je constatai que ma haine pour Antonio avait perdu en moi son ancienne clarté et sa fermeté. Dans l'obscurité de la chambre à coucher, je cherchais une position où mes douleurs seraient particulièrement violentes, et je tâtais la saignée de mon bras marquée de piqûres, où les hématomes s'amassaient. Pour que la haine se ranime. En pensée, je revenais à ce matin où l'on m'avait remis à l'hôtel les lâches paroles d'adieu d'Antonio. Puis de nouveau je faisais de son visage gonflé et du blanc criard de ses dents une grimace qui ne parvenait pas à être assez repoussante. Mais la haine – que je cherchais à rassembler et attiser ainsi en moi – ne pouvait pas tenir contre le bruit funeste, inhumain, du cran d'arrêt ôté de l'arme.

« Je me demandais ce que je ferais si la haine dont j'étais toujours tellement sûre continuait à se désagréger. Depuis des semaines, Frédéric et moi nous avions respiré à l'unisson de notre haine. Qu'arriverait-il si je quittais le rythme commun ? Quand il revenait du travail, je l'attendais à la fenêtre. Quand il sera là, pensais-je chaque fois, je lui dirai que je ne veux pas. Alors il entrait, et depuis qu'il connaissait ma nouvelle habitude de l'attendre, il cherchait mon regard dès que possible. Nous ne faisions pas de signes de la main et nous n'avons pas souri une seule fois. Nous nous regardions simplement jusqu'à ce qu'il aille du portail du jardin à la porte de la maison, que je lui ouvrais. Son regard était aussi droit et direct que toujours. Mais quand nos regards se croisaient pardessus cette nouvelle distance, alors je comprenais ce que l'on disait de lui : dans son champ de vision, il fait toujours plus froid de quelques degrés, ou : on doit savoir ce que l'on veut quand on l'aborde en face. C'est simplement, je crois, l'impavidité et la détermination de son regard que les gens prennent à tort pour de la froideur. La vigilance dans les yeux du bon tireur. Ce qu'ils ne voient pas, c'est l'offre de confiance qui y réside, la promesse d'une fiabilité absolue. C'était cela avant tout que je voyais à travers la vitre. Non, c'était impossible. Après tout ce que nous avions vécu et souffert ensemble ces derniers temps, je ne pouvais pas le laisser tomber.

« La nuit du mardi, il se leva sans bruit et descendit dans son bureau. Il joua des mélodies de *Michel Kohlhaas*. Il jouait si bas que les notes se brisaient parfois et laissaient des lacunes, mais malgré cela je reconnaissais tout. Je le voyais caressant de la main, autrefois, la lettre salvatrice de Monaco pour à la fin, avec un visage de pierre, la réduire en poussière. Non, je ne devais pas rompre notre pacte tacite. Lisbeth, la femme de Kohlhaas, n'aurait jamais eu cette idée, pas même en rêve. »

Maman s'arrêta, et à la racine du nez se forma la petite ride qui apparaissait toujours quand quelque chose d'inattendu lui venait à l'esprit et dérangeait le fil de sa pensée.

« Ce n'était peut-être pas seulement le projet de vengeance, mais aussi l'opéra qui était devenu pour nous une geôle », dit-elle enfin.

J'aurais aimé en savoir plus sur les derniers jours avant l'acte : comment c'était à table, dans la salle de bains, en allant se coucher et en se réveillant. Avaient-ils encore fait des courses ? Avaient-ils écouté les informations ? De la musique ? Qu'avaient-ils lu ? Que ressentaient-ils en passant devant la colonne Morris et l'affiche déchiquetée ? Comment Maman avait-elle traversé les heures silencieuses du jour, avant que Père revienne du travail ?

Mais ce n'était pas le moment de poser des questions.

Ce que je sais : le mardi soir, Père emporta de la maison Steinway ses affaires personnelles. Il avait été très silencieux ce jour-là, dit Liebermann, et étonnamment doux, même avec les clients prétentieux que d'habitude il rabrouait. Souvent, il restait là sans rien faire, comme s'il ne savait pas pourquoi il était là. Il avait soudain demandé à Liebermann comment il allait. C'était la toute première fois qu'il lui posait une question de ce genre. « C'était juste une question comme ça », aurait-il dit quand Liebermann se montra stupéfait. Au début de l'après-midi, Père, les mains dans les poches, avait parcouru toutes les salles, dans l'attitude d'un visiteur de musée. Quand il s'en alla, il serra la main de Liebermann et des autres. « Adieu », dit-il à ses collègues étonnés. Ne viendrait-il donc pas demain, demanda l'un d'eux. « Si, naturellement », avait répondu Père.

Le jour s'était levé, de la lumière filtrait entre les rideaux. J'eus envie de les tirer plus étroitement, ou mieux encore, de coller les fenêtres. Mais ma préoccupation était inutile. Maman ne se laissa pas déranger. Elle prit maintenant son élan pour la partie la plus difficile du récit, celle qui concernait le soir du meurtre. De phrase en phrase, sa voix gagnait en fermeté, les souvenirs venaient avec exactitude et une grande sûreté ; et bientôt elle parla avec une sobriété consciente de soi, presque arrogante. Le présent de ce dimanche matin était loin, plus loin que tout présent imaginable. Le nouveau jour ne pouvait plus rien faire à Maman. Elle n'avait plus rien à voir avec lui.

« Le mercredi matin, je me suis réveillée très tôt, l'aube venait à peine de poindre. Je sortais d'un rêve insouciant, heureux. C'était pendant des vacances au bord de la mer, ces vacances où vous étiez encore de petits enfants. » Maman fit une pause avant d'ajouter : « Quand les choses étaient encore en ordre. »

Quand tu n'avais pas encore opposé ta jalousie à notre amour, pensais-je. Quand tu n'étais pas encore animée par la volonté de nous séparer. Ce n'est pas nous qui avons provoqué la destruction. Pas nous. Ce fut la seule fois de toute cette nuit où je lui fis un reproche, l'unique moment où ma vieille rancune s'embrasa.

« Je fermais les yeux et j'enfonçais mon visage dans l'oreiller. Je voulais revenir aux images du rêve. C'était étrange : pour penser à ce que ce jour apporterait, je n'étais pas encore assez réveillée, mais je sentais que cela deviendrait un jour terrible, la fin de tout. Aussi, j'essayais de me courber pour lui échapper. Cela ne dura pas longtemps, bientôt je fus de nouveau couchée sur le dos et alors tout fut clair pour moi. Nous le ferons, pensai-je. *Nous*, pas *lui*. Et je comptais les heures qui restaient jusque-là. Frédéric dormait encore, de temps en temps il passait la langue sur ses lèvres sèches en gémissant légèrement. C'est la dernière fois que je m'éveille à côté de lui, pensai-je. J'étais heureuse qu'il dorme encore. Ce serait, je le sentais, une rencontre difficile quand il se réveillerait, une rencontre lors de laquelle nous nous regarderions comme des familiers qui sont soudain étrangers l'un à l'autre et se retrouvent ainsi dans l'embarras.

« Et il en fut ainsi. Nous nous sommes heurtés à la porte de la salle de bains, et après nous être fait des excuses exubérantes et formelles en même temps, dans notre désarroi nous nous sommes pris par les mains comme des enfants qui vont danser une ronde. Frédéric n'alla pas au magasin. Il n'en parla pas, mais il resta simplement assis à la table du petit déjeuner au-delà du temps normal. Les heures passaient avec une lenteur torturante. Chacun restait dans sa chambre. Je préparai les vêtements que je voulais mettre. Je changeai trois fois d'idée. Jamais encore une activité ne m'est apparue aussi absurde, et parfois la pensée de mon apparence de ce soir-là me donnait l'impression d'une obscénité. La robe que je devais finalement revêtir, je la lançai par terre. Puis j'allai chercher le fer à repasser. Je m'interdisais de penser au bruit du cran d'arrêt.

« Tout à coup (tellement à l'improviste, comme si le temps m'avait joué un tour de passe-passe), il fut six heures passées, et j'eus peur que nous arrivions trop tard. Devoir attendre devant la porte fermée, sous les yeux du personnel ! Ce soir-là ! Quand j'entrai dans la chambre de Frédéric, il était en smoking, assis devant le tiroir ouvert de sa table, et rangeait ses affaires. C'était le smoking que nous avions acheté pour Monte-Carlo. Parce que le lauréat suédois du prix en avait porté un. Pour cette seule raison. Depuis l'essayage dans le magasin, je ne l'avais plus revu dedans.

« "Mais quand même pas le smoking !" dis-je. Je ne sais pas pourquoi je le dis. Ou si : il avait l'air ridicule, surtout avec les revers de satin et les petits plis à la chemise, tout simplement ridicule. Comme derrière la scène, quand on voit dans leurs costumes pompeux les chanteurs que l'on connaît en privé.

« "Mais si, naturellement, dit Frédéric, au contraire !"

« Nous ne nous comprenions pas. En fait, ce n'était pas important, mais il me semblait que s'ouvrait entre nous un abîme d'incompréhension.

Dans une heure, nous quitterions ensemble la maison et nous n'y reviendrions plus jamais ensemble. Pour exécuter le plan qui nous enchaînait l'un à l'autre. Et nous ne nous comprenions pas. Plus tard aussi, au moment décisif, quand cela devait arriver, nous ne nous comprenions pas. C'était cela le pire. Pire que tout le reste. »

Lentement – si lentement que je pus voir encore ses traits se défaire – Maman se cacha le visage dans les mains. (Et il n'y avait rien de théâtral là-dedans. Tu te trompes : tout, dans la gestuelle de Maman, n'était pas un calcul.) Après un moment, elle fut secouée de sanglots secs, saccadés. Ces secousses convulsives – rien n'aurait pu mieux exprimer son désarroi et l'extinction de tout espoir. Quand les sanglots devinrent lentement plus doux et tarirent enfin, Maman ôta avec précaution les mains de son visage et alors ses traits offrirent une expression de grande solitude, ou peut-être ferais-je mieux de dire : d'abandon. Ce fut l'expression qui accompagna le reste de son récit, un récit qui laissait deviner combien les deux êtres qui avaient été nos parents en savaient peu l'un sur l'autre.

« Je n'ai pas vu Frédéric mettre l'arme dans sa poche. Mais quand il se tourna vers la porte de la maison pour la fermer à clé, la poche de son manteau heurta lourdement le bois, j'entendis un choc sourd. C'était cette poche-là qui dans le taxi touchait celle de mon manteau.

« "Est-ce que di Malfitano n'est pas fantastique ? dit la femme chauffeur de taxi quand nous lui indiquâmes notre destination, je suis allée à la représentation d'hier."

« De l'autoradio sortaient des airs d'opéra. Ce n'était pas sa voix. Malgré tout, c'était la dernière chose que nous ayons envie d'entendre en cet ins-

420

tant. Mais aucun de nous n'osa protester. Comme si la culpabilité nous paralysait d'avance.

« "Vous ne laissez pas le vôtre ?" demanda la femme du vestiaire en désignant le manteau de Frédéric, qu'il portait sur son bras.

« "Non, dit Frédéric, je le garde."

« Il y avait une volonté si ferme dans sa voix, je ne savais pas comment j'aurais encore pu le retenir maintenant. Auparavant, avant d'entrer à l'Opéra, je m'étais retournée et j'avais jeté un regard derrière moi dans la nuit et les lumières. Frédéric était resté là, très décidé, en m'attendant. Pas d'impatience, rien que de la détermination, la tête légèrement baissée. Cette détermination m'avait empêchée de dire ce que je pensais : sortons, rentrons à la maison.

« À présent nous étions dans notre loge ; devant, au-dessus de nous des projecteurs et une mêlée de câbles. Nous sommes restés longtemps debout, plus longtemps que des gens restent debout à l'Opéra avant de s'asseoir. Regardant en direction de la scène, Frédéric doit avoir pensé la même chose que moi : c'est faisable. Jusqu'à ce que la salle soit plongée dans l'obscurité et que s'élèvent les applaudissements saluant le chef d'orchestre, nous ne nous sommes regardés qu'une seule fois. Et alors, ce fut terrible, je ne saurais dire pourquoi. Peut-être parce que nous cherchions à donner à notre visage l'expression adéquate, essayant pour ainsi dire de la façonner de l'intérieur, mais elle n'existait pas, il aurait fallu trouver une toute nouvelle expression et une toute nouvelle sorte de regard, nous n'en avions pas à notre disposition, nos visages affrontaient une tâche insoluble et semblaient totalement vides, vides et rigides, si bien qu'épouvantés, nous avons tourné la tête.

« Frédéric avait son manteau sur les genoux, et la main sur la poche qui contenait l'arme. Jusqu'à l'entracte, il n'a pas bougé une seule fois, il était assis près de moi, forme immobile dans l'ombre, ne quittant pas des yeux la scène, un homme de… *comment dire*…

— De pierre muette, dis-je. *Le mutisme de pierre*. »

Je me maudis avant même d'avoir prononcé le dernier mot. S'il y avait jamais eu un instant où je n'aurais dû à aucun prix achever une phrase de Maman – c'était maintenant. Maman perdit l'équilibre, la ride se forma au-dessus de la racine du nez, une sorte de désordre brouilla ses traits. Soudain, elle sembla avoir mal partout, elle transféra son poids d'une position à l'autre avec des mouvements torturés, et la cendre de la cigarette tomba sur le canapé.

« *Pierre*, dit-elle, perdue dans ses pensées, presque comme un automate, *oui, c'était son nom*. »

Je me mordis les lèvres jusqu'au sang. (C'est la réponse à ta question sur cette blessure, quelques heures plus tard.) Jamais plus je n'achèverais une phrase qui ne soit pas la mienne. Jamais plus, de toute ma vie. Je respirai en voyant que mon intervention n'avait troublé qu'en surface la concentration de Maman et que son visage s'était déjà de nouveau refermé, comme toujours quand elle disparaissait dans le passé.

« Quand les lumières s'éteignirent – juste à cet instant –, je le sentis : c'était la fin, la fin du temps, de notre temps. Une dernière fois nous glisserions à travers les mélodies qui nous avaient réunis jadis. Après, il ne venait plus rien. Rien qui compte.

« Antonio entra en scène et j'oubliai de respirer. Dans l'église, il monta sur l'échafaudage du peintre et prit le médaillon avec l'image de Tosca. Pour mettre la main dans sa poche, il dut écarter sa blouse de peintre, le même geste qu'autrefois à la réception du Ritz. *Recondita armonia*. Présent et souvenir se chevauchèrent, les images se confondirent. Je sentais l'odeur de la poussière derrière la scène de Genève où il m'avait embrassée pour la première fois. Lorsque Claire Taillard, qui chantait la Tosca, s'effondra dans ses bras, ma poitrine devint dure comme du béton. Ils chantaient bouche contre bouche, seul le voile qu'elle portait devant le visage les séparait. Malgré toute ma volonté, je ne parvins pas à détourner mon regard.

« Quand je revins à moi, j'étais penchée en avant, les mains sur le rebord de la loge. J'eus honte devant Frédéric et je me redressai. À ce moment, l'éclairage changea, et le projecteur au-dessus de nous commença à travailler. Il envoya un mince cône de lumière dans l'obscurité sur la scène et toucha le visage d'Antonio. Les dents d'un blanc criard. Le visage gonflé, contre cela même la maquilleuse n'avait rien pu. Les gouttes pour faire briller les yeux : dans sa loge à Genève j'avais vu le flacon, et un jour où j'y étais seule, je l'avais fait disparaître. Je n'aimais pas ce scintillement artificiel, alors il n'était plus lui-même. À Paris, je voulus lui demander ironiquement s'il était sûr d'avoir toujours son ancienne voix. L'ironie aurait été infondée, il chantait comme un dieu et une fois de plus je fus subjuguée par ce mélange d'acuité et de chaleur qu'était son timbre particulier.

« Le cône de lumière à travers lequel une fine poussière dansait paresseusement avait des bords nettement découpés. Ce serait plus tard la trajectoire de la balle. Frédéric en est-il encore capable, pensai-je, il y a bien des années de cela, il ne s'est plus exercé.

En pensée, je levai le bras et le laissai lentement retomber, comme papa me l'avait appris, pour viser. Impossible, me disais-je, complètement impossible, et pas seulement techniquement, mais une idée absurde en soi, abattre un homme d'un coup de feu, et en plus sur une scène, c'est du kitsch mélodramatique, du kitsch meurtrier, où nous étions-nous aventurés. Cela avait été possible uniquement parce que nous n'avions pas cet homme en chair et en os devant nous, mais seulement à l'état de fantasme, un mirage né de la haine. Maintenant c'était tout différent, maintenant l'homme réel était là et chantait dans un silence à souffle coupé.

« Le rideau de l'entracte tomba, un tonnerre d'applaudissements éclata. Cavaradossi, Tosca et Scarpia parurent devant le rideau. Les deux hommes baisèrent les mains de Claire Taillard. Antonio s'inclina, d'un mouvement élégant et bref, j'ai toujours aimé cela chez lui. Puis il recommença dans l'autre direction et avança lentement vers nous, les yeux dirigés tour à tour sur l'orchestre et les balcons. Les brillants cheveux grisonnants tressaillaient ; de temps en temps il se passait la main sur la tête, comme pour les calmer. Il n'avait pas levé les yeux, me semblait-il, vers la loge qui nous faisait face, il ne prêterait sans doute pas attention non plus à la nôtre. Mais cela arriva quand même, et nos regards se rencontrèrent. Si ce fut réellement une rencontre et non rien qu'un regard qui frôla le mien sans le reconnaître. Je ne pus le savoir, car involontairement je quittai d'un sursaut son champ de vision. Quand j'osai avancer de nouveau, il avait déjà disparu, et les gens se levaient.

« Nous sommes restés assis. Ce fut l'attente la plus longue et la plus torturante de ma vie. Frédéric avait-il pensé la même chose que moi ? Il devait avoir bougé entre-temps, car ses jambes étaient croisées et sa main ne reposait plus sur la poche du manteau. Mais maintenant il était de nouveau immobile, les yeux fermés. Il était impossible de lui adresser la parole. Il pensait probablement encore une fois aux innombrables airs qu'il avait écrits pour qu'Antonio les chante, là, en bas, de la même voix ensorcelante avec laquelle il chantait maintenant Puccini. Il pensait sans doute à la lettre de Monaco, à l'en-tête princier qu'il réduisit plus tard en poussière. Et des souvenirs du foyer surgiraient aussi devant lui, images de professeurs riant avec ironie et de camarades de classe, la salle d'arrêts, et les moments où le détesté professeur de sport restait le dernier en face de lui au ballon prisonnier, avec des mains sûres qui rattrapaient tranquillement le ballon le plus raide, le tout sous les yeux des autres qui espéraient le voir perdre, rien que cette fois, afin de devoir un peu moins le redouter. Il repasserait tout cela une dernière fois en lui-même avant de se lever et, au su et au vu de tout le monde, de se venger pour la longue série d'humiliations qu'il avait supportées, année après année. Il avait lutté contre cela avec des milliers de feuilles de papier à musique ; chaque fois il s'était assis à sa table et avait quand même continué, sans relâche, jusqu'à ce que l'homme derrière le rideau, qui maintenant se reposait dans sa loge, l'homme qu'il avait vénéré, mieux encore, aimé – jusqu'à ce que cet homme joue avec lui son jeu méprisable. Non, il était impossible, totalement exclu de le déranger et de le prier de ne pas le faire. Il était… il me semblait intouchable, ainsi abîmé en lui-même, où il prenait son élan pour un acte qui était aussi le nôtre.

« Après une éternité, les lumières s'éteignirent, Frédéric n'avait pas une seule fois ouvert les yeux.

À l'aube, écrivant une dernière lettre à Tosca, Cavaradossi attendait son exécution sur la plate-forme du château Saint-Ange. *E lucevan le stelle*. Quand il chanta cela, autrefois, dans la chambre d'hôtel de Genève, le portier de nuit téléphona pour signaler que quelqu'un s'était plaint. Le vieux était drôlement intimidé, riait Antonio, et moi, je riais avec lui, bien que le ton méprisant de sa voix ne m'ait pas plu. Je ne connaissais pas encore toute la démesure de son arrogance.

« À présent Tosca entrait en scène, elle lui montrait le sauf-conduit et lui annonçait qu'elle avait tué Scarpia. *O dolci mani*. Il avait l'habitude de chanter cela dans mes mains, je sentais son souffle sur mes paumes et à la fin il y enfouissait son visage. À présent, lui et Tosca, dans l'attente de la proche liberté, feignaient de se dire adieu. *Amaro sol per te m'era il morire*. Maintenant aussi, ils chantaient bouche contre bouche. Mais après quelques mesures ce fut pour moi comme si les notes disparaissaient dans le lointain et ce qui venait maintenant était enveloppé dans une attention sourde ; seuls comptaient encore des yeux et des mains qui ne devaient pas se tromper.

« Je jetai un regard vers Frédéric. Il ne bougeait pas. Il connaît chaque mesure de l'opéra, pensai-je, il saura bien pourquoi il attend encore. Le reflet d'un projecteur tomba sur son visage : il était vieux, fatigué et affaissé, les yeux fermés étaient profondément enfoncés dans les orbites. Toute vie semblait l'avoir quitté. D'un seul coup, ce fut comme un réveil soudain, je le sus : il n'a plus la force de le faire, ils l'ont brisé, maintenant ils lui ont pris cela aussi. »

Maman tourna entre ses doigts un mégot de cigarette éteint. C'était un geste terriblement perdu, il me semblait qu'il ne venait de personne et parfois même qu'il n'avait pas réellement lieu. Auparavant, les souvenirs avaient toujours fait vaciller ses traits où passait furtivement une amertume croissante, qui entre-temps semblait ne pas être tout à fait sûre d'elle-même. Tout cela disparut dans les minutes que dura son silence. Quand elle se remit à parler, ce fut avec un visage où se lisait un grand effort, pourtant vain, pour expliquer à moi et aussi à elle-même ce qui était arrivé. Les phrases, une à une, qui ne suivaient aucune logique temporelle, étaient sans cesse interrompues par de longues pauses. Mais de toute façon elles étaient étrangement séparées, comme écrites en différents endroits d'un grand tableau, si éloignées qu'elles ne se touchaient aucunement, ni en se déduisant les unes des autres, ni en se contredisant. Les mots dispersés trahissaient un calme fiévreux où Maman, allant et venant par bonds dans le temps, opposait à l'événement incompris qui avait surgi pendant ces quelques secondes de petites clartés isolées incapables de se réunir en un tout.

« Frédéric n'opposa aucune résistance quand je plongeai la main dans la poche de son manteau et en tirai le pistolet. – De là jusqu'à la scène, la distance était plus grande que sur le stand de tir, mais un peu seulement. – Je l'ai fait pour Frédéric. *Il nous a trompés, oui, il nous a trompés*. Il l'avait bien dit. *Il nous a volé notre avenir*. Il l'avait dit. – On lui bandait les yeux, il fallait que je fasse vite. – La faillite subite de son père et la pauvreté s'abattant sur eux, *la povertà, sai, la povertà,* combien de fois le lui ai-je entendu dire. Avoir de l'argent ou ne pas en avoir était comme un événement naturel, imprévisible, c'était depuis lors son sentiment. Son visage n'était pas le même que d'habitude, quand il en parlait, sans rodomontade, *émouvant**. – Je n'avais plus le temps, les soldats prenaient leurs fusils. – Le bruit des crans de sûreté ôtés, je ne l'ai pas entendu, je ne me rappelle pas non plus mon mouvement, mais ils trouveront mes empreintes sur le canon, ils doivent les trouver. – On lui attachait les mains dans le dos. – *La miseria, sai, la miseria* – mais maintenant je n'avais plus le temps. *Petit maître chanteur velléitaire.* Tout l'espace vide autour de moi quand je visai, tant d'espace vide, c'était angoissant de tendre le bras dans l'espace vide. *Il nous a trompés, oui, il nous a trompés.* Il l'avait bien dit. *Il nous a volé notre avenir.* Il l'avait dit. Les soldats le mirent en joue, quand j'en fus là il ne restait plus de temps, je devais le toucher du premier coup : le chien fut plus dur que prévu. – Aucune salve ne claqua, les soldats me laissèrent en plan. Il s'effondra à terre, la bouche grande ouverte. – Frédéric ne m'est pas tombé dans les bras, si seulement il m'était tombé dans les bras. Il était resté là si blême et silencieux, si absent… et à présent il était debout devant moi, il m'ôtait l'arme des mains et me forçait à me rasseoir. Ils accouraient, c'était un grondement de pas lourds, un piétinement bruyant, insistant, et ils le prirent par les bras et l'emmenèrent. »

Maman était arrivée à la fin de son histoire. Elle s'adossa à son fauteuil et glissa de côté. Je crus d'abord que ses traits ne feraient que se détendre, mais la détente n'en finissait pas, les joues et les yeux s'enfonçaient de plus en plus vers l'intérieur et un pressentiment de la mort apparut sur le blanc visage osseux.

Je l'allongeai sur le canapé et étendis sur elle une couverture.

« Je voudrais dormir maintenant », dit-elle après un moment.

J'allai vers la porte, en passant devant le secrétaire ouvert et sa tablette avec les deux enveloppes, dont je savais maintenant à coup sûr ce qu'elles contenaient.

« Tu sais ce que je voudrais ? » demanda-t-elle alors que j'avais la main sur la poignée de la porte.

J'attendis.

« Je voudrais voir encore une fois Frédéric assis à sa table. Devant une pile de papier à musique. Rien qu'une seule fois.

— Oui, Maman », dis-je.

Et je fermai la porte.

PATRICIA

Cinquième cahier

« Je préférerais ne pas fermer la porte capitonnée », pria Papa quand je lui eus donné la lettre
d'adieu de Maman. Il doit l'avoir relue sans cesse.
De temps en temps je l'entendais pleurer. C'était la
première fois, et jamais encore des pleurs ne m'ont
bouleversée autant que ces sanglots d'un homme qui
s'était interdit les larmes pendant toute une vie. Au
commencement, c'étaient des sanglots saccadés, secs,
le son rauque d'une résistance brisée. Plus tard, les
bruits devinrent plus réguliers et plus doux, on entendait que Papa capitulait de plus en plus docilement.
J'avais voulu rester là, au cas où il aurait besoin de
moi. Quand finalement les larmes tarirent et que tout
fut silencieux, j'entrai.

Les pleurs avaient changé son visage. Bravade et
amertume avaient disparu de ses traits. À présent,
c'était un visage doux, vulnérable, qui ne voulait plus
rien. Il tenait à la main une pile des enveloppes beige
clair de Maman. Il était assis dans son fauteuil et non
à sa table de travail. Je crois qu'il ne s'est plus assis
une seule fois à sa table. Le papier à musique, vide,
était là comme s'il appartenait à un autre. De temps
en temps, Papa lui jetait un regard, avec la curiosité
que vous inspire le lieu de travail d'un homme célèbre du temps passé. Il prenait congé de lui-même.

Comme s'il avait deviné que son cœur le lâcherait au cours de la nuit.

Quand il m'aperçut, il essuya ses larmes avec la grossière manche marron de sa veste. Lentement, comme venu de très loin, un sourire parut sur ses traits. Il désigna la lettre.

« Elle croit qu'il chantait *Recondita armonia di bellezze diverse !* quand nous nous sommes rencontrés pour la première fois. En réalité, c'était *Qual occhio al monde può star di paro al'ardente occhio tuo nero ?* Je le sais exactement, parce que j'observais la couleur de ses yeux et que je me demandais si c'était un gris-bleu ou un gris-vert. Elle confond les deux airs parce qu'elle aime l'autre par-dessus tout. Elle trouve que c'est le plus bel air de l'histoire de l'opéra. »

Quand il commença à parler de Maman au présent, je pensai d'abord qu'il faisait comme elle, quand elle parlait de son accident à Berne et traitait di Malfitano comme un vivant. Et puis je m'aperçus qu'il fallait comprendre cela autrement. Papa ne niait rien. Il *entendait* ce que lui disait l'auteur de la lettre et en ce sens elle lui était entièrement présente. Je ne sais à quoi cela tenait, mais plus il parlait longtemps, plus je pensais moi aussi à elle comme à une vivante.

« Quand je songe à notre première rencontre dans la maison Perrin, commença-t-il, je vois d'abord le col haut relevé de sa veste et ses cheveux d'or retombant par-dessus. Le vent les avait ébouriffés, et le soleil de l'après-midi les faisait flamboyer. La longue veste cintrée qui soulignait le caractère garçonnier du corps était d'une couleur inhabituelle. "Comme du sable jaune mouillé", dit Chantal plus tard. Elle était en bottes sur le parquet étincelant du salon, devant la haute porte-fenêtre à la française par où elle venait d'entrer. Les mains dans les poches de sa veste, elle regardait, dehors, le tapis aux couleurs de l'automne qui recouvrait l'allée de gravier. Sa mince silhouette rayonnait d'une telle élégance qu'il me fallut un temps inhabituel avant de reconnaître la musique qui remplissait le salon. C'était, je l'ai dit, Cavaradossi qui chantait les yeux noirs de Tosca.

« *Bonjour** », dis-je après que la domestique eut fermé la porte sur nous.

« Chantal se retourna, me regarda d'un air absent et ne dit rien. Je dois avoir murmuré quelque chose comme "Je suis l'accordeur, on m'a demandé de venir pour accorder un piano à queue, un Steinway." Alors j'ai vu pour la première fois ce geste que je devais plus tard aimer par-dessus tout, bien qu'il m'ait assez souvent poussé au bord de la folie. Elle passa la main dans ses cheveux, saisit une mèche et la tint aussi immobile que si elle avait complètement oublié sa main. En même temps, ses yeux prenaient une expression triste, pleine d'âme, et ses lèvres s'ouvraient un peu comme sous l'effet d'un grand étonnement. Cette attitude peut vous mener au désespoir, car elle signifie que Chantal en cet instant se laisse tomber hors de tout. Elle n'est en quelque sorte plus là, elle ne prend plus la responsabilité de rien et demande d'être laissée tranquille, peu importe que la terre continue à tourner. Dans ce geste se mêlent douleur et autoprotection, et aussi du narcissisme. Et après plus de vingt-cinq ans, je ne sais toujours pas avec certitude ce qu'il y entre de comédie.

« En tout cas, je fus alors comme ensorcelé par ce geste et ce regard, et cela dura jusqu'à ce que je puisse m'en arracher et que je découvre le piano à l'autre bout du grand salon.

« J'ai demandé : "C'est ce piano-là ?" Elle n'avait toujours pas prononcé un mot.

«"Vous le connaissez ? Sa voix avait un son rêveur et éteint à la fois.

« — Vous voulez dire si je connais les pianos Steinway ? Oui, bien sûr.

« — Non, non. Je veux dire : connaissez-vous le ténor ? Celui qui est en train de chanter."

« C'était la première fois que je la voyais attendre, à sa charmante mais absurde manière, que les autres sachent à chaque instant où elle errait en pensée.

« "Oui. C'est Antonio di Malfitano, dis-je. Je veux dire : je ne l'ai encore jamais vu, mais je reconnais sa voix.

« — Sinon, vous vous y connaissez en opéra ?"

« Je fis un signe de tête affirmatif et pendant les heures suivantes, je ne réussis qu'avec peine à accorder le piano, tellement nous parlions d'opéras et de chanteurs. De temps en temps, elle interrompait la conversation, parfois de manière abrupte, et elle allait vers la porte-fenêtre. Ses bottes claquaient légèrement sur le parquet. Ensuite elle restait là et regardait dehors, immobile. Elle était ballerine, dit-elle à l'improviste, et elle dessina du doigt une figure invisible sur la vitre. En réalité, elle aurait dû parler au passé. Car elle le savait déjà, qu'elle était enceinte. »

Papa garda un moment les yeux baissés sur la lettre, avant de les lever vers moi.

« Vous l'a-t-elle dit ? »

Je fis signe que oui.

Il suivit du doigt les lignes de la lettre, jusqu'à ce qu'il eût trouvé le passage.

« *Quand tu es venu, je le savais depuis onze jours*, écrit-elle. Aujourd'hui encore elle le sait à un jour près. Mais en ce temps-là elle parla de danse comme si de rien n'était. Elle s'appuyait sur le bord du piano et suivait mes mouvements. Entre-temps, elle avait ôté sa veste et elle était maintenant tout en noir, avec un gros pull-over à col roulé. Les cheveux blond foncé et la chaîne d'or mat avaient l'air de sortir d'un tableau, surtout quand on regardait le reflet dans le couvercle relevé du piano. En présence de cette femme, c'était comme si l'on baignait dans l'élégance. Après le logement de Pierre, c'était la deuxième fois qu'un tournant de ma vie coïncidait avec la découverte d'une élégance particulière, qui se mêlait à la musique. Mais l'élégance de Chantal faisait pâlir celle du salon de Pierre.

« Je compris bientôt qu'elle reliait à l'opéra des sensations et des souvenirs particuliers et qu'elle cherchait en moi l'auditeur à qui elle pouvait en parler sous une forme cachée. Elle ramenait souvent la conversation sur Antonio di Malfitano – comme par hasard, mais avec la tension que prend notre voix quand nous cherchons à dissimuler une passion et que pourtant nous avons le désir contradictoire de la crier sur les toits. Le chant de di Malfitano, je le sentais, devait jouer un rôle dans un amour que cette femme portait avec elle. Je pensais en rentrant chez moi que la discussion sur le ténor italien avait en réalité tourné autour d'un autre homme, car la vérité, je ne pouvais naturellement pas la soupçonner. Du reste, je n'avais jamais encore rencontré une femme comme elle et j'étais enivré.

« "Savez-vous qui était Désirée Artôt ? demanda-t-elle à l'improviste.

« — Une soprano, je crois, dis-je. La fiancée provisoire de Tchaïkovski. Elle épousa le baryton espagnol Mariano de Padilla y Ramos. Tchaïkovski fut soulagé." Combien j'étais heureux de mon savoir, en ce moment ! C'était comme si je ne l'avais acquis que pour passer cette épreuve.

« Chantal me regardait avec de grands yeux : "Savez-vous tout aussi exactement ?

« — Seulement si cela concerne la musique, et avant tout l'opéra.

« — Désirée Aslanischwili. Ce nom vous dit quelque chose ? »

« Il fallut au moins une minute pour que je secoue négativement la tête, et mon désespoir dut se lire sur mon visage, car Chantal sourit. C'était son premier sourire, et il scella mes sentiments pour elle.

« "Ce n'est pas indispensable, dit-elle. C'est le monde du ballet. C'était ma grand-mère, une célèbre danseuse russe. En fait, elle s'appelait Elena. Elle fut atteinte de rhumatismes." Elle désigna la photo de Clara. "C'était sa fille, ma mère."

« Je ne me doutais pas, en ce temps-là, de l'importance que prendrait pour moi ce visage.

« "Savez-vous ce qu'il répondait quand on lui demandait quelle était la musique qui comptait le plus pour lui ?" demanda-t-elle alors qu'elle regardait la terrasse et me tournait le dos.

« Entre-temps je m'étais habitué à l'entendre revenir sans cesse, sans prévenir, à l'Italien.

« "*Cette musique qui nous prépare au silence*", dis-je. La phrase avait été publiée quelques jours auparavant dans la revue qui avait pris comme photo de couverture une main du ténor avec ses célèbres chevalières.

« "Ah, vous l'avez lu, vous aussi ? N'est-ce pas merveilleux ?" Je crus entendre qu'elle luttait contre les larmes, mais je n'en étais pas sûr, car elle avait parlé sur mes accords répétés.

« À la fin, je me retrouvai devant elle, ma sacoche à outils à bout de bras. Elle ne réagit pas à ma main tendue, mais joua avec une mèche de ses cheveux, le regard baissé sur la pointe de ses bottes.

« "Viendriez-vous avec moi à Milan, samedi, pour l'entendre à la Scala dans *Tosca* ? Je veux dire Antonio... di Malfitano."

« Il me semble que je suis resté un instant stupéfait, parce qu'elle prononça le patronyme avec un instant de retard, comme lorsqu'on mentionne quelqu'un devant un étranger sans se rappeler immédiatement que votre interlocuteur ignore l'intimité de cette relation. Mais mon étonnement fut aussitôt effacé par la surprise de son offre. Je n'ai plus aucun souvenir de ce que je lui ai dit. Je la vois seulement me regarder, une mèche de cheveux entre les doigts, en m'expliquant les détails pratiques de notre voyage. »

Papa réfléchissait, tout en passant doucement le dos de la main sur la lettre de Maman. « Ces explications recélaient quelque chose que je n'avais jamais encore rencontré. Il y avait là de la fermeté. Non celle d'une institutrice. Ni non plus la fermeté de ma mère, qui parfois – surtout quand elle avait eu un mauvais jour – rapportait à la maison un ton de commandement emprunté au buffet de la gare (celui de la seconde classe). La fermeté de Chantal avait quelque chose de doux. Quelque chose de séducteur. Je découvrais alors pour la première fois son enivrante faculté de créer de l'intimité en peu de mots. Et cela avec une résolution contre laquelle il n'y avait pas de défense. Non que j'aie eu envie de me défendre, au contraire. Mais quand je me retrouvai chez moi, hébété, je ressentis de l'inquiétude à la pensée que je n'avais eu aucune chance de dire non. Dire non : c'était ma spécialité. Au foyer, c'était moi qui étais devenu un résistant. En paroles. Ou en refusant de parler. Et maintenant cette femme incroyablement élégante avait surgi et m'avait fait mat. Dans un jeu dont je ne connaissais pas les règles. Naturellement, il y avait eu des femmes avant elle, même si elles n'étaient pas aussi nombreuses que les grains de sable au bord de la mer. Mais cela, c'était quelque chose d'autre.

« Nous sommes partis pour Milan. Dans sa voiture, et par le Grand-Saint-Bernard. J'avais rangé mon petit appartement et je l'avais aéré pendant longtemps pour chasser l'odeur de renfermé qui s'accrochait à la vieille tapisserie. » Papa évalua des yeux la pièce élégante où il travaillait et qui semblait ne plus être la sienne. « Parfois, ici, elle m'a manqué, cette odeur de renfermé.

« On sonna, et je me hâtai vers la porte de l'appartement. Il me fallut un peu de temps pour comprendre qu'elle avait sonné en bas, à la porte de l'immeuble, ouverte toute la journée si bien que personne n'aurait eu l'idée qu'il fallait sonner pour entrer dans le hall. Je regardai par la fenêtre et je la vis sur le trottoir, tournant le dos à l'immeuble, sautillant sur la pointe des pieds avec impatience, les mains dans les poches d'une veste qui avait de nouveau une couleur inhabituelle. ("Aubergine", disait-elle. Pour elle, les couleurs doivent être bizarres, non insistantes, mais particulières. *Quelle couleur triviale* !* Tu l'entends ? *Il porte des couleurs triviales** – c'était la critique le plus dure que je l'aie entendue formuler contre Georges.) Il y avait – pensais-je en ce moment – tant de mépris dans ce sautillement ! Elle ne se retourna pas non plus une seule fois. Il est possible, naturellement, que l'on vienne chercher ainsi un vieil ami. On a déjà vu assez souvent son logement, c'est un rendez-vous, on vient le chercher comme des douzaines de fois auparavant. Mais pour la première rencontre : quel manque d'intérêt envers l'autre ! Ce fut seulement pendant le trajet que j'ai compris : arrivée devant ma maison, elle n'avait pu résister à la musique et aux incitations rythmiques d'une école de danse, transmises par une télévision en face. Plus tard aussi, cela s'est produit de temps en temps. Elle restait alors comme hypnotisée, fermait les yeux et passait les mains dans ses cheveux. Que ce matin-là, devant ma maison, elle luttait pour dire adieu à son avenir de ballerine, s'apprêtant à rouler sur des centaines de kilomètres rien que pour entendre la voix de celui qui lui avait ôté cet avenir : naturellement, je ne pouvais pas le savoir.

« C'était une situation insensée. Malgré l'invitation à ce voyage et la conversation sur l'opéra, je l'avais quittée en lui disant au revoir comme le fait un artisan et non comme un ami avec lequel on part en voyage. Et maintenant nous allions devenir des compagnons de route. Plus tard, je me suis demandé d'innombrables fois si ce matin-là, tandis qu'elle attendait en sautillant sur la pointe des pieds, elle avait déjà décidé de donner aux choses la tournure qu'elles prirent ensuite. Je n'ai jamais osé le lui demander. Tu sais combien c'est difficile de parler avec elle de ce qu'elle pense. »

Papa feuilletait la lettre de Maman. « Et maintenant il y a ici cette phrase miraculeuse : *Quand j'attendais devant ta maison avec sa terrible façade jaune, j'en étais sûre : tu étais le vrai compagnon, celui qui m'aiderait à surmonter saine et sauve ce dangereux voyage.* » Le regard de Papa resta fixé sur la feuille de papier. Il avançait et reculait les lèvres comme toujours quand quelque chose l'occupait. « Elle ajoute : *Toi, avec tes mains sûres.* »

Du temps s'écoula avant qu'il se décide de nouveau à parler.

« Pendant ces presque vingt-six ans, nous n'avons pas échangé un mot à ce sujet, mais grâce aux innombrables fois où je voyais son regard se poser à la dérobée sur mes mains, je savais qu'elle comparait mes mains grossières avec celles, à la finesse légendaire, de l'Italien. Quand elle avait l'impression que je l'avais prise sur le fait, et que nous étions assis côte à côte, elle posait vite ses mains sur les miennes – une tendresse qui faisait des excuses, qui devait annuler le regard et la pensée qu'il cachait. C'était comme si elle avait dit : je t'aime malgré cela. J'étais content quand ensuite elle libérait mes mains et au cours du temps je devins habile, et même virtuose, pour anticiper son geste et mettre mes mains en sûreté.

« En réalité, elles ne sont pas maladroites, mes mains, elles sont lentes. Je suis devenu un bon facteur de pianos, à qui on pouvait se fier dans l'atelier, et aussi pour accorder, c'est moi que le vieux Chopard envoyait quand il s'agissait d'un client particulièrement difficile, avec qui rien ne devait clocher. L'oreille absolue et mes mains lentes et fiables ont fait de moi le premier accordeur de Genève et Lausanne, et même en réalité de toute la Suisse romande. J'ai vu de l'intérieur nombre de maisons riches. Des maisons patriciennes. J'ai bu beaucoup de thé fin dans une coûteuse porcelaine apportée par une servante. Et assez souvent arrivait aussi à la fin la maîtresse ou le maître de maison, parfois aussi leur fille blasée ; ils attendaient que je débarrasse la banquette du piano. Ils s'asseyaient au piano avec un élan significatif : bon, maintenant il est temps que les touches soient de nouveau confiées à des mains qui comprennent quelque chose à la musique, des mains douées, pas des mains d'artisan. Je ne pouvais pas leur dire que j'entendais en moi plus de musique qu'ils n'en entendraient dans toute leur vie. Au lieu de cela, je prenais congé avec ma sacoche, comme un plombier qui aurait des mains propres.

« "*Bonjour**", dis-je ce matin-là, devant mon immeuble, et je pensais : cela sonne tout autrement que lorsque je suis venu en accordeur. Presque comme si c'était un autre mot. *Cela m'a irritée, que* *tu ne saches pas conduire une auto,* écrit-elle, *mais tes mots simples m'ont plu : j'aime marcher.* Je crois que je n'ai pas voulu apprendre parce que Pierre ne pouvait plus conduire. C'était une façon d'être proche de lui. Je me rendais chez mes clients en train, parfois avec l'autobus postal. Et j'ai toujours aimé marcher, portant à la main la sacoche que Pierre et Sophie m'avaient offerte le premier jour de mon apprentissage. Il m'a fallu deux fois plus d'heures de cours qu'aux autres pour finalement apprendre à conduire une auto, et tu sais quel conducteur je suis.

« C'était étrange. Chantal tenait son volant avec nervosité et sûreté à la fois. Je pensais à la manière calme, honnête, dont Sophie conduisait, elle en avait pris l'habitude pour éviter à Pierre à côté d'elle toute peur inutile. Chantal portait des gants de cuir. "Couleur moutarde", dis-je, à titre d'essai, et elle confirma en riant ; c'était la première fois que j'entendais le son clair de son rire. Ses mains fines étaient sans cesse en mouvement. La main droite jouait avec le levier même quand, pour mon sentiment profane, il ne fallait pas songer à changer de vitesse. La gauche se déplaçait inlassablement sur le volant. Tout cela donnait une impression d'instabilité. Au début, j'avais peur dans les dépassements et les virages. Mais dans la montée du Saint-Bernard, je vis avec quelles sûreté et précision elle prenait les virages, et elle débrayait si habilement que c'était comme un courant ininterrompu, sans la moindre secousse quand la nouvelle vitesse s'enclenchait. » Papa avala sa salive. « Ce ne fut pas seulement la danse qui prit fin avec ce maudit accident.

« Nous parlions peu. Nous n'avons jamais beaucoup parlé ensemble. Cela m'a plu. C'est fatigant, de partager ses pensées avec les autres. » Il rit de son rire rauque. « C'est peut-être même impossible, qui sait. Et avant tout : inutile.

« Je me rappelle encore une chose, c'est que j'ai dit combien j'aimais le lac de Genève. Et qu'elle répondit, avec cet incroyable temps de retard qui nous a tous menés au désespoir, oui, elle aussi, et elle ne savait pas ce qu'elle aimait le plus, le lac ou la mer. Ma remarque était tombée à peu près à Vevey, la sienne pas avant Montreux. Et c'était typique. Je parlais du lac, et elle aussitôt de la mer.

« "Frédéric, dit-elle à l'improviste, quelque part dans la vallée d'Aoste, je vous appellerai simplement Frédéric, vous voulez bien ?" Et naturellement ce n'était pas une vraie question. C'était beau, la façon dont elle prononçait ce nom. Les sons clairs. Clairs et élégants.

« Elle conduisait dans Milan comme si elle y était chez elle. C'était incroyable. L'hôtel n'était qu'à quelques rues de la Scala. Pas une bâtisse moderne : un vieil hôtel avec baldaquin, parquet et peluche. *Patina*, c'était déjà un de ses mots favoris. Cette scène est toujours vivante devant moi : elle m'ordonne de laisser les bagages dans l'auto, puis elle marche avec son élégance nonchalante vers la réception. La femme au comptoir ne la connaissait pas, si bien que Chantal se nomma d'un ton pointu pour demander ensuite, l'air mécontent, si M. René n'était pas là. L'homme parut et la salua avec exubérance. Un assez faux jeton, si tu veux le savoir. Il me scruta d'un regard méprisant pour demander ensuite des nouvelles de M. de Perrin. "*Comme d'habitude**", dit-il en lui tendant la clé des deux chambres.

« Les chambres avaient une porte de communication. Depuis, je ne peux plus voir ce genre de porte sans penser à Chantal, au moment où elle l'ouvrit avec un léger grincement et se glissa chez moi par l'entrebâillement, dans son négligé de satin. Mais avant cela arrivèrent encore bien des choses, ce fut la plus longue soirée de ma vie.

« Nous sommes allés dîner. Elle n'aimait pas mon costume bleu, je crois, elle le trouvait "impossible". Quelques costumes, c'était ce que je m'étais acheté en premier à Genève. Pour être honnête : je ne me suis jamais senti bien non plus dans cette défroque bleue. En même temps, j'en étais très fier. Je l'avais fait couper sur mesure, avec un gilet. Mon premier salaire y passa tout entier. En effet, Pierre ne portait que des costumes sur mesure. Ainsi, il était sûr d'avoir bonne apparence. Les aveugles, pense-t-on, ne sont pas fats. Mais c'est aussi faux que tout ce que l'on pense des aveugles. Ce qui m'impressionna, ce fut de voir arriver un tailleur qui ne s'occupa que de moi. Tant d'attention pour moi seul. D'abord, le choix de l'étoffe. On appelait cela du *drap*. Un mot distingué, on pense au commerce, à de grandes balles de tissu. C'était d'ailleurs le vocabulaire qu'ils employaient avec moi, le client fortuné. Toutefois, j'avais l'impression qu'ils n'en croyaient rien. Je me comportais beaucoup trop maladroitement. En gosse de la campagne. Que je suis aussi. Si l'on fait abstraction de la musique. De ce point de vue, leur attitude était aussi pure dérision. » Papa toucha la veste de son costume marron. « Celui-là, c'est de la confection et il a été vite déformé. Je m'y sens bien.

« Avait-elle déjà vu Antonio di Malfitano sur scène, demandai-je à Chantal pendant le dîner. Pense un peu ! Brusquement, elle s'excusa et disparut. Quand il s'agissait de lui, elle était laconique. Je répétai ce que j'avais lu sur lui. Il doit être un assez grand coureur de femmes, dis-je. Plus tard, je lui racontai l'histoire de son premier mariage, qui avait duré trois mois, je l'avais lue dans un magazine. Elle se tut. En savais-je davantage sur cette première femme, demanda-t-elle. Il y avait là un indice. Mais à table, je ne suis pas revenu sur le sujet. Qui irait imaginer cette histoire !

« "Vous ne portez pas de chevalière", dit-elle quand on servit le café. J'appris alors à connaître une de ses habitudes : faire une constatation et ensuite attendre qu'on lui donne le renseignement qu'elle attend. Comme si poser une question était trop fatigant pour elle. C'est un peu comme tenir une cour. Les autres peuvent être contents qu'elle les écoute. "*Continuez* !*" Elle disait cela chaque fois que je faisais une pause en lui racontant ma vie. C'était de nouveau comme à la cour : elle permettait à ses vassaux de narrer. Plus tard seulement, quand je rencontrai le vieux Perrin, je compris que c'était à lui, qui le disait avec son impérieuse jovialité, qu'elle avait emprunté ce mot, vraisemblablement sans y penser.

« "*Vos parents* ?*" Qu'aurais-je dû dire ? Qu'Henri avait été un voleur à la tire et un ivrogne, qui mourut en prison ? Aurais-je dû lui dire cela, tandis que j'étais assis à côté de cette femme d'une beauté à couper le souffle, avec sous les yeux sa montre de platine ornée de brillants, la plus élégante que j'aie jamais vue ? J'inventai donc quelque filou à succès, qui certes avait laissé tomber femme et enfant, mais avait fait carrière. Une carrière comme Henri Delarue, le garçon du foyer, il avait deux ans de plus que moi, une grande gueule qui, à quinze ans, amena une fille la nuit au foyer et s'évada avec elle. Partit pour le Chili et y devint courtier en valeurs mobilières ; à dix ans il avait déjà commencé à faire commerce des choses les plus folles, et il savait tout sur les intérêts et le reste. Je l'ai admiré, envié et parfois aussi haï à cause de sa folie des grandeurs. Il mentait comme on respire, plus effrontément encore que moi, mais

Gygax ne le savait pas. Oui, pendant ce dîner à Milan, je fis de lui mon père. Pour Chantal et plus tard pour vous aussi. »

Te rappelles-tu la photo que Papa nous montrait quand nous étions enfants ? C'était celle d'un prétendu Henri, qui était allé tenter sa chance au Chili et avait obtenu tout ce qu'on peut souhaiter : sa propre plantation, la maison de maître, la gigantesque piscine. Il se tenait là, une jambe nonchalamment posée sur la balustrade de la terrasse, grattant de la main la tête d'un dogue. En fait, cette histoire n'a jamais été crédible : pourquoi, si Henri écrivait à Odile et envoyait sa photo, ne lui avait-il pas fait parvenir un peu de sa richesse ? Au moins quelque chose pour son fils ? En outre, cette idée-là du succès n'était pas la tienne, Papa, il n'a jamais été question de cela pour toi. Mais que devais-tu faire en face d'une montre de platine sertie de diamants ?

« Odile, au contraire, je l'assumais, c'était aussi plus facile, parce qu'elle était une victime et qu'elle n'avait pas pu choisir sa manière de gagner sa vie. Et ensuite c'était avant tout ma mère, qui mourut tôt. Ce qui me dérangeait, c'était que Chantal n'avait plus l'air d'écouter quand je lui décrivais la différence entre la première et la seconde classe au buffet de la gare.

« Lors de ce dîner, je ne lui parlai pas de composition musicale. J'en fus bien près quelquefois, mais alors cela me semblait pour ainsi dire trop... dangereux. Cela vint seulement le lendemain matin, dans la Galleria.

« Qu'elle était folle de l'Italien, et pas seulement à distance, je le compris lorsque Cavaradossi entra en scène et chanta *Recondita armonia*... ! Chantal se comporta alors comme quelqu'un qui oublie tout autour de soi. Elle se pencha largement en avant,

447

croisa ses mains qui en devinrent blanches, et colla littéralement à lui de tout son regard. Et cela resta ainsi tout le temps. Une fois, elle posa sa main sur la mienne, mais c'était purement par mégarde, elle voulait se retenir au dossier du fauteuil. Comparé avec la salle de la Scala, le Grand Théâtre de Genève n'était rien. J'étais enivré par les applaudissements qui déferlaient après chaque grand air, et en général par toute l'atmosphère. De temps en temps, je me disais : tu es à la Scala, au *Teatro della Scala* de Milan. Avec cela, la présence de Chantal de Perrin, c'était irréel. L'Italien chanta d'une façon fantastique. Chantal avait des larmes dans les yeux quand, pendant l'entracte, je lui apportai une coupe de champagne, et bientôt elle disparut dans les toilettes pour se remaquiller. Plus tard, quand le médecin m'assura que les neuf mois étaient passés et m'ouvrit définitivement les yeux, j'ai parcouru encore une fois cette soirée, sans relâche, dans tous les détails. Et, à ma surprise, je l'ai trouvée exactement aussi belle qu'autrefois, quand je pensais que Chantal avait ouvert la porte de communication simplement par désir de venir à moi.

« *Je ne suis pas venue à toi pour donner un père aux enfants,* écrit-elle ici. *Je t'ai immédiatement beaucoup aimé.* Je ne sais pas s'il en était ainsi. D'abord, je fus le brave accordeur de pianos qu'il faudrait convaincre de quitter son impossible costume bleu. Et que notre première nuit commune suivît juste le soir où elle avait sans interruption pensé à l'Italien, c'était déjà étrange. Pour employer un euphémisme. Mais bizarrement, tout cela a moins touché mes sentiments que l'on s'y attendrait peut-être. Que je l'aurais pensé moi-même. Je n'avais jamais fréquenté que des filles de ma classe sociale. Non sans succès, d'ailleurs, non, on ne peut pas dire cela. » Papa rit. « Certes, elles me trouvaient un peu distrait et s'en plaignaient. Il doit y avoir du vrai là-dedans, car je l'ai souvent entendu. Il y eut quelques petits drames de jalousie qui me laissèrent indifférent. Là aussi, il y eut des plaintes. En réalité, c'étaient toujours les filles qui prenaient l'initiative. Dans l'ensemble, c'était comme si j'attendais quelque chose d'autre. Quelque chose de grand. Et à présent j'avais rencontré cette femme qui s'accordait à l'éclat dont j'avais fait la découverte à l'Opéra avec Sophie. C'était une femme comme on voudrait en avoir une auprès de soi quand on fait face, en scène, au grondement des applaudissements. Elle était un lien avec l'Opéra, avec le plateau de scène auquel je pensais à chacune de mes minutes libres. Et le fait que le grand Antonio di Malfitano avait été son amoureux s'intégrait au mieux à l'ensemble.

« Entre-temps, j'acquis la certitude d'avoir deviné juste. De retour à Genève, je m'aperçus que l'Italien y avait séjourné tout l'été. Je trouvai l'hôtel, ils connaissaient Chantal, et je suis aussi allé à Évian. Tout coïncidait. Comme je l'ai dit, ma découverte ne me pesait pas, et je ne me réjouissais pas moins de voir Chantal. Deux semaines après Milan, j'appris sa grossesse. De temps en temps je me demandais si par hasard. Je trouvais l'idée… intéressante. Elle ne me mettait pas hors de moi.

« Après notre mariage en janvier, nous avons emménagé rue De Candolle. Naturellement, Georges nous avait procuré l'appartement. De Candolle est une vieille famille genevoise qui a donné des botanistes célèbres, dit-il. Et la rue Saint-Ours voisine doit son nom au peintre genevois du XVIIIe siècle. Ce qui m'impressionna, ce fut la proximité de la Comédie et du Grand Théâtre. Je ne tirai pas grand profit du boulevard des Philosophes, que Chantal me désigna.

J'aimais bien la vue du cinquième étage sur le parc d'en face, la Promenade des Bastions.

« Quand les douleurs s'annoncèrent à la mi-juin, je restai seul un moment avec le médecin dans le couloir. "C'est exclu, dit-il, la chose a eu lieu à la mi-septembre – pour ainsi dire." Il me regarda, ne sachant trop comment je prendrais cette révélation. "*D'accord**", dis-je. Il ricana. "*Bonne chance, quand même*.*" Il se trouva que nous habitions dans le même quartier. Une ou deux fois par mois, nous nous apercevions d'un trottoir à l'autre. Alors nous levions la main pour nous saluer. Nous n'avons jamais traversé la rue. Une seule fois, nous l'avons croisé, nous avions la voiture d'enfants. "*Ah, les jumeaux !* dit-il, *tout va bien* ?*"

« Je décidai de devenir un bon père. Bien que je n'aie aucune idée de ce que c'est. Sais-tu, parfois j'étais très content de ne pas être le père biologique. Cela m'a aidé à garder une certaine distance intérieure. Dont j'avais parfois besoin. Par exemple quand arriva la porte capitonnée. Ma découverte me rendit aussi plus libre : elle était une sorte de contrepoison contre l'obligation d'être reconnaissant pour tout ce luxe. En jouant mon rôle, j'avais tout remboursé. C'était un sentiment comme ça. La découverte me rendait libre non seulement envers Chantal, mais aussi envers Georges. Je pouvais, maintenant, me jouer de sa condescendance. Je me suis même moqué de lui, sans qu'il ait pu rien savoir de mon intention. Quand il montait de nouveau sur ses grands chevaux, je laissais tomber une remarque sur votre apparence méridionale, ou j'allais vers le portrait de Clara et je demandais ce qu'il pensait du problème de l'hérédité ; le nez aigu de Ferdinando Fontana et les lèvres pulpeuses de Clara étaient d'une manière quelconque arrivés jusqu'à vous. Et aussi vos mains fines.

Je disais en riant : "Comme celles d'Antonio di Malfitano !" Ensuite, il avait des perles de sueur sur la
lèvre supérieure et de toute la soirée il ne me regardait plus dans les yeux. Alors j'en étais sûr. Il savait.
Je ne me donnais jamais des airs de maître chanteur,
ces gens me répugnent. Mais je devenais impavide et
insouciant, je ne me laissais plus marcher sur les
pieds. Georges était irrité, et les invitations devenaient plus rares.

« Non que savoir et me taire ait toujours été facile.
Quand, le jour de l'accident de Chantal, je quittai
l'Inselspital de Berne et que je cherchai dans la ville
une chambre d'hôtel, je vis partout les affiches qui
annonçaient le concert donné la veille par l'Italien.
Quand je me rendis sur le lieu de l'accident, que
Chantal m'avait désigné, mon regard tomba sur
l'entrée du Schweizerhof. Suivant une inspiration
soudaine, j'entrai et demandai si l'Italien y était descendu. Oui, mais il était parti dans le courant de
l'après-midi. Non, c'était après l'accident qui avait eu
lieu dehors. Dans la nuit, je téléphonai à Natalie
Lefèvre. Elle n'avait pas été aux environs de la gare
ce jour-là. "Chantal doit m'avoir confondue avec
quelqu'un d'autre", dit-elle.

« Quand di Malfitano arrivait en Suisse, il passait
parfois au journal télévisé. Alors, Chantal saisissait
hâtivement sa canne, se soulevait comme le médecin
l'avait défendu et disparaissait sans un mot. Pour son
quarantième anniversaire, on retransmit un gala.
Donné à la Scala. "Viens, dis-je, regardons cela, c'est
là que nous étions il y a dix ans." Elle dit qu'elle
avait mal et je la conduisis à son lit. Alors j'allumai
le poste et restai ainsi à regarder jusqu'à ce que l'Italien paraisse pour la dernière fois devant le rideau.
Vous aviez neuf ans et vous avez eu le droit de rester
jusqu'à l'entracte. Puis je vous ai envoyés rudement

au lit, et ce n'était pas pour préserver votre sommeil. "Oui, il était bon", dis-je plus tard quand je fus couché à côté de Chantal.

« Pour son cinquantième anniversaire aussi il y eut une émission de gala, retransmise cette fois de l'Opéra de Monte-Carlo, salle Garnier. Là où… non, laissons cela. C'était l'automne suivant votre fuite. Nous sommes restés tous les deux devant le téléviseur, du commencement jusqu'à la fin. Nous n'avons rien dit. Je le tenais pour responsable de votre fuite. Je ne peux pas l'expliquer, mais je lui en donnais toute la maudite faute. Pendant toute cette maudite soirée, qui fut longue.

« Ce fut dur une fois encore au printemps de l'an dernier, pendant notre voyage insensé à Monaco. Toute la journée, j'attendais Nerea Etxebeste devant les boîtes postales de Monaco. Soudain, je trouvai idiot de monter ainsi la garde et je rentrai à l'hôtel. Là, l'annuaire du téléphone était ouvert sur le lit, et l'adresse d'Antonio di Malfitano était marquée d'un coup de crayon.

« "Rentrons demain à la maison", dit Chantal alors que nous étions couchés côte à côte, chacun ligoté dans ses pensées dont l'autre ne devait rien savoir. Je songeais qu'elle était allée à Paris l'automne précédent. Elle voulait, disait-elle, consulter à la Bibliothèque nationale les lettres de Vaslav Nijinski, le danseur. Nijinski était devenu fou à l'âge de vingt-neuf ans et avait passé ensuite trente et un ans dans un asile. Le personnage fascinait Chantal et elle avait l'impression qu'Elena Aslanischwili ne lui avait pas rendu justice. Après des années où elle avait à peine touché le manuscrit, elle y travaillait maintenant plus souvent. "Depuis *Michel Kohlhaas*, j'en ai de nouveau envie, disait-elle, je crois que c'est parce que tu m'as fait participer à ton travail. Et à cause de Lisbeth."

« Nous étions à Tegel, devant le couloir d'embarquement. "Tu es vraiment sûre que Nijinski a écrit en français et non en russe ?", demandai-je. La question la désarçonna, et elle balbutia n'importe quoi. Je n'y accordai pas d'importance particulière, ces dernières années sa distraction avait encore augmenté, comme si elle était toute fissurée à l'intérieur. Ce jour-là, je pris *Paris Match* dans la boîte aux lettres. Di Malfitano était à Paris, lisait-on dans la colonne des potins, il logeait comme toujours au Ritz. Contre son habitude, Chantal ne téléphona pas et revint deux jours plus tôt que prévu. "Les lettres de Nijinski ont-elles donné quelque chose ?", demandai-je. "Comment ? Les lettres, ah, oui", dit-elle seulement. Quelques jours plus tard, j'apportai sa veste à nettoyer. L'employée fouilla les poches, comme d'habitude, et en tira un bon de caisse. Il venait du bar du Ritz. Comme je vous l'ai dit, savoir n'était pas toujours facile. »

Non, il ne savait rien de ce que Maman t'avait raconté. Il pourrait croire jusqu'à la fin que le jury s'était décidé pour son opéra et ce, parce qu'il considérait cette œuvre comme la meilleure. Il ne pouvait absolument pas non plus avoir eu connaissance du chantage, me suis-je dit par la suite. Malgré cela, j'avais retenu mon souffle. À présent, je respirais.

« Quand je lus au début de juillet que la représentation de mon opéra n'aurait pas lieu parce que l'Italien avait détourné les fonds, le nom d'ANTONIO DI MALFITANO subit une métamorphose. Je me le redisais sans cesse à haute voix. Le son en avait changé. À l'origine, c'était un nom largement sonore, comme une mélodie. Que de fois m'étais-je imaginé que ce nom figurait sur une affiche annonçant un opéra de moi ! Ce nom avait fait partie des tout premiers mots que nous avions échangés, Chantal et moi. Puis il avait désigné le père de mes enfants. Plus tard, ce fut le nom de l'homme qui s'était trouvé sur le lieu de l'accident à Berne. Le nom qui suffisait pour que Chantal s'écarte de la télévision. Le nom de celui que je tenais pour responsable de votre fuite. L'homme que Chantal avait poursuivi à Monte-Carlo et Paris s'appelait ainsi. Maintenant, le magazine devant moi, je n'entendais plus ce nom autrefois aimé que comme une pompeuse façade de mots sans rien derrière. Le nom d'une grande gueule éhontée. D'un escroc. Une pure dérision. Le nom d'un ennemi.

« Et un matin, on colla cette affiche sur la colonne Morris devant notre maison. Là où vous consultiez autrefois le programme des cinémas. C'était le 10 août, vingt-sept jours après le jour anniversaire de votre fuite. Je l'aperçus en revenant du travail. C'est d'abord la couleur rouge foncé qui me frappa. C'est ma couleur préférée. Elle l'est depuis cette soirée où Sophie m'emmena à l'Opéra. Partout, les fauteuils rouges et le velours rouge ! Je ne prêtai pas attention aux lettres blanches sur l'affiche. Je ne cherchais pas à voir des noms célèbres sur des affiches. J'avais déjà la main sur la poignée du portail, quand je sentis que l'un des noms de l'affiche avait quand même pénétré jusqu'à moi. Je sursautai comme sous une secousse électrique quand je compris quel nom c'était. D'abord, je ne voulus pas le savoir et j'ouvris le portail. Mais le nom ne me lâchait pas. Il s'était logé en moi et commençait à m'empoisonner. Je revins sur mes pas et je lus : ANTONIO DI MALFITANO, TÉNOR. J'étais comme hypnotisé et je fixai le nom, qui sait pendant combien de temps. J'avais chaud comme pris de fièvre et j'avais le vertige comme lors d'un accès de faiblesse. Je ne réussis qu'avec peine à lire finalement toute l'affiche. Il s'agissait d'un spectacle que

les musiciens de la Scala de Milan en tournée donne-
raient au Staatsoper. On représenterait *Tosca*. L'Italien chantait le rôle de Cavaradossi, Claire Taillard
était Tosca. Fin octobre, il y aurait trois représentations, trois soirs de suite. »

Papa se tut un moment et fixa un regard vide sur
ses mains. As-tu remarqué toi aussi comme elles
étaient semées de taches de vieillesse ? En regardant
ces taches, j'avais le sentiment de comprendre enfin à
quel point les six dernières années avaient été longues. Puis de nouveau je ne savais plus si ces traces
sombres sur le dos de ses mains n'avaient pas toujours été là, et cette petite incertitude insignifiante
grandissait jusqu'à me donner l'impression effrayante
de ne rien savoir sur Papa, de n'avoir jamais rien su.
De temps en temps, il fermait les yeux. Peut-être
revivait-il les sensations qui l'avaient submergé
devant l'affiche. Ou bien il reprenait imperceptiblement son souffle pour évoquer la genèse de son projet sanglant.

« Je ne sais pas du tout combien de temps je suis
resté devant l'affiche, poursuivit-il enfin. Ce dont je
me souviens ensuite, c'est que Chantal est venue à
ma rencontre dans l'entrée. Elle boitait plus fort que
d'habitude et elle avait au menton un hématome que
la poudre ne réussissait pas entièrement à couvrir.
"Tu l'as vue, n'est-ce pas ?" dit-elle simplement. Puis
elle me raconta sa chute.

« Ce soir-là, elle se leva tout à coup de son fauteuil, vint s'asseoir à côté de moi sur le canapé et
appuya sa tête sur mon épaule. Il y avait bien des
années qu'elle n'avait pas fait cela. Autrefois, c'était
toujours ainsi qu'elle introduisait ce qu'elle avait de
difficile à me dire et qui nous concernait tous les
deux. Alors je prenais ses mains dans les miennes et
je laissais passer quelques instants avant de demander :

"Oui ?" Maintenant aussi, je lui pris les mains et je les tins fermement jusqu'à ce que le tremblement s'apaise. Alors arriva quelque chose d'étrange. Sans avoir besoin de réfléchir, je sus brusquement ce qu'elle me dirait.

« J'ai demandé : "Oui ?"

« Elle murmura : "Tu le sais, n'est-ce pas ?

« — Oui, dis-je, ce ne sont pas mes enfants."

« Ses mains recommencèrent à trembler.

« "Comment l'as-tu découvert ?

« — Le médecin, ce jour-là. J'ai compté.

« — Et cela ne t'a rien fait ?

« — Non.

« — Pourquoi ?

« — Je ne sais pas. C'était comme ça."

« Elle écrit dans sa lettre : *Ce furent les plus belles paroles que tu m'aies jamais dites.*

« Elle se rapprocha encore de moi. Le tremblement de ses mains était revenu et ne se laissait pas apaiser. "Sais-tu aussi le reste ?

« — Oui, dis-je. Je sais aussi le reste. Le vrai père est Antonio di Malfitano."

« Ce fut alors Chantal qui prit mes mains dans les siennes.

« "Et maintenant il t'a trompé toi aussi", dit-elle.

« En prononçant cette phrase, sa voix devint sombre et rauque. Jamais encore je ne l'avais entendue ainsi. C'était comme si Chantal avait franchi une frontière intérieure. Au-delà, devenaient possibles des choses qui avaient été jusqu'alors inconcevables.

« Cette nuit-là je n'ai pas fermé l'œil. Quand Chantal eut finalement trouvé le sommeil, je me rendis dans le salon et je regardai en bas la colonne Morris. Il fallait qu'elle parte, l'affiche. *Qu'elle parte.* J'allai chercher l'échelle à la cave et dans la cuisine le grand couteau de boucher. Enlever une affiche est plus difficile qu'on ne le pense. Je n'attrapais toujours que de petites bandes, et à chaque entaille j'arrachais aussi la couche épaisse des anciennes affiches. Il devait être quatre heures quand je commençai, et quand enfin je fus de nouveau à la fenêtre et regardai la surface de papier arraché et en lambeaux, le jour pointait déjà. Un seul être humain était passé par là, un vieil homme à la démarche chancelante. Il s'était brièvement arrêté, mais il avait bientôt eu un problème avec son équilibre et il avait poursuivi son chemin.

« J'allai dans mon bureau et je m'assis devant le papier à musique vide. Depuis la deuxième lettre de Monaco, je n'avais pas écrit une seule note. Je n'entendais plus rien. En moi, il n'y avait rien, qu'un silence étouffé. Je pensais sans cesse à Pierre et à Sophie, qui m'avaient fait don de la musique. Cela ne servait à rien. Je n'écoutais pas de disques non plus ; après quelques mesures, j'arrêtais tout. Quand, au magasin, quelqu'un jouait pour essayer un piano, j'allais dans la pièce d'à côté et je me bouchais les oreilles. C'était pénible quand on jouait dans la salle au-dessus, que nous louions comme local d'exercice. On m'avait ôté la musique. L'Italien l'avait détruite en moi. Et avec la musique, l'avenir. Car c'était cela que la musique avait été pour moi depuis que Pierre était venu la première fois au foyer : l'avenir. Quelque chose qui n'avait jamais existé pour moi auparavant.

« Au lieu de composer, je restais assis à ma table et je pensais au malheur que cet homme avait apporté à Chantal. Quand elle entrait appuyée sur sa canne ou quand j'entendais dans la maison le martèlement de la canne, tout en moi se rétractait de colère et de douleur. Ma haine pour l'Italien ne cessait pas de grandir. Au fur et à mesure que les jours passaient, il me semblait insupportable qu'il puisse continuer à vivre comme auparavant, tandis qu'à cause de lui nous étions devenus des êtres sans avenir. Et un soir, quand j'eus mis Chantal au lit après un accès de douleurs particulièrement violentes et que je la vis couchée dans ses oreillers, torturée, fragile et sans espoir, je pensai pour la première fois à tuer cet homme.

« Sur la manière dont le projet se développa en moi, je ne peux pas dire grand-chose ; je n'en sais guère moi-même. Pendant des semaines, une seule pensée m'avait obsédé : comment demander des comptes à l'Italien. Et maintenant cet homme allait se présenter ici, et on le fêterait comme si de rien n'était. Je ne pouvais pas comprendre qu'il puisse encore paraître *en quelque lieu que ce soit*. Je ne peux toujours pas l'admettre. Je ne comprends pas qu'il y ait des gens qui ne *s'intéressent pas* à son escroquerie, que sa voix pèse plus lourd que ses méfaits. »

Brusquement, Papa porta les deux mains à son cœur, baissa la tête et se mordit les lèvres comme pour offrir une meilleure résistance à la douleur soudaine. Quand ce fut passé, il avait de minuscules perles de sueur sur le front, et le sang ne revint que lentement à son visage blanc.

« Nous nous taisions beaucoup. Dans mon souvenir, c'est comme si nous étions restés l'un en face de l'autre en silence, des jours entiers, sans interruption. Au commencement, ce n'était rien de plus qu'un silence dans lequel chacun suivait ses pensées. Mais pendant un silence commun, tout peut arriver, je le sais maintenant. Un silence, c'est quelque chose qui se développe. Les silencieux peuvent alors parcourir des trajets gigantesques, on ne le croirait pas. On peut ainsi aller tellement l'un vers l'autre qu'à la fin les pensées et les sentiments se touchent. Il n'y a plus de lacunes, comprends-tu, plus du tout. »

Comme c'était bouleversant, d'entendre Papa parler de cette découverte ! Lui, qui ne se doutait pas à quel point il était difficile pour toi et pour moi de nous défaire de cette précieuse expérience !

« Le temps qui s'écoula jusqu'à ce que l'idée devienne un projet, est dans mon souvenir accompagné en fond sonore par le bourdonnement d'un ventilateur. Pendant tout le mois d'août, il régna une chaleur torride sur Berlin. On laissait des empreintes de pas dans l'asphalte mou quand on traversait la Mexicoplatz. La nuit aussi, il faisait chaud. Au magasin, c'était une période creuse, et Liebermann était en vacances, si bien que j'avais le bureau pour moi tout seul. Pendant des heures, je restais assis là, près du ventilateur, je mettais de l'ordre dans mes pensées et j'essayai d'être aussi au clair avec moi-même. En même temps, j'étais poussé par un sentiment que je ne peux pas mieux décrire que comme suit : je cherchais un commencement. Le commencement de quoi, je n'aurais pu le dire. Mais quand enfin l'image des deux policiers resurgit en moi, je sus que je l'avais trouvé, ce commencement.

« C'étaient les policiers qui m'annoncèrent l'accident de Pierre et Sophie. Ils étaient d'une extrême politesse. *Un accident mortel, monsieur, nous sommes désolés**. Ils me traitaient comme le fils d'une maison distinguée. Il en alla bien autrement avec les gens de la banque et *Monsieur l'huissier**. HUISSIER* – c'est le mot le plus répugnant que j'aie découvert au cours de ma vie. Jusque-là, j'avais pensé que c'était GYGAX, le nom du directeur du foyer. Mais entre les deux mots il y avait une grande différence. J'avais appris à m'amuser de Gygax, en tout cas à l'extérieur. Avec l'huissier, impossible.

C'était un homme qui portait des lunettes non cerclées et un pli de pantalon bien marqué. Pas un monstre – il semblait même un peu pitoyable ce jour-là, car il souffrait d'un refroidissement et éternuait sans arrêt –, mais pas un être humain non plus. Un fonctionnaire. Comme je l'appris, Pierre et Sophie avaient d'énormes dettes dues à une caution qu'ils avaient été obligés d'assumer. Ils devaient encore beaucoup d'argent à la banque. Aussi le mobilier fut-il mis en gage. *Monsieur l'huissier** parcourait les pièces, la mine totalement indifférente, un dossier à la main, où il notait ses estimations. Pour le déménagement, on attendrait la fin du mois, le service d'aide sociale à l'enfance se mettrait en relation avec le foyer, à mon sujet. Pour finir, il demanda un trousseau de clefs.

« Je venais de commencer mon apprentissage dans l'atelier de pianos du vieux Chopard quand l'accident eut lieu. Lorsque je revins à la maison quelques jours plus tard, le piano était parti. On voyait encore les empreintes de ses pieds et le tapis usé, là où avait été placée la banquette. Je remarquai – je m'en souviens encore après plus de quarante ans – à quel point le tapis semblait intact sous le piano, à cet endroit sa couleur était un peu plus foncée et il y avait de la poussière. Là où Pierre allait de son fauteuil au piano, ses pas avaient tracé un sentier. C'était un chemin étonnamment étroit, Pierre possédait un sens de l'espace d'une précision stupéfiante. Le vide laissé par l'absence du piano semblait renforcer l'odeur de Pierre, elle flottait toujours dans l'appartement, on aurait presque dit que Pierre se défendait de loin contre ce qui arrivait. Quelques jours plus tard, je me retrouvai devant la porte du foyer avec une valise pleine de livres de musique. Nicole s'arrangea pour que je sois hébergé là provisoirement. Je ne crois guère que quelqu'un puisse comprendre cela : en décidant d'abattre l'Italien, je voulais aussi me venger d'avoir été jeté hors de la demeure de Pierre.

« Pierre et Sophie avaient été la première chance de ma vie et maintenant on me les avait enlevés. Je sentais que se formait en moi une volonté incroyablement solide, inébranlable : je réussirais seul. J'écrirais de la musique – de grands opéras émouvants. À la fin de la représentation, je serais sur la scène et une cantatrice me serrerait dans ses bras. Les applaudissements n'auraient pas de fin. »

Jamais auparavant je n'avais entendu Papa parler ainsi à découvert de ses rêves de succès, et jamais encore il n'avait fait comprendre aussi nettement qu'ils étaient nés du désir d'amour ressenti par l'orphelin. Sa bouche tressaillait, et il déglutissait convulsivement.

« Cette volonté a survécu à tous les revers et à toutes les déceptions. Même quand je me tordais et me recroquevillais intérieurement sous les coups – la volonté restait intacte. Jusqu'à ce qu'arrive cette histoire du prix et que la représentation soit annulée. C'était comme si l'on m'avait ôté le souffle, pompé d'un seul coup tout l'air des poumons. À partir de là, je n'eus plus de force pour aller de l'avant en portant ma vie d'insuccès. Je n'avais plus de force que pour du négatif : anéantir la vie de di Malfitano, la vie de votre père biologique, et démanteler ainsi tout le monde de la musique dans la mesure où il me concernait. C'était la dernière petite section de chemin que couvrait encore ma volonté. »

Il me jeta un regard rapide, un regard plein de crainte timide. Comme s'il nous demandait en silence pardon d'avoir voulu tuer notre père.

« Il logerait à l'Adlon, son nom paraissait dans les publicités de l'hôtel. Deux fois, j'y suis allé en sortant du travail et je suis resté dans le hall. Je me suis

461

imaginé qu'il descendait et passait devant moi. Ç'aurait été un jeu d'enfant. J'ai regardé aussi l'entrée des artistes de l'Opéra. Je n'aurais pas pu rester là très longtemps sans me faire remarquer, le personnel est méfiant. Mais de toute façon c'était absurde. Car ç'aurait été un assassinat. »

Je crus d'abord avoir mal entendu, tellement ces derniers mots étaient invraisemblables. Puis je pensai que ce pouvait être une de ses plaisanteries audacieuses. Mais son visage prouvait qu'il était sérieux et qu'il ne voyait là aucune contradiction. Alors enfin j'ai compris : pour lui, l'acte devait avoir lieu dans l'espace intérieur de l'Opéra, tout près de la scène, comme un épisode qui, en se déroulant à l'abri de l'action – pour ainsi dire comme son ombre –, partageait avec le livret la réalité scénique fictive, révélait tout le pouvoir des sentiments mais sans quitter l'autre espace intérieur, celui de l'imagination. La mort d'Antonio di Malfitano – il aurait suffi qu'elle soit comme la mort de Caravadossi : réelle dans le cadre d'un drame. Non de n'importe quel drame : il s'agissait totalement de la vie de Papa. Mais il a vécu sa vie, sa vie réelle, entièrement en imagination. Je l'ai toujours su et j'aurais approuvé sans hésiter si quelqu'un l'avait exprimé en ces termes. Mais que ce fût *réellement* ainsi – je ne le compris que lorsque Papa eut prononcé ces paroles étonnantes.

« J'eus besoin de prendre plusieurs fois mon élan avant d'entrer effectivement à l'agence de spectacles de Zehlendorf. "Il y a longtemps que vous n'êtes plus venu nous voir, dit Mme Gregorius. Antonio di Malfitano. Voyons, naturellement c'est la ruée. Il vous faut sûrement, comme toujours, les meilleures places ?" Eh bien, ai-je répondu, il aurait fallu le premier balcon, mais cette fois nous sommes tout un groupe et nos amis voudraient montrer aux enfants ce qui se passe dans la fosse d'orchestre, aussi le mieux sera tout à fait devant et quelques-unes des places absolument au premier rang.

« Gygax disait que dans mes mensonges éhontés, je ne rougissais même pas à l'intérieur. Comme d'habitude, il ne se doutait de rien, mais laissons cela.

« En tout cas, ici ce fut totalement différent. J'avais le sentiment d'être de verre et que Mme Gregorius n'avait qu'à me regarder pour déceler mon intention. Pour les trois représentations, les places de devant au premier balcon étaient vendues. "On voit aussi très bien derrière", dit Mme Gregorius. "Pas les enfants", ai-je objecté. Au second balcon, il y avait encore des places de côté, deux même tout à fait devant. Je me représentai la distance et l'angle. Finalement, je fis en silence un signe négatif de la tête. "Alors, non ?" dit Mme Gregorius, et il y avait dans sa voix un étonnement perceptible, de même qu'un peu de l'irritation que l'on ressent envers les chicaneurs. En ce moment-là, l'affaire était sur la lame du couteau. »

Papa fut secoué par une violente crise de toux. Puis il appuya la tête en arrière et ferma un moment les yeux. Tout son visage était couvert de sueur. Les joues autrefois pleines étaient creuses, le large front et le menton pointu formaient un triangle inversé, le menton sur lequel il n'y avait auparavant qu'une seule fossette était sillonné comme si quelqu'un y avait fait des encoches pour y compter quelque chose, la moustache était en désordre et recouvrait les narines, je me demandais comment il pouvait encore respirer. À présent il se redressait, prenait du tabac et du papier à cigarettes.

« C'est un autre taulard qui me l'a donné, dit-il quand il vit mon regard étonné. En revanche, je lui ai montré comment on cache ce genre de choses, cela, on l'apprend au foyer. » Il roula sa cigarette en un éclair. « On a ça dans les doigts, dit-il avec un étrange orgueil, on ne l'oublie jamais. » Après la première bouffée, il eut une autre crise de toux, sans doute accompagnée de douleurs au cœur, car de nouveau Papa porta les mains à sa poitrine. Il ne voulut pas entendre parler d'aide, il était soudain pressé d'avancer dans son histoire. Après coup, il me semble qu'il a senti qu'il ne lui restait plus beaucoup de temps.

« Mme Gregorius regardait, perplexe, le plan de l'Opéra. "Un moment, dit-elle soudain, il y avait aussi cette histoire des avant-scènes. Jürgen, viens un peu ?" Oui, dit son fils, c'est juste, on a exceptionnellement vendu des billets pour les avant-scènes, six par loge. Mme Gregorius se le fit confirmer au téléphone, mais on lui dit aussitôt que tous les billets étaient vendus. Un ambassadeur et sa suite. Est-ce que quand même le second balcon ?

« Je rentrai à la maison. Cela ne devait pas être. Un des jours suivants, je téléphonai du magasin à la Scala, et je demandai quand chanterait de nouveau l'Italien. Au printemps seulement, à cause des travaux de transformation. J'allai au café de la Steinplatz. Je remarquai à quel point j'étais irrité lorsque je rabrouai la serveuse sans aucun motif. Mon irritation n'était pas due à l'impossibilité de réaliser mon plan, mais au fait que j'avais eu le mauvais goût de vouloir le transférer à la Scala. Je sentais la haine me décomposer, les humeurs en moi commençaient à empester, à la fin je deviendrais aussi mauvais que Gygax l'avait toujours dit. À la Scala – cela aurait signifié détruire après coup notre mariage. En rentrant à la maison, j'avais tellement honte que je changeais de trottoir quand quelqu'un venait au-devant de moi. "Tu as l'air si petit aujourd'hui", dit Chantal. Peu de chose échappait à son regard, la morphine la rendait extralucide.

« Une semaine plus tard, le samedi matin, Mme Gregorius téléphona. L'avant-scène de gauche était libre pour le soir de la deuxième représentation, l'ambassadeur péruvien avait eu un empêchement. "Jürgen a fait jouer ses relations. Parce que c'est vous." Elle rit. "Et à cause de votre épouse, il a un faible prononcé pour elle."

« Je me souviens que ce fut comme si toute pensée disparaissait de ma tête, pendant un moment je ne pus réfléchir absolument à rien. Au foyer, il y avait un garçon, il s'appelait Marcel, à qui cela arrivait continuellement, il était épileptique. Il essayait ensuite de toutes ses forces d'être présent, mais il n'y réussissait pas, disait-il souvent. C'est à peu près ce qui m'arriva alors au téléphone. Étais-je encore là, demandait Mme Gregorius, déjà un rien plus froide. Oui, dis-je, qu'elle me garde les billets, je passerai les prendre. Quand je raccrochai, ce fut comme si je scellais quelque chose.

« Cela ne décide encore de rien, me dis-je toute la soirée et toute la nuit, tout reste quand même ouvert. Mais ce n'était pas exact. Les billets étaient dans mon tiroir et ils ne laissaient plus rien d'ouvert. Quand j'étais dans ma cellule, couché sur le châlit, je m'en prenais au hasard. Pourquoi avait-on libéré les avant-scènes justement pour cette tournée, alors qu'on ne les louait jamais ! Chantal serait encore en vie.

« Si seulement elle m'était tombée dans les bras ! Au sens figuré, je veux dire. Elle devenait chaque jour plus silencieuse et il y avait des instants où je souhaitais ne jamais lui avoir dévoilé mon plan. Elle était toujours à la fenêtre quand je rentrais à la maison. Elle était blême et ses cheveux pendaient en mèches. Pourtant elle se donnait beaucoup de peine, ces derniers temps, à sa manière timide, pour me plaire, mais ses cheveux continuaient à pendre en mèches, quoi qu'elle fasse. Ses yeux derrière la vitre semblaient éteints, fatigués par les nouvelles douleurs dont l'Italien était responsable. Dans la journée, au magasin, je ressentais parfois le désir de laisser tomber mon plan. Non parce que la haine faiblissait. Mais il y avait des moments où j'aspirais à l'indifférence, une indifférence qui engloutirait ou aplanirait tout, je ne sais pas quel est le mot juste, Patrice le saurait. Elle devait supprimer toute sensibilité, cette indifférence, être comme une fin de la vie sans mort. Parfois, cet état d'esprit durait jusqu'à ce que je prenne la Limastrasse. Mais quand je voyais les yeux éteints de Chantal et les mèches qui trahissaient un si fort sentiment d'inutilité, j'avais honte de ma faiblesse et je me raidissais à l'intérieur. Il était impossible qu'elle continue à s'éteindre et que personne n'expie le tort que l'Italien lui avait causé. C'était impossible. La pensée en était insupportable.

« Il me répugnait d'aller chercher le pistolet kitsch de Georges avec la crosse glissante en nacre. Une crosse de pistolet doit être rugueuse. Mais c'est une bonne arme, j'ai un jour vidé tout le magasin en tirant. » Sur le visage de Papa passa le ricanement rusé que je n'aimais pas. « C'était risqué, j'aurais pu me ridiculiser... Mais laissons cela. Quand je nettoyais l'arme, Chantal entra. Je m'y étais pris au milieu de la nuit, je ne voulais pas qu'elle le voie, mais je n'avais pas fait assez doucement. Et alors, j'ai enlevé le cran d'arrêt en sa présence, tout à fait machinalement, pour faire un essai. Elle sursauta et sembla terriblement vulnérable, telle qu'elle était là, en chemise de nuit, pieds nus, sur le pas de la porte. Il m'a semblé que je venais de tirer sur elle.

« Un souvenir qui ne m'était plus revenu depuis des décennies m'envahit alors. J'avais sept ans, c'était quelques semaines avant la mort d'Odile, ma mère. J'avais demandé pour mon anniversaire un pistolet à eau, et ma mère – je l'appris plus tard par Solange, ma grand-mère – avait remué tout Fribourg pour dénicher le pistolet le plus perfectionné que l'on puisse avoir. Elle a sans doute pris l'argent dans la bonbonnière en porcelaine jaune où elle mettait le soir les pourboires qu'elle avait reçus dans la journée. Le pistolet ressemblait à un vrai à s'y tromper, et je sautai au cou de ma mère – ce que je ne faisais qu'avec elle et que je ne fis jamais plus de ma vie. Tout le long du jour, je courais en faisant gicler de l'eau, j'étudiais le point de pression de la détente et l'angle selon lequel on devait lancer le jet courbe pour toucher le but, c'était une sorte de balistique et j'y devins excellent. Un jour, je touchai par mégarde ma mère, le jet l'atteignit directement dans l'œil. Au buffet de la gare, ils pestèrent contre elle parce qu'elle ne vint pas travailler, et le médecin me réprimanda. J'aurais voulu être mort, tellement j'étais désespéré. Cet accident du pistolet n'avait pas le moindre rapport avec sa mort, m'assura Solange. C'étaient les poumons. Solange avait toujours été bonne pour moi et je voulais la croire. Mais je ne pus jamais me délivrer du soupçon qu'elle m'avait menti pour me tranquilliser. »

La nouvelle cigarette, Papa, tu l'as roulée au ralenti, et finalement tes doigts cessèrent de bouger. Tu fixais de biais le sol, d'un regard ramené loin en arrière dans l'enfance – et que je n'oublierai jamais. Tu tenais la cigarette inachevée avec les doigts des deux mains, tu allais porter le papier vers la pointe de ta langue, mais tout mouvement des doigts était gelé, le temps s'arrêtait et quand parfois une miette de tabac tombait sur le sol, cela arrivait en dehors du temps. C'est ainsi que je te garderai dans mon souvenir, un vieil homme en costume datant de son célibat, une cigarette inachevée entre ses doigts rudes, plongé dans les images de son enfance. Mon père. Un père énigmatique, comme on allait bientôt le voir quand le temps recommença à couler et que tu repris ton récit.

« Où en étais-je ? Ah oui, Chantal sur le pas de la porte. Après, j'ai caché l'arme, elle ne devait la revoir que dans la loge. Dans la voiture de police, quand ils me tenaient par les bras, malgré les menottes, comme si j'étais un criminel violent doué de forces surhumaines, je revoyais toujours les mains de Chantal, je la voyais ôtant dans l'ombre le cran de sûreté avec des gestes habitués. Il y avait une énorme résolution dans ces mouvements rapides et précis. Le bruit dur coïncida avec quelques mesures douces et sembla retentir jusque dans les balcons d'en face. Mais plus rien ne pouvait arrêter Chantal. Coincé entre les policiers, je pensais : c'est la même femme que celle qui était en chemise de nuit à la porte de la cuisine, c'est une seule et même femme, on ne le croirait pas.

« Le mardi, le jour de la première représentation avec l'Italien, il pleuvait à torrents. La pluie me fouetta le visage quand je m'arrêtai dans la rue et regardai une dernière fois la maison Steinway. J'avais travaillé ici pendant quinze ans. Combien de pianos pouvais-je avoir vendus ? C'était en ce temps-là une bonne offre d'emploi, une offre que l'on ne pouvait pas refuser. À cela s'ajoutait que je voulais sortir de la sphère d'attraction de Georges : il fallait en finir avec les visites de Chantal chez lui tous les mercredis, c'était un vieil homme despotique et je n'aimais pas l'état d'esprit dans lequel elle revenait.

« Mais si je veux être honnête : le nom STEINWAY & SONS était encore plus important. En ce temps-là comme aujourd'hui, il avait un éclat inouï, ce nom, un éclat qui ne pâlirait jamais, un éclat d'éternité. Je ne veux pas parler de l'éclat habituel, la célébrité mondiale de Steinway. Je veux parler de l'éclat tout personnel que cette suite de lettres avait pour moi depuis que je l'avais vue pour la première fois sur le piano de Pierre. Pierre m'enseigna la bonne prononciation et me raconta l'histoire du nom, et aussi la querelle entre Steinway et Grotrian-Steinweg. Il était d'une si incroyable élégance, ce nom, aussi élégant que l'étincelant vernis noir. L'éclat du vernis s'était en quelque sorte déversé dans le nom. Même si maintenant je connaissais son origine, il me semblait pourtant que ce nom d'une élégance sans pareille n'avait été inventé que pour représenter en lettres d'or l'élégance du vernis noir étincelant. Pendant les leçons de piano que Sophie me donnait, il m'arrivait assez souvent de provoquer un chaos sonore parce que, au lieu de regarder les notes j'avais les yeux fixés sur les lettres d'or. Sophie ne se fâchait jamais, mais elle me caressait les cheveux. "*Mon petit rêveur**", disait-elle. Quand je fis mon stage chez Steinway à Hambourg et que je m'aperçus qu'il y avait aussi des pianos d'un noir mat, pis encore, que l'on pouvait en commander de n'importe quelle couleur, même rose, je fus si indigné que mes collègues rirent. Ils ne savaient rien de l'âme des surfaces d'un noir profond qu'ils polissaient tout le long de l'année. Ils n'en savaient rien. Rien.

« Que je ne puisse plus jamais entrer dans la maison Steinway, ce n'était pas si grave, même si j'aimais bien mes collègues, surtout Liebermann qui, certes, ne savait pas trop que faire de moi ; il en allait

469

avec lui comme avec beaucoup de gens que j'aimais bien. Le plus grave, c'était que je ne verrais ni ne toucherais jamais plus un piano. Le lendemain, avant de quitter mon bureau, ici, pour toujours comme je le croyais, j'ai passé la main le long des courbes du piano. Je voulais pouvoir, en prison, rappeler à tout moment cette ligne devant mon regard intérieur, comme par magie. Elle m'aiderait à passer sur bien des choses.

« Notre maison de la Limastrasse. Je m'arrêtai devant ; Chantal ne pouvait pas me voir, l'eau coulait en ruisseaux des gouttières. Y entrerai-je encore une fois, après ? S'ils me libéraient, comme c'est l'habitude, après quinze ans, j'en aurais soixante-quinze. Je ne voulais pas y penser, c'était au-delà de tout temps. Notre maison, elle semblait étrangère en ce soir de pluie. Bien trop grande et bien trop coûteuse. Avait-elle jamais été *notre* maison ? Ou était-elle constamment restée la villa berlinoise que Georges de Perrin avait achetée pour sa fille ?

« Tandis que je restais là, j'eus tout à coup le sentiment étrange de m'évader en secret, tout au fond de moi-même. Loin de la maison, de Chantal, de vous. Ce n'était pas moi qui agissais, c'était plutôt quelque chose qui m'arrivait. Peut-être devrais-je dire que j'étais emporté comme par un courant doux, mais irrésistible... Tu comprends ? »

Oui, Papa, je comprenais. Je n'avais qu'à te regarder, assis là, hôte timide et gauche dans une noble maison qui ne serait jamais plus un foyer pour aucun de nous. Que tu te sois écarté de nous, ce soir-là, de Patrice et de moi, cela aussi je le comprenais. Comment pourrais-je ne pas le comprendre ? Nous sommes partis, autrefois, sans même dire seulement adieu. (Que c'était plus à cause de nous qu'à cause de toi, je ne pouvais pas te l'expliquer.) Et malgré cela, je me recroque-villais sous tes paroles.

« Ce sentiment fut particulièrement net quand ensuite je traversai l'entrée, où je me suis toujours senti perdu. "Tu as…" me dit Chantal quand elle vit le sac plein à craquer où j'avais entassé toutes mes affaires personnelles du magasin, pendant que les autres étaient à table. Elle doit avoir reconnu le long coupe-papier, avec la tête de lion qui pointait hors du sac ; en tout cas elle comprit immédiatement. Elle n'acheva pas sa phrase, c'était comme si cette vue lui avait coupé le souffle. Elle n'avait pas prévu que cela aussi en était une conséquence. Ou bien elle s'effraya de me voir agir avec tant d'ordre et de méthode, je ne sais pas. Cela doit lui avoir donné le sentiment du définitif, de l'irrévocable.

« Je fermai la porte capitonnée, ce que je n'avais plus fait depuis des mois. À peine l'avais-je fermée – j'avais encore la main sur la poignée – que je l'ouvris de nouveau pour la refermer après quelques instants. Je ne savais pas ce qu'il convenait de faire. Je restai longtemps devant l'étagère qui portait mes partitions. Dehors, la pluie chuchotait et crépitait, des masses d'eau de plus en plus lourdes dégringolaient ; je me demandais machinalement si le toit était étanche. Les dos des partitions reliées… ils étaient bizarres, ils semblaient soudain si différents. Exactement comme toujours et cependant différents. Comme si tout à coup ils ne m'apparte-naient plus. Ils avaient l'air ridicules, surtout les fils des reliures en toile qui s'étaient débrochées à force d'être souvent manipulées et à présent pendaient en désordre. Des décennies de ma vie, me semblait-il, commencèrent à ce moment à s'effriter, c'était le début d'un silencieux déclin intérieur. Je ne comprenais pas ce qui m'arrivait. Je ne le compris que plus tard, dans la loge. Maintenant, je m'efforçais d'empêcher qu'un déclin devienne un effondrement. C'était inconcevable. Certes, je ne me reconnaissais plus en moi-même ; mais je savais que ça ne devait pas être. Je mis cette angoisse au compte du caractère inquiétant en soi de cette pluie diluvienne. Je savais que ça n'avait réellement aucun rapport. Mais avant tout je voulais le croire et je fis le tour de la maison pour vérifier si les fenêtres étaient bien fermées.

« Après minuit, la pluie avait cessé, on entendait dehors un silence où s'égrenaient des gouttes d'eau. Le sentiment qui m'avait envahi pendant la soirée était toujours là. C'était un sentiment de perte, c'est du moins ce que j'avais compris entre-temps. Pas n'importe quelle perte. Une perte globale, menaçante. Chantal dormait quand je descendis. Je m'assis dans ce fauteuil-ci et j'ouvris la partition de *Michel Kohlhaas*. C'était la copie, ils ne m'ont toujours pas renvoyé l'original, ces gueux. Jamais encore je n'avais lu mes partitions dans un fauteuil, j'avais l'impression d'être un étranger en train de faire une expertise.

« Je ne sais pas comment t'expliquer cela : j'ai trouvé l'opéra misérable, lamentable. J'avais l'impression que les mélodies étaient simplistes et pathétiques, et le livret tout entier me semblait inepte. Doucement, pour ne pas réveiller Chantal, je jouai un air ou l'autre. Oui, simpliste. Sans nécessité. Adapté à mes doigts grossiers. Je ne supportais pas de les voir plus longtemps sur les brillantes touches d'ivoire, ces doigts, et je rabattis le couvercle. Je marchai dans la pièce en homme qui s'est perdu dans une ville étrangère. Que signifiait cette découverte ? Que signifiait-elle pour demain ? Le sac avec mes affaires rapportées du bureau était là-bas, où tu le vois maintenant, toujours pas déballé. Je le regardais. Je l'ai même pris une fois à la main, peut-être pour voir comment ce serait si je le rapportais tout simplement le lendemain. »

*
 * *

Je viens de le déballer, ce sac. Il restait là de tout ce temps, tel que la poste l'avait apporté, beaucoup de ficelle et de ruban adhésif, le papier d'emballage déchiré en quelques endroits. Je n'eus pas le courage de l'ouvrir, mais il ne devait pas non plus aller dans le débarras. Stéphane a trébuché deux fois dessus et a failli tomber. Il l'a remis exactement comme il était auparavant.

Il y a parmi les affaires quatre photos encadrées, un instantané de toi, un de moi et un de nous deux, au bord de la mer, nous nous lançons l'énorme ballon de baudruche. J'aurais pu y trouver beaucoup de photos plus récentes, mais Papa ne les avait pas changées. La quatrième photo est un instantané de Maman, que je n'avais pas encore vu. Je crois que c'est dans la Galleria de Milan. Comme elle est encore jeune là-dessus ! Papa l'a saisie au milieu d'un mouvement tournant. Comme elle pouvait encore se mouvoir avec grâce, en ce temps-là ! Et comme sa peau a l'air fraîche ! On n'y voit rien encore du reflet gris de la morphine. Jusqu'à l'âge de trois ou quatre ans, nous l'avons sans doute sentie, cette peau fraîche.

Il y avait deux gobelets à café dans le sac, un chauffe-liquide, des livres sur la fabrication des pianos, une blouse de travail. Et naturellement des objets servant à écrire. Parmi eux, une règle qui me fit venir les larmes aux yeux. C'est une très vieille règle de bois brun, semée de taches d'encre. Dans l'un des coins, en lettres estampées, on lit INSTITUT HOF-FNUNG, dans l'autre INSTITUT ESPOIR. Le foyer de Père. Pourquoi a-t-il emporté justement cette règle – qui sait. Le plus émouvant de tout : il a barbouillé d'encre les deux mots HOFFNUNG et ESPOIR, à plusieurs reprises, les lettres sont devenues d'un noir de corbeau sous les couches d'encre séchée. À quel point ces mots ont dû lui paraître cyniques, une pure dérision. Je me l'imagine pendant les heures de classe, assis là et suivant du doigt les lettres gravées, le visage entièrement fermé pour ne pas entendre la voix de Gygax. Tu avais raison : on le reconnaîtrait sur la photo de classe rien qu'à ce visage fermé. Les photos sont maintenant toutes ensemble dans un carton. Mais que vais-je faire des affaires qui étaient dans le sac ?

Pourquoi n'as-tu pas rapporté le sac, Papa, pourquoi ! Rapporté tout simplement le lendemain matin, au magasin. Ce serait devenu un jour de travail tout à fait normal et un soir normal. Alors le sac ne serait pas ici comme le mémorial d'une catastrophe. Et je ne devrais pas t'entendre te demander si la musique n'a pas été pour toi autre chose que le gigantesque mensonge de toute une vie.

*
* *

« Je ne m'y reconnaissais plus. Comme si je ne savais pas cela mieux que tout le reste, je comptais mes partitions : quatorze. C'était un nombre assez minable pour un laps de temps de trente ans, me dit ensuite quelqu'un en rêve, pas même une tous les deux ans. Il s'en faut de peu, et c'est de toute façon un nombre à deux chiffres, répliquais-je pour me défendre. Mais les mots tombaient… tombaient dans l'espace vide. Un espace d'un vide réel et absolu, d'où fusait un rire ironique. Je ne l'entendais certes pas vraiment, ce rire, mais j'étais très sûr qu'il était là et s'adressait à moi. Je fus content de me réveiller et de voir au-dehors un jour clair. Je fermai encore une fois les yeux et je fus heureux de savoir que tout cela n'avait été qu'un mauvais rêve. Comme j'en avais toujours fait quand j'étais gamin. L'eau bruissait dans la salle de bains. Quand elle s'arrêta, la canne de Chantal tomba contre la baignoire et glissa par terre, combien de fois déjà avais-je entendu ce bruit. Je la voyais se baisser maintenant, le visage grimaçant de douleur. En cet instant, je m'éveillai tout à fait et je sus ce qui arriverait aujourd'hui.

« Le mercredi fut un jour solitaire. Ce fut là le plus important de ce jour terrible : nous étions seuls. Moi en tout cas je l'étais, et je crois que je peux dire cela aussi pour Chantal. Nous ne savions que faire l'un de l'autre. Justement ce jour-là. Et justement à la fin d'un temps qui nous avait rapprochés comme jamais auparavant. Nous restions dans nos chambres en nous demandant sans doute tous les deux ce que faisait l'autre. Une seule fois, nous nous sommes rencontrés, pour ainsi dire. C'était le matin, et le téléphone avait sonné, pour mon oreille, bien plus fort que d'habitude. Effrayés, nous sommes arrivés tous les deux dans l'entrée. "Laisse donc, dis-je, c'est le magasin." Puis j'ai baissé le son de l'appareil et chacun de nous est rentré dans sa chambre. J'essayais de ne pas penser à l'épisode nocturne des partitions et je commençai à ranger mes affaires.

« Je trouvai mon acte de naissance et mes premiers bulletins scolaires. On lisait dessus FRITZ BÄRTSCHI. FRITZ BÄRTSCHI. »

La fureur incandescente qui jaillit en sifflant de Papa me poursuit jusque dans mes rêves. Elle ne s'était annoncée par rien, il parla soudain avec ce terrible staccato et entre chaque phrase il bougeait les lèvres, les avançait et les reculait, avançait et reculait, c'était comme une crise qui l'emportait.

« Vous ne m'avez jamais demandé mon vrai nom. Toi non plus, ni Patrice, ni Chantal. Jamais. Pas une seule fois. Comme si je n'avais jamais existé sous ce nom. Je m'appelle Fritz Bärtschi. Fritz Bärtschi. Avec un *ä*, un *ä* ouvert[1]. Georges se tenait le ventre à force de rire, quand il entendait ce nom. Et il le prononçait exprès avec un *é* français pointu. Mais je m'appelle Bärtschi. Avec un *ä*. Que cela vous convienne ou non. Bärtschi, disait Gygax, ça n'existe pas, un nom aussi laid. Mais c'est mon nom, mon vrai nom. Fritz Bärtschi. Avec un *ä*. Un nom ordinaire. Ordinaire comme je le suis. Avec un *ä* ordinaire. Ma mère s'appelait en effet Bärtschi, Odile Bärtschi. Cela ne va pas ensemble, disait-on au buffet de la gare. Mais c'est ainsi qu'elle s'appelait, que cela convienne aux autres ou non. "C'est ainsi que nous nous appelons", me disait-elle. Vous ne vouliez toujours entendre que Delacroix, toi et Patrice et Chantal. Le patronyme de Pierre, que j'ai reçu à l'adoption. Le nom distingué du peintre. Et Frédéric. Comme Chopin. Fritz, ce n'était pas assez bon. Mais je m'appelle Fritz, Fritz Bärtschi. Vous ne vouliez pas en entendre parler. »

Je tombais des nues, Papa. Comment aurais-je su que ton premier nom signifiait tellement pour toi ? Il n'est pas vrai qu'aucun de nous ne te l'a demandé. Naturellement, ce n'est pas vrai. Nous n'en parlions pas souvent, c'est exact. Pourquoi l'aurions-nous

1. Un « ai » comme dans les mots « lait » ou « français ».

476

fait ? Mais naturellement nous connaissions ce nom, et d'où GP l'aurait-il appris, sinon de Maman ? Tu n'avais pas fini de parler, que je savais qu'il ne fallait pas prendre ta tirade au pied de la lettre. Mais alors, comment fallait-il la comprendre ? Tu étais fier de ton nom d'adoption, surtout quand Maman le prononçait, elle pouvait littéralement le glorifier. Tu étais fier de pouvoir l'inscrire sur tes partitions. Non, il est impossible que je me sois trompée. Tu aimais ce nom parce que tu aimais Pierre. Je ne compris pas ta fureur quand elle explosa. Je ne comprenais pas pourquoi tu voulais soudain revenir à ton ancien nom. Ce fut seulement quand tu racontas ce qui t'était arrivé dans la loge, que je compris.

Après cet éclat, Papa resta embarrassé. Ses yeux, qui avaient été durs et noirs, devinrent lentement plus doux et plus clairs. Il se frotta les épaules, puis le haut des bras. Finalement, il posa la paume de la main sur son cœur avec des mouvements lents et circulaires. Fritz Bärtschi, me disais-je en moi-même, Fritz Bärtschi. J'essayais en le prononçant d'en faire une manière de lui adresser la parole, une apostrophe muette. Cela fut impossible. Quelles drôles de créatures sont donc les noms ! Ils ne signifient rien, leur seule signification est leur son. Et pourtant on ne peut pas tout simplement les changer. Il doit se passer bien des choses en nous, pour qu'un changement de nom soit possible. Il faut apprendre à voir d'un œil neuf la personne concernée.

Fritz Bärtschi. Je plissais les paupières comme s'il s'agissait de distinguer Papa plus exactement qu'auparavant dans ses contours visibles. Devenait-il davantage lui-même quand on l'entourait de l'ancienne sonorité resurgie ? Je sautais d'un nom à l'autre, c'était comme lorsqu'un objet est éclairé par des sources de lumière alternantes. Fritz Bärtschi. Ce qui n'avait pas été possible auparavant semblait l'être à présent pour de courts moments, avant que le nom habituel ait repris la haute main. Peu à peu, je comprenais que les deux noms incarnaient des points de vue très différents dans le temps, et que l'on pouvait non seulement les penser, mais les vivre dans leur différence. Qu'ils agissaient comme des filtres temporels. Frédéric Delacroix : c'était le présent – cela avait été jusqu'à maintenant le présent –, et c'était cette fraction de passé dans laquelle nous avions vu en lui notre père. Fritz Bärtschi, en revanche, c'était le passé d'avant notre passé, une grise préhistoire pour ainsi dire, où Papa avait vécu une vie que nous ne connaissions que par des récits, qui n'étaient pas de vrais récits cohérents, mais seulement des fragments, de minuscules fragments, narrés, en outre, en raccourci, si bien qu'ils se décoloraient en anecdotes schématiques que l'on répétait sans y prêter attention.

Il était rare que quelque chose de ce lointain passé émerge dans notre présent. Par exemple, Papa s'arrêtait parfois brusquement et humait l'air dans le sillage d'un homme qui venait de passer devant lui, et il restait les yeux à demi fermés, entièrement absorbé à comparer l'odeur de l'instant avec le souvenir de l'odeur de Pierre. Le passé s'emparait de lui et le laissait fasciné sur place, comme si le mot de code d'un hypnotiseur commençait à agir. *Comme un chien**, disait Maman furieuse quand nous devions attendre Papa. Tu t'en souviens ? (Je crois que Maman était aussi jalouse de Pierre, elle avait l'impression que Papa avait aimé l'accordeur aveugle plus qu'elle – ou peut-être pas plus, mais d'une sorte d'amour qui était son amour le plus authentique et qu'il ne porterait jamais plus à personne, un amour unique, impossible à vivre deux fois.) En même temps, c'était encore une partie récente de son passé, où figurait déjà le nom de Delacroix. La partie la plus ancienne, c'était celle des bulletins scolaires, dont Papa parlait maintenant.

« Fritz Bärtschi était un élève lamentable », dit-il, et en parlant à la troisième personne de cet écolier, il ôtait à la précédente accusation un peu de son acuité, car il éliminait ainsi la fureur causée par cette identification. Papa arborait son sourire rusé et à présent il était de nouveau comme avant. « C'est en tout cas ce que disent les bulletins. En bien des matières, je me trouvais vraiment bon. Par exemple en calcul mental. Chaque fois qu'il s'agissait de chiffres, Gygax n'avait pas l'ombre d'une chance contre moi. Il le savait. Aussi ne m'interrogeait-il jamais, et il se réjouissait démesurément quand il pouvait barbouiller mon cahier avec du rouge. C'était facile à voir, il avait fait couler bien plus d'encre rouge que nécessaire. *Paresseux*, écrivait-il en marge avec délectation, *paresseux*.

« Pour l'écrit, en effet, rien n'allait. J'ai haï le papier, en particulier les cahiers à carreaux avec des modèles. Quand nous sommes arrivés en Allemagne, j'ai entendu pour la première fois le mot *kleinkariert*, "à petits carreaux", au sens de petit-bourgeois, provincial, et je l'ai aussitôt aimé parce qu'il est tellement exact. Il correspond point par point à l'odeur des salles de classe d'autrefois, la cire et le désinfectant. Pour les langues, c'était la même chose. Jusqu'à aujourd'hui, je ne maîtrise pas l'orthographe. Elle ne m'a jamais intéressé.

« Ce qui m'intéressait, c'était le son des mots. Et je devais avoir eu dès ma toute petite enfance la mémoire des sons. Je n'oubliais aucun mot nouveau. Nous écoutions beaucoup la radio à la maison, la radio marchait constamment, en allemand et en français, comme cela venait. Fritz Bärtschi n'était pas le plus rapide quand il s'agissait du sens des mots, mais ces formations sonores le fascinaient ; il collait son oreille contre l'appareil, tout contre, si bien que sa mère pensa un moment qu'il entendait mal et l'emmena chez le médecin. Au foyer, ils étaient ébahis par l'ampleur de mon vocabulaire, et épouvantés par la confusion avec laquelle je l'employais, sans parler du mélange d'allemand et de français, c'était une seule et même langue pour moi.

« "Tu es un anarchiste du mot", me disait Gerber, le professeur de langues. Personne dans la classe ne comprit ce que cela voulait dire, moi non plus, mais la sonorité me plaisait et chaque fois qu'à l'avenir on me reprochait une faute, je disais : "Je suis un anarchiste du mot." Bien plus tard seulement j'ai cherché dans le dictionnaire le sens d'*anarchiste*. Alors la dénomination de Gerber me plut encore bien davantage. Mais précisément, les notes dans les bulletins étaient en conséquence. »

*
* *

Les bulletins de Fritz Bärtschi sont devant moi. Ce sont réellement des bulletins minables. Il n'y a pas que les notes des différentes matières qui soient mauvaises. Les jugements concernant le caractère sont mauvais eux aussi, et à vrai dire ravageurs : *buté, indocile, rétif, rancunier.* Et vient ensuite une remarque dont le double sens n'a visiblement pas frappé Gygax : *totalement insensible aux menaces.* Ainsi, exactement, était Papa au commissariat après son arrestation. Il était là comme dans une île, intouchable, aurait dit l'un d'eux.

Fritz Bärtschi en musique : *totalement dépourvu de don*, lit-on à côté de la mauvaise note.

*
* *

« En musique, Fritz Bärtschi passait pour un zéro tout à fait particulier. » Papa souriait de son sourire arrogant. « Avec raison, de leur point de vue. J'étais un bourdon, qui au lieu d'une mélodie chantait toujours la même note. Tout comme aujourd'hui, je ne sais même pas siffler. Et en ce qui concerne les notes, je suis longtemps resté un analphabète. Pour moi, ce n'était encore que du papier. Jusqu'à ce que Pierre, un dimanche matin, après que je fus entré chez eux, me montre tout un livre de notes imprimées et prononce ce mot qui devait déterminer ma vie comme aucun autre, un mot qui désigna pour toujours quelque chose de précieux, mystérieux, presque saint : PARTITION. Un mot magique qui par sa force mystérieuse me fit entrer dans un nouveau monde.

« Pendant les jours et les semaines qui suivirent cette première rencontre, je regardais tous les gens, chaque individu séparément, et je pensais : ils ne connaissent certainement pas ce mot merveilleux, moi en revanche je le connais déjà, j'ai cela en avance sur eux tous. En même temps, j'avais le sentiment d'appartenir à une élite, à une noblesse, une sorte de loge ou de société secrète avec très peu de membres initiés. On ne pouvait pas voir à la tête des gens si PARTITION était un mot qu'ils emportaient avec eux derrière leur front. Mais je m'imaginais avoir un sixième sens pour cela, si bien que je voyais de temps en temps quelqu'un dont je pensais : celui-là connaît le mot. Alors, d'un côté je me sentais lié à lui par cet étrange savoir, et d'un autre côté j'étais jaloux que ce ne soit pas un mot que seuls Pierre, Sophie et moi connaissions. Quand je mettais mon sixième sens en action, je regardais sans doute les gens droit dans les yeux d'une manière effrontée, car ils réagissaient avec une irritation qu'adoucissait peut-être le fait que j'étais encore un enfant. Quand la colère, sur le visage que j'observais, était grande et l'enlaidissait, je décidais que l'individu en question ne pouvait en aucun cas connaître le mot merveilleux, sinon il n'aurait pas pris cette vilaine expression. Connaître ce mot magique devait vous immuniser contre toute laideur, vous anoblir et vous élever au-dessus du commun.

« Tout cela se renforça encore quand je fus allé à la bibliothèque populaire. Les nombreux livres m'intimidaient, et la femme chargée de la surveillance était inamicale et bourrue. C'était bizarre : la vue de tous ces livres me laissait désarmé, j'oubliai d'un seul coup tout ce que j'avais appris au foyer en guise d'autodéfense et de sales astuces. C'était comme si quelqu'un m'avait ôté mon armure. Cela ne dura certes pas longtemps. Je passais au foyer pour un menteur effronté, au sang froid, et ce jour-là je fis honneur à cette réputation en racontant à la femme un conte à propos d'une commission que je faisais pour ma mère malade. Cela adoucit l'humeur de la femme, si bien qu'elle me conduisit parmi les rayonnages sans fin, jusqu'aux dictionnaires.

« Je restai longtemps assis à une table, relisant sans cesse l'article exhaustif PARTITION. Après la troisième ou quatrième lecture, je le savais pratiquement par cœur et je me sentais tellement élevé au-dessus des autres, que je n'honorai pas la bibliothécaire d'un regard quand je quittai la salle. Maintenant, avec toutes mes connaissances sur l'origine et la signification du mot magique, j'étais définitivement anobli, et ma supériorité ne connaissait plus de limites. Sur le chemin du retour, je classais les gens non plus seulement – comme jusqu'alors – en ceux qui connaissaient le mot et les autres. Une nouvelle distinction s'y était ajoutée, que j'appliquais avec le regard d'un exécuteur des hautes œuvres : parmi ceux qui connaissaient le mot, il fallait trier strictement et sans pitié les esprits bornés qui l'avaient saisi au vol quelque part et le répétaient machinalement sans rien penser, et les connaisseurs qui disposaient du savoir déployé dans le dictionnaire. Parmi tous les gens qui ce jour-là déferlaient vers la gare, personne ne réussit à passer mon test, pas même la jeune fille avec le violoncelle ni l'homme avec la boîte informe dans laquelle je soupçonnais un trombone ou une trompette. En secret, j'étais persuadé que moi seul, moi tout seul, je disposais de ce savoir, conviction renforcée par le fait que les pages en question, dans le nouveau dictionnaire, étaient encore collées. Cela signifiait qu'avant moi, personne n'avait lu l'article. Bon, l'auteur du texte savait lui aussi ce que je savais maintenant. Mais je l'imaginais mort entre-temps. J'étais son successeur omniscient.

« Un jour, je passai devant une librairie de musique qui avait exposé dans sa vitrine une série de partitions de poche. Cela me troubla, voire m'indigna, que ces petits volumes au sujet desquels moi seul étais réellement renseigné soient rendus accessibles à un large public qui n'y comprenait rien. Irrité, j'entrai et demandai à la vendeuse si elle savait ce qu'était une partition. La femme répondit avec une bienveillance maternelle qui me mit dans une colère folle. "Une partition, c'est quelque chose comme cela", dit-elle en me montrant un petit volume qu'elle avait pris sur le rayonnage. "Je sais, *moi*, ce qu'est une partition, aboyai-je, mais *vous*, le savez-vous ? Saviez-vous par exemple que *partition* signifie en fait *division* ? Et que le mot vient du latin *partiri* ? Et que… ? Et que… ?" La femme se demanda ce qui lui arrivait en m'entendant lui parler comme un avocat plein de joie maligne devant le tribunal, et qui se délecte de combler l'une après l'autre toutes les lacunes des preuves.

« Quand finalement je me retrouvai dans la rue, j'avais le sentiment d'avoir perdu quelque chose de précieux que j'avais étourdiment mis en jeu. Mais peu à peu, le malheureux épisode du magasin de musique s'effaça et mon savoir secret sur les partitions recouvra sa magie. Chaque fois que j'étais malheureux, j'allais à la bibliothèque et je lisais l'article sur les partitions, même si entre-temps je le connaissais par cœur mot pour mot. Il m'a fallu longtemps pour en venir à l'idée que d'autres choses aussi, dans ce dictionnaire qui contenait tout le monde de la musique, pourraient être intéressantes. »

Sur le visage de Papa apparut l'expression particulière de conscience de soi qui accompagnait d'habitude toute plaisanterie sur lui-même, et qui devenait d'autant plus évidente qu'était plus absurde le haut fait dont il s'amusait, prévenant ainsi tout hochement de tête de l'auditeur. Il s'assumait lui-même, et il le faisait justement avec son inimitable distance ironique. Et il a effectué cette tâche difficile mieux que tous ceux qui hochaient la tête à son sujet. GP, par exemple, je ne crois pas qu'il soupçonnait seulement ce que cela veut dire, s'assumer. Même si on le lui avait expliqué. Il l'aurait certainement confondu avec la satisfaction de soi, dont il était pourvu en abondance.

« Un jour, continua Papa, le tome du dictionnaire n'était pas sur le rayonnage quand j'arrivai. Je fus inondé de sueur et je perdis toute contenance. C'était quand même *mon* volume ! Un vieil homme était en train de le lire, je le découvris dans le coin le plus reculé. Il leva des yeux incertains quand je m'approchai de lui pour… Je ne sais pas ce que je voulais. Les yeux aqueux du vieillard m'empêchèrent de lui demander pendant combien de temps encore il lirait. J'allai chercher un autre tome du dictionnaire et je me mis à le feuilleter. C'était par embarras, pour tuer le temps avant de pouvoir reprendre mon volume. Ce fut le début d'une longue et brûlante période, pendant laquelle j'avalai les sept tomes du dictionnaire, je n'omis aucun article. Dans mes temps libres, on ne me voyait plus, je pouvais à peine attendre la fin des heures de classe et je disparaissais aussitôt dans la salle de lecture de la bibliothèque, où entre-temps tout le personnel me connaissait et me traitait amicalement, fût-ce avec un sourire protecteur. Mon savoir sur la musique n'en finissait pas de grandir et quand je lisais ce qui concernait les nombreux compositeurs, c'était comme une ivresse qui se fondait avec le souvenir de la première visite à l'Opéra, les lustres, le pourpre des fauteuils et l'or des décorations. Et toutes ces choses étaient évoquées par un seul mot qui m'avait envoûté : PARTITION.

« Je pensais à tout cela quand j'étais assis dans l'obscurité de la loge, le mercredi soir. Nous nous tenions très raides, Chantal et moi. Quand les lustres s'éteignirent, Chantal passa brièvement le dos de la main sur ma main, posée sur le dossier du fauteuil, si légèrement et brièvement que je ne sais pas si ce ne fut pas par mégarde. Et parce que je n'en étais pas sûr, je ne tournai pas mon visage vers elle, mais je m'assis encore un peu plus droit, et après un moment je posai la main sur la poche de mon manteau, où était le pistolet.

« Plus tard, dans ma cellule, quand je repassai une fois encore tout cela dans ma tête, je n'aurais pas pu dire à partir de quand je sus que je ne le ferais pas. Au cours de l'après-midi, j'avais été pris d'une étrange irritation. À cause de Fritz Bärtschi et de ses bulletins scolaires, je crois. Je les avais comparés avec les bulletins de Frédéric Delacroix, qui était devenu un élève zélé, presque un arriviste, afin d'être armé pour son apprentissage de facteur de pianos. Comment dirais-je : les bulletins de Fritz Bärtschi m'avaient plu davantage. Oui, c'était cela : ils m'avaient plu davantage. Ce sentiment eut des conséquences. En effet, Frédéric Delacroix m'apparut tout à coup étranger. Pas totalement étranger, naturellement, pas comme si c'était un autre homme. Mais je n'étais plus tout à fait lui. Moi et lui, nous n'allions soudain plus très bien ensemble. C'était venu par surprise, et je n'avais pas encore eu le temps d'y comprendre quelque chose. Je remarquai seulement que je me tenais à l'écart quand Frédéric Delacroix, le pistolet dans la poche, monta dans le taxi et partit pour l'Opéra. En pénétrant dans l'Opéra, au vestiaire et en chemin vers la loge, j'étais à l'écart.

« L'Italien entra en scène. Le père de mes enfants. Votre père. Quelque chose n'allait pas. J'étais beaucoup moins excité que je ne m'y attendais. Je me serais cru plus de sensibilité pour ce moment très particulier. Le peintre Cavaradossi chantait divinement, j'étais seulement étonné de le voir aussi engraissé. Je repassai les faits : la première lettre de Monaco ; la deuxième lettre ; les appels téléphoniques à Monte-Carlo ; le voyage à Monaco ; le détournement de l'argent de la fondation ; l'accident de Chantal à Berne ; sa chute de l'échelle ; ses douleurs ; la morphine. J'étais étonné de devoir rappeler expressément ces choses à mon souvenir. J'étais encore plus étonné de constater que je devais me donner de la peine pour les retenir toutes. Comme lorsque l'on a la tête fatiguée et que la mémoire ne fonctionne plus très bien. C'était non seulement étonnant, mais inquiétant : ils pesaient trop peu, ces quelques faits. Auparavant, il ne me serait pas venu à l'idée, même en rêve, qu'ils puissent ne pas être assez lourds. Pendant des semaines, je ne m'étais plus senti à force de haine et à chaque martèlement de la canne de Chantal, cette haine avait coulé dans mes veines avec une violence renouvelée. À présent, j'étais assis là, je regardais l'Italien en bas et je me demandais : qu'a-t-il fait en réalité ?

« Jusqu'à l'entracte, je n'ai pas saisi grand-chose de l'opéra. Je m'étais mis à penser à quelqu'un qui ne m'avait guère occupé pendant des décennies : Henri, mon père. En rangeant mes affaires, j'avais trouvé la photo que Solange, ma grand-mère, m'avait montrée en hésitant, comme je la harcelais de questions après la mort de ma mère. C'était la seule photo d'Henri qu'Odile avait possédée. »

*

* *

La photo est devant moi : un homme encore jeune, mais au visage déjà marqué par la débauche, avec des rides et des poches sous les yeux ; l'alcool n'est pas difficile à deviner. Le même nez que Papa, les mêmes lignes marquées descendant des ailes du nez vers les coins de la bouche. Des yeux gris, le regard malin, même rusé. Un sourire timide, mou, qui ne s'accorde pas avec l'expression du visage, par ailleurs provocatrice et arrogante. C'était ton père, Papa, mais je crois que je ne l'aime pas. Non, je ne l'aime pas du tout. Bien que tu l'aies transfiguré maintenant et que tu aies presque déliré d'enthousiasme à son sujet.

*
* *

« C'était un coureur de jupons, un Don Juan de la pire espèce. Au buffet de la gare, il a encaissé une gifle d'Odile devant tout le monde, parce qu'il lui avait pincé le derrière. C'est l'une des rares choses que ma mère m'ait racontées à son sujet. Ce que je ne comprenais pas, moi, un petit garçon, c'était pourquoi il était devenu mon père malgré cette gifle, pour ne plus jamais se faire voir ensuite. J'en appris un peu plus, après, par Solange. Il vivait de travaux occasionnels. Des jobs à muscles. Faisait ce dont il avait envie sur le moment. Quand le cirque Knie était dans la région, il tenait la caisse. L'après-midi, dans le spectacle des animaux, il présentait de petits numéros d'acrobate et de clown pour les enfants ; le soir il apparaissait en voleur à la tire, le public hurlait. Il doit avoir bu comme un trou. Mais jamais au travail. Quand il était voleur à la tire, je veux dire. Il avait des doigts très longs et fins, disait ma mère. Pas comme moi. Pour voler, il doit avoir été extraordinairement habile. Une fois, une seule fois, il était ivre quand il a volé. Alors on l'a pris. Il est mort en prison, d'une cirrhose du foie. C'était un voleur à la tire, mon père. Un voleur à la tire et un fainéant. Voilà ce qu'était mon père Henri : un fainéant. Un véritable fainéant. »

Papa s'enivrait du mot *fainéant*, c'était comme s'il venait juste de le découvrir. Je pensais à ce qu'il avait dit sur les mots en tant que petites formations sono-res. Toi aussi tu peux t'enivrer avec des mots. Mais chez toi ce n'est pas du tout comme chez Papa.

« Fritz Bärtschi, mon grand-père, avait toujours refusé qu'Odile devienne serveuse. Il aurait mieux valu qu'elle reste à la ferme, pensait-il. Mais Odile, autour de qui tout le monde tournait – avant son acci-dent à la joue –, voulait absolument aller à la ville. Sa grossesse illégitime, c'était sa punition, dit le paysan, un calviniste bigot, de qui j'ai hérité les mains rudes. Sa femme Solange, en revanche, une beauté du Waadtland, qui aurait mérité mieux que ce paysan obtus, soutenait secrètement le désir d'Odile. Ma mère me baptisa Fritz, dans une tentative désespérée de faire plaisir à son père et l'influencer positivement envers l'enfant. Cela ne servit à rien. Le père chassa Odile, il n'y eut plus que des rencontres secrètes avec la mère. C'est pourquoi je n'allai pas à la ferme après la mort de ma mère, bien que le service d'aide sociale à l'enfance ait insisté là-dessus pour m'éviter le foyer. Une profonde désunion sépara désormais les grands-parents. Ils ne se parlaient plus. Pendant un an environ, je reçus de Solange des colis de victuailles. Puis elle mourut. Peu auparavant, elle me rendit visite et me donna une grosse enveloppe contenant des feuillets écrits. "Peut-être voudras-tu lire cela un jour", dit-elle. C'était son histoire, dans la mesure où elle me concernait. Le mercredi, avant que Frédéric Delacroix mette son smoking, je l'ai lue. »

*
* *

Ce sont environ vingt pages couvertes d'une écri-ture gracieuse, impeccable, où les capitales ont çà et là de minuscules ornements comme dans les vieux livres. Le récit est destiné à Papa, sur un ton parfois d'excuse, parfois d'avertissement, tendre dans l'ensemble, le petit Fritz doit avoir eu une grande importance pour elle.

« Je t'adresse ces mots, écrivait-elle, bien que tu ne puisses pas encore les comprendre. Je n'ai plus beaucoup de temps et je voudrais que tu voies plus tard que j'ai beaucoup pensé à toi, même si je n'ai pas pu te prendre chez moi. » Elle en vient bientôt à parler de son plus grand souci : Fritz, après la mort d'Odile, était devenu une sorte d'original. « Au buffet de la gare, tu étais le favori des clients, écrivait-elle, *le petit prince**, parce que tu connaissais les disques préférés des gens dans le juke-box. Tu n'avais qu'à les avoir entendus une fois, disait Odile. Pourquoi évites-tu les autres enfants du foyer ? Ils disent que tu es affreusement revêche et distant envers tous. Tu aurais même installé un paravent autour de ton lit. Ta mémoire, dit Nicole, est fabuleuse, incroyable. Malheureusement, c'est aussi une mémoire d'éléphant. Tu es, dit-on, terriblement rancunier. Parfois, mon garçon, il faut tout simplement oublier ce que les autres ont dit ou ont fait, même si cela t'a fait mal. Ou alors on remâche continuellement ses mauvais souvenirs qui deviennent de plus en plus nombreux, et on n'arrive plus à vivre. » Papa a souligné d'un trait épais les deux dernières phrases, qui sait quand.

Pendant un moment, je ne pus continuer à lire. Je dus sortir dans la rue et je fis deux fois le tour du pâté de maisons. Maintenant, fin novembre, il fait glacial à Paris. J'étais tentée de te téléphoner et de te lire les phrases de Solange.

La grand-mère explique au petit Fritz que ce n'est pas inquiétant s'il aime bien balancer la tête de-ci delà. On n'a pas besoin de trouver une raison à tout.

C'est aussi peu grave que de préférer, comme lui, écrire de la main gauche. Elle sait par Nicole qu'un stupide professeur a employé un mot que les autres crient maintenant dans son dos : *écholalie*. C'est un mot qui se donne de grands airs, elle a dû le chercher dans le dictionnaire. Visiblement, certains poseurs désignent ainsi l'habitude tout à fait anodine de répéter les mots que l'on vient d'entendre, comme un écho. Se rappelle-t-il combien les clients du buffet de la gare avaient trouvé cela charmant ?

Nous n'avons jamais entendu ce mot dans la bouche de Papa. Maintenant, je sais pourquoi il nous a interdit d'utiliser en sa présence le mot *lallen*, bégayer.

Solange avait encore un autre souci : la tendance de Papa à fabuler. « L'imagination est quelque chose de merveilleux et de précieux, écrivait-elle, et il t'en a été donné beaucoup, plus qu'à la plupart des hommes. Mais tu dois user avec soin de ce don. Invente tranquillement autant que tu veux. Mais pas si l'on attend de toi la vérité. Car alors inventer signifie mentir. Il n'est pas facile de savoir quand les autres ont droit à la vérité. La vie me l'a appris. Il y a aussi des gens qui méritent qu'on leur mente. Mais ce n'est pas la règle. Et rappelle-toi : les gens n'aiment pas être mystifiés. Leur vengeance peut être cruelle. Au buffet de la gare, ils aimaient tes histoires fantastiques. Mais le buffet de la gare n'est pas la vie. »

Comme j'aurais aimé connaître Solange !

*
*   *

« Tosca venait tout juste de poignarder Scarpia, poursuivit Papa, et elle lui ôtait de la main le sauf-conduit. Le rideau tomba. Les principaux interprètes sortirent de ses plis et s'inclinèrent devant la rampe. Lentement, le regard de l'Italien erra dans notre direction. Chantal se pencha largement en avant. Je pensais à Milan. Le dernier coup d'œil de di Malfitano fut pour notre loge, puis il se détourna et disparut. Je n'ai jamais rencontré personnellement cet homme, qui était votre père, et à ce moment-là encore il n'y eut entre nous aucun véritable échange de regards. Ses yeux évitèrent les miens de même qu'ils évitaient tous les autres.

« J'avais peur de la lumière de l'entracte. Nous ne quitterions pas la loge, c'était évident. Le regard de Chantal s'arrêterait sur moi. Sur Frédéric Delacroix. Elle se demanderait pourquoi ma main ne reposait plus sur la poche du manteau qui contenait l'arme. Pourquoi ne lui ai-je pas dit : rentrons à la maison ! Pourquoi ? C'était si facile. Elle vivrait encore maintenant. Je pourrais aller la trouver. Nous pourrions faire une promenade dans le feuillage d'automne, comme lors du voyage à Linz. Tu aurais dû la voir : pendant des heures, elle marchait à côté de moi sans douleurs, et un instant, par plaisanterie, elle déposa la canne au coin d'une maison, comme si elle voulait la laisser là. Comme à Lourdes ! avons-nous dit en riant. Une fois, elle m'a donné un baiser en pleine rue, et ensuite nous avons poursuivi notre route main dans la main, comme des enfants pleins de joie exubérante. Nous pourrions maintenant faire quelque chose comme cela, encore, toujours. *Rentrons à la maison !* Ces quelques mots auraient suffi.

« Mais je suis resté muet. L'entracte me parut interminable. Je voulais revenir en pensée à Fritz Bärtschi, à ma mère et à Solange. La lumière des lustres m'en empêchait. Quand elle s'éteignit de nouveau, je n'avais pas échangé un seul regard avec Chantal, ni prononcé un seul mot. Comme je l'ai dit : ce mercredi fut pour nous deux un jour terriblement solitaire.

« Cavaradossi fut traîné sur le toit du château Saint-Ange. La plume à la main pour écrire sa lettre d'adieu à Tosca, il commença à chanter *E lucevan le stelle*, avec cette voix qui vous fait tout oublier. Si jusque-là ce n'avait été qu'un pressentiment, maintenant je le savais : il n'était plus nécessaire de le tuer. À cette pensée, je sentis que me quittait la fièvre qui avait fait rage en moi pendant des décennies. C'était la fin d'une fièvre dévorante, mon besoin d'être reconnu. L'extinction soudaine et sans bruit d'une possession maléfique. Une capitulation silencieuse grâce à laquelle tout mon corps se détendait. Une étrange clarté m'envahissait : je comprenais que je ne détenais pas le don d'écrire de la grande musique. Et que cela ne faisait rien.

« Je suis accordeur de pianos, pensais-je, un bon accordeur, certains disent : un excellent accordeur de pianos. Pas plus. En cet instant, je revins à mon nom d'origine, mon nom grossier. Les noms ne signifient rien. Et pourtant j'avais l'impression que ce nom grossier me décrivait très exactement, de manière plus juste et plus globale que toutes les autres dénominations : Fritz Bärtschi. Je suis Fritz Bärtschi, pensais-je. Fritz Bärtschi. Et après un moment s'y ajouta un autre sentiment : je voulais me débarrasser de la multitude de choses que je savais sur la musique. Ne pas les oublier, mais les laisser reposer. Je sentais que maintenant je ne voulais plus rien, je n'avais plus besoin de rien vouloir. Des décennies d'un vouloir ininterrompu venaient de prendre fin.

« Depuis lors, je suis tout à fait sans volonté. C'est beau et facile. Je n'aurais pas pensé que ce serait aussi beau et aussi facile. Je suis maintenant sans volonté comme un fainéant qui se laisse dériver. Comme Henri. C'est comme si j'étais revenu en arrière, avant le jour où Pierre vint au foyer, en deçà du jour où je vis son piano étincelant qui mit tout en marche, ma volonté tout entière.

« Durant la première nuit dans ma cellule, la pensée me vint tout à coup que rencontrer Pierre avait peut-être été un grand malheur. La séduction exercée par une vie qui ne pouvait pas être la mienne. Ensuite je rêvai de Pierre. C'était la première fois depuis long-temps que je rêvais de Pierre. Et c'était la première fois qu'un rêve de Pierre me rendait malheureux. Il était fait de presque rien, ce rêve, avant tout il n'avait pas d'action. Au fond, ce n'était qu'une odeur rêvée. L'odeur de Pierre. Et je ne me sentais pas… bien. »

Et Papa de déglutir et déglutir, sa pomme d'Adam ne voulait pas s'immobiliser. C'était là l'homme, qui par son désir d'être reconnu, nous avait privés de rien de moins que de la musique, toi et moi, et il expli-quait que tout cela avait été une erreur. Mon premier mouvement fut la colère. Une colère sans limites, débordante. Je n'aurais pas pensé être capable d'une telle colère, et surtout pas envers Papa. C'était tout simplement si déloyal. Je dois l'avoir regardé avec consternation, car ses yeux exprimèrent un sentiment de culpabilité. « Je sais », dit-il seulement.

*
* *

Ce que Papa me racontait, était-ce une illumination qui menait après coup à l'effondrement de grandes parties de sa vie ? Ou était-ce seulement un phéno-mène de fatigue qui l'avait préservé de commettre un meurtre ?

494

Pour se retrouver, il devait prendre congé de son amour pour Pierre, l'unique amour réel qu'il ait connu, un amour qui l'avait emporté hors de lui-même au lieu de l'en rapprocher, comme un amour devrait le faire. Était-ce le cas ?

Alors, dans ton insensé studio d'enregistrement, à Berlin, tu travaillerais à ce que Papa essayait d'éliminer dans les derniers jours de sa vie, parce que pour lui cela n'avait plus aucune espèce d'importance. Sa musique serait comme une enveloppe vide. Et à cause de cette enveloppe vide tu trahissais ton jeune garçon indien.

*
* *

« Chantal doit avoir remarqué ce qui m'arrivait à ce moment-là. Quand la scène de l'exécution s'annonça, je sentis soudain sa main dans la poche de mon manteau. D'un geste résolu, presque brutal, elle sortit l'arme. Elle se leva et s'appuya de l'épaule au mur de la loge, l'arme dans ses mains pendantes. J'entendis le bruit fort, résonnant, du cran de sûreté, qui – me sembla-t-il – devait nous trahir auprès de chaque auditeur.

« Ce que je dis maintenant sera difficile à comprendre pour quelqu'un d'autre, j'en suis sûr : je ne ressentis pas la moindre impulsion d'empêcher ce qu'elle allait faire. Il me semblait bien davantage que je lui avais confié l'exécution de mon propre projet. Comme un témoin de relais. Et j'étais fier d'elle. Bien que cela fasse mal aussi. Car avec elle cela ne serait plus le même acte. Elle abattrait l'Italien parce que ce n'était pas lui qui était ici à son côté, mais moi, l'accordeur de pianos dont elle avait dû s'accommoder afin d'avoir un père pour ses enfants.

Pendant un court instant, je me repentis de ma capitulation, la jalousie jaillit en moi comme une flamme et à présent je voulais le faire moi-même.

« Mais c'était déjà trop tard. Les soldats venaient de mettre Cavaradossi en joue. Chantal leva l'arme et plia le coude. De l'autre main, elle soutint son bras sous le coude. Puis, lentement, concentrée, elle abaissa l'avant-bras jusqu'à ce que le canon de l'arme soit exactement dans le prolongement du bras tendu, et visa Cavaradossi aussi impitoyablement que les fusils des soldats. Il y avait longtemps, des années, que je n'avais pas observé un tel ressort chez Chantal, silencieuse et fatiguée comme elle l'était devenue, et je fus heureux de voir flamber en elle une volonté aussi forte, brutale, incoercible.

« Elle tira une mesure trop tôt. Un ou deux fusils partirent quand même ensuite, mais les autres soldats levèrent la tête dans notre direction, leur arme désormais inutile dans les mains. Di Malfitano poussa d'abord un râle, tituba et s'écroula sur le sol, la musique partit dans tous les sens et finalement se tut.

« Il était inconcevable pour moi que Chantal aille en prison. Et j'entends cela littéralement : inconcevable. C'était la chose que je n'aurais pas supportée, avec laquelle je n'aurais pas pu vivre. Je le savais sans réfléchir. Non, pas la femme qui, depuis que vous vous étiez enfuis, s'était enveloppée dans le cocon d'une douce bizarrerie. La femme qui chaque année glissait un peu plus hors de la réalité, s'enfuyait dans un dialogue imaginaire avec vous et dans les rêves adoucissants de la morphine. La femme dont la peau était marquée de ces minuscules rides qui donnent l'aspect du parchemin. En prison, il n'y avait pas de morphine. Rien que pour cela c'était inconcevable.

« Quand je vis son bras, le bras de l'élève formée par Georges, s'abaisser lentement avec l'arme jusqu'à être entièrement tendu, je me calmai, dans la certitude que c'était moi qui irais en prison pour l'acte qu'elle allait commettre. C'était la pensée la plus naturelle du monde, qui n'en tolérait aucune autre. Alors je bondis quand le coup fut parti, je repoussai Chantal dans son fauteuil et je me mis à côté d'elle, comme pour la protéger. Un peu plus tard seulement, je compris à quel point il avait été important que les gens m'aient vu debout, ainsi je pouvais dire que c'était moi. Le moment venu, j'étais toujours plein de sang-froid, on le disait à l'armée comme au foyer. Avec précaution, comme pour ne pas la réveiller, j'ôtai l'arme de la main de Chantal. Elle se laissa faire, elle semblait ne pas s'en apercevoir, elle était absente, comme en transe. Au sujet des traces de fumée, nous apprenions tout à l'armée, Hügli, le lieutenant, était technicien en criminalistique. Je tins ma main devant le canon et je frottai, puis je passai l'arme sur la manche de ma veste. Cela devrait suffire, pensai-je, et cela a en effet suffi. Puis, debout dans la loge, je regardais en bas Antonio di Malfitano mort et le désarroi sur la scène. Chantal s'était effondrée dans son fauteuil. Le rideau fut baissé, la lumière s'alluma et un homme avança jusqu'à la rampe. L'Italien venait d'être abattu d'un coup de feu, disait-il, personne ne devait quitter le théâtre, les sorties étaient barrées, nous vous demandons votre compréhension. Je restais debout, je restais tout simplement debout, en homme qui n'a rien à cacher, et j'attendais que l'on me désigne. Quand deux policiers m'empoignèrent par les bras, je pensai : comme c'est bête, j'irais aussi bien tout seul, et puis, je n'ai rien à cacher. »

* * *

C'était l'histoire de Papa. « Maman a tiré par
loyauté », as-tu dit quand tu étais chez moi le dimanche matin, le visage gris d'épuisement et luttant contre
les larmes. « Elle l'a fait parce que Père n'en avait
plus la force. »

C'est possible. Mais entre-temps nous savons : si ce
fut ainsi, alors c'était un malentendu tragique. Ce n'est
pas la force qui manquait à Papa au moment décisif,
mais la volonté. S'il n'est pas tombé dans les bras de
Maman, ce n'est pas parce qu'il était heureux qu'elle
ait accompli sa volonté à lui, mais parce qu'il croyait
qu'elle agissait de sa propre volonté, à elle – qu'il fallait respecter. Mais en réalité elle n'en avait aucune.
C'est une volonté étrangère, et en outre une volonté
qui en cet instant n'existait plus, qu'elle accomplit
jusqu'au bout en appuyant sur la détente. « Elle répétait sans cesse les paroles de Père : ils avaient été trompés, disais-tu. Comme si elle lui demandait de témoi-
gner qu'elle devait faire ce qu'elle a fait. »

Je n'ai pas dit à Papa ce qu'il en était réellement.
Que c'était un terrible malentendu, né du manque de
paroles, un inutile malentendu issu d'une loyauté
aveugle et muette. Que ce soir-là, Maman avait souhaité autant que lui rentrer tout simplement à la maison. Quand il mentionna le témoin du relais et le
motif particulier qu'avait Maman pour exécuter le
meurtre, j'eus le souffle coupé. Avec quelle facilité
auraient pu figurer dans la lettre de Maman quelques
phrases expliquant qu'elle ne l'avait fait que pour
lui ! Mais elle avait seulement répété les propres
phrases de Papa : *Il nous a trompés. Il nous a volé
notre avenir.*

J'en suis sûre : en écrivant, elle a agi de même que dans la nuit de samedi, lorsqu'elle t'a parlé. Elle invoquait les paroles de Papa, elle s'y cramponnait pour donner un sens à son acte qui n'était nullement le sien. Mais par chance, Papa ne pouvait pas lire cela entre les mots. Silencieux et éteint, il était là, assis en face de moi, vieil homme qui, l'arme à la main, au moment le plus dangereux de sa vie, avait soudain douté que la musique eût réellement un sens pour lui.

PATRICE

Sixième cahier

Si seulement tu n'avais pas dit à Patty, Père, que la musique n'avait peut-être rien signifié pour toi ! Que peut-être tout n'était qu'une gigantesque erreur, le mensonge global de toute une vie ! Tes paroles m'empêchent de me laisser tomber tout entier dans ta musique avec le sentiment d'être enfin proche de toi et de te porter ce respect et cette affection dont je te suis resté redevable. Car maintenant, quand la musique résonne dans les pièces vides, je ne sais pas à quoi j'ai affaire : une partie de ton âme ou le résultat d'un effort de plusieurs décennies, tendu moins vers les sons que vers les applaudissements, des applaudissements qui auraient pu être motivés par n'importe quoi d'autre.

Quand les mélodies sont harmonieuses et les notes comme du vent qui passe sur des paysages, je suis tout à fait sûr que tes doutes n'ont aucune importance, feux follets nés d'un besoin pervers d'autodestruction, peut-être aussi phénomènes de fatigue après une longue période d'insuccès. Alors ces phrases nocives disparaissent pour un moment de ma tête. Jusqu'à la prochaine irruption de dissonances qui peuvent être orchestrées fort ou doucement. Alors – bien que le monde de la musique soit plein de dissonances savantes – je pense tout à coup qu'il pourrait y avoir quelque chose de vrai dans ton bilan ravageur. Cela voudrait dire que je reste ici jour après jour et nuit après nuit à poursuivre un fantôme, au lieu de prendre Paco par la main comme je le faisais à Santiago. Si seulement tu n'avais jamais prononcé ces paroles, Père !

C'est moi qui t'ai trouvé. C'est ta bouilloire qui m'a poussé à chercher. Elle n'était plus chaude quand j'entrai dans la cuisine à quatre heures du matin. Mais elle ne l'était que lorsque tu venais de l'utiliser. Le lit dans ta chambre était intact. Tu n'avais pas voulu aller dans la chambre où nous avions trouvé Maman deux nuits plus tôt. La porte capitonnée était fermée. Le cœur me battait jusque dans la gorge quand je tournai la poignée et que je sentis, après tant d'années où je l'avais oublié, combien était lourde la porte avec laquelle nous avions étouffé ta musique.

Les deux mains à ton col dégrafé, tu étais assis dans ton fauteuil, les yeux fermés. Il m'a semblé qu'il y avait un temps infini que je ne t'avais pas vu dormir. En moi, tu étais celui qui veillait jusqu'au cœur de la nuit sur ses notes et travaillait depuis longtemps à sa table quand nous nous levions. À présent, ton visage avait trouvé le calme, les traces de la crise cardiaque étaient passées. Avant même de sentir le froid minéral de ta peau, je sus que tu étais mort. « Père », dis-je quand même en te secouant doucement.

Le piano était ouvert. Sur le pupitre, il y avait *Michel Kohlhaas*, le duo qu'il chante avec Lisbeth sur la tombe des enfants. Une dernière fois, tu as voulu t'assurer de ce qu'elle était, ta musique. Tu as fermé la porte pour ne pas nous déranger. Et ainsi nous ne t'avons pas entendu quand la crise est venue.

J'ai refermé la porte derrière nous deux et je suis resté à côté de toi jusqu'à ce que l'aube pointe. Je ne cessais pas de te revoir franchissant le portail de Moabit. Tu étais innocent. Les aveux de Maman le prouvaient. Ses empreintes sur le canon du pistolet le prouvaient. Les traces de fumée sur la robe du soir le prouvaient. C'était prouvé. Malgré cela, ils t'ont encore gardé une nuit. On ne libère les gens que le matin, à une heure précise. « Je ne peux rien y changer », dit Dupré et bien que je m'en sois pris violemment à lui, il posa une main sur mon épaule.

Tes cheveux étaient blancs comme neige et ta moustache, qui autrefois semblait ne jamais devenir grise, l'était maintenant. La longueur du temps écoulé, qui se voyait à ton apparence changée, me bouleversa – comme si en chemin je ne l'avais pas calculée à un jour près. Jamais auparavant, Père, je n'avais pensé à toi comme à un vieil homme. Ton inflexible volonté de forcer le monde, un jour lointain, à reconnaître ta musique, semblait te prêter une réserve inépuisable d'avenir. C'était un peu comme si tu étais ainsi dérobé au cours habituel du temps. Pourtant, l'homme qui s'avançait maintenant vers moi était devenu vieux. J'avais envie de te serrer dans mes bras – ce que j'avais fait pour la dernière fois quand j'étais enfant. Mais tu m'as aussitôt tendu la main, avec une grande fermeté, comme si tu considérais que s'embrasser maintenant, et peut-être d'une manière générale, était exclu. « Père », ce fut la seule chose que je pus prononcer, et je dus arracher cet unique mot à mes larmes. « Patrice », as-tu répondu, et tu as mis ton autre main sur la mienne, comme si c'était moi, avant tout, qui avais besoin de consolation.

« Tes lettres, dis-je quand nous fûmes dans l'auto, je… je ne pouvais pas te répondre. Je ne sais pas… je ne pouvais tout simplement pas.

— Ah bon, c'est cela », dis-tu, tandis que tu étais assis à côté de moi, droit comme un cierge.

Pour un étranger, ces mots auraient pu faire croire que l'affaire des lettres était oubliée depuis longtemps. Mais non pour moi. Par ces quelques mots, tu m'étais de nouveau entièrement présent, je reconnaissais chaque nuance de ta voix et de ton regard. Tu n'avais rien oublié. De même que tu n'oubliais jamais rien.

« Je… je suis désolé », dis-je.

Tu fixas sur moi ton regard terriblement droit. « C'est passé », dis-tu.

Tu n'as plus revu Maman. Ce matin que tu n'as plus vécu, nous aurions pu y aller ensemble. On l'avait arrangée, mais tu aurais été quand même épouvanté. La mort révélait en toute acuité les ravages exercés par la morphine pendant plus de vingt ans. « À peine cinquante et un ans – personne ne le croirait », a dit Patty sur le chemin du retour.

Nous l'avons trouvée ensemble, Patty et moi. Ce ne fut pas une surprise. Le dimanche, elle ne se réveilla que vers midi. En retenant notre souffle, nous l'entendions aller et venir dans la maison. Comment aborde-t-on un être qui a décidé ce jour-là de mettre fin à sa vie ? Comment l'aborde-t-on, quand c'est votre propre mère ?

Finalement, je descendis. « Puis-je faire quelque chose pour toi ? demandai-je.

— Je voudrais voir Frédéric rentrer à la maison », dit-elle. Elle désigna la porte d'entrée d'un geste décidé, presque coléreux. « Par cette porte, là-bas. » Elle alla dans son boudoir. Quand elle revint, elle me donna l'une des deux enveloppes que j'avais vues la nuit sur son secrétaire. « Tiens, cela suffira. Il faut juste que tu téléphones à l'avocat. »

Dupré est venu. Il a lu les aveux debout. Lentement, il allait et venait dans l'entrée. « Ce n'est pas possible, dit-il. Il y a bien quelque juge d'instruction en service de semaine, et je vais m'y rendre tout de suite pour faire pression. Mais ils ne le relâcheront pas aussitôt. Ils voudront d'abord entendre ce qu'il va en dire. S'il rétracte ses aveux et comment il explique sa fausse déclaration. Ils voudront trouver les empreintes de votre mère sur l'arme et les traces de fumée sur sa robe. Cela prend du temps. Et jusque-là on l'aura arrêtée depuis longtemps. Je peux essayer d'obtenir que le mandat d'arrêt ne soit effectif que demain matin. Mais dans tous les cas on viendra la chercher avant que votre père soit dehors. Elle ne le verra plus entrer par la porte.

— Elle ne sera plus en vie quand ils viendront », dis-je.

Dupré me regarda longuement. « Alors je ne devrais aller au tribunal que demain matin. Ainsi, nous serons sûrs qu'il lui restera la nuit. Il y a des juges d'instruction qui font du zèle même à la fin de la semaine. »

Je fis un signe d'assentiment.

Il désigna le boudoir. « Est-elle là ? »

De nouveau, j'inclinai la tête.

Il fit quelques pas, s'arrêta et revint. « Vous vous croyez capable de lui expliquer la situation ?

— Oui », dis-je et cet unique mot sortit de ma gorge si péniblement, si rauque, que je crus prononcer le dernier mot de ma vie.

Je m'assis dans l'escalier qui mène à la galerie. C'est là que, petit garçon, j'avais l'habitude de m'asseoir quand je ne savais pas comment expliquer quelque chose à Père ou à Maman. Quand j'entrai enfin dans le boudoir, Maman était à la fenêtre, la hanche de biais, et elle regardait dehors. Elle se retourna et me scruta d'un air interrogateur. J'allai vers elle et je la pris dans mes bras.

« Tu ne pourras pas le voir rentrer à la maison, murmurai-je dans ses cheveux, ils viendraient te chercher avant. »

Je dis *viendraient* et non *viendront*. Puis je l'enfouis sous mes larmes. Elle me tint fermement jusqu'à ce que je me calme. Elle n'avait pas pleuré et sa voix était claire et sûre.

« Je l'ai expliqué à Patricia. A-t-elle compris ? »

Je fis signe que oui.

« Et toi ? »

J'inclinai de nouveau la tête.

« Tiens. Tu donneras cela à Frédéric. » Elle me tendit l'autre enveloppe, la plus épaisse. « Mes affaires sont en ordre. Tout est dans le secrétaire. J'irai me coucher de bonne heure. »

Je la serrai une dernière fois dans mes bras.

« *Adieu, mon garçon*.* » Ce furent les derniers mots que j'entendis d'elle. Ils sonnaient tout autrement que dans ses lettres. À présent, ils étaient justes, ces mots. Je songe à eux comme à un pansement protecteur sur une blessure profonde. Je ne sais plus comment je suis arrivé à ma chambre. Sur mon lit, j'ai enfoncé mon visage dans l'oreiller, jusqu'à presque étouffer.

Elle l'a fait avec dignité, Père, il faut que tu le saches. Dans ses dernières actions, il n'y avait rien de sa distraction habituelle. Elle s'était même encore lavé les cheveux. Le visage épuisé, elle gisait, irrévocablement silencieuse, sur la taie d'oreiller fraîche. Une serviette était étalée sur son bras. Dessous, il y avait la seringue, qui avait glissé de la saignée du bras. Jusqu'à la fin, elle a voulu le cacher. Et elle avait toujours su que nous le savions.

Comme je l'ai dit, ce ne fut pas une surprise. Mais il me faudra une vie entière pour réduire au silence la terreur qui enveloppa l'attente de sa mort.

*
* *

Les cassettes commencent à s'empiler. Trente ans de musique. En décembre, Juliette se rend à Londres pour prendre part à la master class d'un pianiste anglais. Pourvu qu'il reste assez de temps pour enregistrer le reste de la musique ! Je voudrais fixer chaque note, même la plus insignifiante, que Père a écrite avec le vieux stylo qui gratte. C'est seulement si je fais cela et si dans mon dialogue muet avec lui j'affirme qu'il aimait chacune de ces notes, que je pourrai supporter l'image de l'accordeur mort – telle qu'elle s'imprima indissolublement en moi, ce matin-là, quand le nouveau jour pointait dehors.

Le premier opéra de Père fut l'adaptation musicale de la pièce de Jean Anouilh *Le Voyageur sans bagage*. Je fus effrayé de devoir *découvrir* cela maintenant. À tout autre compositeur d'opéras, j'aurais *demandé* quelle avait été sa première œuvre, en un certain sens c'est la plus importante. Je ne l'ai jamais demandé à Père. Je n'en ai tout simplement pas eu l'idée !

Aussitôt, comme si c'était une question de minutes, je courus me procurer le texte. Un prisonnier de guerre français – telle est l'histoire – se retrouve en 1918 dans une gare de son pays natal. Tout souvenir est éteint en lui, sa mémoire est complètement vide. Dans l'asile où on l'accueille, il se sent bien et n'entreprend rien pour retrouver son passé. Dix-huit ans plus tard, il rencontre une famille qui le revendique comme son fils. Ce qui lui est révélé sur les dix-huit premières années de sa vie, strate après strate, l'épouvante. Quel gouffre entre ce qu'il désirait être et ce qu'il était réellement !

À peine avais-je lu la scène d'introduction que je songeai à quel point Père était fasciné quand il entendait parler d'une perte de mémoire. À présent, je comprenais. Pour lui, qui traînait les bagages de sa mémoire tourmentée, l'état de ce soldat doit avoir paru enviable. Père a dès le début procédé librement avec les textes. L'arrivée à la gare n'est chez Anouilh qu'un retour en arrière de quelques mots, chez Père c'est l'ouverture scénique. Flûte piccolo, cymbale, triangle et harpe créent une atmosphère légère, joyeuse. À cela s'ajoutent les indications scéniques de Père : *Gare totalement vide, lumière de l'aube. Quelle libération est la perte du passé !* est le premier grand air du soldat, en un clair do majeur. Ce sont des mots de Père. Les paroles d'Anouilh ne viennent que plus tard : *J'étais si tranquille à l'asile*... Je m'étais habitué à moi, je me connaissais bien et voilà qu'il me faut me quitter, trouver un autre moi et l'endosser comme une vieille veste*[1]. Plus tard, quand le passé le rattrape, les sons deviennent plus sombres et anxieux. La pire découverte, c'est que le soldat, quand il était un jeune garçon, a fait de son meilleur ami un infirme, par jalousie. Père donne beaucoup d'espace à cet épisode et, un moment, je me suis demandé si cela avait un sens précis. Mais

---

1. Les premiers mots sont cités en français. La suite a été traduite en allemand. Nous rétablissons ici le texte d'Anouilh, in *Pièces noires*, Calmann-Lévy, Paris, 1942, p. 271.

ensuite d'autres choses ont retenu mon attention, avant tout le fait que les réflexions sur le souvenir, qu'Anouilh attribue au soldat sans insister, deviennent ici des sommets musicaux. *Devoir, haine et blessures... Que pensais-je donc que c'était, le souvenir ?* chante le soldat, et *Trouver un souvenir, c'est les trouver tous, on ne conquiert pas un passé en détail !* De cette manière, l'opéra a certes pour sujet le soldat, mais plus encore le souvenir. Même si cette première œuvre est maladroite, naïve et par endroits kitsch, Juliette la préfère à toutes les autres. « Puis-je avoir une photo de ton père ? » demanda-t-elle en refermant la partition.

Père, nous ne saisissions toujours que de minuscules parties de ta pensée. Tu en gardais la plupart pour toi, cela restait caché derrière le sourire amer avec lequel tu abordais le monde. Je n'ai rencontré personne qui vécût sa vie en cachette comme toi. Personne. Tu étais un peu comme venu d'une autre étoile.

Quant aux sujets des opéras de Père, je ne suis pas sorti de mon étonnement. Par exemple, il s'est attaqué à *La Dame aux camélias* d'Alexandre Dumas fils. J'ai l'impression qu'il s'est écrié : cela, je le peux aussi ! Mais combien sa Traviata est différente ! Violetta refuse, devant Germont, le père, d'abandonner Alfredo. Entre les deux se déroule un combat acharné au cours duquel elle ne craint pas d'utiliser même sa tuberculose comme une arme. Quand Violetta s'en prend aux conventions sociales, elle les met en lambeaux. Le plus important, c'est de maintenir le droit des sentiments. « Maintenant, je ne m'étonne plus qu'il se soit enthousiasmé pour Kohlhaas », dit Juliette. Musicalement, ce n'est hélas qu'une mauvaise imitation de Verdi ; en comparaison l'opéra de Kohlhaas est bien plus original. Cela vaut aussi pour l'adaptation musicale du *Père Goriot* de Balzac.

Je fus d'abord surpris que Père se soit attaqué à *Une écriture bleu pâle* de Franz Werfel. « Pourquoi surpris, dit Juliette, ton père était un moraliste, pense seulement à la manière dont il savoure la peur que ressent ce serviteur de l'État, lâche et gâté, devant la femme juive et le scandale possible. » D'une certaine manière, elle a raison. Mais *moraliste* n'est pas le mot juste. Père était bien loin de prescrire quelque chose à qui que ce fût. Rien n'était plus éloigné de lui. Le fondement de tout, c'était que chaque être humain était intouchable. Fureur et ivresse de vengeance explosent dans ses livrets quand cet ultime sanctuaire est mis en question.

Il en va ainsi avec *La Visite de la vieille dame*. Père a tiré un opéra de la pièce de Dürrenmatt un an avant *Kohlhaas*. Dans son désir de vengeance, Claire Zachanassian, telle que Père la développe, surpasse de loin le personnage de Dürrenmatt. Comme dans le film tiré de la pièce, elle laisse les gens de Güllen décider de la mort d'Alfred Ill, et elle modifie ensuite les conditions qui déterminent l'octroi de l'argent : Ill doit rester en vie, et ses concitoyens prêts au meurtre doivent continuer à vivre avec lui, jour après jour. Mais tout cela semblait trop doux à Père. Il les fait défiler devant le magasin d'Ill, l'un après l'autre. Ill est sur le pas de la porte, il les regarde s'agenouiller et lui lécher littéralement les bottes (*salement !* est-il dit dans le livret). Ils le font car, anticipant sur la condamnation à mort, ils se sont fortement endettés ; et sans l'argent promis ils seraient ruinés. Ill sourit, sûr de sa victoire. Alors la vieille dame déclare que tout est annulé : elle ne se sent liée par aucune promesse envers ces misérables porcs. Dès qu'on entend siffler le train qui l'emporte au loin, les gens de Güllen tombent sur Ill et le lynchent.

« Je préfère quand même Kohlhaas », dit Juliette. Mais Père a réussi là une musique ruisselante de sarcasme. Tandis que le professeur tient son discours de sophiste, où la condamnation à mort de Ill est célébrée comme un acte de justice, les cordes – avec des suites de notes pointues et nerveuses interrompues par un pizzicato à souffle coupé – créent un arrière-plan musical qui sape les paroles du professeur et les fait paraître simiesques. Cynisme plein d'assurance du professeur, dit Juliette. Je pense plutôt : sarcasme du compositeur.

Que ferai-je, à la fin, de toutes les cassettes et de tout le matériel d'enregistrement ? – je n'en ai aucune idée. Les envoyer par bateau au Chili ? Je suis incapable de penser si loin. Mes pensées ne vont que jusqu'au moment où nous sortirons du bistrot et où nous prononcerons dans la rue nos paroles d'adieu. Ensuite, me semble-t-il, le temps s'effondrera sous moi (comme le font parfois les rues lors d'un tremblement de terre).

*
* *

J'ai commencé à modifier une seconde fois le livret de *Michel Kohlhaas*. Lisbeth se procure un deuxième étui, qui à la différence de l'étui vert de la bohémienne, est rouge. En serrant Kohlhaas dans ses bras sur le lieu de l'exécution, elle lui dérobe l'étui vert et le donne au Prince Électeur, comme il l'avait demandé. Quand il l'ouvre, il lit les mots que Lisbeth y a introduits la nuit précédente. *Vous saurez votre destin dans l'étui rouge que vous voyez sur moi et que vous obtiendrez quand vous libérerez mon époux.* Le Prince Électeur ordonne la libération de Kohlhaas. Il ouvre alors l'étui rouge et lit : *C'était une grande erreur, car maintenant vous savez : le nom du dernier régent de votre maison est le vôtre, et la peste l'éteindra avant le cours de ce mois !* Le Prince Électeur est atterré. Kohlhaas a disparu comme par magie.

Personne ne lira jamais cette esquisse. Pas une ligne. Pourtant j'y travaille plusieurs heures par jour. Parfois, je pense : c'est fou. Puis de nouveau : c'est bien ainsi, exactement ainsi.

J'ai écrit à Paco, je lui ai parlé en mots simples de Père et de sa musique. Et j'ai joint ta photographie (celle avec les gants de dentelle). *Esta es Patricia*, ai-je écrit au verso.

*
* *

Ma vie professionnelle au Chili, je l'ai vécue pour toi, Père. Car elle est devenue une croisade contre les gens à succès. Jusqu'à ce que je reçoive pratiquement une interdiction d'exercer. Chaque coup porté contre le succès adoucirait l'injustice de ton échec. C'était cela, mon idée ; et à présent, assis à ta table de travail, je la considère comme l'idée d'un autre : elle ne me fait plus que hocher la tête. En essayant de provoquer la chute des gens à succès, je pensais te venger à l'autre bout du monde. En m'enfuyant, j'avais voulu laisser derrière moi tes rauques prédications. Au lieu de cela, je devins pour l'amour de toi un Kohlhaas hispanophone. C'était enfantin et confus, je l'ai bien senti. Et pourtant je n'ai pas pu l'empêcher. Je suis trop ton fils.

514

Quand, en ce temps-là, pendant mon voyage d'aller, après une nuit qui paraissait interminable, le jour se leva enfin, je regardai en bas la cordillère des Andes. *Los Andes*. À ce moment-là, elles n'étaient pas pour moi des montagnes à la frontière d'un pays réel, mais les formations fantaisistes de mon imagination. Elles appartenaient à un pays inventé où l'on pouvait s'enfuir quand on ne supportait plus l'idée fixe du succès et l'amertume de l'échec. Là-bas, personne n'ambitionnait le succès et personne ne redoutait l'échec. Les gens faisaient ce qu'ils faisaient parce que cela les intéressait et que cela avait quelque rapport avec ce qu'ils étaient. Que les autres le trouvent bon ou mauvais ou ennuyeux, cela n'avait aucune importance. Les autres n'étaient pas un critère. Chacun puisait sa confiance en soi entièrement en soi-même, sans avoir besoin de la reconnaissance des autres. Au contraire. Si quelqu'un expliquait à ces gens l'idée de succès et d'échec, ils secoueraient la tête, déconcertés. Comment quelqu'un pouvait-il se rendre aussi dépendant des autres ! Quelle idée folle ! Même si je m'empêtrais de plus en plus profondément dans ma croisade absurde et destructrice : dans un coin de mon âme, je refusais jusqu'à la fin de me faire déposséder de mon univers fabuleux. Peut-être est-ce la raison pour laquelle je n'ai jamais atteint tout à fait le pays réel. Sinon avec Paco.

Quand j'arrivai, je fus d'abord désespéré par les étroites limites langagières que mon minuscule vocabulaire espagnol m'imposait. Dans le taxi qui m'emmenait de l'aéroport, alors que j'aurais aimé dire à l'étudiant au volant quelque chose sur la lumière hivernale au milieu de l'été, je me promis d'employer toutes mes forces à franchir ces limites dans le plus bref délai. Mais alors il se passa quelque chose d'étrange. D'un seul coup, je me suis senti délivré par la pauvreté de mes moyens linguistiques. La recherche des mots fut terminée. Je pouvais tout laisser aller sans être obligé de le décrire. Le silence descendit sur le monde et mes expériences. Le silence d'avant l'invention de la langue.

Le taxi avait disparu. Je regardais de brunes couronnes d'arbres devant un ciel bleu pâle, coloré par le brouillard. Au lieu d'entrer dans ma pension, je m'assis en face dans le café qui portait le nom d'*Inca de Oro*. Je ne compris pas un mot de ce que me dit le serveur. J'étais content : le silence durerait encore un moment. Arrivé au bout de ma fuite, je reprenais mon souffle avant de faire les premiers pas qui détruiraient irrévocablement ce silence.

Au commencement, je logeais avec des étudiants. *Calle Moneda*, c'était l'adresse, une rue qui commence dans le quartier des petites universités et des instituts, et mène en droite ligne dans le centre en passant devant le palais du Gouvernement, directement à la *Berlitz Escuela de Idiomas* où je prenais des cours. C'était un logement très délabré, d'un prix dérisoire. Dans un appartement vaste à l'origine, on avait ajouté des cloisons minces comme du papier. On entendait chaque mot dans la pièce d'à côté, et surtout on entendait le martèlement de la musique qui défilait tout le long du jour.

Dans mon délaissement furieux, j'étudiais sans arrêt mes livres d'exercices, écoutant et répétant les bandes magnétiques si fort que ma voix croassait. Je m'arc-boutais contre la musique de mes voisins, et je m'arc-boutais contre l'incompréhension linguistique qui resurgissait sans cesse : tout n'était qu'un seul et unique rapport de force avec le

516

monde nouveau. *El Suizo*, le Suisse, c'est ainsi que je m'appelais chez les autres. Cela me blessait qu'ils ne m'appellent pas par mon nom. Ce n'était pas un hasard, toutefois, dans ma rage incoercible d'apprendre je devais leur paraître étranger et inaccessible.

Quel était donc le but lointain de tout ce travail, me demandèrent-ils après deux ou trois semaines, alors que nous déjeunions tous ensemble dans la cuisine. *Estar aquí*, répondis-je. Être ici. Au premier instant, je pensais que j'avais dit cela uniquement parce que c'étaient des mots faciles. Mais ensuite je sentis à quel point ma réponse était juste. Les autres ne me prenaient pas précisément pour un plaisantin et ils hésitèrent avant d'éclater de rire. Ensuite, ma réponse devint une locution toute faite que l'on répétait à chaque invité à mon propos. Quand je déménageai, l'un d'eux me dit : maintenant tu vas apprendre à *être là-bas*.

À l'école Berlitz, je me suis engagé dans une partie de poker follement hardie. Les cours particuliers étaient trop chers, je reculais avec horreur devant une classe de débutants ; je connaissais mon impatience. Lors de mon premier entretien avec la direction, je parlai français avec tant de rapidité et de précision que Señor Ormazabal, homme maigre aux traits accusés, ne parvint pas à évaluer mon espagnol. J'eus plutôt le sentiment qu'il cherchait à mettre son français à l'épreuve. Je dis que je voulais intégrer le niveau moyen, et quand il répondit que l'école décidait d'après un essai rédigé en espagnol, je fis un signe d'assentiment comme si cela allait de soi. Est-ce que demain matin me conviendrait, demanda-t-il. Je me rappelle encore exactement que j'ai dit : *de acuerdo*.

C'était un froid matin d'hiver, mais ce n'est pas seulement pour cela que je grelottais en me rendant à l'*Inca de Oro*. Préparer en vingt-quatre heures un essai en espagnol, c'était impossible. Que faire ? Alors se produisit quelque chose d'inattendu : d'un seul coup, Père, j'ai vu très nettement cette photographie qui te montre en pupille de ton foyer. En ce temps-là déjà, le sourire provocateur qui pouvait faire bouillir Gygax de fureur était sur tes lèvres et dans tes yeux. À présent, tout juste une semaine après ma fuite loin de toi, il me vint en aide. J'achetai une revue touristique sur la Suisse. Chez moi, j'appris un des articles par cœur. Je pouvais en deviner des bribes, c'est possible quand on survole les frontières des langues romanes. Mais en essayant de les mémoriser, j'allais comme sur un miroir de glace, sans rien pour me tenir et sans le moindre sentiment de ce qui était juste ou faux. Aux premières heures du matin seulement, j'eus l'impression de pouvoir y arriver. Deux heures de sommeil, et tout sembla comme effacé. Mais quand, à l'école, je m'assis à ma table, c'était revenu ; et j'écrivis les mots les uns après les autres, pour la plupart à l'aide de ma mémoire visuelle. Cela suffit, et le lendemain je prenais place dans la classe désirée.

L'espagnol devint pour moi la langue du délaissement. Sa sonorité se confondait avec la froideur imaginaire qui même dans les mois torrides ne voulait pas quitter mon visage. Il me semblait qu'ici tous ces gens parlant espagnol se sentaient aussi délaissés que moi, et s'ils ne se comportaient pas comme tels, ce ne pouvait être qu'un mensonge. Dans mes rêves, des hispanophones me riaient au nez parce que je m'étais laissé prendre à leur bluff. Puis je me demandais pendant la moitié du jour comment l'aveu de délaissement, que trahissait ce rire, pouvait prendre un accent aussi joyeux et insolent.

Ce fut seulement quand j'appris à parler à Paco que l'espagnol devint aussi ma langue. (Quand j'en fus là, Patty, je le ressentis comme un malheur. À présent, je savais parler une langue que tu ne possédais pas. Il me semblait qu'un torrent m'emportait loin de toi. Ce sentiment était analogue à celui qui m'envahissait quand j'étais sur la plage de Valparaiso : ce n'était pas le bon océan, si je montais dans un bateau j'irais dans la mauvaise direction.)

Quand j'en vins à parler couramment l'espagnol, une question me traversa assez souvent l'esprit : quelle était maintenant ma langue, en réalité ? De quelle origine étaient les mots dans lesquels je me sentais le mieux protégé ? J'inventai un test : quelle langue m'aidait le mieux à me défendre intérieurement contre des idées oppressantes ? Le test, à ma grande surprise, donna un résultat fort clair : c'étaient les mots du dialecte alémanique qui bannissaient le mieux la peur. L'éloignement lui enlevait toute étroitesse et ne laissait subsister que le ton sobre qui ôte au monde ce qu'il a d'angoissant, en réduisant tout à une dimension concevable. Les phrases qui m'aidaient le plus ressemblaient à celles que Père aurait dites : des phrases courtes, laconiques.

Alors je commençai à faire quelque chose qui ne m'était jamais encore venu à l'idée : en pensée, je prenais conseil auprès de Père quand je me sentais dans une impasse. Cela marcha bien, jusqu'à ce que j'engage la conversation sur le mal du pays et la solitude. Là, Père se tut. Je lui demandais quelle sorte de solitude il avait connue autrefois au foyer.

Je voulais savoir si ses sensations avaient été proches ou éloignées des miennes. Il se taisait, et je vis seulement le sourire railleur qui ne masquait qu'imparfaitement sa vulnérabilité.

Les premiers temps, le nouvel élève étonna les professeurs. Lidia Paredes, qui donnait la plupart des cours, me dit par la suite que le plus stupéfiant était de me voir un jour paraître ne rien comprendre à un sujet, et le lendemain en parler avec une série de phrases correctes, bien qu'encore maladroites. Elle ne pouvait rien savoir de la langue du délaissement que j'étudiais comme un ennemi à connaître dans tous les coins et recoins afin de le vaincre. Je prononçais tous les nouveaux mots et locutions sur une bande magnétique. Mettre la bande en marche était mon premier geste de la journée, l'arrêter le dernier. Dans la chambre, partout où mon regard tomberait régulièrement, étaient accrochées des feuilles avec les mots récalcitrants. Mon système était simple : à chaque heure de cours, remplir des douzaines de pages avec des notes sur ce que je n'avais pas compris et, revenu à la maison, chercher dans le dictionnaire, faire marcher la bande magnétique, en avant, en arrière. Mes rêves étaient pleins de mots espagnols sans rapport entre eux. Plus tard, j'enregistrai des émissions de radio pour m'habituer à la prononciation chilienne, qui escamote et avale tout. Je classais les bandes selon la rapidité de la parole et l'articulation : à une extrémité les informations, à l'autre bout les reportages sportifs surexcités où les voix se cassaient. Si je faisais naufrage en écoutant une bande difficile, je revenais à celle qui était immédiatement plus facile. Les professeurs prenaient cela pour du zèle, quelques-uns pour un don. En vérité, c'étaient solitude et désespoir. Il était bon que j'aie cette langue à apprendre. Je n'ose pas penser à ce qui serait arrivé sinon.

La guerre que je devais mener contre le succès commença par un petit épisode anodin. Beatriz Sandoval, avec qui je ne travaillais qu'une fois par semaine, m'intercepta un jour après le cours et me montra une lettre assez longue envoyée par une maison d'édition, lettre qui devait être traduite le même jour en allemand et en français. Les traducteurs compétents étaient injoignables. Est-ce que je m'en sentais capable ? Je m'installai dans un bureau, entouré de dictionnaires. En achevant une relecture attentive, je m'aperçus que le paragraphe de conclusion avait un accent ironique et même, en allemand, carrément sarcastique. Cela ne convenait pas au ton du reste de la lettre. Je vérifiai : la cause en était que, par mégarde, je n'avais pas traduit quelques mots. Sur le chemin du retour, j'allai boire un café à l'*Inca de Oro*, c'était un peu avant Noël et le thermomètre indiquait plus de trente degrés. Quelles grandes conséquences pouvaient avoir un oubli de quelques mots dans une traduction ! Je suivis le fil de cette pensée. Quel pouvoir aurait un traducteur ou un interprète, s'il *passait exprès quelque chose sous silence* ou même *falsifiait* les mots ! Il pourrait devenir maître de tractations entières, commerciales et juridiques, il aurait en main la direction des ambiances, des situations, des relations entre les hommes. Et, pensais-je enfin, il pourrait selon les circonstances changer le succès en échec et l'échec en succès. « Du sabotage silencieux », dit en riant Juan, le serveur. Les choses en restèrent là.

Par la suite, l'école me confia de temps en temps de petites tâches de traduction. En contrepartie, j'eus droit à des cours particuliers. Après trois ou quatre heures par jour, pendant lesquelles j'étais forcé de parler constamment espagnol, j'avais le sentiment que mon cerveau flottait dans mon crâne. Beatriz Sandoval, une femme au milieu de la cinquantaine, avec un visage sévère et une coiffure sévère, était inflexible envers mes fautes. « *¡Imperdonable !* », c'était son commentaire glacial quand m'échappait une erreur qu'en fait je n'aurais plus dû commettre. Au commencement, je prenais sa manière rude pour un signe qu'elle ne m'aimait pas. Mais peu à peu je compris que, bien au contraire, elle m'avait élu comme son élève-vedette et que sa sévérité venait de son ambition d'enseignante.

Je progressais de plus en plus. À présent, je comprenais du premier coup les reportages sportifs à la radio et je n'avais plus de difficultés avec la langue négligée des films policiers. Beatriz (je ne l'appelle qu'ici par son prénom, en réalité notre relation utilisait au-dehors un langage très formaliste) avait le cœur malade et devait parfois s'arrêter une semaine. Alors elle me manquait, et pas seulement à cause du cours. Cela rendit les choses difficiles, plus tard, quand je semai le désordre.

Au printemps de la deuxième année, quand on manqua de professeurs d'allemand et de français, je me proposai pour quelques semaines. C'était bizarre de se trouver à tout juste vingt ans devant des personnes qui avaient parfois des décennies de plus que moi. Ce que je dus apprendre et que je ne sus jamais vraiment jusqu'à la fin : laisser aux gens leur propre tempo pour chercher les mots justes. Quelques-uns se mettaient en colère quand je ne pouvais pas résister à la tentation d'achever à leur place la phrase allemande ou française. Ensuite je présentais mes excuses avec une telle prolixité qu'ils trouvaient cela exagéré. Ils ne pouvaient pas savoir à quel point, en de tels moments, Maman m'était présente : combien de force il me fallait pour lutter contre l'écho de ses attentes. Laisser aux autres leur tempo : c'est Paco qui me l'a enseigné le premier.

Vers la fin de la deuxième année, on me proposa un contrat. Je crois que ce fut Beatriz qui obtint que je sois préféré à des candidats diplômés. Señor Ormazabal fut un peu étonné par l'hésitation que je marquai en signant et en lui serrant la main. Je crois qu'il fut même un peu offensé ; finalement, il m'avait aidé à obtenir une autorisation de séjour et de travail. Comment pouvait-il deviner que cet engagement fixe était pour moi à double tranchant. D'une part, il était grand temps que je me procure régulièrement de l'argent ; le contenu de mon compte d'épargne était épuisé. D'un autre côté, cet emploi fixe mettait fin à l'état de liberté planante qui avait été tellement important pour moi jusqu'à présent, car il m'avait laissé l'illusion que je pouvais à chaque instant – pour ainsi dire à toute heure – revenir en arrière.

Quand, le contrat à la main, je sortis dans la Calle Moneda, tout fut soudain différent. Je n'étais plus désormais quelqu'un qui résidait provisoirement, « sur appel », dans cette ville ; j'étais un véritable habitant de Santiago, un habitant avec un travail. J'avais émigré ici. Pour être tout à fait véridique, je n'ai jamais voulu le croire. Par exemple, j'aurais pu m'offrir maintenant un logement convenable. Au lieu de cela, j'ai emménagé dans un minable petit appartement avec des meubles usagés, où le chauffage tombe constamment en panne. Chaque fois qu'une année s'achevait, je me promettais de déménager. Chaque fois, je suis resté.

Déménager. Acheter des meubles – cela me lierait trop avec un lieu que j'avais choisi pour une seule et unique raison : il était très éloigné de tes partitions, Père.

Mon premier travail d'interprète, je l'obtins par l'ambassade de Suisse. C'était la quatrième année de mon séjour. Ce jour-là, l'ambassade manquait de personnel, et je fus envoyé à la préfecture de police où trois adolescents suisses étaient assis en face d'un fonctionnaire en uniforme d'opérette, qui jouissait de son pouvoir. Les deux garçons et la fille avaient voyagé en auto-stop du Sud jusqu'à Santiago, et quand, lors d'un contrôle de rue, on les avait tirés sans douceur de leur auto rouillée, on avait trouvé dans leurs bagages de la cocaïne et de l'héroïne, tandis que le conducteur était propre. Tous les trois, ils juraient mordicus qu'ils n'avaient rien à voir avec la drogue. Le conducteur, affirmaient-ils, devait avoir utilisé leurs sacs comme cachette en cas de contrôle.

J'ai rarement vu tant de peur à la fois, et jamais encore je n'avais eu affaire à des gens qui s'abritaient, en guise de bouclier, derrière un comportement de morveux insolents. Quand le conducteur aurait-il pu introduire la drogue dans leurs sacs, demanda le fonctionnaire qui voulait être appelé *teniente*.

« Quand on a fait le plein, imbécile, quand nous sommes tous allés aux toilettes », dit un des garçons.

« C'est facile à comprendre, traduisis-je, il doit l'avoir fait quand nous étions tous aux toilettes, à une station-service. »

Étaient-ils prêts à laisser rechercher des traces de piqûres sur eux et de cocaïne dans leur nez ?

« Ça te plairait bien, vieux cochon », siffla la fille.

« Naturellement, traduisis-je, mais auparavant nous voudrions savoir si l'on a trouvé nos empreintes sur les sachets de drogue. »

On n'avait rien trouvé, et comme la saignée des bras des enfants (car ils me paraissaient tels) avait l'air hors de tout soupçon, on nous laissa finalement partir. L'ambassade fut impressionnée, et quand je réussis quelque temps après à tirer d'embarras un touriste suisse qu'on voulait accuser de délit de fuite, je consolidai ma réputation de spécialiste des goulets d'étranglement. « Vous devriez devenir avocat ! » me dit-on à l'ambassade.

Jusque-là, et encore quelque temps après, je fis du bon travail à l'aide de traductions falsifiées et incomplètes. Ce qui me fascinait dans cet exercice, c'était le contraste entre les visages et les mots. Sur un échange de regards furieux, je transmettais les paroles les plus aimables. Des gens s'abordaient avec des visages rayonnants et n'en croyaient pas leurs oreilles quand ils entendaient mes paroles ironiques ou méprisantes. Incrédules, ils mettaient les messages stupéfiants sur le compte d'une erreur et continuaient comme si de rien n'était.

Dans une falsification, le dosage a son importance, je le remarquai bientôt. Quand la faille était trop grande entre l'attendu et l'entendu, l'effet recherché manquait, parce que l'on songeait aussitôt à une méprise. Semer la zizanie en falsifiant les mots est du grand art. La falsification doit être encore crédible, et si l'on veut, en tireur de ficelles qui jongle avec les mots, mener la conversation à un sommet dramatique, on doit procéder à une intensification prudente.

Les moments où les interlocuteurs conçoivent un soupçon envers l'interprète sont simplement merveilleux. Il faut du temps, l'idée en paraît d'abord extravagante. (Quel serait le motif ?) Quand les doutes se précisent, il en résulte une situation dans laquelle les participants s'emmêlent les uns aux autres à force de pensées muettes, sans que celles-ci puissent se frayer un chemin vers l'extérieur, car le soupçon est tout simplement impossible à prouver. Aux clins d'œil que les interlocuteurs déroutés me lançaient, je répliquais par un regard fixe plein d'innocence étonnée, destiné à repousser le soupçon avant qu'il m'ait atteint. Je n'allais que rarement jusqu'à confirmer la défiance silencieuse par l'expression de mon visage – alors j'ajoutais grâce à un sourire : mais vous ne pouvez pas le prouver.

C'est ce qui arriva avec Hannes von Graffenried, un grand maître d'échecs natif de Berne, qui se présentait à Santiago contre les matadors locaux Ibarra et Reyes. Graffenried n'a vraiment que cet unique don : les échecs. Pas une ombre de langues étrangères, il ne maîtrise même pas réellement le haut allemand. Cela ne l'empêche pas de se donner des airs de dandy cosmopolite. La manière dont l'homme fait étalage de ses vêtements, de ses lunettes, de sa coiffure et de ses chapeaux, est incroyable. Les journaux à potins rivalisèrent en publiant des instantanés grotesques d'anciens tournois. Il logeait au meilleur hôtel de la ville, le *Carrera*. Je le rencontrai dans la salle de séjour, un hall gigantesque avec beaucoup de laiton et de marbre noir, où l'on donnait toute la journée de la musique classique sur bande magnétique. Nous nous sommes pris en grippe au premier instant, et il ne lui fallut pas dix minutes pour faire comprendre qu'il reprochait à l'ambassade de ne rien lui envoyer de mieux qu'un jeune malotru comme moi. Alors je décidai de rendre M. von Graffenried, le fils de patriciens bernois, indésirable dans cette ville.

Je commençai par donner un ton impérieux aux demandes qu'il adressait au personnel. Quand il disait : « J'ai besoin pour la table d'échecs d'un cendrier particulier », je traduisais : « Pourquoi le cendrier manque-t-il sur cette table, bon Dieu ? » Quand il expliquait au groom : « Je voudrais que les lacets de mes souliers soient retirés et nettoyés à part », cela devenait dans ma bouche : « Si vous ne nettoyez pas à part les lacets de mes souliers, ça bardera pour vous ! » Les visages et les voix du personnel devenaient de jour en jour plus distants quand l'homme se présentait. Ses cendriers n'étaient plus vidés et ses messages, même urgents, étaient déposés dans son casier au lieu d'être transmis par téléphone. L'attitude hostile du personnel fut la première chose dont se plaignit Graffenried dans les interviews qu'il accorda aux journaux.

« Comment osent-ils – envers un homme comme moi ! »

« C'est le hangar le plus moche où j'aie jamais logé », traduisis-je.

Le visage de la journaliste devint de glace et elle reprit son souffle avant de demander comment il estimait ses chances contre Ibarra et Reyes.

Graffenried sourit avec suffisance. « J'ai déjà gagné contre bien d'autres adversaires. »

« Des tocards comme ça, je me les fais avant le petit déjeuner », dis-je.

« Prétendez-vous sérieusement que ces deux hommes sont des tocards ? » demanda la femme consternée à qui sa voix n'obéissait plus.

Je transmis la question : « Êtes-vous sûr que ce n'est pas vous, le tocard ? »

Graffenried devint blême, se leva sans un mot et sortit.

L'interview fut publiée à la une du journal, et le chapeau jaune sur la photo fit le reste. Les deux autres quotidiens annulèrent les entretiens promis, sans donner de motif. Tout allait bien.

Ibarra et Reyes refusèrent de lui serrer la main et retirèrent l'autorisation de fumer pendant le jeu, qu'ils avaient accordée au Suisse. Graffenried ne comprenait pas les dimensions de cette hostilité et se sentait persécuté. Il perdit une partie après l'autre. Le quatrième jour, il partit. Lors de notre dernière rencontre, il me regarda longuement. Je le regardai aussi. Et je souris. Sinon, personne n'eut de soupçon.

Je servis aussi d'interprète lors de la conférence donnée par un professeur de français renommé. C'est un individu plein de lui-même, et sa manière prétentieuse de parler et de gesticuler est insupportable. À cela s'ajoutait le fait que j'étais présent lorsqu'il signa la facture de ses honoraires : mille dollars. Je ne pus pas résister à la tentation. Pouvait-il confirmer, demanda une étudiante, que le régime de Vichy a organisé de lui-même, sans pression des Allemands, la déportation de juifs ?

Je traduisis : voulait-il contester cela ?

Le Français devint blême. Il était historien, dit-il, et en tant que tel il devait s'en tenir aux données : les catégories de la contestation ou de l'aveu n'avaient rien à faire ici.

Ma traduction : Quand on s'en tient aux données, on ne pourrait ni confirmer ni contester l'antisémitisme de Vichy.

Rires dans la salle surchauffée. Le professeur, l'incompréhension dans les yeux, essuyait la sueur de son visage. Avec Pétain, il n'en allait pas autrement, pour l'historien, qu'avec Pinochet, dit-il. Je traduisis cette phrase mot pour mot. Un instant, régna un silence incrédule. Puis éclata une tempête d'indignation. Comment pouvait-il en venir à mettre en doute les crimes de Pinochet ! Le doyen interrompit la discussion. Le dîner annoncé précédemment n'eut pas lieu. Le lendemain, le Français fut déchiré par la presse libérale.

Au printemps de la même année éclata l'affaire de Señor Valdivieso, le père de Mercedes. Les Valdivieso sont une vieille lignée, avec de vastes ramifications. Nombre d'entre eux sont depuis toujours dans le commerce du cuivre, donc fortunés. Il y a parmi eux aussi bien des partisans que des adversaires acharnés de Pinochet. Les partisans ne défendent nullement le général, mais le *pinochetismo* en tant que politique économique à succès, et ils aiment se référer au chaos économique qui régnait sous Allende. C'est le cas du père de Mercedes, je crois. Pour elle, son père défend le système d'un homme qui a tellement de sang sur les mains : elle ne peut pas en faire abstraction. Quand elle était lycéenne, déjà, elle était entrée dans la résistance clandestine contre Pinochet, et elle trouve insupportable l'influence que le général (« *ese asesino* ») exerce encore. Il en est résulté une rupture avec la maison familiale, depuis dix ans Mercedes n'a pas échangé un mot avec son père.

Je n'avais pas voulu cette mission. Elle était trop grande pour moi. Du point de vue linguistique, j'étais à la hauteur, même si c'était la première fois que j'étais engagé comme traducteur simultané pour un colloque. Mais j'avais, comme on le verra, bien trop peu de distance avec les gens et mes sentiments.

C'était un forum international, on y discutait des problèmes économiques du tiers-monde. J'étais responsable des participants de langue française. Jusqu'à la pause, tout alla bien. Pendant des jours, j'avais étudié le vocabulaire adéquat, et les mots venaient. Toutefois, j'étais rendu nerveux par l'effort inhabituel, et lorsqu'au buffet quelqu'un me bouscula par mégarde, si bien que le jus d'orange éclaboussa ma chemise, je remarquai à ma réaction violente que je n'étais pas d'aplomb. Puis vint la contribution de Señor Valdivieso. Pour dire ce qu'il voulait, il n'aurait pas eu besoin de prononcer le nom de Pinochet. Mais il le nomma. Cela déclencha d'abord une querelle entre le père de Mercedes et un autre Chilien ; l'exacerbation des sentiments devint sensible, même si l'on gardait les formes. Mais lorsque tombèrent les mots *homme de main de Pinochet,* on crut un moment que Señor Valdivieso, homme de stature impressionnante et au comportement des plus courtois, perdait contenance. Un moment, il se cacha le visage dans les mains et les écouteurs transmirent son souffle violent. Puis ce fut fini.

La nuit suivante, alors que je ne parvenais pas à trouver le sommeil, je compris très clairement qu'au lieu de rester un traducteur neutre, j'avais en cet instant pris parti pour le père de Mercedes. Et aussi contre sa fille. Ou avant tout contre elle, parce que la veille nous nous étions une fois de plus pris aux cheveux à cause de Paco. Et je sentis la chaleur me monter au visage quand le lendemain un participant venu de Genève, que je reconnus à son accent, s'adressa à Señor Valdivieso et lui lança que du sang collait à son cuivre. En entendant ces mots que j'avais traduits, le père de Mercedes regarda fixement devant lui, le visage pétrifié. Les secondes passèrent. D'autres participants se bornaient à hocher la tête.

« Mon cuivre... je... c'est monstrueux », dit Señor Valdivieso à voix basse, et il répéta : « Monstrueux. »

À mes oreilles, sa voix avait un accent désespéré, et cela me faisait tout simplement mal, je crois, que cet homme ne trouve pas de riposte. Et c'est moi qui m'en chargeai.

« Il colle moins de sang à mon cuivre qu'à votre or », dis-je.

Ce qui arriva ensuite, je ne le sais que par la presse, car je quittai le bâtiment à la minute même. La délégation suisse avait protesté à voix haute, il en était résulté un tumulte et la session fut interrompue. Il fallut expliquer l'affaire aux assistants qui n'avaient pas entendu mes paroles. À Señor Valdivieso aussi. Par l'intermédiaire du participant qui prit ma place comme interprète pour le reste du jour, il expliqua à l'homme de Genève qu'il s'agissait d'un incroyable coup d'autoritarisme de l'interprète et qu'il n'avait pas mentionné d'un seul mot l'or juif, les auditeurs de langue espagnole pouvaient l'attester. Cela ne servit pas à grand-chose. L'atmosphère demeura troublée jusqu'à la fin.

Ce fut la fin de mon travail d'interprète. Berlitz me licencia le jour même. J'aurais volontiers adressé quelques mots d'excuses à Beatriz Sandoval qui avait tant fait pour moi, et je lui aurais aussi donné l'explication, mais il me fut impossible de lui parler. Ma lettre demeura sans réponse.

*
* *

Ainsi finit également ma relation assez étroite avec Mercedes. Une relation pour laquelle je m'étais donné de la peine, sans avoir jamais compris Mercedes. Son travail d'infirmière et d'assistante sociale est sa manière d'exprimer sa protestation contre sa famille. Elle choisit aussi des vêtements correspondants. Le peu qui la trahit, ce sont ses écharpes singulières et ses bagues coûteuses. Il a fallu plus d'un an après notre première rencontre sur le terrain de jeu de Paco, pour qu'elle reste une première fois toute la nuit. Avec le plus grand naturel, elle quitta mon logement le lendemain matin, en personne indépendante et que rien ne liait à moi, mue par ses propres intérêts – que jusqu'à aujourd'hui je ne connais pas tous. Ce qu'elle ne supportait pas, c'est que par besoin d'intimité je cherche à deviner ses pensées. Quand elle m'avait une fois remis à ma place, je m'éloignais pour des semaines. Elle ne faisait rien pour me reconquérir. Elle pouvait très bien vivre sans moi.

Moi aussi je lui refusais quelque chose : la musique. L'abonnement envié pour l'Opéra était le seul cadeau que Mercedes acceptait de sa mère. Je n'y allai pas une seule fois avec elle. Et je fis ce qui me paraissait tantôt comme un progrès et tantôt comme un exercice dont je ne me croyais pas capable. Je décidai de ne pas lui expliquer mon refus incompréhensible. Nouer avec une femme une relation incluant un tel refus, je n'avais pu le concevoir jusqu'à présent. Je fus étonné, blessé et plus tard soulagé de voir que je ne l'offensais pas. Que cela dût être effectivement possible, je n'ai pas pu réellement le croire jusqu'à la fin.

Je ne parvins jamais à lui expliquer l'épisode du colloque. Ce qui était grave, pour elle, ce n'était pas que j'aie commis le péché mortel de l'interprète – la falsification consciente des mots. Ce qui la faisait presque étouffer de colère, c'était que j'aie mis dans la bouche de son père des paroles que l'on continuerait à lui imputer, même si on les citait comme une erreur à rectifier. Soudain, elle jugeait que son père devait rester impeccable. Elle seule avait le droit de le critiquer, elle seule ! criait-elle en voyant mon visage étonné et ironique. Comment aurais-je pu lui faire comprendre que mon déraillement avait été provoqué par le désir de défendre Señor Valdivieso, et en particulier contre elle !

*
* *

Je ne me suis jamais pardonné de lui avoir parlé de toi, Patty. Je n'ai pas tout dit, naturellement. Mais j'ai parlé de notre grande intimité. Des choses que sinon je ne confiais qu'à Paco, le silencieux. Quand elle me rendit la clef et que je la suivis des yeux dans la cage de l'escalier, ce fut là le pire : elle emportait avec elle ce qu'elle savait de notre amour, à toi et à moi. C'était comme si cet amour en était amoindri.

Ce jour-là, j'allai à la gare et j'essayai de retrouver ton rire. La gare de Santiago, en effet, est l'endroit où j'ai perdu ton rire.

C'était un jour d'hiver, en juillet de la deuxième année, les Cordillères enneigées pointaient, nettement découpées, dans un ciel clair animé par le vent. Une fois encore, mes pas m'avaient entraîné vers la gare. C'est l'endroit le plus délaissé que je connaisse, un hall au silence fantomatique parmi l'agitation du marché et la circulation fébrile. Deux fois par jour, un train arrive et deux fois par jour un autre s'en va : l'un vers le nord, l'autre vers le sud. Sinon, il n'y a pas âme qui vive. J'ai pris un ticket de quai et je me suis assis sur l'unique banc présent. C'est alors que c'est arrivé. Soudain, je ne fus plus certain du son qu'avait ton rire. C'était la première fois que j'avais l'impression d'avoir *oublié* quelque chose qui te concernait ! Je fus inondé de sueur, c'était une sensation comme de perdre appui sur une paroi rocheuse. En hâte, je sortis ta photo, elle échappa à mes mains nerveuses ; et quand je la ramassai, un coin se plia. J'essayai désespérément de faire rire le visage grave entre les gants blancs, et je me concentrai de toutes mes forces sur des sons possibles. Pendant quelques instants, j'étais de nouveau sûr, mais aussitôt après la certitude s'effritait, s'écroulait et me laissait l'impression d'avoir perdu non seulement ton rire, mais toi tout entière. Jusqu'au jour où Mercedes me rendit la clé, je ne suis plus allé à la gare.

Ce jour-là aussi, j'ai cherché en vain ton rire. Et c'était encore pire que la première fois. Car sur le quai désert, je pensais au récit écrit par un auteur chilien, intitulé *Juanita, su fantasma*. Tout commence avec les sentiments de Ramón au moment où Juanita s'en va. Ramón la suit des yeux alors qu'elle marche dans la longue rue rectiligne et devient de plus en plus petite. À chaque mètre qu'elle parcourt, il souffre, car c'est un mètre qu'elle devra faire une seconde fois avant d'être de nouveau près de lui. Qui sait quand cela sera et ce qui arrivera d'ici là. Maintenant, elle est encore un point à l'horizon. Ensuite plus rien. L'instant où le champ de vision se ferme derrière elle en une surface où il n'arrive plus rien, est comme un pressentiment de la mort.

Et alors il se passe quelque chose d'étrange. À la place de la silhouette vue, réelle, apparaît sa représentation, une représentation que Ramón ne pourrait pas décrire, mais qu'il connaît exactement, mieux même que toute forme réelle. Il y est bien obligé, car Juanita n'est plus là, et le sentiment de Ramón, qui sinon s'adresse à Juanita, ne peut plus se fixer que sur cette représentation. Et ce sentiment façonne maintenant la forme de Juanita telle

534

que Ramón l'aimerait – et lui fait croire qu'elle est telle en réalité aussi. Il ne le sait pas, mais il savoure la liberté de ce modelage intérieur, et pour le temps pendant lequel la forme réelle est partie, il règle son sentiment d'après la figure modelée. Là, il est habile, plus habile que dans maintes relations avec des êtres réels. Il se sent bien ainsi : il n'est pas seul, car Juanita, telle qu'il se l'invente, est auprès de lui. C'est l'absence de la jeune fille qui permet à Ramón d'établir cette parfaite et limpide communauté.

Il commence à redouter le retour de Juanita : la faille qu'il devra supporter entre la femme réelle et la femme inventée. En chemin vers la gare, il roule lentement, de plus en plus lentement. Les aiguilles de la grande horloge vont trop vite. Juanita va de nouveau entrer dans son champ de vision, elle déchirera ce champ de vision silencieux. Il suffirait qu'elle y émerge une seconde : et il devrait recommencer exactement le même processus de séparation. En marchant vers le quai, il se demande parfois (à aucun prix il ne l'avouerait) comment ce serait si elle ne revenait jamais, s'il pouvait passer le reste de sa vie, sans être dérangé, avec la figure modelée. Juanita pâlirait-elle pour à la fin lui échapper complètement ?

La fois suivante, Ramón essaie de s'armer contre la douleur de l'adieu, avant tout contre le terrible instant où le champ de vision se fermera sans Juanita. Déjà, tandis qu'elle devient lentement plus petite, il s'arrange pour que la figure modelée prenne sa place. Il peut maintenant la suivre calmement du regard, car en devenant plus petite et plus vague, elle ne peut plus le contredire, ni par son apparence ni surtout par son visage. Mais la manœuvre fonctionne comme un boomerang. Parce que Juanita, quand elle atteint l'horizon, est totalement absorbée par la figure inventée, Ramón ressent cette disparition comme si s'évanouissait la figure modelée. Et ce serait la catastrophe de la solitude. Aussi décide-t-il de ne laisser surgir la figure inventée que sur le chemin du retour.

Quand Juanita téléphone : elle ne pourrait pas l'exprimer, mais elle remarque qu'il n'est pas seul et que la personne qu'elle est ne manque pas à Ramón ; qu'il est satisfait de la figure modelée à son côté. Au ton étrange de Ramón, elle croit deviner qu'il lui reproche d'être partie. Mais elle sent aussi qu'il s'agit peut-être d'un tout autre reproche : de ne pas être comme la figure modelée. « Voudrais-tu que je reste encore plus longtemps absente ? » demande-t-elle un jour. Ramón ne pourrait jamais s'avouer qu'elle n'est pas la figure modelée, aussi veut-il à tout prix comprendre ainsi la question : désire-t-il que la figure conforme à ses vœux disparaisse ? Il est épouvanté. « Comment peux-tu demander une chose pareille ! » dit-il, et il lui en veut de cette question – qui prouve que Juanita n'est pas la figure modelée, celle-là ne poserait jamais cette question. « Je dis ça comme ça », dit Juanita. À présent Ramón ne sait plus dans quel état d'esprit il doit aller à la gare.

J'aime ce récit parce qu'il est tellement exact. Et je le déteste parce que Mercedes m'a apporté le petit volume après que je lui eus parlé de toi et moi. Je ne lui ai jamais dit un mot du texte. L'auteur a donné peu après une lecture où il en a lu un passage, on avait publié des extraits d'avance dans le journal et son nom était dans toutes les bouches. Quand je posai ma question, j'étais tellement excité que je fis des fautes d'espagnol que je n'avais plus commises depuis des années. « Est-ce une critique adressée à Ramón, s'il lui arrive ce qui lui arrive, ou bien en va-t-il de même pour tout le monde ? » demandai-je.

L'auteur mit lentement une cigarette entre ses lèvres et tint la flamme trop longtemps devant le tabac. « J'aimerais bien le savoir, moi aussi », dit-il finalement.

En ce temps-là, à la gare, quand je pensais à ce récit, je me sentais aussi seul que le premier jour dans cette ville. L'idée qui ne m'est jamais venue, pas un seul moment : attendre mon ironie. Cela existe-t-il, un rapport ironique avec la solitude ?

PATRICIA

Sixième cahier

Je m'appelle Fritz Bärtschi. Fritz Bärtschi. Avec un ä, un ä ouvert. Que cela vous convienne ou non. Voilà ce que j'entendais sans cesse, assise en face de mon père mort. Et aussi : *Je décidai de devenir un bon père. Bien que je n'aie aucune idée de ce que c'est.*

Je ne sais pas s'il était un bon père, car moi aussi j'ignore ce que c'est. Ce dont je suis sûre, c'est que j'ai vécu de nombreuses heures d'un bonheur féerique dans son bureau de Genève, quand je m'appuyais à la tapisserie douce comme du velours et écoutais ses lentes paroles enveloppées dans la fumée des cigarettes orientales. Elles évoquaient des destins d'opéra dont je comprenais seulement qu'ils étaient beaucoup, beaucoup plus grands et importants que tout ce qui arrivait aux gens que l'on rencontrait quand on mettait ses souliers et descendait dans la rue. En ce temps-là, et plus tard avec Cesare Cattolica, Papa m'enseigna ce qu'est l'imagination. Un père peut-il ouvrir à un enfant quelque chose de plus important que le monde de l'imaginaire ?

Il n'y eut qu'une seule occasion où ce fut l'inverse, et où je pus moi aussi lui ouvrir un monde. Ce fut lorsque j'allai avec lui à la maison Steinway de New York. Aujourd'hui seulement, je peux le dire et je suis soulagée d'en être arrivée là : j'étais contente après coup que tu sois malade et que tu doives garder le lit. Avec toi, le voyage aurait été tout différent et je ne posséderais pas les précieux souvenirs qui ont resurgi en moi quand je t'eus remplacé pendant la veillée funèbre.

« *Neuyork* », disait Papa quand nous attendions le départ à Francfort, « je n'aurais jamais pensé que j'irais un jour là-bas. » Pendant ces neuf jours, je n'ai jamais pu l'amener à prononcer ce nom correctement. Et cela ne venait pas de son mauvais anglais. S'il s'en tenait à sa prononciation, c'était parce qu'il partait vers son New York à lui, une ville dont grâce à son accent il faisait, sans plus ample informé, une composante de sa vie.

Tu te le rappelleras sans doute. Il avait une manière émouvante, rêveuse, de parler de lieux lointains et légendaires : le cap Horn, la Terre de Feu, le détroit de Béring. Fritz Bärtschi était bon en géographie, c'étaient ses seules bonnes notes. Il connaissait donc la véritable configuration de la terre. Mais cela ne l'intéressait que comme matériel de jeu pour son imagination. Et quand la réalité le dérangeait dans ses voyages rêvés à travers le monde, il passait outre. Les villes et les paysages : seul l'intéressait ce que son imagination en faisait. Le reste lui était tellement indifférent que vous pouviez en avoir le souffle coupé. Je n'ai vraiment compris cela que pendant ce voyage. Certes, il est exact que moi, qui possédais de meilleures connaissances de la langue, je pouvais lui ouvrir bien des choses. Mais quand nous dînions ensemble le soir et qu'il racontait ce que la journée avait été pour lui, les détails pratiques dont je m'étais occupée me semblaient sans importance en comparaison avec ce qu'était devenu dans sa tête tout ce qu'il avait vécu.

Pendant le vol d'aller, il me parla d'un panneau de publicité pour la *Bière Cardinal**. Après coup, il me semble que pendant tout le vol il n'a parlé que de cela, rien que de ce panneau. « Mon premier voyage fut un trajet en chemin de fer de Fribourg à Genève, commença-t-il. C'était l'année où ma mère mourut. Pour mon septième anniversaire, quelques semaines après la fin de la guerre. J'avais attendu ce voyage pendant des années, car l'argent du billet était une grosse somme pour nous, on ne gagne pas grand-chose comme serveuse au buffet de deuxième classe de la gare. Quand on m'entend dire maintenant que j'avais longtemps attendu, on penserait : c'était à cause de Genève, il était curieux de Genève et du trajet le long du lac. Mais ce n'était pas aussi simple. Avant tout, je voulais voir le grand panneau métallique fixé à la balustrade rouillée de notre balcon vétuste. C'était une réclame pour la *Bière Cardinal**. Une réclame qui devait sauter aux yeux des voyageurs. Car nous habitions dans une maison située directement au bord de la voie ferrée, et quand le train passait toute la maison vacillait, en particulier le balcon.

« On objecterait alors : "Si le panneau était accroché à la balustrade du balcon, pourquoi dit-il qu'il a dû attendre des années pour le voir, il pouvait le voir tous les jours." C'est exact, je pouvais effectivement le voir tous les jours, aussi souvent que je voulais. Là n'était pas le problème. Le problème, c'était que je voulais absolument voir le panneau *depuis l'autre côté*. Je voulais être en face de la maison et lire : *Bière Cardinal**. En réalité, je ne devrais pas dire *lire*. Certes, je savais par ma mère qu'à cause de la lacune entre les lettres il s'agissait de ce qu'elle appelait *deux mots*. Et je savais comment on les prononçait : *Bière Cardinal**. Mais je n'aurais pu dire comment prononcer les lettres dans un autre ordre. Je ne connaissais leur son que dans cet ordre-là : *Bière Cardinal**.

« Maintenant, pourquoi voulais-je regarder les deux mots à partir de l'autre côté ? Il m'a fallu du temps pour le savoir. D'abord, j'ai grimpé sur la balustrade, je me suis penché aussi loin que possible et j'ai regardé d'en haut les lettres qui avaient la tête en bas. Je le sus bientôt : ce n'était pas de cela qu'il s'agissait. Ensuite, j'ai cherché pendant des semaines le moyen d'arriver de l'autre côté de la voie, jusqu'à la cabine d'aiguillage qui était juste en face de notre maison. C'était difficile, car il y avait des deux côtés un grillage d'une hauteur infranchissable. En outre, cela aurait fait un drame de tous les diables si ma mère m'avait vu depuis la maison. Finalement, je découvris très loin un passage permettant de traverser les rails. J'attendis quelques jours, jusqu'à ce qu'il y ait du brouillard. Quand enfin je me suis retrouvé près de la cabine d'aiguillage, le brouillard était si épais que je pus apercevoir seulement les contours approximatifs de notre maison, mais pas le panneau avec *Bière Cardinal**. Le troisième jour de brouillard, j'eus enfin de la chance. J'étais caché dans la brume et en face le soleil brillait sur le panneau, si bien que je pouvais voir l'inscription : *Bière Cardinal**.

« Je fus déçu. Ce n'était pas non plus cela que j'avais voulu de tout ce temps. Après un moment, un train arriva. Je restai sur place et à travers le défilé des fenêtres, mon regard restait braqué sur le panneau : *Bière Cardinal**. Alors, je sus. Je ne voulais pas seulement voir le panneau depuis l'autre côté, mais à partir d'un train en marche. Je voulais le voir comme le voit quelqu'un qui peut s'offrir de passer devant dans un train. Être confortablement assis dans un compartiment, un joli but de voyage en perspective, et ne jeter qu'un regard fugitif sur la laide maison avec le panneau : c'était de cela que j'avais rêvé. Voilà pourquoi mon septième anniversaire était aussi important. Maintenant ce serait exactement ainsi, enfin.

« Mais les choses se passèrent autrement. Toutes les places du bon côté du train étaient occupées. Ma mère ne comprenait pas pourquoi je continuais à chercher de ce côté-là, alors que de l'autre il y avait des places libres. Je sentais que je ne pourrais jamais le lui expliquer. Que c'était quelque chose qui devrait lui faire mal. Elle s'irrita à la fin et me retint fermement. Ainsi manquais-je la vue sur le panneau avec *Bière Cardinal**. Et pendant tout le voyage, je pensais que cela ne devait m'arriver en aucun cas au retour.

« Genève était grande et colorée et bruyante. Ma mère s'arrêtait devant chaque magasin de vêtements. Aussi devant les menus des restaurants. À midi, elle acheta un sandwich que nous avons partagé sur un banc au bord du lac. Plus tard, j'eus encore une glace. Quand elle paya, son porte-monnaie tomba par terre. Ce qui en roula fut une unique pièce de un franc, aujourd'hui encore je la vois rouler. Ma mère s'arrêta sur le quai d'embarquement et sortit encore une fois le porte-monnaie. Elle se détourna de moi pour y fouiller. Mais elle sait bien qu'il n'y a pas assez dedans, pourquoi cherche-t-elle, me disais-je. Je ne sais pas ce qui faisait le plus mal : cette pensée ou la voir se détourner. Quand elle me prit par la main sans un mot, elle avait les larmes aux yeux.

« Nous sommes arrivés à la gare une heure trop tôt. Mon estomac grondait. Ma mère m'attira contre elle : "À la maison, je nous ferai un beau pot-au-feu, dit-elle, et il y en aura tout plein." Pendant le trajet du retour, je la revoyais sans cesse se détourner pour fouiller dans le porte-monnaie. Je me blottis contre elle. Je voulais qu'elle comprenne. Cela ne faisait rien, si nous n'avions pas d'argent. Elle m'entoura de son bras et nous sommes restés ainsi. Voilà comment j'ai manqué le panneau *Bière Cardinal**, et pourtant nous étions assis du bon côté. C'est seulement plusieurs années plus tard que j'ai vu le panneau depuis le train. Le panneau disait : *Bière Cardinal**. Sinon, il ne me disait plus rien. Je ne savais pas si je devais en être content ou triste. »

Quand, à notre entrée sur le territoire, le fonctionnaire américain nous demanda le but de notre voyage (*business or pleasure ?*), Papa répondit : *Yes*.

Tandis que je cherchais l'arrêt de l'autobus qui menait dans la ville, Papa restait sur place, étonné, et il regardait les nombreux Yellow Cabs. Il était trop pétrifié d'étonnement pour remarquer qu'il gênait les gens qui franchissaient la porte automatique avec leurs bagages. En le voyant ainsi figé sur place, je m'arrêtai et je m'aperçus que je ne cessais pas de penser : *Bière Cardinal**. « Viens, nous allons en prendre un », dit-il ensuite et, en galant gentleman, il me tint la portière de la voiture jaune.

Rouler en Yellow Cab – c'était comme une ivresse. Nous avons gaspillé de cette manière des centaines de dollars. Les trajets préférés de Papa : la Cinquième Avenue et l'Avenue of the Americas. « Avec la meilleure volonté du monde, je ne peux pas décider laquelle me plaît le plus », répétait-il. Nous avons fait ces trajets à toutes les heures du jour. Mais ce qu'il préférait, c'était rouler après minuit, le visage appuyé contre la vitre et le cou tordu pour regarder en haut les lumières des gratte-ciel. Même quand je le voyais dans cette position, je pensais : *Bière Cardinal**.

Une fois, il surgit à quatre heures du matin, habillé, devant ma porte. « Viens, dit-il, nous ne l'avons pas encore fait à cette heure-ci. » Nous avons roulé deux heures dans Manhattan et pendant ce trajet c'était la vapeur blanche sortant des bouches bouillantes du trottoir qui fascinait Papa. Puis nous avons déjeuné et nous avons attendu près de la Battery, en bas, le lever du jour rayonnant. Soudain, il me serra dans ses bras, me souleva et me tint longuement, avec force. Ce fut pendant ce voyage le deuxième embrassement plein de tendresse exubérante.

Le premier, je l'eus au Rockefeller Center, le matin suivant notre arrivée. J'avais été surprise que Papa n'ait pas voulu voir le Met dès le soir précédent. Au lieu de cela, il s'était mis à la fenêtre avec le plan de la ville – d'abord dans sa chambre, puis dans la mienne, de l'autre côté – et il m'avait lu, tout excité, les noms des bâtiments et des rues qu'il voyait. À présent, toutefois, lors de ce premier matin à New York, où de minuscules flocons de neige tombaient d'un ciel gris clair, il voulut aller à l'Opéra qu'il désignait toujours de son nom en entier, *Metropolitan Opera*. Notre chemin nous mena devant la patinoire du Rockefeller Center. Et il arriva quelque chose qui me parut un miracle et représenta pour moi le sommet du voyage. Papa *oublia* l'Opéra. « Viens », dit-il, et il me prit par la main comme si j'étais sa jeune sœur, « maintenant je vais faire du patin à glace pour la première fois de ma vie, ma mère ne pouvait pas se permettre de m'en acheter. »

Papa avec ses mouvements anguleux sur la glace de New York, cherchant l'équilibre en écartant les bras, les vêtements blanchis par toutes ses chutes. Je ne peux pas y penser sans verser des larmes. Tu ressemblais à Buster Keaton, Papa, et ce fut merveilleux, à la fin, de sentir contre ma joue ta peau froide et rugueuse.

Après, il voulut absolument manger un sandwich *pastrami*, car il n'avait encore jamais rencontré ce mot. Et alors, la bouche pleine, il me raconta le jeu du « ballon prisonnier » au foyer.

« Binggeli, c'était le nom de notre professeur de sport. Ernst Binggeli, nous ne l'appelions que Aschi. Il détestait cela, il détestait d'ailleurs son nom ridicule ; il se voyait en effet en favori des femmes, élégant, constamment bronzé, je suis sûr qu'il se présentait à ses rendez-vous sous un autre nom. Au ballon prisonnier, il était bon. Mais pas tout à fait aussi bon que moi. Quand on veut gagner, il faut pouvoir feindre de lancer le ballon dans une direction et en changer au dernier moment, alors les mains de celui qui doit l'attraper au vol sont placées selon un mauvais angle. Et cela, je le maîtrisais mieux que lui. En outre, les ballons durs faisaient moins souffrir mes mains que les siennes.

« Au commencement d'un match, nous étions chacun dans un camp différent, c'était entre nous une convention tacite. Quand nous attrapions le ballon, nous tirions sur les autres et non l'un contre l'autre. Jusqu'à ce qu'il ne reste plus que nous deux. Alors tout devenait silencieux dans la cour, et quand le ballon rebondissait en claquant sur l'asphalte, les murs du foyer renvoyaient un écho dur, cela faisait un bruit de mauvais augure. Nous commencions. On sentait que c'était "à la vie à la mort", comme un duel. Les lancers étaient de plus en plus raides, les mains brûlaient ; le souffle devenait plus bruyant et plus rapide. Ce qui faisait chaque fois presque perdre la raison à Binggeli, Aschi Binggeli, c'était que ce gamin puisse lancer si durement et rattraper avec une telle sûreté. Dans son désespoir, il sautait comme un handballeur devant le but et me foudroyait d'en haut avec son ballon. Mes mains étaient exactement là où il le fallait. J'avais développé une technique pour compenser mon poids plus léger et donner à mon lancer une force qui ne le cédait en rien à la force de Binggeli. Je tournais plusieurs fois autour de mon axe comme un lanceur de marteau et je lâchais le ballon au dernier moment. Je savourais le léger vertige causé par le rapide tournoiement, il se joignait à ma fureur et au mépris que je ressentais pour Binggeli, Aschi Binggeli et tout le foyer. Et presque toujours j'attrapais finalement Binggeli sur le mauvais pied. Quand je fus un peu plus âgé, je disais à la fin du match : "À la prochaine fois, Monsieur… Binggeli." Je marquais une longue pause entre les deux mots, comme si je devais réfléchir pour me rappeler son nom. Les autres ricanaient. Binggeli, j'en suis sûr, aurait préféré me tuer. »

Au Lower East Side, des enfants jouaient au baseball sur un terrain de démolition. Papa marcha droit vers l'attrapeur muni de son gros gant et dit : « *I, too.* » Stupéfait, le garçon lui donna le gant. Papa s'accroupit. Le lanceur lança doucement. Papa attrapa. Le lanceur mit plus de force dans son lancer, Papa attrapa cette fois encore. Comme attrapeur aussi, Papa stupéfia les enfants. « *I forget never* », dit-il en riant, et il leur fit de la main un signe d'adieu. J'étais heureuse que le soleil ait trouvé une lacune dans la couverture de nuages. La lumière étincelante qui déferlait sur les ordures éparses éclipsait l'âpreté qu'il avait mise dans son récit sur Binggeli et le ballon prisonnier.

À l'Opéra, on donnait *Otello* de Verdi, avec Antonio di Malfitano dans le rôle-titre. On jouait à guichet fermé. Malgré cela, Papa voulut y aller le soir même. Des voitures de luxe s'arrêtaient devant l'Opéra, l'une après l'autre. On voyait Rod Steiger descendre d'une Bentley et Woody Allen d'un taxi. L'accès à l'entrée des artistes était verrouillé par la police. « J'aurais aimé le voir entrer », dit ensuite Papa, alors que, dans un bar haut perché au-dessus de la ville, nous regardions en bas les gouffres de lumière de Manhattan. Et alors il parla de l'opéra qui n'en devint pas un.

« Ce fut la faute de Georges. "Pourvu qu'il ne t'arrive pas la même chose qu'à Charles Bovary !" avait-il dit un soir, avant notre mariage, alors que nous étions seuls. Bon, il était ivre. Mais il l'avait dit. Comme mon irritation ne voulait pas se calmer, j'achetai le roman. Je n'ai jamais aimé les livres célèbres. Il y en a tant. Et les gens qui y font allusion : pour eux, il est plus important de pouvoir en parler doctement que de les avoir lus et d'en avoir été changés. Il ne me fallut pas longtemps pour entrer en fureur contre Emma Bovary. Contre ses pleurnicheries, sa paresse et sa lâcheté. Et comment elle se conduit avec l'enfant !

« Le sommet, c'est la scène où l'on doit couper une jambe à Hippolyte, parce que Bovary lui a massacré son pied bot. Charles, au bord de l'évanouissement, est assis là, et entend les cris retentir dans la ville. Et elle ne trouve rien de mieux à faire que de se lamenter en pensée sur la médiocrité de son mari. Même son nom à elle est souillé, croit-elle, par la faute de Charles ! Je bouillais. Et alors je décidai d'écrire un opéra intitulé *Monsieur Bovary**. Les événements à partir de son point de vue à lui. Naturellement : c'est un imbécile. Il achète encore un

550

cheval à Emma, pour qu'elle puisse faire des sorties avec Rodolphe. Et il paie les prétendues leçons de piano pendant lesquelles elle se divertit avec Léon. Mais il sait ce que c'est que d'aimer quelqu'un. Elle, elle n'en a aucune idée, pas même un soupçon. Elle passe son temps en fantasmes qui atteignent un summum de kitsch. Tout ce qu'elle sait faire, c'est dépenser de l'argent. L'argent de Charles. Pendant que, jour après jour, nuit après nuit, il visite des malades. Bon, ce n'est pas un brillant médecin et c'est un petit-bourgeois. Mais il est fidèle à sa femme. Il sait ce que signifie tenir à quelqu'un. Pour elle, au contraire, les autres ne sont que des jouets que l'on jette quand on en est lassé.

« Il en va de même lorsqu'elle se rend à l'Opéra pour entendre *Lucie de Lammermoor*. Avant l'entracte, elle porte aux nues le ténor, elle se voit à son côté, voyageant de pluie de fleurs en pluie de fleurs. Si elle l'avait rencontré au moins une fois ! Après l'entracte, il est subitement congédié parce que entretemps Léon est apparu. Les choses ne se passent tout de même pas ainsi ! Et voici le comble : elle trouve la scène de la folie inintéressante. *Inintéressante !* Bon, Bovary n'y comprend goutte, une fois de plus. Mais elle le rudoie comme un domestique. *"Tais-toi !"* Flaubert l'appelle *le pauvre garçon**. Quelle idée a cet homme, de prendre un ton aussi dédaigneux envers l'honnête Bovary !

« Pendant des semaines, cela m'a irrité. Pourtant, le papier à musique restait vide. L'irritation ne suffit pas pour faire un opéra. Un an plus tard environ, j'ai essayé une version insensée : Charles sait tout et devient le conseiller d'Emma dans la fréquentation de ses amants. Pour ne pas la perdre complètement. Un jour, alors, elle veut revenir à lui. À ce moment, Charles l'abandonne. Il s'est aperçu qu'il préfère vivre seul. Mais là non plus la musique ne voulait pas venir. »

Pour être admis dans le bar, Papa avait dû revêtir un smoking prêté par la maison. Il se vengea en faisant sa commande en français. Sa suffisance, quand le serveur ne comprenait pas, était digne de la scène. Plus tard, je parvins à distraire le serveur, si bien que Papa put se glisser au-dehors sans être remarqué. Nous avons donné la veste à un mendiant qui n'en croyait ni ses yeux ni ses oreilles. Devant la porte de notre chambre d'hôtel, nous en riions encore.

Papa chez Tiffany, ce fut un spectacle incroyable. Il paierait simplement avec du *plastic money*, dit-il en chemin. L'expression, qu'il avait saisie au vol la veille dans un restaurant, lui plaisait démesurément. Et en voyant avec quelle insouciance il se comportait dans ce plus noble de tous les magasins, je compris soudain pourquoi : l'argent qu'il dépenserait ici n'était de toute façon pas de l'argent réel, authentique, comme celui qu'avait gagné Odile au buffet de la gare (le buffet de la seconde classe) ; c'était l'argent de GP, de l'argent non gagné – qui au fond n'avait rien à voir avec Papa, même s'il le dépensait. Il faisait comme si tout lui appartenait, parce que rien ne lui appartenait. Il riait si fort des prix insensés que j'en étais gênée. Il acheta un bracelet pour Maman et pour moi une barrette à mettre dans les cheveux. Ce matin-là, il n'était pas rasé et son col était froissé comme s'il avait dormi dans les couloirs du subway. La femme à la caisse crut que la carte bancaire dorée était volée, j'en suis sûre. Avait-il une pièce d'identité ? « *Swiss money* », dit Papa en exhibant son passeport rouge. Son visage était alors de l'ironie sculptée dans la pierre, si bien que je ne savais pas si je devais rire ou avoir peur. La femme demanda une confirmation par téléphone. Il me sembla que Papa ne battit même pas des cils. La femme n'était pas encore satisfaite et elle appela son chef. « *Swiss money good money* », dit Papa quand on lui rendit passeport et carte bancaire. Il était impossible. Il était grandiose.

« Et maintenant en route pour Harlem ! » dit-il ensuite. Mais pas avec les bijoux de Tiffany dans la poche, objectai-je. Cela ne servit à rien. J'avais peur, comme un touriste a peur à Harlem. Chez Papa, aucune trace de peur. Il se plaisait à Harlem, il s'y plaisait énormément. Il remarqua à quel point j'étais inquiète quand des Noirs errant çà et là nous suivaient du regard. « Ce ne sont pas des regards *hostiles* », dit-il en passant un bras autour de mes épaules, « ce sont seulement des regards *silencieux.* » Soudain, ma peur s'était envolée, et je goûtais le bonheur de me promener aux côtés d'un père impavide. « *Good weather !* » dit Papa à un vieil homme assis sur un tabouret et immobile devant une cordonnerie. En même temps, il neigeait et le triste crépuscule commençait.

Pas un jour ne passa sans que nous allions sur le building RCA. Naturellement nous étions aussi montés sur l'Empire State Building et le World Trade Center. Mais nous trouvions la vue du building RCA incomparable et en outre nous y étions presque toujours seuls. Le rectangle vert de Central Park au milieu d'un océan de gratte-ciel : cela impressionnait Papa chaque fois autant que la première. Quand, enroué d'enthousiasme, il me le désignait de son bras tendu, je pensai : *Bière Cardinal**.

Il ne voulut pas visiter la statue de la Liberté. « Kitsch ! » fut son commentaire laconique. Ellis

Island, en revanche, la première station des émigrants, il voulut absolument la voir.

Un jour, comme nous passions devant Houston Street, « *Hausten* », dit Papa. « *Yousten* », corrigeai-je. Alors Papa arrêta deux adolescents, leur désigna le panneau et dit : « *Say this !* » « *Hausten Street* », dirent-ils d'une seule voix. Le triomphe dans les yeux de Papa était indescriptible. Le soir à l'hôtel, quand Papa était dans sa chambre, j'allai à la réception. Oui, le nom de cette rue de New York est prononcé *Hausten*, non comme la ville texane, me dit-on.

Papa était toujours levé deux heures avant moi et quand nous prenions ensemble le petit déjeuner, c'était pour lui le second. Entre-temps, il allait tout seul par les rues. Quand il revenait de ces promenades, son visage était plus lisse que d'habitude et de dix ans plus jeune. Je le savais : ces heures de solitude dans l'aube lente de New York étaient pour lui ce qu'il y avait de plus beau dans tout le voyage. J'étais jalouse de ce talent qu'il avait pour être seul.

Quand, le sixième jour, j'allai le chercher pour le petit déjeuner, il me tendit un billet d'avion : « Dans deux heures, nous partons pour San Francisco ! » Comme je le regardais, ébahie, il dit : « Deux jours. C'est fou, je sais. Mais puisque nous sommes ici. *Plastic money !* »

Nous n'avons presque pas quitté la voiture de location, tellement Papa était fasciné par les rues abruptes et les vues toujours changeantes. Trois fois par le pont du Golden Gate vers Sausalito, trois fois sur les Twin Peaks : c'était le minimum quotidien. Mais nous passions la plupart du temps sur la Geary Street, qui traverse la presqu'île jusqu'au Pacifique. Papa ne pouvait se rassasier du sentiment de rouler vers *l'océan Pacifique*, comme il disait solennellement. « Là-bas, devant, il y a Hawaii, disait-il. Si nous continuions à voler, nous arriverions à Berlin. »

Papa en Californie : en comparaison, il me semblait qu'il était littéralement chez lui à New York. « *Hi, how are YOU today ?* » nous demandait-on. « *I am going good*, disait Papa, *how is it with you ?* » Il ne comprenait pas qu'on lui adresse la parole d'un ton si amical et si personnel, mais qu'ensuite on ne réponde pas à sa propre question. Je riais. Il hésitait et riait aussi. Finalement, nous riions tous les deux parce qu'il avait hésité à rire.

« Nous aurions dû continuer vers l'ouest », dit-il pendant le vol du retour à New York. C'était une plaisanterie et ce n'en était pas une. « L'école », lui rappelai-je, car les vacances de carnaval touchaient à leur fin. « Ah, l'école », dit-il.

Nous sommes allés le dernier jour à la maison Steinway, à Queens. Ils furent étonnés que Papa ne se présente que maintenant, la maison Steinway de Berlin l'avait annoncé pour plus tôt. « *I was busy* », dit-il, et comme on attendait d'autres explications, il répéta : « *busy* ». On nous conduisit à travers toute l'usine et on montra à Papa les nouveautés techniques. C'était pour les voir qu'il était là. Puis il y eut un repas avec la direction. On le couvrit de louanges. À Berlin, il n'y avait qu'un accordeur, Frédéric Delacroix et personne d'autre. C'est ce que disaient tous les pianistes auxquels il avait eu affaire. Aussi lui demanda-t-on si cela l'intéresserait d'accompagner certains pianistes tout au long de leur tournée autour du globe. Ce désir était de plus en plus souvent exprimé. Financièrement, cela en vaudrait aussi la peine pour lui, ajouta-t-on.

Ce qui vint alors me restera toujours inoubliable et ne laissa pas non plus insensibles les Américains dans leurs blazers bleu foncé. « *I have a woman*, dit Papa, *and she has pains. So it is not possible. Not possible.* »

Le dernier soir, nous sommes allés au cinéma. « Je sais, dit Papa, je ne comprendrai rien, mais cela n'a aucune importance. »

Le film racontait l'histoire d'un jeune professeur qui, dans une école du Bronx, essaie en vain de lutter contre la violence en s'alliant avec les élèves. Moi non plus, je ne compris pas grand-chose de tout ce *slang*.

« As-tu vu comme le jeune Noir, celui qui a le visage fin, recherche l'amitié du Blanc dégingandé qui fait toujours les paniers au basket ? » demanda Papa alors que nous buvions encore un verre au bar de l'hôtel. Lentement, centimètre par centimètre, il tournait le verre de whisky dans ses grandes mains. Il le tourna sûrement une demi-douzaine de fois avant de continuer. « Je n'ai encore jamais raconté cela à quelqu'un, jamais. Il y avait au foyer un garçon, j'ai aussi recherché son amitié. Il s'appelait Reto, et ses parents, qui étaient morts dans un accident d'auto, étaient rhétiques. Hormis au ballon prisonnier et pour la finesse de l'ouïe, Reto était en tout meilleur que moi. Surtout quand il s'agissait de langues. Il était assis tout près de la fenêtre, pendant les cours je le voyais de profil, il avait un profil très net, comme sur une médaille. J'aurais bien fait mes devoirs avec lui. Mais il les faisait avec deux autres et je ne savais pas comment le lui dire. Il n'était aussi qu'un orphelin, mais toute sa personne était d'une certaine manière… distinguée. Aussi les professeurs le traitaient-ils avec respect, comme un adulte. J'aurais aimé être comme lui, aussi distingué. J'étudiais attentivement ses manières, mais je ne réussissais pas à les

556

imiter. Peut-être, pensais-je, les apprendrais-je, si je pouvais être son ami. Mais cela ne voulait pas venir, j'avais beau faire tout ce que je pouvais. »

*
* *

Hier, dans la nuit, je pensais de nouveau à ces paroles que Papa murmurait dans son verre de whisky, quand je m'aperçus que l'histoire de Cesare Cattolica, l'imaginaire compagnon d'insuccès de Papa, était beaucoup plus compliquée que je ne le savais. Je m'étais encore une fois acharnée sur les couleurs du succès et de l'échec et je sortais de plus en plus de livres des cartons. Alors je suis tombée sur le récit de Giorgio Bassani, *Derrière la porte*. Ce qui excita ma curiosité, ce fut la dédicace à l'encre noire : *Pour Fritz de la part d'Evi, 10 juin 1968*. Le trentième anniversaire de Papa. Une femme dont il n'a jamais parlé. Une femme qui l'appelait par son vrai nom. Papa n'a lu que le premier tiers du livre, on le voit au dos. (C'était souvent ainsi. Il ne lisait réellement qu'aussi longtemps qu'il était captivé, puis il mettait le livre de côté, si célèbre qu'il fût.) À peine avais-je commencé à tourner les pages que le nom me sauta aux yeux : Cattolica. Tout excitée, je commençai à lire. Ce pouvait être un hasard. *Je vois encore le visage de Cattolica : son profil net, à ma droite, avec la précision d'une médaille.* Non, ce ne pouvait pas être un hasard. Certes, chez Bassani, Cattolica s'appelait Carlo et non Cesare, mais le livre est dédié à Cesare Gàrboli. Carlo Cattolica est la star de la classe et l'élève Bassani l'admire. Il aimerait bien faire ses devoirs avec lui, mais Cattolica (le *célèbre* ou le *grand* Cattolica, comme on l'appelle) s'est lié d'amitié avec deux autres.

C'est en fait sa seule ressemblance avec Reto, le Rhétique. (D'ailleurs, le monde du lycée classique où se déroule le récit ne pourrait pas être plus différent du foyer où vivait Papa.) Mais cela suffisait à Papa. Il n'a pas pu surmonter l'échec de ses avances auprès de Reto et il lui est ainsi resté lié une vie entière. Il en a fait un Cattolica avec lequel il pouvait entretenir un compagnonnage : reconnu à titre posthume par Bellini, mais lié à Papa, dans la vie, par l'échec.

Je fus d'abord déçue que le nom de Cattolica, qui portait en lui toute la magie des inventions de Papa, ne vînt pas de lui. J'étais même furieuse et j'en renversai mon thé. Mais en réalité, pensai-je à la fin, a totalement recréé le nom avec le personnage. Et j'entendais Papa, lors de notre retour d'Amérique, tandis que nous survolions l'Atlantique et les fuseaux horaires, déclarer soudain : « Je ne t'ai jamais dit le plus important au sujet de Cesare Cattolica : ses opéras n'avaient pas de livret. Il ne s'apercevait qu'il aurait eu besoin d'un livret que lorsque l'opéra était déjà terminé. Et alors c'était trop tard. »

*
* *

Pourquoi, Papa, tout n'est-il pas demeuré comme en ce temps-là, pendant ce voyage ? Mais pourquoi posé-je la question : c'est moi qui me suis enfuie sans un mot d'adieu, comme si je ne supportais pas de rester ne fût-ce qu'une seule minute de plus. Mes quelques visites durant ces dernières années ont été fugitives, sans perception paisible et sans présence réelle. Comment aurais-tu pu comprendre que moi

– justement moi – je m'étais enfuie et vivais maintenant ma vie à partir de cette rupture, qui était aussi une rupture sinon avec toi (du moins pas à tous égards), mais avec la vie dans la Limastrasse ? Souvent, je ne le comprenais pas moi-même.

Plus d'une année s'était écoulée quand nous nous sommes revus pour la première fois. Nous sommes sortis ensemble sur la terrasse, un après-midi de fin d'été. Quand, encore à l'intérieur, nous nous sommes dirigés vers la porte-fenêtre, tu as levé le bras pour poser la main sur mon dos, comme tu l'as toujours fait quand tu voulais m'emmener quelque part. (« Viens ! » disais-tu, et ta main me poussait. Il en était ainsi pendant le voyage en Amérique. Quand j'en rêve, c'est comme si tu me poussais à travers tout le continent.) Mais j'attendis en vain le contact. Embarrassé, tu as remis la main dans ta poche. On ne touche pas une fille qui s'est enfuie. Puis nous sommes restés dehors, gênés pour trouver des mots. « Entre-temps, les quatre saisons sont passées sans toi », as-tu dit finalement.

Cette première visite tomba en une période où Maman prenait des doses de morphine particulièrement fortes. Pendant cette année, j'avais oublié à quel point sa distraction pouvait être grande. Elle ne savait plus s'orienter dans le temps quand elle me voyait. « T'ai-je déjà dit que Silke Lazar va avoir un enfant ? » demanda-t-elle. Pourtant, elle avait appris la grossesse de la femme de ménage quelques semaines avant notre fuite. L'année écoulée était comme non avenue. À présent, il n'y avait plus de femme de ménage. Tu en étais content, Papa. Des domestiques : tu ne pouvais pas t'habituer à l'idée que d'autres travaillaient pour toi. « La poussière restera où elle est », dis-tu. Elle y resta. Non lors de cette première visite, mais plus tard, on pouvait la sentir. D'ailleurs, la maison avait maintenant une autre odeur, une odeur de délaissement et de déclin.

Toi aussi, tu dois avoir pensé à l'Amérique en cette première soirée de nos retrouvailles, Papa. Car soudain tu es allé chercher la photo de classe du foyer et tu m'as désigné un garçon mince avec des cheveux blonds et de grands yeux. « C'est Reto », as-tu dit. « Mais pas de profil », ai-je ajouté. Tu étais heureux que je me sois rappelé ce détail ; entre nous ce fut pendant un court instant comme si l'année passée était non avenue. Et ensuite tu m'as parlé du jour où tu as pu quitter le foyer détesté et aller vivre chez Pierre et Sophie.

« La veille, j'ai fait mes bagages. Cela m'a pris toute la journée, me semble-t-il. Pourtant, c'était étonnamment peu de chose, ce que je possédais. Tout tenait à l'aise dans la valise minable avec laquelle j'étais arrivé quatre ans auparavant. La nuit, je n'ai pas pu dormir, mais les ronflements des autres me dérangeaient moins que d'habitude. C'était la dernière fois. Après le petit déjeuner, je fus convoqué chez Gygax, chez Urs Gygax, le directeur. Je fis exprès de ne pas me présenter à l'heure. Et je cognai à coups redoublés contre la porte, au lieu de frapper humblement comme on nous l'avait appris.

« "Qu'est-ce que c'est que cette façon de frapper à une porte ?" m'apostropha Gygax.

« Je ne dis rien. Je restai simplement là, les mains dans les poches de mon pantalon, mâchant du chewing-gum. Deux choses qu'il ne pouvait pas souffrir. Il avait déjà repris son souffle pour me réprimander à nouveau, puis il fit le geste d'écarter un problème dont il était saturé, et il laissa faire.

« "Tu ne seras pas trop désolé de nous quitter, dit-il.

« — Pas trop, non", répliquai-je en mordant mon chewing-gum pour le faire claquer.

« Il fit le tour de sa table.

« "Tu n'es pas précisément une lumière."

« Il n'aurait pas dû dire cela. Même si c'était exact.

« "J'entends quand les notes sont fausses. Comme chez vous. Monsieur Gyggaxx.

« — Espèce d'effronté…

« — Toutes les notes que vous jouez sont fausses. Chacune d'elles. Toujours. Même quand le piano vient d'être accordé."

« Il était devenu pourpre.

« "Et pas seulement en musique", ajoutai-je. Les mots étaient trop grands pour moi, je le sentais, ils me venaient comme s'ils m'étaient soufflés pour que je puisse être à la hauteur de l'instant. Et ce que je fis aussi ensuite, tandis que Gygax cherchait à reprendre haleine, n'était pas de moi ; je l'avais lu dans un livre d'histoires où le meneur d'une bande d'écoliers n'accomplissait que des actes hardis : je sortis le chewing-gum de ma bouche, le collai sur le coin de la table et y appuyai le pouce comme un cachet dans de la cire. Tant que je fus dans la pièce, Gygax, Urs Gygax, n'émit plus un seul son.

« J'ai pris congé de Binggeli, Aschi Binggeli, d'une façon audacieuse. On jouait au ballon prisonnier quand ce fut pour moi l'heure de partir. Je pénétrai simplement sur le terrain, ma valise à la main gauche. Vouloir jouer au ballon prisonnier d'une seule main est osé, je peux te le dire, plus qu'osé. Reto, en face de moi, avait le ballon. Ceux qui restaient encore déblayèrent en silence le terrain. Le lancer de Reto, je le crois jusqu'à aujourd'hui, était un noble geste d'adieu. Non que ce fût un lancer sans force. Mais il s'adapta très exactement à la saignée de mon bras, si bien que je n'eus qu'à le refermer. Reto sourit quand j'attrapai le ballon. Il sourit comme lui seul pouvait sourire. J'aurais voulu qu'il m'ait offert plus souvent ce sourire. Je le lui rendis. En tout cas j'essayai. J'espère que ce fut un sourire distingué, pas aussi distingué que le sien, mais quand même. Tous ceux qui étaient là regardaient nos sourires, le sien et le mien. Maintenant ils le savaient : Reto m'avait accepté.

« Je ne pouvais pas lancer le ballon en effectuant une torsion, avec la valise ce n'était pas possible et je ne voulais pas la poser, cela aurait tout gâché. Binggeli le savait : s'il n'attrapait pas ce ballon, le ballon d'un porteur de valise, alors il était liquidé. "Eh bien, monsieur… Binggeli", dis-je, en faisant claquer le ballon plusieurs fois sur l'asphalte. Les autres retenaient leur souffle. À part le claquement du ballon et l'écho renvoyé par les murs, on n'entendait pas un son. Il y avait deux possibilités. Je pouvais tenir le ballon à la main, prendre un large élan et le catapulter par-dessus ma tête sur Binggeli. Ou bien je continuais encore un moment à le faire claquer sur le sol et je le frappais à l'improviste avec la paume de la main, comme un joueur de volley-ball. La force du ballon serait moindre, mais Binggeli ne comptait sûrement pas sur un tel coup. Je feignis d'avoir choisi la première solution, et je m'interrompis au milieu de mon mouvement, comme si je ne me risquais pas encore. On entendit un murmure. La tension avait atteint le point d'ébullition. Je fis de nouveau claquer le ballon sur l'asphalte. Et soudain, à l'improviste, je frappai de côté en appuyant le ballon vers le bas, si bien qu'il arriva à la hauteur du tibia, là où c'est le plus difficile de l'attraper. Binggeli fut tellement surpris qu'il n'essaya même pas de le saisir. "Adieu, Binggeli", dis-je, je pris ma valise dans l'autre main et je quittai la cour sans me retourner. Comme je l'avais lu dans le livre d'histoires. »

Lors de mes visites ultérieures, tu ne m'as plus jamais parlé de Reto. D'ailleurs, tu n'as presque plus parlé de toi. Tu dois avoir senti la gêne qui s'empara de moi dès que je fus entrée dans la maison, qui n'était plus mon chez-moi et où régnaient silence déçu et déclin.

Aussi fut-ce un grand événement libérateur quand tu me téléphonas pour me dire que tu avais commencé un nouvel opéra. Ta voix avait un accent solennel quand tu énonças le titre : *Michel Kohlhaas*. Les années passées, j'avais appris à déchiffrer ton silence au téléphone. Ce qui suivit le nom du personnage de Kleist fut un silence orgueilleux : maintenant, je m'attaque au plus difficile, semblait dire ce silence, et en même temps à ce qui m'est le plus proche. Ou bien : maintenant je me suis attaqué à moi-même. Nous avions dû lire le roman à l'école, bien trop tôt pour moi. Je l'avais trouvé pesant et j'abhorrais sa violence. Alors, je le lus encore une fois. Je compris aussitôt pourquoi c'était un sujet fait pour toi.

Et une nuit, arriva l'appel où tu me parlais du prix.

« Imagine : moi. Personne d'autre, disais-tu. Monaco. Monte-Carlo. Après quatorze opéras et trente-six candidatures. Moi, Frédéric Delacroix. Personne d'autre. Moi. »

Je pris un congé et volai vers vous à Berlin. Tu avais la lettre à la main et tu attendais devant la porte ouverte quand mon taxi s'arrêta. Tu ne voulus pas que je t'embrasse, la lettre aurait pu être abîmée. Balbutiant d'émotion, tu me l'as lue, et ensuite je dus la lire moi-même, plus d'une fois. Mais ce que je revois avant tout, quand je pense à cette visite, c'est la manière dont tu lissais la précieuse lettre, sans relâche, sans fin.

« Encore rien », dis-tu quelque temps après, quand je te téléphonai et demandai s'il y avait du nouveau de Monaco. Chaque fois, ta voix était un peu plus découragée. Au printemps suivant, tu as répondu à la même question :

« Quelques recherches sont encore nécessaires.

— Quelles recherches ?

— Des recherches », as-tu dit.

Parfois, c'était une torture de te téléphoner, une véritable torture.

Tu ne m'as pas parlé de votre voyage à Monaco.

Nous avons voulu fêter ensemble ton soixantième anniversaire, en juin. J'avais acheté la nouvelle biographie de Puccini ; tu ne la connaissais pas, comme je l'avais constaté par une question piège. Ce n'est pas sur la table d'anniversaire, mais sur la table de la prison que je l'ai posée. Car la veille de mon voyage, le téléphone sonna. Cela ne pouvait pas être Stéphane et ce soir-là j'en avais assez de la nervosité de mes collègues, j'étais contente de pouvoir m'échapper quelques jours. Aussi laissai-je sonner. Mais la sonnerie ne voulait pas cesser et finalement j'ai décroché.

« Monaco, c'est fini », as-tu dit d'une voix rauque. Pas de bonjour, pas d'introduction, cette phrase en premier. Puis un silence. Je m'en souviens : j'avais mal à l'estomac comme si j'avais ingurgité de l'acide. Je dois avoir demandé le texte de la lettre, car à présent tu lisais les quelques phrases. *Veuillez accepter, Monsieur, mes sentiments très distingués**. Tu as lu plusieurs fois cette formule, d'une voix de nouveau enrouée mais cette fois se

564

mêlait à l'enrouement quelque chose de rauque, un rauque désespoir.

« Nous en parlerons, demain à cette heure-ci je serai près de toi », dis-je.

Silence.

« Tu veux bien que je vienne ?

— Il n'y a rien à fêter.

— Alors il ne faut pas que je vienne ?

— Il n'y a rien à fêter. »

Que ne suis-je partie quand même ! Je n'aurais pas pu t'enlever ton amertume, certainement pas. Mais peut-être aurais-je pu la dévier ou lui donner une autre coloration. J'aurais pu te rappeler qu'à la vue de la patinoire, au Rockefeller Center, tu avais simplement oublié l'Opéra. Qu'il y avait outre l'opéra bien d'autres choses encore. Par exemple une patinoire au milieu des gratte-ciel, un endroit qui permettait de pratiquer devant les yeux des autres une activité où il ne s'agissait pas de succès ou d'échec, ni non plus de victoire ou de défaite comme au ballon prisonnier. Et j'aurais pu te rappeler l'Océan Pacifique, Geary Street ou Hawaii, vers où nous pouvions nous envoler ensemble à chaque instant avec du *plastic money,* concours d'opéra ou non. J'aurais pu te rappeler une foule de ces souvenirs. Peut-être alors l'affiche rouge n'aurait-elle pas bouleversé ton existence. Et Maman n'aurait pas eu besoin de commettre un meurtre que personne ne voulait, ni elle ni toi, un meurtre inutile, sans libre détermination, sur un homme qui certes avait joué avec des cartes biseautées, mais c'était tout.

*
* *

Je voudrais, Maman, que nous aussi nous ayons fait toutes les deux un long voyage. Quand j'étais assise près de toi et que je regardais ton visage irrévocablement silencieux, où les yeux semblaient s'enfoncer d'heure en heure plus profondément dans les orbites, je cherchais des souvenirs qui auraient eu un poids semblable à celui des images de Papa en Amérique. Ils ne venaient que lentement, et il y en avait peu.

L'un, c'est le souvenir de ton rire. Nous sommes ensemble devant la fosse aux ours de Berne. Tu portes ton manteau de fourrure. De temps en temps, je passe la main sur le pelage brillant. C'est un prétexte pour te toucher. Sinon, contact et tendresse, cela n'existe plus depuis longtemps. Je t'enlève Patrice, c'est ton grief, la fillette de neuf ans le comprend déjà. Et elle t'en veut d'appeler Patrice dans ton boudoir et qu'il en sorte ensuite avec une odeur étrange. Cela fait que nous sommes devenues des adversaires, toi et moi. Mais maintenant, devant la fosse aux ours, ce n'est pas important. Y a-t-il aussi des manteaux en fourrure d'ours ? demandé-je. Plutôt au Canada et en Russie, dis-tu. Je suis étonnée que tu en saches autant, je ne t'en aurais pas crue capable. Je ne te connais pas ainsi, tu es toujours tellement distraite et tu ne sembles pas t'intéresser au monde, sinon pourquoi t'en vas-tu toujours au milieu du journal télévisé. Cela te touche, que la petite fille te pose une question en s'adressant à toi comme à une femme pourvue d'un savoir, une adulte, pour ainsi dire, car il n'est pas rare que nos égards envers ta distraction te fassent croire que nous te prenons pour une mineure. Reconnaissante, tu me caresses les cheveux. D'un même regard, nous voyons un ourson glisser sur le bord du bassin et tomber dans l'eau. La mère l'aide à en sortir, après quoi elle lui donne une gifle. Éclats de rire chez les spectateurs. Tu as d'abord l'air de vouloir rire avec les autres, mais d'avoir oublié comment on fait. Soudain tu y réussis. Tu en es heureuse, et maintenant ton visage en veut toujours plus ; les autres t'aident avec leurs salves de rire, car le petit ours se montre très profondément offensé et disparaît dans un coin. À présent tu ris aux larmes, je trouve que c'est exagéré, mais je suis heureuse de te voir rire, je ne peux pas me rappeler quand ce fut la dernière fois. « Viens, maintenant je vais te montrer où sont le Canada et la Russie », dis-tu, et en marchant vers le magasin de globes terrestres tu as moins de douleurs que d'habitude, ta main sur le pommeau de la canne ne devient pas blanche sous l'effort. Tu m'achètes le plus grand globe du magasin. Cela ne fait rien si un plus petit me plaît davantage, le principal, c'est qu'il y a maintenant un objet qui nous lie, toi et moi. On nous livrera le gigantesque globe terrestre, nous pouvons quitter le magasin sans souci.

Natalie Lefèvre, le vrai motif de notre voyage à Berne, a un bras dans le plâtre. Nous faisons des idioties avec le plâtre, et de nouveau je te vois rire, Maman. Natalie remarque elle aussi que tu n'es pas comme d'habitude. Quasiment exubérante « Aujourd'hui, je prends l'escalier ! » dis-tu hardiment quand nous partons, et tu nous laisses devant l'ascenseur. Ta folle gaieté dure jusqu'à ce que nous passions devant le Schweizerhof. « C'était là ? » demandai-je. « Oui, là », dis-tu.

Huit ans plus tard, nous volions toutes les deux vers Genève, où GP était mourant. Ce fut la seule fois où je t'entendis parler de lui en prenant une distance, et cela fit de toi pour la durée du trajet un autre être, plus libre.

« Édouard de Perrin, son père, était un tyran, je l'ai connu. Un tyran par l'argent. La seule chose qui comptait à ses yeux, c'était l'argent. Non pour en faire parade. Lui et Jacqueline, sa femme, dépensaient peu. La maison où ils habitaient, dans le centre de Genève, était beaucoup plus modeste que la villa de Cologny, à l'extérieur de la ville, qu'ils donnèrent à leur fils quand il épousa Clara. Non, l'argent n'était pas pour Édouard quelque chose que l'on *montrait*, mais quelque chose que l'on *avait*. Le secret bancaire était un principe sacré, plus grand et plus sacré que les Dix Commandements. Georges, le fils, n'a… *comment dire**… jamais eu de rapport avec l'idéologie de son père. Le vieux voulait faire de lui ce qu'il était lui-même, un homme d'affaires de peu d'apparence, mais vêtu au prix fort et sans cesse en activité, qui réinvestissait immédiatement chaque centime. Ses modèles étaient les marchands hanséatiques de Hambourg. Il lui fit faire un apprentissage commercial et pour son anniversaire, il lui offrit un abonnement aux plus grands journaux d'économie du monde.

« Papa tint bon pendant deux ans, puis un jour il disparut sans laisser de traces. Jacqueline en fit une dépression nerveuse et rendit Édouard responsable de tout. Après plus d'un an pendant lequel il s'était débrouillé avec des travaux occasionnels, papa resurgit, le foie malade, mais assez courageux pour contredire son père. Il acheva son apprentissage et Jacqueline obtint qu'une partie de la fortune lui soit transférée, afin qu'il puisse suivre ses propres chemins. Il ne voulait jamais plus entendre parler de montres et de bijoux. Il essaya plusieurs métiers et atterrit finalement dans les antiquités. Quand il fit la connaissance de Clara à l'hôpital, sa relation avec Édouard s'améliora subitement, car elle savait comment prendre le vieux. Il acheta même un piano à queue. Pour les occasions où elle venait en visite. Mais l'amélioration du climat entre le père et le fils ne changea rien au fait que tout cet argent empêcha papa... *comment dire**... de vivre sa propre vie. Que quelqu'un puisse y réussir : c'est cela qui le fascinait le plus chez Clara. Lui-même n'est parvenu à se libérer un peu de cette richesse étouffante qu'en jetant l'argent par les fenêtres. Il n'a pas pu en faire davantage. Il est trop paresseux pour cela. »

Je me rappelle encore, Maman, combien je fus étonnée par ces derniers mots, si durs. L'hôtesse de l'air servit le repas et nous sommes restées un moment silencieuses. Soudain, j'eus l'impression de comprendre. Tes sentiments pour GP étaient bien plus compliqués qu'il ne le semblait quand tu le protégeais contre toute critique, même inexprimée. Et ton rapport à son argent n'était pas non plus aussi simple qu'il n'y paraissait quand on te voyait signer les notes des cartes de crédit : debout, sans te pencher fût-ce d'un centimètre vers le papier, le bras tendu, tu griffonnais vite ton nom et sans y prêter attention. Cela n'avait aucun rapport avec ta presbytie. C'était l'attitude d'une femme qui peut se permettre de tenir les questions d'argent littéralement à distance.

Tes pensées doivent avoir pris la même tournure, car lorsque tu es revenue t'asseoir auprès de moi, tu t'es mise aussitôt à parler de cette fillette, à l'école de danse, dont les parents ne pouvaient pas trouver l'argent d'un voyage.

« Le ballet d'enfants de Genève devait donner une représentation à Copenhague, aux frais des familles. Quand je dis la somme à papa, il me donna le double. "Pour que tu puisses t'offrir là-bas quelque chose de convenable, dit-il, mais en revanche je veux deux fois plus de baisers que d'habitude." Le lendemain, quand on réunit l'argent à l'école, on ne vit pas Larissa, la fille de réfugiés russes. Elle s'était enfermée dans les toilettes et elle n'apparut qu'une heure plus tard. Lorsque Arlette, le professeur de danse, lui demanda l'argent pendant la pause, Larissa balbutia : "*Papa ne peut pas permettre**." Qu'avait-il donc contre le voyage, pour refuser l'autorisation, demanda Arlette. Pas de réponse, Larissa regardait à terre. Soudain Arlette comprit : "*Il ne peut pas se le permettre**." Est-ce cela qu'il a dit, qu'il ne peut pas se le permettre ? Qu'il n'a pas l'argent du voyage ? Larissa fit signe que oui.

« C'était la première fois de ma vie que j'en avais conscience : l'argent ne va pas de soi. Et : on peut ressentir comme une honte de ne pas en avoir. Je n'aimais pas particulièrement Larissa, elle était en tout d'un rien meilleure que moi, c'était la star secrète. Mais la voir là, le regard baissé sur ses chaussons reprisés : c'était insupportable. Aussi allais-je chercher à la maison la seconde moitié de l'argent de papa. Dans un magasin, à la caisse, on donnait les billets simplement ainsi, dans d'autres occasions on les remettait dans une enveloppe, je le savais. Ce qui ne m'était pas très clair, c'était quand on le faisait, et pourquoi. Cachait-on les billets dans une enveloppe parce qu'on en avait honte ? Ou parce que l'on était gêné qu'il doive même être question d'argent ? Je trouvais cela assez déconcertant et après de longues réflexions, je décidai que dans le cas de Larissa une enveloppe convenait.

« Je sortis l'enveloppe quand je fus dans le salon des parents de Larissa. En chemin, j'avais savouré la générosité de mon intention, mais maintenant je ne me sentais pas bien. "Pour Copenhague", dis-je. Le père de Larissa devint pourpre, et je sus que j'avais commis une terrible faute. Sa femme lui posa une main apaisante sur le bras. "Qui t'a donné cela ?" demanda-t-elle en désignant l'enveloppe que personne ne voulait prendre dans ma main tendue. "Papa, dis-je. Comme argent de poche." Le visage de la mère de Larissa changea plusieurs fois d'expression. Tantôt c'était de l'attendrissement devant ma générosité enfantine, l'instant suivant de la colère. Je ne comprenais pas la colère mais je sentais que la précision donnée avait plutôt empiré l'affaire. Je tendais toujours mon enveloppe dans le vide. Tout à coup, je me sentis humiliée. Des larmes coulaient sur mon visage tandis que je descendais en courant l'escalier de l'immeuble locatif. En chemin, je sortis les billets de cent francs de l'enveloppe et je les déchirai en lambeaux. C'était bien que maman ne sache rien, la plupart du temps, des cadeaux exagérés de papa. Je pus ainsi, la veille du voyage, lui demander un peu d'argent de poche pour Copenhague.

« Arlette rassembla de l'argent pour les frais de voyage de Larissa. Les parents refusèrent. Arlette fut vexée. Pendant des semaines, Larissa n'échangea plus un mot avec moi. Je le compris alors : l'argent, avant tout l'argent qui fait défaut, ne pouvait vous entraîner qu'à des erreurs.

« *Pouvoir se permettre quelque chose*. Le mot et l'idée m'occupèrent encore longtemps. Depuis que j'étais allée à Copenhague, ils m'amenaient à me demander jusqu'où l'on pouvait voyager. Je me tenais près du grand globe terrestre, au salon, je mesurais un trajet avec les doigts et je demandais à papa : "Est-ce que nous pouvons nous le permettre ?" Il acquiesçait d'un signe tout en souriant avec satisfaction. "Et cela ?" De nouveau, il inclinait la tête et fourrait la pipe dans sa bouche. Les distances devenaient gigantesques, jusqu'en Inde et en Chine. Papa continuait ses signes d'assentiment. "Mais faire le tour du monde : cela, personne ne peut se le permettre, n'est-ce pas ?" "Nous, si", dit papa, en approchant une allumette du tabac.

« Je regardais son visage souriant derrière les nuages de fumée, et alors je sentis pour la première fois de ma vie que je n'aimais pas quelque chose en papa, et justement ce sourire. Il ne comprenait pas que j'étais tout à coup contrariée. Moi aussi, je le compris beaucoup plus tard : j'étais déçue qu'il n'y eût pas pour nous de souhaits irréalisables. Savoir que sans plus ample informé nous pouvions arriver en n'importe quel point du monde désenchantait le globe terrestre. Je n'avais plus envie d'en allumer l'éclairage. Quand je fis la connaissance de Frédéric, je l'enviais parfois en secret de pouvoir se réjouir en réalisant enfin un vœu longtemps inexaucé. »

Comment se faisait-il, Maman, que tu ne m'en aies parlé qu'en avion ? Pourquoi pas aussi sur la terre ? Plus nous approchions, après l'atterrissage, du Chemin du Pré-Langard, plus tu devenais silencieuse. Bientôt tu serais de nouveau la fille de GP, qui prenait sa défense contre toute critique.

Pourtant, non : sous ce point de vue aussi le voyage fut plein de surprises. Il est avant tout un détail que je n'oublierai pas : le manque d'égards avec lequel tu traitas sa collection d'armes. Le jour même de notre arrivée, tu téléphonas à un marchand. « Donnez-moi un prix », lui dis-tu le lendemain, quand tout fut étalé sur la table. Tu aurais accepté n'importe quel prix, j'en suis sûre. La vitrine vide transformait la pièce, on aurait presque dit que l'atmosphère de toute la maison avait changé. GP, blême et amaigri, fixait, déconcerté, l'armoire vide. « Tu as… » dit-il d'une voix rauque.

Vous étiez face à face. Tu ne disais pas un mot, tu étais simplement là et tu le regardais droit dans les yeux, aussi droit que Papa l'aurait fait. GP ne soutint pas longtemps ton regard. Dans sa robe de chambre négligemment jetée sur ses épaules, il marcha à pas lents vers la vitrine vide, tourna la clé et l'ôta. Il n'aurait pas pu sceller plus clairement sa défaite. Un moment, il me fit presque peine.

Il devait y avoir un secret qui vous faisait toi si forte et lui si faible. Tu l'as emporté dans la tombe. Pendant le vol du retour, j'ai été tentée de t'interroger à ce sujet. Je n'en ai rien fait. Cela aurait signifié toucher à ce qui ne regardait que vous deux.

Tu auras pensé à ce secret quand son cercueil descendit dans la terre. Appuyée sur ta canne, tu te tenais là comme si tu étais toute seule au monde.

PATRICE

Septième cahier

Au milieu de la plus belle aria de Père, j'ai débranché la prise principale qui alimente toute la technique. Je n'avais pas vu venir le coup. Brusquement, c'était assez. C'était assez.

Un silence étourdissant se fit. Je restais assis dans l'obscurité. Il était trois heures du matin. À un moment, je me suis endormi dans mon fauteuil. Quand je me suis réveillé, il faisait jour. Dehors tombait la première neige.

Le gobelet jaune à la main, j'allai à la fenêtre. Les jours suivants, je suis très souvent resté derrière ma fenêtre, regardant la chute ininterrompue des flocons. De temps en temps, je cherchais le mot exact pour la sensation qui m'enveloppait comme un tissu protecteur. Je ne le trouvais pas. Car ce n'était nullement de l'indifférence qui m'aidait à obtenir ce calme libérateur. En tout cas pas une indifférence au sens négatif. Le spectacle insonore des flocons de neige avait glissé une magie apaisante entre moi et les choses. Distance, pensais-je, c'était peut-être cela le mot juste. Je l'aurais volontiers gardée, cette distance bienfaisante. Resterait-elle si le temps s'éclaircissait et que la neige fondait ?

Pour la première fois depuis l'enterrement, je me suis rendu sur la tombe. Toi et moi, nous avons été

577

étonnés par le nombre de gens qui vinrent alors, malgré tout. Des musiciens de la Philharmonie, et aussi des employés. Surtout des employés. Père les connaissait tous, il était à tu et à toi avec les portiers. Mais des étudiants aussi étaient là. Quand je pensais à eux maintenant, je revoyais Père assis à la table de la cuisine dans la communauté d'habitation et demandant comment c'était de grandir dans une vraie famille.

Deux personnes seulement sont venues dire adieu à Maman. Deux seulement, toutes les deux des femmes. Nous n'oublierons jamais, toi et moi, les larmes de Natalie Lefèvre, qui coulaient sans interruption sous ses paupières fermées. Après la première lettre de Monaco, Maman lui avait téléphoné presque chaque semaine. « Elle me demandait sans relâche comment j'interprétais ce long silence. Sans relâche. À chaque semaine qui passait, elle imaginait des explications de plus en plus compliquées, et il lui arrivait de se mettre en colère contre moi quand j'avais oublié un détail des hypothèses précédentes. Elle ne s'est trahie qu'une seule fois. Elle a dit : "Il ne peut pas faire cela, non, il n'osera pas." J'ai demandé : "Qui ?" "Ah, rien", a-t-elle répondu en hâte et elle a changé de sujet. Maintenant, alors que je connais l'histoire du Ritz, cela prend un sens. »

Et ensuite la femme de la Bibliothèque nationale. Tu avais raison : elle parlait de Maman comme d'un professeur pour lequel on garde toute sa vie de la reconnaissance. Pourtant, elle était plus âgée que Maman. « Elle savait tout sur l'histoire du ballet. Là, personne ne lui en remontrait. Et quand elle en parlait, il semblait que c'était du présent et non un passé lointain. Elle aimerait apprendre le russe, disait-elle. Pour être plus proche des grandes ballerines russes.

Mais à cause de ses douleurs elle ne pouvait pas retenir les mots étrangers, c'était à désespérer. » Elle ne croyait rien de ce que les journaux avaient dit sur Maman, ajouta la femme, et d'un geste elle effaça tout. Il nous fit du bien, ce geste. Mais ce qu'elle avait raconté faisait mal, aussi. C'était avec une personne inconnue que Maman avait dû partager sa passion pour la danse.

Je quittai la tombe et marchai longtemps dans le cimetière. La marche devint un combat muet avec Paco. J'essayais de sentir sa main collante dans la mienne. Je voulais que ce soit avec lui comme avant. Mais depuis la dernière conversation téléphonique, cela ne réussissait plus. Dans le lointain grésillant, j'avais lancé qu'il neigeait ici. « *Es mentira* », avait-il répliqué. Alors comme maintenant, je me suis dit : tu ne dois pas entendre là *mensonge*. Cela signifie seulement : je ne peux pas le croire, j'ai peine à le croire. Et c'est tout naturel pour un enfant. À Santiago, c'est le cœur de l'été. Je me le redisais sans cesse. Cela ne servait à rien. *Mentira*. Avec ce mot s'était écroulé quelque chose que l'on ne pourrait plus reconstruire. Ou peut-être que si ? Au cimetière, je fis un dernier effort. Je pensais à lui comme à un enfant malade, comme à un patient auquel on ne doit en vouloir de rien. En adoptant ce point de vue, je pouvais procéder avec douceur et prudence. Je pouvais franchir avec lui la porte de la clinique et le remettre à la garde de Mercedes. J'étais soulagé quand elle le prenait par la main. Pourtant, il y avait une chose dont j'étais incapable : lui parler de toi et de moi, me confier à lui. Pour cela, nous devions être des amis, au-delà de toutes les différences et sans considération de santé ou de maladie. Il fallait que ce soit comme lorsqu'on partage une musique et que l'on respire à la même cadence. Mais peu après – oui, alors le mot de mensonge me blessait. *Señorito* : pas une seule fois je n'ai employé ce nom de fantaisie pendant cette conversation. Peut-être aussi parce que Paco n'avait pas dit un mot de ta photo.

*
* *

Quand je revins du cimetière, je remarquai la neige qui adhérait à la colonne Morris. En m'approchant, je reconnus les contours du motif. La neige portée par le vent s'était fixée dans les creux que Père avait taillés avec le couteau de boucher. On avait entre-temps collé par-dessus de nouvelles affiches, et la colle avait nivelé en partie les inégalités. Mais quelques sillons particulièrement furieux étaient restés, et la neige s'y était prise.

*
* *

Il me fallut presque une journée pour démonter mon insensé studio d'enregistrement. Quand je me réveillai le lendemain matin, la pièce n'était plus qu'un grand vide. Le piano et la table de travail avaient l'air d'objets morts dans une vente aux enchères. J'empaquetai les partitions de Père, l'une après l'autre. Sur le dessus, mes ébauches pour le livret de *Kohlhaas*. Puis je fermai la valise métallique. Vers midi, vinrent les transporteurs de piano, dans leurs bleus de travail ils entourèrent le Steinway étincelant. Pouvais-je maintenant me séparer de lui, demandèrent-ils en riant. Je me suis enfui dans une autre pièce quand ils le démontèrent pour l'emporter. Plus tard aussi, quand ils firent basculer la table pour passer la porte, je sortis.

J'ai rêvé de la valise aux partitions. Pendant des heures, je l'entourais de ruban adhésif, couche après couche, et toujours encore une. Afin que l'eau ne s'y infiltre pas. Car elle devait être immergée dans la mer. Là, elle serait à l'abri, c'était mon sentiment. « Tu voudrais tout autant que les partitions disparaissent du monde et qu'elles y restent, dit Juliette en riant. Nous les garderons pour toi. Chez nous, à la maison, elles seront en sécurité. Et cela me plaît, d'être la gardienne de toutes ces notes et de ces mots. »

*
* *

Je passai la dernière nuit chez les Arnaud. Il ne m'avait pas été difficile d'accepter leur nouvelle invitation. En chemin, nous nous sommes arrêtés à la poste, où j'ai remis l'enveloppe avec les clefs pour Baranski. Au dîner, j'ai raconté comment l'agent immobilier avait failli s'évanouir, deux jours auparavant, en voyant tous les appareils techniques et le plâtre émietté là où j'avais planté dans le mur et le plafond les crochets pour les micros. En me querellant avec lui, j'ai sans le faire exprès utilisé des phrases qui auraient pu être tirées du livret de *Michel Kohlhaas*. Devant ces paroles inflexibles et pathétiques, il doit avoir décidé que j'étais fou. En effet, il se calma d'un seul coup, acquiesça à tout et me souhaita un bon voyage. L'histoire obtint un plein succès à la table des Arnaud. Ce que je ne racontai pas, ce fut la conversation que j'avais eue la veille avec Katharina Mommsen pour savoir comment me comporter avec Baranski. Entre-temps, il avait mis son avocat sur l'affaire. « Pas de Kohlhaasiade », dit Katharina.

Ce que je n'aimais pas dans ce mot, c'était qu'il semblait rendre Père ridicule.

Après le dîner, quand les sujets légers de conversation furent épuisés et que la tragédie de la famille Delacroix fit soudain irruption dans la pièce, Mme Arnaud demanda si je pouvais en réalité imaginer mon père comme un homme couronné de succès. Comme un homme sur lequel les regards se posaient. Elle l'avait à peine connu, il n'était venu que deux fois accorder chez elle. Et si alors il voulait être seul et qu'elle semblait le déranger quand elle lui apportait du thé, cela ne voulait rien dire. Pourtant, il lui avait fait l'impression d'être un homme à qui il était désagréable d'être regardé, ou mieux : d'être examiné de près. Ce qui l'aurait obligé alors à se répandre en paroles. On aurait au moins attendu de lui, après lui avoir décerné un éloge, quelques mots de remerciement. Avait-il vraiment pu être drôle, spirituel ? Elle ne l'avait pas trouvé dépourvu d'humour quand ils se réunissaient au salon, l'accordage du piano terminé. Mais c'était un humour tourné vers l'intérieur, qui se suffit à soi-même. Un humour aussi qui n'était pas toujours conscient. En outre, elle pouvait s'imaginer que parfois les gens ne riaient pas à cause de cet humour, mais du comique involontaire qui émanait de lui. Comme de Buster Keaton. Elle et son mari s'y connaissaient dans l'art de « représenter », leur travail à l'ambassade les y contraignait. M. Delacroix dans de telles occasions : elle était sûre qu'il aurait regardé sa montre toutes les cinq minutes. Et encore une autre objection : les applaudissements n'enlevaient-ils pas d'une manière quelconque son œuvre à un artiste ? Ne la détachaient-ils pas en un certain sens de son âme ? Et n'était-ce pas payer un prix très élevé pour que les gens vous disent : là, tu as bien travaillé ? Père avait-il compris tout cela ?

J'acquiesçais à tout et je pensais en même temps : je n'ai jamais pu me représenter Père après un succès. Mais toujours avant, pendant la montée. Je n'ai tout simplement jamais pu me faire de lui une autre idée.

« Mais passons maintenant au domaine pratique », dit M. Arnaud, un homme bâti comme un ours. « Pourriez-vous imaginer de travailler pour l'ambassade ? Comme traducteur ? Interprète ? – Papa ! » dit Juliette, et ce fut comme si elle s'écriait : il ne peut pas le savoir, pas en ce moment, où il doit encore être au clair avec le Chili et avec lui-même !

Je regardai la pendule. Dans soixante-cinq heures je me retrouverais à l'autre extrémité du monde, un matin de plein été, dis-je. Je ne savais pas ce qu'il adviendrait de moi ensuite. Si j'avais tiré une leçon des semaines passées, c'était celle-ci : que toute pensée et tout sentiment sont totalement provisoires, qu'ils peuvent être influencés par des éléments qui n'ont rigoureusement rien à voir avec eux ; et que d'une pensée et d'un sentiment provisoire il ne peut jamais rien résulter d'autre qu'une pensée et un sentiment plus provisoire encore.

Le lendemain matin, nous arrivâmes trop tôt à Tegel. Alors je racontai à Juliette ce que m'avait dit Paco lors de mon dernier appel. « Mais aussi, tu es très sensible aux mots, dit-elle. Qui sait, c'est peut-être très bien ainsi. Je te l'ai déjà dit : tu ne peux pas passer ta vie au Chili à cause de lui. »

Elle dut s'en aller. Ce fut comme une coupure quand la porte du bâtiment de l'aéroport se ferma derrière elle. Je ne t'ai jamais décrit Juliette. Je ne le ferai pas maintenant non plus.

*
* *

Je ne sais pas si j'ai eu une bonne idée en arrivant à Paris un jour avant notre rencontre. Cela fait sept ans que je suis venu ici pour la première fois, et je voulais pouvoir me préparer, au moins pendant deux demi-journées. En même temps, je n'avais aucune idée de ce que cela voulait dire : me préparer.

Je ne voulais pas le faire et pourtant après mon arrivée je suis quand même allé au musée d'Orsay, voir le tableau de Monet. La distance à partir de laquelle la neige fait le meilleur effet est de sept pas. J'ai jeté un long regard sur la grande horloge dans le hall. Toi et moi, nous avons cherché pendant des jours entiers une montre-bracelet qui lui ressemblerait. Cela aurait pu être une montre pour toi, ou pour moi. Nous ne l'avons pas trouvée.

Après, je me suis réfugié ici à l'hôtel et j'ai écrit. Le soir, je suis allé vers la maison où tu habites. Ce fut un long trajet : j'avais choisi exprès un hôtel à distance. À en juger d'après les sonnettes, il pouvait y avoir deux logements, tous les deux sous les toits. De l'un filtrait de la lumière, l'autre était noir. Pourquoi ne pas sonner tout simplement ? Au bout du compte, c'était quand même toi, Patricia, ma sœur. Mais ce n'était pas sans raison que tu avais préféré un bistrot. Un bistrot loin de ton logis.

*
* *

Quand l'avion décollera ce soir, je commencerai à lire tes cahiers. Je deviendrai témoin du déroulement de ton souvenir. Peut-être apprendrai-je que notre amour fut tout autre pour toi que pour moi. Le souvenir a-t-il besoin d'un témoin ? Est-ce quelque chose que l'on peut partager ? Ne vaudrait-il pas mieux que nous nous rencontrions simplement ainsi – en nous montrant nos limites, telles que les mots les ont tracées ?

Je regarde la pile de mes cahiers. Maintenant que tout est écrit, je n'ai plus envie de les lire. Il me semble que les mots, dans ces cahiers, ont servi d'emblée un autre but que la lecture. Écrire tout cela m'a rendu le présent que j'avais perdu depuis longtemps. Mais maintenant il est différent d'autrefois : c'est un présent pour moi tout seul. Résistera-t-il, quand ensuite j'entrerai dans le bistrot et rencontrerai ton regard ?

PATRICIA

Septième cahier

Aller avec Stéphane à l'Opéra, ce fut franchir un grand pas. Les années passées, je ne suis pas allée une seule fois au concert, moins encore à l'Opéra. Je n'ai pas acheté non plus de tourne-disque. La musique, ce fut le malheur de Papa. C'est ce que j'ai ressenti. Naturellement cela valait particulièrement pour l'opéra. J'ai développé une cécité particulière pour les affiches où sont annoncés des opéras. Je n'ai rien de spécial à faire pour cela : je ne les vois pas, même quand je suis devant elles. Le lendemain, mes collègues au studio parlent de la représentation. Pendant ce temps je reste assise là et je mâche des pommes de terre. Depuis que je suis revenue de Berlin, on évite le sujet en ma présence. Je ne sais pas ce que l'on a raconté dans les journaux d'ici. Mais naturellement ils le savent : c'est la fille.

Stéphane est arrivé avec des billets pour *La Serva Padrona* de Pergolèse, une petite pièce genre musique de chambre, pleine d'humour et de clins d'œil. Rien ne pouvait être plus éloigné de la *Tosca*. « Viens, dit-il, il faudra bien que tu commences à un moment quelconque, on ne doit se laisser voler la musique par personne. »

Après la représentation seulement, j'ai compris qu'il parlait aussi pour lui-même. Lui aussi, il y avait de nombreuses années qu'il s'était rendu pour la dernière fois à une manifestation musicale. Il avait essayé de temps en temps, mais il s'était enfui au beau milieu, souvent même avant l'entracte, en passant devant des gens qui sifflaient de colère. Chaque fois, c'était le souvenir de Colette, sa petite sœur, qui l'avait chassé dehors.

« Je pense inévitablement à son violon. Son violon. Tout tournait autour de ce damné violon. Elle ne jouait pas comme un enfant prodige, non, ce n'est pas vrai. Mais elle jouait bien. Et elle paradait avec son savoir, tout le monde était à ses pieds. J'étais le figurant autorisé à tenir son violon pendant les pauses. Quand elle se produisait en public, ma mère rayonnait ; elle rayonnait et rayonnait, c'était insupportable. À moi, personne n'adressait la parole. C'était comme avec les oreillettes du bonnet, les brodées et les autres. Et un soir c'en fut trop pour moi. J'ai détruit le violon tant célébré. Je l'ai piétiné. Après cela, ma mère et Colette ne m'ont pratiquement plus adressé la parole. »

Ce soir-là, il y a trois jours, nous avons donc tous les deux franchi un grand pas. L'un vers l'autre, aussi. Malgré cela, chacun est ensuite rentré chez soi. Lentement, mais sans hésitation, j'ai remis les livres de Papa dans les cartons. C'était le moment de le faire. J'avais déjà cessé depuis quelques jours de m'absorber dans la scolastique des couleurs inventée par Papa. Un observateur aurait certainement ri aux éclats : après avoir rangé le dernier livre, j'ai jeté mes crayons de couleur à la poubelle. Ils me semblaient souillés par l'idée de succès. Avant de me coucher, j'allai en retirer la boîte.

Je tombai en arrêt devant la biographie de Puccini que j'avais voulu offrir à Papa pour son anniversaire et qu'au lieu de cela je lui avais apportée en prison. Il l'avait ouverte à un seul endroit : là où Puccini rapporte l'accueil, au début négatif, que reçut *La Bohème*. Je vis Papa assis sur son châlit, le livre entre ses grandes mains. Il avait voulu s'assurer une dernière fois que même les gens couronnés de succès ont à lutter contre les déceptions.

Quand je fermai les cartons avec du ruban adhésif, ce fut comme si je les scellais. Personne n'aurait le droit de briser ces scellés, personne.

Vers trois heures, j'allai au studio, pour ôter les détails déplaisants de mon film sur Israel Nestjev. J'avais largement employé les deux moyens qui avaient charmé Mme Bekkouche : *à bout de souffle** et *l'écho visuel**. Les images défilaient à une extrême vitesse sur le visage tressaillant de Nestjev, et l'écho de ses paroles niaises n'en finissait jamais. Maintenant, c'est un honnête portrait. J'ai même coupé entre les phrases son halètement d'asthmatique. Est demeurée une certaine froideur du récit. Si je devais plus tard travailler à nouveau comme monteuse, j'aimerais rechercher ce qui, dans une suite d'images, engendre exactement des effets comme la froideur et la distance.

Peu avant l'arrivée de mes premiers collègues, j'ai posé sur mon pupitre une lettre laconique, en bonne et due forme, pour Florence Bekkouche : ma démission. Puis je suis allée m'asseoir dans un bistrot et j'ai regardé le jour se lever lentement sous le ciel voilé de nuages.

Le lendemain, le service de transport apporta les livres de Papa chez Mme Auteuil. Les cartons remplissent maintenant mon ancienne chambre, qu'elle ne loue plus. Elle a beaucoup vieilli pendant ces cinq années : ses mains tremblaient quand elle me servit le thé. « On ne peut pas traîner les affaires des parents avec soi, par piété filiale, pendant une vie entière, même si elles sont importantes, dit-elle. Elles ne sont pas une partie de votre propre vie. Elles ne le sont tout simplement pas. À un moment, elles doivent rejoindre le grand cours des choses – comme objet de commerce, jouet ou quoi que ce soit d'autre. Et un jour ces affaires deviennent aussi du rebut. Je ne vois là rien de terrible. Au contraire, c'est une pensée libératrice. » Arrivée chez moi, je compris ce que ces paroles me rappelaient : Solange, la grand-mère de Papa, avait écrit dans le même sens au petit Fritz Bärtschi à propos de la mémoire et de l'oubli.

Depuis hier, les nombreuses poutres de mon logement sont de nouveau blanches et nues. Y reste encore accrochée la photo de Clara, en qui Papa voyait la fée du succès de Puccini et dont il avait fait sa propre compagne sur le piano. Cette photo, j'en ai le sentiment, restera là longtemps. Je n'ai aucune idée de ce que doit devenir le manuscrit du livre de Désirée Aslanischwili. C'est, comme les partitions de Papa, un document de fugacité. Les paroles de Mme Auteuil valent-elles aussi pour ce manuscrit ?

*
* *

Tu es ce soir dans la ville. Je le sais sans réfléchir. Tu voudras te préparer à notre rencontre. Tu veux toujours te préparer à ce genre de chose. À un moment, tu seras là, en bas. De l'extérieur au moins, tu voudras savoir où je vis. Tu ne sonneras pas, de cela aussi je suis sûre. C'est un principe que nous avons appris : il existe pour l'amour des règles, un ordre auquel il doit se tenir s'il ne veut pas perdre ses couleurs et se changer en sentiments contraires.

Tu emporteras mes cahiers à l'autre bout du monde. De tout ce que j'ai compris en écrivant, qu'est-ce qui demeurera clair pour toi ? Ce que l'on a une fois saisi dans des mots, peut-on continuer à le vivre comme avant ? Ou bien le silencieux travail des mots est-il la manière la plus efficace de changer la vie – plus efficace que la plus bruyante explosion ?

Demain après-midi, à un moment, nous en serons là. Nous prendrons des chemins séparés, pour toujours. Quand ton avion décollera, je serai de nouveau ici et je commencerai à lire ce qu'il en a été de toi avec moi. Quels que puissent être les mots que je lirai : je les conserverai en moi, chacun d'entre eux. Tu dois le savoir.

ADIEU

Patrice Delacroix arriva avec une heure d'avance au bistrot où sa sœur lui avait donné rendez-vous. Après un coup d'œil à sa montre, il entra et prit place. Quand le serveur se dirigea vers lui, il se leva brusquement, quitta l'établissement et alla s'asseoir dans le café le plus proche, de l'autre côté de la rue. Après la deuxième tasse de café, il tira une pile de cahiers bleus du sac à bandoulière qui pendait au dossier de la chaise et commença à tourner les pages. Peu à peu, il cessa de feuilleter et lut vraiment. Au beau milieu d'un cahier, il s'interrompait et ouvrait le suivant, au hasard, semblait-il. Ses mouvements, qui au début avaient paru ensommeillés comme ceux d'un flâneur, devenaient nerveux. Quand il renversa la tasse de café avec son bras, il s'arrêta, ferma les yeux et après un moment remit les cahiers dans son sac.

À l'heure convenue, Patrice traversa et se rendit dans le bistrot d'en face. À peine s'était-il assis que sa sœur franchissait la porte. L'espace était étroit entre les chaises, si bien qu'en se saluant ils n'eurent qu'un contact fugitif. À travers la vitre, le passant dehors pouvait voir un jeune homme et une jeune femme aux traits méridionaux, se regardant avec l'attention timide de gens qui se retrouvent après un long laps de temps, ou qui devront bientôt se dire adieu. L'homme se passa la main dans les cheveux. Alors la femme sourit comme lorsqu'on entend une mélodie autrefois aimée. Aux mots qu'il dit ensuite, elle rit franchement. Ce fut alors sur le visage de l'homme que parut un sourire, comme s'il reconnaissait quelque chose.

Après que le serveur eut apporté du café frais, l'homme plongea la main dans son sac et en sortit deux gobelets jaune pâle qu'il plaça devant lui. D'un geste sûr, la femme saisit l'un des gobelets et de l'autre main elle toucha le bras de l'homme. Comme si quelqu'un leur en avait donné l'ordre, ils prirent leur tasse et versèrent le café dans les gobelets. Puis ils trinquèrent. Les gens de la table voisine, qui avaient observé la scène avec stupéfaction, rirent. Quand ils eurent tout bu, l'homme et la femme trinquèrent encore une fois et reposèrent les gobelets. À présent la femme plongeait à son tour la main dans son sac et en tirait une pile de cahiers rouges. L'homme posa lui aussi ses cahiers sur la table. Ils poussèrent les deux piles l'une près de l'autre et semblèrent en comparer la hauteur. Puis, comme s'ils prenaient tous les deux profondément leur souffle, chacun d'eux fit glisser ses cahiers vers l'autre. Ils passèrent timidement la main sur le dessus de la pile, comme sur un objet précieux, fragile. Ils prirent aussi les autres cahiers, comme pour leur faire honneur à tous. Ils gardaient les yeux baissés, et pour l'observateur, un silence qui ne s'accordait pas avec l'activité du café semblait se répandre à la table des deux jeunes gens. Quand finalement, avec lenteur et précaution, l'homme et la femme mirent les cahiers dans leurs sacs respectifs, ils n'en avaient ouvert aucun.

Un moment, ils discutèrent ensemble et on ne les distingua plus des autres clients. Seuls leurs visages étaient plus attentifs que chez des gens qui ont l'habitude de se voir souvent. Puis, tout à coup, ils devinrent silencieux. Comme si tout était dit maintenant. Quand l'homme voulut payer, la femme fit un geste négatif et posa un billet sur la table.

Ils sortirent dans la rue et marchèrent lentement côte à côte. Il leur arriva de marcher exactement du même pas. Alors leurs visages se tournèrent l'un vers l'autre et ils sourirent.

Dans une rue calme, trois garçons et une fille en jeans et baskets les croisèrent. Ils parlaient avec animation et ne semblaient occupés que d'eux-mêmes. La fille était extraordinairement jolie. Patrice la regarda, et Patricia observa Patrice qui la regardait. Soudain, les quatre jeunes passèrent à l'attaque. Patrice et Patricia furent encerclés. Ils furent tellement surpris qu'ensuite ils ne purent se rappeler aucun détail, hormis qu'ils avaient senti des mains partout sur eux. Les garçons et la fille se dispersèrent, et la première chose que le frère et la sœur remarquèrent, c'était que leurs sacs avaient disparu. Patrice se mit à courir, mais ils s'étaient volatilisés tous les quatre à des coins de rue.

Tremblants et hors d'haleine, ils s'abritèrent sous une porte cochère. Sans un mot, Patrice tira de la poche intérieure de sa veste son billet d'avion, son passeport et de l'argent. Pendant plusieurs minutes, ils restèrent côte à côte, perdus dans leurs pensées, et le désarroi au visage. Finalement, ils se regardèrent et, avec hésitation, le désarroi se changea en un sourire.

« Toute cette encre, dit Patrice.

— Malgré tout, ce n'était pas pour rien, dit sa sœur.

— Non, ce n'était pas pour rien. »

C'était l'heure, et il commençait à pleuvoir. Patrice et Patricia Delacroix marchèrent en silence jusqu'au prochain feu de croisement. « Il faut que tu traverses la rue », dit-il. « Oui, répondit-elle, et l'autobus pour l'aéroport est de ce côté-ci. » Le feu passa au vert. Ils s'embrassèrent sur la joue. « *Salut** », dirent-ils en même temps. Patricia traversa. Avant d'obliquer au coin de la rue, elle se retourna et leva la main comme elle l'avait toujours fait autrefois. Lui aussi, il leva la main et la laissa levée jusqu'à ce que sa sœur ait disparu de son champ de vision.

Sylvain Trudel
La mer de la Tranquillité

Voici neuf histoires inquiétantes et profondes, où se mêlent
la loufoquerie et le tragique, la chimère et le désastre,
le souvenir et l'angoisse. Neuf histoires contrastées dans
lesquelles, touchés par la grâce ou anéantis par la violence
de la fatalité, les êtres pourchassent la vie heureuse et
espèrent la mort paisible. Après son roman bouleversant,
Du mercure sous la langue, Sylvain Trudel signe des
nouvelles à l'écriture éblouissante, où l'imagination,
l'érudition et l'émotion composent un troublant bouquet.

Sylvain Trudel
La mer de la
Tranquillité

10
18

n° 4255 – 7 €

DOMAINE ÉTRANGER, DES ROMANS D'AILLEURS ET D'AUJOURD'HUI

John Banville
La mer

La femme de Max vient de mourir. Ne supportant plus le
quotidien, il se retire aux Cèdres, propriété de bord de mer
et maison de son enfance. Tiraillé par le chagrin et la colère,
il se réfugie dans son passé. Il se souvient alors de cet été où
il connut son premier amour et rencontra la fascinante famille
Grace. Cet été même qui a changé sa vie d'une bien cruelle
façon…
Booker Prize 2005, *La Mer* est un roman envoûtant sur la
perte et le pouvoir de la mémoire.

n° 4231 – 7,90 €

Pascal Mercier
Train de nuit pour Lisbonne

« S'il est vrai que nous ne pouvons vivre qu'une seule partie
de ce qui est en nous, qu'advient-il du reste ? » En découvrant
ces quelques mots d'un poète portugais, Raimond Gregorius
voit sa vie basculer. Cet éminent professeur de langues
anciennes abandonne alors le conformisme de son existence
bien réglée et part à Lisbonne sur les traces du mystérieux
auteur, un frère d'âme de Pessoa. À mesure qu'il en reconstitue
l'itinéraire politique et littéraire hors norme, Gregorius en
apprend davantage sur lui-même, sur l'amour, le courage
et la mort. Le magnifique récit d'un voyage au bout de soi.

Pascal Mercier
Train de nuit
pour Lisbonne
domaine étranger

10
18

n° 4103 – 10 €

Impression réalisée par

BRODARD & TAUPIN

La Flèche (Sarthe), 56112
N° d'édition : 4238
Dépôt légal : janvier 2010

Imprimé en France